U0107306

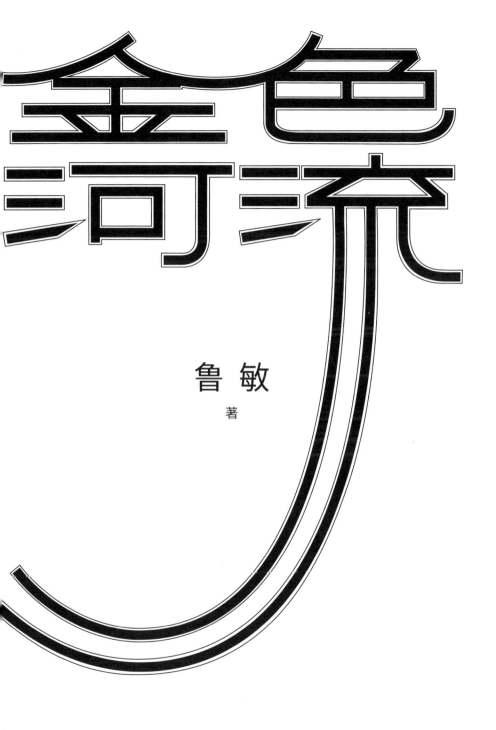

金色河流

鲁敏 著

译林出版社

图书在版编目（CIP）数据

　　金色河流/鲁敏著. —南京:译林出版社，
2022.3
　　ISBN 978-7-5447-8898-4

　　Ⅰ.①金… Ⅱ.①鲁… Ⅲ.①长篇小说－中国－当代
Ⅳ.①I247.5

　　中国版本图书馆 CIP 数据核字（2021）第 212107 号

金色河流　鲁　敏/著

策　　划　袁　楠　陆志宙
责任编辑　焦亚坤
装帧设计　一千遍
校　　对　戴小娥　蒋　燕
责任印制　颜　亮

出版发行　译林出版社
地　　址　南京市湖南路 1 号 A 楼
邮　　箱　yilin@yilin.com
网　　址　www.yilin.com
市场热线　025-86633278
排　　版　南京展望文化发展有限公司
印　　刷　徐州绪权印刷有限公司
开　　本　880 毫米 ×1240 毫米　1/32
印　　张　18.5
插　　页　4
版　　次　2022 年 3 月第 1 版
印　　次　2022 年 3 月第 1 次印刷
书　　号　ISBN 978-7-5447-8898-4
定　　价　78.00 元

人的一生就应该像一条河，开始是涓涓细流，被狭窄的河岸所束缚，然后，它激烈地奔过巨石，冲越瀑布。渐渐地，河流变宽了，两边的堤岸也远去，河水流动得更加平静。最后，它自然地融入了大海。

——英国哲学家　罗素

目 录

第一部分

巨翅垂伏

一、红皮本子

1

二月里还是冷，乍进门眼镜一层雾。雾退了，看到有总在淌眼泪。夕阳射进来，铺在家具、地板和有总身上，他歪躺的身子灰蒙蒙的，只腮边两行泪道熠然有光。

照往常经验，这不会等很久。谢老师坐到他右手边，偏瘫者更愿意被人看到好的那半边。觑眼静看，迷惑中带点赏析，一边习惯性地想着自己的红皮本子。

这一场脑中风来势虽猛，并不致死，有总却像得到久盼的指令，十分投入地演弄起这样的垂死气氛。尤其这段时日，老是莫名其妙地泪眼汪汪，这太古怪了。他可是有总啊。生意场上出名的凌厉角色，从来都是一股羽张似箭、带风如割的狠劲。不过这软绵绵的反差，倒也有点意思。不妨放在开头？谢老师偏头想想红皮本子里的编号，记得该到150了。可以，如果能摸索到**眼泪水（素材150）**背后的软弱根源，应当比前面那些硬邦邦的材料要好。

不对，开头还是先解释下他的名字吧。姓穆名有衡，当是呼为"穆总"，可他要求上上下下都叫他"有总"，说是越叫越有，唤一声，多一份。包括他签合同时，总要把中间的"有"字签得特别高大，斜拉桥一般，带着两边的"穆"与"衡"。这就是他，什么都得多占多有。关于**有总之名（素材8）**的笑话，老早就记了好几个。

正瞎琢磨着，对面的眼泪水骤然而止。有总一抬下巴，指着茶几，口水裹着舌头，假牙的阙如在口腔内部形成复杂的混响："这钱，我掏。"茶几上，一根黏糊糊的粗大吸管，半碗藕粉羹。

谢老师明白，有总所指的，是茶几上曾经搁过的一个小册子，介绍克隆宠物的，不知又是什么生物公司投来做饵，要钓他银子。有总的老金毛，名唤松果，十五岁半，老得跟他差不多了，早已不能久站，撒尿都得要人相帮，出去呢，须得一辆平板小车，推着遛。

这宗银子倒走得爽快。谢老师想起去年的"乌克兰针"，这也是他们当中流行过的项目。有总这个小圈子，都是差不多岁数的老家伙，撂开手中生意之后，皆转而专注于增寿延年之计。

像严家兄弟，最推崇六道轮回，老哥儿俩分头跑马圈地，在全国及东南亚各处的名刹古庙定点做大功德，简直替家里几代子孙都铺好了来世通道。瘦筋筋的欧阳夫妇，笃信静修，一年之中，有小半年待在尼泊尔闭关，不问红尘，另外半年，则探索各种修行养生方式，以草药代替蔬菜，只听虫鸟语不与人类言，倒立倒走，打坐式睡眠等。他们也兼顾高科技，熟谙新加坡或德国的医疗资源，在不同类型癌症上的专擅与领先情况，有时也讨论诸如安乐死、脑细胞冻结与复苏、活体器官移植迭代、俄罗斯2045阿凡达永生计划等。这方面昆山的雷总兴致最高，他是开发区第一代老棍子，最早是跟台商做钢线起家的。他极为关注新技术，有次还专门绕道而来，有鼻子有眼地跟有总讨论一则涉及四个国家的新闻：据英国报道的，意大利神经学家，在维也纳宣布的，在中国哈尔滨进行的换头手术。生物学家们不是每年都在冲诺贝尔奖嘛，外国的大富豪们都在屁股后盯着呢，快了，我们就跟着沾光好了。

"乌克兰针"也是雷总挑头的，要拉着有总一起组团去乌克兰。那边搞出一种特厉害的胚胎干细胞注射术，来一针六十万，能年轻十岁。就当到乌克兰玩一圈嘛，顺便扎一针。有总点头：挺好，一针十岁，你们多扎几针，最好一猛子直接扎回娘胎。我可是巴不得老天爷让我早死。

老天爷看来得到捎话，不久就送来这场中面积脑梗死，左半侧成了冻肉，嘴角总像含着个烟斗，歪漏。瞧瞧，那六十万留着当枕头还是当被子？这不现报了。所以啊，还是得相信科学。小圈子的老头儿们来看望他，出门后对谢老师感叹，摇着白头或秃头替有总惋惜。

"好歹的，能替我陪着小沧。三十八万，值。"讲起数目，有总的口齿会突然清楚。自己不管，宁可给老狗续命，就为陪个傻儿子穆沧。显然，这又会是一桩被争相传诵的美谈。类似的，谢老师的红皮本子里可记了不少。

某天有总约好去医院看老战友，那老战友条件差点。他于是往包里胡乱塞了几摞现钞，想借机表点意思，却记错楼层，跑到上两层的同号病房，病人没瞧上，三句两句的，倒和另一位探视者一见如故。两人谈得十分投机，有总置老战友不顾，急惊风一般跟着人家上门去看"老货",并一眼相中块古玉。哟,客官好眼光,这可是**良渚玉（素材78）**,镇宅之物,恕小的不能转让。有总笑了,当然能的。他把提包拎起,倒出那几摞子来,当定金。您只管说个数目,绝无二价,这就回转去提。软缠硬打一番,以一个巨大数目成交。他挺得意,谁能像我这么有巧劲的,在医院里买到国宝级的老玉。

有总那阵儿实在痴迷收藏。做生意嘛,到一定程度,就得搞这个。收什么呢？老玉。紫檀。蜜蜡。鼻烟壶。佛造像。珊瑚。潦河奇石。谱系很广杂,全看什么人那阵子跟他走动得比较近。他好学极了,别人但凡拿样东西来,追古溯源地说一通,嗯嗯嗯,他严肃点头。这么稀罕哪,能留到今天,还能到我手上,怪不得第一眼就觉着有眼缘。收了。等谢老师过来,有总会把"藏友"所说,跟他学舌一通,谢老师虽也是外行,光那半耳朵,就能听出各种不对,就手指出两处破绽,有总还嘴犟,对着一件说是老挝红酸枝的潮州老雕,他瞪视良久,"起码这雕工,圆雕加透雕,里层那珠子还能滴溜溜打转。也值了。"正因名声在外,常有骗子慕其性情蜿蜒摸瓜而来,候在他常去的地方,不同的面孔分几拨子来做局,反复洗涮,离奇又简陋,万变不离其宗。

包括眼前这一面墙的**紫水晶隔断（素材58）**。他到北京请人吃饭,还没吃上几口,座中一人接到电话,口中连呼有幸,说是有风水大师正在附近某私人宅邸秘密授课,拉着他便急急赶去,赶上听了半节课。这半节已是足够,有总耳朵根子完全软了,隔天回来就把家里客厅东面的一堵隔墙给敲了,迢迢地从东海运来一块大半墙高的紫水晶。这紫水晶还有编号与名字，叫作"东来紫金"，更了不得的是，此乃风水大师辗转拜请到一位藏传上师为有总特为加持的。为配合这巨大且慈悲的紫水晶，在那位北京朋友的指点下，有总又请来尊者阿难造像，供上诸种法器灵物，每日晨昏谒拜，进出亦做祷祝，很有点老来向佛的样子。

谢老师进门与离开时也都拜上一拜，尽量地凝神敛气，端视尊者的"相如秋满月，眼似青莲华"，脑子却滚过日常采办进出的流水数目，深感自己的大不敬。可能也是因为，就在这阿难造像的背后，隔一层假墙的暗室里，就是一大一小并肩而立的两个保险柜。

这也是有总所特有的土法配置。照理，像他这样的身份家产，重要票证珠宝细软之类，得是搁到银行地库的保险柜才合适。那可是防震防战级别的，假如爆发第三次世界大战或再来一次大地震，我们可以保证……有总挥手打断，冲着多次上门的银行经理笑了。真到那程度，你我都还不知道能不能落个全身全尸呢，还管这些玩意儿。至今他还是像县城信用社出纳员似的，守着这两个笨重的**保险柜（素材35）**。小的放什么谢老师不知，反正他有一项很重要的差事，就是过一阵就跑一趟银行，取回一堆现钞，码进大保险柜，像给米坛里灌上米似的。有总要求那大柜子里得满满的，便他随时取用。

"除了去联系克隆，没别的事了吧？"谢老师微抬屁股，要走，却见有总身子突然昂了昂。口舌不便之后，有总开辟出若干辅助表达通道。下巴指东西。喉垂抖一抖，没了假牙的腮部突然鼓起。眼睛用力一闭。咳两声。右肩膀抬高。

谢老师假装没看见，心里惦记着回去给红皮本子添上两笔，**包括克隆松果（素材151）**。想起来了，这应当是同一家生物公司的业务，那公司老早就瞄着这帮有钱的老家伙了，有一阵推广过基因组测序与基因保存套餐服务，那时才刚出来，报价是六位数。干什么用呢，除了治疗癌症、进入人类基因库、护佑未来子孙无病无痛等了不起的回报之外。来人突然压低音量，若重要家族成员身故，有人找上门来认私生子孙，随便到第几代，都可以辨测出真伪。这可戳到有总痛处了——他就俩儿子，穆沧是老傻子老光棍不提，老二也与他关系颇恶，且咬定丁克不放，目前看来，他大有绝孙断代之虞。这已是一个大痛。再者，他有一个从五岁起就认下的干女儿，外面流言甚嚣，一说是其私生女，一说是其小情人。随便哪个角度看，业务员都讲多啦——当时就架起大炮把人家给轰走了。看来这家公司仍是锲而不舍，总算在老松果身上给谈成了一笔。

"放心，这就去办，看三十八万能不能讲讲价的。您的钱可也是一分分苦来的。"

2

停。打住。没劲透了，明明看见我在满眼泪水，还活脱像个熊瞎了，还"您的钱可也是一分分……"，小谢总是这副腔调，听上去对我多么忠诚。可笑，这世上有谁他妈的真对我忠诚吗。哪个不是带着大刀子小刀子，霍霍地看从哪儿下手，想尽法子要片我几块肉、喝我几口血去。多少年了，都不用打眼就知道。不过无所谓了，他们越亮刀子倒让我越兴奋，且更添斗志，血糊淋刺的才痛快呢。

有时我就是故意招那些刀子的。我呆呆地吃亏上当，东一滑西一倒地糟钱，胡乱地去成全那些宵小之徒，赠品这就来了——我最乐意欣赏他们这时的模样了，每一桩没救了的瞎折腾之后，他们费了多大的劲，也藏不下对我的那层痛心。瞧瞧，当年这只最难缠的老狐狸，一个钱当一条命的，而今都不如马路牙子边蹲着卖葱的老大娘啦。挺好，我就喜欢他们把我当老傻瓜，一个有钱老傻瓜，一个快要死的有钱老傻瓜。还有什么刀子，尽管来，我这臭皮囊，七十年的老包浆了，还经得起，越是鲜血淋漓地疼，心里反而越是痛快着呢。

也有可能小谢这老伙计并没带刀子，或者刀子藏得太深。他呢，算有点脑瓜子，也挺倔，老木匠似的，到现在还不肯丢他的把式，文乎文乎的瞎盘算。这家伙是能写，不写不相识，最初他就是呼呼呼地晃个细笔杆子，当长枪使，专盯着我挑事。

那也是二十年前了，还小厂子买卖呢，小谢盯上的，是我投在县城里头的一个小包装厂。那地方怪穷的，半大小子都不念书，满街晃荡，冬天打架，热天下水，每年夏天都出几个淹死鬼。厂子呢，就收拢他们进来派活儿，计件算工，每天都领到现钞回家吃饭，做爹妈的都笑歪嘴了。厂里这边，人工成本能降下三四成。这不两头落好的事嘛。也是不巧，有个皮孩子，上蹿下跳的来劲，把个眼睛给碰瞎了，其实活儿不算糙，只那孩子手脚没个轻重。就这，能大能小的事，小谢可好，像狗叼到根大筒子骨，愣是不放。他还跑上门来跟我演讲呢，讲的全是大词，还排比句。说，这可不是你个小老板的事，不是包装厂的事，不是小童工的事，不是赔点碎银子的事，这是关于贫穷，关于生命，关于当下与未来，关于价值与常识，明白吗？普利策奖您听说过吗？这绝对普利策……

我可没心听他叨叨，普啥啥奖，绕不绕口啊。叫人查了下他的底细，三十啷当的毛头，没什么后台，全靠硬写，算是个角色，在那弄笔要墨的圈子里，有"北胡南谢中有张"的说法，他就是南边的那个谢。行，你硬，能硬得过人民币吗？反正最终不是我，是他小谢被挑下马了，差不多算封杀，哪家报社也不敢再要他。

但我不讨厌这小子，尤其那股普啥啥奖的劲头，真要给流落街头活活儿饿死我还不答应呢。我把黑脸一抹变红脸，特意上门请"谢老师"到我这边屈就，做公关总监，替我"防火防盗防记者"，以其长矛反攻其盾，实在是对口！为着给他面子，我要求我所有的副总、中层和员工，包括后来他在我家里随意走动，我也要求孩子们和肖姨，一概地，要尊称他为"谢老师"，相当于我这小小王国的国师，多荣耀。还有独一份儿的年薪，那，不算薄。也不知是哪一个打动了他，还是另有原因，反正，这一匹爱踢人爱乱咬的马驹，最终是改换鞍辔，掉转方向，归我门下啦。一上手就发现找对了，真是好使。文能顶一个师爷加半个秘书。武呢，不指着挡子弹，但挡拳脚的事常有，也挡过女人，挡酒挡饭的，那更是不计。他懂世故，挺机灵，尤其我的家事私事，多少的尴尬、琐碎，都能交把他去出面，这呢，又等于大半个管家。用他，是值的。

他对我，藏没藏刀子呢。我一直在琢磨。

前几年，为着托他到南方找一个人，我特意约他，单独喝了个小酒。也是这样大冷的天，我们烫的姜丝黄酒，花雕十二年，那天喝得不错。我有意强调，这事，不那么光明正大，不可告与外人，表个信任的意思。他呢，也顺便跟我掏了几句。

说，他当时跟我过来干，被原来的同行们笑得不轻，包括老婆也嫌他没骨气，可他们得攒钱送儿子出国，总不能在家空转白耗。得，低头认怂，可心里还是有点恨的。他脸上出油，眼镜往鼻尖上滑。喝两口，再掏几句。不久才发现，其实我也算是救了他。十年不到的工夫，媒体业可真是闹猛子，各种的浪高风急啊，不淹死也得呛个半死，后又碰上"工厂"扩张，逼得报纸的路子是越走越紧，腿都要扛到肩膀上了。啥工厂？我没听明白。他用筷子头蘸酒，在桌子上画，嘴里咕噜两个外文单词。I。T。这两个大写字母，看起来像工厂吧？这大厂子一开张，全世界人都抱一个电脑抓一只手机，报纸的印量和广告皆崩似山倒，一家家的斩将裁兵，什么"北胡"什么"中有张"，统统的都没了。他这"南谢"，等于是提前几年撂笔而已，能在我这里靠船上岸，算是有福的。因此上，他早就不恨我了，醒悟过来了，我得算他的恩公。他推推眼镜，双手冲我举杯，一仰脖子又干了，亮个杯底足足半分钟不动。这姿势我太熟了，我们联手出去干仗，他总是花架子摆得漂亮。

闹不清他是佯作酒话吐真言，还是泥人塑金贴面，也不在意啦。反正他也从小马驹成半号老头儿了，还能怎样呢。尤其现在口舌不利，就他还能懂我。就算如此，我也没有完全地放心他。老狐狸嗅觉尚在，我能闻出来，他对我肯定是有什么想头。这世上怎可能有单纯的忠诚？我绝对不信。总有一天，他会亮出他的刀子。来吧，我挺愉快地候着。

但我主要所候着的，是"死"。只要我一个人待着，就知道有个"死"，在我边上蹲着，跟老松果一样。死神？死鬼？死人？随便好了，它属于哪个系统，是属于所有系统还是不属于任何系统，我也烦不了。我就晓得它在那里，不远不近，不声不哈，长久、耐心地看着我，那眼神并不陌生——对，就是何吉祥，他最后，就是用这眼神看着我的。我知道的，就是他，一直坐在那边厢，等着听我说说，关于他所托付的那些事情。

动不动就冒出来的眼泪水，恐怕就是将死的信号吧。哪怕是一碗刚出锅的江米饭，瞧着那米粒儿泛着白滋滋的油光，热气从米缝里弯弯地出来，筷子头斜压下去，感受那一点小筋道。不行，眼泪水就下来了。其实早闻不出味儿也吃不出香了，耳舌鼻的快活处，全是含含糊糊，只脑子还能瞎盘算，盘算这辈子吃了多少碗香滋滋的大米饭，而我又能对得起其中的几碗。

想想早年间，多少的流金淌银，也是多少的流泪淌血，何吉祥死，我老婆云清死，我家沧成傻子。包括车队出人命，被仇家往身上泼粪，给诬告到差点进号子，被内蒙古那边骗掉三百万，桩桩事都等于给眼里喷辣椒水。但我可以响当当地讲，再大的事，从来不淌猫尿的。也就是这两年，身上不爱出汗，小便不利落，全改从眼皮下走道儿了。

我死不打紧，得有人陪着我家沧啊，克隆老松果，也算个法子吧。哈，一讲到沧，小谢立即不装瞎子了，拉直上身，表情里带上哀悼，似降了个半旗。看，这就是小沧的效果。随便什么时候，对着什么人，只要我提到他，就跟提到霉运或瘟疫似的，好像我这儿子是个牲口、废物点心或活死人，他们都会显出跟小谢同样的蠢样。可真叫我愤怒。

我家小沧怎么啦，有哪条王法规定，每个人都必须油光水亮地，天天儿地迈二门出大门，必须拍肩打背地交朋友，必须又搂又抱地搞恋爱，必须吆五喝六地挣大钱吗。没有哇。咱家小沧只是有他自己的一套，而我也乐意把他给白供在家里头。要说我这辈子，为什么黑白不分地拼命挣钱，直干到走不动路才撒手，其实就为两个人，死人是为着何吉祥，活人，就为着我家沧。别说这辈子了，我养他十几辈子都不成问题。请问这有什么不可以吗。

其实我当然知道……他们是从沧身上，想到我家二子，继而又联想到我穆家所谓"有钱而无后"的不幸笑话。我这，不是还没死呢，有招。

3

"筛子。抱了筛子再死。"听到这话，谢老师只得把抬起来的屁股又放回椅子上。

有总过分用力，喉垂抖动，口水都挂下来了。筛子指孙子。我要筛子。最近他跟谁都嚷嚷这个，包括上门来给旧马桶通下水道的物业工人。小伙子哎，知道吗，我那俩儿子，一个老傻子，一个忤逆子，搞得我，到现在没筛子。这都快入土了，怎么撒手啊我？物业小伙儿几乎每月要来通一趟，对这口歪舌斜的囫囵话早听腻了，戴着口罩只管埋头忙活。那马桶早该扔八百回了，可他宁可这么地反复报修。天道酬勤，天道还酬俭呢，动不动什么都换，能有点长情吗。天天儿的坐它上面好几回，一坐十来分钟半个小时的，都能说悄悄话儿了。白给我个金马桶还不见得换呢。他悭吝起来，总是比他的慷慨更有说服力。

"明白。要不我再找老二谈谈？"自然，傻儿子穆沧不在此事视野之内，得找他口口声声所谓的忤逆子王桑。老二王桑随的是妈妈王云清的姓，王桑八个月大时，王云清就跳楼走了。王桑结婚已有八年，婚礼主持词还是谢老师给写的，祝他们早生贵子来着，新娘丁宁而今脸上都有细褶子了，身形还像个未得开化的苦闷处女。

以前有总对这些人伦俗事并不上心，忙生意还来不及呢。也就这三两年，就谢老师冷眼看来，恐怕也是退隐商界、老病加身之后，必然会到来的欲求之一，跟他小圈子里那些热衷迷信也热爱科学的老头儿是一回事。他呢，对肉身本体的金刚不坏长命百岁明显兴趣不大，算是独辟蹊径，目光远大一些。

比方说，留名人间。他多次对谢老师表达对邵逸夫先生的景仰，认为他的"留名"策略十分典范。王桑念过的中学有逸夫馆，王桑后来的大学有逸夫楼，完了到哪儿看病，还有逸夫医院。啧啧，他反复啧啧，并动起这方面的念头，让谢老师去接洽，捐建个有衡路、有衡桥、有衡河、有衡公园、有衡图书馆什么的，大小不论，能命名即可。他甚至面色严峻地表达过这样颇有境界的意思：做生意嘛，就是原罪。修几条有衡路，建几座有衡桥，多好，等于让千人踩万人踏，也是帮我清洗、帮我进修啊。

谢老师得令，先后到地名办、路桥办、绿化办、文化馆、街道办等各处接洽，市级不行换县级，城里不行改乡镇。这当中可是闹过不少笑话，失败的笑话。这根本不关乎钱或者功德。路桥，那是公共设施啊，要冠以个人之名，审批手续得走若干道，最终一般都是这样的意见：首先，得要是大大的名人，最好还得是文化名人，好歹能算文旅资源。企业家，您认为合适吗。再者呢，最好是要身故，评价与成就有了结论，这才可以提交上去。请问这位穆有衡老先生是……？

谢老师最终勉强给办成的，是替街道上联络了两间闲屋，搞了个没头没脑的**穆有衡保健室（素材74）**，定期组织义诊，然后无限量配置了一批带有"穆有衡"字样的环保布袋，搁在那边厢，供来往人等自取，算是了结此事。"那个。你，别用。"有次肖姨也提溜着那袋子去买菜，被有总厉声喝止。袋子是专门找设计师做的，行草的"有"字极为飘逸，花式英文字母装饰，可以说中西合一了。

与留名同步的，是集中火力想孙子。想到一招，就让谢老师把王桑唤来，进行表演式的训诫。那时他还没中风，气焰十足。

虽然我是穆家的单枝，我可不是为着祖坟香火什么的。对着逆子王桑和幸聆在侧的谢老师，有总热情和冗长地回忆他的中学风采，证明他懂文明，讲唯物，也爱读点书，还读过外国小说。比如《**基督山恩仇记**》（**素材79**），他流利地说出爱德蒙·唐泰斯的名字，讲出其中几个情节，看人家伯爵……对，他自己无儿无女也收养孤女呢，王桑冷不丁插嘴，这小子反应太快了，刻薄。有总立即打住，转到他在部队跟战友相搭着做黑板报，他写诗编文，何吉祥画美术字，拿过好几回奖哪。讲到这里，有总突然呛咳起来，面皮涨红，直灌了四五大口茶水，岔气都没能顺下去。总之绝对不是出于愚昧，是我胸中有一股子气，脑子里有些东西，我得，我得……繁衍。他软绵绵地用了一个书面词。那次的演讲高开低走随后不了了之。何吉祥，谢老师在心里再次标记这个名字，错不了，这里头准有料，八成是黑料。类似情况已有多次，"何吉祥"三字说出口的前后，有总必会现出异态。

另一次演讲，他搬出的是老祖宗。这不是"生"的事情，是"死"的事情，明白吗？想想我身边死过多少人哪，真的是一死，就死透透了。他幼稚地沉痛着，顾自浸入大脑深处的某些死亡回忆。良久，他拍大腿唤回自己，以婆婆妈妈的语气请求王桑，咱不讲汗血宝马，就天上飞的鸽子雀儿，地上走的阿猫阿狗，都还讲究个血统血脉呢。你不能让你的上人，说没就没了，得让他们留在后代身上。你看，我最喜欢吃柿子和柿饼，为什么？因为我太爷、爷、爹都好这一口，所以你也爱吃对不对。你哪怕不为我，也得想想你妈。她可是搭上一条命，才生下的你，她的血肉全化在你身上。你的单眼皮、平板脚哪儿来的？你得替她生下个一儿半女，传下她那单眼皮，多俊。嗳，你参观过酒厂的原浆地窖没，原理晓得吧。我们现在喝的，每一口真正的好酒，里头都有最最根儿上的粮食原浆，多少不论，但肯定是一轮裹着一轮，递进着发酵的，明白吗。有总让谢老师拿出那本写着祖上名讳的镶金名册，哗啦啦翻——他发达之后，曾到安徽乡下寻过一次族谱，往上找，往前七八代，在湖北，再往前十一二代，在江西。咱们穆王两家的后代，要是到你和沧这里断了，那么不仅我、你妈是死了，还有穆王两姓的**祖宗原浆（素材81）**，也都到此为止了。明白吗。

不就DNA吗。谢老师看到王桑终于笑了一下，这孩子，最拿手的就是这种温文尔雅的阴阳怪气，显然他也知道生物公司跟这帮子老家伙的瓜葛。

对，DNA，就是原浆的洋叫法。有总带点喜色地瞥一眼谢老师，认为他和逆子算是达成了一致。反正邵逸夫那一套咱也学不了，就不搞有衡楼有衡桥了，过上五十年一百年的，那大楼和小桥，保不定也是拆了、塌了，跟肉身一样靠不住。咱还是把根留住吧。他突然唱将起来，"一年过了一年啊／一生只为这一天／让血脉再相连／擦干心中的血和泪痕／留住我们的根"。童安格的老歌，有总这一句哼哼，也是以前的老把式老底子了，那时所有的大酒过后，都要再搞个卡拉OK豪包，唱唱跳跳，搂搂抱抱。有总其实是不通才艺也不屑享乐的人，但若是属于做生意的方法论，确乎需要陪同各类人物去奢靡一番、声色一场的，他必也就十分地认真投入。他把这首《把根留住》给练成了拿手曲目，因这歌里头有个"根"字，容易与男根产生联想，酒气搅动之下，男人们扯下领带干嚎，那种稍许下流的气氛，会产生一种兄弟般的亲密感，不正可以润滑一下生意与友情嘛。

有总以昔日那种卡拉OK的浮夸风气，脚尖打地，抖腿哼了几句。然后他浑身摸索自己，继续向王桑演示。想想我这肋骨条，我这胳膊上的痣，我这总要裂口子的指甲，没有一样是平白无故的，都是祖宗先人里，江西那条线或湖北这条线给传下来的，多了不起啊！咱家的根啊。你，谢老师！他扭头兼顾，也当心点，你家那小子在加拿大还晃悠啥呢，也不比桑小几岁吧，赶紧地让他搞对象生崽子，别学那单身独户的一套。趁这打岔的工夫，王桑扭头抬腿，逃之夭夭。

永生口诀（素材82）。祖宗原浆说无果后，有总觉得他应当找个更高级的策略，谢老师被唤去商量。你替我想想，这小畜牲也算是醋酸文人，破墨水瓶子，得对味。谢老师那阵子碰巧看到一个视频，觉得有点意思，就跟有总建议了一番。

是讲宇宙的，从洪荒太初混沌一片起，相当于空间意义上的太古上古远古，无边无际的浩茫之中，什么椭圆类、透镜类、旋涡类星系，什么拉尼亚凯亚超星系团，室女星系团，到什么大麦哲伦云星系，仙女星系，这个系那个系的，目前可观测的宇宙中，大概有上千亿的星系，其所包含的恒星比地球上所有的沙子都要多，比沙子还要多啊，什么概念！真是看得人快要绝望了，好不容易的，看到一个熟悉的名字：银河系。接下来又是这星那星从远到近好一阵的推拉，等片子都快结束了，才看到一个几乎看不见的蓝色小不点。有总立即明白谢老师建议的着力点了，他苦苦看了好几遍那科普模型片，随后的演讲发挥超常，带着罕有的抒情。

……知道那差点儿都看不见的小不点是什么吗，儿子哎，那就是他妈的我们脚底下这个大圆球。老天哪，看到这里，我下头都硬撅撅地竖起来了，马上就能干上一场，你们呢？他向左右逼问王桑和谢老师，没觉得一点害臊。必须的啊，是个男人就应当马上勃起！

你想，那么无穷大的宇宙，这么无穷小一个地球，然后才是，这么，这么……的人！人类为什么总想永生，所有的皇帝佬儿、大科学家们或这个教那个宗的，都在上天凿空、入地打洞，都在求永生说永生，其实都狗屁不通。真正的永生是什么？就是生儿育女，就是男人女人的那档子事儿啊。所以操！操！有总突然连呼数声，喜悦地摇摇头，这压根就不是脏话，而是一个永生的口诀！人被生下来就要尽这个本分，活着，生养，给宇宙给蓝色小球一个交代——可惜后面这一大段儿华彩都白瞎了，才刚说到他勃起的那里，一直安然不动的王桑就站起身来，一路捂着嘴干咳，跑卫生间去了，吐了十分钟都没出来。那次关于宇宙文明与男女本分的宏观谈话，亦以有总的长啸叫骂宣告失败。谢老师后来每次听到人骂脏话，都会想到，好哇，这可是一句在宇宙洪荒间回响的口诀哩。

"叫那小畜牲来。我再打一发。"有总声气虽弱，仍用战斗式的遣词，下巴高抬，快指到天花板了，"我还有一张好牌。绝对的，大王！女大王！"

哈，有总如此的气焰，预示着他必然又会使出一个逻辑不通的招数。谢老师欣然点头，乐见其成。

可是，等一等，女大王，他这是在说谁啊，一秒钟的停顿，能有谁啊。谢老师立刻想到了有总的干女儿河山。她那独一无二的脸庞，如枝头花朵，由远及近，近到可以看到她略带点斜睨的骄傲眼神。哟嗬，这真要搞起事情了。谢老师噘起双唇，差点吹出一声尖厉的口哨，随即抿住嘴，让自己的心跳稳稳地接续上去。挺好，有总越是抽抽风，越是"作"，"作"得华丽、愚蠢，对他的那个想法就越是有利。

4

关于有总，谢老师是有个想法。

因"童工瞎眼"深度稿被有总挑出媒体界，而后他又重金前来收拢——谢老师能就这么没皮没脸地倒伏了吗？说复仇太严重，也没那么孩子气，但将计就计是真的，心里总是有一根逆刺：不让我写？我偏要写，只写你，这辈子只磕这一桩事。

为增加点儿仪式感，他从十年前，就正经八百启用了他的专用笔记本。看过许多名记大家的回忆，他们都会有着特定的劳动工具，有的喜欢把所有铅笔都削好排整齐，有的终生使用深蓝色墨水，有的只用某牌子的打字机。偏执得多么浪漫啊。在中山东路那家外文书店的文具柜台里比来比去，他相中一种大红皮本子，皱纹似的皮褶里散发出高级小羊皮的味道。他闭上眼闻，想起远不可及的约瑟夫·普利策[1]，一口气买了两摞。每晚睡前，他都会想上一想，有值当的素材或场景，就顺着时间先后，编号记下，有如结绳记事。夜里偶尔起身，窗外有光，朦胧照着床头的大红皮本子，谢老师就挺踏实的，认为他的时日并没有虚度。

有次借酒向有总交心，谈及他的投靠，但那心只交了十分之一不到。这一投靠，是生存意义上的续命，值得言谢，这不假。可想想看，此生何为，当真由媒体良心一变为资本家走狗，说卖身就卖身了？不、可、能。想想当初一起争稿源抢线人的那帮子老弟兄，能让自己就这么过去吗，哪怕是作为"北胡南谢中有张"的唯一代表，他也得暗战到底。而有总，则算是资本那一方的代表吧。故而他的转身掉头，是为着潜伏与卧倒，他要做一个长线的、总账性的选题，搭上大半辈子来干，以揪出有总的**黑暗原罪史（思路一）**。直到末了的末了，把他给写个底儿掉。

到底怎么写，他还没太想好，或者说，想法还在变化之中，他也得等着这根逆刺，去掉些火气戾气，长成好苗子、长成参天树才是。先累下各种大料小料再说吧，跟过日子存冬衣置家产一样地备料。有总反正一高兴起来，就喜欢各种吹嘘。

西瓜壕道（素材3）。他小时候伙着一帮孩子偷西瓜，不愿一只只抱，嫌太慢。先做苦工，把田埂边的小沟给理顺了，改为壕道，一个顶一个的，批量地推滚出去，偷得又快又好。有总每到席尽吃瓜，牙签上戳起，并不送到嘴里，先跟众人得意扬

1　约瑟夫·普利策（Joseph Pulitzer），美国报业巨头，据其遗愿，1917年设立普利策奖，后发展成为美国新闻界最高荣誉。

扬地讲这个滚瓜的场面。**电影票根（素材4）**。这是为着混电影看，当兵前的事了，他不出面，只出点子。派两个半大小子去电影院入口捡一堆旧票根，他回头用糨糊剪刀仔细捣鼓一番，给拼成似是而非的几张票子，然后大家伙儿趁着人多，一拥而入。机灵吧，我从小就有聪明劲儿。谢老师点头，心里兴趣不大，他又不是要写项羽本纪，但确实也是打小见老，可见有总是向来不走常路的。**加减乘除（素材18）**。跟新员工训话时他总讲这个"小花絮"。讲他怎么拿下熊猫电视机厂的送货业务。前后脚进去洽谈的全是大老板，红色桑塔纳配正宗金利来套装，连小跟班儿都架个金丝边眼镜，高级死了。他呢，坐公交车一路挤过去，架着胳膊把西服捧手上，那是他头一身西服，爱惜着呢，下了车再找地方换上。可他肚子里有货啊，早就把所有熊猫电视外包装纸箱尺寸都记了下来，就靠一支破圆珠笔在纸上加减乘除，多少台二十五寸跟多少台十七寸或者十四寸的搭货运载，最是紧凑、节省地方，硬是把一辆大货车的装机数目，从九十六台提到一百二十台。就凭这，他在运费报价上压倒性创低，拿下标书。

生意场上曲里拐弯的制胜招数，倒是从不描红遮黑，他睃一眼谢老师，用讲真理的口气：从来如此，必须如此。**"交友之道"（素材34）**上，他确也有些天分，总能在第一时间嗅得那些重要人物的喜好。爱跑野山野水钓野生鱼的。哪怕就着一碟花生米，也绝对只喝年份酒的。喜欢赌高尔大球的。爱坑越野四驱的。好一个大师限量紫砂壶的。等等吧。还有，有位"朋友"喜欢逛奇物店，有总就跟过去看，看那朋友问过什么，摸过什么。过几天便以神秘价钱买下那店里的鸡血石、昆仑玉、树化石、犀牛角等，给送到对方司机的后备厢。有趣的是，过不多久，那些玩意儿，又原貌原样地重新出现在奇物店里啦。穿山甲鳞片呢，是另一位"朋友"的需求，此物说是出阴入阳，能串经络，大补兼疏解，宜女。对方是自用还是转赠佳人，不问，只管定期供应便是，都是从缅甸搞过来的"铁甲片"。有时呢，也不在花费，在于花心思。有总曾为一位空降本地任职的南方"朋友"同时请过三位厨师，轮值着在他家服务。一位专烧本帮菜，一位烧他的家乡菜，潮汕风味，一位是侧重他太太的川妹子口味。你看呐小谢，这样搞下来，什么朋友交不到，什么事情办不成。两点之间，怎么最快，有朋友最快。这是有总常挂在嘴边的名言。

假如做生意也分流派的话，有总上头没人，故不算是后台派，更搭不上任何的二代脉，有什么大树或大腿能傍一傍抱一抱的，也不是家族一路下来的大户派，他生生地，就是靠着"多个朋友多条路"，这也是他们那帮子小老板的一个共同点，反正就这么大一个池子，非敌即友，你上我下，你左我右，四下里共同搅动，最终发打出最肥的一层黄油，大家各自得利便成。谢老师在他红皮笔记本里所记下的大部分素材，程度深浅不同，其实都是同质化的一个累加，就凭这些个——哪能把穆有衡给写个底儿掉呢。

谢老师知道，有总那不停转悠的脑瓜深处，肯定还藏着另外一些真正的机密，不可语于世人的，是他之所以成为他的核心所在。他必须贪婪又艰难地等待下去。好在这倒也不难，只要他这么生活着，就是在等待着。

只是，这两年，出现了一些不大妙的迹象，有总的谈话意愿跟他的食欲一样，越来越低了。尤其是这场并不那么严重的中风之后，有总过分恣意于这种半侧不遂之态，镇日大着舌头哈喇口水，吐字似吐金疙瘩，极吝，只用眼皮、眉毛和下巴来表达他的意思。但从他偶尔谈到具体款项或某笔旧账的连贯表达中，谢老师怀疑，有总是故意在放弃或掩饰他的讲话功能。大音希声自是说不上，可确实有种向下的、厌弃的尾声感。这可真是有点儿麻烦。

大门响了，肖姨吱溜溜带着松果的小推板车进门了，"我这每天下楼啊，从不空手，不是推松果，就是推有总，或者带着拉杆袋去菜场装土豆白菜。可别走哇谢老师，我去给您弄碗热乎的。"

谢老师脚下走不动了，别看肖姨是早先的那拨下岗女工，岁数不老小，可手脚极是麻利，不论在不在饭点上，她随时都能端出两碗"热乎的"来。她急着便去洗手下厨，由穆沧把推车弄进来。

穆沧垂挂着头，蹑着手脚，到谢老师身后的南阳台收下晾着的狗裤子，铺到北面过道的狗窝里，然后半抱着扶松果下来，往它的裤子上挪。谢老师全程盯着，沧仍是他那静止似的嬉笑之色，视线绝对不高过地面三尺，怎么也捉不到他的眼神。等松果躺好歇下，给它的饮水器上满水，穆沧跟谁也不打招呼，高大略胖的身子从客厅一角蹑过，拉开门便走，回他的住处去了。

穆沧一个人住在老机械厂的宿舍楼，这还是穆有衡早年在厂里分得的一套自建房，五十平不到，顶楼，夏热冬冷，管道设施也都破旧了。穆沧不肯搬动，也不愿动屋子里的东西。有总也不是很讲究的人，丢下两处别墅不管，也不去那恒温恒湿英式管家服务的滨江高层，就近着穆沧住。这里其实也是机械厂厂区所在，九六年厂子倒掉之后，各种变卖，几番转手，被开发成筑枫雅居，有总遂买下相连的两大套，打通了一直住到现在，跟穆沧那小窝就隔一条街，也方便肖姨两头照管。

肖姨端上来一碗稀稠均匀的小米薏仁杂粮粥，一小碟橄榄菜，两枚细腻入味的茶叶蛋。热粥下肚，茶叶蛋小菜伴送，可真是脏腑安神哪。有总却灰着脸摇摇头，瞅一眼茶几上剩下的那半碗藕粉羹，让肖姨给热了端来。

吃食上，有总不讲究，最多跟着他那小圈子，胡乱吃些补料，铁皮石斛、野参、田七粉、紫河车之类。只一个毛病，喜欢瞎怀旧，比方像藕粉，那是从前的病人补养。包括洋桃罐头、枇杷罐头、红糖泡徽子、猪肚肺汤、南通脆饼、常州横山桥百叶之类，听起来平常，却叫肖姨好一阵的求索。真要找来，他那七十岁的老舌头，又怎么都吃不出个好了。

记得去年差不多这个时候，初春风乍起，他突然地想起一出，要吃**茅针（素材83）**。那是啥呢，是野茅草还没长出来的花穗，见风快长，最多三四天，花穗就会毛茸茸地抽起条子，成其为茅花了。肖姨是死心眼，掐着头一阵的寒面春风，真的托乡下亲戚去野河滩子拔到两小把，专程送到筑枫雅居。谢老师那天正好在，剥了几根尝尝，白白软软一小细长条，入口略有些甘草香，到末了就嚼不大动了。有总努着嘴巴，固执地梗着脖子，统统咽下。

"放心，我这就替您约二子去。"谢老师三两下喝光吃净，谢过肖姨，总算抬起屁股，跟有总哈一下身子。尽快约来王桑也好，倒是看看，他怎么打那张"女大王"牌的。

二、病梅

1

每次到筑枫雅居这边——所幸次数也不多——王桑都让自己坐在朝向阳台的位置。如此，便不用面向紫水晶隔断与阿难造像，亦不必直视穆某人。对这三者，也不是说有多么排斥。能看别的，总是强多了。

窗外固然也是寒碜，枝条空寂，天色阴垂，可看得久了，就成了一张素净大幕，影影绰绰中似有江湖铿锵之声。想到临川四梦[1]里"侠也"的《紫钗记》，至今还没捞到听上半出一出的。下次要问问老木良，他们昆剧团有可能重排吗，说是存下来只有《折柳阳关》一折了，其中〔寄生草〕〔解三酲〕两支曲牌，浓情华丽，最能扯动天下伤情。胡乱想着这些，屁股下反倒坐得住了。

这整个中午，与穆某人的谈话——如果这种并无信息交换、单方面重复性的语言喷射也能算作一种谈话——已进行了四十分钟，手机上红灯一直在闪。

---

[1] 临川四梦，指明代剧作家汤显祖的《紫钗记》《牡丹亭》《邯郸记》《南柯记》，并有"《紫钗记》，侠也；《牡丹亭》，情也；《南柯记》，佛也；《邯郸记》，仙也"之说。

趁着穆某终于含起吸管来喝茶的空儿，翻动微信处理了一通。都是凹九空间那边的事，无非是增加一面布展挂墙，三天半的展期延到四天半，册页上漏掉了艺术家个人二维码，无可无不可的，但当事人总是讲究得要命、纠结得要命。不想让穆某听到这些往来，免得又被他抓住不放尽情嘲笑，刻薄地谓之"蜜蜂屁眼大的文化事业"……

对这位父亲，人们所声声尊称的有总，王桑心里只唤他作穆某、穆某人。穆某今天到底要谈什么，他无所谓。只需面呈思虑之色，实则双耳关闭，肚腹里自我翻翻筋斗罢了。这是他的一贯策略。也可谓是，父子之交淡如寡水。

表面上的矛盾，是王桑五年前突然离开机关，偏离远大仕途，去到凹九空间，苦哈哈地做起那些毫无用处的艺术展览，这是穆某打死也想不通的"惊天之变"，至今愤怒异常，随时会借个话头，用他那粗野的调子训话。切，哪里就轮到你淡泊名利了，淡够了没？泊够了没？每到年底，看到官方一拨拨地发布"最新人事任免"，就让谢老师约他上门，当着他面指点一番所谓的机密内幕，那意思是"上头都有人"，然后百爪挠心地长吁短叹，好一番地软语哀告。二子，别跟那些吊儿郎当的艺术家鬼混了，你老子能递上话儿的，起码钱能说话，咱回正道行不行，好歹的，给穆家翻上官牌子……

有时讲他上过的国学大师班，讲才子从政，这是自古以来的大理儿，什么王维白居易，什么苏门父子三口，什么司马光范仲淹，什么欧阳修王安石，二子啊，看哪个不比你有才，不比你清高，可哪个不是格格正正做到大官？你不是号称崇拜王阳明嘛，人家那更是文功武治，凭打仗都能封上爵位的！

王桑只一声不吭。老家伙凑近、细看，终于翻脸，瞧瞧你这吊死鬼的丧气样，就活该扶不上墙，活该屁事也干不成。就你那啥凹九还是凹十的，每天能有九个人十个人去吗。该！你这脸，比你的展览还难看呢。都不如你哥穆沧呢，人家就是睡着了都笑嘻嘻的。

是啊，也不知道别人怎么都能够把表情收拾得挺有样子的。进到大国企的同学，面上总是精进、昂扬，外加一点竞争性的机警。有两个在互联网公司，眉宇间密布危机感，可危机中又具有先进性，像远远走在人类与时代前面。做媒体的也是，像谢老师，离开报社二十年了，还是那样一种什么都是机密但他什么都知道的神气。而在凹九空间，来来往往的艺术男女们，也自有一套比赛着不靠谱的复杂派头。更不要讲以前在机关大楼里的同事们，也统统是笃笃定定的自洽模样。

独是他王桑，总飘飘忽忽，落不了地，找不到自个儿的脸——病根在哪里呢，不正是拜穆某所赐吗，也懒得跟他去从头掰扯了。

"你今天，不交个底，就别出这个门。"穆某用吸管吱溜吸茶水，吸猛了，溢出许多，试图用下唇拢住，未遂。这使他本就含着舌头的狠话，其效果又减了十之七八。穆某这残损模样，让王桑稍有点惊异，想到他以前那直扎耳朵的疾风骤雨 王桑挪转身子，把脸对着穆某一点，看着茶水顺着他脖子往下走，有半片茶叶，正沾在左边那颗老而黄的虎牙上。淡淡的同情一下消失了，王桑放弃了递去纸巾的想法。

虎牙丑陋。他也有过一对，工作后攒下头三个月工资，数目一够就跑口腔医院给拔了，为此还戴了一年半的牙套。那时成年男人整牙的极少，他被戏谑的喝彩包围了两年有余，终得以在面貌上与穆某稍做分割。有次穆某训话时自豪地提到柿子与柿饼，他随后硬生生戒掉这个偏好。只可惜头顶所遗传下的两个旋儿没法弄，还有胡子的形状，只要长出来，便跟胡子拉碴的穆某酷肖，所以王桑向来对胡子视若蛮异，绝不许它们在脸上冒茬。有次重感冒连躺三天，起床猛然看到镜子里一个活脱脱的穆某，差点让他把刚吞下的药都反胃出来。

"我们丁克。刚结婚就讲了，讲八年了。就这会儿，也都说四次了。"王桑平静地，音调绝无起伏。这样的效果最好，气人的效果。

"讲了，就是天？（含起吸管）皇帝佬儿（吸管跑偏，重试）还能上吊寻死呢。要什么条件？（右手去够纸巾，未遂）讲！"

哈，瞧瞧老家伙，都这样了，还这么的穆有衡：所有的事都是生意，而这世上就没有他谈不成的生意。谁说人人都没信仰，他就有：生意。他终身信仰并践行这个，能把儿子也算计在内。

2

这算计，打小就开始了。刷牙和打球只准用左手，以助右脑发达。大暑天买来奶油冰淇淋，放到王桑眼跟前，但不许舔哪怕一口，直到它们白白化掉。一年三季冷水浴，伏天反得用热水。每日晨跑三千米哪怕大年初一户外大雪。顺着成语字典挨个儿背成语。每日读五页《大英百科全书》。不许跟十名之后的同学交往。王桑后来才知道，穆某都是在酒席上，觥筹交错之际，不论政商学农工，结交到些大人物，他就向人家讨教育子良方，尤其是成为伟人成为强者的训练之道。东一处西一处，但凡听得个三句两句，就回来给王桑的每日功课加上。有时王桑会想，他怎么长大的呢，就是那些酒囊饭袋的无数条大舌头，给胡乱指点的大杂烩成功之道。

王桑尝试过微弱的抗争。穆有衡不动身子，只把头微微一侧，侧向哥哥穆沧的房间。这就什么都不用说了。从王桑能明白事理起，就被告知：家里头，不能指望小沧，你得翻倍地厉害，全能地牛逼。确实，是这么回事。

穆有衡经常跟他谈心，把房间顶灯关了，只留床头灯，把他的影子在墙上映得巨大。

你想啊，二子，你的命哪里来的，要不是发现小沧不对头，国家承认他是傻子，哪能申请到你的指标呢。八三年的二胎，正是基本国策的要紧关头啊。你这命，是小沧给你的，得认一辈子。

王桑再大一点，穆有衡头发也白一点了，他声音嘶哑，仍然只开床头灯。

二子，你妈为啥跳楼呢，就是因为生你啊，脑子给生岔了，拦不住地要跳，差点儿拉着你哥儿俩一起。你这一条小命，真把全家都搭进去了——这是个很长的睡前故事，王桑已倒背如流，讲完这一套残酷家史，穆有衡就搔着花白脑袋带上门走了。王桑却翻身爬坐起来，并觉得他这辈子都绝不能躺倒了，得像埃菲尔铁塔那样永远硬邦邦站着。他一条条地掠夺了家里人的健康、运气与生命，他必须成为这个家的远大前程。

因此王桑是连叛逆期都没有的，包括高中分文理，很明显他文科强得多，虽不讲清北复旦，起码北师华师蛮有希望。穆有衡坚持要他选理科，并罕有地降低要求，说只要一本就行，专业并不要太热门，机电啊水利啊农科啊都可以，也不必非念博士不可，不如早点工作积累资历，将来搞搞在职研究生就行，反正后来都得上党校。最要紧的，是下到基层去吃苦头……怎么，你都没好好研究一下他们的简历吗？其实是有规律的！王桑那时才明白过来，穆有衡在他身上所寄托、所规划的，是怎么样一条康庄大道了。

而那时，也正是穆有衡生意上最为高歌猛进、日月有增的阶段。固然早就学过"资本来到世间，从头到脚，每个毛孔都滴着……"，但穆有衡具体是怎么地"血和肮脏"，王桑那时并不大清楚，所能看到的，就是他整天价地吃饭喝酒送礼交朋友。

大多是掌中有印手下有权的朋友，哈，穆某对他们真是太崇拜了，那样的热忱、景仰，孝子贤孙般地在哈着啊。而私下里，又极为老到地把他们给分门别类地工具化，圆熟地摆布对方于"遇水架桥、逢山开路"的诸种需求之中。事成之后，穆有衡总会与谢老师击掌而贺，那种提弄傀偏线的大快意，实在是不能够直视。那时王桑尚处于少年人的天真洁癖中，受一位年轻助教的影响，正囫囵吞枣地在读王阳明，满心倾慕，有着家国天下之豪想。他想，从政，当然是好的，只决计不要成为被穆有衡之流所摆布的那种主事者……

几年的大学履历，他颇是漂亮，进学生会，支教，交换生，国家奖金学。毕业后先到街道干了两年，然后就上机关，在办公厅一个工作组帮忙，一口气忙了市里的三个大型国际会议，后来落脚到团委，走步至此，大样子上看，算是搭起很好的架子了——他不知道，也不愿问、不敢问，是穆有衡在幕后推动着这一切吗。就像考高中时，全市最好的中学，竞争酷烈，他超线五分考上了，但所有人都"习以为常"地认为，不过是他有钱的爹用钱垫高了分数。

当然，打小的那些清规戒律确实有效，他发现自己不易受享乐的诱惑，有甘愿清苦的意志。记忆力强，也擅发言。穆有衡在小学里就给他报了口才训练的课外班，并要求他看政客演讲合辑。故而任何场合上，王桑开口"谈谈我一点不成熟的想法"，皆是条理清晰，能一字不差讲文件出处，能引经据典来几句诗文，还有临时发挥的几句幽默。也有执行力，处理一桩事务，他会综合考量行政成本，会判断上级意志，结合部门考核要素，也会兼及媒体效应。长期的浇灌和训练之下，这一切，不难，几乎是下意识之举。

问题就出在这种太过标准的下意识，出自穆有衡长久的布局，以及说不清的背后推动。回头望望二十多年的养成路径，自己到底是什么？就是穆有衡对着"官模子"所一手造就的高仿赝品。太像了，以至于太糟了。

而心明眼亮的人们也同样把他看作一条咸鱼，谁嘴巴里淡了，就拿他出来挂一挂：怎么就落地团委了，那可是干部蓄水池哇，靠他自己？绝、对、不、可、能。总之他这样的富二代，怎么样都是不对的。车前马后对众人殷勤，那是因为心虚。倘使闷头进出，便是傲慢，仗着家里有几个臭钱不认得人了。工作得手了那是众人给他面子，你想，只要上了花花轿，傻子都能抬将出来。若工作出点岔子，嘿，说他是泥人儿吧，这不现形了。

果真冤屈吗？王桑在脑子里一拍惊堂木，惊惧地审视自己的处境——他可能就是个草包，且必须是个草包，是个不学无术的纨绔子弟。穆某的原罪有多大，他的原罪也就有多大，该着的。穆有衡的规划越是周全，王桑越是努力跟进，哪怕只是下意识地模拟，外界的否定与反感就越是强劲，他就越会可笑地四处吃瘪跌跤、满嘴啃泥。

关键是穆有衡从来意识不到这些。这老投资人可正等着收割呢，期望值蹿得像发烧的水银柱，伴随着百思不解的强烈愤慨。你，怎就这样肭呢。二子啊，我不都是现成儿地替你铺好高铁了嘛，咋就总不动呢。看看，年度优秀没你，挂职锻炼没你，轮岗没你，援藏援疆没你，西部扶贫，还是没你。穆有衡说着，一边将松果的长毛，捋了左边再捋右边。就咱松果，能这样给铺垫着，也都该到副局了，再不济也得是市管后备哇。王桑本来还挺爱逗弄松果的，给他那么一打比方，看到松果就想叫它狗狗后备了。

有好几年，王桑甚至都羡慕穆沧那老哥哥，要能放平躺倒，完全不理会这人间事，多好。他总记得高中背过的《病梅馆记》，"梅以曲为美，直则无姿；以欹为美，正则无景；以疏为美，密则无态……有以文人画士孤癖之隐明告鬻梅者，斫其正，养其旁条，删其密，夭其稚枝，锄其直……"他是反过来读的，不管表面上多么堂而皇之、得其应用，他认为自己已经被扭成个病梅了，怪模怪样的，全然违反他的内心与自然。

总之，在机关待到第五年，一盘活棋已然走死。由于他自己的拧巴劲儿，也由于人们对他的拧巴看法，好似插错地方的秧苗，王桑深感到自己蔫头耷脑，快要脱水而亡了。那年年底恰逢机构转改，一部分文化单位改企，一部分外挂脱钩。鸿鹄大志者与失意平庸之辈也都由此各自腾挪或被腾挪，王桑是后一类。机关里普查大家意愿时，他在"服从安排"下打了钩，其实这哪里是一道选择题呢。最终，他被安置到创意园区的一个展馆，旧防空洞改造而成的，名"凹九空间"，主要是搞些艺术展览，也可承接小型演出，雅致而门可罗雀。

啥？凹九？凹九空间？简直没听说过，一多半在地下呢，照大楼的逻辑来看，这完全是流放了。于是乎人们又啧啧了，他家老子退出生意场了嘛，早先的帮衬没了，可不就打回原形了，这人间哪，还是公平，全有后手在等着呢——好像他这一生，就此完蛋、剧终。

实际上，他倒觉着这个安排，也算是组织的英明与苦心，认为他这蔫不拉唧的，正合适搞文化。而且，嘿，他心里有份无人知晓的畅快，杀亲之快，主要是针对穆某的。就得这样，最彻底的背道而驰，哈哈。

要知道，穆某最最不屑的，就是文化领域。他的生意，有点像八爪鱼，除了始终咬定"轮子"物流不松口，还在各处伸他的触角，有的是老哥儿们几个合伙，有的是直接砸钱入资，有的是盘活并购。汽配维修、保健品、快捷酒店、空气净化器、塑胶跑道，应时而趋，啥都能插上半脚一爪，子公司孙公司合伙公司姻亲公司跟撒豆子似的到处滚。就独独的，从来没有对文化感过兴趣，认为那全是虚头巴脑的空转，产生不了任何实在效益。王桑听谢老师说过，只要建议到文化领域，穆有衡就大大地鼓起腮帮子，"噗"一声，喷出像是忍俊不禁的一个冷笑，牛头看到马嘴，压根不接腔。

最接近、最接近的一块，算是留学代培代办，那还是因为谢老师有一阵子，总为着儿子的留学事四处奔走，又把老婆吭哧着给送出去照料，前后花了老鼻子钱。老家伙一眼看出这里头有条产业链，随即把一家小机构盘下来，开足火力，专攻加拿大代办，于是乎，一大票一大票的少年学生郎，也像货物似的，被他物流直通至枫叶国度。

因此不管外人觉着他去凹九，是多么地失败与难堪，王桑却觉得是一个明净的转折，若能借此摆脱和遏制掉穆某对他在仕途上的任何妄念，简直可算是他人生头一遭的小小自由。"几回家听鸡鸣起身独夜舞。想古来多少乘除，显得个勋名垂宇宙，不争便姓字老樵渔！"[1]哈，虽不至于归隐独修，可顺流而下总可以的吧。

想起大学毕业刚工作那年，有感于二十年来被穆有衡的塑造，以及这种塑造与他内心的千里之谬，他跟穆有衡讲过一个笑话：你知道大学那么多专业，怎么偏就没有一个当官的专业？是怕报得太满吗？非也。是当官本身从来就不需要专门的专业。且所有的专业，归根结底也都是当官的专业。穆有衡听罢抚掌大笑，认为颇是妙绝。那是他对穆某讲的最后一个笑话了，此后，他对父亲的态度就一步步淡化，不敬而远了。

---

1 ［清］洪昇《长生殿·酒楼》。

这倒是丝毫不影响穆有衡，他仍像从前对王桑讲睡前故事那样，一以贯之地训诫与干预，从他小时候的每一天，到他跟丁宁的婚事，直至眼下的生育。

3

处置完几条留言之后，丁宁的电话正好来了，忙起身到阳台去接，以免穆某听到他连手机铃声都设置成了昆曲，必然又是一番啰唆。

对他的沉迷昆曲，比之流落到凹九空间，穆某是更加地不可忍受。当真的，以为自己公子哥儿了，还捧角玩票了？你也配？穷三代富三代，我家还没起步呢，你这就都败上了。他用肺气肿患者特有的那种胸腔拉风声，自顾边喘边骂，骂得离题万里——其实王桑对昆曲的投奔，只是自然而然的寥落之选。凹九那边，本就是个冷落处，待得久了，更加地厌恶热闹，尤其节气佳时，人众声喧繁盛美景，心里便会莫名地持痛，无可附着。工作之故正好跟昆曲团接触甚多，那里可是真败落，真式微，倒叫王桑大有避热就凉的同归之感，好比合并同类项……而当真一脚踏进去之后，发觉又是别一番天地，妖娆有致，深邃无底，确乎乐在其中了。

丁宁这铃声，他截了《狮吼记》中悍妇柳月红对骂苏东坡的一段，滴溜溜的念白，自夸"颇闻经史懿言""古之贤妇""齐眉之敬"，[1]云云。丁宁谈不上悍妇，可她那股自诩为知识分子，又

---

1 ［明］汪廷讷《狮吼记·跪池》。

扮作贤良淑德的劲儿，跟柳月红也算古今神通了。

"中午还在忙？占用你三分钟。替你报好名了。哪怕就听我这一次。你真的，需要解压，需要调整心态。"她十分高效地开口便讲。丁宁总把他日常性的沉闷，理解为仕途失意，觉得有义务要替他化解。"就这个周六上午，紫金山捡垃圾。'捡捡风'真是最朴素的环保组织，我们群里每天一条环保小贴士。像昨天的，晚上洗澡前如要小便，提倡等到洗澡时直接撒在浴室里，可省一次马桶抽水。假如全世界的人都能做到，你算算这个账……"她所讲的三分钟是主观尺度，实际时长会到十三分钟或三十分钟。

"藏青那件？好的好的。"王桑嘴中嗯嗯，扫视露台花草。老滴水观音宽叶如盖，发财树缠绕得层层密匝，一大簇迎春已绽出紫红带黄芯的花苞。角落里有只大土盆，怪了，那枯死好久的一截梅桩根子，悄没声儿发了几瓣新叶，上次来还没见着呢。王桑弯下腰细看，那新芽嫩得让人心疼。"放心，我路过洗衣店取回来。"

挂了电话，王桑呆愣愣地盯着那枯桩新芽，心中突地晃悠，仿佛整个外部世界都模糊起来、后退而去，只眼前这三枚新芽，混沌中甜美摇动。一股熟悉的憾恨突然涌来。他知道自己又想起了圆圆脸。每当丁宁这样地令人厌倦，而恰好又在穆某这边，总会引发这强迫般的联想。忙挪开视线，转身回屋。

发现老家伙又在耍那套戏码：淌眼泪。戏刚开场，眼泪水在皱巴巴的面皮上还没有打通水道，流得有些犹犹豫豫。总这样，从不避人，比撒泡尿还容易，无一丝耻感。有时家中还有外人，也都是说来就来。

你不耻，我也不臊。王桑故意直愣愣盯着。这会儿，泪道已经顺畅，并在下巴那块儿，接续上刚才的茶水道，也许还有稍早的口水道，一起往领口深处汇合而去了。顺着老家伙泪光闪闪的眼神，王桑拉出去一个较长的射线，哦，他在看外头，看露台。再拉得精确一点，他也在看那老盆景里的嫩芽。敢情！王桑立刻感到一阵被侵犯般的懊丧。

眼泪水之后，穆某倒是焕然一新。啐。他把嘴角的吸管吐在茶杯里，"你不生，那就得小沧了。"

"可、可。"王桑结巴着，兜头而来的歉疚，像大塑料皮，把脸裹得透不过气。

他的丁克之选，跟圆圆脸有关，本是他对这桩错误婚姻的对冲之举，倒也没太顶真，没料到穆某一次次地大动干戈、志在必得，反弄得王桑坚定起来。这可是现成儿的抓手，难得的主动权，可以跟穆某对着干一仗。怎么能把哥给扯进来！沧的情况，穆某明明也知道的，他至今还是老童男啊，种种迹象表明，他根本就没有那一窍的。别说女人，只要是人，穆沧都是不愿意有任何肢体触碰的。这等于把半辈子吃素的人给生生赶进屠宰场哪。

可他说不出口，也绝对地拦不得。但凡是个人，谁不贪腥爱荤，他当然也一万个希望，希望穆沧老哥能有人伦男女之乐。

"对象嘛，也能找到。"只见老家伙顿了顿，仿佛是才想出的一个人，"我不，有个干女儿嘛。"随即安静了好几秒钟，王桑知道，这是压住扳扣、等子弹飞出去的绝妙时刻。穆某最享受这种控制了。

一、二、三。四、五、六。王桑在舌根底下数数字，这还是某位政治家回忆录中的法子，被激怒时，如何摁住自己不失态。

王桑还没数到十，穆某自己就接下去了，他的子弹是实力派的，不需要过长的花式弧线："这也等于，肥水，不外流。"他挪挪好的那半边身子，不容置疑的口气，"你去跟河山谈。这也是为着你哥。"

脸上的薄膜猝然落地，能感到皮下肌肉和骨骼的相互搏击。上一次如此愤怒，还是八年前，结婚当天得知一条与圆圆脸相关的信息，那是穆某毁坏他的另一个至暗时刻。

王桑起身，一声没吭径直出门。肖姨一直在厨房候着，晃悠悠端着碗水饺直追到楼道口："我一直用小火养着，韭菜鸡蛋馅儿，还搀了小虾皮，你最喜欢的！"

肖姨身上，总有股王桑难以拒绝的母亲般的慈柔，每次回来，总会给他备上什么吃食，使得这里多少还有点家的意思。他心中一酸，以手扶碗，就着肖姨手里，吃了两只。一出小区就可看到对面的老机械厂宿舍，风吹树摇，屋动窗移，好像一眼能看到他的傻老哥，正在家里呆着、打小就一直呆着、呆到人近四十、可能将呆到老死的穆沧。

这样的沧，永远都是王桑最大的心亏与心疼，也是绝对不能动着、不能伤着的人。怎能把他跟河山扯一块儿呀。

三、小牛犊

1

王桑跟河山并没见过面,第一次在公共场合被人提起时,还在机关,刚宣布要被流放至凹九空间。中午在食堂,有位小同事嬉笑着跟他调侃,听说,要有个小你八岁的新妈啦,你家老子真是可以。你,也一并大喜呀。

这小八岁的新妈,即是指河山。

大前提也没太错。穆有衡是个老鳏夫,母亲跳楼时,王桑八个月,穆沧四岁。穆有衡此后就一直单身未续,专心抚养他们两个,这也是多年来在床头灯下,穆有衡对王桑进行睡前教谕的重点。王桑到后来才了悟,这形式上的忠贞实在很是实用,在某些需要假羽毛与高帽子的场合,可作为美德加以无限的称颂。与此同时,也为放纵之事大开方便之门。老板嘛,九十年代嘛,大兴郑卫之风。王桑反正自大学后就没有再回家中居住,以免撞碰上任何不便的场景。当然他也清楚,不会有大的动作——以穆某特有的众生皆为假想敌的警惕性,任何活物,除掉老松果,走到他一公里之内,都是惦记他的钱,更遑论结婚呢。婚姻是多么典型的经济行为啊,他不会接受这样的掠夺。

但对河山，是另一种尺度？

河山谁呢，是穆某的一个长期资助对象，远在西部，据说是个孤儿。最老早，他是作为"爱心爸爸"在什么民间机构认下的，那时河山好像才四五岁，上学后就转为东西部的结对子资助，当时很流行那样。谢老师过来后，具体都是他在操办，除了固定资助学费生活费，还总是寄东西。谢老师但凡替他们兄弟买文具衣服运动鞋，总会多带上一份，粉红色，蝴蝶结，圆点点，花花俏俏的。王桑高中用过两学期的复读机和随身听，本想送给她的，谢老师说，有总从来不让给旧东西，另买了更新一代的寄去。反正，是比单纯的结对子要讲究一些。

那资助生后来考上了当地的一个师范学院，免学费免伙食费，穆某还是指示谢老师涨了资助费，"女孩子家的，总要打扮打扮，吃点零食什么的。"见王桑在侧，他嘟囔着解释了一句。王桑以前大学里也有贫困同学，有时做家教，有时给广告公司散传单，都是自己挣。那个叫河山的，就不能也找份工吗？不过当时没想太多，直到被这"小新妈"的说法所诱激，才回想起穆某当时那一句嘟囔的用心，可真是浇灌式的等待啊——

照理说，这样的结对子关系在受助人大学毕业后当告终止，如资助方依然需要撒播爱心，可替换受助对象。但是不，穆某坚持他的专一，这对子，一直结到而今……从谢老师那里，王桑所零星知道的，大概其就这么多。倒也没想要特别地去批判：穆有衡不应当也不可能像苦行僧一样过活。他与河山这种模式，或也可谓是某种婚姻的底线方程式：某方长期投入，某方定向回报。只要自觉自愿，不违法，也没啥好说。

所以王桑当时并没有被"小新妈"这则传闻本身所惊骇，他只是留意到那位同事提及此事时，那毫不在意的方式。可以想见，又是大楼的每个角落都传遍了。关于穆某的各种传闻，总是到最后才会刮到王桑耳朵里。他跟某位要人交情如何如何。他内部运作了某个肥肥的项目。他被仇家花两百万买命。等等。此一宗，不过是黄色而已。王桑笑了笑没接话，当时正好要去凹九空间了，便想着，就以这位尚待确证的小新妈为由头，关于工作之变，去正式告知一下穆某吧。

　　他想对穆某人进行一个总结性陈词。这么些年，正是他那一套功利十足幕后推手的做法，把他王桑给生生搞成了众人嘲弄的废物点心，是他缔造、控制也毁坏了王桑的整个前半场，并导致了眼下的发配流放（自然，不要暴露内心的报复性快感）。他得先把这个因果关系给掰扯清楚。然后的话，也会尝试劝说穆有衡，平心静气地放弃掉吧，接受自己的失策，在栽培儿子的这一宗生意上，赔了。

　　至于王桑今后的命，再怎么平庸，就都由他自个儿来做主，由着他去跟那些没用场的东西打交道好了。难道世界上就只有升官、发财两样事情？再怎么一出大戏，至多也就一两个状元郎或大将军，余者不都是举着旗子呼啦啦跑龙套的嘛。要是这一回能谈好，他还真愿意跟穆有衡讲讲跑龙套打圆场的妙处呢，正所谓"圆场一转，万妙之门"，灯过马走旗动，步步生风带尘，区区八条人，硬是能演练出足足的千军万马，日升月落……对，当时他就是带着这些算是求和的，近乎振奋和抒情的想法，想跟穆某去进行一场像样的谈话。

记得那天电话打到家里，穆某竟然连问两遍"您哪位"，这是暗讽王桑太久没有联络，他连声音都听不出了。王桑上次回家，是替穆沧过生日，确实有大半年了。然后他又表示手上正忙，拿腔捏调地让王桑跟谢老师约时间。其实王桑清楚，他大部分公司都脱手出去，手上就留了一家最小的衡祥水泥，还能忙什么。脚已进了楼道，不管，直接上去。

客厅的沙发茶几什么的都被推到边上，穆有衡正跟松果来回跑动，扔球捡球。也不知哪个陪哪个，狗和人都累得直吐舌头。

"听到些情况。"王桑这样开头，"关于您和河山。所以。"

穆有衡把扔到半空中的球接住，停下，老松果见势，一下子溜到阳台喝水去了。"坐坐，坐下来说。"穆有衡拭着汗，一道惊疑闪过之后，突然显出极愉悦的期待，"听到什么了？都咋说的，他们？"

知道穆有衡喜欢玩虚招，可实在没心思，"说要做我的新妈。"

"哟，具体咋说的他们？这样的事，不是得加油添醋、有鼻子有眼儿的吗？"启发般地，"知道，我们差几岁吗？知道，她是个什么人？我们，又是怎么来往的呢？"

"资助的女学生。"

"这，不算什么，孤儿嘛。"倒像在谦虚了，直摆手，"不知道她别的什么吗？"

"没听说。"

"情报工作还是不行哪。都不传一传我们相差多少吗？三十多岁呢！"穆有衡像是遗憾地，"就没有骂我是衣冠禽兽、禽兽不如吗？"带着被外界高估了性能力所带来的得意，他发出暧昧的笑声，真令王桑无法忍受。显然，老东西喜欢这传言，他快要退出生意圈了，正是最需要存在感的阶段，还有什么比这个更带劲的呢。"有没有说她长得怎么样？真要传八卦，得做功课才是。有人拍到我跟她在一块儿吗？得有图有真相嘛。"兴致高极了。

"当真的，有过这个打算？"

"怪不得你啊，连扶你上马、一马平川的官路都给生生地走死了。你肩膀上，真有个脑瓜子吗？"一把抓住机会打击讽刺，"我是她爱心爸爸，打小就认的干女儿呀。外人不知我不怪，你不清楚吗？"顿了顿，愉快地一摇头，"'干女儿''干爸爸'的，确实也是不大好听。但云山雾罩的，会比较好玩嘛。"嗓里含着痰，咳着笑起来。他就不能吐掉那一口黏痰吗。

谈话就此猝然中断，王桑无法进行下去了，连舌头下数数字都压不住火。穆有衡坦荡地承认，或者强烈地反驳，哪怕发个火啊，都可以。非得这样四六不着地恶心自己也恶心别人吗。

其实王桑也认为不大可能真有其事，且不论穆某在经济上的严防死守，还有一个刻薄的推理——但凡身体可以，怎么可能把命本一样紧紧攥在手心里的那些公司给一家家撒手了？他从五十多就开始痛风，发作起来，从床走到马桶，需要半个钟头。还有尿结石的毛病，疼起来满床爬，每一年半就得做一次碎石。还动不动就淋巴管堵塞，两腿水肿得像穿了老棉裤。说难听点儿，等于半截身子埋黄土，也别说河山了，就是把洛神请过来勾引老头子，他恐怕也都是枯井一眼无可作为了。

王桑这么一想，也能明白，算是穆某的老年意淫吧。但这太败坏心绪了。关于自己的工作之变，关于且做闲云看流水的想法，是一个字也不想提了。反正谢老师向来是灵通人士，必然会向他通报，估计还会像个狗头军师一样，搓着手，设法找一些美饰之辞，把发配到凹九空间给美化成天欲降大任于斯人之类。随他们去。反正他这辈子，都不想再与穆某认真谈话了。

记得肖姨那天给他端来的是一碗酒酿小元宵，小小的糯米团半透明地挤挤挨挨着，还撒了星星点点的金色桂花："这是一早下楼掳的，用蜜腌了四个多小时。"酒酿入口，带着特有的甜酸，让人很软弱。

王桑抬头看了看窗外，意识到已是阴历八月，筑枫雅居的绿植相当出名，桂树樟树杏树紫荆樱树各司其时，那么此时早当满院桂香了，怎么一点没闻到呢。从前他还住家的时候，到晚上外头没什么人了，他会把穆沧从老机械厂宿舍带出来，兄弟两个一起转悠几圈。沧对气味极为敏感，不仅是桂香梅香，哪怕只是走过一摊草坪，沧都能闻出草根子香，说它们白天刚被剪草机推过……肖姨坐在边上，看王桑吃，轻拍两下他的胳膊。意思是，别气了，你还不知道，他就这样。

"要看看你小新妈的照片吗。都说女大十八变，河山这丫头，起码得有八十变！"穆有衡高举胳膊，夸张地晃动手机，笑声在空气中无耻地震动。

2

从老早的"干女儿"到五六年前传言的"小新妈"，到最新指令的"让她跟穆沧好"，全都是腌里巴臜的。真要跟这个河山打起交道来吗?

晌午时分的马路,所有东西的影子都很矮,显出沮丧不安的空荡。王桑也跟着自己的矮影子慢慢走,终于不情不愿地想到了一个去处:谢老师。

一坐下,就让谢老师给他看看河山的近照。

谢老师肯定早知此事,做了穆某这么多年的左膀右臂,尤其现在,这都不是比喻了。但谢老师就是这样,必然要先装呆,用一种把自己和对方都当白痴的乐呵劲儿,直挤眼睛:"怎么又想看了?说给你做小媳妇时,不早就看过了?"

是,王桑刚才在路上也回忆起来,看过。好像是初一初二样子,河山曾得了个全国中学生英语演讲比赛三等奖,为直观呈现"资助成效",谢老师把证书带来让穆有衡高兴一番。王桑随即被叫到跟前,听穆有衡用激赏的语气夸赞河山:二子啊,全国英语演讲这大奖,你可没拿过吧?看看人家。王桑当时已是大四,不屑中接来瞅了一眼,全国大赛是真,但这海选阶段的地区级奖,是雨露均沾的,交过决赛报名费后,大差不差的,就会有一张敲了大红戳的齐整证书。溜一眼证书左下角的照片,能瞧出个尖下巴,嘴巴抿着,不笑,齐刘海快遮住眼睛。一小角衣领,是丑陋的中学校服。正要还过去,谢老师已嚷嚷起来,"看得这个细,要不要我介绍给你做小媳妇!"

都过去这么久,尤其这会儿,谢老师还要开这种陈腐的玩笑。王桑总觉得他身上,有股子"帮闲看客"心态,总是乱上添乱、看能不能再乱点儿的意思。包括他百搭的说话方式,以及不必要的拍肩打背,常令王桑感到不适。非得这么亲热,非得像一家人？真正的家里人才不亲热呢。

谢老师看出他的情绪，打个哈哈，随即殷勤地在手机里划拉，"替你找个最新的。她不是刚搞起艺培嘛，有个推广公号，我订阅了。有总布置下的任务，要关注她所有动静。"

打开谢老师发来的一个推送，是个春季招生宣传，拉到底部，配有河山的照片，那种CEO照，光线色彩构图化妆服饰哪儿哪儿都讲究，就是看不出她本人什么样，王桑回想那寒碜的学生照，想起穆某惊呼的，十八变、八十变，厌恶地摁下某种联想。

"他跟这位，"王桑抬下手机，两个人的名字他都不想提，"没好成？"

"什么呀。"谢老师立即直眉瞪眼地维护起来，"有总跟河山，可从来没见过面呢。"口气真是特别地诚恳。就为着点可怜的养老金吗，怪不得当年翻身栽倒在穆某门下。这是他总也不能喜欢谢老师的原因。"没人比我清楚，都是我在两头忙。要有一字不实——那我这笔头从此烂掉，写不出一个字。"王桑气得笑了，这在谢老师，算是最毒之誓了。

"那说媒，为啥不派你去？"

"我这，只能打杂跑腿，办点粗活。关乎穆沧的婚姻大事，还得二公子你出面哇。"谢老师随口就是电视剧台词一般的陈词滥调。王桑发现谢老师其实读书不少，胸中也当是有些沟壑，但出口常是这种粗俗路子，可能是为着投穆某的脾气吧。此刻，他正像小丑似的，用手把咧开的嘴角推小一点，"我其实，也，相当地不明白。"见王桑摇头，他把手往下压，"我不是指说媒。是说啊，我也不明白，有总为啥始终就不跟河山见面，累得我！也是没处叫苦哇。这位河山小姐，师范学院四年，可惹出不少的幺蛾子，好不容易毕业了，又是一个接一个的麻烦。你想想几个孩子里——咱穆沧，不哼不哈的，最好养活。你这，更不用说，就算去凹九是冷清点儿，没准过几年，就又起来了。就包括我家小子在加拿大，除了定期要钱，也省心。好家伙，就这位干女儿，像个小祖宗，可把我折腾坏了。就为着她，简直把有总所有能动的关系都翻了个底朝天。"

王桑给谢老师扔烟，他像是挺气愤地深吸一口，"喏，开始说要保研，有总很高兴，催着叫我替她打点。可我这胳膊哪能有那么长啊，就算能替她找着下家，总得有绩点和专业排名啊。于是又很志气地，说要自己考。结果是可想而知的，她心思太活呀，大半年的时间，不知翻了几页书。白瞎了。

"那不如，出国呗。她随随便便地决定。我这一听，真是心中一拎，难不成这助学还要掏美元欧元吗。我可太知道有总了，每次给河山掏钱，都像挠到痒痒处一般——这个比方不大好，我的意思是，钱财上，他处处仔细的，偏就在河山身上，实在太洒脱了。一听说要出国，又是满口地叫好，太出息了，学到哈佛学到博士后都支持！于是乎，三万还是多少的，先上英文班去。要去哪个国家哪所大学？英国吧，学艺术管理。她转转眼珠，提了个大方向，然后就全赖在我身上。

"好在咱手上有家留学中介，专攻加拿大的，换汤不换药，好不容易拿到两个英国大学的通知，排名虽然寒碜点，好歹是成了。可姑奶奶又改主意了，说英国学费挺贵，还有吃喝游玩什么的，那免不了要打工，既然都要打工，那还不如在国内发展呢。

国内形势一片火热，都不用打工，直接创业当老板。

“好嘛，创业。这才像我干女儿，我正缺一个做生意的孩子呢。有总又是直拍巴掌。这巴掌一拍，可又忙掉我半条命，迁落户口、租房、注册、招聘等一屁股事儿。以为这就完了？才开始！要说这河山开公司，就跟文盲写诗、瘫子走路差不多。有总还咬着牙鼓励呢，‘看过不如做过，做过不如错过’，做生意总归有赚有赔。吃亏是福，这孩子等于在替我积福呢。切，这话只对河山有效。他对自己、对别人、对我，可从来都容不得一丝闪失。

“河山最早所开的，是所谓的减肥轻餐铺。得承认，这个概念是可以，可架不住她大手大脚的，试吃、送券、搞优惠，附近几条街的中介、保洁与快递都送遍了，简直以为她在做善事呢，很快就赔了个底儿掉。我跟有总如实报告，本是想放点坏水。嗬，他反爽快地拍出一大笔钱，由她去，倒了就再给她重启。”

谢老师抽两口，呛一阵子，“跟你讲，我可是没客气，坚持让河山签了个正式借据。我就猜到，她这启动，就跟坏摩托车发动，‘突突突’一个劲儿白冒烟，还是跑不起来。第二桩生意，是做胎教。前一年正好‘单独两孩’政策出来，且有风声说是二胎要开放了，她思路是对的，胎教确实是个好生意。她师范生嘛，也算对口。哪知吆喝了小半年，正经交钱的没几位，倒是引来一批愁眉苦脸的单亲妈妈，她呀，全免单。拖拖拉拉的，没等正式开班，娃娃都生出好几个了。也不能全怪她，孕妇产妇这些准妈妈，非常时期的女人啊，那交道一般人能打得来吗。要是这世界上是男人生孩子，她生意肯定好爆了。”

王桑看到谢老师的眼睛突地鼓起，顿一顿，"她，很会跟男人打交道。好，这回子又算完。第三次创业：做咖啡吧加面包房，法式情调。我去吃过，法棍很像柴火烧饼。当然问题不在面包，是她非要搞个特色——也真是胡闹，自己还在靠我们帮着，倒还想着去接济别人了——不知打哪里招来一批聋哑孩子，费老劲给培训成店员，全套的衣服给收拾打扮齐整，每人脖子里挂一块白板，手里拿着马克笔，就这么地跟客人交流。好玩了一阵，新鲜劲儿过了，谁还来呢。每一天倒贴两千，不到半年赔个精光，最后只落一套进口烘烤设备，三文两文的，折价卖了。

"她的特点就在于，总有热情奔放的新想法，急忙忙地看准一个地方，就'嘭嘭嘭'破门而入闯进去，一脚跑偏，跑到财神爷隔壁去了。没办法，于是我又带着新一笔的启动资金，去跟河山签借据。到第四次……"

王桑心里一阵骇笑，倒不是在意那些钱，反正是他穆某的，也管不着。只是骇然于这系列行径中昭昭然的愚蠢，就算是有钱老头儿专属的蠢，穆某这也太顺拐了吧，这是出于何种动机何种逻辑，这还能说他们只是普通的资助关系？

王桑压压心口，让自己重新集中精神，谢老师还在掰他的手指头，排数河山的创业丰碑，这时正竖起右手大拇指，"这第六次，就是刚才我推给你的那个公号，艺培学校，琴棋书画之类。照她的口气，这是初期规划，等带出几批好学生来，就顺着往下做艺术新人经纪、作品代理、周边文创开发什么的。我看她啊，最适合的，大概是做风投说客，活活儿地，能把一只空空如也的小巴掌，说成满是花果的五指山。亏好他们俩不见面，真要去冲有总宣讲，咱不赔掉一个亿才怪。"

"真有一个亿能贴补的吗?"王桑脱口问道，几乎感到一种莫名的愉悦。这么个屡败屡战的孤女，这么个从未谋面的干爸爸。当一件事的高尚、荒谬、非线性，突破某个合理限度之后，就会自行改道，直往喜剧方向奔去了。

"哦，一个亿嘛，我只是就手打个比方。"谢老师打着哈哈解释，略有点不自然。这家伙随便怎么样嬉笑、装呆，脑子里总也站着个士兵，严格捍卫着穆有衡到底有多少钱的小秘密。准是被穆某交代过的。瞧，包括谢老师在内，所有人都是这么以为的，穆沧么，是那个样子，那穆家所有，最后不就全落他王桑这里了吗。

高考结束那年，王桑曾被安排到下面厂子里去待了个把月，穆某朝大街上随意一挥手，极得意的口气。二子你知道吗，外面马路上每一部手机，都有我穆有衡一份功劳呐。谢老师也在一边神气活现地帮腔。确实，那几年的通信业正像窜天猴一般全面起跳，热烘烘的机房，撒钉子似的铺排到大小县城，基站铁塔，如丑陋的假树，栽得到处都是。穆有衡并不搞铁塔电缆那些大家伙，成本太高啦，他只做DDF架、ODF架[1]之类的小耗材，但所有机房都要用到，量走得呼呼的，厂子是二十四小时轰隆隆倒班不停歇。

王桑对那些毫无兴趣，偶尔跑到厂房里转悠一圈，满目尽是些铜芯线、锌料、塑料皮之类，不知怎样七搞八搞的，就出来成品了，拇指头大小的适配器，盘子大的一圈尾纤，原料成本

1　DDF架指数字配线架，ODF架指光纤配线架。

有限，却都能卖到上百块。王桑最多也只能在车间里待五六分钟——味儿太大了，除了铁屑气、塑料焦煳味，还有咕噜噜类似化学反应的那种尖锐的腐蚀感，像连续不断的闷棍，敲得脑袋发胀。须得憋一阵气，再小小地吸两口。饶是这样，鼻腔里仍是像爬进一只长长的百脚虫，刺疼发痒，百般恶躁。厂里一个小秘书跟在他屁股后面，捂着三层口罩，第一百声地催他出去。往四周看看，工人们大部分不戴口罩，吭哧吭哧拖着黑乎乎的大家伙，爬高摸低地忙个不歇，面颊上全是红坨坨的，像高血压病人。

中午，他跟一个驼背工人蹲在车间外面吃饭，有意说起车间里的味道。驼背闷头扒饭，好一会儿才哼了一声，"外面多少人巴不得想闻呢。要不是我家老子得肺癌了，我也顶不到这个岗。"他看看王桑，闭了闭眼，没有掩饰他的怒意，"你个白嫩嫩的小仔鸡。"

打那之后，王桑就缩起头来，再不肯去任何厂子了，似乎这就可以划清某种界限。其实触目所见，哪里不在资本的逻辑之下。

就前几天，王桑正在街边闷头走路，耳边只听得一辆电瓶车呼地反道飙过，随即"扑"一声肉铁撞击，后面一个女孩被撞飞，直落到快车道上去，有辆小车为让她，直插到隔壁车道的货车肚里去。一秒钟内，两三条人命未卜。那外卖小哥，两腿被电瓶车压得弯扭，手肘露出骨头，还对着手机请求，"大哥行个好，能不能点个飞行模式？我这就快到了。"那"快到了"的米粉摔在他头盔附近，油汪汪的红辣子撒了一地。

回家讲给丁宁听，丁宁配合地换上一脸严峻，推来一个公号文，用数字考核流程来解释他们的"宁抢一分钟，白送一条命"。她发出陈词滥调的人文主义感叹，所以我是最反对叫外卖的，环保问题就不说了，而且高温餐盒有致癌隐患……多愚蠢的读后感！都不知道重点在哪里，好歹学过一点资本论吧，这不就是当代默片《摩登时代》吗，那外卖小哥所缩短的每一秒钟，可都对应着股东年报上的一长串零。

看看，这就是所有穆有衡们的前赴后继，是资本利益的强力压迫，且这种压迫总是有效，毫不费力地就纠结起各种欲望，驱动着滚滚向前的日新月异——这想法，听起来有点像革命与资本的阵营排异吧？其实也没那么夸张，主要因为王桑吃的闷亏太多了，穆某的钱财，从一开始就是拖在他屁股后的尾巴，避之无法，脱之不开。人们实在太崇拜穆某的金钱，而金钱之强大万能，又足以转化为憎恨与批判，解构掉他作为儿子的一切价值。所以，从决定退身到凹九，他就想清楚了，也不排除有治气的成分：此生务必要跟穆某撇清，他的金山银山，一分不要。

"我也真是探不到他的底。"谢老师婉转地又解释了一句，听上去确实有点不满，"你家老爷子可防着我呢，这么多年，别看我跑前跑后，其实都是打杂，做些纸笔公关，替他擦屁股堵枪眼。生意上的事项，我最多算个十八线外围。尤其后来那些大小公司的转让交割出手，从不带着我。他啊，就爱玩这种闷葫芦摇的把戏，像老女人瞒自己的岁数。"谢老师摇摇头苦笑，"他有个原则的，进水管子和出水管子必须背靠背，所以他只让我操心花钱的事，你看这深一脚浅一脚的。三十八万克隆松果，行。六十万多活十年，不干。六万给家里装地暖，不干。十八万的多功能疗浴器，可以。八千块换个智能加热马桶，不干。可他花了二十五万，你猜忙了个什么？就为着把他的名字……"得了，王桑厌倦摇摇头，他不想听。

"好好好，我们说回河山。"谢老师倒也知趣，暂且压下自己的郁闷，"外头人，再怎么把他们俩说得醒醒，你千万不要理会。有总这当然是属于，属于，慈善行为。"王桑听出他的结巴，"我老早就想着，做个专访，堵堵闲言碎语，也给他脸上拍拍粉，在媒体上香一香。喏，神秘人士资助二十五载，贫困孤女创业报恩。关键词：慈善改变命运。信不信？我绝对能做到中央媒体上去，搞不好还年度感动人物呢。"谢老师表情复杂地皱起眉头，"这么好的料，可惜。有总就是选择做无名英雄。"

"那头，就一直没皮没脸的？"想想这位河山，怎么能够的呢，一直这样大刺刺地受用，无耻到强大吗，也是邪门了。

"你想她，打小在孤儿院那样的地方，总归是能占一点是一点，能抓一手是一手。比一般人嘛，总归贪渴点，也可能她就是习惯了这种拿来主义，哈哈。"谢老师倒是不以为意，"最主要的，架不住有总他乐意啊。你不知道有个老故事吗。说，有个老汉养了一只最心爱的牛犊子，每天抱着它过一条小水沟，从小牛犊一天天抱成三百斤的大公牛，可不就一直抱着嘛，老汉和牛犊子都没觉得哪儿不对啊。当然，这比喻不恰当。河山这，可不是一般的小牛犊。我也五十的人了，不敢说阅遍江湖，多少也是见识过些人物，能唬人的多，有意思的少。河山，别看是个西部小旮旯儿的孤儿，实在算有点意思。"

王桑鼓励地沉默。关于河山，他需要更多的周边信息，要尽可能地先替穆沧多想想。

"嘿嘿，有意思，她真是有点儿意思。"一向描述庸俗但精准的谢老师一时倒找不着词儿似的，只管自得其味地哑摸着嘴摇头。"有点意思"，可以是赞美，也可以是反感。谢老师他到底是想说什么呢。王桑分辨不出。

"不做感动人物也是对的。原来有总留着后手在这里呢。那么些年的铺垫，就不是白给了。"谢老师像个尽职的军师，竭力图解统帅的神秘战术，"你就直接去跟河山谈好了。说不定也就分分钟的事，她一听就应下了。我常常觉得，她跟有总，是同一个路数的人。有总这里出一张怪牌，她那里呢，也回一张怪牌。他们总能你来我往地玩下去。"

王桑心头一晃，在脑子里重新扫描那记不清了的学生照与看不出长相的CEO照，脱口问出来，"他们很像？"

"老早是有人这么传过私生女那一套。不过你想，既然他提出来说合给小沧，起码是可以自证清白。我只是奇怪，有总为什么死活不肯见她？你不晓得，河山那见杆就爬的性格，打小学里就盯着我想见面'认亲'。那时有总忙，也算了，可他现在闲得，整天缠着松果玩，还不如教教她做生意，多好，咱还少贴点钱呢。这点，我想不通。"

王桑这才放松了点，虽则也讨厌穆某那索求报恩的长线逻辑，能排除掉伦理障碍就行。他在心里计算，岁数上，她比穆沧小十二岁，工作不稳定，经济不独立，这拉郎配，不像乍听时那样荒唐了，说不定，真可以唤醒穆沧的某些可能呢。哪怕是从河山这里做一个尝试也行。

等等，又想起个问题，"那，她有男朋友吗现在？"

"有男朋友吗？哈哈。多傻的问题。以为她还是小牛犊子吗，早长成风流小母牛啦。"谢老师连手里的半截子烟都笑得掉地了，他用脚底使劲踩，"这话恐怕得这么问，她啥时没有男朋友，咱插个空儿？"见王桑瞪眼，他也瞪起来，"你不也听到外面那么多流言吗，等你看到她那模样就懂了。哪天有大块时间，我跟你讲讲。故事太多了。她在师范学院，能同时周旋四五个追求者，跟管理一个小团队似的。"

王桑想摇头，摇不动，唉，这哪是穆沧能对付的呀，真还不如做"小新妈"得了。

"所以，怎么讲呢，就我个人意见，也觉得有总这招，是大了点儿。对那丫头是无所谓，可搁在沧身上，真叫人发愁，要能换你就好了。哈哈。"谢老师发出庸俗的笑声。为什么总把河山往他身上拉扯，王桑感到无名之火直冲脑门。

四、飞行棋

1

周五了，晚上要去穆沧那里下飞行棋。下班前照老习惯，去下头展馆转一圈。

沿着长长的引道往地下走，一边就感到温度与湿度开始恒定和柔和起来。王桑常常觉得，这两千平不到的凹九空间，大概是这整个城里人口流动的最低点吧。偌大个场馆，一般只在开幕日有一番虚假的人头攒动，其余大部分时候皆是寂寥。尤其闭馆前半个钟点，更是空谷所在，土静尘不动，颇有热寂归一的宇宙终极之感。空间，空间站，空间站站长，王桑有时这样在心里自谓。

这一周是区妇联的手工展。布艺扎染，手工宫灯，皮雕，葫芦烙铁，刺绣，编织挂毯。来凹九的展品，大都是这样的自得其乐之作，挂上一个展期，任其自生自灭。可能都没有人认为这是艺术——拍卖，获奖，大师，国际，那些才是。谁会瞧得上这些瓦砾般的存在呢，可反过来想，先祖们最元初的创造，不就是幽暗山洞里的几笔简陋嘛。怀着不知是什么样的心理，王桑一丝不苟地顺着展道，脚步拖拖沓沓，仿佛代表着全人类，向展品一一注目，注目那些转眼就要忘掉的造物及其作者：《石头画笑脸》。周英，38岁，中西医结合医院药剂师。《剪纸三国人物》。牛海燕，67岁，二桥收费管理站退休职工……

从半地下层爬将出来，好像从空间站坠落地球，头脑突然涨大一圈，迎面即是巨大的铁色玻璃幕墙，幕墙里飘移着挤挤挨挨的人影与光团。明明是黄昏近晚，也得要眯起眼睛来适应好一阵子。暴露的腰肢。黑唇彩妆。带鼻环的男孩。红字打折区。饮品排队。露天弹唱。滑板。红色耳麦。扫二维码可获赠氢气球。啤酒瓶像多米诺骨牌挤倒。多么地繁华璀璨啊，恍若热惊风，打着圈儿，把王桑弄得脚下一个趔趄。好在路是熟的，只需搬动两腿在人群中蹿走。

这一带都属于青春广场，也是时风之下所集中开发的文化创意街区。就跟穆某鼓着腮帮子"噗"的那个意思一样，文化到底是文化，形不成商业气候，不久就纷纷地改换门庭。影像工作室整租出去，做起情侣复古写真。书店里只两排薄薄书架供人们拍照，主要靠卖咖啡饮品来延喘。文房四宝换成了美甲美睫店。原来还有家很不错的唱片专卖店，翻了几回门脸，最后一切作二：情趣专卖、流水采耳——后者倒也算跟唱片店一脉，服务耳朵。

照旧直奔那家打怀旧牌的零食店。这里原先做字画修复，现在专卖老货。动物饼干、麦丽素、健力宝汽水、大大泡泡糖、跳跳糖、老鼠屎什么的，都是穆沧喜欢的。王桑来到炒货柜台，拿了两小袋带壳花生。"好眼光。全是细沙子炒的。古法。"店员骄傲地大声宣讲。嘿，这就叫古法了。

星期五＋飞行棋＋带壳花生，兄弟俩从小时候就这样固定搭配的，直玩到王桑都长出星星白发了。上周五，他拉着沧一起照镜子，虽则二人面目酷似，但自己的脸上身上，可都被时间"踏石留印，抓铁有痕"，不成样子了，倒是沧，嬉笑中还是那样地白里透红，有点少年气。谢老师自以为是地分析过，说正因为沧不问风月，不涉利欲，跟小和尚似的。王桑觉得不准确，沧并非无牵无挂，他是自有他那套严密和专注的体系。

他小时候最沉迷开关抽屉，拉开、关上，就这俩动作，玩得不喝水不吃饭，尿撒身上也不动。两人一块儿看动画片，穆沧总倚着沙发，拿个大顶，倒着看，呵呵直乐，他们那时的合影常是一个倒一个正。喜欢玩沙子，坐在沙坑里，两只手倒换，看沙子从指缝里簌簌滑落，再抓一把，再滑落，反复无度。任何人都不能动的，是他的一条浴巾，每晚睡觉必要抱着，这可怜的浴巾，已是又薄又破，颜色失尽，到后来不得不分成一小块一小块来用。王桑想过，可能这条浴巾是妈妈带穆沧洗澡时所用的吧，还有妈妈留在上面的气味。他鼻子太灵了，听力也是，有时明明四周一片安静，却突地捂起两只耳朵。问他，指指水晶吊灯，水晶片在空气里互相碰撞，他像听到惊雷。

因是自家哥哥，王桑早就不以为殊。穆有衡那边却总是过不了关，哪怕别人用友好乃至讨好的口气跟他谈起穆沧，"呀，这小孩子坐得住，拼图玩上三个小时都不动的。"他也会一把抓住其中令他不悦的部分，马上反驳，知道什么叫天赋异禀，什么叫天才儿童，我家沧这，就是。然后穆有衡就强自吹嘘起穆沧的记忆力来，其实记的都是不重要的事——带他逛游乐场与动物园，只一次，便记得所有的线路图与场馆分布。家里的玩具、物品等一切物件的摆放，像扫描定位似的，别人稍做挪动，他必然要复位。也会"学习"呢，王桑那时被穆有衡逼着，天天都要背政治家演讲或名人名言，他在一边埋头玩小兵人儿，王桑这里背得卡壳，他随口就能接上。问他啥意思呢，又顾自不理了。

穆沧这情况到底算什么，小时候看过几家脑科医院，初步结论都说是智力发育不全。这不等于说他是傻子嘛。穆有衡气得大骂，再不让看医生了。放屁，傻子能一口气背出二十二个公交站名，能一字不差地背下葛斯堡[1]？稍停，他更生气地修正，是，葛底斯堡！瞧，多难啊，我都不会。就因为穆有衡的讳疾忌医，也因为穆沧笑嘻嘻的并无大碍，大家也都一直含糊着。

最终还是谢老师，他来家里出入走动之后，像发现什么宝贝似的，总绕着已二十出头的沧打转，打听到上海有这方面专家会定期到人民医院来异地巡诊，便跳上跳下地张罗，穆有衡也就勉强同意了，让谢老师拖着人高马大的穆沧，排在一堆三四岁的娃娃中间，去做了一个迟而又迟的确诊：沧这个，应当是阿斯伯格综合征。

那是家里第一次听到这个说法，据说是从国外才引进的通用学名。这个名字有点绕口，王桑记得，穆有衡拼命嘲笑起来。这算个啥病啊。你想，肺炎，得有个肺。神经病说的是神经。白血病讲的是血。请问，阿斯伯格长在哪儿，什么样子，眼睛里还是骨头缝里，麻烦谁指给我看看。谢老师忙向大家模仿上海专家那

1　指《葛底斯堡演说》，美国前总统林肯最著名的演说，哀悼葛底斯堡之役的阵亡将士。

几乎是祝贺的口气：你们就不需要考虑治疗了。看到门外的长队没有？就是从两三岁开始干预，进步也都是相对的。这个症候呢，严格意义上也不叫病，就是这样一种人而已。比例挺高，差不多六七十人里头就有一个，程度深浅不同罢了。多少人一辈子都不知道自己是这个情况呢，一样地过。

那时正是穆有衡生意上最旺之时，连着跟台港商人合作了几笔大单，情绪好到亢奋，在确认此症并无性命之虞，只是社会化程度不够乐观之后，王桑记得他颇为欣然，用蹩脚的粤语摇头晃脑地拖长腔调："知啊嘞——唔阻奏吼——"知道了，无大碍就好。

此后他便不再提神童之说，转而把穆沧解释为与世无争的境界。就像毛主席教导我们的，我家老大，绝对是一个脱离了低级趣味的人。哈哈哈，王桑听到他发出极擅长的嘎嘎假笑。

2

进门就看到，棋盘展开，棋子排好，用来放花生和花生壳的一大一小两只碟子也已就位，茶具上新泡的茶水微微冒着热气。穆沧正站在他的沙漏柜前，拿块抹布，不紧不慢地擦拭。

说起沙漏——有次王桑参加学校灯谜竞猜，得到只沙漏作为奖品，极简陋的那种，哪知穆沧极为喜爱，把在沙坑里没完没了玩沙子的乐趣一下转移到沙漏上。从此，穆有衡本人，亲友，以及后来加入的谢老师，还有那许多的手下与客户，国内外出差旅游，但凡碰上新奇的沙漏，都会惠而不费地捎回一只来给穆沧。

于是乎，像人们都会有一只洋酒柜、人偶柜、书柜什么的，穆沧有了他的沙漏柜。沙漏就跟蛋糕一样，可以无限造型。阿猫阿狗，人物家具，刀枪剑戟，还有带声光电的怪力乱神。最大最慢的沙漏，可计时整整一个钟头，最小的那个则近似读秒器，微型永动机一样自动颠倒，连王桑也常看得目不转睛。

通常是七点半开始下棋，王桑今天迟了十分钟。沧讲究计划，不好变，一乱他就出状况。夏天共有七件卡通T恤，周一到周日轮流穿，顺序绝不能搞岔。周三看动画片，周五跟王桑下棋，周六听童话故事，都是雷打不动的安排。但王桑毕竟也会有事，万一耽搁呢？王桑想出个办法，沧门后不是总挂着块小白板吗，那是他的计划表。王桑给他加了一条：下棋如有变动，改为清洁沙漏柜。穆沧读了一遍，点头，"变动"若也写在小白板上，就可以接受了。

王桑是实在没想好，怎么跟穆沧说起即将出现的河山，于是刚才在楼下多转悠了一圈。

女人对穆沧而言，到底意味着什么，兄弟间可从没聊过。准确地说，他们也没什么真正的聊天。沧最喜欢的事，就是让桑翻开《十万个为什么》，马术何时加入奥运项目，英国王位为何是世袭制，雪花为什么是六个角。天上地下的随便问，像个问不倒的小机器人。但王桑绝对不会问到哪怕只是生理卫生那个程度的男女问题。这个事情上，作为所谓正常人，他总存着欷歔与躲闪，尤其随着青春期、闹恋爱、结婚一路的纷纷纭纭，心里也懒惰地觉得，还是穆沧这样好哇，无知无求，就永远待在他那口深井里吧，他这一辈子，会有世人皆不能及的平静，洞中一日世外千年……

可眼下怎么弄呢，王桑一边转悠，一边四顾，宿舍楼的窗口里，投射出一格一格的灯火，那灯下都是儿女老少合欢之家。心口漫过一阵懊恼与悲伤的巨浪，沧错过太久了，现在可怎么去平地起高楼啊。最可气是穆某那老家伙，想当然地，以为立等可取，穆沧马上就能替他搞个孙子出来呢。

王桑坐下，把花生包拆开。穆沧则给他分茶。

这套蛮不错的茶具，是王桑给沧的生日礼物。那一年，穆沧勉强在一个建筑职高念到结业，此后便待在家中不动窝了，王桑给他买东西，就想着，能带着他消磨时光才好。买回来，王桑按照所谓茶道之法，详细演练了一遍。教这类事情给沧，是最有成就感的。只要一二三四五讲好各个步骤及其注意要点，他就会特别精确地实践。自此，王桑只需定期带茶，便总能在沧这里喝到水准之上的好茶水。沧不喝，他用他惯用的黄色塑料杯，喝白水。

有次带谢老师来喝，谢老师大赞穆沧手法。随即老资格地拍着王桑的肩膀提议：沧这才二十啷当啊，可别养老了。得做点事，机械性的活儿最好，他这只管执行、不问名利的性子，端的会是一流的螺丝钉。随即旋风似的联络起来，顶着穆有衡的反对，终于替穆沧介绍到一份画土建图的差事。大概是设计院什么人私下外接的小活儿，又把机电、暖通、土建、排水什么的，分头打包，曲里拐弯地再转到穆沧这里。

果然很合适穆沧。他在职高学过CAD[1]，成绩平平，反而是手

1　指计算机辅助设计。

工图最厉害，像打印出来一样的方正刻板，还被贴到橱窗里展示过。谢老师挺得意他这提议，那时正好刚刚兴起SOHO[1]，在家办公，说沧可是赶了个大时髦呢——穆沧最终交给人家的土建图，总是一式两样，一份CAD打印图，额外赠送他一手一脚画出来的手工图。穆沧就此算是"上班"了。他在小白板上排好周一到周五的每天八小时，固定在工位上似的，一丝不苟趴着画图。这个事，王桑是一直念着谢老师一份好的。

学泡功夫茶，手绘土建图，都好说。可谈女朋友，有流程吗。

3

几步棋后，王桑想好了，可以从丁宁开始先来谈一下"女朋友"这个概念，毕竟熟悉。

"五、个、点。"穆沧手执他的小蓝棋，跳了五格，"跟你重、合了我返、回基地。"沧讲话其实蛮清楚的，就是没有轻重音之分，速度亦十分均等，三四个字便机械一停。王桑手机里有个听书软件，是机器朗读，睡前听听，挺好，跟沧说话有点像。可往下拉拉评论，发现大多数人都颇不习惯，认为没"人味儿"。

"我跟丁宁，原来只是普通同学。"王桑跳他的黄色棋子，心里淡淡掠过另一张圆圆脸。"我那电子专业也就是念念的，其实我喜欢文史，跟她总能碰到。从我这个位置，正好可以看到最前面一扇窗户，她的脸，就映在那窗玻璃里，我暗中盯着，她突然

1　指小型家居办公室。

虎着脸冲窗户瞪我……"王桑讲他们的初相识。

"三个点、迭子。"穆沧小心地把他的两只小蓝棋垒齐。

"我当时很怕表白这件事。她隔天下午会跑步，我就去不远不近地跟着，一直到第五次，我才攒足勇气，把卫衣帽子给扣到脑袋上，下面绳子抽紧，没头没脸地躲在帽子里：做我女朋友吧。说完我就加速跑了。如果她不乐意，那我就当是躲在帽子里自言自语，也没太丢人。"

"六个点。你可以再、扔一次。"穆沧讲规矩地，把骰子又递给他。

随手一扔，"打那以后，她每次一穿带帽衫，就把帽子往头上一扣，眼睛笑得眯起来，绳子拉紧，瓮声瓮气地学我表白。这都是老早的事了。工作后，我们都不穿带帽衫了。"王桑抖抖肩膀，要把早就不存在的帽子给甩掉。讲这样甜蜜蜜的往事，实在别扭，所谈及的那种恋情，是早就作古了的。

"五点。我刚好到、终点。"沧两手一碰，他赢了，脸上的嬉笑并没有大的变化。输了则是摸摸后脑勺，脸上也仍是笑的。

"你看，就是这样的，丁宁先是做我女朋友，然后我们结婚。"王桑听到自己的声音，像突然感冒了，自带鼻音。忙喝一口热茶，到现在，提到"结婚"这个词，他还是会剐心，觉得那是最黑色的一天。

"我有女朋、友。"穆沧照着原来的印痕折起棋盘纸。包括早就不需要的说明书，也像刚买来时那样，原样覆在棋子与骰子上面。他喜欢把事物恢复原状，王桑承认，看他这样做的时候，有种愉悦感。什么，他有女朋友？耳里一阵钹响镲碰。

"我见过吗。"王桑小心地把花生皮也一起扔到嘴里，以免分散沧的注意力。"花生皮有、营养。"沧一见王桑褪花生皮就要指出来。这应当是肖姨教他的。穆沧有三个版本的少儿百科全书，对从那里面读到的一切皆笃信不疑，并据此随时指出他人的谬误。对肖姨、谢老师或王桑所给他的指导性说教，也予以同等的信赖与执行力。

"我也好久、没见。"穆沧有板有眼地滤茶、续茶。

"说来听听嘛。我都把我女朋友跟你讲了。"王桑简直嫌自己咀嚼的声音太响。

"她开3、路车。"沧往王桑后面看去。沧在大多情况下眼神冲地面，偶尔抬头，焦点往后落，哪怕后面只是一堵墙，仍像看着老远似的。

哦，哦。王桑知道个大概。这得有十来年了，起因是为着给穆沧学篆刻。

这又是谢老师的主意。谢老师说沧这种情况，没准会有潜在的才华呢。电影《雨人》那个不算什么，还有会十七种语言的，能背诵圆周率到两万多位的呢。所以咱需要发现，挨个儿敲门，看哪扇门合适咱家沧。画画、打鼓、陶艺、书法、外语，一样样地来，闲着也是闲着。这个思路穆某极为认同，他拍出钱来，任由谢老师带着沧"挨个儿敲门"去试，一厢情愿地想着，要替沧挖掘出个"奇处"，哪怕就是背个圆周率也是好的。篆刻就是其中一扇门，不过沧才跟了六节课，就不肯再去，只把那一堆料器和刻刀抱回家自己玩了。

但他迷上了3路环线车，课是停了，还总是在固定时间去搭车兜圈，像是观光客一样，来来回回地坐着看闲景。即便是坏天气，大雨、大雾、过年过节，他也是照旧不误。谢老师不放心，跟过两趟，也没发现个啥。沧一般坐中午十二点那一班，头一个上去，占好驾驶座后面那个位置，安安静静坐到终点。下来公厕解个手，等同一辆车返程，再占上他的老位置，摇摇晃晃看着窗外回家。追踪归来的谢老师向王桑疲惫地解释，仍是啥都懂的口气，他小时候不是背过公交车站名的吗，一定是太喜欢这条线上的公交站名了。对3路的偏爱也没能延续太久，大半年之后，为着新区规划或是修地铁，这整条环线都停运了。穆沧这一执着行为，算是无疾而终。

这么说来，跟站名或风景皆是无关。"你女朋友，什么样儿？"王桑喝一口茶，都凉透了。

"刚洗过头，飘柔洗发、水。驾驶室总、开半扇窗。下雨天，小水珠。湖南路、鸭血粉丝、汤。宁海路公馆，梧桐毛絮絮。珠江路，儿童医院，消毒水味。头发很亮，飘柔味。"穆沧的电子声音均匀排出。十年前的环线车，风物与街道，空气里的气味，女司机的飘柔洗发水。

唉，那个3路环线的女司机，知道有个胖大孩子老坐在她驾驶座后面吗，她那时有恋人吗，而今她又在哪里？王桑心里酸疼了几分钟，真得谢谢她的存在，穆沧也是有过"女朋友"的。只不知道，沧这一份倏忽而至又倏忽而失的迷恋，是否也夹杂着常人所习有的失落与痛楚？王桑看看沧，他两手没有相碰，也没有摸后脑勺，只把他那无差别无哀欣的眼神越过客厅，越过楼道，越过小区，不知看向哪个地方的远处。

"四、个、仁。"王桑振奋地高叫着，一边向沧举起手中的花生。带壳花生，花生仁常是两个一组，三个一组，偶尔有四个一组，挤挤挨挨的特别可喜。小时候，他们谁剥到这个，都会高声叫喊，两人高高兴兴分而食之。有次，王桑剥到一个五颗仁，故意做出为难的表情，这可怎么分啊。沧摸摸后脑勺，又一碰手，把第五颗花生仁分成两半，包括上面的红皮，每人两颗半！多么干净、叫人多舍不得的沧啊，可不能让他受罪。

"我要给你介绍一个女朋友，像我跟丁宁一样。"王桑分了两颗花生仁给穆沧，用布置任务的口气。穆沧总是乐于执行命令的。

"她、开、几、路。"沧慢慢咀嚼那两粒花生，咀嚼中显出无边无际的满足感。

"她不开车。"王桑语调虚弱而羞愧，心里不抱希望地希望着，但愿河山会对沧友好一点、纯真一点，然后不了了之，这便是最大的善举了。一边快刀斩乱麻地下决心道，"下周五，咱们的老时间，我带她来见你。"王桑看到他拿起马克笔，要在小白板上严谨地标注了。略感欣慰，看起来，沧乐于结识新的女朋友。

回家的路上，王桑连绕几个路口，一直绕到城东，那里可以连穿好几个地下隧道。他特别喜欢在深夜开隧道，像钻入一个躺倒的胖大女人，听她在连绵起伏中轻声吟哦。手机响起《狮吼记》的铃声。

"对，我知道今天是下棋，沧都还好？你没忘了替我问好吧。但是。"丁宁飞快地絮叨。王桑看看表，今天绕得太远，确实有点迟了。扬声器里听到她愈发贤惠的调子，"碰巧的是，今天是我们结婚八周年哎。对对，我晓得你不喜欢纪念日，没大搞，只顺手烧了几个菜。万一你记得呢。嗯，还订了个蛋糕。当然，跟沧下飞行棋更重要。我八点半热过一次菜。刚才又热过一次，还把香氛烛台给翻出来了。我想着你是不是快要到了，我就在小区东门……"

总是这样，她能把温良恭俭让弄得叫人火冒三丈，好像王桑是个没情没义的浪荡子似的。想起刚才跟穆沧提到的那些恋爱细节，更觉浑身焦躁，索性把油门又下劲踩了一脚。他看到自己的车子，还有车子里的自己，从一个大点变作中点，再变作小点，完全地钉入地表深处，离家越来越远了。

五、摄像头

1

谢老师被留下一块儿吃晚饭，主要是为着第一次启用监控摄像头。

肖姨端上饭菜，有总就让她提前走了。他讨厌被喂食，宁可自己用大勺子胡乱挖，塞一口漏两口，反正有围兜护着，囫囵着吃喝罢了。有总以眼神邀请谢老师坐到沙发上。

谢老师已教了他好几遍，有总用好使的右手，在手机和电视遥控器上接连揿下几个按钮，把一个远程摄像App，捣鼓着用蓝牙外传出来。终于，电视上出现了穆沧房间的画面，有总结结巴巴地在三个摄像头之间切换，逡巡各个角落。

今天星期六，穆沧该着听录音故事。快八点了，沧穿着彩色字母的睡衣，在卫生间和卧室之间不急不慢来回走动，把一小块东西仔细铺放在枕头边。对，谢老师知道，那是他小时候的一小块浴巾，妈妈云清在时用的。有总咳了一下，仿佛想替老儿子的怪癖打个掩护。没啥，别说穆沧了，谁不念旧呢。城南那边就有个专门修复旧玩具的铺子，多少缺胳膊断腿、毛绒掉光、烂兮兮的娃娃或狗熊，都被当成无价之宝，被送去花大价钱拾掇。一样呀，人们舍不得过去的时光，舍不得那过去时光里的自己。相比而言，穆沧还比他们强些，他笑嘻嘻的可从不伤心。

洗漱完毕，沧把被窝放平，整成一条长筒形，然后极为小心地钻进去，尽量不破坏被窝形状，侧身躺好，按下床头的CD机，外接小音箱的红灯亮了起来，伸手关掉床头灯……暗处的穆沧半握拳头托住侧脸，如磐石不动，要不是音频里有流动着的女声，简直以为卡顿住了。

……突然，传来嘚嘚的马蹄声。一支马队向他这边疾驰而来。阿里巴巴连忙把毛驴拴好，爬上树梢，隐藏在茂密的枝叶间。一，二，三，四。小沧你现在能数到几啦? 阿里巴巴可一直数到四十个人呢。从他们的谈话中，阿里巴巴听明白了，这是一伙强盗，是坏人。只见他们的头领，走到一块巨石前……

音量时高时低，带破音，还能听到最初录音时磁头的沙沙声。女声普通话不太好，俏皮地给角色区分了不同的嗓音和语调，偶尔也岔开来解释故事，跟穆沧讲话。虽然隔着陈年磁带的失真、数次翻录的损耗，以及从远程摄像传到电视输出的再次倒手，依然能让谢老师感到一份无限柔怜的爱意。这即是妈妈云清。

这一版CD是谢老师七八年前从磁带里给刻录出来的，而他所接手的那旧磁带，起码也翻录过三次。有两三个片段，因为消磁厉害，没法处理了。当时忙着倒录，最多跳着听过几十秒。这会儿陪着有总，算是正经八百地，第一次听。

有总忘了摘下脖子上的围兜，嘴角的胡子上还沾着两小片韭菜叶，看上去滑稽又邋遢。他侧着头，僵然不动，带点成就感地享用这科技之光。在《阿里巴巴与四十大盗》告一段落，录音里响起一段那时最流行的克莱德曼《致爱丽丝》之时，他扭头对谢老师预报，"《九色鹿》，后面是。"对亡妻所念的这些童话故事，他显然也是烂熟。

谢老师往沙发里面挪了挪，坐得更深。本以为自己多少会有点惭愧，一点没有，这样光明正大的窥看，可真叫人满足。再者，**远程摄像头（素材152）**，算挺不错的一个条目。

2

但是，就算穆沧是这么样一个穆沧，在他那边装置远程摄像头，也很不合适。这不能怪谢老师，实在是有总本人的自由意志，跟稍早的照相机也有点关系。

中风之前，有总已是诸病缠身，痛风、尿结石、高血压等老毛病不说，淋巴管堵塞与肺气肿也是日益见重，每月起码要约两次他最信任的那位全主任，毛病越瞧越多。有趣的是，全主任说的医嘱他常常置之脑后，倒是把各种道听途说的**鬼怪偏方（素材18）**奉若大法。所谓浴汤疗法就是某位偶然结交的医药顾问所荐，随后就定制了简直可以游泳的巨大浴器，诸种声光电娱情功能不算，光按摩键就有两排十二个，当然这得配合不同的汤料：澳大利亚野山羊羊奶，全福老人手剥核桃分心木，马来西亚深山老林的原产檀香片，野生椒，两年陈老姜。每次浴器启用，半片宅子都蒸汽缭绕，异香魅人，倒也算看得见还闻得见的一次花费。而浴汤疗法的医药顾问在退场之前，接力棒般地替有总介绍了一位助眠师。有总近几年的睡眠问题十分严重，他与睡眠的搏斗以及随之而来的花式消费，殊为惊人，此乃万中之一罢了。这位可用三国语言助眠的博士，其专业效果如何且不提，要紧的是，他热爱摄影。才两个疗程下来，有总已置办上两台机身和三个镜头的装备。

直到最近，以一个中风病人的无聊，有总突然想起几年前添置的这套玩意儿。他让谢老师给翻将出来，把机身架牢，下巴配合着，使唤能动的右手，远焦近焦地推拉，拿长镜头当望远镜使。冲对过的房子，瞄楼下的邻居，观察垃圾筒。谢老师啊，你别说，可真清楚。看那垃圾袋里头的可乐瓶子，嗒，小字都很清楚，无糖，零度。包括追踪肖姨、穆沧和松果在楼下遛弯的行程，松果在哪儿撒的尿，肖姨跟哪位大爷闲扯了起码有十分钟，完了还口齿不灵地向谢老师一一抖搂。谢老师也是听得烦，您买只俄罗斯望远镜不好吗，功能很强的95式，全金属，网店一千五百块就能拿下，那绝对好使。

我不喜欢俄罗斯。再说这镜头够我耍的。只可惜没法看到咱家沧，最多一个头顶——有总暴露了他的想法，那样吃力地推移死沉的镜头，想看的其实是穆沧。

也是，穆沧是不近人的，只适合旁看、偷看、远远地看。谢老师也是过了一阵才习惯，想他对穆沧，真是够意思的，那孩子从没反馈。对肖姨也是如此，人家还给他做饭洗衣呢。对亲老子、亲弟弟也一样，目中无亲。包括他每天雷打不动地遛狗，恐怕也就是个固定程序罢了。但有总到底是做父亲的，尤其现在病衰了，给拘在轮椅上，想多看看这老儿子，也是常理。

谢老师劝解了几句，顺口讲起早上刚看的新闻，有家小区，一夜之间，不论豪车还是土鳖车，所有车门上全被划出了四五道粗线条。什么人发疯报复社会吧，一查摄像头，啧，是俩小孩，拿着钥匙链，一路踢踢踏踏一路划着玩儿呢。

这也是没话找话，陪他打发时间而已。知道吗，别说小区了，所有地方都装摄像头了。说，咱们啊，有一个天网计划，两千亿预算的世界级大项目……谢老师甩出一串牛逼数据，有总向来喜欢听这些，这是一种派头、格局和视野。

他长年订阅国字号省字号大报，《人民》《参考》《新华》，热衷于逐字逐句研究，并坚定地认为，但凡头版头条，那可不是简单地会个见、握个手、照个相，其实全是在给聪明脑袋发信号呢。包括上头有什么内部政策文件，文件上有哪位领导的啥重要批示，随后出台的试点规划之类，那都必然地，跟某个行业、某个区域、某个时间节点有关系！哪怕就是放在句子末尾的那个"等"字，哪怕就是领导人打的一个问号，仔细琢磨起来，没准也能是一笔好生意。

多少年了，两人常常就是这样闲聊的。谢老师念念新闻，有总漫不经心地弹着烟，小孩坑套圈似的，冷不丁就套出一个由头。

省里头要搞"见山见水"工程了，绿地计划明年会新增多少亩——他吱一口茶水下令，把苏北那几个兄弟，聚起来搞一场酒，他们管收货，我管经销，联手做几年苗圃吧。

"全民健身计划纲要"又来第二期喽，不得了，要把健身当工程来搞咧，从2011年到2015年……嗳，有总立即打断，回头叫三公司的老顾过来，不是总嚷着缺项目嘛，搞塑胶跑道好了，这跟水泥一样，铺到地上就是钱。

瞧瞧，就为推卸气候变暖责任，各国大佬吵成一锅粥了。哎呀，五年十年之后，恐怕满大街都是老头儿老太了，你看看这个老龄化比例！又或者，《食品安全法》又修订一通，十大章一百五十四条，感觉更狠了，这下，欧阳那夫妻店，全是五颜六色的添加剂，恐怕要转产了——啧，我们也来掺和下环保吧，叫上严家兄弟，投一条生产线，做空气净化器。合伙搞，大家赚。保健品那里，别总盯着滋阴壮阳，把祖上老汉方再挖一挖，开一个排毒清肺的新系列试试。

总之他不大喜欢正面强攻，爱走偏门小道，顺着这些政策红利的大动脉，挺乖巧地往周边走，甚至都谈不上上游或下游，只是远远一个支流，跟老弟兄几个把各自手下的小公司拨拉勾兑一番，便咕噜咕噜念起他独有的**偏门生意经（素材46）**来了。

脱口飙出两千亿的天网计划之后，谢老师瞟一眼口歪眼耷的有总，他毫无反应，指头都没动一动。啧，可真是过去了，再怎么刺激人的数据也是无用了。心中一叹，把话头拉近一些，讲起摄像头的两种制式：枪版与球版。前者于各交通路口常见，枪口一样，瞄准不同方向的主路辅路，后者适用公共空间，如银行医院商场等，像只含情脉脉的大黑圆眼睛。当然，枪与球，也经常被联想到男女的某些器官，"你懂的啵。"谢老师有意逗笑。

看起来，不论两千亿，或是生殖暗示的枪与球，有总都浑不在意，他咬起嘴唇，上下两片并不能对齐，"隐形，远程。"吐出两个词，高高抬起右半边眉毛。

想听这？也行。技术角度而言，远程隐形摄像头是最没门槛、几乎烂大街的一种应用。谢老师讲起往事，说起他从前做暗访时，常用的"皮包偷拍法"。他们常在胳肢窝下夹个特制的黑公文包，嘴里提着诱捕型的问题，一边耸肩抬膀地，对采访对象亦步亦趋。像谢老师身量有一米七六，还好，要是夹"公文包"的记者个儿矮又不太熟练，出来的常会是没脑袋的画面。不过现在嘛，谢老师向有总那边靠近点，列举三流刑侦剧以及廉价旅店里的花招，再不必"公文包"那么笨了，哪儿都能藏能掖，就算隔十个太平洋，音画质都是一流。你晓得吗，旅店里的偷拍视频，可有很不错的行情呢。现在还有一种生意，实际上雇人表演，却搞成假装是摄像头偷拍的，云盘上建个群，打了款子就给密码，几万十几万的款子就呼呼到账了。

谢老师等有总消化这些内容，觑着他的神色，一边感叹，想想你们这一拨子，搞汽修搞建材搞电子配件，都是力气生意，就算保健品，那也是磨破嘴、跑断腿地干活。恐怕啊，也就你们这代人能吃这个苦头了。现在可全都翻篇儿了，越是顶尖的大买卖，越是轻巧，不要仓库不要劳力，更别提爬山下海吭哧吭哧跑物流了。所以我一直跟您说的，现在不管是赚钱，还是花钱，都是不做大动作的。就是一张脸对一块屏，动也不动，真金白银马上就在空气里叮叮当当打滚呢。这叫什么，这就叫看不见的生产力。

……谢老师忽地刹住，有总正使劲地闭眼，闭得面皮上一圈子的刀刻斧斫，这是极度不耐烦也极度不认同的意思。自然啦，他是水泥厂的出身，向来信奉实打实的那一套，最是瞧不上谢老师讲的这些。IT这世界"工厂"，多少年前就蘸着酒水写在桌上给他看过，他到现在也是不认，直翻眼睛，哼，成也IT，败也IT——生硬地读那两个字母——就等着吧，全是浮沫子，潮退了，市面上还是要靠我们打下的底子。

行吧，不讲。谢老师起身去给两人泡茶，顺便摘掉有总脖子上的围兜，用湿纸巾揩净他的糟胡子。做这些事情时，手下有点不忍。有总也这样老不中用、听之任之了。好在这哀怜只一丝丝，他提醒自己，可别忘了红皮笔记本上那百十来个条目。这种廉价的情感，对将来的叙事笔触来说，恐无益处。今后应当注意。

有总继续闭着眼，只看到他眼球在眼皮下慢慢地转。

3

歇歇吧小子，可真是啥都能吹，最烦那套无形生产力了。真要懂生意，还蹲这儿干吗。

小家伙其实还是记者，就像我到死也脱不了就是个买卖人。记得是2000年那个前后，搞矿挖煤最是肥厚，叫人眼红。当时有个大老板出头，想伙着我们几个小老板一起投个小矿。考察时下过几次井，吃过他们的食堂，那些黑泥鳅似的矿工，洗个手脸脖子能洗掉半块皂，可吃饭时我注意到，他们指甲缝的根儿那里，总会有一层黑煤灰，那是怎么着都洗不干净的。一样的，写写弄弄，是小谢的指甲缝。小钱进、大钱出的生意经，那是我的指甲缝。他和我，这辈子都是洗不掉的。

到现在都记得我撒手的最后一家小公司。衡祥水泥，它太小了，但它是我的第一个厂子。我不大喜欢第一桶金这个说法，第一桶哪儿有金呢，全是土坷垃石蛋蛋，是深山炸，是血皮肉哇。想想衡祥水泥所成交的第一单，那个血本钱，至今压得我翻不了身。不，争取在死之前，要给翻过来。

衡祥水泥其实早就不行了，全靠它的子公司、孙公司、远房公司搭帮着，像供养一个没了气血的废人，能拖几步是几步。衡祥里有好些老人儿，都是早年里陪我打江山的，也是一天天看着见老的。资格一老，他们就不爱动了，失了雄心胆气，哪怕派去新公司挑大梁二梁也不干，最后就都挤暖似的，沉积在这里养老，叫我更是没办法放手。衡祥那边，有我最早一间小办公室，也就八九平，只有最基本的桌椅，一排老绿铁皮柜子。想我后来一处处的阔气地儿，尤其高新区那一间，二十二楼，一百八十度落地景观层，每天都可以看旭日升，也可以看他妈的夕阳红。

可还是惦记我最早的这间。他们也一直留着，替我抹桌拖地、浇花养草，桌上放着虎图紫砂茶杯，我属虎嘛。有我爱喝的宜兴乾红，水壶总备着热水。我随时推开那办公室，真个就能坐下来，像当年一样的，指东打西、吆五喝六，做起各样事情来。那些跟我一起赤手空拳闯生路的老伙计们，就会一个个地冲进来，跟我拍肩膀、摆功劳、告小状儿，互相丢烟，搞得满屋子烟蒙蒙直呛人。我们边呛边笑，上气不接下气的，反复唠叨当年的各种好汉勇，还有粗事蠢事。

行啦，那是十来年前了，其实谁也看不到了，他们早都回家抱孙子了，七老八十病歪歪，何老三、贵哥、刘排骨，都先一步埋了黄土。所以干吗，还贪恋那间鬼屋似的办公室，还拼命拽着这衡祥水泥的老胳膊腿不肯撒手？

决心下定，交割已毕。记得是挑了个休息日，我最后一次去了趟厂子。

我让车子停在老远处，事先也没告诉任何人。楼道上碰到几个加班的小工人，反正也不认得我。我只带个小拉杆箱，去办公室拾掇东西，主要的，是文件柜顶层的那二三十本日历。

就是那种每天翻一页的台历，红铁皮底座，可斜支可平放。从前不论机关、厂子还是村队部，但凡有张公家的办公桌，都会搁上一个。有次我陪一位外地大客户去总统府参观，看到老蒋一间据说是保持原貌的办公室，桌上也有那种类似的日历，讲解员还特意说明了一下那个台历的日期，民国卅八年四月二十三日。瞧瞧，随便什么人物，随便什么事情，都是在这台历上，一页页翻过去的，日历，可不就是一个日子一个日子的历史嘛。

我那些台历，就是从我在衡祥有了自己的办公室，才正经八百用起来的。后来随便搬到别处哪里，当年用完的旧日历芯子，也都归齐到衡祥水泥这里收拢起。

刚开始那几年，整天心拎拎的，脑子里总在转，看到什么听到什么，都要往生意上琢磨，不管行不行，先就在日历上划拉。他们给我买了很厚的本子，学生娃上课或官老爷开会才用那玩意儿呢，我不习惯。我就喜欢在日历上歪着斜着随便写，估计只有我自己懂。然后等闲下来了，我就顺着这几行潦草的字，放着胆儿一路往前想，想得能成形了，就着手搞起事情来。

不仅搞事情，这小小台历还有个挺不错的用场：搞关系。

做生意，第一关键是方向搞对，第二关键，或者说并列第一关键，是搞好关系，关系就是生产力。长期中期远期，客户与非客户，官方与非官方，对手与朋友，都要搞的。就跟交养路费似的，交足了，那条条是生路，否则道道都是关卡。除了戴高帽拍马屁、四礼八节那些老套路，我呢，还喜欢不声不响地，搞点个性化动作。

某要人只抽罗密欧牌子的雪茄，哪家的女公子专门收藏迪士尼人偶，某处长刚买了大宅要装修，某某老总即将二婚，等等。这都得靠零零星星的有心积累，知悉了，我就记到台历上，然后凑个时机"给瞌睡人送枕头"，那是一准的欢喜，十倍的效果。不仅如此，所有重要人物及其心上人及其父母双亲的生日，也设法一一打听得来，提前一周记在台历上，到日子了就交给下面人去办。我送出去的生日蛋糕或者茶叶盒子，打开来，那里面可从来都不是蛋糕也不是茶叶，是别的好东西。朋友不就是这样交出来的嘛。所以我这些台历，是立下大功劳的，它们也算是我一步步过来的见证：怎么的，就做出这许多生意来，成了小老板的。想想看，那一张张薄纸片，最后可都成了一沓沓的"毛爷爷"。那真是我的好日子。

我在小办公室里，踱着转了最后两圈。虎图紫砂杯、领带、老花眼镜、腰背理疗仪，就随它们丢去吧。独独的，只拿了旧日历芯子，近三十年的日子，正好装满那小小一只拉杆箱。其实也就是废纸一堆，要是卖给收破烂儿的，顶多五毛一斤。

我就拉着那箱子，听万向轮骨碌碌在地上滚，越滚越是离我的衡祥水泥厂远了。当时我身子可比现在强多了，可耳里听着那骨碌碌的轮子声，脑子里一下子就想到了死。活着嘛，得争，要"占"要"有"，死就相反啦，今天是把衡祥水泥这宝贝疙瘩老厂最后撒手了，还有啥要撒呢？无非也就是人啊，东西啊，钱财啊。后面有喇叭响，人家着急要赶路呢，就我这死老头子，现在一点不急了，反正每一步都是往死走。想个屁呐。我不在了，照样的日升月落嘛，三餐四季，陆来水往，黄白物事，男女情义，实在没有一样会耽误，说不定还更好，早巴着我这儿"您老慢走不送"呢……

可有三样小东西，我丢不下。他们，实际上也是连在一起的：松果、沧、老房子。

松果，最早是买来给沧的，这几年我回家来，松果正好也老病了，才拖回筑枫雅居，它算陪了我们父子俩。克隆的招儿，管不管用另说，也算交代了。

老机械厂宿舍的房子呢，好在也是沧在住着，还特别地拗着，啥也不肯动。搞得那房子活像个旧匣子，还是云清在时的样子。我以前喝多了，常去从前的大床上躺一会儿。河滩放羊。云清的小辫子。班长喊着跑操。钳工比武大赛。怎么逗，沧的眼睛也从来不看我。打赤膊醉躺在酒店露台看别人家的灯火……突然一惊，原来是睡过去了，只睡了三分钟，却记起半辈子。

最不放心还是沧，这孩子，不黏人，除了遛完松果会送上楼来，其余就整个见不着。可我总想瞧着他，想看他在那老屋里做什么，还想知道他将来怎么过。我晓得云清也放不下这。我得计划好，要保全他的后半辈子。别人丫的统统随意，只有这老儿子，我得管。

4

"喝点茶吧，就用这粗的？"谢老师拿着吸管问，怀疑他睡着了。

终于睁开眼，不理会吸管，他努着嘴，"隐形，远程。"有总停了一下，"给我装到沧那边。"

哦。谢老师细吹茶叶，心里一阵矛盾的激动，这有点不合适吧。但！文如观山喜不平，这想法真挺幺蛾子的。别看有总这垂暮之形呢，还是能想常人之未想。但是，慢一点，按以往经验，可不能顺着有总的毛抹。继续吹茶，犹豫的样子，"确实，家用远程监控，现在很普遍，照应小孩防盗什么的很合适。但咱们沧，大小伙子，是不是得，比方说，告知他，取得同意。"

有总用力闭眼，表示他才不管这些，又用下巴指茶几上的相机，"拐不了弯，听不了音。重得要死。"一下子把照相机直贬到底，"你看，我这。"他用好的右手拍他不好的左腿，啪啪两声死肉的空洞音，饱含半瘫者的愤怒。谁能拒绝这样的父爱呢。

所以才有了今天晚上，谢老师陪着他，像坐在第一次开张的大屏幕电影院里，两人跟着电视里的沧，一起听云清妈妈讲《三只小猪》与《神笔马良》。不太充分的照明里，可以看到穆沧大半个侧面，嬉笑之色与平时并无任何区别。他专心盯着CD播放器，一小段钢琴曲结束，下一个故事开始之前，精确地伸过手去，关机，长条被窝呈现出他安静的身形。谢老师瞟一眼手机，半小时，正好是一个单面磁带的容量，那是他从小就固定下的时长。

有总示意谢老师关掉电视，看上去极为满意今天的节目。他用右手指在大腿上敲着，"监控，好东西。球与枪，这比方，太低级了。"有总露出笑，男人的笑，"知道'魔鬼与地狱'吗？"谢老师连忙显出期待，有总以前是不大谈这些的。

"有个苦行弟子，遇着个，上山修行的姑娘。"虽则肌肉不大灵光，有总脸上还是有了不同的生机，"弟子说，我身上有个魔鬼，得把它打入地狱。你身上，正好有个地狱，把我这魔鬼关进去，你的修行才算成。"有总歇了一下，肺里丝丝拉拉一阵怪响，"我们需要，互相帮助。"

谢老师知道，这是《十日谈》里的故事。想有总常年单身，又是商人，他的魔鬼故事，何止十日之谈，起码得有一千零一日谈。但到目前为止，还真是一条没捞着能编个号头进红皮本子的。他真的应当讲讲。难不成还带到坟墓里去，风流事不讲出来等于白风流，也等于反风流了。

谢老师忙在脑子里找段子，这得有来有往，说不定能钓出有总更多。他跑特稿那几年，正是民间黄段子的彪悍期，随便一个饭局，五湖四海的食客都会各有贡献。他还拿小本子记过，打算报个小选题，认为这是性压抑与风气大开相结合的民间狂欢。现在也不流行了，发觉现在的年轻人只是吹吹星座、明星或美剧什么的。他有时想活跃下气氛，抛出两个精心挑选的段子，马上就有女孩子冲他翻白眼，说这是"性别歧视"，更狠的，说他老不正经"性骚扰"。他向座中的小伙求援，后者也只是敷衍地笑笑，随后又把头埋到手机上，人家忙着打游戏呢。

不如就跟有总讲讲吃鸡游戏，这是他最近听到的段子。吃鸡成了一种时间单位，说一个男人的床上功夫，厉害的，能一直玩到吃鸡，吃两只也说不定。或者，不行的，队形还没站好呢，就结束了，鸡毛都没。"说，有一个男人。"他用十足开黄腔的口气。

有总摆动右手止住，"托你个事，去教我家沧，教他魔鬼进地狱的事。"有总的神色不容回驳，原来他不是随便讲段子的。

谢老师这回是真愣住了。这可不比安装摄像头。那事其实没难度，沧不是每天都要跟肖姨一起遛松果吗，他算准时间进去。客厅冰箱上的花瓶、房间的空调边、衣橱顶。三个采集点，十来分钟搞妥。

有总拿下巴指电视，"还听童话呢，等于学前班。你给带到，起码本科。"

谢老师咂咂嘴，"您抬举我，这事，需要终身学习。哪怕向您学学也好哇，取法乎其上，得乎其中……"

看看小谢这股子劲儿，脖子都长出两公分，眼神拐出几道弯。人们哪，对下三路的事情，总是这样。有些小生意，就是冲这些个龌龊去做的，稳赚。可再怎么着，也比小谢说的那偷拍小视频之类，强点儿。

大概十一二年前，正好有笔款子回笼，闲下来是罪过的，跟浪费粮食一样。就玩了一下保健品。我总跟手下人讲，赚钱有什么难的，就是中午窝沙发上打个盹，都能听到钱在外面使劲拍着门喊我呢。当时也就是注意到，大家慢慢都有钱了嘛，吃饱喝足穿暖了，那还想啥？跟皇帝佬儿一样啊，要享乐子，要长命百岁呗。这不就是生意。

保健品其实最好做，人们的耳根子就是那样软的，越是好话越是肯信。增强免疫力，杀除癌细胞，净化前列腺，补气壮阳，增加记忆力，只管讲，不要怕。原材料都很朴素，香菇、黄豆醋、大蒜、葡萄、养殖珍珠，你说说成本能有多少，技术有啥难度。搞好了那就是大蒜素、醋胶囊、香菇提取物、葡萄籽提取物、灵芝珍珠养颜粉。只要广告打足，甭管多洋气的大城市，多穷的小县城，一到过年过节，货都走得呼呼的。我记得不会错，起码有四五年，就这小小的保健品公司，利润率稳居整个集团前三。

所以这保健品公司里最大的部门不是研发，而是营销，并且营销部每个员工都有个绝活儿：会讲黄段子，高级低级，软的硬的，外国的中国的，都装得满满一肚子。他们到地方上请代理吃饭，绝对是天女散花张口就来。一为助兴，二来也会使代理们从心理到生理上都有了预热，从而在当晚的赠品试用中起到雄健之效。到次日，哈，那订单就纸飞机一样飞过来啦。有次集团年会，这小保健品公司就上去了五个营销经理，说群口，段子串烧，大家都笑得直抚肚皮，包括那些刚工作没多久的小丫头片子，都圈起嘴巴来冲台上直打唿哨，我还白担心她们会不好意思呢。想想咱们年轻时候，真是太嫩了，我最早听到的黄色笑话，就是这个"魔鬼与地狱"。

那时已经到部队了，永远都是出操、日课训练、周末拉练、学文件学报纸、听讲座听报告、写周小结写月总结。而人哪，好事情上是结不下交情的，得干相反的事——后来我在生意上交朋友，也是这个规则——我跟何吉祥的情分，就是从搞黑板报起头的。搞黑板报当然是好事，关键是可以讲几句士兵守则之外的瞎话儿。

记得那天，何吉祥刚刚画完一轮放着红色光芒的太阳，我在抄一篇歌颂军民鱼水情的诗歌，没人投稿，只好凑合着自己写了一首。想想没人能信吧，我穆有衡，这嘴里也出来过诗！现在一张口，只会粗粗鲁鲁地训人，正好也符合人们对我这种苦出身的预期吧。当真温文尔雅、诗情画意的，估计生意能少一半。

只听何吉祥用很老练的口气，谈起上次到部队来的两名女宣讲员。一位年长些，她扮演无所不知的角色，另一位年少，则承担无知和求知的角色。她们用快板和活报剧的形式来给我们宣传最新的政策精神，相当受士兵欢迎。尤其那位年轻的，我们都认为，她是本色出演，就是那样的天真无邪，什么也不懂。何吉祥却用掌握真相的语气："绝对结过婚了。她只是长得显小。"

"她亲口告诉你的？"我嘲笑。她们前后只逗留了两个钟头，就坐上小吉普赶往下一个连队了。

"这还用问，打眼一看就知道了。"吉祥咻咻乐了，一脸的"我就知道你啥也不知道"。我不大敢接话，那时我就跟现在的沧一样，幼儿园水平。

他接着所讲的，就是"魔鬼和地狱"。我这辈子所听到的，第一个也是最好的一个黄色笑话。他让我一下子意识到，自己身上的魔鬼所在，也真正明白了，要给这个魔鬼打入它应当去的某个地狱。我是真的服气了，就此甘居后位，认他做大哥。包括后来多少年，我听过多少笑话啊，从没哪个能超过它，并且越想越对，男女之事，可不就是各自与共同的修行，可不就是魔鬼与地狱。

要是我家小沧，也能给何吉祥这么开一下窍就好了。咱沧模样不赖，有房有钱、没脾气没娘，马上还要没爹，多好的结婚对象。只要他能懂了男女事……得想想吉祥是怎么讲的，那样手把手的，活灵活现。

……哎呀，修士，我老见你身上有样东西总往外拱而我没有，那是什么呀？

我的姑娘啊，这就是魔鬼呐，它太可怕了，从来不老实。不过姑娘你身上，也有一件东西我没有，就是地狱你知道吗。老天爷派你来，就是要帮我把这个魔鬼，给打进你的地狱。这就是你我的修行所在啊。

姑娘当然要听老天爷的，既帮助修士，也完成自己的修行。他们于是摆好姿势开始打。姑娘感到有点难受："魔鬼还真是坏东西，你看，即使被打进地狱了还不老实，总在动弹。"这第一次降服魔鬼可不容易，才降伏下去，不一会儿，又起来了，他们前后把它往地狱里，接连送了三四次，才最终打掉了它的嚣张气焰。

从此，每逢魔鬼偃头偃脑要发威之时，那虔诚的姑娘就来把它给打入地狱，并越来越喜欢起这样的奉献，"我想我快要修成正果了，我感到世上再没有比把魔鬼打进地狱更好的事了。"

——看看，我记性还不是那么差。刚才我跟小谢讲的时候，也这样说了吗，这倒是忘了。

除了这个，我还记得何吉祥所说的别的吗。唉，要是只记得这一个笑话就好了。

"嗳，有总，怎么了？"谢老师惊怔地发现，有总方才的松快劲儿，已全然消失，脸色一下子相当难看了。谢老师决定问出他盘桓已久的疑问，"最近你老这样。就我们俩说话聊天，包括跟肖姨或外面人讲话，你时不时就愣住，走神，把人给撂在一边，老半天回不来神。您呐，到底是在想什么呢。"

有总拿眼睛瞅过来，没吭声。隔了好大一会儿，谢老师以为自己都不会等到了。他才叹了一口气，声息细弱，"也没什么，碎头巴脑的，突然冒到脑子里，净是些没用的。"他卸了假牙的嘴瘪瘪的，皮肤蜡黄干巴，十足昏聩之状，"哪些该记牢的，哪些不如忘掉的，混成一团。"

"记忆力啊，确实容易出问题。"谢老师心里一动。有总难得流露出来这样的软弱，对遗忘与倾诉的矛盾之感。可不可以引导一下呢，也许能把他从病后的缄默与封闭中给解救出来，说出那些他压制着的、假装忘了、情愿忘了的往事，"我也是，连同桌三年的女生名字都能忘了。老话儿说的，好记性不如烂笔头。我有时怕忘了，就写出来。您呀，写不了，说说也是好的。真要全忘了，也怪可惜的吧。"说完就轻轻带上门走了，生怕泄露出任何一丝的渴望。

5

跨上摩托，给油加速，强劲的晚风打在脸上，灌入领口，一阵冷热交汇的战栗。多舒服啊。就是喜欢摩托这种野气又自在的感觉，家里那车，老婆出国后，更没人碰了。

还有半个月满五十，半百之人了呀。"北胡南谢中有张"已成当年往事，而今看上去完全是傍在老富豪边上混吃混喝、陪病陪死。谢老师晓得，许多人都认为他已经过去了。

哪能呢。他捋捋不多的头发，让它们在晚风里竖起来。他依然胸怀壮志，且这份壮志里依然保留着尖锐与骄傲。随便怎样地沉潜躺倒，可是从来都没放过自己，随时随地都在为他的红皮笔记本动脑筋。瞧，刚才，不就顺手给有总埋下了一条导引线吗，好记性不如烂笔头。一旦有总想"说"了，会需要他这样一个随时听唤的烂笔头的。

讲实在的，已有的那百几十条素材，虽然来源正当，但还有点不踏实。尤其有总这样残了弱了，不再像一只巨翅猛禽，倒叫谢老师不安起来。真打算遮遮掩掩地一直背着他吗。这可不是一份特稿，是一本大书啊。退一步讲，就算是特稿，被采访者也应当是有知情权的。因此心里总有个光明磊落的幻想，想着，能通过怎么样的铺垫或推动，最终让有总真正地"授权"给他。当然是越早越好，实在不行，也得抢在他……离世之前。

嘿，一边埋伏搜集猛料，还想着人家同意授权，且要写个底儿掉，可真是想得太美了吧。那"人家"可是有总呐。谢老师脚下又踩一下，让夜风吹得更猛一些。

上个月，谢老师跟伟正又谈了一次，他正好出差路过此地。伟正，是唯一知道他这红皮笔记本的朋友。

伟正比谢老师要小得多，最早也是跑特稿的，谢老师替有总接待过他。伟正当时刚工作，满腔热血之状，谢老师瞧着，怪亲切也怪伤感的，又一条好汉来了吗。于是乎，左手给材料右手请酒饭，知己知彼，以己之矛攻己之盾，手把手地，帮伟正搞出一个角度犀利的大稿子。对有总这边，似抑实扬，并无实质性伤害，反倒有微妙的形象塑造——真正的宣传，才不是直通通的好人好事，就得是，小坏小刺儿帮大忙。自此，两人结下某种同谋兼同道的交情。

伟正这小子头脑也灵光，很快从与谢老师的示范性合作中摸出规律，就此开窍，连着做出好几篇里外皆光的漂亮文章，还拉到几笔大广告。不久就跟着副总转战新媒体，从此便苟日新，日日新起来，一会儿做传统节日文创，一会儿进军童书，专门搞绘本引进，一会儿纠结起各路方家高人，做起有声课程，等等，烙饼子似的，哪里热乎往哪里贴。

也就是从伟正这里，谢老师算是管窥全豹，看到整个纸媒大厦，如何吱轧轧倾倒，如何高楼成平地，如何平地长衰草，心痛心惊之余，暗中抹一把脸子，对自己的遽然退场，减了不少痛楚，连带着对有总的难平之意，也沉入时间的深处，波澜不动了。

伟正也很感念谢老师，说是他进入社会后，所碰到的"第一个和最后一个人生导师"，两人常有往来，尤其他每一次职场进阶之际，必要寻个机会，老远而来，请谢老师喝上一杯。说是要再听听导师忠告，其实，都是他说得多。

特别是近两年，谢老师能明显感到，两人之间有些翻转了。虽然伟正仍对他以前辈、导师敬称，口气却慢慢权威起来，尤其在各种时新领域，俨然他才是前辈与老师。谢老师倒也同意的，伟正那种阔步向前、随时翻篇儿的劲头，确实也可以帮到他，消减掉老派人常有的固执与伤感。人在不同的年纪啊，总是各有各的风头。

包括有总也是，虽然爱摆老资格，讨厌"世界工厂"和"无形生产力"，对不断刷新的新玩意儿，总是狠声闭目地大力排斥，可他不是装远程监控了嘛，不也要克隆松果了嘛。人与生活啊，整个世界，都是这样的，老叶子还没掉落下去，油绿的新叶子，已经摇曳着把它们覆盖住了。谁不曾做过新叶子，谁又不会变成老叶子。在有总身边待太久了，能跟伟正这样的新叶子混混，挺好。尤其关于红皮笔记本，他稍带点心酸地想着，写的虽是老家伙，还是要借力于年轻人啊。时间总在往前走，后面是他们这一代说了算的。

"绝对好选题。您最向往的普利策，这个学生不敢保证。但我保证会让您大卖。"伟正用那种出版人的鼓动劲头，排数起来。"您这位穆老板，七十上下的年纪，三四十年左右的生意，白手起家的路数，精明多诈的性格，多他妈的具有代表性啊！但是——"伟正最喜欢话锋一转，不自觉地流露出指点的表情，谢老师有点不适。

"您要抓紧时间，在他挂掉之前，掏摸出他不该带走的硬料。注意，我讲的是硬料，不一定是黑料。非白即黑的那一套早过时了，您是我导师，这个肯定是咱们的共识，现在哪会有真正的黑呢，最多是灰不溜丢嘛。所以美国那本畅销书，就叫《五十度灰》嘛。哈哈当然咱不搞色情，咱搞的可是更高级的灰，是洁净的藏污纳垢与包容万象，是原罪的肥沃大地与鲜花怒放。这种灰度，就是资本和资本家的真面目，怎么样，深刻不深刻？大卖不大卖？"

这些意思，正是谢老师近几年的最大体会，也是他几分钟前才跟伟正说过的意思，以修正他们最初的定位——刚有红皮本子计划时，伟正才干了两年媒体，而谢老师也还带着卧薪尝胆的负气，满脑子想的，都是做揭秘原罪史的"**思路**"。当时他们的认识论，都局限在同仇敌忾的单一面向——这会儿，伟正给换了些花里胡哨的比喻，倒好像就成了他给出的建议。

无妨，谢老师哪里要争这个功，他只是想让伟正加强对穆有衡这类人的深层认知，并对这个写作选题产生谋划感，这会有利于将来的推广。这个，也算是从有总身边学到的小技小巧，他很擅长这一套——

大部分生意上的点子，都是有总自个儿琢磨出来的，可他找合伙人或手下经理们来谈的时候，总会启发、引导着，递话搭腔，变成像是出自对方的才智，话赶话的，勾兑得差不多了，他突然一拍巴掌，像是发现个商业天才似的，惊叹对方所想出的"新点子"。完了你就看着吧，那些合伙老板，那些个经理，那叫一个卖力，潜能暴涨，谁愿意把自己想出的点子给弄砸了呢。

伟正等谢老师信服地点完头，"学生还有一句话，不知当讲不当讲。"并不等他回应，"其实像穆有衡这样，体量到底还是小了点儿。在他们那一代民企里，恕我直言，他是完全排不上号哇，就算在地方上，也只是小虾小蟹。从推广的角度看，这很要命。除非，他摔过大跟头，破过产，坐过牢，几沉几浮的，这还有点说道。大家不就爱看富人倒大霉嘛，你数数这三四十年，多少牛人出来，又多少牛人栽了呀。就我当时采过的几个业界大佬，做奶业的，做运动品牌的，做电器的，做房产的，都是打通政商二脉的奇才啊，你看看现在，哐当一声，一个个都落到哪儿了。"

伟正熟稔地报出一串曾经响当当的名字。"这些个，才是最好的传主呀。相比之下，您这位穆老板，实在小儿科了。所以，我有个想法，其实也是老师您以前教的。我们可以把穆有衡给典型化嘛，东一鼻子西一眼，您是在写他，更是在写这一类的他，集大成的他，三生三世的他，诸缘诸孽诸法都加之于他！您听明白学生的意思了吗。"

伟正顿了顿，谢老师感到他所投来的观察，嘴里寻找着更好的说辞，"我想你那位有总本人，也会求之不得、欣然默许的。您这是把他往大里头写，往复杂里写，给写成时代之子啊。这多宏大啊。"谢老师发现伟正很喜欢用"宏大"这个词。可能吧，某种程度上，宏大是比真实好使。

宏大、复杂的时代之子（思路二）。 这一句真的是漂亮，谢老师在心里咀嚼，他完全明白，甚至也能同意，他会写到红皮本子上的。但没有点头。

他只想写穆有衡。这算斯德哥尔摩综合征吗？可他确实有一种莫名其妙的情感参与，早先那些屈辱的恨意里，已多少包裹了些服气、搞笑、理解等中性的成分。尤其最近，时常觉得，在那些突然中断、走神的短暂时刻里，有总身上还多出来一种梦幻泡影般的沉痛，那沉痛里，带有暗黑的深长阴影，叫谢老师深感陌生，也生出敬畏。这些复杂的感受，使他更加地，只想写这一个有总。

怎么的，小归小，普通归普通，就成狗屁了吗？再者，有总这边所有的料，不管红的黑的还是灰的，谢老师可都有着结结实实的一手货。伟正那个路数，需要贩东讨西、盗南取北，可不想干。真实，算他谢老师的命根，也是硬通货，就为了这亲历亲为的真，他从三十而立死死咬到年近半百，并打算咬到穆有衡的终点呢，怎能半道松口呢。所以，就这么着吧，只写穆有衡其人其事，其真人真事，才不写那所谓集大成的时代之子呢。

这些，就不跟伟正说了。他装着沉思的样子，低头，"我这，一开始的动力，不就是想跟他算总账的嘛。再想想吧，我。"

六、镜

1

老机械厂宿舍区的巷道口，晚上总会冒出些小三轮，卖新鲜插花，批发苹果红薯大白菜，还有咕噜噜的关东煮与铁板烧。王桑挺高兴有他们作掩护的，他往上风口处让让，一边往来路张看，希望在与河山搭话之前，能有一两分钟的观察时间。

从谢老师处要来号码，选在上班时间，认真编发了一则短信，扼要地自我介绍，说清相亲的大致事由。他想过了，与河山打交道，虽属私人事体，但要像公事一般地处置，宜远不宜近，这样也算是个有效的自我保护。他怎么，就觉得这里有危险呢？

短信刚发出，手机铃就响起力道十足的一段老生叙事，〔货郎儿〕"唱不尽兴亡梦幻，弹不尽悲伤感叹……"[1]他这是跟自己开玩笑，陌生来电，无非诈骗、拨错或推销，一般不接，但他乐意借此听上一段，从手上的事情里打个岔，到旧年遗事里去闪个片刻。可此刻听来有种特别的寓意。

声音带笑，开门见山，"直接约时间吧？我随时有空。"河山

---

1 〔清〕洪昇《长生殿·弹词》。

的爽利一时让他语塞，这可是相亲啊。脑子里飞快闪过谢老师长篇累牍的介绍，以及他言不及义的"有意思啊，她很有意思"，那些都给人以恃貌傲物、不知分寸之感。可她的声音，确实可以说，挺合作呢。

河山在巷口出现，他一下认出，什么意思啊，她显得也太不讲究了。宽松卫衣，更宽松的裤子，裤管里能塞进两只鸡。大而无当的挎包。缠着一条粉得发腻的围巾，那叫什么颜色，桃色？还有那胡乱抓扎成束的头发，腮边脖颈，散挂着好几缕碎发。想起丁宁，她总是紧紧扎起，不留一根杂乱。干吗突然对比到丁宁，也真莫名其妙。王桑困惑而挑剔地审看渐渐走近的她，看出来了，这位河山显然是不重视这次相亲的。

河山在关东煮那儿停住，油豆腐正吱啦啦散发出特有的焦香气。经过伊丽莎白甜瓜小货车，她捧起一只，上下掂量。最终，她停在花车跟前，东一指西一指，看来是要配一束花，并扭头向小区门口张了一眼。

王桑看看手机，她这时间，倒是把握得刚刚好。忙从树荫下出来，迎向她，直射而来的路灯正好打在她头顶上，使得她的面目更加看不清晰。她好看吗，他自问。说不好，只那双眼睛分外闪亮，深邃不可见，叫他一下子迷茫起来。

河山把花簇在手里，梳理枝叶，嘴里不大满意地嫌弃着，又管卖花的要了几张彩色玻璃纸，三绕两绕地自助包扎，一边冲卖花人偏偏头，"这都下市了，到明天就蔫了，该买一赠一才是，送我点什么？"她抬高手臂划了半圈，停在一朵最大的香水百合上，摊主有点不满，还是给她白加进去一枝。她这才满意地把彩绳收紧，打成蝴蝶结，推远又拉近，美滋滋地欣赏起来。

谢老师讲得没错，她可真是像老家伙。小时候王桑最恨跟穆有衡出去买东西，他一会儿跟人攀老乡认兄弟，一会儿闹红脸，一会儿唱白脸，只要能讲下价来，戏演个没完，讲半天谈拢，打完折抹掉零头都付过账了，走出好几步又扭身回将来，举起手来行礼：哎呀，小老弟，再饶两个蒜头呗，我挑最小的拿。为就着这两颗白得的蒜头，他会拍根黄瓜，搁上醋淋上香油，倒半盅白酒，快活地直咂嘴：这新蒜，香。那时他还在机械厂，工资都发不全，也可以理解。到后来，家中境况已是云泥之变，王桑工作都好几年了，总还能听到他这方面的闲话，尤其讲他谈合同，随便怎么谈，他这边都是上下胄甲金刚护卫，而把对家弄得浑身是洞处处漏风、明赚八块暗搭十块。穆有衡却还到处嚷嚷着说，做生意嘛，就是图个和气生财，共赢多赢。

这一岔神，都没注意到河山正冲他示意三轮车子上挂着的二维码，也许都说两遍了，"嗳！九十五块。我讲好价了。嗳？"

王桑略窘，这不是她给穆沧带的礼物吗？忙掏手机划开微信，手乱点错，河山伸出手指来相帮："你得扫人家才对。"她凑近时带来一股甜香，也可能是花的味道。"你这富贵公子哥儿，连买单都不会。那你有钱了干啥？好歹洒点雨露嘛！"

王桑一时结舌。他其实是从丁宁那里得到的一个概念，但凡有点现代意识的女性，都很讲究独立，小钱小钞小玩意儿上，是很讨厌被"照顾"的，有被看轻之嫌。再说他可不是公子哥儿，从工作起，就没再要过穆某一分钱。就算他真是富贵公子哥儿，到处地给人买单，那不二傻子嘛，她这算什么逻辑。孤儿院学来的歪理吗？懒得解释了，心里反倒定了，像搭到脉音，不存在看轻不看轻的，河山她这，就是轻的。

"抱歉抱歉，早该想到的，怎么能让你付账呢，这毕竟是我家的事。"出口又觉得太刻薄了些，似乎在暗示她与穆家的某种恩债关系。

"是啊，否则我怎么会在这里。"河山莞尔一笑，并豪爽地进一步延伸，"知道我这么多年的生存哲学吗。但凡我身边能有一个活口，甭管男女老少，我都从来不会付账，要能刮落下点渣渣啥的，更好。"

王桑不再开口，走在前头带她往宿舍区里去。行，现在心里已完全确认了想法：谨从某命，带她相亲，然后视情而动，务求黄了此事。他做媒的目的即不成媒。

进小区大门时，他用余光注意到，河山落后两步，正从那大而无当的布包里掏摸出一面小圆镜子。她没有整理那散乱的鬓发，却对着镜子，旁若无人地似笑非笑。

2

得瞅一眼你。慢几步好了，离那公子哥儿远一点。

起先看着他那文乎乎的样子，讲话三思后言，还以为有点不同。呸，还是个想当然的平庸货色，跟所有人一样，把你当作个死不要脸故而也不需要尊重的贪心女人。出门前照镜子时，不是提醒过你的吗，他根本就是代表穆老爹来收割庄稼的。

这一天早有预料。世上哪有光撒而不收的网。要说这些年，河山哪，做网中鱼的经验你难道还不丰富吗，尤其是认干亲、领爱心这一宗，绝对专业户了。干爸干妈，将一将，可不少。正好慢几步，离那富贵公子哥儿远一点。

不算穆有衡，另外还有四个呢，天南地北。一个孩子认几个干爸，一个干爸认几个孩子，都正常。他们有的喜欢女娃娃，觉得招人疼，有的指明要小子，觉得耐耍，搞不好长大有点出息。他们会把你们聚拢来，看看胖瘦，摸摸脑袋，问问寒暖，最喜欢吃啥啊，还会随便问一个二十以内的加减法。他们嘴里总会哎呀呀的，眼看着眼圈就红了。那不就得趁热乎的，认下个干爸嘛。咱爱心驿站就这风气，都不用妈妈们掐胳膊使眼色，哪怕才三岁的小不点，都懂，只要捕捉到来客们那股子在犹豫中一闪而过的慈怜，就膝盖头一弯，磕下去便叫爸爸，旁边如果有女人还有半大的小孩，那就一顺溜亲热地叫下去：妈妈，哥哥，姐姐，把那一大家子都给认下来完事。

你到底算是全手全脚，不呆不痴，不论认干亲，还是什么助学扶贫项目，总很容易就被看中。就像学校食堂里总播的那首《感恩的心》，你确实也是白日黑夜里感恩着的。想想看，每天中午吃的，起码有三块肉的那顿午餐，那是免费吃的。每个班上，像菩萨一样供着没人舍得碰的电脑，主机上不是都贴个"某某公司援助"的牌子吗。还有天一冷就会寄来的各种棉衣毛衣，有新有旧，还夹了手写小纸条呢。有时衣服会有猫臊味，羊毛太硬穿了身上刺痒，但这都是爱心啊。爱心简直像海水，游来游去游不到头。尤其结上对子，收到的东西就更多了，人家凭什么给你寄书包寄文具寄字典，不就舌头打个滚的事，别说干爸了，认干爷爷干祖宗也行，也就这点礼数和口彩了，别的还能有啥回报呢。

他们一般也不要啥回报。像上海的干爸，平常都是他秘书在联系你，那秘书姐姐专门给你寄卫生巾，寄内衣内裤睡衣，全都是粉红色圆点点，简直让你总觉得，自己也算是个假冒粉红公主。还有个干爸，连着三年暑假接你去海边别墅，一家老小都对你很好，人家对你并没有别的要求，只是希望，你能跟他们那坏脾气的娇弱女儿，讲一讲你是怎么受苦的。你完全懂他们的意思。哪怕是早饭桌上一只白煮蛋，你也能信口诌出一段——真的吗，这鸡蛋是给我一个人的？我们那里，只有过生日才能吃到一只整鸡蛋。我想请求你们，能帮我跟这只鸡蛋拍张照吗。

是啊，这一类事情，也算是你的特长吧。从爱心驿站就开始了，到希望小学，到扶贫点的中学，你总是被选作代表。孤儿代表，贫困生代表，优秀贫困生代表，希望工程表彰大会学生代表，扶贫工程西部学生代表，慈善项目受助对象代表。

你确实担当得起，念起感谢信来会恰当地紧张，眼泪打转溢出来，直挂到睫毛上，嘴唇和声音都有点发抖，但也不会太影响音质的抑扬顿挫。大家都认为你演技太好了。只有你自己知道，你是在演，可你也是真心真意的，是本色之演。白拿了这许多的好处，当然是真的感谢！但他们对你而言，并不是一大群人，也不是一个一个的人，甚至不是人，不是具体的脸儿。怎么讲呢。他们就是你每一天的生活，是你的吃喝拉撒睡，桌椅板凳床，哪怕夜里做梦醒来，手里所捏着的被角上，也用弧线印着红色的字样"某某纺品希望工程专用"。只要想到那红字，真的眼泪水说来就来了。对于爱心这玩意儿，你简直都不好意思承认：你真是有着自动自觉的，仿佛是乡愁般的感情。当然这也是瞎打比方，你哪有什么劳什子故乡。人们动不动就说什么思乡病了，回老家了，念故乡了，这些个软乎乎的词，你从来都用不上。最多、最多，你能联想到的，就是爱心。嘿嘿。

说穆老爹吧。所有那些干爸里，就他，从来没露过面，连认领都是电话里随便选的。后来呢，有个姓谢的家伙每年会跑来两趟，让你叫他谢老师。你要跟他打听穆老爹什么，这位谢老师总藏藏掖掖的，表示"有总"希望低调。可他自己又是大嘴巴，没讲几句就会吹起牛，说他帮着有总刚刚做成什么项目，光那个了不起的策划书，就得值一百万。他谈起数字来，最小的单位就是一百万。隔着镜片，他眼神闪烁，上下打量，突然话题一转，装模作样的，"今天过来，是受有总之托，这是有总给你……"

你仔细留意所有信息。爱心驿站的魏妈妈老早就说过，你打小就是浑身带天线的吸铁石，不，吸金石。从谢老师有意无意中带出来的话里，可得出结论，几位干爸之中，穆老爹的有钱指数，当排第一，并且还把第二甩出老远。其实你也无谓见不见面的。见面那一套很麻烦，表示感恩不说，还要表态会好好学习，要成材，要做有用的人，要反哺社会。你确实，也是这样想的，可反复说出来，还是疲惫。

不露面最好，只要大方就行！对，这位穆老爹的特别之处，除了始终首尾不现，就是大方又忠心。

哈，忠心，你怎么能说"忠心"这个词呢。但情况的确如此！从五岁起在爱心驿站被他认养成女儿，接续到后来的助学结对子，到考上大学，其他几个干爸早都中断了，就他还在。管了大学四年，还管出国，管出国不成创业，扶上马送一程，还管跌下来再一遍一遍地从头扶。前后多少年了？二十多年了——这不是忠心是什么。

而随着时间越扯越长，随着这些资助像脱缰野马似的越奔越远，你有两个感受也越来越强烈：一是穆老爹的问题。相对你对穆老爹的需要，穆老爹似乎"更需要"你。你所提出的资助之求越大，穆老爹那"助人为乐"的满足感，就同比例或超比例地放大。二，你本人，也有点不对劲。不论穆老爹怎样地慷慨大方，一路笔直地如此高尚，你总有种莫名的正当感，好像天经地义该当如此，活活儿他欠了你似的。再大的资助，你都不打一个愣。尤其到眼下这几个回合，你简直就是闭起眼睛、相当放肆地在泼洒他的钱。而你，包括他，好像都能从中得到一种杀戮般的痛快。

至于那个半路江湖的谢老师，从他那越来越闪烁的眼镜片子里，也可以看出他的迷惑。为啥这干女儿总在得寸进尺不知敬惜，为啥那老干爹总也是毫无底线地全盘儿包圆。你都能想象到，面对你一个又一个的冒险想法，穆老爹总是大笔一挥全额支持，那位谢老师不使阻止也无法阻止的滑稽模样。

这就是穆老爹，大方得简直叫你愤怒，也不知道他到底埋着啥雷管。相比之下，还是干妈叫你踏实，只一个，魏妈妈。她绝对以一顶百。

魏妈妈，简直每次照镜子，都能想到她。她真是太"妈妈"了，是你关于人世间的全部启蒙，以至于你在整个小孩阶段，到长大，直至到现在，对"妈妈"这个词，但凡有点儿下意识的联想，都只会反射到魏妈妈那里。

其实你到现在都没太明白，魏妈妈到底算是爱心驿站的后台，还是赞助人，反正从有记忆起，她就是整个爱心驿站最大的妈妈，比那个瘦筋筋的，整天为菜肉钱水电费愁眉苦脸的站长妈妈可有派头多了。

她并不总在驿站待着，可只要一过来，不管站长妈妈会计妈妈都排着队要跟她谈事呢，她就过来招呼孩子们。那场面，壮观。大半个站的孩子都会扑上去，扑向她那辆灰扑扑的像从来没洗过的红色小车。魏妈妈从不空手的，后座、副驾、后备厢，总塞得满满。她被大小娃娃们围得动不了身，圣诞老人似的挨个儿派发。妙脆角、旺旺、香辣锅巴片、多味果冻，花花绿绿的起码人手一包。那叫一个惊天动地的欢乐！妈妈、妈妈、妈妈。所有小孩都像没头小鸡冲向扎着花头巾的老母鸡一样，发出从母胎，那消逝或失联的母胎里就带出来的先天呼唤，送给这个平均分配的共产主义妈妈。

你从来不跟那一大帮傻小子乱扑腾。只管站在窗边远远等着就好了，魏妈妈等会儿就会来看你的。她会为你单独准备礼物。亮片发夹、格格子裙、白色长筒袜、方口红漆皮鞋，谁能相信，你这么个小破孤儿，也能这样地讲究呢。

魏妈妈最晓得你喜欢什么，或者说，由于她带了什么，你就此也就喜欢上什么了。毕竟也没别的呀。她用她带来的好看玩意儿，替你收拾打扮一通，然后拉你到镜子跟前：看哪，这哪里的美人儿，看这小胸脯，给毒蚊子叮了吗，都鼓出这么俩大包了。得亏这里伙食一般，否则这纱裙，都给买小了。忘了我说的吗，把腿收一点，不管站着坐着，都要紧紧并拢，像大腿里夹了一支铅笔，不能让它给掉下来明白吗。不，眼睛不要直瞪着人瞧，脖子扭过一点，下巴收起来，眼珠往眼角瞟一点。你没事儿对镜子多练练就会了。

就那时候起吧，你落下了爱照镜子的根儿，随便到哪里，哪怕是个水坑，是黑乎乎的车玻璃窗，是块摔碎的三角镜了，只要能见个人影，你都会稍作逗留，去跟镜中人对个飞眼。

魏妈妈认为这是个好习惯，她鼓励地送你各样的镜子，还有她用了一半的化妆品。你呀，她夸赞道，可真是好扮相，小妖精，小仙女，可怜虫，小恶魔——这得看情况，视魏妈妈所给的任务和角色而定。魏妈妈绝对是有一双毒眼睛，就是她，最早发现你有"扮"的大本事。做个孤儿代表上台发言，那太小儿科，魏妈妈一眼就望到你的无限潜力与无穷远处。

魏妈妈嘴里含着发夹，把你的发根拉扯得雪白，辫子梳得水亮发青。镜子里，她的大双眼皮冲着你，水汪汪的——

你不知道啊河山，魏妈妈在外头可不如意。魏妈妈需要你相助呢，只你才有这个本事。老家里有亲戚碰上煤矿事故啦，家里顶梁柱没了，真等于天塌下来了呀。

魏妈妈抖着嗓子，都快要落泪了，讲她亲戚的悲惨故事。能听出来这是一种技术，你差不多总能在人们表达感情时，发现一些破绽，也触到某种真切。或反或正，你都是可以学习到的。

魏妈妈用发抖的嗓子继续。矿上呢，可以按家中小孩的人头发抚恤金。也没多少，有当无吧。求你帮个什么忙呢，就是替魏妈妈去扮亲戚家小孩，户口不户口的不要管，现跟前的小孩最好说话，能多要一份是一份，那魏妈妈就少点负担对不对。要不然，魏妈妈哪能给你买白纱裙，给咱驿站的娃娃买妙脆角呢。

魏妈妈特有的大双眼皮在镜子里与你对视，可真是躲闪不开。略长大点你才知道，那一对双眼皮是人工造物，比天生的双眼皮也许要宽上一点五倍，正是这多出的宽幅，把魏妈妈的请求给放大到十五倍，也把你的血，给"腾"一下就烧到一百五十度。没说的，只要能帮到魏妈妈，还帮到驿站里的兄弟姐妹，还用说吗。

对，姐姐哥哥弟弟妹妹。妈妈们总让大家这样互相称呼。实际上，你们有自己的叫法，看最开始认识时，对方是什么个怪模样，看妈妈们背后怎么辨认和区分。大肿头。烫娃娃。小瘫子。独腿儿。双六指。绰号就是小名儿，一直叫着。

比如团团肉，他是你到驿站第三年，新来的一个弟弟。为甚叫团团肉呢，因他被人送来时，两条腿都被截了，全身肿胀，可不就是一团肉。他挺安静的，不管给搁在哪里，都不出声。烫娃娃也是同一年来的，她是给掉在石灰塘里了，手指给烫得粘连在一起，蝙蝠一样。她就爱闹，白天晚上都在长长地哭。你被分派着，帮妈妈们照看他们俩，搞得你好一阵子没法吃东西没法睡，不是给忙的，是亏心，你怎么居然就好胳膊好腿好吃好睡的，太不应该了。你那时就含含糊糊地发愁，这爱心驿站，能管团团肉和烫娃娃多久呢，等这两个长大了，可怎么弄呢。你既是有手有脚，将来就该开个超级大的公司，挣上超级多的钱，把这两个，还有独腿儿、小瘫子、双六指什么的，都能给养起来。真的，你老早就在心里开列出一个供养名单，且这名单总在不断加人。都是兄弟姐妹啊，能丢哪一个？

远话不说，先从眼跟前的事做起，得先帮上魏妈妈的忙。烫娃娃可怜的，身上的痂总是痒，哪怕冬天，她都恨不得脱得光光地搔，晚上睡觉，总能听到她在被窝里沙沙地四处抓挠。亏得魏妈妈时不时会给她带几管药膏子来，起码，得管了她的药膏不能停呀。

于是你就被带到矿里，头上缠着比身子还长的白布，拖着还不会走路的一个黑瘦男孩，手里还抱着团团肉，"他又不重，抱上。多算一个，就多一份钱哪。"这是魏妈妈突至的灵感。总之，你们三个，跟着个眼睛肿成一条线的矮女人，那是你们的"临时妈妈"，你们一家人哭成一团。队伍里，还有另外几堆同样凄惨的孤儿寡母。你们的矮妈妈，还有另外一个阿姨一个婆婆，她们三个算是主力军，一会儿跪在泥水里，一会儿用头撞墙，一会儿解开前襟来喂奶，一会儿拉着你往前推，说要送给副矿长去做长工做童养媳。她们很费嗓子也很费身体，用很大幅度的身体动作来谈判，一小寸一小寸地，借着死人来替活人争取。

对你来说，除了抱着团团肉的胳膊有点重，这一份"扮"的活儿并没啥难度，你还可以隔着乱糟糟的刘海往四处偷瞧呢，这一瞧，倒差点笑了——嗬，那些被拖着挽着抱着的，大半都是那些一窝蜂扑到魏妈妈怀里去的小不点啊，原来大家都来给魏妈妈尽力呢。你心里有点争功，算计着你的戏份，毕竟，你总要被反复扔到副矿长面前，要倒下去，拖他的脚，把眼泪鼻涕涂满他的裤脚，同时，在摔倒与滚爬中，还要偶尔露出你可怜的小脸蛋，叫人看得揪心……真可惜魏妈妈不在现场，她真应当看到，咱们驿站的这堆娃娃，尤其是你，可没让她白疼。

好在机会也是很多的。谁能想到呢，魏妈妈这样有爱心的一个人，却总碰到各样的倒霉事。一家远房亲戚，在大医院瞧病，竟给瞧死了，这可是借了债卖了房连老婆都跑了的，这还行吗，得拖家带口地找医院去闹哇。魏妈妈照例抖起嗓子，用她的宽幅双眼皮请求你。再过不多久，是表兄一家，好好的祖上房，竟然要拆迁，老天爷，这还行吗，能让一大家子住露天吗，眼看就到大冬天儿，有老有小有病。当然得闹去。放心，有专门的狠角色冲在前面，你小姑娘家的，只管哭哭啼啼地上爬爬就行，但你得带上独腿儿和烫娃娃一起，狠角色其实没有卖惨管用。

总之，魏妈妈的亲戚与老乡们，总是这里按下葫芦那里浮起瓢，糟心事不断，还越来越复杂。好在年龄渐长，你的台词与应变能力都越来越出色了，哪怕搭档搞岔了，比方说，明明是扮钉子户啊，小独腿儿以为是医闹，先放声嚎哭起死爸爸来。你总能补救的，极为高超地根据突发情况而临场发挥，巧做调整，更为感人至深地完成任务。

因此魏妈妈是越来越倚重你了。她到后来，已不再抖嗓子讲话，也不提亲戚或老乡，直接进入事情本身，并直接跟你谈糖果的多少。

起初是真糖果，就那种软软弹弹有筋道的彩色水果糖，每次帮忙之后，魏妈妈会给你两三包不等。后来的糖果，是魏妈妈穿不了的衣服裙子，虽是旧了，但样子还在。你穿上之后，她会妒忌地叫好，冲镜子里的你，嗲着声音说让她想到自己做姑娘时的样子。

老这样也不好，不能总麻烦魏妈妈在家里翻箱倒柜呀，还要因为发胖的腰身而伤心。得换一种糖果。你表达了你对糖果的新想法：不是有种东西，叫人民币吗。魏妈妈看着镜子里的你，你看到她双眼皮跳了一下，一点怒，一点惊，也有点儿欣然或惨然。你们在镜子里对着了好一会儿，终于是她，把宽双眼皮先自移开了。

　　那次镜子里的对视，就好像是你的一个成人礼，是你们关系的一个新阶段，从此一脚踏入大江大海。自那以后，魏妈妈会相当坦诚地，跟你分析她的成本和收益，你突飞猛进地学到不少东西，粉红泡泡纱连衣裙下的一颗心，一天天老熟坚硬，热不会胀冷也不缩。

　　也就是打那时起，对你而言，照镜子就不再是自恋或臭美的概念，而是一个有点滑稽的启动仪式，是每临大事之前的小小序曲。不管是黑蒙蒙的矿厂家属区，挺高级的事故善后宾馆，还是全都戴着白花绑着黑纱的火葬场，挺森严的简直像要拍惊堂木的法院，你都不怕的。只要在行动之前，找个地方照一下自己。臭烘烘的卫生间，大门口的整衣镜，车子的倒车镜，随身带的小圆镜子。随便，照上一眼，跟镜子里的那张脸打个招呼——那是你唯一的伴儿，唯一的亲人。你好啊，河山，自个儿冲吧。

　　所以，还在乎眼前这位王桑公子的狗屁态度吗，看他那防卫过当的笔直脊背，那远远拉开一段儿的冷淡距离，简直拿你当个随时会缠上穆家的藤萝吧。得了，可不要让老娘笑死。咱打五岁给扔到爱心驿站，就等于出来混了，而这位公子哥儿，五岁懂个啥，还尿着床，还兜着尿不湿，还光屁股猴吧。

3

老厂宿舍区兜走了三五分钟，快要拐弯进单元门时，王桑回头等河山，发觉她才刚刚追上来，脸色微红，带几分古怪笑意。月亮初升，正好照着她线条如雕的侧脸，道边一株老石榴树，垂下两枝初开的洋红色花骨朵，衬在她耳后，正与人面交相辉映，耳边如闻悠曲来袭。"他惊人艳，绝世佳。闪一笑风流银蜡。月明如乍，问今夕何年星汉槎？金钗客寒夜来家，玉天仙人间下榻。"[1]

王桑匆匆搭了一眼，如临深渊，随即一言不发爬起楼梯。

她太美了，实在没有必要否定和回避。眼藏春秋，满身风月，她的美，直接又复杂，是绝不可能忽略，亦无法轻易处置的一种美。尤其那一对深目，斜睨之中，实在摄人心魄。人见人、鬼见鬼、淫见淫、仙见仙、魔见魔。他的不安与担忧复又浓重起来。无论如何，得护好沧，也……注意自己。

推门进去，时间正好七点半，王桑替他们互做了简单的介绍。此前跟河山通电话时，关于沧，王桑什么都没说。穆某交付此事不久，又让谢老师特意打电话来叮嘱：甭提什么阿斯伯格。医生早都说了，这不叫病，就是这样一种人嘛。王桑心里可不同

---

1 ［明］汤显祖《牡丹亭·幽媾》。

意，欺一瞒二，搞七捻三，又来买卖人的招数。这可是相亲，见面五分钟不就露馅了吗。他本打算利用小区里的步行时间跟河山当面做一个简单说明。但与河山来回几句之后，他把这个想法给删除了。反正可以把账算到穆某头上。他有点说不清楚的居心，想看看河山最直接的反应。

"沧，这就是上周，我跟你讲过的，河山。"王桑说完，往后退了两步，表示他的任务完成。

穆沧冲地面点点头，表示记得。"女朋友。"他说。

河山把花递上去。沧没接，他正对河山的膝盖，开始履行交友之道："你好，我叫穆沧，很高兴认、识你。我今年、三十九岁，我喜欢飞、行棋和、沙子。我上……我不上学、了。"

沧最早出门见人，全然躲闪不语，尽量地不存在。听到某个熟悉的词，会突然截住、打断，我行我素，滔滔不绝，又"存在"得太过头了。怎样才算合适呢，王桑替他整理过一套规则，供穆沧在各种场合大致通用。沧也是尽其所能，比如自我介绍时，会随着时间推移，相应增加岁数和年级。可这会儿，听到沧把"我上几年级"更正为"我不上学了"，王桑苦涩地意识到，从建筑职高结业回家后，沧已很多年没再结识过朋友了。

这类事情，指望不了穆某，借口说是生意场太闹腾，从来不带沧出去。反躬自问，他王桑也好不到哪里，最多就只是周末陪他下下棋……心里一阵沉痛，看来穆某这主意也不全是坏事，起码算是一个有益的社交刺激。慢慢儿地来，说不定真会有那么一天，有个女司机、女店员或哪位姑娘，成为他真正的女朋友。这一想，王桑在情绪上积极了一些，让自己借着河山的角度，以初次见到穆沧的那种女性观感，来评判亲爱的老哥。

一下子注意到沧的头发太长，尤其刘海，都遮掉大半个眉毛。他打小就怕理发店，老远的，见着那滚动的条纹柱就不肯往前。勉强拖进去，不准人家碰头。勉强碰了，又不准修短他的刘海。总之，剪一次头发得几大仗。类似的，洗澡、打针、看牙、测体温、买衣服，但凡需要与身体接触之事，都相当难缠。有时仅仅因为预约时间或熟悉的医生调整，就会演变成一场要命的战斗。这些不提。只这会儿冷不丁一瞧，沧这刘海可真是显得邋遢。

身上的袋鼠服也不好，让沧显得更加地肚圆背厚。这是周五下棋专用的，因肚子上有个口袋，沧喜欢把备用骰子放在里头。王桑心中自责，怎么都没想到，该提前收拾一下沧的。就算抱有不成之心，也不该让他这个模样。说到底，他还是没把沧当个全乎人。想到河山的刻薄，担心地瞟一眼她。

河山还举着花，直往沧跟前递呢，嘴里模仿着穆沧的格式化语速："我叫河山，很高兴认、识你，我今年二十七、岁我喜欢、人民币和、镜子。我也不、上学，我上班。"

学得可真太绝了。倒把个沧给愣在那里，两臂僵直垂下。递到眼前的花，本就出乎意料，更是不知如何处置了。

王桑走上去替沧接下花，看哪里找个瓶子给装上。他往厨房走，沧跟在后面，嘴里发出含糊的声音，仿佛包了一嘴吃的。王桑知道，这是很不舒服的意思，指着那一小捧花，沧粗声粗气："太难闻了。"好嘛，河山挑了半天，得意地还了价，还另外讨了一枝额外赠送。

也是大意了，沧向来对异味敏感，尤其是像杀虫剂、芳香剂、洗涤剂、涂料油漆之类，稍带一丝丝化学成分，他必能闻出，必会神经质地坐卧不宁，非得从他所在的空间清理掉才行。否则就会发作，并非皮肤过敏发红打喷嚏那种，他是整个地四肢失控，就地躺倒打滚，稀里哗啦扯乱一堆东西。怎么弄啊现在，整捧都关到门外去？以前他不是还挺喜欢桂花香的嘛。

河山这时也跟到厨房，她夺过花，三下五除二一把扯乱，拈出那一枝香水百合，嗖地往厨房窗外一扔："其实我也讨厌这味儿，太浓。唷，还不是图它脸盘大嘛。"

王桑也忙略做说明，河山一拍手，"太好了，正好前几、天有人送、我一堆精油，说是天然，我还怀疑、来路不正呢。下次带来、请你鉴定。"她仍然是机器人式讲话，一边把花归归拢，重新往沧手上递。

沧抚抚后脑勺，用他不为人知的方法检测了一番，接受了。河山雀跃地："人哪，就不该占便宜！看我把沧给害的。"河山冲他眨眨眼。王桑忽然觉得这是个双关语，在说她跟穆某的关系，也在说这个相亲，把沧给连累了。

花的事情已折腾掉几分钟，看情形还将折腾下去。香水百合的解除，使沧放松下来，他此刻正听从河山的吩咐，寻找可以装花的容器。

这个过程——矿泉水瓶？口太小。碗？太浅了。牛奶瓶？口子也小啊。记住，我们要找、口子大、底部深的。她带着沧，或者说沧带着她，两人打开厨房的各个柜门。沧以手一一指点，河山则加以分析判断。若干的提议、推翻与再提议之后，最终，一个装麦片的扁口瓶，和一个装弹子球的高罐子达到了要求。穆沧不管不顾地把里头的东西统统倒出来。这还没完。他们开始尝试不同的组合。黄色搭蓝色吗，粉色搭蓝色吗，还是蓝色搁一块儿，别的各种色混一块儿——王桑难堪地坐在客厅，他不想再看到那幼稚园般的画面。河山肯定早就打听清了沧，故意摊得一屋子的瓶瓶罐罐，把沧的笨拙与刻板越描越粗。她在臊这个相亲，更在臊他这个牵线人，也在臊背后的穆某人。

终于，他们把花给安置好了，王桑带他们一起坐到茶具前，毕竟，泡茶可是沧的拿手活儿。沧一看到茶具，就抬头看墙上的钟："飞、行、棋。"

"我、想、喝、茶。"河山看来还想接着逗穆沧，她用同样固执的声音给出指令。

沧在茶具和棋盘间转他的头。行吧，就拿这位河山当个练手，教导穆沧待人接物，也是好的。"河山是你的客人哪。"王桑小声提醒。除了自我介绍，当初教他的那一套礼仪里还包括，寒暄天气，对客人要有礼貌，赞美对方，寻找话题聊天，等等。

沧静止片刻，他纠正了王桑，"不是客人，是、女朋友。"手里熟练地洗茶冲茶，嘴中开始寒暄，看起来全都想起来了："今天天气、真好不是、吗。"夜色已深，外头黑乎乎的。他往各个小杯子分茶，看着茶水，"你真漂亮，很有气质。"第一杯他举到眉毛处，给了河山，"女士、优先。"看起来，他已完全启动起某个旧程序，有一长溜的词语在他的脑子里开始排队，等待输出。

"今天是、5月17。1510年、的今天，欧洲文艺、复兴画家，桑德罗·波提切利，逝世。1727年，俄罗斯女、皇叶卡捷、琳娜一世，逝世。1749 年，牛痘接种、创始人爱、德华·詹纳出生。1949 年，蒋介石、劫运黄金、白银去台。"看来穆沧选择了"历史上的今天"作为聊天话题。挺好，他擅长这个。

河山惊讶得忘了喝茶，带点儿大概是装出来的佩服，不时点头。

"1954 年，美国最高、法院宣布，废除黑白、分校制。1987年，我国第一、艘极地考、察船返回。1997 年、的今天，俞斌问鼎、'亚洲杯'快、棋冠军……"河山打断，"啥俞斌？没听过。"王桑摇摇头笑起来，这是穆沧自己做的补充条目。

《历史上的今天》（上中下）本是买给王桑的，同一批买入的还有《名人名言大全》（中国版、外国版），两套都死厚。书带回家的晚上，穆有衡把王桑叫到客厅里去听他庭训。

天很热，他扒了衬衫，光个大膀子，呕出一口酒气，用手指戳戳封面："从明天起，起床第一件事，就读这个，读当天的历史大事。这样啊，你的胸怀就完全打开了。你要知道，每一天，都意义非凡，总会有某个大人物或大事件，使它成为伟大的一天。"

他把书打开，哗啦啦地快速翻，"比方我们看今天啊，8 月22 号，你知道吗，1862 年，印象主义音乐鼻祖，克劳德·德彪西出生。"他居然一丝儿没打磕巴地念出来，"历史转转转。1977年，《高山流水》古琴曲被录入金唱片发射太空。1989 年，第一个海王星光环被发现。再转转转。"打个嗝，空气中浓厚的酒肉气再增了几分，"转转转，转到五年前的今天，昆山开发区成立。'14+1'个开发区，14 个都在大城市啊，就独独地为昆山这一个小县城，加了个'1'，而且他们，没要国家掏钱，是自己搞起来的。二子啊，你听听，这什么概念啊。我们今晚喝的这顿大酒，就是昆山雷老板的场子。五周年纪念嘛，他啊，车轱辘话吹了整一个晚上，说他们这些昆山老板这么这么的，又那么那么的……"

他抿起嘴巴来咂摸，显出绝对的尊敬，"确实，他们做事情，漂亮得很。"把书"啪"地一合，稍有点遗憾地，"书买早了，昆山这一条，还没来得及写进去呢。二子啊，你晓得我举这个例子，是什么意思？"他用茶水鼓起腮帮子"呼噜噜"漱口，不吐，又咽下去。王桑用力压住反胃的不适，听到穆有衡对他提出豪迈的期望：将来，历史上的某一天，也会因为王桑的名字而更加伟大。

不管王桑小声的抗议，他自顾往下，"所以你，要有做名人、说名言的意识。我特意配了这套。"得意地打开另一套书，显示他的高明和周到，"我看到好多的伟人，打小时候讲出来的话，就是名言了。现在正好暑假，我要求你，不多，每天就背十句。开学了，功课紧，每天三句五句就好。坚持下去，把这些名人名言，给刻到、化到你的脑子里。然后你看吧，到十年二十年后，你一拿起话筒，一对着镜头，一坐主席台上，秘书准备的稿子都能直接扔掉，张口就是一串串的，那才是真正的领袖风范。到时你准会谢谢我的！"

那时王桑才刚住校，初尝小小的自由之味，正有意跟一个排名几乎垫底的"坏同学"交上朋友，受其影响，读起色情小说来。所谓色情，只是"坏同学"从他家里翻出来的"三言""二拍"，两人比赛着，专找里头的肉麻段落。顺带着也看点元曲话本之类，那里头，只要耐心找、用心悟，露骨的淫词艳句处处可见。现在想想，自己身上的酸不拉叽，恐怕就是从那些古书上产生的。

反正他对穆有衡的指定书目，已开始敷衍了，周末回家才翻翻，到那边陪沧下棋时，也揣上两三册假作用功。像《历史上的今天》《名人名言大全》之类，索性就扔在穆沧那边。

这一扔倒好，沧倒是有当无、无当有的，每天一起床，都会查看一下历史上的今天。年复一年的，渐至熟稔。他玩电脑没有障碍，又在网上搜搜找找，加上"后来的"历史上的今天，就是深一脚浅一脚的有点乱乎。

"……1990年，世界卫生、组织正式、将同性恋、从精神病、名册除名。1995年，波音777、正式投入、运营。2008年，众志成城、抗震救灾、晚会举行，邵逸夫现、场捐出一百万。2009年，我国首例、甲型H1N1、流感成功、治愈出院。2014年，亚太经合、组织A-P-E-C、贸易部长、会在青岛、召开。"穆沧一口气说到这里，才露出抵达终点的样子，停歇下来。

"穆沧，你这脑袋、瓜子，可以啊，开个号，录抖音吧，绝对、招人打赏的。"看这位河山，没两句话，又谈到钱了。王桑心中嗤笑。对她的赞美，穆沧并无呼应。他用自己的翻盖水杯喝白水，润润嗓子，准备着进入下一步的社交环节。

"我给你、讲个笑话。"旋即又开口。王桑感到迷惑，为这次见"女朋友"，他自动升级了？沧以前到这个程序，总是讲"三只小猪"。也好，笑话总比童话好。

"好哇好哇。"河山热烈拍手，十分之鼓励。

"说，你知道男、人和猪肉、的区别吗。你知道女、人和冰箱、的区别吗。"沧看着茶桌下方问道。

王桑顿感不妙。河山先点头，又摇头，咬着唇不笑。这个笑话王桑也听过，很老很笨的一个，好像是把男女之事比作冻肉与冰箱。什么硬的进，软的出。还有什么水唧唧与干乎乎之类。果然，沧讲的正是如此这般。仍旧是四字一排的平均语速，断句七零八落，淫邪感反倒增强了似的。沧讲完，挺老手地停下，等他们笑。河山放声哈哈，茶都喷出来半口。

"说，从前哪，有个扫盲、识字班，专门教农、民识字。这天教到、一个日字。教员讲解，一天一日，一日一天。农民回家，想想总是，想不通……"纵然穆沧的叙述平板无调，可王桑还是听出来了，打前面一个笑话就有点疑心了。这不活脱是谢老师的遣词造句嘛，他在酒席间拿出来逗趣的老派风格，曾领教过一两次。谢老师什么时候教给沧的呀，还教得这么浮皮潦草。看沧这模样，是既不知其一，亦不知其二啊。

就跟数铜钱似的，沧显然还没有排完。他以谢老师附体般的那种咋呼与俗俚用词，又连讲了"隔壁老王""阴茎增大术""求水泡面"等三则笑话，才又歇下来，过渡性地喝水。

"有意思，这后头俩，真没听过！"河山笑得乐不可支，"无痛无药，无手术增大，可不，一个放大镜就够了。绝了绝了。"王桑不喜欢河山如此配合，觉得她的笑挺刺耳。

差不多就收吧，越到后面越散黄。王桑冲河山指指表，她却扭过头，意犹未尽的样子，只管看着穆沧。可再这么拖下去，今晚他跟穆沧两个，真是下不成棋了。想这么些年，包括王桑高考前的一个周五，包括穆沧有次阑尾炎开刀，他们都没有中断过啊。

怎么穆沧看上去竟也无所谓的？王桑一时嗒然若失，悲喜莫辨。

"我喜欢飞、行棋和沙、子。你喜欢人、民币和镜、子。"笑话环节之后，看起来他打算进入"与新朋友交谈兴趣爱好"环节。"我先说说、我的。"

"对，飞行棋。穆沧最喜欢了。咱今天还没有玩呢。"有点生硬地插话。王桑打开棱角已磨得发圆的棋盒，摊开棋纸，一种连他自己也觉得滑稽的需要在内心里扑腾，有如百爪挠心。沧也许无所谓，可是他想！他想下棋。跟穆沧一起在周五下棋，什么都不可以打扰和改变，那是只有他们兄弟二人的周末。枯燥，静止，恒久。

穆沧看看墙上的钟，闭上嘴，嘻嘻笑着，也帮着布置起黄蓝小飞机。像往常一样，他把备用骰子郑重地安置到他肚子上的袋鼠口袋里。

"行，那我不耽误你们了。洗手间，可以让我用一下吗？完了我就直接告退啦。"河山倒也爽快，一伸手，急迫拿起她的大包，就跑卫生间去。看来茶水也喝得不少。

就这样，相亲就此告终了？王桑从狐疑与戒备中稍许放松下来，从头到尾，这位河山虽然有点不以为然的戏要与捉弄，总体还算是友善相待。穆沧的表现也没出大岔子。挺好，算是给老家伙一个交代，尽到他的本分了！

4

赶紧的，河山，你需要照一下镜子，得跟自个儿谈一谈。情况有点不同。

本来是想好了的。穆老爹此番收网，合情合理，不论要杀要剐，要你的肾要你的人头，绝不打任何咯噔，自己动手、双手奉上。再说远没那么严重：你能有啥让人算计的，除了这一身皮肉。

你那一对不知在哪个犄角旮旯儿的爸妈，就这点，还算够意思，把你生得不赖，不赖到具有长期的驱动力，这位穆老爹才跟养猪崽似的，慢慢把你喂大养肥，就等着哪天洗洗涮涮一口"啊呜"下去。就是时间拖得久了点，原配不老早就死了吗，连他自个儿都快要死了——直到王桑那简明扼要的短信发来，可实在把你乐死了。敢情不是要做媳妇，而是做儿媳妇。想想你这千疮百孔，没家没财的，都没人当真要娶的一个老孤女，这下倒好，一把头，全解决。

当然你也清楚，老子换成儿子，这儿子指不定啥大怪物或小恶棍呢。谢老师暗里递过话，你百度了下，果不其然，撇撇嘴，做好了糟心的充足准备。

可这位"我叫穆沧，很高兴认识你"，却不是那么回事儿。不一样。跟所有坏的准备，完全不同。

五官、四肢，都全乎，还挺魁，瞧上去比王桑更像个男人，也更和气，总笑嘻嘻。插花学挺快，不傻。尤其他那记忆力，·绝。只——他的眼神，不容易看到，偶尔会大致投到你这个方向，不定。哈哈，要说你这身上脸上，只要一出门一见人，可都是落满了眼珠子的。就他这，目无所见、投落不下的眼神，真挺稀罕。

这眼神像孩子吗？不。别以为孩子就怎么纯了，屁话，想想咱爱心驿站吧，七岁就是七十岁，八岁就是八十岁。全是老小人儿。

像小动物，也不对，小畜生哪，为了讨口吃喝，讨片刻抚摸，也是一样的装痴卖乖耍心眼。爱心驿站里那些野猫野狗的，你从来不喜欢。没人的时候，可没少踢过它们。

别扯远，集中注意力想。他到底哪儿不对？有没有觉得，他似乎不是个"男"的。

你对"男"这一人间性别，算有点发言权吧。从十二岁半，胸脯鼓胀出来，用魏妈妈的话说，从小白馒头变成大白馒头之后，你观察和获得生活的主要方式，不就是在跟人，跟人当中的"男"人打交道嘛……而这位"你好我叫穆沧"的，的的确确，没有"男"的那个意思。"男"到底是什么，这说不出个一二三，可你就是知道，能认出来，一种根本的、特有的、触目的东西，就是扶都扶不起的老老头子，或十二三岁才刚发育的小小男孩，他们身上，都是有"男"味儿的！穆沧没有。

这还不是最叫你犯难的。真正不对的是——实在莫名其妙，这位穆沧，他让你突然想起了独腿儿、大肿头、烫娃娃、团团肉，想起那些多少年都没了消息的兄弟姐妹。对，他们当然不是一回事，可就是叫你想起来了。尤其他讲起色情笑话时，像数学公式或天气预报，认真得那样糟糕，太乐呵了。可是天知道，你心里真是一阵阵地疼哪，简直想大哭一场。你一下子就想到，要把这位"你好我叫穆沧"的，给加到你那个秘密的小名单里。除了驿站里的兄弟姐妹，他算是头一个外人。唉，那份雄心壮志的供养名单，已是多久没有想起来了，手里的小破公司，一个个的，倒得实在太寒心了。可这个穆沧，又让你升腾起一股久违的护佑之心。

当然，这会儿你清醒过来了，他哪里要你操心，人家可是穆老爹的大公子哎。可无论如何，他叫你犯难，叫你疼，叫你内疚——他这个人，跟相亲这件事，整个是不对的。

你原来想得很干脆。不管何等怪物，相亲完毕，只要他愿娶，你立马便嫁，立刻就生，一举报答了穆老爹的浩荡恩情。结婚能咋的，不跟吃碗麻辣烫似的吗，呼噜呼噜就下去了。不行就离，等于打个嗝，再叫一碗麻辣烫，搞不好还落一小份家产。真不算个事儿。跟着魏妈妈这些年，刀山上过火海下过，不都是分分钟站起就干的嘛。

可这个叫穆沧的，想到他垂眉挂目的笑嘻嘻，那偶尔抬起来的，投向你背后的，无法确认的眼神……你真能这样下手？

尽管那些"男"的人，总是满口赞美，什么洛神妲己西施罗敷，什么性感妖媚丰艳，一串串儿的说道。可你，哈，你心里头清楚，你根本都不是个"女"的，起码，是没有一颗"女"的心。想想那些交往过的家伙，你对他们当中任何一个，可曾有过，哪怕半根头发丝儿的柔情！有些不经扛的家伙，简直都能听到他们的小心肝，噼里啪啦地碎成满地渣子。嘿，你才是个一顶一的怪物和混世魔头。

想那穆老爹也真是糊涂，真要心疼这儿子，相什么劳什子亲、结什么劳什子婚，直接找你陪他睡觉就行啦——不不，打住，可别用这个恶心的词！睡觉，没觉得吗，在这个穆沧身上，就不能有任何跟男女相关的想法。有可能，他就是个无知无邪的大天使吧，那笑嘻嘻的样子，让你惭愧，也有点儿安慰，又好像要挺起身来，全心全意地去守卫他的纯真世界。

那么，想清楚了吗，看看镜子，这可是"你好我叫穆沧"每天都照的镜子，就朝着它，赶紧地拿主意。对这么个大天使，这一宗相亲，下面怎么走。

七、桃色

1

"拆烂污！我让你给他读大学，你这，开蒙都谈不上，就教了几个笑话呀。"有总歪着嘴巴责怪谢老师，但面带笑意。谢老师一直陪着有总看监控，电视里，现在只剩下沧桑兄弟二人在下棋。

"咱对沧，不能从一般的角度考虑问题。"谢老师对有总讲了老评剧演员赵丽蓉的一个小故事。她打小没念过书，大字不识一个，后来演小品，需要在台上现写毛笔字"货真价实"。她苦练几个月，当着数千观众现场直播，提笔蘸墨，悬腕而书，那派头，绝对地流利潇洒，谁能、谁敢相信她不会写字儿呢。谢老师让沧直奔老油条的路数，开口便讲黄色笑话，差不多就是这个策略。

这实在也是无法之法。谢老师起初也是认真准备的，各个角度都试了一下。亚当夏娃之偷食禁果，贾宝玉之初尝云雨，梁羽生之生命大和谐，印度爱经之多种招式，掰开了嚼碎了，并自认为讲得生动有趣，易于心领神会。

沧呢，也能算好学生，他笑微微地垂目听讲，手里捏一个很小的沙漏，翻来倒去。谢老师若是提问，沧便摆一摆上身，抓住问题里某一个词，直接就往后讲，相关"知识点"可谓只字不差。谢老师稍一打乱追问，立即支离破碎，不知所云。其反应之机械，其理解之错位，着实如梦如幻。而他马上所要面对的，可是河山那样的人物哪，背书，是绝对行不通的。

好在沧这学舌本领，既快且准，也算天不绝人，谢老师这才动起歪点子，索性直接灌输黄色笑话。剪切、复制、粘贴，只要沧瞧上去是在侃侃而谈，他谢老师便完成这速成教育了！

"如何做一个有趣的人，如何交到好朋友，交到女朋友呢？"谢老师跟穆沧叮嘱，"讲笑话！比起谈天气、夸对方漂亮，讲笑话更让人愉快，明白吗？"

"讲笑话更、让人愉快。"沧颠倒他的小沙漏。

当然谢老师心里还是惭愧的。这一大家子里，若要论起他个人喜好，有总不算在内，接触最多的，要数河山，虽则很是难缠，也不当真讨厌。丁宁呢，客客气气，感觉比较没趣。那整日魂不守舍、虚虚飘飘的王桑，没劲的，都做不了朋友。他真正打心眼里喜欢的，也就穆沧一个。

他甚至同意有总那强词夺理的说法：谁说沧傻了，咱老儿子就是脱离了低级趣味的人。趣味不趣味的，这也扯得有点大，他就是个"不知不智"而已，看起来总是跟大家反着来的。交流的反面，变化的反面，激情的反面，机灵的反面。其实这么些年，为着沧，跑腿操心的也是不少。这老宝贝，都没正眼瞧过他几眼。可谢老师乐意这样，他就想着穆沧能好好的，继续这么着下去。所以这一回，他也是有意无意的，想做个"差劲老师"，像沧这样，还是守着点，不要被卷到任何莫名其妙的事情里为好。

不过，等一等，这脑子，进了什么柔情水吗，忘了红皮本子吗。要从材料角度来说，穆沧是必须和应当卷进去的。谢老师心头正敲打着自己，听到有总在吩咐他："退回，河山刚进门那里，回放。"他要再看一遍。

嗬，猛然想起，这可是，有总第一次见到，大活人河山呢。忙觑视有总。

要知道，好多人头一次看到河山，因她那种容貌所形成的反射，是挺难掩饰的，忘形贪看之中，他们不自知地就"PLUS"起自己，野性、文明、才情、壮硕，每个维度都在使劲儿地加长加宽，如同公狮张开它们的鬃毛。有总在男女事上谈得太少，真还不了解他的审美呢。但谢老师相信，河山之颜，所向披靡。

有总看上去并无愉悦或刺激之异，半瘫的眉头和嘴角歪绷着，显得很吃紧，似有某种不忍与抗争。他在逼着自己看。

看来有总是懊恼了？总算回过神来，这样一个尤物，可是不能随意搭给穆沧的。谢老师忙咳了一声，化解，"您放心，我刚才不就说了。他们是两边看不上——河山那心气儿，愣是谁，她都看不上。咱家沧呢，说句实话您别见怪，他自有他的路数，也未见得需要河山。真的，两边都对不上，谁也不委屈。"

2

小谢这家伙总以为他什么都知道，怎么就不能做一刻哑巴呢。

一个随意认领的乡下孤儿，资助这么些年，也算知根知底有感情了。正好她老大不小的还单着，就试试说合给穆沧呗。虽说沧大几岁，人内向点，可这里有家有产的全都现成的，也不能算太委屈她。是这么个道理吧，讲到哪里都通。我就一直跟自己这样讲的，也跟小谢、二子他们，包括外头，都这样讲的。

有些个曲里拐弯，没跟任何人说。

所谓的"随意认领"，可用了大力气。是几条线头的埋伏、延伸、丢失与汇合，是包围圈的一步步缩小，是尽可能地通过细节去定位去对号，然后才去随意……尽管是如此地众里寻她，可从认领那天起，一直到现在，到此刻，我都很矛盾。

我希望我根本就是弄错了，这世上，就没有那个我要找的孩子。河山呢，只是一个不相干的苦命女娃，瞎撞上了而已，纯属做好人好事。可是我又多么地愿意，真的是找着了，也找对了，河山就是那孩子，我一直好好照顾着呢。

所以就一直缩头，拗着，不见这孩子。谢老师给过好几张照片，但年轻女孩的照片，真是啥也看不清爽。看不清才好，我宁可心里头模棱两可！不管往哪头给落实了，我都干得太不漂亮了。

可这会儿，还是算见着了，隔着屏幕，挺清楚。不想跟小谢啰唆。只仔细地看，从脑袋最里头，把何吉祥的样子给调出来，使劲儿地比对。

我所记得的何吉祥，也正是河山这样的好年纪。他长得很有棱角，尤其侧面，下巴那里突地瘪进去，简直能放个花生米子。他那时还跟我猜呢，说不知道那娃娃是男是女，男娃叫什么好，女娃又叫什么好。他绝不会想到——假如河山真是他女儿的话——最后是家爱心机构给随便取了个名字。那同一批收进去的，名字都带个山。江山、天山、湖山、雪山。"还是河山最好听，看，跟你的姓还算谐音呢。"能这样跟他说吗，将来到了那边？好像这算是不幸中的一个体贴。何吉祥，河山。

不，也许用不着这么说。河山并不像他，简直看不出一点来自他的遗传。吉祥倒也说过，娃娃最好能像妈妈，"她那西北洼子的长相，圆额头，深眼窝子，可耐看了。"那么，河山是像她的西北洼子妈妈？

我其实也见过那位妈妈。

我记人脸是很有一套的，这对生意人很重要。不管远近客户，大小官员，或者自己部下，部下的部下，最好都要记得。只要见过一次，到第二次，哪怕是在澡堂子、病房、火车站、醉酒后，那些非常规的地点或状态，我都能从脑子深处，把这人的名号大姓、干啥做甚，像逮一只滑溜溜的泥鳅似的，给抓出来。有次路上碰个小家伙，正搂着他的小女朋友没头没脸地亲嘴儿呢，我伸手去拍拍他，他转过脸，"是惠能公司老左家的孙子吧。瞧你这对招风耳。老左福气，你这，要让他四世同堂了。"

认人这个禀赋，还帮过我大忙。有天在希尔顿，大堂一楼的男宾卫生间，正撒着尿呢，小便池上方装了雕花大镜，边上一人有点面熟。我一边抖搂家伙，一边在脑子里抓泥鳅。呀抓到了。是夏秘书，前年招标见过，是我对头公司的老总大秘。他家的报价比我高很多，但后来还是我输了。记得那天夏秘书特神气，怪洋派地打个小领结。我就是靠着他那只小领结记住他的。他今天没领结，也不神气。我这突然的招呼，使得他十分惊异，连忙地去洗手，来跟我握手。

"没想到您还记得我。"他湿漉漉地直晃着我的手，我这，还没来得及洗呢。"我跳槽了。刚一个星期。""祝贺，大展鸿图。"我寒暄，要走的意思。只是顺便认出他罢了，并没啥要闲扯的。

他脸色有点发紧，显然在思考，继而，他凑近我耳边。这动作有点女气，我让了让，他凑得更近。然后，我听到了他前老板的一个秘密，非关商业，是私人的，过了人伦底线的……哦，哦。我装着耳背，没太听明白，与他客气道别。下次再见到夏秘书，我肯定会"认不出"他的。但这则来自小便池畔的耳语消息，在不久的又一次招投标中，起了四两拨千斤之用，帮我挑落了那位大对家。这事儿我跟小谢说过，挺得意，不只为那一单合同，更为我这记人的天分。

所以到现在，我大概其还能记得那个可能是"河山妈妈"的女人。我三心二意地寻过她，又跟丢了她。几次张望，也是十几米开外。可我记得她的圆额头与深眼窝子，跟吉祥说的一样。可河山老家本来就在天水，她的妈妈可以是任何一个西北洼子美人，而跟何吉祥完全地"不相干"。我要找的，是何吉祥的种呀，假如确实如他自个儿所说，果真有遗腹在人间的话。

看，这就又绕回来了。我至今还坚持认为：何吉祥上当了，那女人根本就没替他留下什么孩子不孩子的。这事情，就是一根永远断不了、永远够不着也永远吞不下的尾巴。河山呢，就是那可能存在也可能是假想的尾巴。

我瞧着大屏里的河山，正一颦一笑地配合着穆沧那难听得要死的黄色笑话。看着这姑娘！我浑身都疼，连那没用的左手心，都凉丝丝地生出汗来。

总是要到那边的，总要跟何吉祥见面的，可怎么跟他交代呢。

3

又来了，有总又飘移并停滞到他的某个空间里去了，那遥遥下坠的黯然，简直不忍心打扰。"您别多虑。他们两个，成不了的。"谢老师又说了一遍，轻轻地。

有总勉强把头从电视上挪开，目光中的痛苦还在。他看了好一会儿谢老师，才慢慢反馈出一点笑意，随之，是博弈的、祷祝的口气，"此事大有希望。瞧他们一起插花，有商有量的。穆沧对她，一点不认生。"

问题并不在这里！有个直觉，谢老师一直憋着，"我看你家二子，王桑，可有点想法呢。"有总两道眼神变粗，像伸出一双筷子，戳向谢老师。"真没注意吗，你家王桑，哪像个做媒的，根本都不替两头好好张罗。穆沧正跟河山聊得好好的，急着就赶她走。下什么棋，都下几十年了还没下够？我看，王桑怕是把自己给搭进去了，你也知道的，王桑跟丁宁……"有总否定地闭起眼。谢老师坚持，"他们俩，为啥闹丁克，你总归是有数的吧。"

"为气我。"有总短暂睁开，复又闭上，这次是藐视，"逆子，真不如傻子。"

这么多年了，有总有种奇怪的自信——旁人做的事，他肯定晓得。他做的事呢，是再怎么也不会露馅。谢老师不得不直说了，"圆圆脸那事，后来王桑晓得了。你想，以他那性格，跟丁宁这婚姻，肯定是好不了的。"

"什么圆圆脸？"有总那称得上是无邪的吃惊，真让谢老师气得要笑。明明是他们两人一起操盘的啊。他谋划帐帷，谢老师执行在前。

"您确实是记性不大好。王桑跟丁宁，不是分手了嘛。后来机关里有个姑娘倒追王桑，小火炉似的。到我们家来过，还给你敲背来着的，圆脸盘，很漂亮，一脸的喜气，性格比丁宁活泼多了。你还让我打听过那圆脸姑娘，她父亲是商贸局的二把手，你说不定还认识呢。"

有总做出那种淡然的、公允的样子，"哦，年轻人嘛，总归要挑挑眼的，一会儿这，一会儿那。"他盯着电视，调回实时，沧正抓耳挠腮地较真，王桑的两架小蓝飞机都领先了。

谢老师可不想由着他装糊涂，"这才几年的事哇。那要是二三十年前的旧账，您还不赖个精光啊。"谢老师可是没客气，

"就是打听过那圆圆脸家里的情况之后，你才一心捣鼓着让丁宁来复合。"

"是你记岔了。商贸局的背景多好啊，姑娘也在机关，正好跟二子比翼齐飞，双双的封官进爵。我还特意地，去找王桑聊过，认认真真表达了这些个意思。"有总平静地替自己辩解。谢老师注意到，他漏风跑气的情况，好些了。他这会儿忘记他不行了？

"我记得很清楚，是你专程让我去找丁宁，说王桑想回头，但磨不开面子，撺掇着她主动点。"

"那只是为了让二子宽裕点。最后是他自己拿的主意。"

但最终的结果就是，不久王桑即跟圆圆脸一刀两断，并立时三刻地筹备起与丁宁的婚事。这事儿，对丁宁绝对是大好。犹记得当时，照有总的吩咐，到一所中学里找到的丁宁，整个人都是失魂落魄的模样，才听到王桑两个字，就像中了子弹一般，蹭着墙角软滑下去大哭，简直让谢老师这样的老心肝也要相信起爱情这回事了。

破绽后来出在哪里？似乎就在婚礼当天。

主要的闹腾节目过后，丁丁自个儿举着杯子过来，郑重感谢谢老师，说他是老天爷派来的天兵神将，成全了她的后半生云云。此话言重，谢老师可不敢邀功，"哪是什么老天爷，是有总。我只是替有总传个话而已。"两人也就这么聊了两句。可能是给王桑听到了，丁宁本就没特意避开。她挺自豪的，是她，听人劝，迈出了主动复合的这一步。

几分钟后，谢老师就被王桑给拖到婚宴大厅边上一个小化妆间里。从没见过这么绝望的新郎，那表情绝对的世界末日，"我，还是被算计了。老家伙有意跟我那样讲，像是又在布棋，非得搭着个官二代，方便他将来做生意。真的恨透了，我不能什么都被他控制。其实，我真的很喜欢……"王桑咬着嘴唇，忍住没有说出圆脸姑娘的名字。

谢老师也真是替他一声叹息。王桑其实也未必，真能确认自己的真心所在。也怪从前被有总管制狠了吧，他这些年就一直地反应过度。工作上掉头去了凹九，业余里则痴缠个什么昆曲，更不要讲钱财物事，往来朋友，哪怕就是饭菜口味，随便什么，他第一考虑的，不是自己喜不喜欢、合不合适，而是——要跟有总对着干。这，可是婚姻大事呐。

丁宁太无辜了。失去的总是最好的，这魔咒缠着王桑，他永远会觉得，圆圆脸才是世上最好的在水伊人，丁宁，则是父权之下最不可忍受的阴谋性配给。所以才闹出什么丁克不丁克的，打死不生小孩。现在，这又冒出个河山，谁知道王桑会不会再"逆"一把呢。河山是多好的一根杠杆啊，她可以撬动一切。

有总显然不愿意就这个话题再往下谈。可谢老师还是忍不住浮想，同样是看热闹、搞事情，当然得看王桑跟河山捉对。老穆沧，最好安安生生的，待一边儿吧。

4

有总示意谢老师看电视。王桑已经走了，沧收好棋具，开始踢踢踏踏地洗茶具。这有什么好看的？有总瞟他一眼，挺能干地把镜头拉近，对准沙发上一团艳色的东西，拉近，是条围巾。噢，河山落下的。

再看沧，他来来回回走动收拾，只要经过沙发，总要被那条围巾给"硌"一下，扭头看，斜着看，又正着看。"哼。嗯哼。"有总瞪着，鼻子里直出声儿，像替沧使劲。

沧终于还是坐到沙发上，离那条围巾不远不近，伸出胳膊比画了一下，然后才歪过身去，两手合力，把围巾给"端"起，原样不动地移到自己腿上。他端得挺好，软绵绵的围巾像雕塑一样，保持了原状——只见穆沧把头俯下去，鼻子凑近到那团桃色上，小幅而快速地嗅闻，那样子，活脱像老松果逮着个什么玩意儿似的。谢老师挪开眼，他不愿见沧这样。

有总却明显兴奋起来，语气欢欣，"你还号称，整天研究沧呢，研究失败！咱沧，可有感觉呢。"

谢老师正欲答话，画面里听得一阵门铃响。沧呆住了，从围巾上抬起头，想起身，又怕乱了腿上的围巾，为难之中，他大声报出电子锁密码："5-3-1-0-0-9"，这是云清的出生年月，有总设的。

谢老师惊得站起，简直想马上就冲到对过小区去。沧也真是的，家里人都知道这密码的，怎能张口就对门外报，都这么迟了。

有总右臂伸出，像独翅往空中一拍，竟有了点往日气势，他稳住谢老师——门开了。有总把镜头往门口那边推。河山进来了。"信不信？围巾就是，故意落下的！"有总胜利地欢叫，嗓眼里的痰，小风车似的呼呼响。

谢老师百般迷惑地坐下。戏，不怕多，可河山这算是哪一出呢。可不能玩儿老穆沧哪。

沧还是没有站起，他低头瞧着围巾，犹豫着，要不要重新"端"回原处。

"你看我，丢三落四。"河山三两步跨进客厅，冲着沧的膝盖，捂嘴乐起来。

穆沧隔了一会儿才搭腔，"你喜欢人、民币和镜、子。我喜欢飞、行棋和沙、子。"看来，他在接续前面中断的话题。哈哈，有总拿右手直拍腿，谢老师也没忍住笑。这个沧哪。

河山在沙发上坐下，"还喜欢我的围巾，对吗？"她软绵绵地问，电视音箱真好哇，都能听出她那特有的气声。这小妖，谢老师也曾领教过她不少小把戏。

最早是哪一年？好像她才初二，去给她送一批过冬衣物，其实寄去也一样。有总坚持要他跑过去。只有去当面看看、问问，才晓得到底缺什么。小女孩家家的，小谢你要上心啊。其实河山哪里小女孩了，那回见面，发现河山蹿个子了，皮肤白得发粉，班上一堆黄黄瘦瘦的丫头片子之中，她简直扎人眼睛。

也就是那次，谢老师发现，河山讲话时会往人脸上吹气，声音哆了起来，嘴巴还总是微微噘着，像等着蝴蝶停上去。谢老师那时还不到四十，正是年纪上，一下子想到大学里翻过的《洛丽塔》，身下真差点要有反应了。那一次的"当面看看、问问"，河山还真是提了不少的需求，都不是学生当用当玩的，可谢老师给她那口气吹的，实在有点晕头，转脸就全给办齐了。那一趟的回程路上，他有点担忧，不是担忧报账，就是再高出十倍二十倍的，有总只怕更高兴。他是为河山不安，她怎么长的呀，哪儿学来这一套，她才这么点大，将来可怎么得了，准得是个妖精。

小妖精这会儿倒算有分寸，与沧保持一臂之远。对，这倒是自己提醒过她的，沧不喜欢人靠太近。

沧对握两只手，正认真回答问题，"喜欢围巾。有头发的、味道。3路车，她的头发。你们洗发水、一样。"他突然提到一辆公交车。哦，那辆啊，谢老师当然记得，躲在人堆里，他可是摇摇晃晃跟了个全首全尾，老腰老腿都吃不消了。原来是什么洗发水好闻？这哪儿跟哪儿啊。

穆沧继续低下头，跟老松果丢不开骨头似的，又嗅闻起那艳丽的围巾，动作委实谈不上雅观。连有总也皱了皱眉头。

"哦，洗发水的味道。原来你是喜欢这？"河山伸直腿歇着，不说话了，让穆沧尽情地闻。客厅这个摄像头，谢老师安在冰箱上，这个角度只能看到河山大半个脸。听声音，倒觉得河山像是有几分失望。

沧嗅闻了好一会儿，才有些舍不得地丢下，把围巾端起，往河山那里送还。

"留这儿吧。你慢慢闻。"河山猝然站起，在客厅里东看西走，沙漏架前站了一会儿，又往两个卧室伸头瞧瞧，嘴巴里伸出小舌头，脸色有点古怪起来。

"你看，王桑刚才都没带她参观介绍一下。他这事办得，实在太敷衍了。"谢老师又抓了个证据。

有总不理会，只在手机上忙着切换镜头，像要跟着河山的眼睛，再仔细看一遍似的。

其实经不得细看，这多少年了呀，穆沧的小窝太陈旧了，旧得令人着慌，觉得到世界末日都会纹丝不动——晶体管电视，死沉沉拖着巨大的机箱，盖着丝绒护套，丝绒已半是脱落。扶手椅后背上，不论冬夏，都搭着条旧军用毛毯，真怀疑那毛毯的折叠，还是云清当时的手法。左边角落里一台老式大摆座钟，有气无力但从来不停，嘀嗒嘀嗒。沙发右角的木衣帽架上，永远挂着件红羽绒背心。主卧里的大床，牡丹图案枕巾，粉红印花床单，谢老师在网上看到有年轻人晒过，说那叫"国民床单"，是爷爷奶奶时的配置。床头柜上，搁着只毛线框，里头是编到一半的虎头鞋。这虎头鞋，有总讲过，说是云清直到跳楼前一天，一边照料沧，手上还不停地在替八个月的二子织这双鞋。至今放在床头，再没人动过。

现在，河山进到了沧的小房间，她走近了，又退后，像欣赏油画。沧摆放图书，不管内容与国别，只按书脊的颜色排。冷暖色调，从深到浅，冷不丁一瞧，像躺倒的彩虹。书架右边呢，一溜五个大整理盒，比人还高，里头全是拼图——最初的一盒，是一位远房亲戚送的。"这玩意儿，顶费时间也顶费脑筋了。"这小礼物算是送到了点子上，搞得一向讨厌亲戚打秋风的有总，难得出手大方了一回。拼图果真成为沧的大好，这几大盒子，有一大半都是谢老师叫儿子从加拿大给专程寄回来的。穆沧速度很快，一千块的，四个半钟头以内，肯定搞定。

有总挪动的镜头，突然停在河山的脸上，拉近了，占了半个屏幕——镜头里的河山正在抹眼泪。从她的位置看，这会儿所瞧着的，应当是南窗下边的一只儿童塑料小马桶。那里朝南，白天光线最好，据说沧小时候，喜欢一边大便一边摆弄他的汽车模型。那些汽车模型而今早也都生锈掉漆了，可它们还是呈放射状，朝拜般地围绕着那只儿童马桶。

旧得已没颜色的儿童马桶或是汽车模型，怎么了呢，谢老师真是十分地震惊。这么多年，等于是看着河山长大的，还是头一次见她红鼻子红眼呢。

他太知道她了，就算施展起所谓的女性温柔，或装个小可爱，小可怜，那都是技术性的，跟她往人脸上吹气是一样的，不动心肝，不过五脏。她十足就是个钢铁心肠。沧这里，到底有什么东西，竟让她显出这种软弱相？

担心地看一眼有总，他本就擅长这个。果然，那干核桃的老脸上早已是长泪两行了，反射着电视屏幕上的微光，脸上亮闪闪的，胖大了一圈。

照旧装呆，只作看不见……有总自中风后，真是很久没上那旧屋去了。今天穆沧相亲。今天突见河山。又再见那些旧家具、旧摆件、旧床单，等于在给他拉洋片儿呢，几十年的男女人影，在进进出出、生死离散。谢老师心里一震，自己怎么还做瞎子呢，有总的这些眼泪水，可不是生理上的失禁失控，不是装腔作势要招人耳目。他在真正地哭泣，哭他的迢迢来路与一路上的山峦叠嶂。

可别光哭啊。有总，你倒是说出来呀，跟我说说。谢老师在心里呼喊。

"我们两个，做好朋友，行吗。"屏幕里，河山挺正式地，征求沧的意见，"我回来找你，就为说这个。"她早已抹掉泪水，但还有点哀伤之态。往前挪近一步，沧马上后退了一步。她笑了，用穆沧的机器人语速，"不是女朋、友，是朋友。你知道朋、友是什么？"

"朋友看朋、友是透明、的，他们彼此、交换着生、命。罗曼·罗兰。人之间的、友谊并非、因为说得、出的好处，倒是说不、出的好处。钱锺书。友谊就是、栖于两个、身体中的、同一灵魂。亚里士、多德。友谊永远、是一个甜、蜜的责任，从来都不、是一种机、会。纪伯伦。"

跟按了什么键似的，穆沧这又背诵上了。河山残哀尽消，一下哈哈大笑，"好、我们讲定、了。做好朋友。下周我来、找你玩。周四吧！那天我空。"她打开门，"啪"地在身后带上。跟闯来时一样，惊如阵风。

穆沧把桃色围巾紧紧贴到鼻子上，走到门背后的小白板跟前，十分为难地嘟囔，"周四晚上，我要刻章。"

八、蚂蚁

1

拎着比自己腰身还粗的大蛋糕，丁宁走进筑枫雅居。六月的小热风，摇打着开始衰败的月季，道边灌木丛中的蝇子虫子毛絮子，往脸上身上直扑。丁宁戴着墨镜，遮住她不想见人的眼睛。不巧仍在楼下碰到肖姨，身边是垂挂着脑袋的穆沧。趴在推车上的松果，低哼着，努力冲她动了半下尾巴。

"你不晓得嘛，有总从来不吃蛋糕的。多久没来了，你最近——"肖姨亲热地拉着她胳膊，眼神走过腰腹处。

丁宁也笑容满面地直晃肖姨的手，更加亲热地分别对一老一痴一狗打招呼。发现自己总能这样，不论多么丧气，表现都绝不离谱，并且这两者是两极互促的，越是憋得快要尖叫发疯，越是能够一丝不乱地做饭、熨衣服、换季大扫除，一边恫吓般地自嘲，哼，瞧着吧，就在下一秒，会不会顺手就抄起剁肉刀或电熨斗，突然把自己或身边什么人给放倒。说不好，真说不好，尤其是八周年纪念日之后。

那天等王桑，一直到凌晨两点半，死寂而怒火熊熊的等待中，为了摁住自己，她挨个儿翻看手机里的微信群。"单词打卡"

群里，她选的是雅思，背完当天任务，总会得到群友的一排大拇指，有种"好好学习天天向上"的安慰，当天的自我感就成立了。坚持，是打卡群的最高道德准则，不管出差或感冒，有位女孩，连人流手术的当天都打卡。背单词图着什么用场吗，没。就图与一堆人在一起——丁宁很清醒地鄙视自己，为什么总是需要一个群呢。是谁发明这该死的玩意儿，多刻薄，又多……实用啊。一个接一个地，听那软件里的斩刀"唰唰"地"杀"掉二十五个单词，心里稍许好一些。

"捡捡风"群，就是前不久好不容易拉着王桑一起去捡垃圾的群，有人传了几段那天的小视频，丁宁放大了看看自己，农妇一样蹲在草丛中，麻利而准确地寻找可捡之物，瓶盖子、吸管、口香糖、玻璃碴、小茶罐、气球碎片、香肠衣……她喜欢那小而机械的劳作，有种纯粹的忘我和自足感。王桑就在她附近，若即若离地跟着，手里替她提着环保袋，带着同情般的屈就之态。真不愿看他那个表情。

又逛了一下太久不去的"烘焙女王"群。也曾兴冲冲地买了切模、量勺、面粉筛等一堆入门工具，包括塔塔粉、马苏里拉芝士之类，跟着群里跌跌爬爬坚持了大半年，才慢慢做出点样子，王桑却宣称他不吃甜品，嘴巴抿得像死蚌。丁宁动力顿失，把那套厨具全都收起，但一直不舍得退群。幻想着，说不定王桑哪天又回转了呢，像大学时那样，巴掌大一块芝士蛋糕，他们甜蜜蜜地互相喂着，能看半部片子。

"瘦成闪电"群是最闹腾的，这么迟了，还有不少人暴露癖似的晒各种照片，刚开刀的双眼皮，抠坏的痘痘，肥肚腩之最，掏出的耳屎。多么无聊的同类啊，藐视又麻木地，丁宁一直刷一直刷，刷得直恶心，简直想把手机和自己都一起给扔到楼下去。

然而一俟王桑进门，她便像一直在等着起跑的运动员，即刻雀跃而上，准备起牛奶夜宵、洗澡水、睡衣，并调动全部力气，把笑给堆在脸上。她跟着王桑问长问短，还亲昵地提到他们在紫金山顶的帐篷之夜，那是他们的第一次……王桑借口疲惫，既未对迟归做任何解释，也未对她的漫长表演加以回音。

哈，真是极寒的冰点灼伤。她继续笑着，挺想冲自个儿挥上一顿老拳，把这丑陋的笑脸给打个稀巴烂。

王桑洗澡时，她把那盒他看都没看一眼的八周年蛋糕给收到小房间了。那里本当做婴儿房，没有婴儿，于是堆满各种不舍得扔的废物与死物，等于一处微型悼亡区。读书时的条纹衫和背心裙，野营帐篷，味道太浓的尼泊尔香，"双11"买的婴儿澡盆，适合大家庭使用的发豆芽机。她把蛋糕放在那当中，揭开盖子看了看。光为这个图案，跟店家就通过三次电话，奶油拉花完美如初。

嘴里发干地继续笑，想起刚才翻看的"每日三欢喜"群，这个群别无他事，只要求每人每天说三件欢喜事。是大学舍长拉她进去的。那立誓独身的舍长，早成了胖胖的小妈妈，认为这个群可以对付丁宁的神经质。人要学会自寻欢喜嘛。

语文老师说女儿的字写得像印刷体，高考起码会多一分印象分。一分刷万人。欢喜一。/下决心订了最喜欢的项链。客服告知所选颜色缺货。省下三千银子。欢喜二。/与同事交换早点，等于开盲盒，吃了她的菠萝包，比我的烧饼贵。

欢喜三。

　　欢喜一。洗车，发现丢失已久的耳机。/欢喜二。晨起看健康手环记录，昨晚竟然睡满四个半小时。创新高。/欢喜三。晚上梳头，又白出一大片。掉头发和白头发，宁可白头发。可以染各种花色呢。

　　这些都算欢喜？是从干燥沙漠里拼命挤出的一点儿汁水吧，还不如改成"每日不欢喜"群算了，她一准能遥遥领先，每天报出七个八个。比如此刻，凌晨两点半，墓地般的婴儿房里，对着没人动过一口的八周年蛋糕……

　　打那之后，发现自己跟这只蛋糕较上劲儿了。跟藏了个珍宝似的，每天出门之前，晚上洗完澡，夜里头起来撒尿，都会跑到婴儿室去看一下。"王桑丁宁结婚八周年誌喜"。巧克力镶嵌蓝莓，就算慢慢长出绿霉白毛，大样子也还挺耐看的。

　　直到第三个星期二上午，揭开盖子时，突然发现，她的珍宝蛋糕，中间裂开了，发绿的奶油花边，塌样、豁边了，里面黑糊糊的。丁宁恶心得浑身发麻，勉强咽下发酸的口水，四处寻找，最终在门背后的暖气管道上发现了一条蠕动的蚂蚁线。它们以双排纵队，如行军中的小型部队，步伐果断，顽强且精准地长途跋涉，一直抵达她的八周年蛋糕。它们，早就把蛋糕内部，给打造成一个甜品粮仓。

　　正是这条蚂蚁线给丁宁发出了震耳欲聋的行动令。她手脚利落地套上外衣，拿起蛋糕盒子，径直往筑枫雅居而去。

　　一路上风吹乱发，行人如倒，她皆目无所见。自病自把脉，她知道自己需要找人谈一下。

也想过找谢老师。可她不太习惯谢老师那一种见微知著般的咄咄逼人。

有一次，好像是元旦或端午的家庭聚餐，她跟谢老师正好挨着坐，两人闲扯。谢老师说，现在HR招人有个小把戏，挺有意思。就是让应聘者掏出手机，当场展示他的手机桌面，一是看看，都有哪些常用App，二是看微信订阅公众号。这等于是打开这个人的衣柜书柜皮夹子，还有他的脑袋瓜子。哈哈有点意思。他从眼镜片子上方看着丁宁，哦放心，我没打算要看你的。不过，有特别欣赏的公众号吗，给我推推。要跟你们年轻人多学学。

他说得那样诚恳，带着小号老头儿的那种不自信。丁宁于是随手推了三四个过去——情绪管理，挺好，心理学现在很流行！谢老师迅速打开几篇文章，什么都懂的样子。哦，共情能力与原生家庭。哦，细节里的哲学。爱好很广泛啊你，口气有点旁观者清的忍俊不禁，丁宁顿觉懊恼，这位谢老师，一准是认为她无趣且寂寞吧。她绝不会去找他聊心事的。

但找穆有衡，也是无奈之选。

对这位老板公公，丁宁是一向敬而远之、几无多话的。她父母都在乡下务农，汗滴黄土三百天，一年能落下的净余，还抵不上老公公一个假的古玉把件。这让丁宁对钱财的看法局促又矛盾。金钱是穆家的焰焰烈火，她的想法是，能远远地借点光取个暖，就可以了，并不想当真的去图那个富贵。再怎么说，她也是靠考学读书出来的，可不想全职回归家庭。这想法里，不排除也有些假的清高与真的偏见。

婚后发现，什么全职儿媳全职太太，是她想多了，王桑那态度激进的排斥，本已排除任何可能。她很快也发现，公公本人非常之克俭，大概与他的有钱程度不相上下，这也都随便了。关键是她跟公公简直"很不熟"，他总是那种商务繁冗、天下第一忙人的派头，以致时间也成了他的重要财产，很少分派给家里人。连逢年过节的上门，也得通过谢老师提前预约，或是谢老师宣布好时间地点，大家像开会一样准时赶去，一顿饭聚下，再各自散开，并无多话。

好了，现在他老人家算是天天歇在家里了，却是半条残身、脚踏棺木了。也就这段时间，丁宁跟着王桑，算是探望过几次，只见到一堆瘦瘦的皮囊，双目懒睁，舌齿寡动。好不容易冒出一句半句，也是嘲讽或苛责，谈不上任何的长辈慈爱。

可有两件事，她绝对承念公公的情分。

一是她与王桑分手后，他请谢老师带来的重要"捎话"。对她而言，那是赋僵死以新生。

二是替她"开后门"调工作。这确实属于一次借光取暖。毕业后她进到一家区级中学，带两个班的政治，还兼一个助理班主任，小到女生来初潮安慰指导，大到家长因为分快慢班要砍人，天天忙得"按下葫芦浮起瓢"。且早上七点得到校，晚上看自习到九点半，真是其苦难挨。有次穆家聚餐，丁宁吃着吃着，竟然瞌睡过去。穆有衡问了几句，点点头，像打了个响指，随即就通过一个产学研一体化的项目，把她给调到一个工科大学，在二级学院的院刊做编务，看看稿子写写编签便可，除开每月例会，每周只需两天坐班。

这是丁宁头一遭体味到，什么叫钱权的滋润，简直是被稠浓的百花蜜给封了满嘴，成了个肥肥的寄生虫。当然，这跟她刻苦精进的女学生惯性有点冲突，况且，以她的文科背景，干这种工科院刊的编务，只相当于一个高级校对罢了。况且，大家都明白她是"塞"进来的，谁还拿她当个什么呢。这等于是眼睁睁看着自己被闲置起来，也舒服，也退化，失去了职业上的斗志。这一部分很糟，不能细想。

决定去找公公聊一聊，不是为着这两桩往昔之事，是为着，大概只有他老人家才能体会到，她与王桑之间，到底是处于怎么样一种近乎滑稽的不幸——王桑对他这位父亲，也是一样。表面上勉强的如礼如仪、不出恶声，但缺少真正的热乎气。碰到任何不顺遂之事，或外界的风言恶语，或哪怕只是夫妻间泛泛议论一下世风，王桑都会把源头给追溯到老公公身上，语气有如革命者，也有如怨妇。那算是他跟丁宁最主要的交谈了。丁宁多少是能理解的，自己在编辑部也一样，因是穆有衡的儿媳，便等于是废人一个。但王桑实在有点过头，正理讲到歪理，越讲越来劲，因果倒置起来，明明是自己从大楼被淘汰出去，反倒搞起精神胜利大法，越发像个被献祭的牺牲品或逆流者似的，顾自沉湎听曲看戏……不管怎么说，如若要跟谁谈谈王桑，公公这里，当是最容易有"共情"和"同理心"的。呸，共情，同理心，跟谢老师一样，其实她也讨厌公号文里的这些用词。

2

丁宁打开蛋糕盖，有几只蚂蚁被巧克力粘住脚，僵死在红果酱"周"与绿霉色"年"中间。丁宁斜举起,正对半躺着的公公,定格了有一分钟。上午的光照充足,蚂蚁的触角都能看得一清二楚。老人家半张开眼,随即又闭上。"我想跟您聊聊王桑。"

八周年纪念日的凌晨两点半。紫金山捡垃圾。束之高阁的家用烘烤器具。从无解释的晚归。每日对话的干枯。新婚伊始的冷漠。丁宁飞快地倒着跑,一路抓取式的采撷,有如藤蔓勾连,连根拔起。所有的日常都是证据,指向她难以厘清、无可解决的八年之苦。

丁宁感到自己语速太快,有点不自信,是啊,对一个动辄推金转银又鲽居多年的商海老将来说,这些,实在婆婆妈妈得很。想到他那一张口就要呛人的脾气,丁宁都不太敢抬眼睛,只对着毯子上他那干巴巴的手。

那老手布满棕褐色斑点,间或捏紧,皱起几条老青筋,又遽然松开,摊成一团软皮,这是在表达情绪与态度?不管,反正她得说出来。说着说着,自己也难以置信了,原来她的婚姻是这样的啊,也真是掩耳不闻自欺多年,到此刻一桩桩说出口、听到耳中,实可谓是一鞭一痕的惊骇。如果写成那种女权文章,肯定后台会有排长队的留言吧。离婚,离婚+1,离婚+2……离婚+10 000。连她自己,也要加入那些义愤的留言!对,她知道她应当干什么了……

"什么?"薄毯子上的手突然抬起来,指向自己,耳边听到公公的嘟囔声。老人问第二遍时,她听清了,"对对,我独生女。跟王桑同岁,八三年的。"

"二子这命,是跑来的指标。很费周折。"丁宁等着听详情,王桑没讲过这。老公公却又闭上眼了，隔好半天，"五车间有个三级钳工，老婆是厂里打字员，头胎是个丫头，两人偏要生儿子，东躲西藏的。好嘛，最后双双开除，还倒罚两千。你不晓得那时的两千块，什么概念。后来给小孩上户口，取名，双千。"

扯这些干吗？老公公喘乎了一阵，终于喘出一口痰，"就你们结婚前一年，政策来了，双'独'二孩，搞得我挺生气的。二子这可能算不了独子，好在后来政策又宽一步，单'独'就可以二孩了。"

丁宁默然听着，全然错位的失望。她都想到离婚了，老人却岔到生孩子上去。看看，随便怎样的大手笔大气象，只要老了老了，就都喜欢起送子观音，大肚石榴了。

"到前年还是大前年的？全面二胎。哎呀，我太高兴了，假如再算上沧，那咱家，能有四个孙子呢。我到处给老家伙们打电话，让他们动员儿女，统统地搞二胎，哪怕四十，也能哇。但凡从前挨过饿的，就见不得浪费，宁可撑着了也要吃——道理是一样的——而今终于来了政策，当然得生足了。"他突然愤怒地一拍扶手，"嗬，没想到，一个个儿的，还不肯生。真是贱哪，是不是要倒回去啊，拦住不让生，才一个个儿的，去偷着生。"

"您别生气，现在就是这种潮流，连结婚的也越来越少。"丁宁觉得有为之辩护的必要，"韩国的超市里，就有专门的'一人户'柜台，电饭煲、冰箱，全是迷你型的。鸡蛋可以两只一装。香蕉是六只，从生到熟排好，正好每天一根。说是再过十年，独居率的话，男人30%，女人20%，您想想！"

"哼，老天要再给我十年，我就专门地，开连锁养老院，专养这些没儿没女的独户，市场估计还挺大。"老人凶巴巴的，龇着嘴咬牙，"我往死里头要价，专赚他们的黑心钱。"

"结婚有什么意思呢，我也觉得一个人过，挺好。"丁宁没有这样对话的经验，讪讪地，"我都挺羡慕穆沧的，看他多好。"

"好个屁。就为他，我都不放心死呢。"他看一眼丁宁，想了一下，语气稍微软下来，"就为蚂蚁吃了蛋糕？"

"这只是一个细节，细节说明一切。其实不孕症，又不是什么绝症，可王桑他……这说明什么？说明他对这个婚姻、对我，是完全否定的。这并不是生孩子的问题，这就是他的冷酷、悬置、逃避的虚无主义……"丁宁冒出了书面语，听起来有点别扭，可她需要这几个词来撑一下，说明她的痛苦是复杂和高级的，不同于一般主妇。

毯子上的手停止不动，"谁不孕？"

抬眼看到老人正死盯着自己，他眼白浑浊发黄，耷拉得厉害的眼皮上皱纹交错，好像从很古远的地方看向她，却有一团火球滚滚而来，着实让丁宁一惊。

说漏了。答应过要统一口径的，尽管这叫她百般刺心。丁宁突地心一横，也同样地瞪起眼睛，一种放血般的痛快，暴露出自己，"谁不孕啊？能有谁。我。"短暂的眩晕，随即是一个大解脱，终于从这个可恶的掩体里跳出来了。

她想起王桑那简直是鼓励式的宽容，面对她宫腔环境不良难以致孕的坏消息——我有个建议。这件事我们不做理会，不去做任何的医学干预，那可是其路漫漫的身体羞辱。顺、其、自、然。这不就是人生最好的态度吗。放心，我会维护你的，咱们统一好说法，就说我们选择丁克……光听字面意思，丁宁应当感动坏了吧，多么通达和体贴的一个丈夫。可这没法糊弄自己，就算隔着眼泪水，她也能看得清清楚楚，王桑的眼神里有种快意的闪烁，他并没费心去掩饰这一点。他显然很乐意引导这个结果：他们的婚姻将没有结晶。

"对，我不孕。王桑说要顺其自然。"丁宁试图笑一下，可喉咙那里，气流阻隔，卡顿几秒，遽然爆发出结结巴巴的嚎啕，"他一定，要，丁——克——"。

真得咬牙才能说出这两个字啊。都咬了七八年牙了，她甚至还为自己武装了一个女权的说法，总比不孕听上去强点儿，跟她的教育和性格似乎比较接近。女人的悲剧，不就在于被当作生育工具吗。哈，她才不要做工具，"身体是自由的土地，荒芜多么美丽。"她念着公号上的那些歪诗，假装自己赶上了某种激进潮流或时髦。

"您猜怎么着，就像您刚才说的那个道理一样，人一旦给拍死了，反倒中了邪，满眼睛里，就全是这个东西！"丁宁又盯回到老人的手，还从来没说出来过呢。女权个屁啊，她已经给憋成神经质了，"外面所有走动的活物里，我只看到两种人。一种人是妈妈。老母亲，胖婆婆，牵着小孩或被小孩牵着的妈妈。还一种是小孩。背书包的学生，工作了的儿子和女儿，开始老了的儿子和女儿。真的，世界上统共就两种人：妈妈和孩子。外面的店铺招牌，总是一家三口在吃饭在购物在度假。过个马路，一转头，那闪动的行人标志，也是两个小人儿手拉手。就算窝在沙发里不出门，只要打开书，手机，视频，太可怕了，还是两种人向我在招手，笑，说话。他们永远都是小孩的妈妈或妈妈的小孩。您绝对想象不到，我每一天、每一天的，有多难……嗯呜呜，呜嗯嗯。"

她听到自己拖长的粗野哭腔，仿佛没受过任何教育。

3

对不住了孩子，一听到"不孕"两个字，像从一团死结里找到一个线头。突然地，我就困死了，一秒钟都撑不住了。

得闭会儿眼。现在夜里睡得更差了，白天于是更加迷糊。总是被肖姨晃着胳膊弄醒。吃饭了，吃药了，喝点水吧，换个衣服吧。我搞不清到底在一天的哪个时辰，也闹不清我到底是刚醒还是刚睡，是起床还是上床。

车间劳动竞赛，拉铁屑子，肩膀上勒出血口子。通宵麻将，我喂牌给许大队长，小谢喂牌给许太太。二子半夜哭闹，给他冲调奶粉，一边看云清的照片，孩子想吃你的奶啊，我跟她说。连队包饺子，何吉祥恶作剧，做了个皮里还是皮的，我吃到了，他说我必有大福。陪京城下来的一位人物，满桌野味，孔雀、鹭鸶、鳄鱼，我一直伸筷子，但做的都是假动作，实在吃不了。飞机的邻座不停放屁，我在臭屁里看合同，四份，一下飞机就要跟几家公司分头谈。

有天夜里，突然清清楚楚地想起家门口的剃头铺。那是家跟我一样嚼不动的老门脸儿。最早剃个头只要两块，

150

还管敲背捏后脑勺刮胡子掏耳朵。里头的小杆子，可真是一眼眼看着他成家立业的。好不容易顶替进厂，老机械厂不久倒闭，就出来了，抖索索开了个屁股大的理发铺，不久脑袋后就拖起一条辫子，装非主流。把女学徒搞大肚子，结婚，生儿子。不久离婚，前妻自立门户，在三百米外也开个洗剪吹。然后他又结第二次，又生第二个。再离，再结，连着套现似的，生出四个儿女，四个儿女又滚鸡崽似的搞出一嘟噜子孙子孙女出来。我简直恨他。我总笑话他脑袋后头拖的辫子又细又白，成了根小白鼠尾巴，为何不染染呐。他替我敲捏后背，这是特供待遇，只给我这老不死的主顾。他在酸筋那儿下着自以为的狠劲，其实我一点没感觉，一边贴近我耳朵根：嘘，我都跟客人吹几百遍啦，这白毛是做出来的效果。这老东西，还想跟我逗乐子呢。我泪水哗哗地笑起来，心里数着，他给我剃了多少年的头，又还能再剃几年啊，不是我走就是他走。

……以前常看到老人流着口水发呆，以为他们真是发呆呢。现在明白了，不是，脑子里可忙呢。这个事那个事，这个人那个人，无关紧要的，性命攸关的，全都扑着过来，脑子像交通路口一样，堵得满满。

哭声，这女人的哭声，好大的声儿……哦，又是病房，我总看到那间病房，何吉祥刚咽气，他老婆匆匆赶来，我讨厌她的哭声——就是她给何吉祥戴了绿帽子，他们才分的居，可怜的吉祥才一个人跑到南方，正因为跑到南方，才做成生意发了财。如今吉祥这一暴死，她便像是种了个芝麻似的，跑来收西瓜了。就算没有何吉祥的特意交代，从她那十来分钟夹叙夹议的哭诉中，也能听出来，这个浪荡妇确实不值得。她天生就是个薄情寡义的背叛者，何吉祥所交代给我的私房钱，确实只能，由我一个人来掌握和执行。

是不是也就在这娘儿们的嚎哭声中，我有了可怕的预感，我会同样地薄情寡义，既然吉祥的私房钱只交代与我，而他又刚刚咽气……我掩面而泣，没有一点声音，可是泪水，真是一串串地，从指甲缝里直淌出来。在那婆娘震动耳膜的嚎哭和我无声的悲泣中，我在跟自己斗争。可是斗不过，怎么能放过这个机会呢？我从来都压不过何吉祥，他总是强上我一头。大概只有这一次，我能翻身。他都死了呀，我还做小弟吗。

我捂着脸，听凭眼泪水漫过指头，都滴到桌子上，湿了一大片。一个男人，能这样地泪如泉涌，挺了不得。何吉祥的几个老同事和远亲，都看不下去了，他们来拉我劝我，越是拉劝，我越是涕泪滂沱。心里是真的在为何吉祥大恸。多悲惨啊，他的女人、他的兄弟，就在他刚刚咽气的时候，几乎同时启动了对他的背叛。

从指缝里可以看得到，吉祥老婆对我如此的投入，颇感震动，她在甘拜下风中突地收泪，警惕地瞅瞅我，转而开始检点何吉祥的衣物、皮包、西装暗袋，以未亡人的身份，十分麻利地，处理起吉祥的身后事与身后物了。

嗯呜呜，呜嗯嗯……咦，怎么哭声还在。那看来，不是做梦。是早上？哟，丁宁在这儿干吗！哦，想起来了……老根子在我，当年是做得有点过头了，那弹回来的反作用力，现在全都抽打到丁宁身上了。这孩子是死心眼地锚在我家二子身上，论性格和心理素质，她是不及圆圆脸，可那姑娘所热络的，是我这家当，而不是二子。我看人不会错的。她那位官老爷父亲，也间接打过交道，是个无底洞，十头大象也填不满。所以这亲事无论如何得拦下，主要那时我对二子还抱着很大的期望……为着推动他往前走，我打过招呼的朋友，恐怕都能排成一个连队了。

无论如何，得让王桑这小子有出息。我要给云清一个交代。就为了这个小二子，云清给送了命。

是我坚持要生二胎的。托人一打听，主要得有证明，证明沧是个傻子——什么自闭症，什么孤独症，那时都不知道。一般人看来，穆沧可不就是傻吗。就为证明咱家沧是傻子这事，云清想不通了。

我走哪她跟到哪，小声小气地追问。怎么能这样做爸爸做妈妈？求着人，去证明自己家小孩是个傻子，那你还不如让我去死。我无暇细听，一心忙着人托人地开证明。记得正好是国庆前，"秋风起，蟹脚痒"，我给精神科的主任送了两箱螃蟹。是啊，两箱螃蟹换来个傻儿子证明。捏着那张薄纸片，我也是心碎成十几瓣。两岁的沧，圆头圆脑，长手大脚，谁人不是越看自己小孩越好呢。

终于怀上二子，云清却感到更加地对不起沧。她大着肚子，折腾个不休，要把沧喜欢的童话故事全都录下来。

又抓紧时间，天天把沧赶到院子里，踩儿童三轮车、爬楼梯、拍皮球，可沧这方面就是不协调，他连走路也是拖脚，两边鞋底磨得不一样。每天下楼，小的么跌得浑身青紫，云清么，累得脸色发黄。我总不能让沧一辈子啥也不会啊，她笑着说，笑得可太难看了。

二子生出来，起先还不错，胖乎乎贪吃贪喝，睡着了还叼着云清的乳头不肯放。可云清一下想起来，老大小时候也这样啊。看，他后脑勺也有道白箍，也是半夜里老惊着，肚脐眼也这样鼓起来，连湿疹的位置，也都长在同一个地方。好了，这对比一旦开始，就再也停不下了。越对越像，越像就越是说明问题大了：老二，又一个傻子。

我那时正忙着给二子取名字上户口，为了让云清开心，我想好了，老二随她，姓王。老大呢，我起初是叫仓，图个颗粒归仓、满满登登的意思。现在既是有了二子，最好两兄弟能连起个意思来。于是专程请教了一位据说学问很大的老先生。

仓，沧。他捻起须子，伟大领袖现成有一句诗，"天若有情天亦老，人间正道是沧桑"，沧桑二字，何等豪迈，兄弟一对，最是相宜。派出所托人办妥，一回家就跟云清邀功请赏。她却脸色大变，这是金口玉言的毛主席诗词啊，连名字都这么顺着叫下来，那完蛋了，二子肯定是个傻子。

听听她这一根筋！我实在受够了，那时机械厂总搞劳动竞赛，加完班还得开会读报学习，很烦躁。别人学完了还能打牌下棋喝两口，我呢，回家可比上班还累，忙一大圈上好户口回来，她又来叨叨这些。我真的是炸了。哪怕好好的孩子，也能给你咒成二傻子！我冲她高声吼叫，想把她那些可怕的想法，给完全压下去。

确实压下去了，她再没跟我提过这事。从此她只跟她自己烦。像开夜车的人，远远地瞄着只有她知道的终点，打了大灯，照直地对着开，一直开到王桑满八个月，把桑的奶水断掉了——现在想想，她最后还是犹豫的，犹豫到我都下班回家了，手上提着饭盒，装着给孩子们的点心。门钥匙刚一捅开，手里东西都没来得及放下，看到她正倚在窗边，侧头瞅了我一眼，翻身就跳了。后来才发现，她本是想娘仨一起走的，那样暖和的天气，她替沧穿上过年的新袄子，给桑换成了圆裆裤，尿布也撤了，小袜小鞋都穿得体体面面。

我老想着云清最后回头瞅我的那一眼，似乎就是我那一推门，把她给推下去了。

其实还有十来天，她就虚三十了，算大生日，我早悄悄给她买了条金项链，结婚时就欠她这个。金子可是好东西啊，得买给自己的女人。钱捏在裤袋里，跑了几家店，最后挑了最传统的水波纹，很细，但秀气，适合云清。那条细波纹链我至今还常拿出来看。

到十月九号云清生日那天一大早，突然有人敲门。我正手忙脚乱给桑调奶粉，沧也醒了，抱着云清的一条旧围裙在地上打滚。我挟着桑去开门，一只大蛋糕就直堵到眼跟前，后头是喜气洋洋的两个店员。想起来了，这是我买项链时，提前预订下的蛋糕。店员刚爬上这六楼，两人气喘吁吁地齐声颂念起吉祥话儿，满心指望着每年我都能订上这么大一只呢。

这剜心割肝的，跟谁说去……云清是对的，这老二确实是白生白养了，怎么着都扶不上墙。小谢已报过多次，说他整天钻到昆剧团那老院子里玩，还跟着团里跑到上海北京去追戏，啥玩意儿呀都，这是玩物丧志，还不如沧在家正经画图呢……等等，蛋糕怎么还在茶几上，请你们拿走吧，我家云清再也不会过三十岁了，我再也不会碰任何蛋糕了！

4

"外面，风大？"丁宁看到老公公张开眼来，像是在回忆里驰骋了几万里，风尘而归，他半躺的身子依旧并没有动，毯子上的手又开始捏紧、松开，比刚才的频次和力度都大了不少，咬合不拢的上下牙都在使劲儿。

丁宁遽然止住哭，敢情老人家这是在做康复训练，他可能什么也没听进去。"挺大的。一到五月，总是起大风。"沮丧地擤擤鼻子，哭得太久了，身上都有点发寒。

"风，我是没感觉了。就这么地使劲捏、掐，也不行。"老人展示性地，用右手虐待左腿。丁宁移开眼睛，他也往外头瞧瞧，"大风天儿才好，自行车啪啪倒地，叶子满地打旋，窗户格子噼里啪啦，小狗小孩都往家里跑。我喜欢。"

丁宁没吭声。她不想谈论天气。

"外面太阳热起来了吧？你过来时，走护城河那个道儿没？"闭起眼睛来，"那道上，可有不少的老樟老槐。这个天，老树最精神了。"

说这些干吗，瞅瞅那毛毯下没了筋肉的大腿，想起他久不出门了，"嗯，树是都绿了，树荫下有老头儿老太掏耳朵。还有人围着大褂子，剃头。护城河转弯口的洼子那块，荷叶全满了。嗯……"

不满地，"继续，再讲讲，讲闲景儿。"他的手不做运动了，眼皮掀开来，有点眼巴巴的样子。

"嗯。地上有柳条絮子，毛乎乎一团，东滚西滚。还有银杏树，蹿高了，叶子亮得发白。"丁宁满脑子里搜刮，"可风一吹呢，叶子就统统转脸儿了，哗哗哗变绿。我想想……"发觉自己讲得太没意思了，她从不留意这些的啊。

老人喉管里嘶嘶有声，睁着眼在等，见她已无可言说，方眯起眼睛，"你忘记蔷薇了，这时候最是长得疯，从栏杆里伸到人行道上，都能碰到脸。爬山虎也好，满墙走，就没它到不了的地方。对了，就我阳台上，你去看，有个老盆景，枯死几年了，今春突然活了，嫩嘟嘟的新芽，可招人疼。"老人突然笑了，他眼皮一抬，"你呀，要多瞧瞧外头的景致。多好啊，你想想。"

丁宁听得莫名其妙，忍泪答道，"好的，我多瞧瞧风景。"想起此行之意，心里复又焦惶，看看他这糊涂劲，准是什么也没听明白。这个半天，权当是伪装成诉说的自我宣泄吧。

"别多想了。会有孩子的，我相信。"果然只是泛泛地劝慰，看看墙上的钟。楼道里轰隆隆响，也许是肖姨他们推着松果要上来了。"会有孩子的，你也要相信。"老人勉强抬高胳膊，冲她伸出手。

丁宁顺从地伸手去握了握。手心接触到干羊皮般的皮肤，冰凉凉的，简直有点瘆人。还从来没跟这么垂老的人握过手，也可能是最后一次？想起刚才歇斯底里的痛哭，而他兀自念叨着护城河、大风和爬山虎……

重新拎起蛋糕走回，仍是风吹乱发，行人如倒。她尽量地放慢下来，走三步，停一步，用老人家那无法出门的眼睛，刻意地重新打量。树叶，太阳，长椅，鸟笼，野猫。护城河波光粼粼。高处的楼顶发着白光。

什么是垃圾什么是蛋糕什么是爱情，她不打算再关心这样的事情了。行吧老爷子，"孩子会有的"，面包会有的，太阳会出来的，大家可不就是这样彼此敷衍着，好好活着，也纷纷死去的吗。

在一个垃圾车边停下，扔掉它之前，她扯开彩丝绳，掀开蛋糕盖子，用手指伸到最里面，从芯子里头挖了花生米大小的一点，放到舌尖上，品哑那油哈气中的苦涩。她摸摸胸口，感到心脏那个部位，有一种物理上的异样，比先前要硬了一点。

第二部分

尺缩钟慢

一、虎丘

1

"全人类的珍宝，举世闻名的巴黎圣母院，怎么样？也发生了惊天动地的大火。环球同此凉热，说明还是思想上重视不够，机制不够严密，管理上出现了漏洞。"

景区、文保故居、博物馆、剧团、图书馆、美术馆，一个个粉红席卡像透明的大萝卜一样彼此紧挨。台上正在讲话。两天前，八百公里之外一家影院发生火灾，遂有此次紧急安全会议。

小声咳嗽，嗡然响起的议论。话筒嚣叫，手机滋滋振动。服务员穿梭绫水。猫着腰离席。捂起嘴巴打哈欠但还是传染给两三个人。吸烟者返回，衣襟上残落烟灰。一字不落的宣读与几次三番的鼓掌。在文件上画线但并非因为某句有多么重要。

这一辈子到底要开多少的会？实在也可以说是一种秘密的艺术行为吧，是风起青蘋之末的因缘际会，各个角落的人们，凭借会议的样貌，聚拢而来，听凭时间之弦急促拨动，听凭无效的语言在桌椅里四处奔流，浸漫过所有人的脚面、双腿、上半身直至整个脑袋。

王桑而今已不厌恶开会了，正襟危坐的神游之中，总有些不大正经的想法，小鱼儿似的，嗫他的脚趾，小鸭子似的嘎嘎叫，咬他耳朵，或者像小木鱼，一下一下，轻敲他的脑袋。越是味同嚼蜡的气氛，枯坐不动，屁股尖都坐得生疼，脑子里越是活蹦乱跳，离题万里乃至罪该万死。最常想的是圆圆脸，连续剧一般，在想象中与她结婚、斗嘴儿、和好、四处旅行、生儿育女、双双老去，在脑子里上演了一出漫长而完美的婚姻。

但这会儿，所光降而来的，是河山……月光下的洋红石榴花，如雕如斫的侧脸，心不在焉的短暂一笑。河山后来再没跟他联系过，从谢老师处得知，她已绕开他这个碍手碍脚的中间人，连续两周主动去找穆沧了。王桑去下棋时，也注意到，河山的到访已被沧写到小白板里了。沧并不谈及河山，他从不主动谈及任何人。王桑也便只好默然，可他感到，自己的所有感官，都张开着，在捕捉有关她的一切。

得怪谢老师，从他上高中时就挤眉弄眼的，说河山是他的小媳妇云云。后来又加上"小新妈"那个传闻，那正是被贬凹九、与穆某最为交恶的阶段，震骇中挟裹起各种伦理深处的邪气，哈姆雷特，繁漪与周萍，俄狄浦斯，酸文假醋地搅动起来。他越是反感穆某，就越是对河山有种接近暴力感的特殊兴趣，单曲循环般地在脑子里头绕。啊对，还有谢老师后来补充的，关于她那一大段茶花女式的前史。看看，他要是在河山身上犯点什么错，对老家伙的打击一定是多维的。

"规范……加强……确保……全面……思想上……行动上……"台上现在换了一位，看来是更重要的人物，往四周瞅瞅，众人奋笔记录的姿势形成了小小的动作线，如风吹麦浪。

……幸好后来要介绍给穆沧，这从根本上遏制住他的罪恶想法。当然，做媒人的心态，也经不得推敲。想起在木良那边看过的好几出红娘戏。春香、红娘都是望风打哨、促成好事的角色，本当是过场，却往往成为正章。想想《佳期》里那红娘，对张崔二人的欢爱幽会，她怎么唱的，"花心摘，柳腰摆，露滴牡丹开，香浓游蜂采。一个欹斜云鬓，也不管堕折宝钗；一个掀翻锦被，也不管冻却瘦骸。今宵勾却相思债，竟不管红娘在门儿外待。教我无端春兴倩谁排？只得咬定罗衫耐……"，这种百爪挠心般的促狭，实在大有性替代之意。想得太龌龊了，他在心里痛骂自己。可事实如此，一切都在构成莫名其妙的作用力，他被动地处于诸种力量之中，无法对河山置若罔闻。

心下这么想着，手下也跟众人一样地低头疾书，竖着写，写的正是红娘艳词……右手边木良团长推推他，原来台上已是完结，众人正在鼓掌，收拾东西要解散了。

木良从他本子上整齐地撕下一个对页递过来，他是开会模范，三大点五小点，不折不扣全记录，并会把重要待办事情，替王桑另抄一页。每到系统开大会，昆剧团排在院团最末，凹九空间排在展馆最末，两家的席卡正好碰头搁在一起。——这几年，就是拜这位老团长所赐，响排彩排，曲艺节会，看了不少好戏。故两人的交情，一半在开会，另一半在谈戏，皆是务虚之事。正因为从不落地，王桑认为最是理想。

老木良其实比王桑年长二十岁，昆山下边小镇人家出身，

1 ［明］李日华《南西厢记·佳期》。

十二岁碰上戏校招生，被选中专习武生，"传"字辈带出的。这是什么概念呢。木良给王桑讲古，讲到五十年代让昆剧起死回生的进京大戏《十五贯》，这戏，就是"传"字辈挑大梁的。所以木良是嫡嫡亲亲顶正宗的昆曲大角。他做这团长，也是受命于剧团转企改制的危时，这些年王桑是眼看着他上下穷途，常怀郁闷，成个白发老头儿了，还撑着每天练功不肯放呢。

木良有一个很出名的功夫，叫摔僵尸，不论直摔、软摔、转体、高台，皆可摔得干脆利落，台板轰然，尘灰顿起。王桑听过他一则逸闻，说是早些年到香港演出，就因他这一绝活功夫，加之扮相勇武，被座下一位女观众苦苦追求上了。是位三十出头的女律师，浙江金华人氏，族人老小皆是戏迷，她自小就跟着看戏，成年后海外学了一圈又落地香港，其实已完全西洋化了。此番在港突然看到昆曲，似闻乡音，童年的乡愁全部唤起，幻化出一股子热恋，都着陆到木良身上了，也不管他涂得满面黑红，连真人皮肤都见不到半寸。其实她幼时所听，当是婺剧，那是合班戏，源头上有六种声腔，其中一种，是出自昆腔。这两个戏种，只能算是远房亲戚，中间还隔着代呢。可既是钟情，哪有道理可讲。有段时间，女律师时常从香港飞来给木良捧场，稀稀朗朗的几行老戏迷中，她推着箱子风尘仆仆分外触目。直到木良这边儿子都生出来满地跑了，才慢慢死心。

木良平常不多话，只谈到昆曲，就立时地好为人师，一盆火的热肠，不分场合开口就讲。王桑听时略觉滋味，但转脸就忘，忘了也无妨。老木良便又倒回去，白头宫女似的再从头讲起，散散漫漫的，净是些完全无用的十万八千里之说。比如前天到他团里去，正排一出老戏《活捉》₁。演的是阎惜姣为宋江所杀后，不甘独死，化为女鬼前来人间，要把情人张文远勾引同走。张文远夜半忽遇旧爱，有见鬼之惧，又有情色之欲。二人阴阳交汇，欢舞互动，把一场索命的生死变，给表现得极为活泼。木良叫他特别留意那身着缁衣的花旦，她所走练的圆场，是一种只见裙移不见脚动的鬼步，凌波之中飘忽腾驾，阴气森然，正合着古书里所常写的"衣衫无缝、光下无影"的鬼模样。

这样一番传教士般的聒噪之后，木良总会滑稽地扯着他袖子追问，你且说，是不是样好东西？逼着王桑表态，王桑必也点头回他一句，"恨不得法锦包裹！"₂木良立时心满意足地点起花白脑袋，好似吕洞宾来到人间，成功度化凡人俗胎一个。王桑就是喜欢老木良这股子实心眼的纯粹。

想想穆某人，他那一套"交朋友"的路数，简直每句话都是铺垫与台阶。大楼里也一样，上上下下的行政话术与长官意志，亦矛，亦盾。家中的丁宁，则装了满肚子链接，一开口就要讲起热门头条，什么清华高才生官场风光十几年，而今通悟，到深山老林种果树。随后便开始她的贤者时间，批评功名观，而支持王桑的自由天性云云。这种失意者之歌的调子让王桑很不舒服。包括凹九的展览事务，别看迎来送往的都是书画家，也都是一丝不挂地，求个"有用"与"当下"——只有老木良讲的这些个，有

---

1 ［明］许自昌《水浒记·活捉》。
2 ［明］张岱《陶庵梦忆·彭天锡串戏》："余尝见一出好戏，恨不得法锦包裹，传之不朽。"

当无的，古旧发霉，倒是叫他自在，受用。

王桑今天没送木良回家，而是"请展"，也不能光是蹭他那边的戏。难得有个好玩的"气味大藏"，是艺术学院副院长毛光头介绍来的研究生毕业设计。

毛光头一直瞧不上凹九这里，"中华田园展"嘛，总这样调笑。租金到底便宜些，还是屈就了。学生们火力十足，噼里啪啦地布置了一个通宵。水泵与导管，烧瓶与蒸馏器，割草机，胶皮线，压扁的灌木丛，烟灰烟头，旧电视机，破足球，动物皮毛。简直像搬来一个垃圾场。所有那些莫名其妙的装置，末端都配有一只耳机和一个带手阀的玻璃瓶，那玻璃瓶上即是参展气味的名称，供参观者打开品嗅，同时须戴上耳机——失火气味。奶奶围裙气味。地下过道气味。候机厅卡拉OK室气味。眼泪气味。凌晨两点气味。精液气味。游泳池气味。上海气味。电梯气味。高烧三十九度气味。论文气味。

王桑带着木良，挨边走了一圈，把原来没有闻过的，又补充嗅闻了一遍。其实这个展览，是一个通感综合，心理暗示加个人经验调动。相对于玻璃瓶所导出的那些细弱气味，耳机里的音频才算是技术性的催化手段。

比方说"七月午睡"。耳机里听到的，是纱窗咯咯碰响，穿堂风掀起书页报纸，席子粘在皮肤上，蝉鸣，电话机的叉簧压下弹起，待机声长音，极远处的模糊振铃。王桑按说明要求闭上眼睛，细细嗅闻，似还有一点西瓜瓤的甜气。他直摇头，可心里同意了：这就是七月午睡的气味。

说来也是有点悲哀，他很少请人过来看展。那些自娱自乐性质的"中华田园展"，他是不愿去招人烦的，就算"气味大藏"这样的，也得谨慎。请丁宁来看吗，她定会一声沉痛地叹息，要加倍抚慰他无可挽回的边缘化。大楼的前同事，或公司里的同学呢，也不合适，准会让他们为难，什么展？气味？大藏？他们要尴尬地找词儿，设法把这赞美成一件有意义、有创造的项目。他不愿去向他们解释，这种"无法赋予恰切意义"的事情，正是艺术的本分之所在……也想到过河山，她会是理解"气味大藏"的那种人吗。当她闭上眼睛，闻到凌晨两点气味，精液气味，梦的气味，会想起什么呢。不，她那样实际，其感官早就在世故中麻木不仁了吧。再说，他怎么能约河山呢。啊对，穆沧，倒是忘了，如果肯出门，他倒是能闻一闻，可就算真能拖他出来，也总有种羞耻感。谢老师更不行了，肯定一掉脸就会向穆某报告的，就拉倒吧。看来看去，他只有老木良这么个朋友。

看看木良的反应。到底习武出身，手脚太板正了，连看展时也不松垮。他两手端在胸前，迈着小方步，足足花费半小时，把能听的能闻的，都试了一遍。一丝不苟之状，跟开会也差不多。

问他如何，木良立即夸奖了四五个他最有印象的，像是证明他的认真，"只是，"他看看王桑，有些忍不住，"我数了下，你这么大一个展厅，前后只碰到七个人。"

"这对于凹九，已算是'人头涌动'了。"木良面前，他可不怕丢人，跟木良出去看过不少戏，戏台下的观者数目，实在也强不到哪里。

2

两人出得地面，正是饭点儿。青春广场上人头挤挤挨挨，招牌闪烁招摇，到处都要拿号排队，市声里有种蠢里蠢气、极易传染的愉悦。好不容易在一家粤味茶餐厅寻得空座。

"只隔半层楼，外头就满坑满谷的全是人。真是想不通啊。"木良讷讷嘟囔。

王桑是早就习惯这热寂两界了，"像不像你唱的——俺则见来往纷如，闹昏昏似醉汉难扶，那里有独醒行吟楚大夫！"[1]这是木良扮过的郭子仪，也是文武皆工的代表作。许多人一想到昆曲，总归是才子逾墙佳人幽会、后花园春色如许的那一类粉艳风流，其实，昆曲面目，极是多样，其中的金刚怒目戏、家国天下戏、温贫老小戏等，皆有上佳之作，惜乎知者稀少，也罕有搬演。像王桑喜欢的这出《酒楼》，就别有一种慷慨悲歌的男儿气象。

"待觅个同心伴侣，怅钓鱼人去，射虎人遥，屠狗人无。"[2]木良摇一摇头接了半句，眉头不展，举箸慢食。看他不大来劲，王桑遂投其所好，说一些心得，当然，是昆曲上的。

王桑对昆曲的偏好，分阶段。早些时，对服饰、装扮、台风、声腔等"声色"之味十分着迷，可能因为地域亲近之故，感觉不论是京、越、梆子、黄梅，几下一比，虽各有所长，但细品之下，都不及昆的精微、收敛，义人气十足。后来全本戏看得多了，又服气它各折之间跳跃洗练的节奏，别是一种以少

1、2 均出自［清］洪昇《长生殿·酒楼》。

指多、运命诡谲的时空转喻。再有一阵儿，关切起具体人物，哪怕是个过场小角，也自有一种切实的人生趣味。比如假才子鲜于佶₁的钻狗洞，那一种尴尬自救的歪门邪道，何等生动。包括《蝴蝶梦》里的田氏，为疗治情郎头痛，乃至举斧劈棺取脑，那种惊天的浓情与欲火，敢冒天下一应情义、妇德、人伦之人不韪……

最近，他是掉到戏文唱词里去了，这可真是最大一个米缸，掉进去就爬不出来哉，"'收拾起大地山河一担装，四大皆空相，历尽了渺渺征途、漠漠平林、垒垒高山、滚滚长江……看江山无恙，谁识我一瓢一笠到襄阳'。₂你看看，纵是出逃，也给皇帝佬儿支张出一份山河吞吐相。可惜啊这戏，只找到一份京剧版的录像，我还是想听你们的水磨腔。"

王桑兀自讲得痛快，木良却神色烦闷，几次张口，到这里终于打断，"这就等于当时的流行歌曲，人人张口就来，乾隆时故有所谓'家家收拾起，户户不提防'₃的说法。光我们苏州一个地方，就有昆曲家班四十多个，每年的虎丘中秋曲会，算是最重头的娱乐节目，大家铺起席子，满地而坐，万人度曲，'土著流寓，士夫眷属，女乐声伎，少妇好女，游冶恶少，清客帮闲，无不鳞集……天暝月上，鼓吹百十处，十番铙钹，渔阳掺挝，动地翻天，雷轰鼎沸，呼叫不闻'₄。在戏校时，这一大篇古文是要背得

1　［明］阮大铖《燕子笺·狗洞》中的丑角，腹中草包、盗名混世的假秀才。
2　［清］李玉《千忠戮·惨睹》，此折写明建文帝出逃所闻所睹。
3　［清］洪昇《长生殿·弹词》中的〔一枝花〕"不提防余年值乱离"曲。
4　［明］张岱《陶庵梦忆·虎丘中秋夜》。木良此处所背，与原文略有出入。

的。教我们的老夫子，腰坏了，站不起来，人陷在讲台里，看不到他全身，每诵此篇，必要涕泪横流，说虎丘那些唱曲的人呢，满坡满谷的人啊，这才不到两百年，怎么都没传下后人来的。当时我们还小，都觉着很好笑，因为只看见他一个白发脑袋在那里颤着，小圆眼镜片子糊起来。"

木良看看外边，睃一眼汹汹人流，眼睛畏光似的眯起来，"直到这些年，才懂他了。我现在最是看不得人多，尤其是年轻人，一看到他们，心里莫名其妙就很慌张，痛惜得不得了。你想，那么多孩子，全是将来的人。可他们跟昆曲一点关系都没有，从来都没听过，将来也不会再听，一辈子都不听。这多冤哪，昆曲这么好的东西。真是冤哪，两头冤。"

这算是木良的心头大害。他常跟王桑忆旧，讲送戏下乡——是个隆冬天，因只有收获归仓农事已尽，乡人们才有闲工夫听戏。下午开场前，气温陡降，暗云垂挂，渐渐就飘起薄雪来。观众呢，也来了，几大溜排凳，统统虚席，只偏角坐了一位。细一看，胖袄外头还有件橙色马夹，是环卫工人，坐下来歇歇脚的。怎么弄。大家挤在侧台，单衣戏装才换好，个个冻得索索的，眼睛都望向我。老祖宗说过，戏已开腔，八方来听。一方为人，三方为鬼，四方为神。我整整衣冠巾带，定定心：唱，我先来。吹拉弹奏，一个也不许偷懒。就当给天地、神灵、祖师爷唱了。于是乎，笛起弦动，〔北新水令〕〔驻马听〕〔沈醉东风〕〔折桂令〕〔沽美酒〕〔太平令〕〔离亭宴带歇指煞〕₁，载歌载舞、纹丝不乱地把一整

1　上皆为曲牌名。

套《哀江南》[1]，都给交代了。

王桑因为蹭戏多，也知道他有个习惯，但凡有正式演出，便像自家宴客，会站在剧场入口外的甬道迎送，观众本也不多，十之七八，木良竟都相熟，老远的，就拱手迎上，握手寒暄不止。人走过了，他扭头跟王桑沉痛，看看，怎么办啊，等这拨子老观众散了，后面谁来看呐。

木良放下筷子，长叹，"你晓得我们最阔的时候，有多少戏？没人知道。我们团里有一套《昆剧传世演出珍本全编》，堆了整整两排，里头收有一千四百多折戏，[2]那才真叫一个'百戏之祖'，到俞老俞振飞那一代，台上常演的，也能有八百出，跑起码头来，两个班子对打擂台，可连演一个月彼此不重样。到我'传'字辈的师傅，扒拉着加在一起，能凑到五六百出。然后就开始一路走一路丢，传一代，少一半。再往下，到'继'字辈、'昆大班'、'世'字辈，三百出不到了。像我，武生兼老外，走东边去北地，拜了四五位师傅，身上算是能攒下三十多出。再往下呢，真是没法数了。所有孩子们各行当加一块儿，跌跌爬爬的，能凑到一百小几十的老戏，就算了不起了。"

这些扒家底儿的数字，木良像个守财奴，讲过多次，王桑都听得颇是不耐了。他还像头一次说似的，圆睁双目，眼见血丝，"国内现时各家昆曲院团的演员、器乐、后台，加一块儿，统共

1　［清］孔尚任《桃花扇·余韵》。
2　过云楼重订版《昆剧传世演出珍本全编》（甲编）集昆剧传奇、杂居剧等一百八十余种，计一千八百余折。2016年上海人民出版社《昆剧传世演出珍本全编》，十六函一百六十册，计一千四百余折戏。

也就八百来号人，等于就要靠这区区八百壮士，来扛六百年的昆曲……万一真在我们手上，把个昆曲给弄没了，不罪该万死嘛。无论如何，起码我要尽好我的人事。"

木良说话做事总是这种古典派的一腔忠良正义，叫王桑不敢取笑，也有点向往他这种"锁死"在昆曲身上的痴呆境界。其实不独昆曲，各地戏种皆是十分清冷，也都在勉力地传戏盘戏，但演出并不频繁，更不热烈，大多还是靠各方扶持贴补着养戏，像守护摇摇晃晃的小火苗。至于此火苗会不会熄，或是熄在哪一代手里，恐怕得看大势。自古以来各样的文明遗产，物质的非物质的，有荣有枯，皆自有规律与轨迹——非得抬举着个老东西，让它永葆青春活力，也是一种自欺与欺世吧。当然，这听起来有点没良心、不作为的意思。王桑这样说说，也是为了劝解他。

木良果然直摇头，"所谓定然之规，还是靠人在做的。总得想招儿，让外头这许多的人，好歹要晓得它，都来听上几句。我这要求，也不过分吧。"他表情里的执拗与某种孤行的贪求，突然叫王桑想到穆某。这联想太古怪了，同样是白头佬，他们可太不是一回事儿了，一个在热里头，一个在冷里头。

"其实这人啊，都是需要一样东西来喜欢的。你往四周看看。"木良冲街上努努嘴，"文身、跑步、钓鱼、酒、五花肉。都有人喜欢。怎么就不能喜欢昆曲呐，就是差一个接头机会而已。看你，不就是跟我接上头的吗。所以，我有个设想。"木良眉梢高吊，皱纹拉平，有点亮相的样子。王桑突然感到紧张。

"你这里，绝对好地方。其实我老早就来凹九看过几趟。位置方便，正在最闹热处，可稍微往地下走几步，又静了。"他看看王桑，"其实戏啊，就是得演。这就跟家里老东西似的，总不拿出来晒，不拿出来用，最后不就没了吗。所以我们一起来做做昆曲吧，每周，或者每个月，你给我一个晚上就好。我们只求有得演，让孩子们练手脚，不卖票全免费，就跟以前送戏下乡一样。你中间那一块多功能区，平常做开幕式做讲演的对吧，我看了，顶上现成儿的，有灯轨有幕轨，化妆间与伴奏池都可以现搭，并且……"

他没再往下说，是王桑没有让。王桑含着一大口冰水，差点给噎着，挥着手直舞。怪不得老木良今天这么乔张做致的，讲古说今。他伸长脖子呛咳，像有把软刀子一下顶在腰里，"你得让我，好好琢磨下。我……其实……"

其实什么呢，他没法讲下去，心里极是焦慌失语。他没有母亲。相当于没有父亲兄弟。相当于没有妻子没有爱。相当于没有事业没有价值感。也没打算生儿育女。所有方向，都是空的，他如野如孤，只有昆曲这唯一的寄寓。他喜欢的就是昆曲这一份落寞、式微，不足与外人道也的自珍，甚至……是同归于尽的末路感。

可这老木良，也真是的，还"我们一起来做做昆曲吧"，不知道他是个废物草包吗，是完全躺倒了的无为之人吗。也实在是太看得起，太把他当个人了。这父兄般的倚重，这知交般的情谊，这明知不可为而为的气概，可真叫他不敢当、不敢接。

他躲开木良的花白脑袋，冲着外面看那一堆堆的人。心里又一次地想到穆某，感到一种冷热交错、方向难辨的作用力……要不要试一试呢？为着同样的落寞，为着他的喜欢，他应当做点事情，做给某人看看，做给自己看看。

二、沙漏

1

跟沧见过好几次了，仍像是只见过一次。估计今后不管见多少次，也都约等于同一次——穆沧跟谁都是固定下来的一套。跟肖姨，主要就是合作遛狗，听从肖姨对饮食与清洁的安排。跟王桑，就是吃炒花生泡功夫茶下飞行棋。像建立模型，一旦成形就投入环形轨道，打着圈儿周而复始。河山不讨厌这样，再说他们之间的习惯，也都是她的"导向"。

"别说话，咱们先坐，一刻钟吧。"那是头一个晚上，因为刚刚跟一个家长"谈"了好一阵，着实是累，一进门便先跟沧这样交代。就算没有那位家长，她也不想说话，搞艺培就是这样，全是碎嘴子苦出来的小生意。

那位家长报班时没想好学什么，就让儿子从书法到水彩到声乐等一口气试了十节课，然后决定，啥都不学了。河山要他交八节听课费。不需要啊，每门课我都只试了两节，来，看看你广告怎么说的……

看来打好主意要钻空子，那位爸爸掏出红笔，在传单上圈出"免费试听两节"，然后夹杂着"权益""告知""邀约"等挺法律的词儿，指出河山的宣传有误导，不严谨。知道我干什么的吗，法务。

那么？河山往后靠靠，知道自己是说不过了。开一个小破公司，各种天上掉下来的麻烦，比树叶子还多。实在搞不定的，她只能劝自己认输拉倒。但细看这位的眼神，这事还有别的可能。她看到的，不是家长，也不是法务，是一个男人。

他头发梳得水光，可能还洒了香水，特意没带儿子，并且拖到快下班才来，讲话的样子显得相当卖弄。像你们这样的小机构，是最需要法务来把关的。否则的话，你们这种试听流程，包括关于考级通过率的说法，要碰到像我这样较真的，绝对要赔个底儿掉。

她等着。对方悠然长叹一声，突地又显出兄长般的理解，还带点佩服之状。他把上半身往河山这边挪挪。手上随便一个案子，十几万代理费轻轻松松到手，我怎么可能想赖你这几节课。我很欣赏你这样的独立女性，有闯荡劲儿，但是，要学会规避风险！我——可以帮你。

那倒是。出来混，可不就是相互帮助的嘛。河山微笑。对的对的，各尽所能，各取所需。法务几乎要与她握手，庆祝他们未来的双赢了。河山没有伸手，她的微笑也只是因为困惑。瞧，又来了。

多少次、多少次类似的情形啊。在社区诊所挂水。到写字楼找人办事。政务大厅办审核手续，哪怕就是超市里买一袋米——随便哪里，极其平常，不存在任何罗曼蒂克可能的情形里，都会有男人接近过来，寻个由头搭讪，指导她，询问她，关切地提出：需要帮忙吗，他可以的。

而对此，怎么说呢，她也并不多么地反感或排斥。行啊，她平静地冲他们笑笑，互相帮助，挺好。以前魏妈妈就经常跟她讲这个道理，不仅爱心驿站的兄弟姐妹之间，兄弟姐妹与魏妈妈之间，爱心驿站与外面，包括外面整个社会，东西南北，黑红白蓝，都是通过"互相帮助"来运行的。河山听进去了，倒也管不了整个社会，她只想照料好自己，各方面好一点。毕竟，不能总对着镜子里的自个儿独白吧。

只是，这里有一个小问题，他们怎么总能辨认出她的需要呢。她身上有什么东西，不对，还是太对了？或者说，有一股孤儿味儿？好比白绵羊群里的一只黑山羊，总能轻易地就被剔出来。

坐在沧的沙发上，在"别说话，先坐一刻钟"的沉默里，疲惫而无解地，她就是在想着这个问题。她想到了魏妈妈，魏妈妈最了解她，应当知道是怎么回事吧。

记得那时出战之前，魏妈妈好衣好衫地把河山给收拾整齐，完了总会得意地一拍手，像才发现河山是怎么回事似的，喜上眉梢的口气：看看你，真是隔几条街都拦不住。这双眼睛，带钩子的呀，能把土地佬儿的魂都勾出来。眼睛，那么问题是出在眼睛上吗？于是懒洋洋地，河山想起授其发肤的父母来。其实脑里啥都没有，只记得有个姨婆婆，本来瞎一只眼，后来两只都瞎了，哼哼着，床上地上到处爬。四五岁的记忆沼泽，似是而非，那是姨婆婆的弥留之际吧……得了，别追根溯源了，"黑山羊"就"黑山羊"，就是"勾"男人，又怎么的。

好在穆沧不在"男"的那一边。河山抬眼看他，正纹丝不乱地替她一个人泡茶、分茶。茶挺好喝的，关键是，这样不说话，太舒服了。还从没跟另一个人，这样纯粹无所事事地闲待着过。

穆沧把桌上他一只小公仔，颠倒一下，头往大挂钟方向动了动。河山明白这意思，一刻钟的时间过去了。

"你刚才，想什么呢。"总觉着穆沧像深山老林，还完全没被开发，说不定里头有飞禽走兽，有铜铁矿藏。

"有两种、香水味。"穆沧说，河山一愣，哧地笑了。那法务男的香水实在洒太多了，在他一米之内，雨露均沾。"香菜叶。薄荷味。"哦对。晚饭就是路边一只煎饼果子，她让小老板多撒了一把香菜。吃完又觉得嘴里有点觢着了，便扔了两粒口香糖。穆沧这狗鼻子，简直像刚刚亲了她的嘴巴。

好玩吧这穆沧，常会无意间让她发笑。"还想什么了。统统都说给我听听。"河山有点不知足。太想笑一场了，她总在对家长赔笑，都没自个儿真正笑过。

"听到很多、声音。"穆沧摸下耳朵，"四楼人家，开门关门、两次。隔壁，打碎一只、碗。40路公交、过去一趟。轮胎轧过、地面。有人吹口、哨。"

"嗬！"穆沧简直像在给世界站岗啊。

"你放过一、次屁。打过两次、小嗝。拉手关节、咯咯响。"河山冲他瞪起眼睛，穆沧瞧着桌子腿，继续说他的所听所感，"大座钟、齿轮在转。水里茶叶、在吐泡。还有沙子，一直都在、漏。"他把桌上那只小沙漏往河山这边推推。

"你还能听到沙子的声音！"河山拿起来凑近。这是个红鼻子酒鬼，抱着一只半身高的酒桶，酒桶里头是沙子，上下翻滚，一会儿满，一会儿空。"三分钟。五回。"穆沧的意思是，他们前面那沉默不语的一刻钟，这小公仔的酒桶共倒腾了五个来回。

"那要七分钟，咋办？"河山随口问，心里突然感到挺他妈的。谁会无聊得听沙子流，数沙子计时间啊。她替穆沧伤心，也替自己。

穆沧得了指令，立即起身后转，三两步跨到他的沙漏架跟前，准确地拎出两个来。这两个沙漏，体量差不多，一个流速慢，五分钟一轮。另一个孔大，一分钟一轮。慢的走上一轮，再让快的走两轮。穆沧冲自己的膝盖轻轻点头。

于是他们就玩起这个来。河山随意讲个碎头巴脑的时间，甚至具体到秒，像给出一个数学题目。穆沧得令，总能极快捷地，用最少的几个沙漏一搭——他们默默地一起盯着沙子颠倒，看它流泻、上空、下满，再反复，直至跟河山手机的计时设定，精准地共同抵达。

这是玩游戏，还是发傻卖痴呀。不管了，任其空白，借此忘忧。穆沧话也多了起来，像是旧收音机终于对着了一个短波调频。每达成一个目标时间，收起那些工具沙漏之前，他都会报出时间地点人物，是谁谁谁，何时从何处买来给他的，完全不必要的细节，记得太清楚了。有一个倒立荡秋千的女郎，是谢老师从香港替他买的，丰乳翘臀，浑身只着三点式。而那三点式，还是用沙子做成的。河山就手把女郎绕到秋千上方，沙子慢慢漏下，女郎也就一丝不挂啦。

"性——感——吗？"河山拖长调子问。

"性感？"穆沧两只手一对触，马上找出一只母猪沙漏，里面的沙子，比河山的围巾那桃色略淡一点。"这是天然的、粉色沙，又叫、性感之沙，产自巴哈、马群岛。"

"性感是什么，你知道吗？"

"巴哈马群岛，你知道吗？我给你看、世界地图。"穆沧转身过去，鼓着腮帮一使劲，搬将出一只地球仪造型的大沙漏来。这沙漏太牛了，沙子灌满时，整个地球都成了漫漫沙漠。沙子流泻尽了，则蓝蓝绿绿的，盎然生机。

河山刚发出一声叹，穆沧又忙忙碌碌地往外拿出更多的沙漏来。乍一看都是白沙黄沙，但来自不同海滩，差别其实很大，他一一指点比较。河山尤其喜欢一个忍者造型，它的铁灰长袍，说是天然黑沙，"来自夏威、夷大岛。为什么发、黑呢，它的成分、是镁和铁。"

还有夜里能发光的荧光沙。并不征求河山的意见，穆沧挺灵巧的，三两下关掉各处的灯。突然而至的漆黑中，一只笑嘻嘻的厚嘴唇非洲面具，被绿莹莹的沙子勾勒出它的轮廓，缓缓流淌变幻着。等它慢慢淌完，穆沧伸手颠倒那沙漏，面具变成方下巴的哭丧脸。

"你知道沙，是一种、计数单位、吗。"荧光中，他轻轻摇晃身子，好像满肚子里也全是滑来滑去的流沙，张口就数起来，"个、十、百、千……千亿、兆、十兆、百兆、千兆、京、十京……十垓、百垓、千垓、秭、十秭、百秭……"这都什么呀，河山打开手机搜索，太冷僻了，连这些字儿都不知道怎么写。她对着看，穆沧还真是一个没落，"……百沟、千沟、涧、十涧、百涧、千涧、正、十正……"机器人声变成二倍速，已没法子打断了。"百载、千载、极、十极、百极、千极、恒河沙、十恒河沙、百恒河沙、千恒河沙。"终于数到沙子了，穆沧声调变慢，略停，恢复成普通语速，"……百阿僧祇、千阿僧祇、那由他、十那由他、百那由他、千那由他、不可思议、十不可思议、百不可思议、千不可思议、无量、十无量、百无量……"

残存的数学刚好够用，河山扒拉着算了一下，一个"恒河沙"相当于10的52次方。嘿。真是闻所未闻也无法想象，能说什么呢。就是跑到马路上专门拉人来问，一百个人里，得有九十九个不知道的。而现在，因为穆沧，她成了知道恒河沙的那一个人！

河山终于哈哈大笑，多么无聊的痛快啊。

——他们见面的晚上，差不多就总是这样的。没啥现实内容，也没任何想法，想哪儿是哪儿，像老屋里的两个小老人。

走的时候，河山照旧会到卫生间照一下镜子。看到镜子里的人，笑嘻嘻的眼光有点飘，跟穆沧都有点像了。心里一声愉悦的叹息，对不住啦穆老爹。只能这样了。她河山呢，不算个屁，也乐意去跟大家互相帮助，交换彼此的所有与所欲。但跟你家穆沧，就只能成为这样啥也不换、啥也不图、啥也帮不了的傻朋友。

还是想见一下穆老爹，跟他当面讲清楚。也算以此事为由头，圆了打小就有的好奇心吧。

2

"见面啊。怕是不行。"匆匆而来的谢老师仍是忠心的拦路虎，直摆手，"有总最近身体状况不大好。你到底怎么想的，就直接说吧。在下负责转告。他，也有话让我转告你。"

柴门茶室是他们谈事情的老地方。有个挨着玻璃花墙的双人座，吸烟区，他们的固定位置。

"先说穆老爹的捎话吧。"魏妈妈教过她一招，跟人谈事情，争后不争先，多听对方说。河山发现这招挺好使。尤其是谢老师这里，每回手上的小本生意搞砸了，她根本都不必大费口舌，谢老师不仅早就知情，且早就备好方案。准确地说，是穆老爹把啥都给她想到了。这次说不定也是呢。

"他让我听你先说。可真是老狐狸对小狐狸。"谢老师显然也烦了老做传声筒，河山知道，他会拉快，"我直接地替你们打正反手吧。我猜你——是不肯跟穆沧结婚的。你们不合适。"停下，看她的反应。

河山让自己脸上平平的。在穆沧跟前，她确实想得很纯粹，那纯粹让她舒服极了，一片洁净。可一旦离了他那与世隔绝的小顶楼，心思却重又活泛起来。就这会儿，跟谢老师两个抽了一根烟的工夫，心里的主意，已跷跷板似的，忽上忽下动了几个回合。她不能不想到钱。

谢老师接下去，"我会帮你解释的，保管很得体。比如，因为孤儿出身，你对婚姻对家庭有抗拒。这很讲得通。"她看着他的镜片子，正狡黠闪动，"当然了，这话可两说：孤儿更想结婚，更想有个家。"

"这些年借的钱，我会慢慢……"河山有意小声地，像是被压抑得极为沉重。就在这堵玻璃花墙下面，她前后得签了有五六张借条吧，可都不是小数目。除非她哪天真能做成大生意，赚得盆满钵满的，否则真是还不上的。但这话，总得讲讲。

眼镜片子后面皱眉一笑，晓得她是在做姿态，"别顾忌着报恩或欠债的，两回事。这也是他叫我捎给你的主要意思——你跟穆沧，就纯走个法律形式。至于婚后具体的处置，你跟穆沧怎么样过活，完全可以照你的意思办。总之，你这里落下个归宿，他才能放心。大概就这意思——转告完毕。你自个儿，拿主意吧。"

河山一下子炸了，也不晓得自己哪儿来那么大火。最吃不消就是穆老头儿没完没了地做大善人大好人。这总叫她暴躁愤怒。

"真逗啊，这结对子资助，还包办婚姻，附送一个呆女婿哪。这么往死里头操心我，敢情好哇，替我把墓地也一并给结账算了。像我这种破落户，有人生没人养的，保不齐就是路倒。照目前这墓地的行情，到我七老八十，真还买不起呢。"以前扮医闹的口才还在呢，不管不顾骂起来，"看来老东西是真不行了，就这两天的事？屎尿失禁了吧都。那干脆我直接殉葬，一竿子到底，把这大恩大德绑到他裹尸布上，陪他进焚尸炉好喽。这下老东西总可以放心吧，在我身上，没做赔本买卖。"

谢老师磕出一支烟，给河山点上，表示他在负责任地听。

河山抬起下巴，眼睛稍许斜睨，这个小动作，从魏妈妈教会之后，就成了习惯，弄得男人们总以为她在取悦或诱惑。天知道，其实这是她最紧张最愤怒的时候。每想到穆老爹对她的异常，她就有种锥刺感。总觉着这里面，有更深的利害关系。看来得倒逼，他真要翘辫子，就没处找根儿了。心狠一点，搭上穆沧吧，反正他也不知道个好歹。

"答复嘛，你就这样讲。"骂了一大通，算是撒完气。摁掉烟，喝口水，让自己转换调子，"穆老爹考虑得这样周到，我太感动了。穆沧人不错，很特别。而我……"河山停住，"你刚才，怎么说来着？"

"孤儿心理。"谢老师麻溜接上，"以前我老采访心理学家，他们最喜欢谈童年与人格之类，像你从小被父母亲……因此，对组建家庭、生育孩子，要么特别渴望，要么特别排斥。你是想要哪个说法？我可更详细地说说。"

这死谢老师。河山低头不接话，像是沉浸在难以表达的艰难里，良久才开口，"我最喜欢看电影电视里，爸爸挽着女儿，亲手给交到新郎手里……脑子里，总有这么个画面，我希望是我的亲生爸爸，把我给送到新郎手里。只要有这个就行。否则这样草草地，也对不住穆沧啊……"这一套既没答应也没回绝的词儿，挺合情合理。虽是现编现演，自己听听，也觉得蛮是那么回事儿。

差不多也是实情，爱心驿站的小孩，一般到十岁左右，半大不小，却以为充分懂得了人世，对寻亲一事开始幻想，净想好事儿，有钱人家的私生子之类。河山也一样，从魏妈妈第一次喊她帮忙演苦情戏，才八岁吧，她就借机打探：为什么，我就被那位穆老板挑中了？

魏妈妈坐着，河山站着，正好是敲背那个高度。啪啪啪，魏妈妈舒服地哼哼。

用力，左边点。对就这边。那穆老板，我记得最清楚，太甩手了。不像别的资助者，多少要挑三拣四对吧。使点劲儿，对，用胳膊肘压。他们总归要大驾亲临，拍一拍破街破店穷山恶水，然后见上十来个孩子，从中挑一个有眼缘的。可你这位干爸啊，嘿，就随随便便打个长途电话，麻烦您打开花名册，看有没有这样的——五岁左右，长得乖的，女娃娃最好。我报给他几个。他就问哪里送来的。这个是本地天水？行啊，天水哪里？武山的。行，就这孩子吧。所以你为啥被挑中了呢？命好呗。

这叫甩手吗。河山琢磨过，随着穆老爹对她的资助越来越慷慨，慷慨到没谱，她就越觉得不是。穆有衡老家安徽，做生意发达在江苏、江苏与安徽，就没有孤儿吗，非得到甘肃？当然了，资助大西部是个时髦，天水确也是穷地方，最主要是魏妈妈爱心驿站的名气挺响的……可这不妨碍她的幻想不是吗。

谢老师从眼镜上面瞟她一眼，欲笑不笑，"你提的这个想法，是非常典型的一种心理反射。确实，应当帮你找到生身父母。"他看起来很欣赏这个点子。正一正脸，捎话人的口吻，"我一定转告。我也希望有总能够帮上你这个忙，最终得以玉成你跟穆沧的好事。"接着，谢老师有点沉吟地，疲劳似的，摘下眼镜，揉他的眼袋。就她的经验，知道下面会是谢老师本人的想法，而这部分，往往最有信息量，"我想，这瞎猜的——有总其实老早地，就在替你找了。我就曾帮他找过人，到南方。"

"南方？"河山可真想捂住谢老师的嘴。慢点儿讲，请让她半个字、半个字地消化。同时又想把手伸到他喉咙管里，一股脑把所有都掏出来。她给谢老师续茶水，水柱子晃得直抖。

看看侧边的玻璃花墙，里面透出影绰的人影。这要是面镜子就好了。或者，她是不是最好去一下洗手间，里头的镜子是六边形，河山照过多次。尤其每次借到一大笔款子，又可以开张新公司的时候，她总会跑到卫生间，借撒个尿的时间，她对镜子里的自己发誓、祷祝、许愿，赌这次扔下的骰子一定是个大点儿，她一定能成，绝对地不要穆老爹再掏钱了。她会慢慢赚到钱，养活自己，搞得好的话，还能把团团肉烫娃娃独腿儿等名单上的兄弟姐妹全都给供上，可怜他们到现在还在风雨里滚来滚去，就靠每月那几百块残障费撑着。

而从卫生间一出来，她便会恢复成毫不在乎，甚至是趾高气扬的样子，好像她答应签下这笔借款，简直是倒过来给穆老爹面子了。没办法，她就是摆不出"好人"模样。魏妈妈也给她定过位：像你这貌相，这出身，就得泼辣，就得邪乎，只能走这种路子，才能成事，保不齐还成大事。你要是大气不出小气不哼，老实巴交的小乖乖，那才乱套呢，白瞎你个好皮囊，也祸害人家"好人"那一边了。

河山把脸从玻璃花墙的方向转过来。这是头一次啊，谢老师说到自己的身世。集中注意力，后面一并去照镜子消化吧。

"我九九年投奔有总，除了帮他打理公司的宣传公关，他还另外交代我两桩私事。一是你这里的结对子资助，全是我一手清。"谢老师抽纸，把她倒在桌上的茶水抹干净，"过了一段时间，算是考验过我了。交代第二件，就是替他找人，女人。为这事还请我喝了顿小酒，我开起玩笑，说这女人是不是你的那个。他脸皮马上涨大，差点发火。随后他压住了，慢声讲，我只跟你讲这一次，关于这个女人，不要再跟我开这样的玩笑。"

"然后给我讲了一串信息。那女人叫什么，多大了，住哪里，做什么工作。还有个固定电话，深圳的。但这些信息，都是十年前的。想我多少年记者下来，算个能耐人吧，各条道托人，愣是哪条线都落不到地，摸不到这女人的死活。不要讲这么大一个人，就是只小兔子，也能留下一串儿的四趾脚印啊。托的朋友替我分析，只有一种情况，就是这女人铁了心，不愿让人找着她，她故意在抹掉自己。"河山张张嘴，谢老师加速，"没有，有总不肯讲她到底是谁。纯属我瞎猜。我算算年纪，看她老家也是天水。有这个可能，她是你生母。"河山又张大嘴，其实也不知要说什么，只觉得舌下津液翻滚，咽也咽不下去，简直有点犯恶心。谢老师盯着她，赶紧摇头，"别，你从十来岁就想套我这个话。我也跟你说过十几年了，有总跟你没有血缘关系。"

"那他为什么要找我妈呢。"听到自己像蛇吐芯子一样，声音咝咝的，从玻璃花墙里晃动的影子看，好像连头发都竖起来了，脑袋大了一圈。

"有总到底是为着那个女人才认领的你，还因为认领了你才去找那个女人？我也是一笔糊涂账呐。"谢老师嘴里叼的烟抽到烟屁股了。

河山伸出手去，不顾烫着指头，替他取下，"她叫什么，做啥的，统统告诉我，我自己去找。"

"叫沈红莲，其他情况，回去找了发你。没用的，查无可查。"谢老师把眼镜重新戴上，仔细看她，"除非你，你这里，有什么信息？你得给我。你刚才那通要求，我一带给有总，他肯定会指派我去继续找。但没新情况的话，找什么找呀，肯定拉倒。"

河山往嘴里死命灌茶水，好压住舌头。她不能再跟谢老师这么面对面坐着了。无论如何，得去一趟洗手间，最好待在里面不再出来了。她大力一拍桌子，"拉倒就拉倒呗，也别结什么婚了。你还不了解我们这些小杂种吗，哪怕就是晓得父母的一个屁，也肯定会上天入地的，赶紧把那个屁给嗅出来，给雕成朵花。这事儿，全看穆老爹，他肚子里肯定有幺蛾子。您老，就赶紧地抬腿走人，回去捎话吧。我还有约，得补个妆去。"

3

很好。睁大点儿，仔细看看你这双带钩子的眼睛吧，是有出处的。以为只有魏妈妈知道吗，看来穆老爹早就清楚，搞不好连谢老师也心中有数。他们都晓得你是个什么出身，就是一只天生的黑山羊。还搞什么音乐胎教、法式面包、减肥轻餐，什么艺培学校，怪不得开一家倒一家呢。就不是这块料。魏妈妈不是老早就指出来的吗，你的"本事"，她早替你开发好了。

她撇着嘴儿评点驿站里的娃娃们。天山、秋田是男娃，不谈。江山、湖山、雪山，再加春田、夏田，别看全是十二三岁抽条子的小丫头子，哭哭啼啼卖个小可怜儿，大差不差。但要讲这个本事，我只一打眼，就知道，只你河山有。

这是魏妈妈在交代一个新任务之前的动员。这回的任务，是"上床"。

碰到要命事情了，魏妈妈说她得上辣手段，无论如何得把那"大人物"搞定。而这个大人物，百毒不侵，一身正气，找不出啥不良嗜好，只好一个，小姑娘。魏妈妈轻抿嘴唇，吐瓜子壳似的，吐出"小姑娘"这三字。并且是，真正的和绝对的小姑娘。说着，一边特别信赖地盯着你。

魏妈妈坦承，也考虑过雨字头的几个丫头，她们比你早几年进爱心驿站，可又"太大"了。这可不能玩虚的，搞不好就白玩儿。只有你，才是一顶一的，小、姑、娘。魏妈妈给你打气，也是讲戏。其实特别简单：你只要演你自己，就演个啥也不知道、啥也不明白的小姑娘。明白吗。

所以，"大人物"找"小姑娘"，到底要做什么呢。魏妈妈非常亲切地跟你摇摇头，说这没必要知道。什么戏才是最好？魏妈妈跟你探讨业务，就是要"自然"，演"自己"就好。你不懂就是不懂，你害怕就是害怕。这才是好戏。咱得保证给大人物一个货真价实。好吧？就这样，这个忙别人可帮不了，非得你不可。

你盯着魏妈妈，心里哈地笑了。可惜呀，你懂，并且你也一丁点儿都不怕。真要演自己？那你直接带把小刀，把那大人物给割了也说不定。

照理，下面该是谈糖果的时候，魏妈妈正转着她的一对宽双眼皮考虑呢。

这个忙一帮，我可再就不是小姑娘了，连大姑娘都不是了，再多糖果，也补不回来的。你不急不忙跟魏妈妈说。还有，光这一回，就能搞定大人物吗，要是人家一直要、一直要小姑娘呢。像那些喜欢喝酒喜欢赌钱的，不都是一直喝一直要赌的吗。总不能最后把整个驿站的女娃娃都出动了吧，那也不够使的。小姑娘，不都是一次性的嘛。

魏妈妈本来还拉着你的手怪亲热地坐着，听着听着，气恼地推搡开，拍起桌子。以为你是谁呀，不是我好东好西供着，不就个野种黄毛丫头吗？你这么厉害，难不成是窑子里投的胎，胎里带来的本事，还冲老娘来指手画脚……

就安安静静地听着呗，这也是学习。你从不怵跟人吵架，靠的也就是魏妈妈的不吝传授。但魏妈妈这回的愤怒里，掺了一把盐，腌得你心里缩了一下。随即，过去了。

狂风暴雨之后，魏妈妈哼哼着让你给她倒茶，求和似的叹了一句。但凡她们有哪一个，能像你这般伶俐，我也不至于全指望着你，反倒也给你，拿住了。

你给魏妈妈吹一吹烫茶，坚持你的思路。舍不得孩子套不住狼，孩子不可惜，反正驿站还有的是，就怕，最后套不住狼。

套不住？魏妈妈把茶举在嘴边，不动。

接下来的这一步很关键。到底是你，出于自保的本能无意中启发了魏妈妈，还是魏妈妈突然意识到这一战术的不可逆成本与不可控效果，总之没几分钟之后，你们就达成一致，想到了一个绝妙的新方案。变动也不是太大。仍然是给大人物一个货真价实的小姑娘，区别就一点点：在某一个重要行为即将发生之际，加入一个人为的"打断"，会有魏妈妈派来的假公安员破门而入。强奸，还未成年人，那还了得。公了还是私了。于是小姑娘还是小姑娘，大人物却不再是大人物了。当然，这对小姑娘要求极高。真害怕与假害怕的拿捏，对方与自己的身体情况，进展节奏的控制，其他未知或突发状况的把握，等等。

毫无疑问，你扛下来了，干得极其漂亮。大人物从此成了魏妈妈掌心里的"好朋友"，一连串地狠狠解决了她一大把"亲戚"的困难。

也就是这一年的年底，特别冷的那个冬天，瘦筋筋的站长妈妈派人叫你上去见她。

那时已放寒假好一阵了，离过年不远。爱心驿站的孩子会被分组干活，小一点的剥豆子洗咸菜，大女孩子们全要擦洗东西大扫除。外面还有公司啊报社啊学雷锋小组啊先锋队啊什么的，一批批的过来送温暖。十来个略有才艺的小孩，就专门涂脂抹粉地扮上，一轮又一轮地表演简陋的歌舞，然后捧着被子棉袄水果等大礼包，拉起横幅咧开嘴跟他们合影。

你这年已十三了，带"山"字的女孩子，只你一个在这里过年。命最好的是兔唇儿雪山，四年前给个加拿大老太太领走，到国外做了手术，她现在除了名字还叫雪山，其他可什么都不一样了。江山湖山囚为个子小，六岁时被杂技团给挑上了，扮成一对姊妹花，给蹬人节目当被蹬的小人儿，给魔术师一锯为二。除了当道具，她们也有自己的绝活，缩骨功，秋千飞人什么的，她们两个一放假就去杂技团练功，整个正月里跑县城刨食。

站长叫你的时候，你正跟几个妈妈一起晒大床单。冬天的劲风甩得床单啪啪啪作响，抽得手指生疼。妈妈们在谈起过年节下的家长里短，你在边上有一搭没一搭地盘算，各人各命，只要杂技团不倒，江山湖山马马虎虎也能混一辈子。雪山那命是赶不上，谁叫你没兔唇儿呢。看来，就得跟魏妈妈一条道到黑了？

站长妈妈言简意赅。说南方有人联系着来找孩子，各种细节核查都对得上号，要找的，是你。我们尊重你的意思。站长妈妈的意思你听得明白，理论上说，满十八应当自理，爱心驿站可就撒手不管了。这里，也没几年能依靠了。你斜睐起眼，有点麻木地，看站长妈妈脖子里缠着的马海毛围巾，毛刺刺的，看上去挺扎人。站长妈妈随即递给你一张薄薄的对折纸条。你可以找人商量商量，比如魏妈妈？

魏妈妈就在隔壁房间，说是来给孩子们送零嘴儿的。一望而知，她知道这事。恭喜恭喜，魏妈妈拱手道贺，一边冲纸条挤眉弄眼。怪不得呢，我就说嘛，你在那方面，真是有胎教呢。

她这口气，一下让你想起那把盐，心里再次腌疼。你这时就知道，南方那边，不是好事。这种情况是常有的，终于认上门的，还不如不认呢。

得绝症了，死前想见上一面，以为有家产吗，宅基地都卖了，还一屁股债呢。离婚了结婚了又离婚了，临了突然想起这里还有个活口，领回去伺候晚年，刚刚好。后来生的小孩得了血液上的凶病，需要找到同胞兄弟来做骨髓移植，先当药引子，完了成药渣。

印象中就雨字头的雨禄还算凑合。双亲是私奔，生母难产而死，生父于是丢下他去做了和尚，四十多岁断食归西，留下张字条，说有这么个孩子，何时丢在何处。他家爷爷寻摸着找来，不为别的，主要是有一门家传手艺，得给他：灯影戏。雨禄这就算有了身世有了家，还继承下好几大箱子的牛羊皮子、家伙器具。你家的影子戏，是永登的还是天水的？学会了回来给演一出。妈妈们都替雨禄高兴，有门手艺，多好的活路。

你把纸条在手里捏一捏，不理会魏妈妈挤眼努嘴的怪样，心里不大服气地想着，保不齐你家里人是唱花鼓的，打银器的，是绣娘，或者杀猪匠、剃头匠。跟雨禄一样，是要把家传手艺传把你呢。

展开纸条，就两个字。莲花，一串斜着的手机号码。是站长妈妈的字，火柴棍一样硬的笔画，她没事就爱抄兄弟姐妹们的花名册。你感觉一下子变糟了。这位叫莲花的女人，都没亲笔写封信什么的吗，她只是被过年气氛给搞得冲动了吧，这冲动也只够打个电话来的。没准等你真找去了，她都忘记有这回事了。

等下，魏妈妈什么意思，就凭这两个字加一串号码，她能看出胎教？

魏妈妈谨慎一笑，大概也被你的脸色给吓了一跳，她口气温柔起来。肯定是要替你先打听一下的嘛。你想，咱两个，多少大风大浪一起走过来的。我晓得你机灵，只有你吃别人，没有别人能吃你的，连我都搞不过你。可真要入了那个坑，就啥子也没得讲了。

说到坑，她语调又泼泼洒洒起来。这莲花自然不是真名，见客人专用的。就这号码，不信你打打看，全是接头小暗号，像售楼处一样，把岁数身高三围啥的，给报成楼幢门牌。水草路19-165号，88幢48-63单元。魏妈妈噼里啪啦说了一大堆，关于她对那个行当的了解……

你其实后面都没太仔细听，相反地，外面床单啪啪啪打着风的声音倒是很清楚，也很悦耳。你真情愿自己重回到十分钟前，在洗床单、拧床单、晾床单，胡萝卜一样的手指头疼得发痒，快要生冻疮的那种痒。你真情愿站长妈妈从来没有喊过你，你还可以接着刚才的想头继续——你正打算可怜江山湖山呢，练杂技多吃苦啊，每次回来，一身的青紫。雪山到加拿大有啥了不起，不就跟个老太太嘛。就凭你这份容貌，亲妈起码得是个明星，怕影响事业发展，才把你丢给瞎眼姨婆的，总有一天她会忏悔着来找你。这就对了，所有"山"字娃、"田"字娃、"雨"字娃加一块儿，就数你的命最好。

听着，我替你分析。魏妈妈用劲捏捏你的手，不容许你走神，她用强调的语气继续。

我是替你叫屈的。你想，这么多年，明明知道你在这儿，却跟死人一样的，到今天才突然活过来。你觉着，她要领你回去做什么？供你读书供你考大学啊，还是供你在家里涂指甲照镜子啊？为什么这个时候来认你，嗬，算得可准，十三四岁，正好长开了，胸、屁股、大腿都有了。哪里是寻亲，她这是来割头道韭菜啊，来订新车的呀。我知道的，老客们整天催着，要提新车。报价时，会把籍贯胸围身高给编到车牌号里，甘牌新车E75-165。谁能介绍去一辆新车，能落一大笔提成——好歹是团聚了，娘儿俩同行，也算有个照应。你自己想吧，反正你从来都挺有主意。不过要是我啊，马上就把这纸条给撕了，撕得粉鸡巴碎，往窗外一扔！

　　一秒钟都没犹豫，你真就那样做了。这会儿，魏妈妈就是叫你把自个儿给撕碎了扔到窗外，也照干不误。

　　你其实不太在乎，割韭菜什么的。无所谓，在魏妈妈这边，跟"大人物"那样的事情，其实随时会翻车。尤其有次碰上的是个练家子出身，臂膀伸出来，真比你大腿还粗。那人不搞任何过渡，都不假装问问年纪，吃不吃棒棒糖之类，上来就剥衣服。你哭哭啼啼说想喝口水想小便，根本不理会，拿块枕巾塞上嘴，直接上来就干，臭烘烘的都直顶到腿根子了，好在你胳膊长，扭来扭去总算够到台灯，拼死命一扯，往他头上抡去，外头这才听到动静……所以你是想得通的，小姑娘还能当几天的？去南边还是留这边，有区别吗。

　　只是那张记录电话的纸条，太简陋了些。你有点计较。哪怕她就是寄半张纸来呢，夹张照片，有个抬头，唤声乳名儿最好，随便写个小宝贝也行，多少得像个亲妈吧。你也就认了。做上新车还给她落一笔提成呢，完了再做公交车也不浪费。

就为着半封可有可无的信吗？也不。其实你真正难受的，是魏妈妈关于胎教的说法。以前当笑话听听，也就过去了。可被这个莲花一指认，等于一把天火，把你给烧得焦透了，一点儿回青都不可能了。你果真就是个天生的小骚货。

魏妈妈探头往窗下看了看。你眼珠都没动。你知道，那碎纸片跟雪花一样，早落得无影无踪。魏妈妈伸手来拢一拢你的头发，没有再说什么。她知道，从今往后，随便差你做什么，你再不会拿糖作醋了。搞什么啊，不就这么回事嘛。

其实从那时就明白了，为什么你总是一只可被认出来的黑山羊，你身上肯定有着什么特殊的东西，让男人们在任何情况下都能嗅出来，原来是莲花给你的好处，要陪你一辈子的。龙生龙凤生凤老鼠儿子会打洞，野鸡女儿呢？这就是你的配额与禀赋，也没啥要怨天尤人的。

只是——要跟谢老师讲那张已变成雪花的半张纸片吗？不必了。她一直知道你在哪里，她都不着急，你急什么，认不认也没啥悬念。你真正想知道的，是生父，穆老爹肯定知道点什么……

出去吧，外面都有茶客拍过好几次门了，可别让人家尿裤子里。六边形的难看镜子，再见。等下，抽张纸给擦一下，镜面上净是水渍，刚才还以为自己是不是哭上了。才不会，为那撕成碎片儿的小纸条吗，为个把你扔下十来年无音无讯，完了打个电话来找你去做接班人的婊子妈妈吗。绝不可能。

三、滑轮

1

新添置了一套臂力拉伸康复器，谢老师刚调好高度和力道，有总就等不及地开始推拉。他歪着头用劲，右边腮帮子鼓出来，小臂直抖，拉了四五厘米。

对有总突然而至的这股子奋发劲头，谢老师有点不习惯，他不是整日价地自我诅咒、巴不得早死的吗。这康健之风，起于何种青蘋之末，实叫人迷惑。

"今天，6月23，五厘米。"有总对谢老师宣称，一个月后，他这个上下推拉，要达到二十厘米。与此同步进行的，还有躺姿与坐姿的交互练习，练大腿内收与小腿后屈，手部前后钟摆等。有总把扔到一边的医嘱，重新都拾起来，勤奋极了，随时喊住肖姨或谢老师监督他，"一起帮我数。七。八……十一。十二。"他涨红脸往外憋数字，像扔小钢镚。

除了过分积极的康复锻炼之外，他还拜托谢老师想孙子（或孙女）的名字。考虑得很细——王桑跟丁宁的小孩，正好把云清的姓给传下来。穆沧跟河山的小孩呢，最好要兼顾下河山的名字，人家，那也是一支血脉，将来都要刻在我墓碑上的。他那急迫的口气，好像一串溜小孩马上就要生，而他马上就要死。

就当是老人说老话、病人说病话吧。眼前明摆着，有两个不乐观的情况，一是丁宁的不孕症，二是河山要找到生父才嫁。

对前者，有总大不屑，还记得我那条生意经吗，弱点就是增长点，空白点就是突破点。有的不孕症最后会生出双胞胎、三胞胎呢。对后一条，谢老师转告河山原话时，他两巴掌对不齐地拍起了手，带着痛快劲儿大笑，被刺到痒痒处的那种又痛又快！

谢老师心里一乐，河山这一招，看来又使对了。他可以坐收渔利，看能不能挖出点什么来，虽属于婆婆妈妈的素材，聊胜于无吧。当然，红皮本子所需要的，是真正的压舱石，有吗，在哪儿呢。有时半夜猛醒，一想到这个，颇感沮丧。

"别装蒜了。三。你当然知道。四。五。叫你找的沈红莲。六。就是她妈妈。"有总在做第二轮的臂力拉伸，舌头累得伸出来。松果趴在阳台上，也伸出舌头，瞪着它的老主人。

"她要的，是父亲搀着她送到新郎手里。"谢老师也仔细盯着有总瞧。

"听她的还是听我的？跑趟天水吧你。九。你家有《康熙字典》？就照着老康熙。十。先来一串名字，送来给我挑。十一。十二。今天大进步！"

"要不我给你再加半磅？"谢老师假意喝彩，心里有点儿烦他这一套。心里肯定是有什么招儿了，便会故意地顾左右而言他。谢老师顾自埋头调弄重力码。

熬了一会儿，有总果然自己开了口，"我啊，想了份遗嘱。可别以为，我这满满的家当，就天生的，该白落到谁头上。"他让谢老师这就联系公证，上门办理，完了他要正经八百地宣布出来。他的口气，又带上了从前那股子圆头滑脑。

随即他大致口述了一遍，看来已琢磨得极为成熟。谢老师一边听，仍旧把脸冲着滑轮。老花眼了，他摘下眼镜，把脸贴近弹力绳的粗糙触面，以掩饰心里所涌上来的复杂情绪。怨恨、失望，还有愤怒。这突如其来的一份所谓遗嘱，是个啥破玩意儿啊，听一听！

在穆有衡去世之前，兄弟两个，不论谁，生出孩子来，即可共同继承全部财产。若两人皆无生养，那么所有财产将在穆有衡死亡之后，执行全额捐赠。

多么浅薄，多么庸俗化。就是用他的钱，来做一个传宗接代的粗暴拉动，就跟手中这滑轮差不多的原理，实在没有任何的智力含量。照有总这情况，只要再发作一次中风，极有可能不治。他倒是好去死了，可谢老师这里呢，还指望什么压舱石，如何落笔，走什么基调，能贡献出什么价值？

谢老师坐下，木然地打字输入，心里相当沉痛。到底是小家小户、街头巷尾的出身。伟正别看年轻，还是说得准：有总太小老板了，扶不上墙、入不了史的货。

为了确认，谢老师一字一顿高声念出，与有总核对，念到最末，还是没忍住，发问，"全额捐赠，打算给哪儿啊您这，可得明示……"显然，有总的目标应当是一条笔直的线，通往婴儿出世，皆大欢喜，兄弟二分财产。所谓的捐赠一款，显然只是突发奇想，是个虚招，但搞不好也可能是个大蠢招。谢老师不太放心，有总在捐赠这类事情上，想法和做法是有些古怪的。

这二十年，作为狗头军师，各样事情上，他对有总的进言献策，可自誉为汗马功劳了。有总对他，也可谓是从善在前、奖掖在后。唯有一条，就是关于捐赠、慈善、公益这一块，两人完全谈不到一处。

从前至后，有总只做过一桩有名有分的正经慈善，就是对西部贫困学生河山的结对子，这还是从爱心驿站那里给顺捋下来的，不排除有他的私人因素。

就这，有总便以一当十了，别的慈善项目或机构就休想叫他再拔一根毛，任是何方神圣也不给面子。区里红十字会的历任干事，都来拜访过，他永远摆出一张黑脸："凭啥呢，我要把自己的钱，拿出来给不相干的人。别说外人了，就他，"指指身边着尬笑的谢老师，"跟我十多年了，我都信不过。"

就算是上头领导捎话来，想替分管的关工委、老龄委或残联争取一些支持，要求并不高，几把碎银子的事情，有总也不买账。当着来人的面发表他的高见，借着一些传言，他大肆地针砭时弊。你们自己说说看，那叫善款池吗，我看那是公共水管子，一层层地加管道、加水龙头，哗哗哗走水，别说到地头了，恐怕才运到半路就耗光了。"我傻呀，去白打那个水漂。"气壮如牛。

谢老师私下里也跟他算账，当然不会讲什么达则兼济天下，只跟他算经济账。捐一点嘛，比硬广告效果好，公司形象综合加分，更别提减免税了……

老子硬碰硬地淌大汗卖苦力，才不减那点子税，纳税大户还光荣呢！他一句驳回。好了，到最后，眼睁睁看着他那些对家，靠那些漂漂亮亮的捐助，这个成了工商联副主席，那个当选"优秀企业家"，再不济也是个"年度慈善大使"，到了招投标时，人家明显地，就多出一个说嘴的地方。尤其像早些年的拆迁项目，每个区块后头，都跟着废旧料回收加运输的大肥肉呢，这些个肥肉给哪家公司呀，不就看平常的觉悟吗？有总这一 PK，就是完败。败了从不思悔改，照旧搂着他一大把钱，指甲缝里一粒末子也不肯撒。

真要说他是铁硬公鸡呢，也不是。即兴式搞笑式的好人好事，倒也干过不少。谢老师记过几桩。

"多香"（**素材 48**）。除了研究党报大报，他有时摊在沙发上散酒消食的时候，也随手翻翻晚报——广告牌砸死个行人，行人家里有个瘫痪老母。环卫工人凌晨给撞飞了，乡下老婆刚刚怀孕。小孩得白血病，单亲妈妈携子投河。空调安装工摔成高位截瘫，还没成家呢——哎哟太可怜了，他长吁短叹地揉着胃，好像刚吃下去的东西全都难以消化了。立时三刻地，就让谢老师去联系，从保险柜里胡乱揣上一提包的百元钞，要跑去看望。他喜欢现钞，尤其新的，厚厚一撂，唰地打成扇形，直伸到谢老师鼻子跟前。你闻闻，多香！独一无二的香！带着那一提包的"多香"，他急急忙忙地登门入户，一直送到人家手中才算完事。

也常出岔子。有次他读的是好几个月前的报纸，等谢老师好不容易联系上，那丈夫被砸死的妇人，已另有归宿，都大起肚子了。还有一次，他看得热泪滚滚，为着一个中年丧妻带小孩的男人。看，跟我一样的苦命啊。实际上呢，那是一个刑事案情回溯，是杀妻之人自导自演的障眼戏，他看岔了，差点把钱送到杀人犯手上。

面对面（素材32）。是发大水的九八年，谢老师当时还没过来，听下面人说的。当时有总的车队拉的全是当时最俏的熊猫彩电，有一批货跑江西，不巧遇到山体滑坡，一名司机当场身亡，另两个重伤。两大车的彩电整体报废，损失挺大。而他此前又总把保险公司当作骗钱的，拒之门外，那之后才算吸取教训。这个不提。他急得满嘴起泡，连夜跑去处置司机伤亡。现场一看，场景很惨，山体不仅毁掉几公里的国道，附近的山民根本连家都没了。他捂着腮帮子满地打转，一掉脸就跑银行去了，分批分头地提现钱，一排排地码在卡车上。完了带着几个手下人，传接力棒似的，往外传钱，他站最后一棒，给正在排队领餐的灾民，挨个儿塞钱。就在不远处，红会的条幅可是挂得红通通的呢。

即便是从人们饱含赞赏的转述中，谢老师也能觉出那股子土财主味儿。当然了，眼看着一大堆的粉红色现钱，是有视觉冲击的，尤其拿到现钱的人，那种面对面的感谢表情，绝对给了有总很大的满足。从他的右手直接交到对方的右手，亲力亲为、所见即所得地排出粉红大钞。这才踏实嘛，一分钱都没浪费。有总常跟谢老师谈论那个瞬间——我最喜欢看他们那个脸，看脸上的眼睛，他们说不出什么话，也不怎么笑，意外得都有点吓坏了，仿佛我是天字第一号大善人。哎呀呀，叫我心里太舒服了。怪不得老祖宗劝人向善呢，逢上灾赶上荒动不动支个大锅施粥，原来这事"舒服"哇。他摇着脑袋感悟了。

所以到汶川大地震那年，谢老师已一点不奇怪了，各级各层的抛头露面，上晚会的大型直播募捐，他一概不去，只抱定他那一套笨拙的"面对面"。新闻才一出来，自认为有过救灾经验了，立马叫停公司里所有在外头跑货的单子，就地卸货暂存，然后掉头往川地，一手一脚地四处采买帐篷食物、药物衣被、医疗器械之类，花费虽谈不上多么巨大，但生意上耽搁得厉害，违约金赔了不少，还有家老客户被对手乘虚挖走了。他一边祖宗八代地破口大骂叛逃的老朋友，一边心急火燎地跟两家简易板房的小老板分别商讨十六个交货地点与接头暗号。瞧瞧这个费劲，真不如一笔头捐个大数目，且不说台面上的名声，起码更科学高效吧。但这些道理，跟他都是讲不通的。

——从根子上说，谢老师认为有总就完全不理解慈善的现代意义，他要的就是那种莫名其妙的自我"感觉"。除了这些"古法"的救急救穷救难，他还热衷于一种主观色彩的锦上添花，那些个，就更难说是不是慈善了。

坐飞机（素材50）。肖姨有天扯闲篇儿，说到位同乡，都是做奶奶的人了，头发牙齿掉一大半，却老望着天叹气，看到鸟飞过去，叹一次，看到白云飘过，也叹一次。说她这辈子，多少病多少灾的，都扛过去了，齐手齐脚有儿有女，就有件事想想没意思，她从来没有上过天——有总正埋头吃糟扣肉呢，听到这来了兴致，搁下筷子就讲他的第一次上天。

应当是九二年吧，我把衡祥水泥上赚来的钱，全拿出来买车，搞了个小车队，跑中短途。有天听到一笔烫手单子，十几车的大设备，要从广州拉回来，这里的大桥工程上急等急用。烫手在哪里呢，主要是风险大，路远货多，搞不好哪里就出点问题。

二呢，是当时供需信息太不灵光，满车过来，返程放空，这两头一拉，基本没了赚头。没人肯接。

小谢你知道的，那时还不兴"物流"这个说法，但确实，我搞运输是比较早的，后来外头送我一顶"运输魔王"的帽子，我想也不全是浪得虚名。广州这一单，就是我第一次出风头。

是有点赌一赌的心态，但不是傻赌。去广州之前，我连夜把周边捋了一圈，凡要送到南方的货，全给圈定下来——凭这，到广州我就能套用下当地的车队。为着赶时间，也为着正好开个洋荤，我决定坐飞机去。

小谢你发现没，做生意嘛，要不是打时间差，掐着低进，就着高出。要不是赚空间的差价，从东搬到西，从北拉到南。包括到现在，大到高铁，小到外卖，赚的，还是时间和空间的票子。

说回来，说我那年坐飞机。你们绝对想不到，那时买机票，死贵不说，还得有单位介绍信呢。我最烦这一套了，没单位就不是人吗。没办法，只好托人开个假的介绍信，鬼鬼祟祟买上了。可一坐上去，就觉得太值了。我边上也有人是头一次坐，吓得闭眼睛，说他心脏吃不消。有人怕晕机，吃了药就一直昏睡。天哪，他们太浪费了。我简直东张西望一双眼睛都不够使的呢。我趴在窗户边，真是有个冲动，要写点什么，想当年在连队，咱不是也写过诗嘛。小谢你呢，还记得你头一回坐飞机吗，讲讲？

有总那时刚刚退下，话最多的一个阶段，随便什么由头，就能上下四五十年的，吹得人要打瞌睡。肖姨借着要热汤，躲到厨房里去了。有总却又敲着筷子把肖姨给叫了出来。你呀，赶紧的，去把那位奶奶，再加一个她家里人，两个人的身份证都给我悄悄打听来。然后，谢老师你去办，两张广州往返，给她选前靠窗位置，白云黑云的管看个够。趁热乎的赶紧办。注意保密！给老人家一个惊喜。

这叫作什么，无厘头的骑士精神吗？谢老师觉着挺可笑，或者是受《基督山恩仇记》的影响，他宣称曾认真读过的。

神仙佬儿（素材39）。这得算个游戏，玩了有小十年。每年中秋夜，他都会让谢老师从他最早的公司，衡祥水泥那边，挑出一位最下头的工人，摸清那人家里头的情况。当天晚上，肖姨放假，两人就一直在办公室耗着。反正他们都是单过，无所谓过节。直等到家家户户都要吃起团圆饭的那个时间点，跟搞特务活动似的，他们突然大驾光临。在谢老师充分的渲染和介绍之后，有总会以一种大人物的亲切派头，挨个儿地对家庭成员嘘寒问暖。

说说呢，老哥，大嫂，现在最想要个什么？说来听听，没准老天爷就会给你们"变戏法"呢。

这什么意思？一大家子人都迷糊了，他们你推我让，或者你争我抢，但讲出来的，都是芝麻大小的要求。他们不习惯想太美的事，担心老天爷操持不来。

老父亲耳背，想有个助听器，国产的就行。小孙子一口气地讲，他想报名上篮球班，最好能把英语班改成篮球班，最好能有他自己的一只篮球。家里的媳妇，突然改用普通话，说有生之年想去看一眼泰姬陵，她喜欢那个爱情故事。喝了点酒的儿子呢，一直摇头，看样子是在心里换来换去，最后他哈哈笑出声，不好意思了，说倒也不是具体个东西，就挺想开一回敞篷跑车的，开一回就行，在那种有风有景的好地方……谢老师在后头暗中记牢，有总则特别神气地竖起食指来晃一晃。我保证，老天爷听到了。你们呀，就等着吧。

接下来几天，谢老师就负责忙活呗。等落实了这一大家子的梦想，完了去跟有总汇报那一幕场景时，简直要动用所有的采访与撰稿经验，因为有总总是特别贪婪地，想要复原和再现一切。老头儿什么表情？他用了助听器第一句说的什么？那家的媳妇儿看到旅行团单子，有没有冲上来抱你一下？小男孩呢，你没忘了给他配一双好球鞋吧……

等谢老师一曲终了，全部讲完，有总才长吁一口气，像是刚来了个大全套汗蒸似的，五脏六腑的上下通透、皮舒肉坦。他露出抵达终点的洁净与满足——他能保持好一阵的这种高涨情绪，谈起生意来，更加地如恶狼似猛虎，赢得各种碾压式的胜利。

……细细推想他这样的救穷救急或助人美梦，谢老师心里会有点轻微的反感。有一次直接说出来了。

那几天有总正是急性痛风发作，消炎药和秋水仙碱皆不见效，一条软乎乎的旧全棉床单，轻轻覆在身上，只要碰到皮，他都叫得有如刀割。那时快到中秋，见有总疼痛如此，谢老师建议取消神仙佬儿计划。有总竭力争取，说马上不是要换糖皮质激素吗，三天下来，说不定也能出门了。

您这样地发善心行好事，跟捐功德箱保平安是一个意思吧。就像个平衡大法，完了这头再怎么地黑虎掏心也无所谓，还能保你生意兴隆、大赚利市。是不是？

有总紧闭眼睛呻吟着，正轻轻、轻轻地，像挪动炸药，把床单从脖子那儿移开。谢老师的问话，让他从哼哼声中停下，往谢老师这个方向瞅了一眼，转而把视线投向天花板，显出一种抽象的痛苦，绝非身上的皮毛之痛。那是什么，罪过，绝望，求告，孤独。谢老师一时也有点惊怔，头一次意识到，有总时不时发作一下的慈善心肠，可能有着他所不了解的某种思虑或寄托。

有总没有回答。稍后，他同意放弃中秋夜计划，就手翻了翻报纸，消防版面上，看见郊区一排平房人家失火，无家可归身无长物，叫谢老师送了两提包钱过去，算是了结。

"起码，您这个捐赠，得写出个大方向，否则怎么执行哪。"谢老师再次催问，没有掩饰他那些沉渣泛起的疑惑。有总显然听出他的口气，多少年了呀他们。只管捏着手心里的弹力球，他并不接话。

谢老师在电脑上又看了一遍，气息难平，瞧着净是破绽，"我晓得您是想倒逼一下王桑。可万一不成呢，真要全捐？要不改下，起码给沧留一半？"

"这么多年了，你还不懂我家沧嘛。就一座金山放面前，恐怕还不如他的一枚飞行棋呢。他的养活，跟钱没关系。"有总把弹力球往松果面前一扔，松果只伸伸头，没有力气跳起来接。"最好的，是能找到人陪他过日子。克隆松果，到底也是不行的。"有总又往阿难造像那个方向努努嘴，指的是背面两只保险箱，"你不用担心。人人守土有责，他们几个，会联手上阵的，包括你，不肉疼吗，能白看着我全部捐掉？"

也不能说没道理。只要是人，就有贪心，只要有贪心，就会被搞定。这是有总屡战屡胜的法则。谢老师默然，没有再反驳。

有总轻松地一挥右手，表示大计已定，他得继续当天的康复计划。被谢老师扶着站起，倚着助步器，拖着残腿，歪歪斜斜挪到南阳台，倚着过道，挥动胳膊，做起"钟摆甩"来。

谢老师到北阳台抽烟，顺便打电话催公证人，一边远远地看他。这样站起来一看，有总真是瘦瘦了不少，看上去扁平、枯槁了。阳台有风，肥宽的衣服鼓起又挂落，残存的几根白发给吹得立起来，实似风中之烛。但这烛火还是有劲头的，他适合处于战斗状态，没有战斗也要创造出一个战斗来。

2

钟摆甩手，效果不错，这半死的左手，原来只能抬到七点与五点样子，现在可以摆动到八点与四点了。我喜欢老式大座钟，结婚时置办过一台，还在沧那屋呢。嘀嘀嗒嗒。往前甩，嘀嘀嗒嗒。往后甩。可真像个钟摆啊，我就是大座钟。

小谢有点脑壳疼的样子，窝阳台抽烟去了。我知道他对遗嘱大不以为然。嗨，玩儿呗，但我就是要玩这个形式。从来没有形式主义，形式到了，内容就随之有了。有些话不能跟他说明白的，这是我的招儿。

遗嘱这想法，像小蝇子一样，是突然飞来的。打那天中午，丁宁红鼻子红眼睛地提着那蛋糕走了之后，我这脑袋就自说自话地运转起来。它还没坏呢。以前听到什么生意上的风吹草动，也是这样的，自己会转。

这次所转出的，就是这么个小主意。遗嘱讲啥并不重要，最重要的，是让我的铜钱，给做起功来！让它们变成我的手脚，变成我的力气，变成我的号令。起码的，我要收拾下王桑这小子，并且帮到丁宁，生小孩的事，她比我的心思重。顺带着，还能给河山一点实打实的压力，她跟穆沧也就成了呢。这丫头是难搞，可我知道，她爱钱。小谢总说鬼话，说王桑对河山有意思，那是表面现象。他常常只看表面现象，许多人都这样。

不过，讲实话，我也有点讨厌这个主意。

到底还是动用上"钱"了。真没想到，对自己的孩子，还得使这个手段。我对钱，热爱是真，忧虑也是真。这玩意儿实在太灵了。所有这些年，对付各路鬼怪妖魔人神，其实没有别的杀手铜，想要灭谁、想要使唤谁，"钱"一祭出来，所向无敌。钱是什么，是老祖上的围猎古法，是催泪弹加霰弹枪加火箭炮的组合热兵器，是人传人不可预防不可免疫的高危生化病毒，使将出来，指哪儿打哪儿，周边方圆十里倒下一大片，草木地皮齐齐焦枯三年。可那，都是用来对付外人的。对自家儿女，真怕他们会吃不住，伤着皮肉，坏了五脏。

可话说回来，假如这几个孩子，真经不住这点子事，那也没意思了，真不如把那些阿堵物给铺到大马路上去，给千人踩万人踏呢……最后当真要捐赠吗，话先这么摆出去，且走且看吧。反正我得让钱动起来，钱哪，会有它自己的主意和方向。要知道，我这辈子经过的所有事，不管好孬，都不是我这个"人"在做主，而是"钱"。从来都是钱在后头装神弄鬼、兴风作浪。败，是它，成，也得是它。

一个钱，一个时间，我只服气这两样东西，我搞不过它们。

嘀嘀嗒嗒。往前甩，嘀嘀嗒嗒。往后甩。好，数到五十下……嗳，小谢睡着了，张嘴露牙的，看上去都傻相了。那你就眯会儿吧，正好我也往时间里头走走，往钱里头走走——怎么的，就跟钱打上交道了。

倘使我当初，就老老实实一直待在机械厂，凭着部队下来的吃苦劲儿，应当也能干到个车间主任吧。不，到不了。我走了之后，厂子只撑了五六年就倒了。那我肯定也是买断工龄回家了。跟车间里的大伙儿一样，去学个本子，开出租，或者到物业公司做保安。做保安的小宋，比我还小两岁，有天好好地值班，为挡个武疯子，被砍了十二刀，到哪儿说理去。

所以人得信命。我的命，就是跟吉祥成了铁兄弟，反过来说，这也是他的命。铁兄弟的命，是绑在一块儿的。

吉祥因为能画两笔，退伍后被拨拉到大华电影院了，负责画海报，可以白看电影。谁要看电影呐，各有各的烦闷，坐到一起就是没淡没咸地喝两口，他灌点散啤，我煎点老豆腐，搞点小鱼干。就喝。

那时厂子效益开始下滑，我跌跌爬爬在养两张嘴。大嘴是个病孩子，小嘴是个奶孩子。吉祥没孩子，但有顶绿帽子，可能在部队里就戴上了，这一回来，老婆是整天地摔碗打盆。那时候人心重，离婚算大事，吉祥就天天睡在电影院值班室，等于也成了个单身汉。好，一对难兄难弟。

我觉着我比他惨多了，云清可是当着我面儿跳的楼。他劝我，好歹还落下两孩子。他喜欢小孩，常来相帮着，替桑换尿布、哄睡觉。这样我才能腾出手来侍弄沧……有天我们搞完小孩，坐拢了喝酒，小菜很快吃完，嘴里还是焦荒，我们就随便讲，讲小时候吃过的、忘不掉的东西。其实你想，我们小时候，五十年代末嘛，哪有吃的。

吉祥先讲。他老家在邳州邹庄，挨山东仓山那块，小时候放学回家，还要到河滩上放羊。那是一天中最难挨的时候。就想瞎招，各家放羊的小孩都围着羊打主意。吃羊是不可能的，每家也就一两只，指着过年卖钱呢。包括家里养的鸡、鸡生的蛋，都是不吃的。吉祥是直到部队上才第一次吃上鸡肉。这是插话。他接着讲，他们绕着羊打转时，发现羊肚子靠奶头的一圈，总有蚂蟥在吸附着。草丛里蚂蟥太多了，他们都给吸过，不疼，就是有点痒，用手去揪，下不来，那吸盘很紧，得绷直了皮肤突然发力一拍，把它给震落下来。给它叮的地方这才开始觉着疼，小口子直淌血。

羊可不是人哪，它哪晓得揪还是拍，所以那些羊肚子上的蚂蟥，个个儿的，都吸得圆滚滚的。大家就动起了蚂蟥的主意。别看蚂蟥滑腻腻的有点恶心人，其实也就一层皮，肚子里可不就是新鲜的羊血嘛！这样的，他们发明了烤蚂蟥。把那些圆滚滚的蚂蟥从羊肚皮上给拍下来，生起火来稍微烤一下，里头就是一块一块的干羊血，着实的香。后来他们还分了工，有人专门负责拍蚂蟥，有人负责带一小撮盐，有人拢起干草碎枝来起火。人家诸葛亮是草船借箭，他们这能算是蚂蟥借血吧。跟你讲，可补人呐！吉祥比画自己的个头，要不是靠蚂蟥血，没准我连一米七都长不到呢，连绿帽子还没资格戴呢。老婆偷人的事他受伤太大，偏总拿出来讲，打自己耳光。

他讲完蚂蟥，轮我。我讲的是杂面饼子，其实是讲云清。忙起来还好，喝两口了，松下来，脑子就会转到她。

我们两家挨得不远，小时候总一起放学。回家路上，我们一半是学大人，一半也是本能，总歪着头四处看，哪块地里可能还存着些什么。风呼啦啦直刺脸，我们像小兔子一样，曲着腿到处跳，借着小瓦片或棍子，我们十指黑黑地挖出一个大凹坑，嘴里叫魂一样地瞎念叨。胡萝卜、花生、土豆、红薯、青蛙，随便给我们什么都行。但从地里叫出来的，最多是些枯根瘦藤，反倒因为走得太远而更加饿得发晕。

我就是从这里开始讲的，只说是"女同学"。吉祥不许我总提云清。

那天下雨，我们共顶着一块油纸布，外衣尽湿，牙齿都在上下打颤，无效地寻摸了一圈便草草收手。路过"女同学"家里时，她让我进去暖和一下。

女同学一回家就在灶间生了火，敞着锅烧，房间里很快升起热气，接着，她神奇地不知从哪里摸出两个黑乎乎圆乎乎的东西，放到蒸架上。天哪，那是吃的。我眼睛很难移开，都没想到要问一下，她家里人都不在家吗，同意给我吃东西吗。女同学把我拉到灶下，我们像两只鸡苗那样蜷在角落里，一边添柴火一边取暖。她跟我解释，大舅得浮肿病没了，大人都奔丧去了。

味道出来了，香。那黑乎乎的香里，有槐树花香，花生叶香，土豆香，红薯香，玉米面香，黄豆粉香，我能想到的好东西，感觉它里头都有。我讲一样，女同学就笑着点头。这是她妈妈的私货。每天都想办法留下点什么，不管黄的黑的绿的，然后用一点点糙面和起来，拍结实了，做成面饼疙瘩。她藏的那个地方，还以为我不知道呢。女同学这样说着的时候，多好看啊，我心里直发痒。

吉祥呵呵干笑，你个鬼东西，才几岁，懂个屁。是因为看到吃的了。

女同学跟我，一人先喝了一大碗热水，然后才开始享用两个小面饼疙瘩。我拿起其中一个，想好了要慢慢地、一丝丝儿地吃，谁能料到，只"嗖"一下，它飞到我嘴巴里，就没了。什么味儿都没尝到，什么感觉都没有。嘴巴里重新空空荡荡，比原来更加可怕的空空荡荡。真希望能把手伸进喉咙管儿里，把那个小面饼子给拿出来，再吃一次，然后再取出来，没完没了地吃下去。

女同学动作慢，她才把她那只小面饼举到嘴边，虚着眼睛半张开嘴。我熟悉她这模样，在学校里吃中饭，她就是这样，像小老鼠，一点点咬。我死盯着她，看她的嘴唇与舌头，看那里即将要开始的咀嚼。

女同学一睁眼忽然看到我的神情，吓一大跳，突然哭起来。你把这个也吃了吧。她抽搭搭地哭着，把头扭过去，把那黑面饼子伸到我嘴边，一直顶到我牙齿上。

……黑面饼子和云清，过去多少年了。听我讲这个故事的吉祥也过去多少年了。只我一个还留在这边——到现在，我都见不得南瓜、窝头、菜团这些杂粮饼子。

曾出过一次丑。

真是没料到突然有一天，就转了风向，白面、肥肉再没人肯碰了，所有人都挑三拣四地噘着嘴巴，说起三高啊低盐啊少糖啊什么的。我特别讨厌听这些，觉得他们很做作，才吃饱肚子几天啊。

出丑的那晚，是我头一回在大席面儿上看到粗粮细做。红薯稻麸南瓜玉米渣子，统统地给乔装了，做成心形，做成一朵花，做成金元宝，摊成荷叶边。大家都夸好看，互相让着劝着，连两位号称在节食的姑娘，也赏脸伸出她们娇滴滴的筷子，并知识渊博地赞美起杂粮的诸多好处，维生素B_2，粗纤维，降血脂，新陈代谢……我听不下去了，一下就感到胃里的东西缩成硬石头似的，堵得疼。扔下筷子，也没拿外套，跑着就离开包间。那里实在太亮，太愉快，太富足了，我吃不消。

像头野猪似的，我一直跑过走廊，跑过端盘子的服务员，跑过坐满食客等着翻台的大堂，一直跑到院子后头的停车场。那里，总算暗下来了，也没人。找了个又冷又黑的角落，我蹲了下来，如果能下雨，或者有人冲我浇一盆冷水，把我浑身给搞湿，就更好了！我想回到从前那个雨天……

有人突然叫出我的名字，声音靠近，胜利地欢呼，嘴里呼出热气和酒气，还有更多的声音也都聚过来。其实我只是蹲在那里而已，可比哪个都清醒。他们倒大呼小叫的，说我喝高了，蹲这儿装蘑菇来了，五六只油腻腻的肥手一齐来拉我起来……

你把那饼子吃了吗？吉祥沉闷地打断我。

吃了。我也沉闷地答，把故事了结。我没有跟吉祥说，我当时就想好了，长大了要娶这个女同学云清，要一起过上吃白面吃大肉的好日子。

怎么就没人，省给我饼子吃呢，只有给帽子戴的。吉祥难掩伤感。妈的，等我到南边儿去，发达了，你就等着看吧。他脸上泛起那股子蠢蠢欲动，又谈起南方了。南方，那一阵，简直就成了吉祥的一句咒，喝到最后，他肯定是要念到这个上头。

确实，外头的风气活络起来，街上一下出来不少录像厅，黑漆漆的啥玩意儿都放，青工们都扎堆在那里面。还有租录像带的，办张卡，张开大腿玩劈叉的毛片随便挑。电影院是完全歇菜，一个黄梅天下来，潮唧唧的海绵椅子全长上白霉斑了。吉祥已被欠下五六个月工资。我们另一个战友，也是因为厂子效益差，就办停薪留职去了南方，具体做什么还不知道，反正大家一说起南方来，感觉就是满大街滚钱。

一起去吧，我们。吉祥几乎每次喝到最后，都要这样来鼓动我。

我一向胆子小，在连队里就这样，靠他在前头护着拖着，也勉强能跟上。比方说办那黑板报，我其实都不会板书，他抢在前头就把我们俩名字报上了，然后满不在乎地给我指点，没看过老师写字吗，先横后竖，先撇后捺。好在我练练也成了。

可这，是到南方去啊。我冲里屋歪歪头，两个小的可怎么弄，尤其沧，连带他去巷口理个发，都哇哇乱叫摁不住的。沧是重要原因，但也是个说辞。最主要的，是我心里对公家饭碗还是舍不得。好不容易从部队回地方落了定，就想好好地一直干下去，挣份退休工资养老。这突然的，叫我没了单位，算什么呢？真不敢想，也难怪都管那叫下海。还有句话我也没法跟吉祥讲。他那电影院才几个毛人，倒也就倒了，悄没声息的，谁他妈在意啊。我这可不一样，堂堂的大机械厂，近千号人呢，老老小小的，真能让我们都散了，国家不管？不可能的。

吉祥也往里屋瞅瞅，又环顾四下，满地小孩东西。叹一口气，装散啤的壶早就空了，就到厨房去找料酒，碰巧也是没了，只得提了只醋瓶子出来，把我们的杯子分别倒上，黑乎乎的像药，举起来跟我碰杯。

我仰头就喝，巴不得真是毒药。我眼跟前全是云清。三年级的女同学云清，给小沧录磁带的云清，给二子织虎头鞋的云清，翻身上窗台的云清。

吉祥也仰脖子，酸得满脸皱巴巴的，"祝我们哥儿俩先苦后甜。"他用巴掌把脸上的皱抹平，这才跟我宣布，他已办了辞职。电影院没什么停薪留职，要走人就彻底走。他这个月底就出发，去深圳。

"你呢，就安心在机械厂混着，小孩带好。等我去开好路，把那边蹚平了蹚宽了，小沧小桑也大一点，你到时再看形势，要是舍得丢下公家饭，就过去干。我们一起赚大钱、享大福。"

嘀嘀嗒嗒。往前甩，嘀嘀嗒嗒。往后甩。吉祥和我的命数，钱跟我们的瓜葛，要算起总账，就得从这个喝光了散啤最后喝醋的晚上算起。

3

谢老师拭掉嘴角的口水，怔忡地瞧着刚进门的两个陌生人，啊对，是公证。心里猛跳，一份立意要张扬的遗嘱。真做下这套公证动作，就等于是严肃认真地放出一匹瞎跳乱蹦的小马驹，不知道它会跑向哪个地方了。

公证人是位中年女士，极短的板寸，严厉得带有批判意味。身后跟着个娃娃脸的男助手，打开一个类似记录仪的玩意儿，跟有总一·核实他的姓名、性别、年龄、户籍所在地、实际居住地、家庭成员、身份证等信息，以及精神与意志状况。都是废话。有总倒怪受用的，又梳头又整衣领，然后才端正坐好，一字一顿作答。完了还像个出镜演员似的，问是不是要回放一下，是否要重录。玩兴十足。

板寸头皱着眉扫一眼遗嘱，提了几条：一是，须提供财产清单及相关归属权证明。二是，对兄弟分配的主张，诸如动产、不动产、藏品等如何折价分割。三是关于捐赠的具体说明。四，生小孩，这里指的是生出来，还是怀上也算？

极是，谢老师连连点头。有总要觉得太麻烦，没准会放弃这个玩笑的。

"小孩么，当然得生出来，一打小青屁股，哭得震天响的。否则，什么假孕哪，流产哪花样太多，我可吃不消。"公证人点点头，建议加上医学出生证明的附件要求。

有总冲谢老师招手，让他扶起自己，借着助步器，左腿划着小圆圈，慢慢划到阿难造像那边，从放供果的大托盘下面，取出一个信封，交给板寸头："清单，手写的，有点歪，看看可以啵？"

谢老师重又扶着他回去坐下，同时感到一阵剧烈的牙疼。也不只是牙齿，是整个下巴颏，这疼带着冷风，一直凉透整个上半身。敢情他天天地握个弹力球练手劲儿，是为着自己写清单？就这么不愿意让我知道！小二十年了，他这都快上天堂或下地狱了，还是信不过。当然，从另一个角度来说，也说明他对这遗嘱，很当真了。好吧，**遗嘱（素材155）**。给它在红皮本里列一个大条目。

"关于第二点。"有总慢吞吞的，很像他以前谈生意的做派，越是众人等他开口，越是老半天地卡顿住，他喜欢这样压场子，"关于第二点，如果真到兄弟俩分钱的那步，说明我活着见到孙子了，还没死。到时再补好了。可以补充的，对吧。至于捐赠。"

216

停住，停了一会儿，"您提醒得也对，那加一句。捐赠相关事宜，委托小谢全权处理。"

谢老师的半个脑袋更不舒服了，对这么一个深浅不知、几无诚意的捐赠，张口就来一个所谓的全权委托，还真是看得起他啊。谢谢您咧。看来，真得到有总死了，到捐赠这一步，他谢老师才能知道到底有多少资产。想想可真是他妈的。

他上次跟伟正还聊过，他们这批小老板，大多白手起家，是斩草劈蛇的开路先锋，也是乱中取胜的野路子，三四十年冲杀下来，固然是吃了很多苦头、流了不少血汗，但毫无疑问，最肥厚的那一勺猪油都给挖到他们碗里了，有的碗大，有的碗小而已。可到现在，他都还没搞清楚有总的这碗肥猪油，到底是个多大的碗。太失败了。

"魔术还能大变活人呢，他们几个，一定会努力出个小孩来的。捐赠的事，你不用太操心。"板寸头与娃娃脸离开后，为着他的临时提议，有总打了个轻飘飘的招呼。谢老师心里冷笑，倒是挺想操心呐。

肖姨端上了今天的小吃食，南瓜饼子配面疙瘩汤。别看肖姨是江南人，面疙瘩也拿手，大小匀停，有嚼劲也有浆水，配菜常有惊喜。西红柿与菠菜之外，今天还加了一把猪肝碎，吃来极是鲜香。

有总坚持着自己吃。他手臂弯度不够，像吊机那样，长长的僵硬抓取，疙瘩汤汁滴漏得满襟。跟公证人那十米分钟的拿腔作调，看来耗费掉他不少精力。

热乎乎地喝下半碗汤水，谢老师让自己平静下来，尽量公允地探讨，"我是在想，您押上这么大个注，就为逼出个孙子，是不是太过头了。对他们几个，也不公平哪。"

"什么是现象，什么是本质。小谢你啊。"有总哼了一声，有点外翻的虎牙又沾上了菜叶，"你不明白，我在乎的不是他们，是我挣下的钱，它不是我穆有衡一个人的，而是我们所有这帮老家伙，三四十年拼卜来的啊……"他拿起碟子里的南瓜饼子，刚瞅了一眼，猛然垂下眼皮，清泪长流。他使劲推开碟子，幅度太大，没喝完的半碗疙瘩汤，完全泼翻在膝盖上。

肖姨过来，默不作声替他换下围兜，捡拾碗筷，好一顿地上下收拾。擦嘴时，她把纸巾往眼窝上挪挪，被有总挡住，任由那眼泪水淌，"你们听说过吗，蚂蟥还能吃呢。"

谢老师正把碗扣到脸上喝光汤水："不可能吧，那太恶心了。"心里还在想有总上一句话，什么意思呢他。

"看，连你都不信。更不要讲二子这一代了，估计都没几个见过蚂蟥。"眼泪水止住了，有总望向半空，眼珠无神，好像在心里做什么复杂的演算。好一阵儿，他带着总结的意思，"你说一个人，怎样算活过，怎样又算是死了？家谱上添个名儿，DNA原浆传给子子孙孙，还是留一堆金银财宝在床底下，那些都不是——只要没人记得，没人念想着，就等于没活过。反过来，他就一直活着。所以我无所谓啥时断气，有没有孙子，都他妈无所谓。可我经过的事儿，不讲出来，不传下去，我不甘。就比方说，吉祥吃蚂蟥这故事，世上除了我，谁能替他记着？能替他讲？谁信呐，他不是白吃蚂蟥了？"

遗嘱，蚂蟥，讲故事。有点搞不清有总的思路，只好一气儿不吭。此时的有总，虽近在咫尺，却忽然遥远了去，能感到他脑子里在翻江倒海地运转，大水缓缓降落，山峰艰难升起。

"前几天，为着公证，写那财产清单。可真是写不下去。"有总抓过绿色弹力球，机械捏捏，"写一行，能走神一个钟头。多少事情啊，我这心里头。"重新又淌起眼泪水，或是前一次中止后的延续，老泪在脸上一会儿横一会儿纵，淌得很乱。谢老师咳了一声，这真像是立遗嘱的气氛了。

"等把那许多事讲出来，我就好去死了。"他把弹力球换到左手，歪起头来，用力，"问题是，能讲给谁听呢？沧就只爱听童话——哦对了，你等会儿去老厂宿舍那边，小沧的CD出了问题，连换两张都放不出来。"

"可能是长霉点子。这黄梅天，香烟啥的都搁不住。放心，我明儿一早就去看。"谢老师轻声回应，有总这会儿，像是一锅快要烧开的水，可不能揭开盖子打岔，让凉气进去。

"修好了，沧会继续听他的童话。说给二子？他拿正眼看过我吗，我还不乐意呢。讲给河山吗，哈哈，信不信，估计她能拿刀砍我。要不，你？"

"呃。对，我在这儿呢。"谢老师忙合拢起双手，抬起半个屁股。

"我傻呀。你蹲这么些年，天天上门来刺探，可不就一心一意地等着我黑料嘛。秀才报仇，你是二十年不晚啊。"有总愠怒而得意地瞪眼，表示他早就洞察谢老师的九曲肚肠。

"您这，欲加之罪……"谢老师小心打着哈哈。能看出来有总并没生气，甚至也不太在乎，这反倒让他感到一丝被轻慢的悲哀。有总到底还是瞧不上他手里的这一管笔。

"我最后只想到一个老家伙。"还有谁？有一个真正信任的老朋友吗。谢老师知道他在盯着自己，但没能掩住失落。这下有总是真得意了，冲北边小阳台上那边一抬下巴，"跟云清学，她录给小沧听。我呢，录给老松果听。你去，替我搞个录音笔来，要最好的。"

4

可能又要下雨了，潮乎乎的空气裹在身上，像件湿外套。一年一会的黄梅天。谢老师感到自己的颈脖子、腋窝、裆下，都是黏汗，走起路来水唧唧的。道边的梧桐却绿油油的，枝冠云展，更显高壮健美。

终于，给等来了，有总决定要讲点什么了，尽管只是对松果讲。谢老师并不敢多么地激动：有总埋在心里、不与人道、而今终于要讲的，跟他谢老师所苦苦等待的，跟他这一路的钱财生意，可能不是一回事儿。这闹玩笑般的遗嘱就是一个明证。钱在他，是个滑轮，他所扯上拉下的，所悬起和坠落的，是"别的"。那到底是什么，真还没看明白。

烦恼仍然沉重，红皮本子里一百多条素材，还是感觉浮皮潦草，多一条少一条就那么回事，发生在穆有衡，或别个小老板身上，也都差不离。甭说外人，甭说伟正，就谢老师自己，也都觉得没劲。

得好好捋一下。就近地，谢老师在马路边找块小墩子坐下，就是杵在慢车道上，用来拦住汽车的那种小墩子，其造型很怪，圆圆粗粗，顶端几道沟沟，颇似一具阳物。就坐在那石头小阳物上，他突然想到，问题，恐怕不是出在素材或量级上——

是他自己，对有总的黑暗财富史，或所谓钱权交易、商海沉浮的兴趣，已是相当地兴味索然了，因而越看那些素材，越是觉得价值陈旧，难以作为。取而代之的，是有总身上那些"别的"，还"没看明白"的东西，让谢老师既困惑又着迷。

突然意识到这一点，谢老师有些惊惧。

时日推移，在有总身边卧倒的时间，实在太长了。早年那股子报复性的愤然，既代表个人志气又代表业界高标的动力，衰减了，薄弱了，他的立场变得有些复杂。二十年的晨昏日常，同进共退，不知不觉地融在一起，眼盲症一般，对有总的一切皆是熟视无睹了。什么劳动力压榨，什么老辣无情，二十年前的那桩童工案子，这会儿要放在谢老师面前，恐怕连笔头都不会动一动了。包括有总性格中的守旧、傲慢、喜怒无常，病衰后的花式折腾，谢老师也都觉得，还挺有意思，这不就是他嘛——对有总的看法里，已衍生出了厚厚一层时间包浆。

不仅对有总，还有他那人丁虽不兴旺可并不宁静的家庭，对那几位成员的介入，也远远跨过了谢老师自我预设的界限。

对河山其人，他有相当的保留与不赞同，可为她那一嘟噜子旧事，都跑成老腿子了，总想着要替她找回点什么。对王桑这酸腐公子，一肚子的瞎拧巴，照说是看不上的，可到底也还是暗中希望着，这位"逆子"能有点儿什么起色，也不杜他在他们父子当中，一直地拼命扮演"和事佬"。不用说还有老穆沧，刚见面时他都二十岁了，大人不大人小孩不小孩的，谢老师最是自觉自愿的，跑医院找专家，找画图差事，盯着他坐3路环线公交。

他们这几个活宝，像是有总周围的行星，天体悬浮，各行其道，让谢老师不得不跟着跑岔道，应付各样的闲差事，积下一肚子的气恼和笑话。要是叫他就写写这几个人，嘿，他可一准地倚马可待、下笔如有神呢。尤其那莫名其妙的遗嘱，搁在有总的财富史上，是最无聊的收尾，可若换到儿女身上，文如看山喜不平，这遗嘱就很不平整，会对大家形成牵掣，让他们几个交叉跑动起来。

也许得跟伟正重新聊一聊。正好上次他们在所谓"时代之子"上也有点分歧，那就推翻呗，从这个角度来谈谈看？**穆有衡和他的儿女们（思路三）**。谢老师会向伟正分析他独有的优势，以他在有总身边，在这个家庭里所不可替代的位置，理论上说，他可以更深地介入，通过有意无意的推动，去调整他们几个的走向，编织彼此的缠绕，从而构成更有趣的戏剧对撞。那不是更棒了吗。他们仍旧过他们的生活，只是被谢老师"略微地""好心地"策划了而已。

真能做到吗，这会有写作伦理上的破绽吧，谢老师摇摇头，还伦理呢，他真能有那个本事？像有总，像河山，谁能动得了他们的念头。就连穆沧，也都犟得很呢——可不管怎么说，只是换个角度，红皮本子里那些鸡肋般的素材，就有意思多啦。

四、宫腔

1

那些纯粹为耗时间的打卡群，都删了，现在丁宁只留意一个群，"儿女成群"。每天早上，好似晨祷仪式，遍布五大洲四大洋的群成员会虔诚地抢着开群门，唱群歌，升群旗——多语种版本，吸纳了印度、日本、阿拉伯、印第安等诸文化的求子符号或繁殖图腾。海外华人比例不少，一代移民的婆婆妈妈与二代移民的媳妇女儿常常携手进群，且尤其活跃，显然母语环境会让她们的困苦得到较畅快的纾解与呼应。丁宁心里哂笑着，在群里"定居"下来。也是万变不离其宗，她总归是要跟一帮子陌生人凑堆抱团——链条式的各种助孕助育民间小组，官方平台，医疗上的珍稀资源，佛道基督等诸方神仙的神秘通道，庞大的黑压压的求孕男女方阵。

说来真是恍然一梦，一个月前，丁宁跟这一切还毫无关系，就因了老公公那活像小孩掀桌子的遗嘱——你们要再不生，老子就把钱全扔大街了——她成了其中一员。

是王桑主动跟她谈的，带着很不自如的姿势，坐在离她最远的餐椅上。从扔掉蚂蚁蛋糕之后，她停下了八年之久的贤良妻道，嘘寒问暖也一并取消。奇妙的是，王桑对此毫无反应，或者说，他大概还有点欣慰。要不是为了遗嘱，他显然也宁愿保持冷淡现状。

"我问过医生，像他那种情况，要是再来一次脑梗，遗嘱恐怕真就生效了。你是知道穆沧的。恐怕我们得抓紧时间。毕竟，不是个小数目。"他有气无力但面色峻然，僵硬地跳过了钱、家财或遗产等类似说法，好像那是多么肮脏的字眼。可显然，这肮脏的锂水还是漫过他的脚踵。

丁宁没有吭声。大旱之望云霓，望得太久了，旱地已不打算生长，且这云霓也并非自愿。王桑没有掩饰他的憋屈，"太狠了，完全就是冲着我。从小到大，他都跟我讲，兄弟两个，只指望我。临了，他还是这一招。"见她冷然不语，王桑歇了歇，带上一点商请的意味，"主要有个大局问题。我要是不扛下来，就是天下最蠢的败家子，罪过太大。没有人会觉得这是高尚还是什么，只会笑话死我们兄弟两个。究其实，就是笑我。"隔了一会儿，又加一句，"穆沧那边，也在给他介绍女朋友。"

听听，还大局观！对那个不知能不能努力到的婴儿，他可有一分两分是出于本意，出于对她的情感，出于对这个婚姻的珍爱，出于将要成为父亲的一点美好想象？一丝丝儿也无。这纯粹是策略性的一个应对，且还是怯弱和丑陋的。丁宁默然咀嚼，满嘴灼痛，吞下这块坚硬的死疙瘩。

"给沧介绍的女朋友，是我带过去的。"随即介绍起相亲的大致情况。丁宁以前也听说过河山其人，王桑又补充了一些她的近况，语气沉闷刻板，听起来对此事既无好感，也不抱任何指望。

那意思是，责任还是在他们俩身上。

看看现在的情况：不孕症的生路未卜。王桑出于大局观的无奈退步。婚姻毫无热气儿。还有她自己这颗伤透了的心。全是否定、否定、否定。她就不应当生孩子。

可有一条——她想，只她一个人知道，这个突如其来的遗嘱跟那天拎过去的蚂蚁蛋糕有关，跟她在老人家面前的号啕有关。老人家是在用他的方式，第三次地帮她。固然，子子孙孙本就是老人家的愿望所在，可她领这个情，郑重地领受。她总记得，那天老公公怎么样地谈起风、太阳、树，又用怎么样的口气重复，"会有孩子的，我相信。"原来这不是泛泛之言，而是他给她的一个保证，也是他对她的一个托付，是老人对生命的某种贪恋与努力。只他这一句，像拔河，再多大力道的否定也站不住了。

她对王桑点点头，表示达成共识，这就是一桩无可推托的合作事务。只不过，她现在与王桑所谈及的这个"生孩子"，跟前面七年她所渴求的那个"生孩子"，已完全不是一回事了。

点头的同时，依稀听到一声尖厉的嚣叫从脑中划过。突然想起大三时一起下乡支教的棉花田，他们跟晒得精黑的孩子们比赛摘棉花，那越来越沉甸甸的腰包把她搞得像个孕妇。她故意用一只手推着后腰身，炫耀地走近王桑，顽皮地挺出那个大布袋子，王桑露出少年恋人的慌张，吓得缩回手去……

几个月后，丁宁回想这告别式的嚣叫，真是感到太矫情啦。她后来的每一步，都是越陷越深的沼泽之境，也是越走越远的孤独跋涉。

2

乌泱泱的人头，满眼备受打击的麻木表情。起初还只是繁冗的体力消耗，跑厕所一样地跑医院。激素六项，甲功五项，输卵管造影，宫腔镜。反复爬上刑具一般的检查架，像腌制过的板鸭那样大张下肢，听由各种器械进入。换一次医院换一位专家换一种疗法，上述再来一套。差不多把整个下身都给拆散了，摊下来，一块挨一块地拿放大镜找病因——输卵管伞端粘连积水，小肌瘤，卵泡成熟困难，内黏膜厚度不够——这小小的倒三角区，对丁宁而言，不再是柔软、敏感的秘境了，只是一个充满术语与指标的微观平行宇宙，平行到已绝对压倒她此在的现实世界了。

好在"儿女成群"里，更复杂无解的难题可太多了，三年五年的，谁不在受着。病友们虽则"各有各的不孕"，但都一样的具有科学家精神，在医院里排队时，枯燥的等候中，常常孜孜以求，友好争鸣，探讨食补与精子质量，宫腔温度与女方排卵周期，心理暗示是否有效，甚至同房体位与受孕概率等等。

那天稍晚，丁宁跟王桑交代林一主任的医嘱——他们现在是真正有了这么个共同话题，忘记具体讲了些什么，无非就那些吧，为配合促排和精卵优化治疗，他们需要下载一个"粉红闹钟"App，以便同步掌握到她的排卵曲线，实现"精准同房"……其实跟陌生病友们聊的也差不多。

她注意到，好像突然扯下什么幕布似的，王桑脸上那塑料平静不见了，显露出惊悚与排斥，还有稍许的不忍。怎么了？丁宁怔住，随即明白。哦，他忍受不了了，都装不下去了——对她、对她所说之事、对她所说之事的方式，感到太粗鲁太无耻了吧。

但丁宁只是在脑子里闪过一下，没有停顿或做任何解释，继续，她继续向王桑转告医嘱。她知道，就在王桑刚才的那个骇异表情之中，她又切除了一样东西。这些些年，她是眼睁睁地看着，一样接一样地，自己动手，切掉职业上的野心，切掉爱嗔痴的深情，切掉对王桑的最低信念，切掉对所谓三口之家的渴望。刚刚切除的，以及将要切除的，是女性的秘境与耻感，性爱的愉悦自在。

那个月的11号，他们的手机分别收到"最佳时间"的呼叫，王桑告知他要加班迟归，丁宁独自用餐，一边吞食一边胀气。十点多，他一回来就冲进书房里东翻西翻找东西，避免任何交谈，拖拉着无限盘旋，像怎么也不愿意进笼子的自由之鸟。这拉长的等待进一步加剧了她的自我厌憎，觉得衣服下面的身体丑陋而陈旧，整个三角区都僵成了干巴巴的盐碱地。直到无可回避的深夜，关掉灯，黑暗中蒙骗对方更蒙骗自己。艰难地唤起，差点儿失败地开始，在不知其终时猝然结束……她完全感觉不到自己作为"人"的部分。

她到"儿女成群"里诉说这个灾难性体验，一帮子跟她同样处于促排期的女人都跳出来了，骂她：呸，想什么呢，踏上这条路，你还想着像个"人"吗。有一位还羡慕丁宁呢，因为她的月经，是季经，三个月才排一次卵，到那两天，那是真的紧张得连铁棍都撬不开了。她们开了些粗暴的玩笑，然后队形整齐地给丁宁发了一排"两道杠"。"两道杠"，这是群里的通用吉祥图案，寓指验孕棒上的阳性显示。想想人类的悲欢实在是翻覆一念。她上班的大学城那边，有两类广告最多。一是无痛人流，公交线与地铁线上都有，画面上配有一对男女的拥抱剪影。二是钟点房酒店，同样配有一对男女的拥抱剪影。想想有多少姑娘，颤抖着惧怕"两道杠"显现的致命瞬间，而若干年之后，同样还是这批姑娘，子宫饱受变迁，又在祈祷神迹似的拜求"两道杠"。

丁宁笑纳了她们的祝福，也检讨自己，还没有跟上她们那种纯粹技术派的冷酷，她总该比母猪懂事，时间一到，应当自己喊着口令爬上配种架。一、二、三。

再一回的"指定性"同床，她就好多了，听取那些姐妹的经验，丁宁强打精神，与王桑闲扯一些周边话题，算是对他，也是对自己，尽一份人道主义。

"听她们说啊，VR技术应用在虚拟性爱上，特合适。除了视听，会加上嗅觉与重力感，手握交互，还有特制体感衣，可以对相关器官与部位精准捕捉，给予温度湿度等处理。我看将来的人，可以不用跟人性交了。"王桑不吭声。又嫌她太直接了吧。

才无所谓，她有很多这方面的讯息。自从踏上这条否定之否定的求孕长路，但凡与生殖和性别有关的东西，都会自动吸附到她眼球上来。双向形婚，上海滩老年相亲，男人生育试验，日本某男子与机器人结婚，荷兰政府为残障人士购买性服务，七十二种性别认知。这些内容，对她并无实质意义，但会让她有海阔山高、天外有天之感，起码能把眼跟前这大山般的烦恼给芥子化：有没有爱情，要不要孩子，生不生得出孩子，算个耳屎啊，算个臭屁啊。

"我连游戏都不打，更不要讲VR游戏。"这次算是有礼貌了，"谢谢。"随后他说。

"那要不要找点小片子看看？哦，讲个笑话，也不算笑话。那个社会学家，叫啥的，就是经常出来发表惊人言论的那个。他说过，色情片，对人类的性爱是摧毁性的。比如说像我们今天这样的情况——哪怕身边躺着个活生生、热乎乎的身子，还是需要小片子来助兴。他的意思是，人类真是悲哀又搞笑，黄片子嘛，本是为了弥补性爱匮乏而制造出来的代餐。可这代餐呢，现在成了开胃餐，成了主食。大街上那么多男女肉体，都懒得和无意互动了，大家宁可自个儿回家看右下角小窗。这就像战时，人们吃不到正宗黄油，遂发明出人造黄油，从此几代人都这样吃下去，到最后，就觉得人造黄油才最有黄油的味儿。"王桑终于疲惫地点头，表示意会，丁宁自己也有些失笑，把小片子给讲成这样，还催什么情。

应当聊一个具体的人吧，活色生香的？想也没想的，她顺口一滑，"我在想，纯粹好奇啊，你说河山，也快三十的人了，还单着，她是什么类型？不婚主义还是男友不停？你既然是媒人，可要多多了解才是。"

黑暗中感到王桑摇摇头，表示不清楚或是不想聊。一段沉闷的等待之后，丁宁用手去相帮，如她所料，这一次所费的劲儿少多了。王桑翻身起来，后位，有利于精子最短距离奔跑，也有利于避开彼此的面孔。

丁宁睁着眼，侧头注视着从窗帘缝里透进来的一丝夜色，狭长的光线里，有一种讽刺又亲切的关照。

3

两天之后，河山的突然到访，让丁宁深感惊愕，觉得是她那晚走神时的复杂闪念得到了呼应：河山出现了。

河山看来打听过她，知道她最近只有周五下午才过来编辑部这边轮值。寒暄毕，随后足有五分钟，丁宁都没法开口。得承认，她是被河山的模样给打晕了。

河山身上带着一种光，似是那晚那道夜光的后继，由虚而真，由弱而强，扑面而来。太强烈了。即便是同性，可能正因为是同性，丁宁大为震动，甚乎有种感动。她立即想到，男人，起码有相当大比例的男人，会情愿，会渴望，会争抢着，去为河山失去理智，奉上全部所有。丁宁完全理解和赞同他们！她认为河山有这个特权，可以索要并得到这个世界上的一切。

随后匆匆想到王桑，上次提到做媒之事，对她的相貌只字未提。原以为王桑是心虚略过，现在明白了，这实在是无法提及、难以描述的。河山这模样不在可以传达的范畴，她让日常词汇显得简陋和单调，谁能描述出一片水域，如何宽广如何复杂如何暗流涌动……河山就是这样一片水域。

"请坐啊。"丁宁对这位耀眼的访客抱歉地笑了，"没想到你这么……"她由衷地好奇，想象中的美人日常，"你这每天每天的，是不是都在暴风眼中心哪。"

河山眯着眼睛四处打量，"嗯，每天回去脱衣服，都落一地的眼珠子。"她在丁宁的小书柜前站了一会儿，"我很少跟女人打交道，尤其没有你这样的，怎么讲，女知识分子？"

丁宁知道这是调侃，可还是挺高兴，"哪里啊，我现在就是一个空口袋，正拼了老命地想成为一个大肚子。就为了——你晓得的吧，那条遗嘱。"丁宁回味王桑那粗略的介绍，孤女，被资助，不停开公司倒公司。换个角度想，她真还挺勤劳勇敢的呢。她对河山难掩好感。

"你倒是比王桑实在。他啊，拧巴。"河山随口臧否，"你这希望……有多大？"河山溜了一眼丁宁，这一眼，太尖利了，像同位异体，丁宁似能借着她的双目，看到一只血管空流、一无所有的子宫。

"这么说吧，生小孩这事，其实我和王桑都是假心假意。但我还是决心要生。"跟河山虽是初见，但心里话已经等不及地冲口而出，丁宁急忙忙地，把自己跟王桑的情况给扼要拉了一遍。河山瞪大一双妙目，显出惊叹，显然是认为，丁宁这背道而驰的求孕行为，得算一种壮哉之举。

至于"希望"，丁宁又花了点儿时间，把她宫腔的情况，近期和远期方案，可能的结果大致说了一通，她讲得有点犹豫，随时准备着停止。河山稳坐不动，专注地看着她，好像她每一句话都十分重要，不容错过。这让丁宁差点儿都掉下泪来。还从没跟哪个人，包括王桑，说得这样全乎过。讲到最后，丁宁吐一口长气，使劲让自己笑了笑，"所以我这里，打不了包票。"忽然回过神来，河山没准是未来的妯娌呢，嘴里莫名其妙就劝说起来，"你要是抓紧，肯定比我快，一下就搞定了。嗯，我家穆沧，岁数是大点儿，性格比较闷，不过，你们还是蛮……"到底讲不出般配这两个字。从听到王桑说起这个媒，到今天看到她——显然，他们太不可能了。好比墙角的矮柜与它上面的那盆红掌，河山和穆沧，实在是两样物种啊。

好在河山接口快，"我知道穆沧的情况。你可别为他说瞎话儿。"

也是，为着哪个别人或别事撒谎，好像都说得通，可在沧的事上打诳语，是会惭愧的。这么些年，丁宁跟沧其实也没说过几句话，可这不影响，或者说，反而强化了她对沧的某种亲切感。沧、桑二人体貌相像，尤其这几年，沧不见老，桑略微发胖，更加酷似了。但丁宁特别不愿意同时看到他们哥儿俩——穆沧那笑嘻嘻的脸，太简单了，太清澈了，好像一切都好极了，越发衬得王桑那一脸的阴云密布，诸事不满，实在不能看。每周五，他从穆沧那边下完棋回来，稍微能好点儿，再过一个星期，又倒回去了。

河山从包里掏出一面小化妆镜，举起照着，照了一会儿，她对镜子说，"你不知道我的运气呢，挺逗。第一次投胎，眼一睁，发现落在孤儿院。工作，算第二次投胎，眼一睁、一闭，睁了好多回，到现在还在半空飘着。假如结婚算第三次投胎，我老在想，这眼一睁，我会看到什么人的脸呢？我都不想睁眼了。"她从镜子前移开，冲丁宁笑了笑。看看她，看这双眼睛，可真是好大一篇文章，写得密密麻麻，丁宁一个字也看不清，却又读到狂风中的飘摇与颠簸，无谓而彻底的自我弃绝。

河山起身，站到朝南的大窗户前，那边可以看到图书馆和实验楼，"有谁害你吗，那样苦唧唧的。想想穆老爹的金窝银窝，你儿子一投胎过来，就直接落这肥窝子里了。奶奶的，我真想现在就死，马上投胎到你肚子里去，从此一辈子的荣华富贵!"河山讲起钞票，五官全都动弹起来，太投入了，有种大快意。搞得丁宁也乐呵起来。

她俩一起瞧着窗外，进进出出的学生都背个双肩包，都戴个耳机，都穿个带帽衫，如同鱼儿，一小撮一小撮地分合游动。河山把脸转过来，带点淡淡的严峻，"当然，也得替穆沧找个对象，虽然有点麻烦，好歹多一道保障吧。"

看来她不打算跟沧啊。丁宁心里一慌，把脸躲开。刚才还觉得河山跟穆沧两不合适，可，找别的女孩? 太可怕了，跟任何一个别的女人相比，反倒又觉得河山是可以放心的。红掌盆花与木头矮柜确实不是一回事，可它们就得那么摆在一起。

"我这纯属多管闲事，主要是看不过那个遗嘱。我替你们几个排数了一下。王桑呢，太衰了，指望不上他。沧，是个大天使，啥也不晓得的。谢老师瞧热闹不怕事儿大——他，怎么不拦下这狗屁遗嘱的，还公证! 这真比杀人放火还叫人气愤。钱，多好的东西，我可不能这么眼睁睁瞧着，让穆老爹的钱给扔到大马路上去。我得替你们张罗，怎么着，也得捣鼓出个小崽子来。"河山摩拳擦掌的，简直有股子侠气，"今天跑你这里一趟，虽然没啥好消息，可你这人，看起来有点认死理。这挺好。下面我就是替穆沧那边想想招儿。"

话都到这 步了，丁宁觉得她有义务再劝说下河山，再试一下红掌和矮柜的可能。河山对钱，可充满明晃晃的激情啊。

"瞧我这，起步就得两三年，而你也晓得老人家的身体状况。沧那边的话，与其……不如……"瞧她吞吞吐吐，河山"噗"地吹一口气，"我懂我懂，你们都这么想吧。但我真没办法献身。我把自己给阉了。"她一把撩起衬衣，又把短裙往下扯扯，露出肚皮。下方近腹股沟处，丁宁看到一朵玫瑰文身，玫瑰带着长长的带刺花茎，"看到这花茎没，仔细看，下头其实有一行缝线。输卵管结扎，大四时在私人医院做的。我是，绝对，不要生小孩的。"河山三两下又把衬衣束好，"所以这事啊，目前得靠你。"河山拍拍丁宁肚子，做出巫婆施法的样子，念叨咒语。

虽然两人之间，仿佛是有过贴己的交流，可丁宁总还是觉得，河山的鼓动里，有着狡黠和恶作剧的意味。河山那肚皮上，没准只是阑尾炎手术，或者就单纯是一个文身。她竭力回想刚才所见，那带刺儿的花茎下头，真有缝线吗？

"从医学角度说，你肚皮上就算有那朵玫瑰，功能也是可以复通的。其实你，也没你说的那么爱钱。"借着窗外暮色的掩护，丁宁期期艾艾地说出她的猜想。

"是吗，不可能吧。"河山轻飘飘地随口应道，"我可绝对是从头到脚、日思夜想地拜金啊。"雕像般的侧脸里，显出一抹坦坦荡荡、不容侵犯的骄傲。

五、童话

1

谢老师起大早赶去，看穆沧的CD，一张张试。除了机子里那一张还能听，别的都是在碟舱里跳一下，然后"噬——"。他拿到光线强的地方。

以前也长过霉斑，芝麻绿豆大小，用清洁棉球带点水擦擦，橡胶吹气球吹吹，影响不大。但这次不对头，地图似的污渍，泛着五彩油光，感觉都有点儿腐蚀了。汤汁茶水还是什么？不可能啊。此处只穆沧独住，而他吃饭用水都在固定地带，跟ISO9002认证定位一样，绝不会跑到这小卧室来。

也无心细想，赶紧地，得请人弄。满大街只见手机电脑维修点，CD？问到的都直摇腮帮子。好不容易有个专修机械表的老伯，替他拐七拐八找出一个老玩家，盘胶质唱片的，勉强同意看看。那玩家一见便大摇其头。这是刻录机的货色，早讲，就不必跑来了。听你那火急火燎的口气，还以为PolyGram或EMI[1]的原厂白金版呢，那是搁一百年都没问题。国产的也行，只要是专业

1　宝丽金和百代，均为知名唱片公司。

压制，出点小岔子也大体能修复。你这啊，小工坊刻刻的，就落在上头一层化学膜上。这膜一残，数据就废了。

　　好在家中还有备份。他最早从磁带转刻成CD时，做了两套。当时是想着，CD嘛，理论上五十年没问题，这能管穆沧听到一百二十岁。一回家就搭椅子爬高。大顶柜那面墙是西晒，绝对干燥。还放着便携摄像机、录影带、老式功放、邮票册等一堆心头旧爱。找出来拆开一看，倒是没霉，盒子给压歪了，一叠CD齐齐翘曲变形。能有铺子修吗，像治驼子似的，给压一压平？那一准直接脆裂。他可真是尽力了。大热的天，折腾这一大早上，为亲儿子也不过如此吧。捋一捋满头的汗珠，心里突有点儿残忍的好奇：今天就星期六了，真听不成这童话故事，穆沧会怎样？得去把实情跟有总交代了。

　　因未提前预约，说得等着。有总还这样，只要能拿乔，必要拿一下。肖姨端上来一碗小馄饨。小馄饨的好，就在一个小，肉馅只用筷子头挑那么一点点，极薄的小皮子，折纸那样，三两下叠起，便成了。熟了之后，它们便软软地浮漂在汤里。肖姨的配汤很讲究，榨菜粒、蛋皮丝、小虾皮、葱花、紫菜，勾半勺红油，呼噜噜落胃，热汗出透，直觉得遍体通泰。

　　肖姨替有总解释，真不是故意。最近都是这样，每天上午，趁着精神头最好的两个钟点，让肖姨把他给推到书房里，松果也安置在空调下面，倒上茶水，就人和狗一起待里头。谢老师心里挺高兴，看来录音笔是用上了。

　　随即又有点焦虑，按有总对超长时间的需求，他买的录音笔容量很大，理论上讲可以录到几百个小时。有总自个儿会充电。

这就意味着不需要他谢老师帮忙了。那，就这么傻乎乎的啥也听不到吗。也是可以做手脚的，他不愿那样。

又坐了二十分钟，有总从书房把自己给摇出来了，颊上带着不太健康的潮红。谢老师开门见山，报告两套CD皆不可修复之事，并把自责的软话先倒了一大箩筐。

有总揉揉脸，像刚从遥远的无人区返回，脸上还有点疏离之色。好一会儿，他才消化了这个人间消息，开口骂了两句脏话，气息短弱，几乎听不清。录音对他来说，还是伤神的。

"晚上得把二子给叫来。沧是肯定要发作的。"他把脖子往边上扭，让开谢老师请罪的脸，"我家云清，也就给我留下这个了。你，去把最后那一张好的，给我多多地翻刻。我死了，随身要带走的。"

是啊，关键那CD的声音是云清的，真的罪过大了。更加殷勤地解释，"已存在电脑里，做了邮件备份，硬盘也拷了，还有云盘上一份。云盘什么概念？就是永远。哪怕保存人、保存人的后代都死了，那备份也一直在。明白吧。"

"不明白。我只要云清的声音。"眉毛哀伤垂挂，整张脸都灰扑扑的，老天，他塌陷在那里，看上去只剩一张皮了。老家伙啊，谢老师心里真是从未有过的对不住。

嘴里更加话多，"她的声音已经在云上了。你如果需要，可以模拟她的音质，把所有的故事重讲一遍，这个不难，大明星配地图导航就是这个意思。包括像将来你的话，整个人都能在云上。"谢老师努力往下说，尽量忽视有总的低落，"有一套测量摄影、动态捕捉之类的技术，能把你的音容笑貌给采集下来，再输入你的各种经历，结交的朋友，做过的事情，你喜欢系的领带，你讨厌的红酒，等等，所有构成你的东西，全都编码组合。最后——就成为'有总'数字人。"观察他的脸色，能把注意力引开就好，"这样你就在云上了，穆沧、王桑，他们的孩子，你的子子孙孙，随时能跟你在电脑里视频聊天，你还是现在这样的语速、用词、表情、手势，连口头禅都一模一样。真的，美国就有个家伙跟技术公司签下了这合作。七十八岁，比你还大呢，中东战争时做过战地记者……"

"才不要做数字人，跟打乌克兰延年针一样，纯他妈的扯淡。就让我好好地去死吧。你啊，是想采——集——我的经历吧。录音笔买得不错，好用。"眼神尖锐地扫过来，脸上一丝笑也无，"等会儿把河山也叫到穆沧那边去吧。你，也不许走，看把我家沧给害的。"

谢老师点头如仪，掏出电话就留言河山。遗嘱出来后，她怒气冲冲却又哈哈大笑地打了一个电话给谢老师。你们，干的这叫个什么事儿，太恶心人了。好得很，姑奶奶我不玩了，就算找出十个有名有姓的亲爹来参加婚礼，也不干！

这会儿，有总把她叫过来掺和，有什么意义呢，反倒把她跟王桑又凑一堆儿了。算了，正好瞧戏吧。

2

这回是一见面就吵上了。有总熟练地把声音调大，休息了下，他精神头好一些了。

已是晚上八点，王桑仍不甘心地趴在CD机前捣鼓。已换好睡衣的穆沧在房间外远远徘徊，不时看墙角的大座钟，很不乐意有人出现在他的睡前时间里。等河山又按着密码闯进来之后，穆沧更吃不消了。他在客厅中打转，像是人满为患、无法安身了。

　　王桑"腾"一下从房间出来，直冲到河山跟前，"这里可没外人来过。你，是想要耍沧，看能怎的是吧。"

　　对呀，谢老师一个大恍然，这太像河山干的事儿了。他可是吃过河山不少的瘪。从前去天水给她送东西，顺便带她出去吃个饭，前后也就几个小时的交道，回家来总能发现这那的。夹克背后给贴满卡通不干胶。香烟盒里塞满了白粉笔。有次趁他吃罢午饭打盹，剪过他头发，把后脑勺给弄得像大花脸，他忙着返程，出了火车站才知道。这些，还只是小学里的把戏。到她大一些，更出格了。吃饭时故意当着服务员面叫他老公。在他衬衫上涂口红印子。那时老婆还没去加拿大陪儿子呢，真让他费了好一番口舌。

　　隔着屏幕仍可以听出王桑的愤然，很少看到他这样不注意斯文的，为着老哥，冲冠向红颜了。有总点起头来，"瞧他护起沧来，还勉强能算我儿子。"

　　河山正兴头头地才进门，手里拿着奶茶和帽子，愣住，王桑嗓门简直都高亢了，"……要找乐子，要恶作剧，也得分个人、分个事情对不对。他都听三十多年了！"她慢悠悠地，脱鞋，换拖鞋，把包挂好，把布凉帽的软边理平，吱溜溜地喝起奶茶。不知是换了个新发型还是怎的，隔着屏幕也能感到她长发蓬松，飘然有风，别有一种郁葱活力，像把整个夏夜的神秘都带了进来。

喝了好几口奶茶，才慢悠悠朝向王桑，"我，可是做了件大好事，你们全家人都该排着队来谢我才是。我粗心了，没想到机子里还有一张。"停下，看大钟的时间，安抚性地冲穆沧挥挥手，"八分二十秒，搞个八分二十秒的沙漏。完了就上床。"她赶着王桑往房里走。

有总切换到房间。"我是两周前才知道，否则早动手了。你说，快四十的人，还在听三岁小孩的童话，难道要让他听到七老八十？这还怎么娶媳妇儿？"她把手抡个大圈，指向外面，声音强自压下，"看看他，睡衣上还是奶牛图案，每天看动画，玩拼图玩沙漏，还有这房间的布置，你们就成心把他埋在这里头，最省心是不是！这叫待他好？"

这一通责难，把王桑给弄得愣在那里，不明白怎么就理亏了，看看手中的CD，想起来了，"到底洒了什么？茶还是汤？可真下得了手啊，这等于传家宝，独，独一份，不可挽回……"王桑气得结巴了。

"不是茶不是汤，你绝对猜不到。"河山转身回客厅——谢老师把画面调成两个平行取景——沧盯着茶几上两只沙漏，河山默不作声地坐下陪着，看到八分二十秒到了，河山便把沧往房里带，神色颇是自信。

"三个方案，一、听《九色鹿》，只有这一张。二、听别的，网上多呢，你随便挑。三是直接睡觉，什么也不听。如果选二或者三，我会奖励你，一个……"河山寻思着。

"啪"一声，穆沧猛地打开河山正在掰手指头的细胳膊，又两手并进，推开两座山丘似的，把王桑和河山往门外驱赶，舌头在嘴里呼哧哧，像小火球在转。有总拍着沙发扶手，"来了，这就。"

不能怪沧，就照谢老师看，他也够意思了。《九色鹿》这一张，他已听了两个周末。谢老师今天一大早骚扰他两趟：取走修、没修好送回。王桑过来，瞎捣鼓。河山过来，两个人忽高忽低地吵架。这对他而言，等于全是变故。终于等到八点了，以为能一个人定定心钻进被窝去听妈妈的声音……而河山，还在叫他做什么选择题！

河山毫无防备，一下子给推倒在客厅地上，脚勾倒衣架，衣架上河山的包又带着茶几上的玩意儿，噼里啪啦甩到地上。王桑顾不上她，只管往沧这里扭身回扑，沧还没等他反身呢，已没轻没重地敲打着自己的脑袋，呜咽着，打着滚儿就往床底下去了。"他小时候就这样，一发作就钻床，那时瘦小，一滚就能进去，小猫似的，待几个小时不出来。"有总像是怀念的口气。

确实，穆沧而今肥厚，他那张单人木床也不是太高，当然滚不进去，只一只胳膊半只腿卡在里面乱扑腾。他急于把自己给掩埋起来，粗暴地就手扯下被褥毯子，没头没脸地往身上裹，继而又掀开床板，力气惊人，床板应声而起。随即一个翻身，直扑到床肚子里，不管那里头一团团的灰尘、毛衣子、小纸团都翻将起来。就这么着，他还觉着遮不住，仍在伸出胳膊到处抓挠，抓到什么都往自己身上扔。

谢老师悄悄看有总。他把眼闭上了。

屏幕里头，王桑正救火似的，四处找枕头、衣服、毯子，又到外头拿了三两个沙发靠垫，统统都扔到穆沧身上，堆得越多越重，沧的哼唧声也就越小，最后算是有点满意似的，可以看到他在里头，小幅调整着四肢，蜷起来，侧过身子，两手对握垫在脑袋下，跟他平常一样——分明就是要如此睡去了。

王桑歇下来，坐在灰扑扑乱糟糟的床边。客厅那边也是狼藉，茶叶罐子、面巾纸、水果，滚了一地。王桑隔着门，跟河山解释，"得有许多东西，把他给裹住，压得实实的，才能好点儿。看到他那个黄色塑料水杯没？带翻盖的那个。打小就用，绝不能换。但那个很容易坏，上学后又老丢。当时还没网购，后来就买不着了。就为杯子，他也是到处滚，滚得头、膝盖、脚跟全是血。好在后来查到厂家，从人家老仓库里找到两三大箱，管他用到现在。给我们泡功夫茶，那只是'讲礼貌'。他觉得那不是喝水。"

"服输服输，我是没招了，半条腿都要送掉了。"河山在客厅一步步跳着拾东西，看来脚脖子给扭了。

王桑听声音不对，起身替穆沧大概整理了下，把小房间门关上。到厨房转一圈，拿来冰块，用毛巾包了递去。

"指甲油。"河山把腿跷在茶几上，冰块冷得她直吸气。

"什么？"

"洒在CD上的，是指甲油，无色的。你知道穆沧那鼻子的，我洗发水换个牌子，鞋跟嵌到橘子皮，中午吃了炸鸡，外套上有消毒水味，一进门，他都能闻出来。我不用跟他说话，他差不多都能闻出来我白天都干吗了。他很讨厌指甲油味儿，跟他讨厌香水百合一样。其实干了哪有味道，我就是涂成无色的，他仍能闻出来，差点儿赶我出门——把我给气的，反正也用不上了，所以……"她大刺刺地把滴水的毛巾递给王桑，意思是要换。

王桑不接，"得抹红花油。睡觉前你最好再热敷一下。丁宁最懂这些。"这王桑，为什么提起丁宁呢。看一眼有总，跟老儿子穆沧一样，倒也睡过去了，他心悬太久，这会儿算是放心了。

谢老师起身换到侧边沙发，把音量调低点，舒舒服服抱个靠垫。想想老头子这摄像头的主意，绝透了，也坏透了。

"丁宁一直在跑医院，那事，不太顺。"哦，王桑要讨论这件事。怪不得有总要喊上河山，他想着让他们相互间勾连纵横。太贼了。

"你们实在要倒退回去，还给他听童话，下回我带洗甲水来，冲一冲，泡一泡，也许还能使。"河山不接王桑的茬。

"万一丁宁不行，就得靠穆沧这边了。看……情况，不能拖太久。"也是逗，两人各讲各的。

"就让沧发作一下，也挺好，还败火去毒呢。不有个说法嘛，小孩生一次病，就长大一点。"

"他现在最迫切的问题，不是败火去毒，是找女朋友结婚。"王桑顽强坚持。

"就照他现在这样，还结婚，还生孩子，你做大头梦噢。七仙女下凡都靠不了他的身。就我跟他走动了快三个月，他最了不起的，就是闻过我的丝巾、帽子、手套。哦，刚才他推我了！这算他头一次碰我，哈哈。"王桑审慎地没有接话，二人的对谈，像是从两头施工的大桥龙骨，算是合龙了。"我去看过丁宁。我知道形势。"谢老师再次惊讶了，遗嘱可真是神奇，河山与丁宁，完全不可能走在一起的两种女人哪。河山继续，"要照我的想法，就带他出去，广场、商场、电影院、快餐店，慢慢地带女孩子跟他接触、谈谈……说不定还有可能。"

"你呢?"王桑声音虚虚的。

她眼珠一瞪,"本来拉郎配就够丑的,再来个狗屁遗嘱,丑上加丑。想想我,好歹还是个人吧。你们不当我是,我得当自己是。"她装出受污辱的样子,绷了一会儿,还是笑了,"是,我欠着你们穆家的大恩大德,别的卖不了,卖苦力吧。我来负责把穆沧调教出来,再张罗女朋友——你呢,忙你那头。"

王桑把脸往下埋了埋,镜头看不到他的脸。他是怕自己扛不住吧。谢老师绝对可以推想到,河山那杀人如麻的一张脸,野马驹的性子,野藤疯长的经历,亦侠亦盗的做派,对王桑来说,一定是致命的,艰难的。

谢老师看到他捋一捋脸,首鼠两端的样子,"我实在担心,没什么人能合适沧。也担心丁宁生不了。最终两边全踏空。"

河山轻蔑打断,"别这个死样子好吗。你是真不晓得,钱有多大本事?我们三四个人一起想办法。小孩嘛,肯定能搞出一个。"谢老师看一眼有总,他还在沉睡——瞧瞧你这了不起的干女儿,她就是这样拎得清主次、分得清利害,并且把几个人都搅在一起了。王桑也终于露出一点笑意,他的压力与苦衷,算是有人替他分担了。

"话说前头,指甲油才是第一步,后面我还有动作。"

"你打算?你要知道沧……"王桑试探河山的计划,难掩忧虑。谢老师也一样担心,就像她对CD动手脚一样,像她心血来潮地开公司一样。河山确实对生活充满了热情,但那些热情似乎都太蛮横了,最终都以搞砸而告终。

"哟，快十点了！我这脚可怎么弄？快点送我回去！"河山像怕泄露计划似的，戛然中止对话，"我要回去做面膜、喝牛奶。这是跟穆沧学的，我现在也做每日计划，越刻板越管用。"

3

谢老师尽可能地轻手轻脚挪动，关电视，关灯，拉帘子。有总却醒了，"走了，都？"

"我看，西北那边，不用去了吧。"谢老师犹豫地问，"用她的话来说，找十个爸来也没用，她不玩儿了。"

有总摸摸下巴，"当然去！她不玩，我还要玩呢。反正，新娘变红娘，也没赔太多。"像一个中途打盹的电影观众，看来他并没有错过最主要的情节。

"您既然醒了，那我就顺着河山那思路，附议几句。"嗯，他要观棋而语了。自从有了那个打算，打算把重点转到穆有衡和他的儿女们身上，他真不大甘心只作壁上观了。他想试一试，稍做干预。干预的原则是什么？为着他们命运的最佳走向与最大利益，也为着他红皮本子上的起承转合，更加典型、更加来劲。谁能说这二者必然是矛盾的呢。

"说。"

"给沧介绍女朋友——河山那性格，您也有数，恐怕我得掺和着把把关，再说她那圈子也是有限，能认识几个？搞不好再来个孤女什么的。"

"你那圈子也不行啊，全是小号老头儿。"不屑，但并非拒绝之意。

"没说我的圈子。根本不用圈子。我不是跟您讲过的，看不见的生产力。现在搞事情，就是从一个亮闪闪的小屏幕到另一个亮闪闪的小屏幕，轻轻松松就打通。"谢老师故意讲得十分洒脱，"只要发布一条消息，标题十个字。就坐在家里等着吧。"真要这样干吗，谢老师其实也有点吃不准，可是，诱惑太大了。"富二代、阿斯伯格征、遗嘱"，数数看，正好十个字，如果把阿斯伯格综合征换成大家熟悉的自闭症、孤独症，那只要八个字呢。应当搞起来。起码来说，对这样一个挺稀罕的穆沧，也就人尽其用了。

"这是要公开征婚？"有总有点惊骇，"你这是把我当多大的富豪了？再说，那一个个的，冲着钱来找穆沧，能好得了？"他这话说的，难道会有人冲着穆沧的阿斯伯格综合征来吗。

"放心，就发一个小视频，该来的就来了。主动权在我们手上，走一瞧二看三。起码的，能让沧多跟外人接触。"是的，谢老师也在内心同步强调，这事当然是为着沧好，他并没有做得太过分。

有总怔了一会儿，看看电视机，屏幕已被谢老师关了，可他一眼不眨的，好像仍能看得到，小房间的黑白阴影里，四十岁的穆沧像只奇怪的动物，没头没脸地藏身在乱蓬蓬的床肚窝里。他长叹一声，用几乎是否定的语气同意了："出去走两步也行，记住，千万别难为沧。我可压根没想过，要在网上替他找个媳妇。"

六、风马牛

1

昆剧团是个老院子，院中树高，花草亦盛，四季皆有鸟鸣，还有野猫盘桓。王桑喜欢这里。沿着窄窄的灰色走廊，经过一排行政区，便到了木门木窗的排练室。木良已上了妆，定睛细看，才搞了半边的底白腮红，勒头勾面，立眉吊眼，另一半还是净头光面。木良点头："上完了，就是一半。"

还以为又是请到哪位老前辈出来密授独门绝活呢，或者起码是一个响排。不像。偌大一个排练室，只木良一人。响器么，就是放录音，还得让王桑替他按起始键。木良不一会儿换好戏服上来，又是怪怪的，盔帽、箭衣、坎肩、红大带、绑腿、薄靴，皆只着半身，另一半，是衬衫领带长裤皮鞋的现代装束。这一半对一半的拼缝服饰，界线分明，猛一瞧上去，木良像是被劈成两半又合二为一的古今一人。

照木良的吩咐，王桑替他放出伴奏。一个人圆场的亮相后，便是半个字一吞，两个字一磨的〔点绛唇〕"数尽更筹，听残银漏……那搭儿相求救？"王桑也认出来了，木良那半身戏服，可不就是林教头的一身行路扮相。

此际，木良正侧身走边，以林冲面目示人，脚下迟疑难行，是披星戴月中的进退维谷，奔藏难定。忽地锣音中分，木良一个背身，一阵子地鼓猛梆急、渐停至止。他换个侧身，是现代装束的这一半，街市喧嚣而起，停车报站、轨道声、刹车、电动打桩、警报拉起、游戏枪弹电音。木良脚下仍是武生的基本招式，圆场、搓步、飞脚、跨虎、探海、射燕，缥缈裂帛的遥遥吟唱中，一只厚重眼袋的现代人独目，空洞地逼近凝视，寻觅中远去……锣钹半空刹音，一收一放，空气震颤，又见林冲从舞台深处缓步而来，一声清笛绕耳伴送，"欲送登高千里目，愁云低锁衡阳路。鱼书不至雁无凭，几番欲作悲秋赋……丈夫有泪不轻弹，只因未到伤心处"[1]。

伴奏音还没完，木良打了半个圆场从左侧提前下来了，到底也是坐五望六之人，脸上汗滴，喘气不匀，"哈，怎么样？小玩意儿，权当练练腿脚。"王桑慌得直拍手，又感慨又支吾，木良这一出乱搭，不知是个啥，可内心有种黯然神伤被唤起，令他沉痛。

木良脱下戏服，里面一层水衣已是汗透，对王桑自嘲，"《夜奔》是出熟戏，到哪儿都唱，年轻时演太多了，真觉得自己有些林冲附体，每逢到不畅不遂之时，脑子里便全是这戏里的腔调。想小时吃那许多苦头，师傅一步步带出来的身手功夫，全半拉半废了。这老身子骨，拖着这老昆曲，一半是我木良，一半是他林冲，两个都不晓得要往哪儿奔。脚重千金，眼望无处——那搭

1　［明］李开先《宝剑记·夜奔》。

儿相求救，那搭儿相求救——"似又入戏，唱将出来，隔着落地大镜，木良头顶上银发闪动，汗珠晶莹，那一腔裂破的悲清，真是如水断流，如日坠海。王桑拍手叫好，掌声在空空的排练室回响。木良抹把脸，倒不好意思了，"耍着玩的，解一解闷气。你别见笑。"

"不是玩耍，是正题。容我，再消化消化。"王桑晓得木良的意思了，这《夜奔》，是他的一句捎话。这老兄实在太知趣了，后来再没提过昆曲进凹九演出的事。他越是不催问，王桑越是心中如堵。

昆曲与凹九空间，表面上看，是有点风马牛不相及，这倒也无妨。凹九的大部分项目也都是表里分离的。

刚到凹九时他接过一个项目，是配合区里的艺术周，做一个古琴主题的分场。王桑一听，起了点小劲头，脑子想到伯牙摔琴那寥落的千古义气绝响，遂跑去图书馆古籍部做功课，打算把琴师传记、流派史料、古琴图谱、古残曲谱等做一个专题展，再到档案馆看能不能借到一些早年演出的影像资料，在现场做播放，岂不美哉。

方案被否。这太沉闷了，艺术节要有节会的热闹气氛，要有群众的参与感！随即听到一位双下巴的领导提议改成古琴齐奏表演。齐奏？王桑直挠耳朵，以为听岔了。定睛一看席卡，提议的是青春广场的管委会主任，正是凹九的现管土地爷。这个好呀。立刻有人附议并阐释，脸膛都亮了，看过千人太极拳的航拍镜头没，还有钢琴大师与百名琴童的广场合奏？我们隔壁的市，去年重阳节搞老人书法表演，九十九个老人一起写大福大寿大喜。绝对震撼！我们可以借鉴一下。

王桑把舌头往牙齿下压，一、二、三，不等数到十，说服了自己，索性主动参与讨论。嗯，固然是齐奏，也要体现出多样性。得找到八十岁以上的老琴师，鹤发童颜。还有小萌娃，都没古琴高，垫个小板凳弹。少女也要有，她们适合镜头特写。还可以找些有故事的人物，比如，双胞胎或父子上阵，退休厨师痴迷古琴。服装统一成改良汉服，再找化妆师做复古造型……赢得双下巴及众人的通过。后来的场面很壮观，几十号琴师手挥五弦，目送飞鸿，看上去极有气势，各方评价都很满意。王桑借机给凹九添置了一块高清屏，仍是把大师影像、名琴图谱、古残曲谱等做了呈现，虽然没几个人驻足细看，他已不大在意了。本来这跟古琴本身，就是个十万八千里。

包括经常在凹九做赏析品鉴的"胶友会"，入会门槛挺高，据说每次都能听到一些珍稀藏品，七十八转黑胶的周璇《疯狂世界》[1]、马连良全套六张《武家坡》、百代的张友鹤《平沙落雁》什么的，市价少则两三千，高的两万块都拿不下。但进场有服装要求：得着三十年代装束，男士中式长衫或旧版西装，有的还戴礼帽，挂金表。女士们是复古旗袍，配折扇绢帕什么的。这一个个儿的，是来听老唱片的吗，不是风马牛又是什么。

所以瞧着吧，表与里的不相及，恐怕就是当下一种参差不平的运转法则，求仁得义的方法论，滚西瓜捡芝麻地图热闹呗。他实在有点不大忍心，让昆曲也这样地来蹿入其中，从昆出发，最

1　1943年，中华电影联合公司出品的电影《渔家女》插曲。

250

后所得到的，还是昆吗。

哪怕就是宣传吧，莫名地，先就要自宫一刀。比如凹九的专家讲座，主题"二十四节气由来"，报名人数准上不了五十。改为"二十四节气养生"，满座。主题"秦淮河掌故"，不行。"秦淮河女子图鉴"，爆满。类似的，反复灵验——人们仿佛有种天然的对下坠力量的服从与呼应。

还有钱的问题。就算木良愿意免费献演，这场子也未必排得上，真排上了，王桑还要管他木良要租金呢。别看凹九空间这里往来客稀，但它在某种评价体系里仍然算是一种资源与平台，一年之中，各种官方或半官方的讲座、对谈、展览、颁奖等，也是叠床架屋排得挤挤挨挨。尤其到金秋十月或辞旧迎新之际，展区需要分割成若干，大展套小展，长展搭短展，全是踩着脚后跟贴身而上的。就上个月，影视协会在这里做过一个短视频大赛颁奖，王桑远远搭看了几眼，规模着实盛大，屏幕上滚过白花花的获奖名单，领奖者首尾相连有如长蛇。拉住一个熟人问了下，"砸这么多奖金？"对方笑了："短视频就是当代唐诗，要大力推广。"

当然，王桑没有任何意见，以文化人嘛，多多益善。只是一想到昆曲，心下就发疼，昆曲能对冲得了这样的大阵仗吗。纵是怎么样的人山人海，怎么大一张大饼，都被这个那个的声光电色给瓜分掉，咬光了、嚼碎了，昆曲哪里还能插得上脚呢。

这些还只是外部障碍，最主要的还是人楼里的那些咸鱼记忆，总没法淡忘——草包、纨绔子弟、扶不上墙、泥人儿。王桑心里确实也有驳倒与自证的意思，起码想让那老家伙明白，世上除了流金淌银与升官晋爵之外，还有些不现实、无意义但同样是了不起的事情……越是想得多，心里越是瞻前顾后，寡断难决。他并不怕再次成为咸鱼，成为草包，可这，是昆曲啊，他唯一在意的东西，万万不能搞砸了。

2

从昆剧团出来，王桑又沿街面走了一圈。正是下班时分，沿街的店铺和大楼，往外吐出一堆堆模糊的身影，文书、护士、会计师、花工、实习生、主任、店员，夜色像镪水一样，慢慢溶化掉他们的职业性外壳，现出本来面目，他们是两个宝宝的妈妈，是秘密情人，是家中小幺儿，是懒骨头，小气鬼，是猪大肠爱好者与外星人幻想家。他们都向某个确定的方向赶去，为即将开始的属于自己的夜晚。

王桑羡慕地踟蹰着。他比原来更怕回家了：这又要拜谢穆某呢，随随便便扔出一个遗嘱，就把他们夫妻都变成了磨盘上的驴。自开始不孕求诊后，丁宁似有种碎片归齐、一叶障目的变迁。比之从前那趋前绕后的贤惠，王桑更感另一种不安。

她每日一睁眼就是测体温，做记录，到卫生间去收取晨尿，把测试条整整齐齐依次贴在专用簿里。卫生间塞满量杯量器和古怪仪器，有一个落地台灯般的玩意儿，他请教过，说是红光暖宫器。她的子宫太凉了，而生命起源，当然需要一个温暖的地方。

她有单独的食谱，听上去简直歪门邪道——鸡蛋是专门代购的初生蛋，说是含有天然孕产激素。豆浆一定要用黑豆磨成，黑豆最像什么？肾。菇类中以金针菇为最佳推荐，因其有"精子"相。丁宁自己也承认说这可能是玩笑，但，总没坏处对吧。晚上王桑到家，扑面而来的总是一股令他窒息的榴莲味儿，丁宁解释道，此物殊异，对增厚子宫内膜有奇效。还有老中医的各种汤剂方子，经期服用、卵泡期服用、排卵期服用、排卵后十五天服用，轮流煎熬。临睡前半个钟点侧卧艾灸，烟雾弄得王桑直打喷嚏。

还有一些说是可以改善宫腔环境的古怪运动，仰面躺下，两腿贴墙高竖，刮雨器一般，一会儿相对而刷，一会儿同向而刷。王桑有时冷不丁瞧着，觉得她像一件物体或家具，而不是妻子。这一定也是她想传达出来的信息——能明显感到，丁宁的这些努力里，有种兢兢业业的表演性，看看吧，上穷碧落下黄泉，多滑稽多麻烦的疗治方案，我都勤勉执行。她是故意夸张的，甚至带点敌意，以突出求孕这个行为的工具性和服务性，讽刺他们这一对提线木偶般的婚姻扮相。

多么荒唐的背离……总叫他想起庄子成大道的《蝴蝶梦》，是跟木良跑去上海看的。记得回程火车上，木良一直在喋喋地讲旦角的技术，对着一座看不见的坟茔，她忽开忽收，时泣时怨，举扇、藏扇、遮扇、踮步、蹉步、碎步，变化万千地扇了十来分钟。跟你讲过扇子的讲究没？我们行内有句口诀，"文胸、武肚、轿裤裆。书臀、农背、秃光郎。瞎目、媒肩、二半扇。道领、画神、奶扇旁。"什么意思？文人坐卧优雅，小折扇只能扇到胸。将军武夫，扇子宽长，扇风重心落在肚皮上。抬轿拉车的奔波不息，束腰结具带盘缠，故最热的地方便是裤裆。道士和尚穿着规整，四不透风，只有脖颈有隙，故要扇那领口。媒人卖婆二爷这类人物因要奉承拍马，看别人脸色吃饭，故总是一半扇自己一半给别人扇，这叫二半扇……

王桑嗯嗯啊啊地听，脑中所念的，却是这戏里的角色兼饰。扇坟妇人与庄子之妻，系一旦分饰贴旦、闺门旦，到《劈棺》一折，还有翻身跌扑、杀气腾腾的刺杀旦身手。风流王孙（巾生）与庄子本人（末），亦是生角两分。而庄子所梦见的骷髅与老蝴蝶，也是同一角色，杂丑兼工——演员功夫且不论，更大的意思，在于彼与此、此与彼的互为幻化，本质互通。细细品呃，实在叫人震颤。

他为甚着迷昆曲，不只是木良说的那些技术拿捏，更是这些角角落落的无限回味。别看它是老而又老，可常常对应着座下客的此时此在与烦恼块垒。谁不是多角于一身？谢老师、丁宁、穆某、河山，这都不说了，包括自己也是。对穆某和金钱的立场，实则还是怯弱和口头主义的。对昆曲的投靠，软弱而无能无为。更伪善的，是个人情感上，似乎对圆圆脸始终心意难平，不管是宣称丁克还是违心求孕，都挟带着对丁宁的怨念与折磨，而与此同时，又在河山那里，翻腾起可恶的力比多，俨然是蝴蝶梦的梦中之梦……

那天不是扭了脚嘛，送她回家。租屋很远，穿过江北隧道还要再开十来分钟。河山把头伸出去，照车侧的后视镜，"这样看最有意思了，瞧着后面车移树倒、路跑水走，一辈子都在路上似的。"王桑转弯，镜子里能看到她的半张脸，明明暗暗变幻，"其实也蛮想做文化人的。可惜四年师范玩得太狠了，简直把中学里念的都倒贴过去。像你啊丁宁啊谢老师啊，肯定都瞧不上我。只有穆沧没问题，只要我不涂指甲油就好，哈哈，他瞧得起我。"隧道里气流涌动，声音听来嗡嗡的。她把车窗摇上，抚弄头发，余光可以看到她妩媚的姿态，"对哦，你在凹九空间，馆长是吧。哈哈，幸会！"她换了一种声音笑，嗓子里摇起了小铃铛，"我经常去你们那边的，那可是艺术大本营啊。"

王桑并不相信，出于礼貌，"那你，对我们的展，感觉如何？"

"你们的展都太老实了，没劲——只记得有个水彩个展，画家名字我忘了，笔触滑溜溜的，跟重磅真丝似的，他画蛇皮袋、破热水瓶、工地砖头、老人打赤膊，还有冬至烧纸钱。那个好，真的好。尤其喜欢烧纸钱的那张，半空中飘的那个纸灰啊，看得我胳膊上起了一层汗毛。"

她直觉真蛮灵啊。这是四五年前的一个展了，那画家不久就北漂去了，后来价格蹿得很高。"还有吗？"

"我喜欢不管不顾、随意打滚的东西，你们那儿可没有。比如，有个女艺术家，照着网上一张陌生女人的照片，开始'搞作品'。自己增肥，长出双下巴，脸上点痣，穿豹纹和皮衣，厚嘴唇涂得血红，满头的碎花卷，脖子里还有条假钻石链子，完全打理成网上那个陌生女人。然后她就带着这个'别人的'躯壳，去重新办理各种证件，出入各种场合，与家人朋友同事相处……这作品神经兮兮吧。感觉我这一辈子，跟这一样，就全是在搞行为艺术。哈哈，你们看到的，身份证上的，只是我扮的一个人，她叫河山，可并不是我。嗳，你听明白了吗？"王桑犹豫地点头，没想到她这么不喜欢自己。

"对，你们凹九有个特别牛逼的'四月天'读书会，每月两次线下，呀，可全是名媛式主妇、CEO、女高知、女精英。她们太能读了，搞得自从加入读书会，我就从来没读完一本书！"河山确乎是有点惶然的口气，几乎听不出讽刺。"最多也就只能记得书名了。"她抑扬顿挫地报了一串，"黑人平权运动史。亚马孙丛林生态报告。意大利教堂壁画赏析。颜料史。16和17世纪英格兰大众信仰研究。她们在书上贴了各种颜色签，做读书笔记，讨论时还争吵，然后说对不起，对不起完了再继续吵。实在太逗了。坐在她们中间，觉得我自己，也挺逗的。"

王桑能听出来这个"逗"，滋味复杂，生活的经验与阶段绝然不同，河山是真的想不通，为什么要关心亚马孙丛林与英格兰人的信仰。同时，她又为自己的这种想不通而感到挺不舒服的，于是又故意调侃自己……她的那些浑不吝与随随便便，也许同样是出于这么一个"逗"。王桑心里忽然有点替她疼痛，更感到一种说不清楚的，想要代表读书会又不止于读书会的抱歉。

"那你，干吗还要参加呢？"轻声地问。

"哈，我不是要吃饭嘛！"河山惊讶地高抬眉毛，"你真是公子哥儿做惯了，公家饭吃惯了，都不晓得，饭是要找，才有得吃的。我不是做少儿艺培嘛，看能不能在她们当中，发展一点客户的。"河山叹息一声，他嗅到一股熟悉而可厌的气息，果然，她滔滔然往下，"我一直在找个场地，想做一场师生艺术联展，推一下我们的艺培招牌。场地也不见得要很大，书法绘画全上墙，器乐做现场表演，再请一些……"

王桑立即打方向灯，一个急刹靠边。他还傻乎乎地为她感慨呢。不消说，她是看中了凹九的那个活动室，这话只要一起头，后面肯定埋伏着更多的要求，这种"洽谈"模式，他太熟悉了，每天上班有一半时间是这样的接待——对方总是先从宏阔的艺术话题开始，抖搂某些显赫的资源背景，扯拉出拐七拐八的圈内关系，然后就来了，租金上能不能打折，展期上可不可套一个双休日，能不能请个副厅以上的领导嘉宾，请个什么协会的副主席……事情并不算事情，主要是反感她这样不紧不慢、非常老练地来利用他。

他打开车内顶灯，光线扎眼地刺下来，"得罪，恐怕我得招呼打在前。我从不把私人关系带到工作上去。"

河山正愕然抚胸，"吓我一跳，还以为路上冒出一只野兔。"继而大笑，"倒是要请教一下，你我之间，有什么私人关系？起码现在还没有。还是你心里已经有了？暗示我将要发生？"

王桑不语，河山这诘问搞得他无法接口，也觉得自己实在反应过激。她这就是一场少儿教育类的小活动，找个由头打个折扣也不是不可以。但不行，只要跟河山有关，脑子里似乎总有种脏乎乎的刺激，叫他敏感又警惕。

同样是副驾驶这个位置，丁宁坐着，随便她在说什么，哪怕说着说着能哭起来，他都能老和尚入定，如一件铁布衫把自己罩得风雨不透。可河山坐在这里，他的感官就可怕地升级了。睫毛眨动。蓬松的头发。细白的右手伸过来握住安全带，指甲有珍珠样的光泽。鼻息轻柔，蔷薇般的味道……他十分清楚这些反应的荒唐，他对河山，都谈不上赞同或欣赏，更遑论爱。但切切实实地，就是能感受到身体里一层层泛起的亲狎肉欲，以及对那种欲望的无限愤怒。

心理上感觉太疲劳了。后半程的路上，再无交谈。

"到了。就停这里。"看到她低下颈子，左手摩挲扭伤的脚背，右手指甲敲击车玻璃。

王桑绕过去扶她，借助她的肘部，搭一点腰肢，承受她大半个身体，软绵绵的千金之重。他绝望地想着几步之遥的租屋，要送她上楼，要进屋子里吗？又想起谢老师那个评价，含糊而服气的口气，"嘿嘿，有意思，她可真是有点儿意思。"琴挑、踏伞、佳期、幽媾。[1] 月色在天，佳人侧畔，露冷霜凝，衾儿枕儿谁共温？各样的戏里风流，一起在脑子里煽风点火。

"给我点根烟。你也吹吹风吧。"河山十足看透他似的，停下来靠着个邮筒，"心里有点动火吧？哈哈，我特别熟悉这种表情。是不是觉着我太随便了，就这么个小破艺培机构，搞个小破师生展览，居然还跟你套近乎。也对，你是特别爱干净的小白兔，家里堆着金黄的胡萝卜呢，可以啥也不沾通身雪白。我，可是要讨生活的人，明白吗，就得跟手上有权的人打交道，哪怕是小指大的权力。确实好办事，还能省银子。哦，别这样子，还同情上我了吗？得了，可轮不到你。"河山"哧"地笑起来，她弹掉还有一小半的烟头，又让王桑给她点了一根，火光一闪，照着她的脸，她那双灼热的眼睛，何止是火苗，是熊熊怒火和毫不留情的奚落，"真的轮不到你。从穆沧那儿第一天见到你，就瞧出你是个空心稻草人了，既劳不了心，也劳不了力，还瞧不上这，看不上那的。有意思吗？你真喜欢自己这样，整个人都'不存在'？

---

1 琴挑、踏伞、佳期、幽媾均为折子戏名。

要不是看穆沧面上，我都不想跟你这种一点儿不实用的家伙啰唆。"

她扔了烟，抬抬下巴。王桑重新搀扶起她，往楼道里去。扶着她肘部的那半只手，遽然凉了下来，如临深渊的罂粟时刻，过去了。

"嗳，我有个独门秘方儿，不妨告诉你。其实你刚才也看到的，就是照镜子——你就使劲儿盯着自己看，往镜子深处看，你会看到的：你愿意活成什么样儿，你应当活成什么样儿，而绝不能是别的什么样儿。真的，镜子会照出你来。"

……河山的那一长串嘲笑，直到此刻，仍像一把碎针扎在耳朵里。王桑站起身往家走。什么照镜子，不需要。他知道自己的皮相，知道脸上的经纬残痕，韬略隐约，还有看不见的怯懦。夜色深了一些，街对过来来往往的面孔更加影绰了。路灯、车灯与店铺灯光两两交投，形成一种流动的舞台感，似又看到盔帽箭衣装扮的行者林冲，正侧身穿梭，在庙堂与草莽间奔走吁告，定夺此身……近了又远，清晰了，模糊了，电光石火，迢递接续，从箭衣绑腿到西装革履，苍茫大地山明水暗，一代代人在勾连之中彼此慰问，分担困境与痛楚。

一阵鼓急锣催，梆子叠响。王桑忽然间心如沸汤，凄凉近喜。他当然知道，自己想成为什么样的人。

七、录音笔

1

接着说，说我跟吉祥。

一个人会死两次，到世上再没人想着或讲着他，就是第二次的死，彻底的死。我不能让吉祥死。老伙计你可给我记好喽，等你克隆了，你那些狗兄弟狗儿子狗孙子的，也得把我跟吉祥的故事一代代地往下记。

要说这吉祥，首先一条就是胆子大，舍得一身剐。只带一个头两只手就去了深圳，整两年都没声没影儿，偶尔通消息，听来很不稳定，建筑工地，开饭馆，电子厂，倒腾配件生意。第三年春节，他回来过一趟，黑瘦黑瘦成了个南方佬，讲话也油里油气扬着尾音。他坐下来，一只腿压着另一只腿直抖，"我替你蹚好水也铺好桥了，你这小马不用过河了，直接跟我走就行。电子厂有个副段长是我兄弟。你想去建筑公司也行，咱老资格的兵，做个工头问题不大。开馆子也准保火，那边全是外地人，什么菜都有人说是他们的家乡菜。"

我那时啥情况呢，比三年前吉祥走的时候更不如。机械厂早是空架子了，只发三成的工资，别的就是发铁锅、刀具、水壶、瓷脸盆，还发过剃头家伙、小五金套。收不了回款，下家就拿库存的玩意儿来顶，搞得家里跟杂货铺似的。吉祥到我家里玩，弄个瓷盆顶在头上，拿一只螺丝刀紧敲慢敲，二子那嘴巴，小雀儿一般，随着那点子，能数到三位数。谁不夸我家二子灵光，一条街的聪明都长他脑袋上了。我每天给云清上香，告诉她，王桑会成个大人才的，咱没白生。

我也是铆足了劲儿，从幼儿园就开始下血本。提前一年半就开始给他跑最牛的省级机关幼儿园，那个得有指标，可比跑二胎指标还要难，人托人的，一直托到一个足够大的干部，大到他可以直接批条子。就从那个时候起，包括还有后面好多事情，反反复复的，都让我晓得一个道理。什么叫人上人？没别的，就得做官老爷。所以我是铁了心的，得让我家最聪明的脑袋去给咱穆家出这个头，做官老爷去。

总之，咬牙跺脚的，我把家里能搜刮出来的底子都去变了现，一路地下"药"，也不知倒了几手，终于置办出个指标来。我这里刚办踏实，吉祥回来了，可真会挑时候啊，我家王桑的省级机关幼儿园不要了？再说，开餐馆、当小工头，还不如就跟这破厂子一块儿烂到底，不下那劳什子的海。

吉祥没吭声，转回南方去了。又隔三年，记得是天还热着，二子刚开学，事先也没知会，就直接晃荡到老机械厂宿舍楼来了。数一数，真是左三年右三年啊。前些年我到卡拉OK厅，看大家都唱得差不多了，我就插空点这首，不唱，只一遍遍听费玉清的原唱，搞得别的人都笑我，说怎么会喜欢那软绵绵的女腔呢。他们知道个屁，这是为吉祥点的，我每听一遍都感慨万千。左三年右三年，吉祥真是实实在在待我的。他又去蹚了三年的水，重新回来，要带我过去。

确实，老松果啊，这回吉祥可大不一样。真皮腰带、花衬衣、大金表，还架个墨镜，跷起腿来，大讲天下形势——香港都要成为特别行政区了，晓得这什么概念？那说明！你动脑子想想！内部消息，上海下半年就要开证券所了，我们深圳听说也快了。还有开发区，动作大的，东一个西一个全要起来了，像浦东，离你多近啊，真可以去看看。可惜我们离开部队太早，啧，现在可是玩大了，都给联合国做军事观察员啦。他天上地下地吹，唾沫星子五颜六色，我这里却是越听越着恼。

我一把把他的墨镜给扯下来，先发制人，"大哥你这是踩着点子来的吗？我家二子才进的省实验小学，课桌板凳还没坐热呢，晓得我前面铺了多少票子吗。绝不能放手！只要，只要踏进省实小，就等于一只脚踏进师大附中，而一只脚踏到师大附中，就等于半只脚踏到清华了，而半只脚到了清华你猜怎么样？"吉祥瞪着我，觉得我多愚昧似的。我索性一口回掉他，"他会替穆家的祖祖辈辈翻出大官牌子来，成为人上人。我不去，南边就是天堂我也不去。"其实也是嘴硬，那是九〇年了，老机械厂连空架子也垮了，各种小道消息像野耗子乱窜，有说要变卖厂房设备遣散回家的，有说要圈地划到高新区的，有说连人带厂囫囵着打包卖给台湾商人的。吉祥可能也都听说了。

"就猜到你不肯动！哈哈，我有两全之策。"吉祥把墨镜又架到眼睛上，好像只有这样他才能讲得比较地高级。他举起右手，"咱不耽误你家王桑做大官老爷。"他把右手举得超过头顶，代表官老爷，"你呢，就近，就在郊区，去开个水泥厂，我跟你讲，不出三年，最多五年，那可不是王桑一个人，是你们全家，包括小沧，就都是人上人了。"他现在把左手也举过头顶，两只拳头彼此呼应，"穆老弟啊，给你讲个硬道理。有一样东西，是能跟人上人平起平坐，去叫板，甚至能压过一头的。啥呢，钞票。现在外头什么形势？完全就是赚钱的形势。我们特区都搞十年了，你还畏头缩尾的干吗呢。忘了我们当初吗，你把人家女同学的菜糠疙瘩饼都吃了，我呢，他妈的是靠蚂蟥血来填肚子。所以必须的，我们俩必须要发大财，要赚上大把的真金白银，连家带口的，肥肥地过起日子啊。"

他讲得这样雄阔，真挺澎湃人心的，松果啊，听得我也有点烧热起来。这都是最贴己的话，讲到我心尖儿上。他算孤家寡人，我可是有两个儿子啊，当然比哪个都想要过好日子。更何况，他所提议的，在郊区搞厂子，这有鼻子有眼的，听起来操作性就强多了。我二子的重点小学能保住，沧也能住在他习惯的老宿舍楼。我抹一下脸，感到脸上烫烫的。我开始认真听他讲。

我为什么叫你搞水泥厂，讲个简单的背景。省道国道你晓得的，修得够漂亮吧，以为那个就了不起吗？切，那都太慢了，现在全要搞高速。沈阳到大连算是第一条，上个月刚开，呼呼跑上车了，接下来到处都在弄。我这几年，做的全是跟路有关的生意，太好做了。所以我想着，你就先从水泥上手好了。放心，东西南北全中国，都是大工地，所有地方都要浇水泥。你就等着数钱吧。

吉祥把起头的本钱给我备上了——他说，回头深圳交易所挂牌，他就不去赶新鲜了，情愿投在我身上，赚了有他的份，赔了他也认。这话恐怕也是为了让我心里自在点。总之就这么的，我开了衡祥水泥，我的第一个厂，那年我已四十岁了。后来我所有的公司，名号里都有一个"祥"字，但再没带过"衡"字。没人知道为什么，我告诉你，我只告诉你。不是因为吉祥帮了我，是因为，我把他这个人，给弄没了。

现在想想，事情，都是前一个生后一个的。衡祥水泥，就是后面所有事情的爹妈。

嗳，老松果，别眈着，喝点水？肖姨——

端的这是什么。唔，鸡头米。不用你喂。小谢？又来了。那行，松果你打会儿眈吧。我其实也累了，咱都是要入土的老家伙啦。

谢老师也在喝鸡头米羹，一边恭维肖姨火候把握得好，沸水下锅，得掐准在三十秒到四十五秒之间起锅，多搁一会儿，那鸡头米就被糟践了。"今天这是大补哇。补脾止泄，健脾益气，固肾涩精。"行话张口就来。有总最初做保健品，谢老师给定了两个宣传策略，一个是抄古书，抄老医书。谁不听老祖宗的呢，哪怕有点拗口，那更镇得住。再一个策略是大白话，简单浅薄，颠来倒去地重复，最能说动那些有耳朵没主张的人。

见有总歪在轮椅中，带着病态的腮红，疲惫地把自己从书房里摇将出来，谢老师有点不忍，尽量简单地只说事情，"有这么个情况，得来报告下。"

穆沧的事。他跟河山有个分工，她给穆沧做社交训练，谢老师则负责征友。他已到穆沧那里拍了些镜头并精剪成了一条短视频，展示沙漏拼图飞行棋等穆沧的"特别"之处，同时也老实交代了，因"知名企业家"父亲健康状况欠佳，希望从速完婚得子，以承家业——谢老师希望有总不要介意他实话实说，信息要充分直观，交换才能准确高效。这跟商业合作是一个道理。有总眯眼歇着，漠然，显然对此事毫不指望。

那么对女方，提什么要求呢，这相当于给大数据加筛选公式，得好好盘算。来跟有总商量的，就是这个。最好本地人氏，年龄相当，恐怕还得"容貌姣好"，别以为沧啥都不懂。谢老师查过，自闭症也好，阿斯伯格综合征也好，对异性的容貌，是有相当的反射。这也可以解释，穆沧对河山，明显比对丁宁要亲近得多。除了上面的条件，谢老师还想着，最好对方也有点特长爱好，这比较方便找到聊天话题，没准这样的女孩，也能多理解穆沧一些？

有总睁开眼，不耐烦地打断，"最根本的，你给我问问那些姑娘——如果手头有好多钱，最想要干什么。不就冲钱来的吗，我倒有点好奇。"

"这问题好，我保证每个人都问。另外，去西北的事。"谢老师假装顺便提一嘴，其实这才是他今天真正要问的。穆沧征友，那多少带点玩耍的意思。河山寻亲才是正经。河山越是做出那要强的样子，他越是想帮她，"您上次好像说，有啥资料？"

"没资料，只有点小故事。"有总瞅一眼书房，又看看肖姨脚下的松果，肖姨正给它梳毛呢，梳子上一会儿就一大簇了。最近掉毛太厉害了。"我会跟松果讲的。要不你回头再问松果吧，松果哎——"他亲热又苍凉地唤。老狗摇摇尾巴，嗓子里发出含糊的咕噜声。

"咕噜噜。"谢老师也在嗓子里模拟着，一下子懂啦。有总这是正式松口了，他可以听录音了！行吧，虽然姗姗来迟，来得有点作弄人，到底是来了。多少天了，每想到那装满往事的录音笔，可真是百爪挠心！

2

哎哟老松果，瞧你这口水淌的。醒来，醒来。咱爷儿俩继续。

上午讲哪儿了？给小谢打了个岔。看出来了，他其实是想打听河山妈妈。怎么讲呢，理论上说，我可能是见过。她比吉祥小十五岁，应当还在，小谢还有希望把她给找出来。

其实在托小谢之前，老早老早，我已找过她两次，距离最近时，她离我就几米……两次我都临时决定放手了，一切迹象都表明：吉祥上当了。包括到今天，我都这么认为。

所以我得跟你，先说说吉祥的上当。正好，就接着上午吧。

真正做起事来，吉祥让我很吃惊。筹备水泥厂过程中，那气魄、手笔，跟市政城建工商税务，包括上家下家打交道的那个劲儿，可真叫我开眼。老话说的，与君一席谈，胜读十年书。放他身上，凑一句，叫，跟他跑一天，江湖走十年。

当时我也是蛮感慨的。我知道吉祥比我强点儿，他能画两笔，能说几句，也强得有限。可松果你看看，南边这六年下来，他可真是改头换脚了，一下子把我给扔到小旮旯去了。要六年前，我咬咬牙跟着就去了，我不也同样地改头换脚吗，说不定能攒下很多钱，给找到个好医生，都把穆沧给瞧好呢——每次回家看到小沧，牙根里总是泛起苦水。

当然了，吉祥是我的领路大哥，他在拉扯我，我不该妒忌。可另一个角度讲，衡祥水泥这里要赚了，他不也可以分成吗。他自己这样说的，拿我当股票来投资的。这样想想，我心里生出各种滋味。现在回过头看，后面出事情，跟我这些想法，多少也有点关系。

由头，是个大单子，吉祥替我勾连好的通州二建。通州这个地方，能工巧匠多，老早就搞起了建筑合作社，援疆援庆的时候，他们就打出名气，后来改成公司，正赶着全国大基建的节奏，更是火力齐开，没日没夜地吃水泥吃钢筋，然后吐出一排排高楼大厦。衡祥水泥跟他们挂上钩，那等于是躺倒了也能吃肉喝汤。联系好二建那头，吉祥就定好回南方的日子，这大单子他让我自己去签，就此全面接上头。

这一趟回来，为着衡祥水泥厂，吉祥是从无到有、一手一脚地帮我张罗，除了中间回去过一趟，前后待了有五个月，终于是要走了。第二天上午我去通州，他第三天一早回深圳。所以前一天晚上，他给我喝壮胆酒，我给他喝送行酒，哥儿俩喝了顿大的。我有点舍不得。当然，走了也好的。得他走了，我才真正是衡祥水泥的老板，说话算话的人。

大酒干完回到家，到房间看俩儿子。老天，二子那额头，烧得烫手，翻开眼皮看看，哪里有眼白，全是血红丝丝。抖着手找出温度计，三十九度五，再量一回，四十了。这太吓人了。我在外头吃喝了三四个小时，他可能就烧了三四个小时。这还了得。他这可是要考北大清华的脑瓜子啊。你信吗松果，那会儿我一万个情愿是穆沧发烧，反正他就那样了。可我家二子万万不能，他要烧坏脑子，我就俩傻儿子了，那我就带着他们一起去见云清。

管他妈什么衡祥，什么水泥，什么大单子，什么二建，全他妈的统统见鬼去吧。我就做穷光蛋好了，我只要二子的脑子好好的。

这是冲连夜赶过来的吉祥嚷嚷的。他比我还急，二子小时候，得有一小半的屎尿都是他把的。他带着我们到省人民医院，上下里外地一通张罗。这当中二子又拉起肚子，还翻着眼皮昏厥过一次，症状凶险。医院的那硬折椅上，吉祥陪我坐了大半夜，我俩扔了一地的烟头。

你放心，二建那边，我替你跑。头一笔单子，咱不改日子。小孩的事情，都是最大的。吉祥劝解我，神情很怪，太温柔了。但我没力气多想。隔了一会儿，他突然有点扭捏。跟你讲个事，我在那边，好上了一个女人，比我小十五岁。

我看看二子，小脸红红地昏睡着，输液的药水在不紧不慢地滴。我愣愣地转向吉祥，注意力尽量跟上。记得他上次回来，我还劝他的，离掉，在南边重新找一个过日子吧。他当时还不屑地大摇其头，说南边哪有能做老婆的女人，能睡的倒是满地都有。怎么这回就"好上了"？

他避开问题，喜滋滋地凑近我，中途不是回过南边一趟的吗，前几天打电话来，说是开始害喜了。小老弟我啊，也要有儿子了。

烟抽太多，整个嘴里发木。我木着舌头赶紧道贺，只是心里不踏实，那可是南边啊。南方那些打工妹，跟我们一样，都是光秃秃的穷出身，到处抓挠机会找肥膀子吊呢，我太知道吉祥有多喜欢孩子了。而人就是这样，哪里有想法，哪里就容易着了人家的道儿。

吉祥看我表情，笑了起来，不会搞错的，我们好了有半年多了。我这回要听你的劝，今年春节回来就离掉，等宝宝生下来，婚酒洗三酒合起来，大办一场。到时正好请你们去南边耍一趟，让王桑给新娘子托纱裙，你呢，好歹也给我家儿子把一回屎尿去。

能说什么呢，我有气无力地祝他双喜临门。这时天也快亮了，吉祥跑厕所洗把脸，说他得赶早动身，签好谈好当夜回来，也不耽误回南方，女人可说好在等着呢。我当时整个人都是散黄儿的，挥手由着他去。事情就这么出来了——我说过的，前一事情总是后一件事情的亲爹亲妈。

就是从通州回来的夜车上，接近凌晨。吉祥坐着的红普桑，被一辆大卡车抱上了后屁股。卡车上满载生猪，睡梦中的生猪被歪倒的车厢甩出，以为已到屠宰场，嗷嗷嗷满地滚跑。

吉祥和两车的司机都被送到医院，就我守着二子的那家人民医院。他状况不错，猪嗷嗷叫的笑话还是吉祥自己跟我讲的，他脸色红红的，讲完猪，又叹气说回南方的票看来是赶不上了。我看吉祥这边还可以，就又小跑步去楼下，照应二子的输液情况。前后不过十分钟，等我回去，看到一圈人围在吉祥身边，说是内脏大出血，在搞电击还是什么，只看到他两只脚在一抖一抖——救过来了，吉祥到底也才四十出头，机能还是顽强的。

但吉祥颇受打击，想得远了。到晚上，拔掉呼吸机之后，他跟我交代了几桩事，讲一段，歇一会儿。不听我拦他。

讲南边生意的情况。哪几笔应收未收应放未放，哪几笔业务还在手上。最好得替他去走上一圈打个招呼。尤其是欠着的，得清账。他不想落个坏名声去死。他用嘴努努病房的杂物柜，叫我拿出他裤带，那时流行这样，一串钥匙穿在皮带上挂腰里。他一枚枚排数钥匙，金色这把，是公司大门，小的几把，是他办公桌上下抽屉。穿红绳的，是睡觉的小房间。我那小公司，全在这串钥匙上了。他笑了下，叫我把钥匙挂我腰里，替他先保管着。

接着讲他在银行的保密户头，里头是他这些年的心血，也是私房。他小声讲了一个数目。太吓人了，我压下吸气的声音。他才去了六年，到后面三年才发达的呀，吉祥可太能干了。

歇一阵后，他示意我替他摸出皮夹子，夹层里有张小照，就是那个说是怀了他小孩的女人——我在皮夹子里也放了照片，是兄弟俩看动画片时我拍的，虽然沧把脑袋从沙发上挂下来冲地，可眼神很神气，像个好孩子，我特别喜欢这张。看他把这女人小照也放在皮夹子里，就知道，他当真了。

女人大名沈红莲。吉祥仔细讲了她做啤酒导购的小饭店，那是他们初识的地方，又讲了她的租屋地址，如何联系什么的。让我一定找到她，并把前面交代的那笔私房钱，全交给她，给她和肚里的孩子用。我点头。他让我重复一遍沈红莲的信息和他的交代。"有我在呢，还有咱衡祥水泥在呢。"末了，我还加了这么一句。他就紧紧握一握我的手。

至于这边老婆，我明面上也有些存款，包括电影院那边的一笔补偿款，都没动，她才不会吃亏。那个保密账户，吉祥突然笑了一下。当时我去办，就要填一个意外委托人。能委托谁？当然是你，我只信你，也只记得你的身份证号。没想到，还真跟你交代上这事了。

听到他这句话，我都不敢再看他，心里突然就害怕得不得了。夜深了，不早了，我让他赶紧歇着，好好睡一觉……

大概七个小时后，吉祥死了。我不想说他的死。

不管怎么说，吉祥的托付，一是私房钱，一是女人与孩子，就此交与我了。所以松果你现在听明白了吧，我让小谢南边找过，马上又走西口去找的，就是吉祥皮夹子里的这个沈红莲。她肚子里所怀的孩子，是不是吉祥的？讲实话，打第一耳朵听到，我就是存疑的、保留的，只是当时不忍拂吉祥的意，想着待他康健了，得好好替他理一下。这事只有旁观者清。离开小半年，哪就耐得住的，又这么巧的，他回去一下，就怀上了，包括将来生出来，足月不足月的，花头筋可多着呢……

吉祥的估猜没错，他死后，给他戴绿帽子的老婆把他里外三层给掏了个遍，甚至快我一步，带着她哥嫂，摸着吉祥的公司，直接破门而入，又哭又嚷地把几个员工就地解散，然后乒乒乓乓一通，空调电脑电话桌椅统统都折价变现，等我好歹把公司安顿好赶过去，真是连根鸡毛都没有剩。握着吉祥那串没用了的钥匙，狼藉里站了好一会儿，除了可以想见的愤怒，还有一丝我想不到的解脱感。这恶婆娘干得狠也干得好哇，她这一通扫荡，等于把吉祥在南方的这六年，全都给抹得一干二净了。别说我了，就算沈红莲跑来找，也像噩梦一场了。

我掉脸就去了银行，取出保密户头里的那笔巨款，用我的名字存成个活期折子，薄薄一片塞在腰包夹层里。那时流行一种腰包，系在皮带外头，紧贴肚皮，安全。系着腰包，人生地不熟的，我连着跑了两天，去跟吉祥交代过的那些上家下家打了一圈招呼，结清欠款。深圳那里，估计一天能成立上百家公司，也倒掉上百家公司。我的上门让他们有点意外。我掏出的名片虽然只是内地一个小小水泥厂，他们倒是看得起，吉祥的兄弟嘛，就是兄弟。他们替我在四方拉拢生意，有的还指点我，内地形势也要起来了，除了水泥，小兄弟你要再往前多想几步。"想要富，先修路"，修完了路，这一条条大路的，能空着吗？想想下面该干什么呢？他们启发我。

路上得跑车，跟车子有关的生意！我举起手高声答道，感到自己一下子开窍了，从此都开窍了。对，想好了你就先下手为强，起早发大利。他们直拍我的肩膀，认为我脑子不比吉祥差。我就说呢，怪不得吉祥能干，他这些南方朋友都太狠了。

我当时就特别地按捺不住，腰包里的那张存折也按捺不住，蠢动着。我在外头走，满街看到的脸，都是打工仔，也都是小老板，都是那种兴致勃勃、做事情、抓机会的神气，我，怎么就不能呢。这两个按捺不住，一个肚皮上的包，一个肩膀上的脑袋，两边都想接头，想合着一处，大干一场。可，老松果啊，这中间被谁给碍着呢？沈红莲。

平心而论，找沈红莲，本是我这次来南方的两大任务之一。但因为存着疑窦之心，我留在最后，并且也不想正面地、头碰头地去找她。

她已不在饭店做啤酒导购了。按照吉祥给的地址，我摸到她的租住处，远远的斜拐角找个地方守着。那几天正热，太阳毒辣，她到傍晚才出来了，跟皮夹照片上比，更清瘦了些。我远远跟着。后面看上去，腰很直，屁股还是紧紧的，整个人细长。这不是下流的意思，我是在琢磨。从吉祥告诉我的日子算，得是四个月左右的身孕。我拼命回忆，对比云清，印象中她老早的，屁股就肥圆了，走路两边摆。瘦女人就这么不显怀吗？她在菜场转悠了两圈，看看这看看那，最后跟一个快要收摊子的老大娘讲了半天价，挑了一把快蔫了的青菜，还有两根软乎乎的茄子。她还价和掏钱的样子，有着一种穷苦又死要面子的劲儿。我很不喜欢看到的这一幕。

咂咂嘴，我重新琢磨她的肚子，觉得不够大，真不太大，那看上去的一点圆弧，只是脂肪也说不定。会不会是做掉了？可能性很大！想想看，站在吉祥那人去楼空的公司，她还会抱什么指望呢。这可是深圳哪，南来北往的小老板，一茬一茬的外来妹，满大街都是这样的露水情缘，怎么可能守这个坑，肯定得另起一行重新开始嘛。要我说，但凡有点脑子就该做掉。这么一想，再看她的肚子，简直就平的。这小娘儿们的肚子里，七八成是没有货的。

我明智地停下步子，立即做了决定：不跟了。我不能把吉祥这个错误想法给错误地执行出去，他的钱应当做更值当的事，而不是去给这段已蒸发掉的露水情史打水漂。我要对他的钱负责，让钱生钱，一步步做出更大的事情。

我就带着腰包转道回去了。

回来之后，有吉祥替我签下的那笔大单子托底，衡祥水泥很快上手了，两年之后，稳扎下来，我立刻腾出手，开始琢磨"路上跑的"生意。四只轮子，我一时没那个胆量，但两只轮子的摩托，可以先试试。就用吉祥那笔款子做启动，先从摩托维修、品牌代理干起，起步不太顺，连开几个店都被同行追着砸个稀巴烂。怎么弄，没得讲，老子也毫不含糊地砸回去。然后才一步步升级，搞汽修汽配连锁，再搞中短途运输，长途大货，客运承包，成了"运输魔王"……

生意事不提了。其实我心里一直对这个女人不大踏实。老话说的，宁可错杀一千，不可放过一个。她这情况，万一真被我给放过了，那就是把吉祥的亲骨肉给抛撒了呀。所以，一过了资金最吃紧的阶段，有了腾挪空间，我决定再去找一次她。

这就有了第二次找沈红莲，比上次要诚心多了。回想我最初对沈红莲的推测，是有点自说自话。这回我想好好补救，就等于借用了五年，再回头还她呗，这道理也没太差。

不在那租屋了，她搬走了，说是跟一个男人。打听到新住址摸过去，说，又搬了，听描述，是不同的男人。几个地方一倒腾，线索就断了，找不下去了——你想，真正的本分女人，不都像老槐树似的，站哪儿是哪儿，一辈子不挪窝的，哪会像她这样。第二个房东提到她有个小孩，可这又能说明什么呢，谁晓得她前后跟几个男人了。想再多问几句，人家已不肯开门，还以为我是沈红莲从前的姘头呢。倒是隔壁有个老奶奶瞧我太"痴情"了，颠三倒四跟我说了几句。

说就为着有个女娃娃，两人总在半夜撕打，连那女娃也常是鼻青脸肿。沈红莲好几次求老奶奶替她找人收养。可深圳这里，都是揾食的人，谁平白要个拖累呢。吵到最后那男人就搬走了，把这里房租也断掉。过不多久，有个挂粗链子的男人开个车子来替她搬家。老太太听沈红莲讲，女娃要送回天水了，老家里有个瞎眼老姨妈。

买了水果点心谢过隔壁老奶奶，我再次决定放下她了，跟上次一样果断，也差不多一样的理直气壮：没办法，只能随她去，我就是想救风尘，也找不到这风尘飘到哪里了呀。但，那送回天水的女娃娃，我倒是要找一找，虽则也不见得是吉祥的骨肉，退一步讲，就当是帮个可怜孩子吧，这也够对得起沈红莲了。我在回去的路上一路打瞌睡，一路自我分辩，觉得我都还在道理上，甚至可以说仁至义尽了。

就这么的，我把重点放到了小孩身上。天水小地方，辗转一番，找到沈红莲的半瞎姨母，老人家已去世一年多。女娃娃呢？无人知晓。问到民政局下头的福利院，挨个孤儿的人头摸，都没查到。后来当地有人讲，说县里有个大善人办了家"爱心驿站"，不管弃婴、残婴、病婴都收，大爱无疆，还给评上了什么年度感动人物，名声在外，全国各地捐款很多，那里的条件，据说比福利院还强，会不会沈红莲或者她瞎姨母是想到了这个去处？

电话打去，几个要素一摆，能对上的就一个女娃娃。叫什么？河山。行，那就她，我认她做干女儿。天水交通不便，生意上又忙得要命，也懒怠跑一趟了——主要，不太想见那娃娃。就到今天，我也不想见。就是不想见。

河山是不是沈红莲的女儿，概率当在90%以上，是不是何吉祥的遗腹子，这得问沈红莲。所以现在就看小谢的本事了。好吧，老松果，这一口气的，关于沈红莲，讲差不多了。小谢要问你，你就替我汪汪汪，统统地，把这些汪汪给他。

3

谢老师听到这里笑了。事实上，最先听到这些个录音的，不是他谢老师，是穆沧。

穆沧的"睡前故事"上次没解决，又到周六，王桑此次有备而来，催眠弦乐，睡前读首诗，鞠萍姐姐讲故事，经典诵读《红楼梦》，树林里的雨声与虫鸣。一一播放。穆沧皆是掩耳不闻，像被断奶的宝宝，张大嘴呜呜呜，眼泪鼻涕一片滂沱，王桑还在试，他便撞起头来，撞柜子撞墙撞门，额角嘴角都被磕碰出几道血印子。隔壁和楼下都有邻居过来打门。

有总这次也沉不住气了，才看了一会儿屏幕，就直拍沙发背，催谢老师过去。穆沧身量高大，恐王桑搞不过。

谢老师其实急于回家，他那天是背电脑去的，把录音笔里的东西都给下载出来了。有总录得可真不少，他按时间分别取了文档名，已有二十六段了——这是他多渴望的内容啊，当然也有点伤感：有总不再跟他绷着了。这当然不代表有总开始信任他，不可能，他这辈子就没打算信任任何人。这只说明一点，他不介意暴露他的秘密了，他是真的，要离场了。

来不及体味这突如其来的情绪。遵命下楼，过街，再爬楼，吭哧着赶到穆沧那顶楼小屋。无计可施的王桑只得又放出最后那一张CD，妈妈云清的《九色鹿》声音一响起，穆沧的碰撞翻滚却更加剧烈了，能感到他胖大横倒的身体里，奔涌着一股根本的绝望——回不来了，从三岁时就开始的，每晚听着入睡的，笃定得有如日升月落的睡前故事，是再也回不来了。他那无法表达的模样，真叫人看不下去。

也不知是哪根弦一动，谢老师突然想到，穆沧是不是喜欢听他熟悉的声音呢？他把包里的电脑打开，调出有总最早一天的录音，接通USB输出播放——

松果啊，你两个月到我家的，算我狗儿子，可比他们两个都强多了。啧，不对，你这岁数，也等于七老八十了，咱们也算老哥儿俩。我这辈子啊，就没交到一个真兄弟。要么是别人不配，要么我不配。打今天起，咱们爷儿俩哥儿俩，好好来讲点古，等于传狗不传人吧。

王桑略有尴尬，谢老师也臊眉耷眼地咧咧嘴。有总这一段，骂倒他们两个。"嗯，他录着解解闷儿的。"谢老师含糊地解释。

录音笔效果太好了，但也不像王桑找来的那种音频制作，那些都太干净太讲究了。有总这个录音，完全就是他原样原貌。嗓子很浊，时有痰音。嘴唇包牙齿，舌头里裹口水，可能口水里还有个茶叶梗子，他也不吐掉，就那样含着。有时啰里啰唆净是颠倒话。有时讲得太急，老吞字。有时又像是梦话，东跳一句西跳一句——可真真是如在耳侧、宛在眼前的一个"大活人"。

可能就是这种粗糙、不讲究的"活生生"，倒把穆沧给镇住了，遍是印痕的两只胳膊从脑袋上松开来，缝缝里露出眼睛，死盯着地面，集中注意力地听起来，一时都忘记打滚和呜咽了。

有多少天没进这书房了，看这桌上的台历本子，一抹，一指肚的灰。翻翻看，全是空的。想从前那可是写满鬼画符哦。就先讲这台历吧。松果哎，这可是我的一个法宝……

穆沧真的没有再动弹，虽然给断了妈妈云清的奶，可这是爸爸穆有衡的声音啊，也是从小听到大的，可以抵个安慰奶嘴，陪他安眠的。王桑就势把CD机在床头放放好，替穆沧把身上的磕碰处涂上碘酒，贴上创可贴，又替他铺好被窝，关了大灯开地灯。一系列地忙下来，才跟谢老师一起轻轻撤了出去。

王桑满脸佩服，难得表示了谢意，鼻子都红了，"我是完全没想到，沧是要听熟悉的声音。您这点子，太了不起了。"

谢老师心里确实挺得意，想到这也未及征求有总的意见，那就弥补一下，顺便递个好呗，"我哪有这脑子，当然是有总！我以前给你爸讲过永生数字人，可以跟几百年后的子孙聊天说话。瞧你爸多聪明，这就活学活用上了。再说这对穆沧来说，可比听童话强多了。"

谢老师冲着冰箱上藏着摄像头的地方微微一笑。他相信，有总肯定在假装咬牙，要骂他几句，然后也挺满意地笑啦。

八、卵

1

人授是他们第二阶段的策略。祝贺你啊，可以把那粉红 App 删了，不再需要接触性同房了。丁宁仍是合伙人的口气，等我这里卵泡成熟了，你要在三十六小时内提供你那部分。不过成功率不高，估计也得试上三五次的。

是，不需要同房，但王桑的感受更糟了。从一个冠冕堂皇的地方，穿过挤挤挨挨的喧闹市井，去八楼生殖中心取精室——不论取自慰的哪一层含义，都是相反和滑稽的，心理与生理上的膈应感，更加地难以外道，亦难以自道。这出不了火的情绪，使他最近有点失控，莫名地有"主张"有"脾气"了。

最初是在区文化局的项目评审会上发作的。每到岁末，总归就是"读书之家"评比，"最美电力人"演讲大赛，小戏小品征集表演赛之类，评委们来自电台、出版社、话剧团、群艺馆、妇联等等，像一副现成儿的扑克牌，抓上一把就成。这天的评审项目，二十一选六，各有十五万资助。开评之前，王桑去开水间，碰到个熟面孔，冲他打个招呼，关照一下某小某啊。

及至开始评选，从评委们的自由阐释中，王桑感觉到，另外起码有三位，也是被打过招呼的。他们都以很专业的方式，力荐某小某的作品：一部秦淮河传的历史话剧。电台副台长最有趣，每次提及某小某，必然要把这个名字念错，表示实在不熟。其实谁不认识谁呢，王桑也跟某小某相熟。

秦淮河是个好选题，就像副台长举例说到《话说长江》《尼罗河传》之类。王桑仔细看了某小某的创作简历，又看了剧本大纲，感觉他扛不下。而十五万不过是炮仗引子，他知道接下来那一套流程：专家改稿会、名角名导邀约、舞美服化道、汇报演出、基层巡演，一百五十万都打不住。再看看别的项目，白局¹老人口述影音采集。老城南民俗歌谣整理。城市民生票证图集。老老实实，切口不大，还是可以实现的，只是没有秦淮河传听来堂皇。

丁宁电话响起时，王桑正仰着头发呆，他晓得自己只是代表凹九的一张小牌，只需随大流，蔫头耷脑说几句无关痛痒的中庸之词也便罢了。

丁宁开口就是催，声音有点炸耳朵。这回我的主卵泡发育到十九毫米了，刚才测过宫颈黏液环境也不错。你马上就出来，赶在林主任下班前，他做授精的手法最好了——因内容耸人听闻，王桑边接边往走道外面躲。挂了电话才发现自己已到了走廊尽头，冬日下午的稀薄阳光正从楼道口的窗户直打进来，陈旧的老绿墙皮裂纹剥落。心里忽然大感悲怆，眼下的一切都毫无可取之处。他对自己钟爱的事情一筹莫展。他被所有人看扁（大概除了木良）。他正参加一个谁也没有当真负责的评审，而这只是他无

数次参加过的，也将要继续参加的当中一个。他接到妻子的电话，要赶去一个狭小醒腥的地方手工排精，那抽搐般的劳作毫无快感，更毫无爱意。

王桑匆匆回到会议室，跟召集人打个招呼，要过话筒提前发表意见。

推荐了他认为最合适的另外六个项目之后，把某小某拎出来，单讲。王桑上大学时流行辩论赛，他在学生会时还张罗过两届，不敢说水平多高，逻辑组织还是强悍的，叙事风格还是活泼的。实在已是太久没有表达过强烈的主张或否定了。他发挥得很不赖，彬彬有礼中把前面三位为某小某拉票的要点全都打倒、摁在地上摩擦，最后还加入了几句轻松的调侃，赠送给资格最老的副台长，就是他连路德维希₁的名字都讲错了。

说真话，讲爱憎，可太舒服了，太痛快了。一阵长久的沉默，没有任何回应或搭腔。他提交了自己的打分页，可惜没时间品鉴他们的反馈了。

另一次生殖中心之约，虽然丁宁提前说好，但正好逢上城墙文化研讨会在凹九举办，老中壮青四代研究者团团而坐，如加厚带边披萨。发言都是照资历排名来，浅资历如青年研究员等，通常都轮不到开口——老老人们抱着话筒，兴致勃勃，一个众人皆知的掌故，能抖搂上二十分钟。

开场前，主持人象征性地询问众人有无建议，其实王桑只是列席陪座，没他什么利害关系，仍是不管不顾地当真站起，

---

1 埃米尔·路德维希，德国传记作家，代表作《歌德》《拿破仑》《青白尼罗河》等。

提出两点，一、发言次序倒过来，提携后进、创新会风。二、众人的论文都已刊印于手册，照本宣科实无必要，不如直接改成提问与答疑。"好哇！"有人从角落里拍巴掌。遂如此这般。王桑随后就告假去医院"打飞机"了。主持人后来跟王桑抱怨，"你倒是跑了，我可真是出了一身汗，从没主持得这样累过。"但他也承认，论坛的信息量和成果，翻了有两倍，还促成了一个研究课题。

当然，王桑也清楚，事情常常都处于一种宽广的含糊地带，他这些动作，太微小了，无关大是大非，也无大改大革，连去除积习都算不上……某小某的秦淮河传，还是上了文化局那个项目，别的扑克牌评委碰到他，连"哈哈天气很不错"也没了。有次碰到某小某本人——王桑谨慎一瞥，想要避开，某小某却在五六米开外，伸手冲他迎过来。王老师，王站长，哎呀，您真要能翻了天就好了，我哪里吃得下那块大肉，都是主任要成绩呀。哪晓得他后来就调走了，新来的主任一点没兴趣。我现在吊在半空，直晃荡啊。某小某露出苦恼人的笑，王桑感到一丝小小的振奋。

这样的微型正义冲动，是有快感的，有了三次四次，就完全打开了，王桑后来再发表异议，已毫无心理障碍，他感到自己好歹是亮出一道真嗓门了。他知道人们对他的各种说法——记得以前软不拉叽的，中年豹变呀他这。没听说吗，老婆不孕，哥哥又是傻了，老了闹着要裸捐。哦，富爸爸要成穷爸爸了。那咱这评比不请他了，搞不好又要抽抽风。当然得请，尤其得请，否则别人还以为我们这里有什么心虚或猫腻呢——真是失笑，他接到的邀约反而多了，好像他这个人，反倒重要起来，反倒存在了。

也有弄巧成拙的。上个月电视台搞主播选拔，选手们一个一个跑上来展示才艺。王桑感到自己有根筋又扭起来，慨而慷地呼吁：诸位，为什么得多才多艺？变魔术，拉二胡，会肚皮舞，就是好主持了？我建议这个权重得降下来，最好去掉。他说得有没有道理呢？不能说没有。众人临时动议，走了很复杂的程序，整整多耽搁两个小时——那天恰又是丁宁的排卵日，带着胜利者的兴奋，他迟到了。

记得丁宁一见到他就背过身去，他近前了，她还是背着，他才要开口，丁宁忽地转来，怒火像机关枪扫射而来：知道吗你，为促这么一次排卵，我前面要喝二十天的汤药。打激素、抽血、查激素，天天儿的肚子挨两针，屁股挨一针，我等于没完没了地在跟针筒性交你知道吗。晓得我多讨厌测尿吗，像设计师对照色卡，各种光线下比对孕棒。我还发群求助呢，昨天早上是淡淡的粉红，怎么今天早上又变成浅灰了？看看，像个疯女人吧。我都成疯女人了，你还好意思迟到啊你！

王桑直愣愣地听她咆哮。不论私下里还是公开场合，头一次看到丁宁这样。太惊骇了，几乎不忍相认。可与此同时，又有点感慨：铜墙铁壁一样的隔阂，被刺破一点点了。就像他在外人面前，也终于有了脾气有了表情一样，他们是不是都真实一点了？

急于交班的护士一脸不耐，驱赶牲口般地把王桑赶到取精室。快点，她说。

梦魇般的老地方，小窄屋横四步竖七步，四壁挂白，小杯子一只，卫生纸半卷，几张连三点都没有露出来的女人图片……像从尸体上剥衣服，他往下拉扯汗津津的裤子。很不舒服，着急，疼痛，耻感。可跟丁宁那咆哮所带来的骇异相比，完全不值一提。他跟丁宁，确实到了最糟糕最艰难的地步。也许，他也应当跟丁宁说出实情，关于他们这不幸婚姻的根源。

啊不，王桑又感到那熟悉的恐惧与软弱，那会中止目前的这一切。穆某，遗嘱，长子，无后。人们对他的笑话中，除了草包泥人儿，还会增加对男性能力的否定，对家财落空的集体快意……

2

还是因为河山在场吧，或是穆沧，他们帮他做出了决定。

起初王桑很惊讶。一出医院八楼电梯，老远就看到他们三个人，生殖中心大牌子对面，他们占据了一条靠墙的长椅，像幅构图蹩脚的油画。丁宁两唇翕动在讲着什么。穆沧双手搁在双腿上，如一口胖胖的笨钟。河山在他俩中间，一侧肩膀略低，正以一种不太常见的温和安抚着丁宁。她们这样亲昵了？王桑下意识地想藏起自己，她们会在背后谈到他吧。

河山一眼瞥见，挥手招呼。林专家突然有一个紧急会诊，他们的人授恐怕要等个把小时。随手塞给他一本被翻得软乎乎的《孕育知识大全》，这不丁宁的书嘛。"正好，你考考穆沧吧。"穆沧搓搓手，两只脚愉快地并拢。

哦，王桑想起来，河山这几个月，都在着力改造穆沧的社交能力。周五去下棋，会发现小白板上增加了一些红色五角星。干吗呢？穆沧式的回答：出门。继续专心掷骰子。原来就是跑医院啊。王桑翻开小书——什么是多囊卵巢综合征？HCG浓度与早早孕？穆沧果然张口便来，如小时候对答十万个为什么，只是那冷静又带点讽刺的遣词，分明带着丁宁的腔调。

连丁宁也从萎靡中笑起来，"前面八年加一块儿，都没跟他这一个月讲的话多，说掉儿吨口水了。什么都肯听，越是枯燥，他越是听得认真。真亏得有他，不然我恐怕早憋疯了。"

河山得意地冲王桑上下一比划，"看，这么大一个公共场所，供穆沧熟悉、练习，既陪了丁宁，又普及两性知识，这不比谢老师的黄色笑话强一万倍吗。而且，你看——"

河山带有成果展示性的，让穆沧再去跑一趟林专家的办公室，打听下还要等多久；完了去自动售货机去买饮料。穆沧垂首而去，河山则眉眼舞动地炫耀起来，好像穆沧是她一手扯大的孩子。

"起先他可是诸事不理，只管闷头走路。还有个习惯，总把帽子往头上压，到热闹地儿，还要两手捂起耳朵，惹得别人更是要盯着瞧。怎么回事儿这？后来我才搞清楚。"有次两人坐在化验中心，替丁宁等一个血检报告。他又是帽子扣脑袋，两手捂耳朵。你要、捂住什么？河山轻声问。沧把目光从他的脚移到河山的脚，左手拿下来，把一侧帽子褪掉，把半边脑袋往河山这边略靠一点，好似跟她分享一只耳机。他手指慢慢划过四周，像指点走马而来的东西。冲洗试管。打印药方。针头掉地了。笔敲桌子。撕开胶带。咳痰、没咳出来。干呕。扶梯咔咔咔。荧光灯管滋滋。轮椅在转。吊瓶滴水。运动鞋摩擦地面……只听到这里，河山就一伸手，替他戴好帽子，把左手又给他握到耳朵上去了。

"我们这大天使啊，注意力全在耳朵和鼻子，而不在人与事情上。所以你们想想，穆沧肯跟着我走出来、四处跑，也真是不容易哪。"讲到这里，河山忽然促狭地一拍手，"出来这么多次，随便过马路、爬楼、坐扶梯，我们始终隔着一只胳膊远。可那天！我碰到了他的手！头一次啊，哈哈，我心里正偷着乐呢。沧还是有反应了。他把左手给举在眼跟前，好像那上面刚刚发生了什么重大的事情，看得那叫一个费劲，那叫一个郑重。给他这么一来，搞得我的手也不对头了，发麻了都，肿起来了，不像我的手了——想我是什么人哪，什么阵仗没经过，哪会在乎这种手拉手的幼儿园把戏。"河山忍俊不禁，大笑，"咱们沧可太单纯啦，以后真要交上女朋友，可怎么办哦。"

王桑默然听着，觉得河山这似嗔似怨的活泼里，有些可疑的、溢出的东西。她显得太好心肠了。

"但别的事咱沧进步可快。排队、交费、拿药、取化验单，一来二去的，都成熟练工了，哪个科哪个室在几楼，主任门诊时间，化验报告几点可查，比医院里干了十八年的服务前台还清楚。尤其抓中草药的队，那是难中之难，所有人都野得很，这个往前拱那个往前蹭，吼叫呵斥吵闹呻吟，一团糟，沧也能跟他们挤在一起呢。所以你啊丁宁，你继续搞名堂，多复杂也别怕，生殖中心这里等于免费教学基地，沧会越来越能干的。"

丁宁如一片叶子，薄薄地贴在墙面上，"好在是有你们两个。有一次我单独来，王桑又迟到，我那次……"河山伸手去轻拍丁宁，一边有意无意扫了自己一眼。看来丁宁跟她讲过那次狮子吼。王桑忽感口干舌燥，一种倒计时的压力，他到底要不要跟丁

287

宁坦白，她会立即撂挑子吧……

穆沧拿着三人份的饮料，笑呵呵的，像一台小坦克，缓缓地移动过来了，"林一主任，还有，二十分钟。"他向河山的膝盖报告。丁宁是矿泉水。河山是冰咖。他自己一份橘子口味汽水。没有王桑的。显然他一向都是买三份。王桑伤感又满意地看到穆沧照顾着两个女人，简直比他强多了。

丁宁喝了几口水，带点依赖的样子，欢迎穆沧回来，"可正等着你的耳朵呢。来，继续给你讲'儿女成群'。可别看她们一个个高管海归，昵称可好玩了，叫石头缝、母鸡、女娲、超生队长、瑞亚女神、悟空毫毛。有个学古典哲学的，叫蛙，我问这名字出处，以为有什么高级典故。原来，就为着蛙产卵，是一嘟噜子嘛。可她们一旦闯关成功，得，一秒钟都等不得，立刻就统一昵称了，球球妈，胖囡妈，丽莎妈，海星妈，宝儿妈。忙不迭地，赶紧把这一顶'妈妈'的帽子给戴妥了、压紧了，一心一意做起妈妈来。"丁宁讲到这里，突兀一笑，"真不知道，像我这情况，也适合戴顶妈妈的帽子吗？"她没问河山，也没看王桑，她朝向的是穆沧。

谁都听得出，丁宁的声音中并无期待，反而是痛楚与敌意，她已被压榨成一个毫无汁水也全无柔情的人，她似乎认为自己与"妈妈"这个称谓不可能匹配。王桑犹豫地，提示穆沧，"说说呢？丁宁合不合适，做妈妈？"

"妈妈。"穆沧重复最后两个字，动一动脚。王桑有点担心，除了那些听了二十多年但再也听不着的睡前童话，除了每晚放在枕头边的旧浴巾碎片，他到底知道"妈妈"是什么吗？别说他了，自己也从没有喊出过"妈妈"呀。

"妈妈，你明白吧？也叫母亲，都一样。"河山抿一下嘴唇，也有点不安。

"嗯。"穆沧眼皮还是下垂，处于他那种聚精会神里，妈妈在哪、儿哪儿就、是最快乐、的地方。英国谚语。我的生命、是从睁开、眼睛，爱上、我母亲的、面孔开始、的。乔治·艾略特。无论我现、在怎么样，还是以后、会怎么样，都应当归、功于我天、使一般的、母亲。亚伯拉罕·林肯。人的嘴唇、所能发出、的最甜美、的字眼，就是'妈妈'。纪伯伦。世界上、其他一切、都是假的，空的，唯有母亲、才是真的，永恒的不、灭的。印度谚语。世界上有、一种最美、丽的声音，那便是母、亲的呼唤。但丁。"穆沧关于妈妈的名人名言看来积累不多，念到此处，也便笑嘻嘻地戛然而止。

大家一时都没有吭声。穆沧这蹩脚的背诵，真是一点感染力都没有，可一切的滋味又都在，充满周围的空气。看不到丁宁的表情，她掉转脸冲着白墙，单薄的肩膀显得分外脆弱。王桑百感交集，想起那从未完工的虎头鞋，头一次为"妈妈"这个词感到莫大的疼痛。与此同时，他想他有点理解丁宁在勇往直前中的这种畏惧与自卑了。

河山把咖啡杯搁下来，"对不起，我这一口气喝太急了……"她急促跑往最近一个·卫生间，高跟鞋尖利地打着地面，王桑看着河山的身影，有点跌冲冲的，像折翼小鸟，滑行着扑将过去。

穆沧把《孕育知识大全》仔细收好，扣好帽子，像只大动物，温顺站起。他对丁宁精确报时，林一主任的时间到了。

3

最受不了这八楼的卫生间了。一百年没打扫过吧，头发、纸团、痰迹、棉签、塑料袋，台面上啥都有。左边一个满面疲态的女人在虚弱地干呕，身上散发着尿与血的味道，整个生殖中心都是这股味儿。受够这个地方了，要不是为着丁宁，打死也不要见到这么多女人。太逗了，她们为什么要生小孩，为什么要被人叫妈妈。

穆沧所念的那些妈妈、母亲。听上去实在太好了，好得太可怕了，像一辆轰隆隆的火车，他念一句，身上碾过一节车厢，再念一句，又碾一节，身上疼得实在是坐不下去了。

妈妈。母亲。啥玩意儿呀——你想起的是谁，哼，从来就不是纸条上的那个"莲花"。而是，魏妈妈。你没法向任何人承认：到现在，你还总是会想到她。

也怪艺培班最近太叫人丧气了。这个寒假班一共才收到五个班，统共五十九个学生，还有三个是教育局那边塞过来的，各种费用一刨，基本落不下什么。到一开春，房租准涨，倘若学生数目再上不来……那种熟悉的败落预感，阴风鬼火似的，又打后脊背那儿刮过来了。瞧瞧，就这倒霉的命，无论怎么地拼，到处做小伏低，到末了，就还是一个赔。而每次一赔，你就会想到魏妈妈——要她没出事，能一直跟着她混，就啥也不要烦了。

总记得魏妈妈被带走的那天，事先没有任何坏兆头。

一切都还是跟以前一样顺溜。魏妈妈这次跟你交代的，是位海关大员。后来那几年，她是越来越把你当合伙人了。会很详细地跟你讲明利害，对方怎样牛，因为牛所以特别难搞。跟打怪升级一样，魏妈妈喜欢把妖怪们讲得神乎其神。比如这位海关大员所负责的进口关税，他要两只眼都睁着，那不得了，税钱比货品本钱还多，他要闭一只眼睁一只眼，那也得一多半儿钱给上税了，他要两只眼都眯着呢，嘿，连货也看不见啦，还交啥税。

出征前，魏妈妈一边替你绑辫子一边发笑，她正把你尽可能收拾成学生模样，因这位海关大员指定的，只要小学生。你刚好六年级，确系如假包换的小学生。可你实在发育太好，个儿又高，怎么看都不像小学生。这不好笑吗，害得魏妈妈在拼命开动脑筋，替你铰了刘海，马尾辫改成两只小辫子，夹起粉红夹子，一边满怀憧憬着，这回把海关给吃定了，那可厉害了，咱们说谁瞒报就瞒报，没瞒也是瞒，说谁没瞒就没瞒，瞒了也是没瞒。

魏妈妈的绕口令，你左耳朵进右耳朵出，你得预习、假想你将要做的部分。虽然是老把式，可每次都须得像第一次，这是成败的关键，要扮演出绝对的无措、挣扎，且这些动作里，得有适当的失误或愚蠢，从而构成微妙的导引，使身体进入更危险的境地。紧接着，你就要考虑，为了安全地拖延，怎么样被扒掉衣服才最麻烦，这麻烦还得构成挑逗。以及，怎么样的哀求哭泣，看上去弱小可怜，但更加激发对方的兽性，等等。这事儿，太危险了，哪一个环节出岔子，都会完蛋。你得一边实践一边体悟，不断精益求精。

是啊，既已撕碎南方纸条、断了后路，爱心驿站就是你的家了。你觉得这个决定是对的。跟着魏妈妈不算吃亏，给那么上下摸摸啃啃，扔到床上揉弄几下，完了就能给魏妈妈，等于也是给所有的兄弟姐妹们赚出各样开销，挺好。爱心驿站里头这么多老老小小、缺胳膊少腿的，活一天就有一天的成本，光靠捐款哪指望得上，还是得靠自己。用魏妈妈的话说，你是最有本钱的，当然贡献要再大一些。所以你在"业务"上的进取和用功，比原来更甚，也更加地发自肺腑。

可没想到，就是海关大员的这次。你照旧做你的小学生，魏妈妈照旧地派假公安跳出来，可随即，又跳出真公安来了……原来，那海关大员也是假的，是公安撒出来的饵，好了，三跳着二，二又跳着一，这一大坨子的，就把魏妈妈给拖了出来。当时你身上已被剥得只剩件小汗衫了，有个女公安把你没头没脸地裹在一条大床单里，安置到警车最里头。你伸长脖子，扒着一道缝，从隔了栏杆的窗缝里到处看。怕看到，但看到了。你的魏妈妈，是她，又不再是她了。真是难过。

那是她从来没有过的样子，两手被架在脑袋后头，腰被人压得弯下，只能看着自己的鞋子走路，她衣服被扯得裂出口子，一小块头皮上沾着血……你觉着你比她还疼，还憋屈，真情愿他们打你揪你呢。可他们对你太客气了，轻声轻气地，一个劲儿地抚慰。好了小姑娘，都结束了，别怕别怕。

你可真想去替魏妈妈受罪呢，她腰不好，有头晕病，是不能吃苦头的呀。还是让魏妈妈回爱心驿站去吧，那么多没人要的残娃病娃可怎么弄啊。"眨巴眼"只能看到0.2，先天没鼻子的"朝天椒"对花生过敏，小儿麻痹症"细杆子"到现在还尿床呢……

那就是你最后看到魏妈妈了。你倒是很快就给放了出来，据说魏妈妈一口咬定你什么也不知道，她就是利用你做勾当的。那些不认识的公安人员都替你高兴，祝贺你获得新生开始新生活。可只有老天明白吧，你情愿继续原来的老生活。现在你再一次没家了。魏妈妈、驿站、歪瓜裂枣的兄弟姐妹，炮仗一样，统统都炸了、散了、空了。可真是孤儿的平方、立方。

直到你都上初二了，才看到魏妈妈的下文。有人给了你张报纸，第七版下边，有魏妈妈的照片，很小，跟她一样小的有四五个，比她大的照片有两张，说她是什么更大势力的小小棋子。报道太长了，没提她几行字，读不出什么。你只把魏妈妈那不太清楚的照片，看了又看。她头发白了大半，脸上浮胖，脖子里全是挂肉。想她原来，多讲究的。她总跟你说，女人的脖颈最重要，搽脸时绝不要漏掉。她的话你句句记得。包括到现在，只要对着镜子扑粉，卷睫毛，试衣服，都记着她是怎么教你的。哪怕明知俗气，你还是想扮成她教你的那样。

所以这能怪你吗，穆沧每念到一句妈妈、母亲，你脑子里就条件反射地想到魏妈妈，哪怕明知这很滑稽……那么，那亲生的呢。

出发去天水的前一天，谢老师又找过你一次，显得没着没落，好像士兵没有子弹。说穆老爹跟他讲的，还是陈年烂谷子，什么具体线索也没有。他一边说着，一边刻意地瞅瞅你，好像在暗示或索求什么，也可能是你太敏感——其实那个号码，被院长妈妈写在纸上，但是被魏妈妈恁恁着，你在愤怒中给撕成碎片的那个号码，你一直记得。真是奇怪，只看了一眼，就记得了，跟刻在眼球上似的，随时会浮现出来，估计就是做梦，梦里头也能顺溜报出那串号码来。

祝旅途顺利，你这样回答谢老师。你总不能跟他实说，说你并不想找到莲花。

对，不想。

你突然往镜子上啐了一口。边上一个干瘪得像木乃伊的女人正在整理她的假发，手一抖，假发滑下来，露出她的光头。

4

人工授精之后，丁宁需要平躺半小时，王桑坐在一边。

出于保险或迷信，丁宁仍像前两次一样，在屁股下垫上了一只从家里带来的小枕头。她僵硬地仰面朝上，有如易碎品，两手扒着床板不动。王桑说话，她只把头侧过来一点。黑眼圈，细密鱼尾纹，眼白带血丝，瞳孔透黄。纯粹物理性的眼睛，她并不看他这个人。

这反而是有帮助的，帮助他开口。没讲究什么手法，任何手法都会多一层令他自己也厌恶的东西。王桑只是平铺直叙，讲最基本的部分。

说圆圆脸。第一次说，也是极详细地说。在与丁宁分手的那一年多，他所喜欢、所交往，并打算与之结婚的女孩。

丁宁眼皮眨了几下，表示她听到了，还是纯粹物理性的眼睛，似乎表示，这也没什么的。这种"没什么"，比她的喋喋不休或咆哮更叫王桑担忧。

然后说穆某人。如何用他那一套官商为盟的说辞，表示对圆圆脸的倾向，而他因为一贯的逆反心理决定对着干。然后，就这么"巧"的，丁宁回头来找他，内外呼应中，遂成天作之合。要马虎点儿的话，日子照样能过，他就是这样一路对付着下来的。但王桑今天要说实话——他马虎不了，他过不去。他痛恨自己那个愚蠢的选择，也不满于丁宁无意中的合作。

王桑用一连串的"好"在讲"坏"，"我知道你好，你对我很好。可我这里，好不了。对你，对我们这个婚姻，对可能有的小孩，恐怕是好不过来了。你明白吗。"

丁宁侧侧头，示意床头的手机。王桑看了看，离半小时还有七分钟。丁宁这是在酝酿她的反应吗，王桑会全盘照收的。依然沉默地，丁宁躺足剩下的时间，然后把双腿高高举起，像晃荡一个瓶子，扶着自己的腰臀部，左三下，右三下地慢慢摆动，让那一对背负众望的精子卵子，更深地沉到她的子宫内部。

这才坐起来喝水，半口半口地咽。"我猜了整八年的哑谜。"丁宁脸上有点迷糊，浓雾中才奔走出来的样子，"我就一直在猜，到底是我哪里不对呢，要怎么样才唤回你呢。你总还记得，我是多努力的吧，努力得都能杀人放火了。哈哈。"她发笑，但克制地，以免震动身体。脸上短暂地阴沉了一瞬，随即带点戏谑，"原来，这莫名其妙、怪胎似的八年，我是被你们父子俩的斗法，给活活捎搭进去了。"丁宁等自己的肚子适应了坐姿，又以慢动作下床穿鞋，"老人家要是换个方向再补一刀就好了，负负得正，和你结婚的就是圆圆脸，然后你念念不忘的，就是我了。哈哈。"

"不管怎么说。我的意思是，你有权利停下来。现在、随时。完全由你做主。"王桑终于说出来了。他想到稍早时，河山所剐过他脸上的那一眼，真希望她此刻能听到。又想到远远悬在头顶上的遗嘱之剑，想到穆某在背后的运筹帷幄。王桑有点替自己骄傲，他想他并非真的懦弱。

"我这次的卵泡，林大主任说，个个儿都是圆圆的，质量特别好。我那舍长刚刚怀上二胎啦，假如这次顺利，说不定我们的小孩会是一个星座。"丁宁跟半小时前一样单薄，却像抱着一个大瓷瓶似的，她用小枕头护着肚子，寸着脚慢慢往外挪。好像她越是做出笨重的样子，子宫里那两个微不可见的玩意儿，就越是能够不辱使命，完美结合。她没有正面回答王桑，看起来也没有生气。她可忙着呢，顾不上理会王桑这些鸡零狗碎。

王桑落后一步，看着丁宁的背影，不大明白，可得承认，他大大松了一口气，脚下简直都有点发软。只是丁宁的反问让他很别扭，也很震惊，真是那样吗——假如穆某当初是反过来干的，他现在也会对丁宁念念不忘？真从来没想到这一点。

第三部分

热寂对话录

一、垃圾

1

"喏。"有总抬抬下巴，书房排着两个大纸箱，这是上一周刚整出来的。整个冬季，他都在扔东西，隔三差五的，谢老师过来，带一堆下楼。肖姨说，到晚上七点多，他会趴在窗台上，看垃圾车过来带走。

谢老师大致翻了下，是各种紫红平绒封套的证书奖牌，乱乱地摞了有大半箱，"爱岗敬业标兵""MBA研修班优秀学员""创业十大风云人物""高新区建设有功个人""2002年年度诚信企业家"。谢老师咂嘴，这些小红花或大叱咤，可有他不少心血，从表格到洋洋洒洒的事迹材料可都是他弄的。有总好胜心又强，谢老师总得使出三头六臂的气力去捣鼓。当时那叫一个争啊，这一下子都弃若敝屣了？不是连旧马桶都"有感情"的嘛。

翻到下头，卷巴着几大摞报纸杂志。随手抽出一本——杂志有折痕，应当是以前折的，一打开就看到大幅的穆有衡特写。政府领导人一样，桌上一面小国旗一面公司logo旗。手里握着英雄牌水笔，摊着大十六开的笔记本。但凡需要放照片，他都钦定这张毫无特色、叫人看了就忘的照片。要说这些报纸杂志，全是谢老师组织的专访与特写，不过都写得挺水的。记者就是这样，偷偷摸摸、踩雷跨线的稿子，那叫一个刻苦，金主花钱约稿做软文的，反而不大上心。行吧，扔了也不可惜。不有红皮本子嘛，他会写出真正的好东西的。

另一只纸箱是照片。各种会议卷筒照，会标下的面孔绿豆大小。还有各种合影，也都是马踏春风、一阵风过的彼时人物。某退位副部级，某常委，某董事长，某空军大校，某名人之后。握手接见，上台领奖，亲切交谈，视察参观，共同举杯。

有总很注意搜集这些，重要场合要准备两个摄影师，从各个角度捕捉他与贵宾人物的亲密镜头，冲洗出来后放大装框。起先挂办公室，挂不下之后挂会议室，挂走廊，显得特别土。

谢老师过来后替他搞了一个荣誉展示厅，集中设计了一个**照片墙（素材19）**，再加上矩阵图表、滚动视频、产品展示什么的，接待来客参观时，总算体面多了。问题是不太长久。几乎每年，由于众所周知或内部传言的各种"变动"，总需要从合影里把某人的照片抠去，或整张拿掉。最难处置的是那种，同一张合影中，左一已升迁至更高位置，需要其继续在此"蓬荜增辉"，而右二已"进去"了，这就麻烦些。有总不怕烦，总是等到晚上，他拉着谢老师一起在荣誉室，对着照片墙，满口的插科打诨，指点这一番物是人非。回忆他与某某，白脸吵过几次，尔后成了铁兄弟。又说某某某，口碑清正极了，实际上只要口子一撕开，下面统统直接给。某某整天笑呵呵弥勒佛一般，实际可是使绊子的高手行家。瞧瞧，他们现在都哪里去了！他露出"看谁笑到最后"的笑，还是像我这样好哇，人民币总是颠扑不破的，人民币就是最美好的生活。他有意发出深沉的叹息。

对，想起来了，有一回他们需要"移除"一位退二线的政协官员，算是平稳落地，后来翻老账拔萝卜给带出来的。拍这张照片时，他还在商贸局，过来给一个合资项目剪彩，站在照片正当中。有总瞅了几眼，"咦"了一声，谢老师也凑上去，他不认识此公，看了下面的图片说明，想起来了，"这是圆圆脸……父亲？"二人对看一眼，那时王桑才结婚三年。庆幸？先知先觉？逃过一劫？都太不合适。你千万别跟王桑提。有总嘱了一句，再无多话。

还有个大纸袋子，是一大堆嘉宾胸牌、出入证、会议挂牌。喷，怎么连这些个也都收着呀，夹子都生锈了，五颜六色的带子夹缠在一处。胸牌里是各个年纪的穆有衡，二寸一寸，白底蓝底红底，名字烫金，中英双语。"中华物流商会高峰论坛""2010上海世博会某某馆特邀嘉宾""海峡情中秋两岸联谊""第五届国学大讲堂高研班"。别看就是个牌牌，都有成本的哪。比方马来西亚那个三日禅，禅修心意金是十万，给关在精舍里，少吃寡喝不许讲话，回来一过秤，肉掉了五斤，有总拍拍心口，"这肉怎么掉的，心疼，疼掉的呀。""斯威夫特高尔夫庄园"那个VIP更贵，但有总很满意，"图的又不是球，是打球的人。"

瞟一眼有总，正想开个玩笑呢，他又迷糊过去了。现在老这样，前一秒还指天讲地，后一秒，就蔫声儿了。跟他以前的走神不一样，是真的昏昏然，雷打针戳也不跳了。谢老师于是更加从容地翻检了一通，也算是跟自己的这些年告别，心里还真有点异样。倒不是怕素材散失，这些款项，谢老师都做了大事记，恐怕比有总本人记得都清楚。所异样的是——有总太异样了。

上个星期，去天水之前，有总还让他扔掉了两拎袋的旧日历芯子，不重，一趟头也就能下楼了。跟有总这么多年，真是没太注意他桌上的台历，还是在他录音笔里，才听到他扬扬自得的"揭密"，遂也列了个小题，**台历（素材160）**。还没来得及展开，他这里就统统要扔了。谢老师想留下来做个私人纪念，哪怕一本呢。不行，他坚决不肯，要纪念品还不容易，你到东郊那边，随便拿好了。

是啊，东郊别墅那边，好端端一个见山望水的大屋，塞满各种堂皇的破烂，除了有总那些不知真假的所谓古玩与收藏，还有老板们彼此赠送的公司纪念品，刻着老总手写签名的乾隆御制笔筒，镌有公司铭号的三星堆青铜大立人，商会仿汉宫灯——能把艺术仿制和商务宣传结合得那么难看的，也算各版本大全了。谢谢，谢老师可一个都不想要，东郊那满屋子，都抵不上有总的这些旧日历，可谓是黄金册页呢。

有总闭一闭眼，不听他的谄媚。扔掉好了。所有这些东西，只有我晓得来龙去脉，明白是咋回事，也只有我，是真的舍不得它们。所以得亲手处置掉，收拾干净。

听听，这完全就是将死之心啊。最近确实情况不太好，入冬后，一次在厕所，一次在阳台，已连着摔过两次，假牙都给磕得飞掉。尤其除夕夜，他坚持要看完春晚，说要再熬个跨年，台上才演到少林寺和尚的武术，突然的，他啥也看不见了，直嚷着说电视坏掉了——短暂性眼盲，不用请教医生都知道，是中风前兆。

想想这几年，真是眼睁睁地看着他，生意上一步步撒手，肉体上老病加身，老狐狸成了老糊涂，记忆力与精气神儿，骨牌式地，一个压一个地扑倒。虽也是循序而来、应然之事，可这会儿，冷不丁看这两纸箱的旧物，如同猛回头跟从前的峥嵘打一个对照，确实还是触目和伤怀的。

"炸萝卜圆子，趁热的！"肖姨叫唤着进来，想是有意要把有总惊醒，他一睁眼，见谢老师还在对着纸箱子痴不棱登的，倒笑话他，"没事也想想你的宝贝玩意儿吧。可别等你翘辫子了，由着别人在你死后去翻来翻去。"

谢老师一下子想到他收在大顶柜上的东西。攒钱买的第一台录像机，那阵子疯了似的想搞纪录片，那时还是用大带子呢，扛在肩上死沉。十几个采访本，夹满名片和小纸条，老觉得将来会有用处。五盒SONY贝塔带，是从公家顺回来的，外面卖得贵呀，里头是精选又精选的资料。还有什么？别字连天的盗版金瓶梅。大学师妹的所有来信。

给有总这么一讲，心里还真给戳住。似乎有点明白有总的意思了，越是心爱之物，越是得自己动手，管杀管埋。

"许多东西，太久了，真也忘了。等翻出来要扔，倒又想起来了，想得心口疼。能疼呢，又觉得还像个活人。肖姨，萝卜圆子不错，就为这，讨得你做老婆也值了。你家瘸子，身体怎样，熬得过我吗？"他最近对肖姨有点不稳重起来。油炸的玩意儿，其实他不宜多吃，可有三样，每年一到时刻，必吃。夏天是炸茄夹子，秋天鲜藕上市了，就炸藕夹子，入冬了，白萝卜脆了，就要吃萝卜肉圆子。肖姨喜欢糯米粉与白面粉各一半，再加点胡萝卜碎，香糯软口，三样里头，得排第一。

　　谢老师只吃了三个，心里还疼痛着他大顶柜上的玩意儿。有总咂咂嘴，传授经验，"一步步地从远到近，心就慢慢硬了。你想一开始，我扔的啥啊，不过是旧衣服旧手机。你就先说你最容易扔的吧。"

　　也是好久没陪他瞎聊了，谢老师遂严峻地想了想，"实在不行，就先处理集邮册吧。反正也没有梅兰芳、T46、红楼水浒、钱币博览会那些个。[1]我的优势不是钱，我有路子。比如台湾邮票，才推'三通'[2]那会儿，一般人哪里能搞得到，我有个小舅当时在做报社通讯员。他采访过一个劳模投递员，整个八十年代都在查台湾过来的寻亲信，那是真厉害，音讯不通三十年，辗转过来一封信，单位街道门牌全对不上，他硬是就能把那些死信给救活。有个老太太，七十八岁了，他从城南住址查到城北，查到郊县，最后查到她回乡养老去了。好家伙，就一直追到她浙江老家，我小舅也一路跟着去采访，最后跟老太太讨要了两张皱兮兮的台湾邮票——给了我。我还收着不少小国家的邮票，猜我怎么弄的？八四年，那不是咱头一次参加奥运会吗，我又央求小舅托到他一个大师兄，在中央台的……"

　　一看，有总耷下眼皮，倒不是迷糊过去了，是他的眼皮，最近总是十分肿大，厚帘子似的落在眼上。谢老师停下，他却冷不

1　分别指《梅兰芳舞台艺术》小型张（1962年）、《庚申年》生肖猴票（1980年）、《红楼梦——金陵十二钗》特种邮票（1981年）、中国古典文学名著《水浒传》（第一组）（1987年）、《国际邮票、钱币博览会 北京1995》小全张。
2　"三通"是两岸"通邮、通商、通航"的简称。

丁接口，"那个查死信的劳模投递员，还健在吗，要是托他去找沈红莲，一准比你强多了。"

啧，有总还在怪他天水之行不力。可要叫谢老师看，收获还挺大，虽然是一个沉痛的收获。

2

其实他已做了一个策略性的回溯，往河山的小时候挖，河山小时候的尽头，不就站着沈红莲吗。有总所提供的爱心驿站，被牵涉到什么乱藤似的案子里，十五年前就被当地民政局的福利院给收编了。是急就章的收编，驿站那一块的资料皆阙如。福利院一个负责孤儿档案的瘦高个女人，啪啪地在电脑里查了半天，又用原始办法，跑到材料室去翻了十来分钟，只找到河山转入与离开的时间，并没有她在驿站那边的原始记录。但关于爱心驿站的一位大善人，叫作魏妈妈的，谢老师倒是听了个满筐满箩。

——随便多么稀里古怪、没人肯要的残障患儿，统统都收下，因而声名远播，引来善款如流水不断。她呢，也是能干，把残障孤儿们一鱼几吃，一手领国家的残障补贴，吃空头低保，另一手倒卖人头给劳务公司，帮企业签佣工合同减免税额，这都算是常规操作。她的想象力还要更丰富一些，替残病小孩开发出各种用处，搞车祸碰瓷，扮医闹，扮矿难家属，扮上访户子女什么的，效果极好。后来玩大了，又跟黑社会合作，搞起仙人跳什么的，去胁迫权势人物——这一部分，显然是最有传播意味的，高个瘦女人直讲得眉目舞动，完全停不下来，尤其讲到跟魏妈妈一起做局的那个女娃，别看是小人儿，真个是如花似玉楚楚可怜。据说当时跟大人们一起打包端到派出所，上上下下不相干的，都要设法跑去偷看她两眼。

谢老师听得心惊。那个小女娃，叫什么？

那可不知道。魏妈妈在里头，据说吃不得苦，一碰就全交代了，跟拔花生似的，海关、医院、财政、公安、拆迁办，扯出一大嘟噜，把我们这边搞得热闹死了。但所有小孩的名字，不管是碰瓷敲诈还是仙人跳的，她是一个没讲。确实，小孩家家的，能知道什么，也不是一个两个，驿站里大部分小孩都有份的。也是作孽噢。

这位魏妈妈，关在一监还是省女监？谢老师想去探看。

您可别忙活了，进去没几年，就死在里头了。有说是病死的，有说是自己寻死的，有说是被搞死的，她讲太多了嘛。其实魏妈妈对小孩子还可以的，替他们买药看病，找工作，介绍对象。她出事后，驿站的那些小孩，大的小的，都哭得跟没了亲娘老子一样。说来你不相信，她那坟上，每到清明，总有当年的小孩拖家带口地去看她，今年这几个去，明年那几个去，搞得魏妈妈比哪个死鬼都享福呢。

谢老师连打几个岔，总算把瘦高个女人从对魏妈妈简直是佩服的宣讲中给拉出来，把话题拉回他们收编爱心驿站时的情况。瘦女人有点不耐烦地抱怨，收编个啥，那些孩子人是过来了，心里还是只认老驿站、认魏妈妈，根本不服管。但凡有手有脚，能自己过活的，一满十八岁，便硬起翅子飞走了。

谢老师仍是不饶，缠了许久，终于揪到一条也许有用的线索：跟河山差不多大的那一拨子里，有两个女孩去了杂技团。打听到杂技团正在平凉演出，谢老师叫部车子当天就赶去了。一路上还在想着，杂技团演员，娇小，身手好，没准玩仙人跳的是这两个呢。

面前的江山矮墩墩圆滚滚的，迎着谢老师的疑惑，她冷笑，胖点没关系，好歹脖子还能上下送气儿。这话何来，一问，原来当年跟她一起以姊妹花模式演出的湖山，十六岁时摔断脖子没了。江山落了单，也丧了胆，不再登台，改做训练课教师。

我们打六岁就形影不离，一起顶着大缸下腰，一起挨打挨饿不许长肉不许长高，我们梳一样头穿一样衣服，连袜子内裤都一模一样。江山痴愣愣地一直在讲湖山，到现在，我还留着湖山用过的束腰带呢。记得河山吧？谢老师不得不打断。江山从伤痛里出来了，举起杯子咕咚咚喝水，脸上显出相当的不友好。是不是出事了？不奇怪。那浮浪轻骨头样，从小一看，到老一半。

谁不知道她，魏妈妈的红人，总单独给她吃好的穿好的，谁不恨她。她啥事都要争个抛头露面，拔尖儿。还假装着疼爱那些没人样的小东西，经常省吃省喝地守着照料。可对我们这帮差不多大的，眼睛朝天，从不搭理。我看她啊，其实是妒忌我跟湖山，那没办法，谁叫她太高了，咱杂技团看不中啊。

江山一口气地，讲了不少河山被魏妈妈偏心的细节，差不多都是一双丝袜、一包方便面的事，细节都记得牢牢的。当时所计较的那些贫乏，此刻听来，滑稽而悲哀，她胖胖的脸上仍像十岁小孩一样，露出执拗的委屈。倒是始终没有提到仙人跳什么的。

矮而圆的江山站起来送别谢老师，用带点巴望的口气再次追问，怎么的，你倒是讲讲呢，那贱丫头是出什么事了吗？

出来站在外面，看了一会儿街景。风停了，日头快要落下去，傍晚的天空显出一种灰蓝的澄明。前前后后全是各种高大楼宇，路道上也堵塞着大小车辆，街面大屏里明星脸庞滚动不休，俨然繁华之感。多少年了呀，这里也是改头换面慨而慷了。

谢老师想起他最初受命而来看河山，不要谈机场了，下了绿皮普快还得倒长途汽车，下得车来，四方极望，不是山便是陵，触目所见的人、车、房屋、街道，总有一种灰蒙蒙的寂寥感。他总站在教室外面的操场一角，扑棱棱带着沙子的风里，交接带去的衣物，问问她成绩和生活，就算完成任务。小时候的河山不爱说话，对他甚是拘谨，满面警惕。

她变化很快，可能也因为上学迟了一年，到三四年级，个子直蹿上去，总坐班上最后一排，走路有点扭起来，打扮也不像小学生。谢老师当时就挺不习惯的。尤其到小学毕业后，她会主动黏着他，要求带她到校外逛逛，并伺机打听有总的情况，有时也跟谢老师斗嘴打趣，颇有风情意味。现在算算，那正是魏妈妈倒了、爱心驿站没了之后的事，她等于又被抛弃一次……

想想那时，对她是太潦草了，应付差事的心态，总把往返车次对接得很紧凑，办完就撤，并不留意她的具体情形。一个资助学生嘛，还要怎么地。这也得怪有总，他屏蔽了太多信息。又想起她师范毕业后至今，各种地瞎抓挠，瞎扑腾，谢老师虽也跑前跑后帮了些忙，其实都有点冷心肠看热闹的意思。谢老师几乎忘了，也从没有真正意识到：河山是彻底的孤儿，她那套复杂的、贪婪又蛊惑人的做派，正是因为完全的孤立无援。

真应当对她好一点的。

关于河山的最后一个回话，是离开天水之后才传回来的。当年跑公检法的天水老记者，找内部人员，查问到魏妈妈案子的一些细节。结果正如他所忧，又如他所料：仙人跳之诱饵，舍她其谁。想起自己曾经对王桑直咂嘴，感叹说"这个河山有意思"，其实哪里是有意思。河山的伶俐扮相，仿佛天生浮浪的风情，对男女关系的势利运用，包括她在师范学院闹出的那些多角故事，都是有出处的，是她的自卫与生存之道，是无人知晓的啼血之痕哪。

谢老师可再也不想客气了，他把几只纸箱子撇到一边，开口就冲有总打了一小梭子弹，这有点冒犯，可他没能忍住。怎么还不满意这一趟天水之行呢，他抓到了河山全部不幸的根源哪。根源是什么，就是你老人家。从他动念占下沈红莲母女的救命钱，或者说，再早一点，从他固执地认为，何吉祥受骗了，从他不服气何吉祥的能干与好运，打那时就开始了。河山所遭遇的这一切，他脱不了干系，他就是河山的苦难之因。

有总默然听着，昏然无语，好一会儿，才神思恍惚般地反驳，"河山的命，也不是全不好。碰着魏妈妈了不是？这倒是个大善人，看她把河山，给保得多好。嗳，你哪天打听打听，像这样的爱心驿站，哪里还有吗，真不错，起码是看得见摸得着的用处。要不哪天你代我跑跑看，咱去资助几家？看看，河山这等于是吃百家饭长大的，我乐意替她把饭给还到百家去，咱谁也不欠……"他热切地看一眼谢老师，寻找赞同。谢老师气得扭过头，河山吃的可是百家苦啊，哪是百家饭。

僵了一会儿不见谢老师应声，有总突然生气了，血气直往脸上涌，通红，拍起沙发扶手，"谁知道河山是沈红莲跟哪个人生的？她就是生十个八个，这十个八个就是全扔到孤儿院，就是全跟黑社会玩仙人跳，跟我有什么关系啊。你他妈的，还是得找到沈红莲啊。我拜托你多少年了，你讲讲？我从头到尾一共拜托过你几件事？替我去照应河山，替我找沈红莲。你哪一件做得好的？飞机来飞机去，高级酒店给你住，好酒好饭地管着，还有出差补贴呢，你真连投递员都不如，人家蹬个自行车，两岸音讯不通三十年，还能找着个七十八岁的老太婆……"他前言不搭后语地大骂，手边拿起随便什么就扔。没力气，扔不出任何动静。两只垫子，滚落在脚下，老松果抬头看看，用爪子拨弄了两下。

谢老师起身，一上一下，一口气抱起两个大箱子加那个纸袋子，一堆的胸牌证件直顶到下巴颏，下楼走了。

有总骂得也有道理，他是不够尽责，可这事也怪河山，随便什么艰难时世，从来都一副心里有数、自有主张的老练样子，她哪怕就吐露半个字呢，他会坐视不管吗？她总在演，演得都忘了自己为什么要这样演。

当然这样也挺好，相当于把粗盐、大料、辣子、陈醋、碱水，轮番地扔进去，腌泡起来，河山这才能发酵到位，并且更加多滋多味，她会成为一个很"好写"的人物——刚想到这里，一下子面红耳赤，脚下差点趔趄跌倒。太罪过了，总还是忘不了自己那红皮本子。

3

小谢跑啥跑，以为我在替自己开脱吗。不相干的，我是真觉得，魏妈妈待河山，算不错，还有别的那许多不齐不整的孤儿，不也都靠着她嘛。

至于魏妈妈别的那些路数，怎么讲呢，我也碰到过。

有那么几年，所谓世纪之交前后吧，我确实玩心有点重，主要也因为摊子铺得大，朋友交往多，当时都那个风气。可以这么说吧，只要出差，是夜夜不空床。反正没想过再成家，这辈子我只认云清是我老婆。但下头的魔鬼不老实哇，就得给它往地狱里打。南方不错的，那里的地狱花样很多，也很容易处置。有事没事的我们都爱跑那边谈事情。吃饭是你醉我倒，唱歌是你搂我抱，打魔鬼则是同甘共苦，有了最后一条，大家就是过硬的朋友了。

我第二次去查找沈红莲，为什么最终还是放弃，跟我的眼界已开也有关系。越是见得多，就越是觉得何吉祥上当了。我感到她们全是沈红莲，能钓一个是一个，就算我这样地层层防备，也还是踩过一脚泥——

那次，带着个中韩合资公司的配货经理一同出去，这家的液晶显示屏，市面份额数一数二，为拿下他们华东区的货运，我已下了半年功夫。配货经理跟我差不多大岁数，也是苦出身，一路吭哧到这么个二级经理。我有心让他开荤。吃饭唱歌，泡浴按摩，最后挑个妹子进房，给他来了个全套。哪晓得，到第二天十点多，我们才到餐厅坐下叫了火腿煎蛋，就有人送他一只大信封，全是他昨晚打魔鬼下地狱的照片，还附有一长串的姓名地址，老婆、小孩学校、上司、下属、父母。配货经理可真是疯了，手头要是有枪，肯定是先崩了我再自杀。

我费尽口舌，总算让他相信，这绝不是我的花招，然后我们再找出敌人之所在。其实没悬念，就是现在他合作的货运公司，想拦住我这大动作。这招并不新鲜，我也玩过别人。不要怕，开足马力，干。我把大炮直接对准对家的上司，妈的，谁没破绽，没破绽我也要制造破绽。只要把他的上司给咬紧了，他这里自然就松口了。这样的事情，临到头上，谁还会注意到里头的小妹，不就跟抹布似的，早不知扔哪个角落里了——河山，也就是相当于这样的小妹。不过平心而论，魏妈妈这手法，难度系数更大，但用得好的话，几乎没有讨价还价的余地。下次碰到狠角色，不妨也可学学这一招。

嘀，我这干吗呀，都快入土了，还要"学学这一招"。其实我的意思是，我并不像小谢那样反感魏妈妈，我得记着她的好，到底是她带大了河山。再说那时，大家做事情都蛮野的。就比方讲税银子这一块，名堂大了去。像严家兄弟两个，他们能跑，沿海二三线城市的开发区新区什么，轮着走，每个区都要搞招商引资嘛，上赶着地免地租，减地税，招工给补贴，人才给资金，项目给扶持，那叫一个两头甜。等把这截子甘蔗嚼得快成渣子了，就吐掉，抽金断水换地头，反正这些开发区的头头脑脑，换得比小老板还勤呢。无近路不快，无浮油不胖——我们这一拨子，路桥、电缆、建材、钢线、化工，起家瞎闯荡的阶段，都有最肥的几年，等到真正立起规矩上了规模，那油水也差不多了。后来他们就想别的花招，记得雷总和欧阳夫妇，新公司全注册到维尔京群岛、开曼群岛那边了，他们最早占着便宜，后来大家都跟上了，确实能省下不少税。不过魏妈妈也是好身手，居然直接瞄上海关……算了，不讲这些，而今想想也挺腻味，没人是清汤寡水的。

主要我是气小谢，他那口气，好像河山跟着魏妈妈所遭的事要算到我头上似的。天地良心，我真是从头到尾都是为吉祥考虑的，不能因为他上当吃药了，我就陪着他把这药给一路吃下去。就算有哪里不妥，也轮不到小谢这家伙来说我。他怎么到现在还是那种小报记者的脾气，正义化身似的。世上有什么绝对的正义吗，也真是白跟了我这么些年，他还是没有理解我。人哪，真是一个人一座山，隔得太远了。

就包括我扔东西，他还乱夸我呢，说我这可是赶上了最时髦的断舍离什么的。屁。哪里是赶时髦，只是因为要死了，我是再也看不到它们了，也没有任何人会像我这样去看它们了。

尤其上上周扔领带，真是扔得我肠子都断成了几截子。穿衣打扮上，我不讲究，也怪，就是喜欢个领带。

这些年风气变了，前台接待、领班、倒茶水的，一水儿的正装笔挺，老板们却松松垮垮的休闲，皱巴巴的麻布衣服。当年可都是西服领带全套，起初我特别不乐意缠那玩意儿，脖子上总觉得勒。后来跟港商台商打起交道，难免要注意些。后来日韩公司，再后来，德国美国的也都来了，动不动就是大场合，一来二去的，倒也就勒惯了。只要一缠上领带，我的粗脖子马上就会梗起来，抬得老高，胸脯子往前挺，怪有气势的，手下都夸，我也来劲，就迷上了领带。

迷到什么程度呢，差不多跟女人买围巾一样的，随便到哪里，小国家的小镇，机场免税区，步行街的手工店，看到了就挑，绝不能空着手走过去的，不见得都贵，也谈不上每一条都好看，反正拿着就高兴。没数过到底买过多少，但我试过，刻意地每天换一条，从当年秋天直戴到第二年太热了才停下，就这样，还有很多条没轮到呢。

小谢说有个闲鱼还是咸鱼的我没听清，可以放上去，有人会要。他放哪儿我不管，总之我这里是统统撒手了。花了两个半天，一条一条地，手上过了一遍。有条我最喜欢的乳白暗条纹，可惜给吐上了红酒。图案全是车轮的公司年会领带，运输魔王嘛。有次被个小流氓给算计了，从后面揪住我领带一扯，勒起我脖子。有个女人，她喜欢我光着身子但挂个领带跟她干。过领带就是过事情，过也过不清啊。

他把箱子抱走了吗？唔，抱走了，算了。其实照片里好多故事呢。像张大头，多凶悍的人啊，死在我前头，他那一儿一女的，为着钱，到现在还没打完官司。王总也多年不见了，照片上还有嫂子，他是个狠心情种，有天突然丢下嫂子带着小助理私奔到法国了。我总在想，他现在能满口法文吗，想想都不像……

对，那摞到此一游照里，还有中韩合资那配货经理，他后来高升到公司总部二把手，在开发区管委会也有把椅子，还挂着外商联谊会秘书长，而我们的交情，也正因着"打魔鬼"照片一事，更铁了。既是成了"优质资源"人物，手法就得更讲究了，直接给真金白银的话，辣手也辣眼，不好。于是带他们全家去阿尔卑斯滑雪，吃奶酪火锅啥的，那次玩得挺开心，还顺道去了荷兰，素口素心地在红灯区远远逛了一圈，毕竟人家太太在呢。嗳？这家伙后来哪儿去了，怎么再没联系了呢。也算是过命的交情了，怎么退下来就互相连电话都没有一个，像彼此都死掉了一样。好吧，反正都是前后脚的事，要不他先挂，要不我先挂。

对，等会儿到七点，我得摇到阳台去，等着看垃圾车。现在垃圾车可先进着呢，都是现装现压，两只长而大的机械臂，把所有垃圾都给压得扁扁的，跟乡下喂猪的那豆饼似的。今天这乐子可有得瞧，那许多的奖章胸牌照片证书，统统要压成花花绿绿的豆饼。

垃圾啊！不论什么，到最后都是垃圾，给压成猪饼，再怎么拼手拼脚、淌汗流血挣来的……但我不喜欢小谢说的断舍离，那不准确——离归离，但不是断也不是舍，人家垃圾还能回收呢，还变废为宝，循环往复再利用呢。真得好好想想，我这一辈子所有打拼下来的"垃圾"，到底该怎么弄才好?

前面讲河山吃百家饭,我来还百家饭,我不是随口说的,其实是打算跟他商量,哼,那小谢倒一下子蹦老高,蹬鼻子上脸地还训起我来。气得我!这事情,以后再不跟他讲半个字了。我自己慢慢琢磨。

4

谢老师没有跟河山打招呼,骑个摩托就直接往她的艺培学校去了。感觉人气比以前又差了些,有两个家长在办理退课。

河山头发盘上去,架一副平光粗黑框镜。没用,谢老师跟她说过,这就跟农民伯伯往耳朵上夹圆珠笔一样的效果,"知道罗中立那画吧。"河山不答,只翻眼睛。

她摘下眼镜,跟谢老师要烟。她常戒,又复吸,"我在师院主修过美术好不好。也交过画画的男朋友,肖像画都有三张呢。哈哈。"她皱起鼻子笑笑,"这个寒假应当能挨过,春季班就看老天爷了。我这回要再完蛋,你数过没,是第几回?"她朝办公室墙上的禁烟红标吐烟圈,"都说老人钱、女人钱、小孩钱好赚,怎么到我就是犯冲。"

这插科打诨的,明显是铺路的口气,为下一张借条,谢老师不再觉得刺耳了,心里是真的替她一声叹息。她确实是运气太差了。但今天不想跟她谈钱。

谢老师也替自己点了一根,向她报告"故乡事","还顺便去了下杂技团,见着江山了。跟你同龄的湖山,摔断脖子了,才十六岁。"他没有提魏妈妈。

"孬也罢，好也罢，都是我们的命。"河山简单回应，随后眯起眼摇摇头，"我算出来了，这艺培再倒的话，是第六个。如果我这辈子都一直倒、一直赔，是不是也可以报个吉尼斯纪录？报上的话，那个有奖励吗？"

"真想钱，不就看你自个儿吗。"

"别再跟我提那茬儿了。对了，你张罗的相亲，应征的多吗？我最近把他可调教得不错。"讲到穆沧，河山稍许高兴了点。

"我没说你一定要嫁穆沧，你也不至于。但，河山哪河山。"谢老师没有一丝笑容，"你就没什么别的要告诉我的吗？我是真想帮你。但得先找着你妈，搞清楚你的身世。没准这就是生路，就是你日想夜想的钱。"倘若何吉祥是她的生父，河山还愁什么呢。有总肯定会给个说法的。

谢老师反复思量，包括天水福利院管档案的那个瘦高个女人也替他分析。河山这种情况，不能算是绝根的弃儿，只要父母有一个在，能熬出来，一般都会回头相认，况且河山有手有脚没毛病，回家就能帮着赚钱——谢老师只担心一条，当初要是魏妈妈给扣下了，那河山确实就什么也不知道。河山可是她所有戏码的当家花旦，不肯放的。

"不是跟你说了，但凡要知道个屁，我肯定早就放了。"河山把烟头往窗外一弹，把黑框眼镜又戴上了，果真老成些，谢老师甚至觉得，她也有淡淡的川字纹了，"认亲妈也没意思。万一讨的还不如饶的多，我还要贴养她呢。"

听这斤斤计较的口气，反倒说明她知道点什么，人们只对知道的东西才担心和回避。谢老师继续劝，"有一母就有一父，有贫家也有富家，起码一半对一半的运气吧。你要不要去下洗手间？"谢老师感觉她在斗争。谢老师早发现了，每每跑一趟洗手间回来，她会跟打了一针似的，有条有理张口就来。

"你尿急了你去。过道走到顶，往左。"河山语调平常。谢老师看她正一动不动对着她眼前的窗户。看什么？只是一个大白面儿呀。这一面墙冲着停车场，为尽量搞出点艺术气氛，所有窗户的外面都被河山贴上了巨大的名人头像。郎朗。梵高。邓肯。黑泽明。刘欢。鲁迅。秀兰·邓波儿。谢老师一直为他们的同台并峙而感到迷惑，这是凭什么挑选的呢？

谢老师真去了一趟厕所。男女共用的，太简陋了，连镜子都没有。

慢慢吞吞转回来，老远的，他看到河山还在一动不动对着大白面儿的窗户玻璃。咳，敢情她这时还不忘照镜子哪，真是女人。她抱起胳膊，把自己抱得紧紧的，有点怕冷的样子。那扇白玻璃窗，背面贴的应当是黑泽明。

谢老师才走近，她突然开口，"十三岁那年冬天，过年前，站长妈妈给过我一个纸条，有号码和名字。魏妈妈建议我撕了。就撕了。"河山语速慢下来，"你想，一个人在路上走得好好的，是遇不到人好呢，还是遇到一个坏人好呢。妈妈也一样，没有，比有个坏的，好。"

"那不见得。像我们搞新闻，没事情最糟糕，等于什么也不知道。坏事情倒是好——哪有天生的坏事情？也许是从好事情变成的坏事情，或者是坏事情里夹着一点好事情，又或者，坏事情最后会变成好事情。你说是不是？"谢老师故意忽闪着舌头耍滑稽。他很怕河山扭头看他，好在河山一直还是朝着黑泽明。

"那个号码，可能是她们瞎写的，随口编些故事，好让我死了寻亲的心。打不通的话，我会恨魏妈妈的。我不想恨她。"河山终于转过头来，她把黑框镜往头顶上一推，眯起眼睛，挺媚人的一笑，"可要能打通呢，那亲妈就是只大野鸡，我就是个小杂种，她还要拉我去女承母业。反正我是不会打的。"她扯出一张便签，写下一行号码与两个字：莲花。

二、社交法则

1

叫相亲也好，征友也罢，有谁真对穆沧这事，抱着严肃和认真的想法吗。

谢老师知道自己不是。他是考虑其"可写性"——通过网络发动与应征者参与，通过河山和他的共同努力，阿斯伯格综合征患者穆沧跨越了社交障碍，找到终身伴侣云云。这挺励志的，人们好像都需要这样奔向圆满的鼓动。可这同时也是讽刺，毕竟，这鼓动的动力可不是穆沧的魅力或人间真情。

有总那边本来就是勉强同意，并不抱指望。他对穆沧的交托，应当还在河山身上。

王桑对穆沧是最上心的，却是抱残守缺的思路，根本就不忍心让穆沧成为社会人，去投入男女婚姻。这多残酷啊，害人害己。他跟谢老师抗议过，但也无暇干预，他跟丁宁那边的生育大计，正十分吃紧和狼狈。

也就河山了，一身劲头、一腔火热，可谢老师总觉得有些不对头。以她素来的性情，是无利不起早的，可此一事中，她何利之有？偏偏诸事都冲在前头，一一地带穆沧去见面、筛选，并最终……拒绝她们，一种否定式的保护。

至于应征者，谢老师不能不失望地承认，她们是所有人里面，最不严肃的构成。征友启事，谢老师没敢放在抖音头条那些地方，只选了相对老派的微博。自然，"富二代"在哪儿都掩埋不住，再加上穆沧的特殊性，留言转发与后台私信都极是热闹。可细细读来，感到她们大都抱着一种游客打卡般的心理，仿佛这是一处虚拟的人文关怀景观。

谢老师说服自己放松下来，有枣没枣打几杆子吧，就当开拓穆沧的社交能力。而的的确确，在与女孩们的见面中，穆沧暴露出不少的问题。

河山此前已经带穆沧跑过多次简餐店，对这样的场景，以及场景中如何点餐、选位、付账等，他都基本掌握。问题还是在于，穆沧在跟河山建立了初始"程序"后，便再难以变通。

——与他见面的女孩要了双份饮料，他最爱吃的黑森林蛋糕卖完，他习惯的那个角落已有客人落座，店员配的小勺颜色不对，餐巾纸从无香换作抹茶。他就像浑身哪儿哪儿都痒痒似的，在座位上扭来扭去的不歇。河山早就叮嘱过他，不要为这些小变化烦恼。他也听明白了，于是把对小变化的烦恼，转为去克服这些烦恼的斗争。而不论是烦恼还是斗争，都占据掉他大半的注意力。他那本就微弱的社交能力，愈加显得磕磕绊绊。

很高兴认识你。我叫某某。女孩说。

我叫某某。我叫某某。穆沧嘴中仓皇回应，却重复着对方的名字，他失去了应有的会话反射。河山含糊地跟女孩解释，一边设法与店员或客人商量，等到座位重新调整，蛋糕与勺子都更换到位之后，女孩子已经觉得，不再需要有什么对话了。

就算一切如常，穆沧的胖大，紧身卡通带帽衫，垂挂的眼神，机器人式的会话，也会让对方连饮料也等不及喝完。她们会把谢老师给叫到一边，像提前退场的闪电观众。请问需要AA吗。

早走早好！我看一个个的，根本就没诚心。净盯着穆沧的刘海看，长点儿怎么了，我们还打算扎小辫儿呢。那咱沧这么白，怎么就没看到的，可比她皮肤强多了。河山总在她们走后，愤愤不止地咕哝。穆沧倒慢慢恢复了，笑嘻嘻享用起他的黑森林和百香果奶昔。

总不能傻坐着吧，谢老师就重新教他几个"健康"的笑话，建议他自我介绍里去掉年纪部分，也不是每次都要称赞对方漂亮，尤其有的并不漂亮——河山插嘴，你不懂，所有女人都爱听这句——哦，那就保留。不过你讲百科全书或名人名言时，可以加一些停顿，等对方的反馈与讨论，总之不要像在背书。河山却又护犊子地打断，这个就是他的习惯啊。将心比心，叫你现在改用左手使筷子你行吗。其实这挺好，我第一次见穆沧，他可把我给乐坏了。她们，就不能有点幽默感吗。

确实，穆沧并不用改。真正有意于此的应征者，穆沧的任何问题都不是问题，哪怕他从"历史上的今天"一直讲到"明天"和"后天"，她们都会耐心听着，耳环欢快地晃动。因为她们的注意力在河山那边，谁都能看出，河山是老母鸡，是代言人。

夹杂着对穆沧的敷衍，她们坦率地向河山抛出各种问题，似乎带了一个看不见的律师团——财产的一半已经在他名下吗。好的呀穆沧，哪一天你带我去看看你的沙漏。会做婚前财产公证吗。轮到我说了？我爱好瑜伽，我是跟真正的印度人学的。确认过沧有生育能力吧。哇，你知道这么多关于瑜伽的知识。请问他这算有独立民事行为能力吗。你知道什么叫家庭三人组瑜伽吗。那婚后的话，妻子可以申请成为他的第一监护人吗。

河山从桌子下面冲谢老师直竖中指：看看，你选出来的好人儿。一边爽快地对所有关于财产的疑惑，统统做了肯定回答：当然了，穆沧都有份，他有份你便有份你们的孩子便有份。接着还大肆吹嘘起穆有衡的经营领域，用的都是金光闪闪天地不靠的大词，等女孩听得眼睛嘴巴都大了三圈之后，谢老师忙站起来，小声问姑娘要地址替她叫车。但河山并不到此为止，她冲谢老师一摆手，拉着女孩一起去了卫生间，在里面待上很长时间，然后才让她们离去。

谢老师发现，女孩们离去时，跟河山之间，好像突然有了别样的亲密感，有的还会与河山抱一抱，依依地挥手。"在卫生间干吗了？先暴打一顿，然后上思想品德课？"谢老师不解。

河山不理他的玩笑，"她们实在太像我了。我送给她们一个秘诀……让她们好好问问自己，知不知道自己是怎么回事儿，到底想要什么，又怎么去要。"河山的神情，显得伤感和悠远。这倒让谢老师一怔，既是这样，她刚才又何苦捉弄人家，把穆家说得跟澳门何氏豪门似的。

2

各种可以预料的失望之中，也有比较脱俗的，既跟穆沧相宜，也较适合红皮本子，谢老师私下里带着些推动，因而走得稍远。

不是提出来，最好有什么"爱好或痴迷"的吗，这想法虽是刻舟求剑，但一旦对得上，也算捷径。有个女孩，在金陵刻经处学做雕版，是父亲来替她应征的，他也老实说了，女儿比较"冲淡"，他用了个怪怪的词，跟有总说穆沧"脱离了低级趣味"差不多吧。谢老师一想，可能有点意思，咱沧不是喜欢篆刻的嘛。

且唤她作小雕吧。两人平稳地走到了第二次见面，地点改在穆沧家里。穆沧赞美外貌、谈论天气，小雕则给予同样枯燥的反馈，到穆沧进行到笑话阶段，"说，有个人、不懂外语，坐国际航班，空姐问他……"小雕有点耐不住，她很小动作地，从双肩包里取出一块覆着白字帖的长方木板，几样木匠用具似的家伙在桌上铺开，还有一个便携小射灯，她飞快地环看大家一眼，随即就握起拳刀干起活，不再抬头。

"那正好，你也刻嘛。"谢老师鼓动穆沧，并想到同窗共读、不争岁月——起码有总在他电视机里，可以看到这样融洽的画面。穆沧愣了一下，"我是星期、四晚上刻。"他继续被打断的笑话，"……他选后一、个单词，送来了，咖啡。第三次，他选了中、间的词，or。"没有人笑。谢老师与河山已听过多次，小雕屏息凝神于她刻刀下的《无量寿经》。

"能不能停下？"有点无礼地，河山把手挡在小雕木板上，"一起玩个游戏。假如说，有很多钱给你，你想做件什么事？每个人都讲。"看来她想拉快这次见面的进度条，"谢老师你先讲。"

"我啊。"谢老师一呆，光惦记着问女孩子们了，自己还真没想过，"我嘛，会排出十个二十个人名来，世界范围内的，还活着的。我想去跟着他们拍纪录片，做口述史或回忆录，这可得有一大笔钱，尤其是公关费，你想，人家凭什么跟我……"讲到这里，自己都呵呵失笑了，这还不只是钱的事情。

轮到河山。见她眼睛睁大，略显放空，"真要有无穷无尽的钱啊，嘿，那我就四处送人呗。小时候老被人可怜，老要泪汪汪地说谢谢，够透了！那时就想，哈哈，哪天我要能给人送钱，该多爽啊！"她吃吃笑起来，突然又补充，"还有，我想换掉我自个儿，性别年纪身世，整个换成另一个人。谢老师你说，只要有钱，能搞成的吧？"谢老师喝一口水，呛住了，肚子里一堆话，给河山呵止，"别，别给我来狗屁心理分析那一套。这不就是瞎吹牛嘛。下面到你了沧，说说看，有钱了你想干吗。钱就是金钱，财富——我晓得你，喜欢书面语。"

"金钱是一、根魔棍，随随便便、就能改变、一个人的、模样。莎士比亚。金钱有如、第六感官，如果没有、金钱，便不可能、完全利用、其他感官。毛姆。金钱往往是、真正情义、的障碍物。邹韬奋。"河山拍拍手打断，"听清问题呀，我问的是。你，想用钱干什么？"

"你想用钱、干什么？"脑子转不过来时，他一般就重复最后几个字。

"我刚才就说了呀，四处送钱，然后把我给换掉。"河山启发他。

"把我、给换掉。"弹子球式的反弹。

河山忽然喧哗大笑，脸上风浪滚滚过，把这机械粘贴的痴汉之语给接个满怀，她用力拉扯谢老师胳膊，激动坏了："听听，你听到了嘛，咱穆沧多好啊，他愿意跟我换。那可太好了，这一换，我就有个富老爹了，啥都不用烦了。"谢老师也顿足附和，笑得咳嗽，表示这个笑话很不错——心里一声叹息，河山这糊涂装得也是太惨了。你还不知道穆沧，他这些输出、输入，根本就不做消化吸收的。

这方面有总也犯过错误。到周六晚上，他经常放大画面，盯着穆沧听录音的模样，既是无比地满足——你看，我这好儿子，除了我的故事，别的他啥都不要听啊。又有点不踏实，他犹豫着，求问谢老师。毕竟我讲了不少江湖套路与勾当，你觉得，他会不会反感啊？我可别，给自己又搞出一个忤逆子来。

谢老师也想过这问题，借着回去更新录音，与穆沧聊过几次，发觉他对父亲的所讲所说，都记得，几可复述，但只是结构性的，对内容本身浑不在意，亦无判断理解，纯粹是对声音的收纳折叠。谢老师如实跟有总报告，叫他只管宽心。

有总良久不语，却又显出失望，过会儿，稍许振作一点——那我，尽量多说点，给他听个响吧。反正我怎么坏都影响不到他，我这老儿子，是颗真正的珍珠啊。

……河山眉开眼笑地，在穆沧粘贴式的反馈里流连徘徊了好一阵，才想起还有小雕，一挥手，"轮到你讲了。"

小雕正把她的家伙东西往双肩包里拾，外套也不知什么时候穿上了，连声音也像裹了一层外套，有点答非所问，"南方用樟木，北方用枣树。我们这边用梨。我就想找一棵最好的梨树，棠梨树，十五年以上，砍下来用石灰水'呛'出糖分，搁阴凉地晾透了，永世不蛀不裂。我师傅说，得往北边走，往山上找去，越冷越高处越好，它就长得特别慢，特别硬。一边说着，小雕弯腰挪移，想站起离开。

"找、那、棵、梨、树。"穆沧突然重复，他抬头看了一下小雕那个方向，倒把小雕吓得呆住。谢老帅忙把她引到门口，直送到楼下。其父早在小区外等着，听了介绍，认为很是圆满。谢老师也甚是同意。

谁知转回来后，河山却咕咚咚喝着水，直嚷浪费时间，她附耳过来，"那个事，她肯定也是一窍不通。两只闷葫芦对坐，完了不开花也不结果，不是白忙活吗。"谢老师让开一点，河山的声音听上去有点吵闹。

"不信问沧。"河山把脖子里的丝巾松开，一股水果香气，从领口散开来，"你愿意，她做你的女朋友吗？"

穆沧动一下鼻子，"今天用的，是柠檬味。"河山满意地笑了，穆沧还没说完，"木板，她雕的、那个木板。我还想闻。"河山把丝巾又重新扣回脖子里，收得紧紧的。

再一位女孩，自谦是艺术爱好者，但灵感之喷涌，堪称万能艺术家。谢老师觉得蛮有趣，反正已是彻底利用穆沧了，不如多点花头筋。见面全过程，小万都抱着一只迷你单反在拍照。店铺门把手。简餐店收银条。奶茶浮沫。桌子脚。金属栏杆。水渍。什么都拍。但不影响她与穆沧交流，她会兴致勃勃地巧妙提问，而穆沧肚子里的名词解释，正像满池塘的鱼等着被钓呢。两人各得其所。

好不容易瞅个空，打断，谢老师请教小万。拍这许多照片，大体构想或取舍原则是什么？小万不舍地，把睁一只闭一只的双眼从取景器前挪开，对齐到谢老师脸上，"可真是问了一个最落后的问题。这么跟你说吧，世界上任何东西，只要拍得足够多，就成了艺术。"注意到河山在翻白眼儿，小万索性转向她，"包括生活本身。任何动作行为，如果追踪记录下三十年，不就是历史吗，不就是人类的变迁，不就是生活的真相和痛苦？"小万两片嘴唇翻飞。

河山笑了，"那要这么说，你来跟穆沧见面、接触，可能还会结婚，也是艺术？"

"这个？"小万瞪看河山，又看一看正专心于百香果奶昔的穆沧，尬笑，"当然是图钱，我想搞一个私人博物馆，把我所有作品都展出来。博物馆，穆沧你知道的对吧？"

穆沧急忙喝光奶昔，很有成就地把空碟子和空杯子摆放整齐，《不列颠、百科全书》：博物馆是，征集、保藏、陈列和研究、代表自然、和人类的实物……美国博物、馆协会：博物馆是收集、保存、最能有效、说明自然现象、及人类生活、的资料……《苏联大百、科全书》……《日本博物、馆法》规定……供一般民众、使用，并进行、调查研究、启蒙教育……"

等穆沧背完，她又冲河山继续，脸色渐渐明亮，"但你讲得太对了！人类的婚姻，从一开始，就是彻头彻尾的行为艺术，前赴后继源源不断，由全体人类共同参与，戴着镣铐跳舞。如果把我和穆沧的这个模式，给记录下来，从发生、发展到最终消亡的整个婚姻。这绝、对，会是世界上最牛逼的作品。我应当从简餐店门口碰面开始，把刚才的都重来一遍。穆沧你可以配合一下吗……"

还有一位是跳现代舞的，身量跟穆沧差不多，自称高个儿，"肢体足以表达一切。你们不觉得吗？人与人之间的语言交流，要么是无效的隔阂，要么是无聊的重复。他不擅长交流，我觉得正合适。"

高个儿提出，直接就在穆沧住处见面，谢老师和河山，务必不要做任何参与，远观便好——没有过渡式的寒暄，直接就以身体开始交谈。满是家具桌椅的客厅与两侧过道，她舒展、扭伸、俯仰，迂回奔走中不断缩小她的环绕圈，花式击剑手一般趋近穆沧，蓬勃的肢体使得整个房间都热乎乎的。

谢老师暗瞟穆沧。他垂首安坐在左侧单人沙发上，随着高个儿的腾挪翻滚，应当可以看到高个儿局部的腿、局部的腰与局部的头。一番细腻激越的铺垫之后，高个儿现在已经无限接近穆沧所坐的沙发了，她手足并施，衣袂齐驱，向穆沧发出无声的召唤，一个最大可能的拥抱正在诞生与形成——连谢老师也被高个儿那热烈敞开的肢体所深深感动，因此都没有注意到河山，本来是跟他一起坐在长沙发上的，怎么地就跃身而起，身形突变，一下坐到穆沧沙发的扶手边上，抱臂跷脚，以一个看上去还挺稳定的姿势，阻隔了高个儿对穆沧即将发生的亲近。

"抱歉。你可能还不了解。"她客客气气地解释，"穆沧不能跟人靠太近，否则要出状况的。"

高个儿骤然收脚，两手在肩膀上方空落落并拢，僵滞在一个类似"倒牛奶的女仆"的动作上。她惊愕地喘息着，扭头向谢老师抗议，"都说让你们别参与了。看，就差一点点，我就打破他与外界的障碍了。"

"呃，别见怪。也是我们忘了交代。我跟沧都二十年了，真连他肩膀也没拍到过呢。"自然要维护河山，可谢老师心里真有点懊恼。河山真是怕穆沧吃不消吗？怎么感觉像把穆沧当成她私人领地一般，旁人涉足不得了。

河山这时也追加了一番抱怨，"更别提像我是女的，从来都是一胳膊远的。"她伶俐地，又以同样快的手脚，坐回长沙发这一边来，不理会谢老师投过去的目光。

高个儿又累又沮丧，直接瘫坐在穆沧沙发边上，却用她两只手，在地板上，小矮人似的跳起双人舞。十根手指，极其生动地扮成一对男女，诉说，喜悦，探询，并终于紧紧拥抱。

穆沧看得可全乎了，他两只手一对碰，呼哧哧笑了。

3

谢老师重点把这三位跟有总展开讲了讲。有总眼皮垂耷，像睡觉的大河马，疲惫地摇头，"差不多就收手吧。这可不是越多越好。"随后又想当然地期望着，"那咱沧，是不是比以前，要活泛多了？起码能明白女朋友算咋回事儿？"

"穆沧吗，那是当然，你没看他呢，特别擅长点单，咱们每个人偏好的点心，爱喝什么饮料，半糖的还是加冰，全都记得清楚。"谢老师打哈哈，这当然算进步了不是吗。

也有些别的情况，他没细说。穆沧的周日"约会"，总是止步于应知应会的那个阶段，跟画建筑图、刻图章、乐高拼图等一样，完全缺乏目的性。他大概可以一直这样见人，见到七十岁都没问题，水平的，平静的，没有质的变化。

有总所期望的"活泛"，难。他对于交往中的信息处理，还是缺乏起码的真伪之辨。比方，小万说，你喜欢沙漏？我家里还有一个呢，下次带给你——穆沧就一直惦记着，催着河山联系小万。小万也是个促狭鬼，每次都说，下次要带什么、带什么。于是穆沧就老想着那东西，他们就得见面。再或者，有位姑娘为脱身计，假说头疼欲走，穆沧反倒发急拦住，要河山送她去医院。有个女孩听他总讲拼图，撒娇地，"你那一千块的《海盗船》，有两个吗？我们俩，关起门来比赛吧。"为着能找到这十几年前的一个同款，穆沧在网上花高价倒了一盒二手。实际上，那女孩再也没有接过谢老师电话。

总之，不论人家是假客气、开玩笑、无害的谎言、空头支票等，穆沧一概是所听即所得，并以他的认真劲儿给定格下来，念之不忘——要知道，人们的所云所说，可能前半句是真，后半句是假。可能同一句话，既是真的又是假的。既是好心又是坏心。表面拒绝，其实渴望。这对他而言太复杂了。看到穆沧为此闹笑话、吃苦头，或是落了空，谢老师总觉罪过得很。河山更是沉不住气，跳起来就冲人家小姑娘发急，或是怨怪谢老师挑人不力，等等。

对，还有这河山，也是麻烦所在，或者说，是最大的麻烦。河山对这些前来应征的女孩子，客气是真客气，坦率也是真坦率——坦率得常能让她们一个个都再无下文。谢老师也不想轻易地，就此对河山得出什么结论。别说他，估计连河山自己都不知道，她脑子里到底在想些什么。

就让事情再往前走走吧。他的红皮笔记本，反正已耽搁至此了，除了耐心还有什么呢。

三、刺猬

1

几天来，王桑一直在等暴风雨，或者小鞋子。没等太久，这天下午，青春广场那位双下巴头头，曾经提出古琴合奏创意的，叫王桑去见他。他常年健身，每月一次半马，体形极是匀称，就是脑袋有肉，前面双下巴，后面槽头肉。双下巴拉长声音："知道——我为什么请你过来吧。"

确实，前一段时间，他放肆了些，太过有"存在感"了，夹着小手雷，到处扔。也无甚私念，只是说点大实话而已，但一周前的这次，爆炸点可能太准了。

是老龄委，全称老龄工作委员会，来了位主任，跟王桑接洽一个个展。说这位大师画刺猬一绝，人称"刺猬王"，最好能安排在正月。翻看带来的作品照，简笔刺猬，水粉刺猬，烙铁画刺猬，工笔刺猬，还有一笔画刺猬，刺猬摄影，胡子眉毛一把抓。嗯，又来了一位老年艺术家。

老年艺术家，这差不多是王桑在凹九的主要服务对象。他们此前的大半生跟艺术几无瓜葛，一俟退职赋闲，工程师、会计、医生、银行职员、公务员，就都怀着一腔子的爱与热血，投入艺术怀抱里去了。艺术，确实也是有容乃大的老祖母，慈祥的老祖母。只要扑身进去就总能得到她的疼爱，成其大家了。画公鸡便是"公鸡王"，画蟋蟀就是"蟋蟀王"，互相唱酬捧场，印制册页，热烈开展研讨，举办个展——王桑绝无轻慢取笑之意，这只进一步说明，艺术之无用，之无中生有，直至万有万用——这批老年艺术家也替凹九填补了所有淡季。但正月算是启幕档期，总得有强点儿的策展，"刺猬王"可以往后放放。正犹豫中。他是301的父亲，来人忽然小声补了一句。

哦，301。是王桑这条线上最高端的长官。记得他最初到本地上任，调研第一站就跑到一家几乎快要倒闭的民营书店，光这个选点，潜台词就有些意思。现场他自己掏钱买了三本书。一本老祖宗诗词，一本社科学术，研究人口流动问题，再一本是本地老翻译家的经典名著，三本书都有很好的阐释方向。这让王桑印象挺好，也感到301是个高手。他经常睡在大楼里加班，打给下属的电话，总是一句，"到301来一下"，故得此名。

来人留意王桑表情，伶俐地，"他可是个大孝子。我们老龄委本来就有文体预算，给谁不是办。你凹九也一样，对不对。"

如果这刺猬王是自费搞，倒也无可无不可的，可这话一听，王桑马上不乐意了，主要也是失望于301的糊涂，哪能这样父子两个一起丢脸，还丢到他凹九来。最近养肥了的"主张"和"脾气"立即高涨起来，王桑一口回绝，还讲了一通公器私用、儿子得道父母升天之类的痛快话，粗暴地把来人径直推送到电梯间。

伶俐人倒有十二分的涵养，"怪不得外头都说王站长很有个性，在下佩服。"客客气气一拱手，"回头见。"

今天这，便是回头见吧。他跟双下巴讲了前因，后者瞧了一会儿他，拍拍手——倒也是作怪，老龄委刚刚来人，竟是以德报怨，从他们的"夕阳工程"里划出一笔专款，要与青春广场管委会搞"一揽子"合作，比如中医保健会馆，社区广场舞大赛，小手拉老手公益服务，艺术展览，等等。最末一项，自然是凹九来执行，还是正月，定名"老境"大展。王桑听了下预算数目，起码可以包含二十个刺猬王、公鸡王或蟋蟀王的。他这，算是无意中促成了个好事吗？心里一时不知所谓。

2

"老境"展开幕式盛大，不仅老龄委，还有群艺馆和老年大学加入主办，还有一长溜的支持社团，晚晴书画学会、不老松艺术团、银色诗社、古浪摄友会、辞赋学刊等，好些跟文化或老年事业都打不着边儿的，也来共襄盛举。别说王桑了，双下巴都只有站在第三排鼓掌的份儿。媒体更自动自发地跑来一堆，到处找人采访摆拍，从各个角度谈论老年、晚景、艺术与人生。

半小时仪式过去之后，嘉宾小车子鱼贯开走，凹九便又恢复空寂，只有老艺术家们和他们的家人朋友在相互鉴赏。泰半都是鸡皮鹤发，新帽子，红围巾，中山装，认真打理过的假发高高耸起。他们拖着拐杖，推着轮椅，借着助听器歪头讨论，每幅作品都会逗留很久。夹在他们中间，王桑也仔细绕了一圈。泼墨大牡丹。扇面白石虾。猛虎下山图。岁寒三友。残荷小景。岭南春色。坝上秋来。似满目笔墨，也似满目无物。

"刺猬王"已被巧妙散置于各处了。可能是装裱上墙了的缘故，观感倒有了不同，其中一幅刺猬抱果图，风俗画趣味，数枚野果，挑在刺芒顶端，有如灯笼透红，小刺猬冲画外白着一只斜眼，颇是刁钻可喜。还有几幅写实的彩铅工笔，平淡而细腻，是垂老之手、向死之人才有的一种静心静气。时间真是个宝贝，老人总会有老人特有的东西……

隔着薄薄的隔断，能听到"老艺术家们"久不相见的交谈——钱老师这次可以，送来的全是大山水，你不晓得吧，他都开始化疗了——这照片里是我以前养的一只老鹦鹉，它会跟我讲话：吃药啦，吃药啦——这张麻雀图画得好，我小时候最喜欢逮麻雀。我对小孙子讲，小孩就发笑，他不相信我这老阿公，居然也有小时候……

听他们闲扯，叫王桑有种淡淡的慰藉感，其实整个"老境"，这满墙的悬挂，最多算三流或更下一些，但艺术还是以它慈柔的光泽，罩笼着这些正在走向坟墓的人，不论怎样的秋毫之微，凡胎俗身，都可以得其怜佑，遮风避雨。凹九这样的地方，大概其的，就是这样的存在之意吧。想起毛光头开玩笑所讲的"中华田园展"，挺合适。他觉得没什么脸红的。

那几个老头儿老太里，有没有301的老父亲？王桑现在挺愿意去夸夸他的大作，同样，他也愿意去恭维301，既是从善如流，又不着痕迹地用了一点权力之便，尽了他的孝心，还兼及这满厅满墙的老人家。想想也无可指摘，界限、原则、权力、公私、真伪、投机，就这样混浊着，在泥沙俱下中达成事情的本身。

服气的。能不能学到什么？想到一直阻梗在心头的昆曲演出计划，他要是也有这样杂糅、化用、兼达的本事就好了，昆曲也是在老境之中啊。

3

"老境"落幕次日，双下巴又叫他过去了，口气不爽，"一年到头，我结结实实做了起码一百桩事，没人知道，好像我一直在睡大觉。'老境'这一下子，凭几张刺猬图，宣传太卖力了，一件事等于一百件。"

王桑也有同感，"旧时说，知行合一，现在恐怕得说：知、行、宣合一。像你跑步，没发朋友圈那等于没跑。发了朋友圈，那就是马拉松健将。"

"我可是真的半马选手。"翻一下眼睛，烦恼地摸摸他的双下巴，"区里也关心起凹九空间了。这一关心，就麻烦——记得上一次那位区领导，搞经济出身，诸事讲究量化，场馆规定要有多少人次参观，各协会要考核新增会员数目，图书馆要看借阅证同比上升，搞得图书馆里连保洁员和水电工都动员起来，到处推销借阅证。那时你还没来，我们一到周末就包大巴，到郊区到工厂拉人来凹九参观。你听一听，这回的'关心'吧。"

双下巴翻出笔记本，生动模拟起区领导的苏北里下河口音。王桑仔细听，其实就是大会小会上的那些要点纲目，传统啊引领啊担当啊，啥都点到了，也等于啥都没说。

王桑忙点头表示完全的领会，一边调动出踌躇之态，旧时的训练看来还在，手势与腔调都自动配套而出，"其实您当初那个古琴合奏的创意，对我启发很大……结合区领导要求，也结合您的经验，凹九下一阶段的主要策略就是，高雅的事情，通俗地来做，冷门的东西，热闹地做，传统的东西，现代性地来做，方向性引领性的事情，我们公益地倒贴地来做。比如，嗯，诗歌、昆曲等这些……"

"就是嘛，我早就给你摸出路子了。赶紧拿出预算计划来，我去找里下河哼一哼，估计问题不大。不过你要记好，跟'老境'一样，两分做，八分宣。"

对，就是这样，把开拓的灵感、可能会达成的功劳都先归拢在上司名下——这是穆某老早就教过他的，以前挺反感这些，可要用在昆曲上，就另当别论了。王桑让自己面目带上几分凝重，点点头，算是受命而去。

为何要提到诗歌？他是想先试试手，看看自己这闲散太久的心智，还能不能跟得上大机器运转。正好有一笔旧账在手上，不如重新提起来。

前不久，有位笔名"幻影"的聋哑诗人，要做诗歌朗诵会，是她父亲过来谈的。幻影父亲退休前是理工大学的元老级人物，故凹九这里的一应费用皆由校方承担……当时王桑刚刚回绝掉"刺猬王"，心中颇有乘胜追击之勇。他的谢绝，除了不满意幻影父亲这残余的权力红利外，也是对幻影聋哑身份的避让。艺术疆界里，一直有着各种闯关登顶、屠龙斩蛇之术，其中就包括苦难说与苦肉计，似乎一旦贫病交加、身有残障，就自动地天降大任，天赋异禀，获得了某种优先权，谁要是不护佑不勉励，那简直就丧失人类起码的慈悲。

幻影的父亲，倒也没有拿这个来与王桑说事，只是父女情重，说后悔让她读了太多诗文，使得她内衷情深，尤见孤独。这诗歌朗诵会，算是老父亲送她的一件抚慰之礼。等等。王桑当时有点感动，又因感动更觉被绑架，仍是拒绝了。

这回的"老境"大展，对王桑触动颇深，他觉察到自己还是有若干的傲慢与偏见。凹九这里，本来便是最普通意义上的小小庇护之所，正应当包含世俗、软弱与庸碌的部分。总之角度一换，他把自己给说通了。想起双下巴所叮嘱的"八分宣"，身残志坚这一条，天然就具有价值了。

这个朗诵会，王桑打算特邀一些人物——爱做手绘书的独立出版人，小语种的翻译家，一句话能掉出三个掌故的民国研究者，灵活运用星座学说的心理咨询师，四处拍鸟的野外摄影师，等等。但凡有重要活动，他们总会轮流站台撑场，算是代表本城的一个艺文天际线——王桑是到了凹九之后才跟这些八仙人物熟悉起来的，他们看起来狂浪不羁，有的会对海报排名或讲课报酬十分计较，有的存在酗酒问题，也有的是花架子唬人，但优长和个性都很鲜明，且只要到台面上，总会老到而真诚地捏起话筒，同襄共举地，把一场活动搞得挺是那么回事儿的。当然，他们并不太喜欢他，有些藐藐的，把王桑当作一个无能小吏。

不过这回一听幻影的情况，他们很热心了。放弃出场费，推迟出差，即兴谱曲创作民谣，用塞尔维亚语朗诵，自带小提琴伴奏，介绍手语翻译，在私人公号做推送，等等，着实有种各显神通、添砖加瓦的感人气氛，似乎大家的灵魂都借由幻影的缺陷，得到了一次小小的洗礼和清洁。这在心理学或社会学上算是什么原理？王桑无意深究，心下还是感到自己在明火执仗地利用幻影，好在她父亲那大愿达成的满足感，中和掉他一些不安。而幻影也晓得这个场合下"应有的样子"，她得体地流泪了，缓慢打出手语，说她感谢命运窨啬的馈赠。讲得比她的诗要好。

总之这事算成了，没太费劲。折翼放飞的缪斯少女，残缺的诗意，正是媒体喜欢的单线条故事。很快有出版社联系幻影出版诗集，市残联增补幻影为理事，朗诵学会会长高度评价，认为凹九空间给朗诵带来了"凡人"的声音，等等。最要紧的是，双下巴从里下河那里得到对凹九的肯定——不错嘛，还上了本地热搜，要总结推广融媒体思路啊。

至于幻影的诗歌，这三五成行的长短句真可以填充她那寂静的世界吗，在咀嚼和抚慰过她的不幸之后，人们会变好一点吗，包括对幻影残障的愧疚与不自在……王桑不再徘徊于这些务虚之题了，这跟古琴齐奏大会一样道理吧，事情的由头并不代表事情的核心，或者说，事情在其运行过程中是没有核心的，又或者说，这个核心是在不断地推移、接力、分拆，乃至完全超脱的。

就像《告雁》[1]那一出戏，木良所饰的苏武在茫无人烟中逢到一只失群孤雁，他撕衣修血书一封，托大雁捎回家乡。整二十分钟，都是苏武一个人在台上游游荡荡，完全靠着手指眼会，脚腿进退，唱念告白，与那只看不见的大雁演对手戏，台下众人，却

---

1 选自《牧羊记》，宋元人作，作者不详。

能活灵灵地看到那雁儿盘旋，落地，高飞，回首，远走——这大雁，一直是不在场的，却又达成了所有的宽慰与寄寓。

　　不管怎么说，幻影诗歌朗诵的小小操练，让王桑心里笃定了些。他不是废物点心，还是能做点事情的。接下来，真要搞起昆曲来了，哪怕也是这样的指东打西、以无求有。

四、色盲

1

"我都五个月没有性生活了，可每天都在造人。"丁宁用"水变油"的口气讥讽。人工授精失败后，丁宁愈挫愈勇地启动了试管婴儿，像购买电器时考虑各种参数、功能、成本和预期，最后选了三代的拮抗剂方案，时间上算比较节省，但动作很多。最近这阶段，需要隔天一次超声波和血检，连河山都跑得疲了，"知道取卵针有多性感吗，打毛线的棒棒针那么长，一直伸到卵巢顶里头，要戳十几针。黄体酮也蛮劲道的，油乎乎的，像往屁股里灌金龙鱼食用油，上个月，我屁股被打成硬块，都坐不下去了。可真是纵欲过度啊，群里她们都开玩笑。"

河山没觉得可笑，也没有力气劝解。她心里一堆糟心事。

谢老师一拿到河山给他的号码就动身了。他刚走，河山就悔了，好似自己亲手拉开了通往险境的大门，那边肯定是深渊，她有预感。

培训班有一名学生课间跑跳，跌断手腕，这没办法了，连跟河山"互相帮助"的那位律师也无法推托，退还学费不算，还另赔了一笔医疗费与家长误工费，把河山账上的最后一点余粮全部耗光。

　　还有穆沧，上个周日，照谢老师走之前的安排，见了一位博士在读的应征者，没到三句两句，她就截断穆沧的寒暄，直接谈起"性"来。"快四十的人，不会还没经验吧。"不理会河山的眼色，继续，"其他的情况我可以克服，但性不谐的话，是一票否决。我想这也是你们的征友目的之一吧。所以我建议：先同居。"

　　这完全超范围的对话，穆沧是句句踏空，连回音壁也做不上了。见他如此，博士转而与河山讨论起来，坦率而尖利，"你得跟我讲实话，他能不能，会不会？别的应征者不好意思问，你们就闷着不响了？还是得搞清楚。"河山一向自恃泼辣，就是三五大汉在前，讲起下三路来也是连排横扫。可对方这是在说穆沧哪，浑身立刻毛糙起来，一时结舌，一时又愤然。最老早她也想过这事，随即就忙不迭、碍手碍脚地跳开了。而今她与穆沧相伴多时，两两相看，已全然忘机，更全然忘性。现在冷不丁被这么直问到眼跟前，她意识到不能再掩耳盗铃了：这，回避不得。

　　她一把拖起对方往卫生间去。好几次了，碰到那些愚蠢的小姑娘，她们像谈合同一样地谈穆家财产，她就搌着她们去照镜子……这回不是。难得谦逊地，压下不快，她请教这位同居论者，"就你的经验，看起来，他？"

　　"这可不是经验的事。"对方很高兴可以指导河山，口气变得学术起来，"他这种情况，目前国内的研究与应用，主要是在对婴幼儿的发现与干预训练上，国外开始做成年后的社会融入跟踪，但对性行为性能力这一块，比较杂乱。一般的看法是，他们的性兴趣是物化的，会偏移到相涉相关之物上，而对性行为本身无感。不过也有较多案例，提及不得当的失控和对他人的骚扰行为，也有顺利结婚生子的，等等。所以这很难说，就像有人天生红绿不分……"很高兴她们俩都背对着镜子，河山担心自己的五官可能有点别扭。实在听不得别人这样分析穆沧。

"你们要是也不清楚，并且又想搞清楚，我可以跟他试一下。我不介意。或者说，我还有点好奇——也可能这一试，他就认定了我，也难说哦。"女博士开朗地逗笑，河山觉得她嘴巴笑得有点大。她读的是心理学？性学？人类学？这是来研究穆沧的吗，还想着让穆沧"认定了"她。嗯，她还挺好看的，胸部很饱满，只脖子上有点颈纹。不不，绝对不行。好像仅仅因为她脖子不够完美，河山突然叹一口气，脸色说红就红了，"既然你，是这方面的专家，那我们也不好再瞒了。他……实在很遗憾。"心慌意乱地把对方给送走。

这份慌乱，河山直到现在都没法真正丢开，心里总皱巴巴的，抹不直。穆沧真的完全没有这一块吗，色盲那样的，红男绿女都是一个颜色？

2

"真的假的，半年都没那个？"河山想跟丁宁谈谈这个。穆沧低着头在读医学小手册，他在咨询台自取的，"没准将来大家都这样。搞感情，搞性，搞小孩，三件事分开来，搞小孩说不定最简单——挑个聪明小伙或伟人名人，有冷冻精子就行。"河山泛泛地劝慰，然后定睛冲着丁宁，"关于性本身，你怎么看的？

可别老说怀孕不怀孕的，我真的听烦了。"

"性、性本身？"丁宁却结巴了，像听到外语单词，脸上正在翻译理解中，"不就夫妻生活嘛，同床嘛。要不你先说说？我不太明白，你要我说什么？"

"好的，我先说。"河山真想来根烟。她不知道自己的尺度与旁人的误差到底有多大。丁宁算是贤惠的大多数，且还是知识分子那一边的。想想也是发笑，有一天她居然会跟丁宁聊起她的性生活。算了，聊吧，此事关乎穆沧。

"十三四岁起，到现在，我所见到的光身子男人，两位数了，大两位数。"丁宁一下子垂下眼皮。河山笑了，"别怕，真要是干那行当的，这数目也太寒碜了。而且很多男人，真的只是见到。那时小嘛，也只是照吩咐、帮点忙而已。别跳你别跳，干吗呀，要报案？多少年了这都，再说我是自愿的。我从小就被教着，这种事情，是用来互相帮助的——看你，真有那么可怕吗，还好吧？"

"比方在师院，我交往的那几个男朋友，有校内，也有校外的。有位大我两届的师兄，写论文厉害，这方面真是帮了我不少。一个是学生会的能干人儿。还有位是辅导员，不过为这事他后来不得不离职了。搞得有一阵子，我名声响得不得了，学校一直找到谢老师那里……确实，我喜欢交朋友。知道为什么吗，主要我总是有种'备战备荒'的想法，谁知道会有多少事情需要人帮忙呢。所以我交往的标准，都是实用型的，也都是你情我愿，彼此愉快的……给我说实话，在你看来，一般看来，这有问题吗？"河山停下请教。

"没有，没有问题。"好像课堂被提问，丁宁仓促反馈，声音太响，随即又突然放低，抱歉地，"要是讲这些，我可能没什么好说的。我还以为，你是问我喜不喜欢性……"

"都可以的呀，你随便讲好了。"河山鼓励地，心下突然一愣。喜欢？倒是没想过这个。她喜欢性吗，奶奶的，还真没想过。

"你既是这样信赖我。那，我也讲讲。嗯。这个。"丁宁缩着脖子四下里望望，完全不似她谈起助孕体位、精子质量那样，恨不得拉上三四个人来讨论，"我认为性这事，是跟脑子、跟心，连在一起的。有那么一两年，我最爱王桑，他也最爱我，那时，你不知道，性是有多好，我……最好的时候都哭出来过。王桑尝过那眼泪，说是甜的。但这个很难，必须是双方同时的。像后来，我知道他变了，就再没那个感觉了，头脑里就会被干扰，不愉快，不自信，我只好假装……懂我意思吧？现在我也无所谓他了，就压根不再想此事了。"

河山哑摸着，甜甜的眼泪水——心里甚是惊讶，还有这么回事吗，"你能不能稍微扯开一点？不要只说王桑。如果跟别人，你觉得这事怎么样？或者这么说吧，对一对男女而言，性，算是个什么呢？"

"不是王桑，难道还是布拉德·皮特吗？"丁宁突兀地开个玩笑，"不是说我有多专一，是这样的事情对我没意义了。我这把柴已烧过了，烧透了。"眼里突然有往事跳荡，她闭上眼，等反应过去，重新恢复成确凿的声音，"就算单纯的论一男一女，我也是这样想的：只有互相爱恋，才会有最高级的性。"口气很绝对，女学生的那种绝对。

不就是搞那个事吗，还有什么高级不高级之分？河山在嘴巴和肚子里咀嚼、反刍，感到齿舌与肠胃里空空荡荡，啥味道也没。相互爱恋，相爱——这到底啥玩意儿，实在觉得怪滑稽的，河山咬牙切齿地嗤笑起来，"照你这么说，原来我这么多年，搞的都是二流三流啊。简直污辱姑奶奶嘛。"心里乱糟糟的，涌上一股无名之火。

"没有没有。只是说我，说我这种普通人。你不一样，你是不一般的人，你像天仙一样，你是真正的……"丁宁实在找不到词，谦虚般地推让，"还是你讲讲吧。我喜欢听你说。"

咳，河山本来还怕自己是鸡同鸭讲，吓着丁宁。这一听，丁宁对她所说，也是鸭同鸡讲嘛。敢情是两边都说不通，那也算扯平。心里又稍许轻松一些，"那我继续。其实，我这也有点小矛盾。"

"可能是我出来混社会久了，心里面感觉挺老的，很难再跟他们去互相帮助了。我居然总是觉得，他们一个个的，比我还不如呢。年纪轻轻的，头发就掉一半，没掉的那一半也快白了。总被老板炒掉，一年换三份工，喝酒喝得胃出血。房租一涨就搬，越搬越远，我认识一个小家伙，就租住了二房东一个窄长的小阳台，冬冷夏热——不也都跟孤儿似的吗。我喜欢把他们给埋在我胸口或肚皮上，轻轻拍啊拍，捋他们的发根，拍他们的背。他们呼噜噜睡过去。有的会淌起眼泪来。有的抱着我叫妈妈叫姐姐。我这人，向来是又冷又硬，金刚石一样。只到这时候，我真情愿自己能像个大棉被，软软和和的，陪着他们，让他们觉着舒服点。想想也发笑，怎么会这样哪，怎么就啥也不图了，忘了从小就学会的交换原理吗？你说，我是不是也越过越蠢，没从前那么机灵了。"

丁宁的样子看起来更费劲了，她闪闪烁烁地瞅过来，不知说啥。

没关系，都是各过各的生活，各有各的毛病。河山看向楼外，从八楼可以看到医院庭院的高大玉兰，硕大的白色花朵在没有叶子的枝头慷慨绽放。它们总那样地雪白干净，疯魔逼人，是河山最喜欢的一种无肆开放，"我就想象不出，跟一个我喜欢他、他也喜欢我的人去睡觉，那，是啥滋味。不可思议，我真是怎么也想象不出来。"

"你，从来，没有过？"丁宁那迟疑的小心口气，叫河山感到很不自在。

"号称喜欢我的，那可是太多了，能绕青春广场排十八圈的。给我写诗的，写得一般，还不如机器人小冰。用玫瑰花瓣在地上拼我的名字，一路引到浴缸里。有人掐着点等我醒了给我送早饭，送了整半年的热咖啡加甜甜圈，简直以为他在美团兼了个职。这些，可以吹好多牛呢。可哪能那么巧，我也喜欢他们？我一直觉得，什么相亲相爱，不可能存在的，电影电视里演演而已，骗人的玩意儿。你是从小姑娘一路过来的，所以你信。我呢，我生下来就是大人，就没做过小姑娘，最多，我只演过小姑娘，哈哈。"河山一拍手乐了，就此打住，没再往前讲驿站的往事。那对丁宁而言，怕是太过头了。

丁宁看看叫号屏，解脱的口气，"哟，到我了。完事了咱就走，估计穆沧也要饿了。"

穆沧正沉浸地翻看着小册子。河山早摸清他的规律了，他先是浏览，然后极慢地精读，再校阅式地快速翻看，三遍搞下来，就照相机一般，记取下原文原句了。河山看着他的侧脸，心里一阵酸楚，跟丁宁聊这么多，多半都是为着他——一个男人与一个女人与性，还是无解，迷茫。多么希望能有穆沧这样一个胖大的身体，可以挨一下、靠一下啊。她从不指望着穆沧什么，可对他此刻这样的隔阂，这样的不通人情，还真是有些难过。

"看完了？"

"你问。"沧两只手对搓，前俯着身体等待，确信自己可以做到字字不差。

河山拿起其中一册，焦躁地扫过那些功能化的字眼。频率。避孕。初夜。卫生。感染。禁忌。措施。危害。

不行，她没法跟穆沧问答这些，沧就是倒背如流，也不知道所流淌着的，到底是什么。问出来反而像在捉弄她自己，是扒开某些回忆，以及回忆里的麻木与无所依靠。她跟穆沧是一样的，对性这个破玩意儿，是一样的盲区。沧是看不见，她是看太多了，同样看瞎了眼。"还是让王桑问你吧！我有点累。"

沧把小册子接回去，整理平整，揣进他的衣兜。他抬起头，往河山侧后方的楼道口看，"不好闻。"

"啥？"河山四下里检看衣服和手脚，看看脚底板。

"你身上、有不高兴、的味道。"穆沧摇晃着。

"不高兴，还有味道吗。像什么？"河山失笑，穆沧可真是个活宝。

"阴天里，湿衣服。你好几天，都是湿衣、服。"穆沧对远处的楼道口说道。他以前讲味道，都是具体的判断。你吃羊肉了。你抽烟了。你踩、过草坪了。还从来没有说过她的心情，湿衣服味儿？

"她呢。她闻起来怎样？高兴还是不高兴。"丁宁做完超声波回来了，河山指指她问。

穆沧又垂头看膝盖，"乳膏。"做超声波时会在肚皮上涂抹耦合剂，黏糊糊的，穆沧追问过，丁宁笼统告之，那是乳膏。看来穆沧并没有闻出丁宁的心情。

可能自己今天状态实在太糟了，还是说，穆沧只对她有这样的敏感？也无心细想了。"咱们走吧。"河山振作一下，劲头十足地号召大家起身回家。让穆沧替丁宁拎上小背包，自己则挽着丁宁，固定的三人组合鱼贯离开候诊区。

"既然今天，我们都瞎聊了这么多。我想你应当也知道，王桑对你……"丁宁目视前方，这并不需要说完。

河山接上，"知道，我第一眼就看出来了。他和他们都一样……"河山同样目不斜视，也没把话说完。前面的穆沧用他宽大的身体，像避水神兽一样，人群中替她们拓开无形的通道。

五、蓝房子

1

距上一次来寻访沈红莲，已过去十七八年了。

谢老师对南方，仍有母胎之亲，这里是最热血的源头。多少次地，从报社头儿那里领命而出，为趴到最硬的材料，故意留头发留糟胡子，混到交易场，跟人赌钱跟人吃黑。那是他一生中最接近理想的时段。后来虽是跟着有总，内心依然跟南方保留某种联系。不止他，包括有总做生意的思路，昆山雷总、欧阳夫妇、严家兄弟，许多人的风气、做派，都是唯南方马首是瞻亦步亦趋。但到最近十来年，探路意义、先进意义、开放格局上的南方似已流变，"无形生产力"正在迅速拉平一切、同化一切。眼界开阔的人们，再谈到南方那些城市时，曾经浮现过的暧昧与向往之色，已淡而近无了。

走在街巷深处，只有凤凰木依旧艳红欲滴，回南天特有的湿重，裹压着每一个毛孔，谢老师感到一阵异乡客的倦怠，似乎找不到自己与这个城市的亲切关联了，曾经帮他四处打探过消息的能干人儿们，也已散落大半。沈红莲在哪里，怕是蒸发透了的水珠吧，他毫无信心。可此一番的迫切程度，是翻个儿又加倍的。

最首要的是为有总。多年跟随，看着他从如日中天到日薄西山，于情于理，谢老师都应当把这一托付给结了。其次，但同样重要的，是为河山。从九岁，一直看到她二十八岁，也能算半个监护人，可是太大撒把了，他心愧。此一趟，谢老师是希望能给坐实了，她就是何吉祥的遗腹子。还有第三，是为自己，为红皮笔记本，它干瘪虚空地等待久矣。

河山所给的号码，是她十三岁时拿到的，早已无法拨通，这在意料之中。谢老师发了几个群求助此种情况，三两下接力，便指路到微博上一位很出名的"卷福替身"。这位"卷福替身"号称没有他查不到的手机用户，新旧不论，各大运营商通吃，估计也是有些内线。就像儿子以前写论文，也总在微博"艾特"一位"没有我找不到的电子书"求助，极其牢靠高效。瞧瞧，哪儿都有"无形生产力"呀。

果真，款子打去，还没到约好的三十六小时，对方就发来了那号码所属户主而今的新号码，且用户本人仍在深圳。谢老师大喜，觉得此行略有胜算。手机号，就等于万能如意棒，可以撬起整个地球的。他要追加打赏给"卷福替身"，对方发来一串笑脸。老兄，前面收你一千我是不退了，你其实有点冤大头。这旧号码一直停机保号，等于自己留了个长尾巴，一找就能找到。而这新号，哈哈，可满大街都是，你直接去龙华街那一带找人好了。

谢老师依然打赏了两百块，因为太高兴了，看来沈红莲一直在等着……但，满大街都是？算算她的年纪，也是半百之妇，不可能再跟着男人到处搬家了吧。那么，这是一个总部号码还是前台热线？她成了行业的幕后大佬？谢老师胡乱猜想着，到了地点便直奔龙华街，附近订下住处，扒开百度地图四处张看一番，凭某种直觉，往拐巷那一头的小广场去。

下午的街面人影懒动，颇觉破败。找到一家面店进去，价格惊人地低，五块一碗。店主接了谢老师的烟，头也没抬，指点他。要找工，得早晨六点前过来，就对过，那个挂大牌子的人才市场，一楼直接排队。你要有什么证书文凭啥的，就到二楼摊子转转，没准能签到长工。

谢老师再敬上一根。店主抬头瞅瞅他，这里最好找的，是日结工。干一天歇三天，小快活大神仙。反正这里不冷不热，外头长椅随便躺就是，网吧也可以过夜，饿了来我这里吃碗面，想女人了就……谢老师心中一动，三两口喝光面汤，到大街上看。

果不其然，有喷的，有贴的，有手写的。路灯杆、垃圾箱、长椅，厕所蹲坑门后头，全是若干的号码。"卷福替身"所查出的那个新号，就在其中。是啊，对某些行当来讲，这种流动与破败的偏狭地带，反是一种蓬勃的优势区位。

谢老师扯下一张广告小条子，名片一半大小，软塌塌的。还回到面馆，路上买了几包烟，全部敬献给店主。下午正是生意寥落，店主倒也乐于聊上几句。说在此地卖面已十多年，从不涨价，不为别的，一涨的话，那些大小神仙，就更吃不起了。谢老师递去广告条子，他没接，只溜一眼，就认出来了。

是红姑啊。就她爱俏，你看，手机号边上印一只小红嘴唇。店主扫一眼谢老师，你不至于吧。主要是那些没钱的大小伙子会找她，几个月几个月地憋，总要找个落屑处来杀杀火，几条街就数她最便宜，简直是救济站。这红姑，要说起来，也是个苦主儿，走得一步不如一步。最早据说也是正经打工妹子，可你想啊，二十出头的小姑娘，等于这里最小的虾米，没划几下子水的，就要给吃了。都是那套路子，碰上个小老板，小恩小惠就搞上了，估计也有离婚再娶之类的胡话，一弄大肚子了呢，嘿，就丢下啦。这里的女人，总归就这些事，所以有这样两句话。一句讲上半身，说是一旦被伤了心，从此就没了心。一句讲下半身，说腿只要一张开，从此就再合不拢。红姑看来两条都占了，上头没了心肝，下头全面张开。

这红姑，有人见过她三十多岁的样子，说是绝色，最主要是面貌温柔，带点居家相，对离家万里的小老板最有吸引力，包上一年半载的，等于新婚，腻了再换。这里小老板有的是，她挺抢手的。可包养呢，也有问题，好吃好穿像个阔太太，实际上却是击鼓传花，她能落下什么呢，小老板难道还会把房子送把她？最多买些鞋鞋包包，能给她一两件金货，就算了不起了。而她最大的本钱，可是一年年在蚀呢。到我见到红姑，她那成色，是完全下来了。说是在四十岁前后，得了场大病，容颜损坏，还把十几年来的一点私房全都耗光，最后连房子都租不起，就到我们这条街上来喽，跟小姑娘们抢客人。

别说咧，红姑老是老了，听别人讲，说她在床上还是特别地会疼人。这里的小穷鬼们，也挺给她面子，只要有最后一个铜板，都愿意扔到红姑那里去讨个安慰。要我说，横竖不就那点子事，还能搞出花儿来。主要还是她太老啦，只能走低价，有时碰到实在凑不出钱的，红姑心肠软，或者是图个回头客，也带他们出个火。为着不恼了行规，红姑就说这是赊账，是半年结、一年结。看看，有这么做生意的吗？有人叫她老肉菩萨，我看她是个泥菩萨，自身难保呢还。

谢老师听得称奇，又暗中慌乱。这红姑真就是沈红莲本人吗？他想起河山缭乱而搞笑的口气：南边离香港那样近，保不齐我那妈妈，是哪个香港老开的小三呢，或者她后来奋发图强，翻身了呀，现在都有自己的一把楼花了！

店主又扫一眼谢老师，什么都理解的样子，他伸头就谢老师的火。像你这样慕名而来的，也有。说就是图她这个救穷救急的江湖侠气，还搞笑地说呢，就是在红姑身上靠一个钟，也胜过在四星酒店跟小姑娘闹一通宵的，这没道理可讲。哈哈，你去吧，这会儿估摸着她还有空。到晚上九十点后，生意就都忙起来了，那时整条街的小神仙们都想干。

五块钱的面条开始在肚子里发胀，谢老师感到气闷胃酸，尤其是情绪上，极大地败坏。不行，这会儿可真哪里都去不了。外面天色暗得很慢，网吧里偶尔冒出几张青黄的面孔出来觅食。街面上陆续出现做工回来的胖瘦高矮，疲惫使得他们看上去衣衫不整，走路拖着脚步，挨到哪儿都能蹲下坐下，含着自己或别人扔下的烟屁股——这些人当中，谢老师想，有不少都曾经或将要去往红姑那边吧。

谢老师回到酒店房间，拉了两回肚子，冲了把脸，又定了几分钟的神，打通那带小红嘴唇的号码。

年轻鼻音"喂"，不等他开口，"过二十分钟来。报号头：11。"

"莲花？请问你那边有叫莲花……"已经挂了。他立即又打通，不等喂，抢着讲，"莲花你认识吗？我从天水过来……"年轻声音冷淡地，"打错了。"又挂了。

谢老师捏着手机不动，看来有位打下手的，红姑本人不接电话？也是，她在工作，这一单还得再忙二十分钟的。站到窗边，楼下的人多起来，余晖拉长身影，他们彼此踩着影子在街面踟蹰，交叠覆盖。谢老师烧水、泡茶。忍着烫喝，稍凉了再喝，喝光了又续。二十分钟，这样的长。

手机突然响了。"你找哪个？我红姑。"声音微涩，但调子温软，带着仿佛是自动转弯的尾音。听到她轻咳了一下，倒水的声音。这是短暂的休息时间，一得空就回了。多积极的信号。

谢老师抓紧时间，尽数说出，"我想找莲花。天水人，三十多年前就到这边来了，她有个女儿，五岁时给人送到爱心驿站，叫河山……"红姑咕咚咽水，好像还往嘴里扔了什么在咀嚼。谢老师一直说，她始终没吭声。突然听到嘟嘟声，是有新的来电，"等下。"熟练地切到呼叫保持，这回得预约12、13号了？"唔。来了。"把大致情况扼要说完，谢老师再次强调，"找了有十来年了，是她以前一个老朋友托我的。"

"还有老朋友？嗨哟。"红姑觉得挺滑稽似的，微喘着轻笑了两声。谢老师的心都给她笑得一阵晃悠。红姑可真会笑啊。

"看来您知道莲花的情况，请无论如何帮帮我，我就着她的时间地点，随时……"谢老师小心地，完全像在谈论第三者。那个带点自喻意味的"莲花"之名，可能她当时只是随口一说，只说过那么一次，且只对女儿说过。所以谢老师宁可远远地、宽裕地谈起"莲花"，也有可能，她既非电话那边的红姑，也不是最初的天水打工妹沈红莲。

红姑对"老朋友"的反应，谢老师十分理解。从她那一边看来，曾给过若干美好承诺的那个内地小老板，对她的抛弃，是突然和彻底的，生死不知，片甲不存，何来什么老朋友。"这位老朋友是何吉祥的老战友，他们一起合作……九一年三月，何吉祥不幸出了车祸……"对面的手机似乎突然落地了，咕里咕咚的，谢老师等了一会儿，重新听到对面的牙齿在碰撞咀嚼，"现在这老朋友状况不大好，随时可能……"必须把所有信息都亮出来，让红姑去全面消化。这么多年的绝望中，她也许当真诅咒过吉祥的死吧，谢老师不敢想象，此刻她如何承接这确凿但相隔半生的死讯。

电话突然又没声了，谢老师屏息，传来嘣嘣声，有人拍打着什么在催促。红姑冲某处喊："来了这就来！你，两点后来找我吧，那时我忙差不多了。""具体门牌号？"谢老师忙抓起笔。"谁不认识红姑的蓝房子啊。哦，你外地来的。这样，你先找王马网吧。"她详细指点，如何绕过一个砖红的楼，后面有条水沟，到那边就能看到蓝房子了。她的尾音仍是诱人的转弯，可谢老师听出来，这个声音已水分尽失，就他与她通话的这五分钟，前面的三十年如海啸山崩，已把她碾压得气息奄奄、瞬间枯槁。

2

客厅里飘荡着浓郁的煎药味，谢老师讲到这里，有总一直放倒的身子突然昂起，愤然吐出一包浓痰，像是啐了谢老师一口，"到面馆的那一步，都还对的，怎么后面就蠢相了！捏着名片，直接上门不就得了。实在要闹肚子，速战速决啊。她不是都回电话了吗，你撂下电话就该扑过去啊。"这些个过程与结果，早已电话里报给过有总。这是从南方回来之后，当面再回溯的一个复盘。

"还真等到凌晨两点，那什么时辰？别讲她那个情况了，就好好的人，忙到凌晨两点，都会成半死的一摊泥了。"有总哼哼着灌下一碗黑色汤药。此前，他已经狂飙发作过了，到这会儿，火气已算是余韵了，"女人哪，最不能给她时间的，一有时间就会翻江倒海地思前想后，不变卦才怪。"

谢老师无言可辩，他自己也难以相信，为何竟会完全听从红姑的吩咐，可能是她声音太柔软了，只能乖乖听着。他无所事事地在夜街上转悠，不断碰到有人跟他讨烟、要钱、借身份证、借手机打，也有若干的女人，凑到近前，缠住问他要不要快乐一下。最后只得又转回房间，看了两场复播的球赛，好不容易的，耗到快凌晨两点。

倒是离得近，绕过网吧，再走十来分钟，就看到红姑所讲的红砖楼和水沟，与水沟平行的是条窄巷，就在他伸头探颈找寻蓝房子的时候，红姑打来电话了，声音相当暗哑，"太累了，见不了人。别过来了。你要找的莲花，跟我一样，老女人了。大半条命过去了，没找头。"谢老师一时口吃，汗出如浆，知道自己错过与沈红莲见面的最好时机。这会儿，她改主意了，不打算再建立关联。

谢老师呆呆盯着脚边的小沟，刚才走过的两条街已是够糟，这条臭水沟，更是烂污。水不深亦不流，斜上方一只被砸了灯罩的路灯，赤裸地投下惨白的光。沟渠边满是酒瓶纸箱球鞋轮胎，壅塞中可见一只毛乎乎的物体半掩半现，也许是死狗，也许是长毛绒狗。顺着水沟走上五十米，就是一排蓝房子，应当是建筑工人丢下的自建工房，化学材质的板子不易褪色，保留着鲜亮的蓝。红姑的蓝房子。

当然，这个呆滞的观望只是瞬间，事实上，谢老师听到自己的声音一直在恳切地请求、协商，为了增添诱惑，他着急地甩出一条很粗的钓鱼线，说何吉祥"那位老朋友"有件极重要的事，想与莲花本人核实，他用好运降临的口气进一步透露，"那位老朋友"是受何吉祥生前所托，寻找亲生女儿，并要做一个大的托付和交代，假如……

有总瘪起嘴巴，但中气不足，没能发出尖厉的嘘声。是的，谢老师也觉得自己真是智商到头了。他这一步的说辞，更是把事情往搞砸的方向推，这哪里是好运降临，根本就透露出一个很不友好的信息，一个千里求证的质疑："老朋友"是想搞清楚，河山真是何吉祥的女儿吗，还是莲花跟别的哪个男人的？

小水沟在路灯下静止，偶尔因老鼠在垃圾里的窜动而带动几丝黑色的涟漪。谢老师在涟漪中听到红姑的回复，她好像稍微恢复一点精力，从鼻子里发出"嗨哟"一声笑，那是万般皆往、万般不值的一笑，带着深渊般的回声，回响着前面所有那些年的绝望。"就说莲花没朋友的嘛。这个老朋友，我看，也不是……何吉祥的朋友。"

谢老师把红姑的这番原话转告有总，并尽量模仿出她在吐出何吉祥名字时，那倒抽一口气的窒息，可他没法模拟她那"嗨哟"一笑。那笑声使他明白，他刚刚所带给莲花的是一个万箭穿心的莫大之辱。假如红姑本来还有些微、些微的可能，在他和莲花之间达成某种改头换面的间接联络，此时也被他这个自作聪明的钓鱼线给割破了。

"有总啊，我再说一遍，河山肯定是何吉祥的女儿。你只要听她是怎么笑的，就能听出来。不论她这辈子跟多少男人睡过，对她而言，就只有何吉祥一个男人。绝不能那样怀疑。我还对她讲什么'假如'，这个'假如'太恶心了……"

红姑的笑声中，谢老师当即就意识到他出大错了，他马上修正角度，试图从河山身上加以挽回。这本应是他最好的切入点，没有一个母亲可以拒绝女儿的使者。他出牌的顺序完全错了。

谢老师随即颠三倒四地讲起河山的各种情况，但凡他能想起来的，认为一个母亲最想听的。

她小嘴可能说呢，从小就在爱心驿站做发言代表。初一就拿过全国的英语演讲大赛三等奖。十三岁就一米六几了，走到哪儿都显眼。差点儿都出国学艺术呢。现在自己创业，开公司了，做老板。一身套装，戴个黑框眼镜，下面管不少人呢。抽点烟，但不太凶。她长得应当是像您，圆额头高鼻子。倒是还没成家，喜欢她的人，那可太多了……

手机里很安静，饥饿的一种安静，偶尔能听到红姑嗓子里，干干地咕噜一声，那是她在咽唾液。谢老师能听到她稍显粗重的呼吸，像在高低不平的道上跑，不停地跌，又再爬起来。最后，快要到达终点之时，她活活地把自己给勒住了。她打断和拒绝了谢老师。

"莲花送走小孩的事情，我知道。"被勒住的声音，"莲花回去找小孩的事情，我知道。小孩不搭理她的事情，我也知道。"红姑的嗓子太难听了，那尾音转腔中的职业性温柔，在这凌晨两点已荡然无存。谢老师心里算算她的岁数，五十四岁了。她咳了一声，企图把箍紧在脖子上的绳子给扯松一点，无效。"我还知道，莲花现在都成什么死样子了。她早就不要见任何人了，任何人。"挂了手机。

"怪不得有总你第二次去找，包括我头一趟去找，像我，还动用了户籍管理处的关系。晓得我们为什么都找不上？她是使劲把自己给藏起来了呀，一切的痕迹都埋掉了。只把一个小口子留给了河山。"谢老师虽不敢表功，仍尝试替自己辩解，"其实有总，这回我还是算完成任务的。你看，我从河山那里套出了号码。我找到了沈红莲，也坐实了她跟何吉祥的情况。"

"屁。"有总粗鲁且焦躁地，"她哪句话说她是沈红莲了。就算是，你去跟河山怎么讲？喂，你妈给找着了，就在臭水沟边的蓝房子里卖呢，差不多免费。还有我这里呢，我怎么去跟何吉祥交代。喂，你女人我给找着了，在跟整条街的穷光蛋睡觉呢！你女儿也从孤儿院给找着了，被人骗着，十来岁就跟光屁股男人拼命……打着灯笼也找不到你这样的蠢货，我真是两只眼都瞎了，瞎了半辈子，才把这两件事交给你去办。两件事啊，你哪件办好的！"他气得额角发红，呼呼地喘气，随即又消沉地，"这个女人还是在恨何吉祥。心太硬了，松个口，认下是何吉祥的种子不就完了吗。估计她还记着河山的仇呢，她一直替河山留着口子，可河山偏就没接下她这个茬。"

"这不是记仇。她是妈妈，这是在帮河山断念想，两边拉倒，永不相认。很清楚，她就是要我带这个狠话给河山。至于你那边，放心，你不会碰到何吉祥的，你不是也说过，他在天堂……"

"你才下地狱呢！滚，滚蛋！"有总在手边上到处找东西，今天已经扔了太多东西。扔光了，没找着，"滚你妈的蛋。"

也没立即滚蛋，谢老师到厨房去了，找肖姨去补一份独食儿。是活珠子，肖姨有个亲戚从六合捎来的，她特意留到谢老师回来。此系何物，是孵化到十二天左右的鸡蛋，剥开来可见胚胎成形，有头有毛有眼睛，视觉上相当野蛮。谢老师刚来此地，敬而远之，最后却成了贪吃不够的小吃头一名。活珠子绝对得趁热乎的吃，肖姨在客厅里数次打晃，都因有总一直处于盛怒而作罢。

谢老师哈着气，在鸡蛋大头处轻轻敲开一个小洞，小心揭开内膜，嘬吸其汁液，再慢慢把外壳剥掉大半，撒上些许椒盐，整只扔入嘴中。胚胎中除了细毛，还能嚼出一两根软骨，真的近乎饮血茹毛，然鲜美殊异，令人忘忧。就当犒劳自己的南方之行了，谢老师一口气连吃六个，才算过足瘾头，也把刚才被有总喷了一身的"他妈的"给甩到脚底板了。

余光里看到，北阳台又堆了三四只大箱子，没来的这一周，看来有总也没闲着。这几箱，听肖姨的意思，有总还没想太清楚，有些"私人性"的礼物，也能放网上转让吗，还是索性当垃圾扔了。谢老师于是请肖姨搭帮着，大概翻看整理。肖姨虽是半老妇人，但没有闲言之癖，对有总的各种抽风行为，向来是装聋作哑，管他作甚。倒是这回，一边替谢老师分类捆扎，罕有地流露出好奇心，一边鬼祟地冲客厅努个嘴儿，"你说统共，有过多少个？"

"什么？"谢老师这会儿只记得他一气儿吃了六只活珠子。

"女人？他统共有多少个？"肖姨使劲压紧纸箱里的一团毛衣，"那个什么干女儿，我知道纯属瞎扯。但这三四箱的东西，可都跟女人有关。"

是吗。谢老师迟钝地听着，没太反应过来，只感到有一桩事情硬邦邦戳在胸口，十分之惶恐急迫。是啊，固然跟有总嘴硬，可当真的，河山那儿怎么开口，真的要把沈红莲之事全部讲出来给她听吗？他可比任何人都清楚，河山一把撕碎那个纸条，就是为了死命避开这样的结果。

3

看来我一直以来的疑心，错了。沈红莲和他，是真的。就像云清和我是真的一样。

其实我刚才发火，说来可笑，是因为对吉祥的妒忌。吉祥从一开始就那么笃定地信任我，信任沈红莲。他怎么就这么相信人呢。我妒忌他这种完全的信任（活该，他错信了我！），我无论如何做不到。不仅对吉祥、对吉祥的女人不相信，对别的那些伙计兄弟，以及我的那些女人，也同样如此。我就信不过人这玩意儿。只有老松果，我信任我的狗。

这得怪钱，怪钱这个大妖怪。比如那些女人，我可清楚得很，一个个的，怎么可能喜欢我本人呢，都是冲着钱这个妖怪。所以我胸口里揣着的、被左右冠状动脉所供给着的，可不是什么红肉心脏，而是一块沙岩石，硬，还糙，对那些肉麻兮兮哭哭啼啼的儿女情长从来都是跳也不跳、动也不动。

小谢常在酒余饭后，看我放松了，便旁敲侧击地刺问。可能所有人都跟他一样想着，我这么一个老光棍摇钱树，不知在外头惹下多少风流债吧。没有。我可以不屑和坚决地告诉你们所有人，没有任何夹缠不清拖泥带水的关系。我从来都是开宗明义地勾搭：吃就是吃，睡就是睡，你就是你，我就是我。你要什么，我给。我不要什么，你也别硬塞。彼此图个乐子就成。

那些乐子……那时节太忙了，搞事情也是忙里偷空、速战速决。娘儿们嫌我快，我也嫌自己快，效率太高了——现在好了，是什么都慢了，比方说洗个澡，光是一件件脱掉衣裳，像快散架的木偶，就得脱个十分钟。泡在水里，我一厘米一厘米地揉搓、擦洗。皮塌成这样，青筋暴成这样，屌毛稀拉成这样，这一堆老肉骨，瞧上去挺可怜的吧。可我记得的，它们可都坏过，美过，战斗过，都被舌头舔过牙齿咬过哪。抬不起的胳肢窝，空荡的阴囊，挂皮里的褶子，我慢慢儿地洗它们。一边回想一边道别。

但我跟女人们，始终不是一个物种。什么感情、心情、感觉、感受，这些莫名其妙的说法，像是她们的命根子，哪怕是做一道小学数学题，她们也会偷偷把这些命根子给塞到加号、括号或等号后面去。尽管我那样地筑起钢铁防线，前后也起码有四五个女人，她们搞着搞着，就忘记我们的关系只是一道数学题了。她们开始不要我的钱，做出伤感的样子。反过来给我买礼物了。担心我喝酒伤身体了。下雨下雪天问我穿多穿少了。这些症状一出现，我就知道，来了，这些蠢娘儿们，要跟我闹感情、闹感觉了。

有个女人，挺大方。见我喜欢领带，就给我配起衬衫扣来。纯银、铂金、水晶，破费不少，害得我不停地给她回赠金链子。我知道这挺土，可是以一当十，并且我也是真心觉得，再怎么新式派头的CEO，省里的厅长，镇上的书记，外国公司买办，包括小女子，金子总是个硬通货，样式不论，重量够份就行，可比送那些狗屁奢侈品实在多了。想那些年我送出的金链子金镯子小金条，首尾连起来，绕不了地球赤道，绕足球场几圈肯定是有的。其中我最喜欢有种二百克一只的金元宝，不大不小，拿在手上特别讨喜，一下子叫人想到"金银财宝"这四个字。包括我有阵子到处收玛瑙翡翠、南红蜜蜡、手串把件，也就是图着那么一个坐拥金山银山的意思，感觉太舒服了……

啊对，起码一打粗金链子之后，那女人好像才明白了，是不适合用高雅的那一套来征服我的。我固然爱打领带，可我喜欢挽起袖子做事，搞什么衬衫扣，碍手碍脚！

她们给我的东西我都收在五斗橱里，有时拉开来翻看，也有些感念。有了感念，也就想着，得亲手处理掉。

衬衫扣边上，还塞了一堆鼓囊囊的贺卡，全是同一个女人寄的。对这一位，我也真是没脾气了。那时打电话已很方便，汉显的BP机我也送给过她，后来大家都用上了手机，可她呢，前后愣是给我寄了近十年的贺卡，并且喜欢在贺卡里头夹各种作怪的玩意儿。小布偶。半裸写真。干玫瑰。风铃。巧克力。一撮青丝。这就是女人的浪漫？太他妈黏糊糊了。尤其后来我们早就断了关系，马路上邮筒无人使用都爬满蜘蛛网了，她还是无休无止地寄。终于借着有次搬办公室，我让手下跟送信的投递员说：查无此人，退回原址。现在想想，是有点粗暴，她比我小得多，总有一天，邮局会给她在贺卡上贴个这样的条子：此人亡故，退回原址。这不是显得柔和点儿嘛。

我还收着一套餐盒，怪精致的。那倒真是个贤惠女人，也是丧偶，烧得一手好菜。但有点小洁癖，再高级的酒店，她也嫌弃那床单是千人躺万人滚的。每次见面，她总带两样东西，一条是床单，铺上了，才肯跟我睡上去。另外就是保温餐盒。我们搞完，她就铺排开来给我吃。两个荤菜，配一个绿叶小炒，一碗江米白饭，还给我泡一杯红茶。她喜欢看我吃喝，一边啧啧着可怜，好像我在外头从来吃不到好东西。

直到她终于提出结婚。我立即扔给她一个相当大的数目，一把头了结。她对着我呜呜咽咽，说不是有那句话吗，通向男人的是食道，通向女人的是阴道。呜呜呜，你都通向我了，怎么我就通向不了你。哪儿来的鬼话，难不成男人全娶女厨师吗。她走的时候，留下了这套餐盒。肖姨见到过，几次说想用它给穆沧送吃的。我让她另外去买新的，要多少买多少好了。想想我有点对不住这个女人。你还在通过食道找丈夫吗，嫁着了吗，还活着吗。说来没良心，我现在记不清你样子了，只记得你做的软兜长鱼，正宗淮扬菜做法，熟猪油、水淀粉加白胡椒粉，绝味。

橱柜最下面两个大抽屉，全是毛衣。有一阵子，是不是女人当中最流行织毛衣？这女人买了很多编织书，外国模特儿勾肩膀搭胳膊地，穿着各样花色毛衣。她叫我把胳膊张开来，在我身上一拃一拃地量，歪着头记牢，不上半月二十天就能赶出一件。前后起码得有三年，她织过各种颜色的鸡心领儿。菱形花纹毛背心。套头高领，说是三浦友和款。对襟开衫。不过很快就穿不出去了——就是我们水泥厂的小小业务员，也是鳄鱼或鄂尔多斯啦，我要再穿她的手工货，就好比开个三蹦子去赶飞机。我让她别织了，我不会再穿她织的任何东西了。她懂了，她是唯一一个主动离开我的女人。

其实也有过动摇和软弱，谁不希望出门在外，家里有人惦着念着。就是头猪，也还希望栏里头有另一头猪呢。结个婚不难，跟我同一拨子的老家伙，像严家兄弟，比赛似的换老婆，都到第三款第四款了。可我不行，说出理由来他们都发笑的——要是云清没死，跟我享过一阵子福了，我可能早也换了几个。可她走了，一天好日子没过，我怎么能把这许多好处，去归了云清之外的女人？又怎么能让小沧和二子，包括后来的松果，去叫别人妈妈呢？连云清都没听到他们叫过。总之，云清在我这里，永久占据了那个她其实没占到的好位置。我是没办法，她们都没毛病，只错在不是云清。

这样想想，沈红莲对何吉祥，可能也是差不多的道理，她被小老板们轮着包养，可这不妨碍她心里对何吉祥的忠贞不贰。不矛盾的。现在我是能理解了，也相信她了。但此一时彼一时——那时我是没得选。我肯定会怀疑，必须要否定，并且找不到她……

小谢这个狗崽子，他不是最能说会道的，就不能找个什么角度，来给我化解化解？比如，人各有命，富贵在天什么的。再说，他还不知道吗，这前前后后的，我对河山，顶着多少的流言和猜测，但凡她需要，我可是一步不让只管掏钱的。包括她开的那些个公司，为什么我每次都痛痛快快地，倒了又扶，再倒再扶，小谢就不能这样想吗——那也等于是把我欠她们娘儿俩的钱，借河山之手给散出去了嘛。河山那丫头倒也是怪，瞧她花起我的钱来，那个大方劲儿！简直像要成全我似的。这算什么，老虎棒子鸡？哼，倒让我又冒出个主意，跟"百家饭"也不矛盾……不急，得想仔细了。

反正没人商量，也不想跟人商量。我对小谢实在太生气了。真觉得河山的命算我的错？退一步讲，就算是，可她这命，才走了三十年，大头还在后面哪。他也太小瞧我了。我看，他确实应当滚蛋，我应当扣下他所有出差补贴，停发退休工资！

六、青山堂

1

谢老师从南方回来后，一直推三阻四地不肯见面。河山有意摆出一种无暇他顾的紧急态势，要与他"谈一谈穆沧"。

紧急什么呢，就是要紧急中止穆沧的征友。她把上周与在读博士的见面向谢老师复述，不自觉地添加了些夸张言辞，连说带演，很是惊险，好像穆沧差点儿就要被扒掉衣服拉上床去"验证"了。看看，全是来者不善，善者不来。咱停了吧！

"你的叙述，听上去胡天海地的，可也没跑偏。"谢老师若有所思地摸摸下巴，未做争辩，当即就同意"中止征友"，并顺着河山的话阐释，持久战确实没意义，对穆沧来说，就是一次又一次的格式化。"不过，"谢老师小心地反驳，"穆沧会不会不习惯？他现在每到星期天，就要出来见见朋友。"

"不影响。他跟我们不是一个概念。我们呢，总恨不得认识人越多越好，海水那样多。穆沧不是，大概只要一小茶杯就够了。所以我的意思是，保留几位走动走动好了。我问过了，小雕、小万、高个儿，她们都乐意。"

"行。你觉得合适就行。"谢老师那完全配合的样子有点滑稽，只要不提南方之行，什么都好说，"那我马上打电话，这个周日要见的阿美……"

河山挥手，"已经回掉了。我提前见了一下，她这里，不大好。"河山指指自己脑袋。谢老师看着她，看了能有两三句话的工夫，试探地，"能跟我说说吗，到底什么原因，你觉得一定要中止的？"

"直觉。就我的直觉。"河山才不想跟他扯，她有别的事要谈。

河山把自己的两只手对捏，平平整整放在桌面上，给谢老师一个正经谈话的信号，可她的眼光却在上下四处寻摸，想找个什么地方落脚，飘忽好一阵之后，最终还是像断翅的小鸟一样，软弱无力地坠向地面。她注意到谢老师腰直了直，视线变粗。看来表演已然到位，有效了，唤起了谢老师的记忆反射，每次她的公司办砸了，都是这样一副"外强中干、控制不了"的死样子。

"真的，什么招都试过了。"河山小声咕囔，无辜地，"看来我跟家长就是相克，以前做胎教开发也是这样。你说说，他们自己都搞不定那些小魔鬼，怎么指望培训班搞得定呢。早关早拉倒，我受够了。包括老师也难伺候得狠，学生多了嫌累，少了也不干，姑奶奶我又没少他们一分钱。不过，老谢同志，你还记得吗，我这小破公司，当初注册时，除了艺培，还有艺术品代理和经营。叮能这才是我最好的风口！不动枪炮不用挪窝，直接就能干。"她用力使自己眼波转动，烁烁地逼视谢老师。瞧，承认失败的同时，她也带来了新的方向，"我最近发现了一种独特的艺术门类，有点冷门，但在国际上，绝对处于前沿地带，国内还只是处女地，我这里率先去代理，空间很大，长线收益绝对可观……"

以往她吹到这个地步，谢老师一般就会急促打断，象征性地询问几句，有时婉转，大部分时候是直接扔砖头，想尽可能地替有总拦下她新一轮的借款。

"是嘛，好想法！大胆地来。"照单全收，连个砖头屑屑都没拍，什么叫冷门玩意儿？为什么冷？就因为没有人要啊，有风险。他一句都不问。"需要新的启动资金吧，有总那边，绝对不成问题。我可以替他打包票，不仅负责启动，也负责兜底。你不要有任何后顾之忧。"全面推动和欢呼的口气，像把有总的保险柜完全打开来朝向她，为了给她留点面子，生硬地加了半句，"当然了，如果有收益，提前讲好，有总也要分成。这算风投。"

他以前不这样的，从不这样，就是从南方回来之后的变化。这感觉太糟了。

"穆老爹到底对我亲妈干了什么，杀了她？你干吗要这个样子！"河山本不想提的，不小心爆出这一句，是想开个玩笑。看到谢老师明显慌了，他取下眼镜，从裤腰里掏出衬衣一角来擦个没完，他把眼睛觑着，装个半盲。

"行了。"河山撤回话头，"瞧你这脸色，别说了，不论带回个大霹雳还是大馅饼，都会影响我斗志的。这回可没打算要穆老爹接济，我啊，打算玩一回空手道的独家代理，因此要集中火力好好战斗，望勿干扰……"河山故意显出逗笑模样。确实，她也没做好准备，能拖还是拖一拖。再说这谢老师也不容易，逼他作甚，干他何事。

"好，听你的，暂时不说。"谢老师点头如仪，只神色仍旧带着苦闷，摇着头自语，"你真是很会讲演，会说服人。叙述这玩意儿，是一种玄妙的、天生的才能。当初做特稿时，我这方面就比较弱，只会看汤下面、实话实说。始终学不会搞花样、弯弯绕绕地说。"听起来，他不只在考虑对南方之行的说辞，还有别的事情，他被"叙述"给困住了。看上去简直有点可怜了。

"可知道，男人什么时候最可爱吗，就是软弱的时候，苦宝宝似的。"河山起身，"嗳，要姑奶奶给你喂奶吗。"这通常是他们达成某个协议之后，偶尔开一下的玩笑，谢老师也从来都是有推有挡，应付自如。可这一次，河山不敢相信地看到，谢老师那张老脸，几乎真的要哭起来。他在南方，到底打听到了什么呀。

2

河山突发奇想，意欲空手博取的，所谓国际潮流的冷门生意，亏好谢老师没往下问，真的说出来，谢老师恐怕也不会是那样大包大揽的口气了。

源起在哪里呢，是阿美，就是周日应当与穆沧见面的征友对象。擅画，说是每天能画十二小时。河山因是自作主张要拒她，电话里不免客气些，这一客气，阿美竟拎着她的画作，径直就扑到河山的艺培学校，好像这是一个职位应聘，要给自己"再争取一下"。

阿美一见到河山，便热烈得如同故交，挥舞双手开始讲述外面的晴朗天气，讲述所遇路人，个个有如天使，而河山的这个机构，阿美环顾一番，也是闹中取静，艺术氛围浓郁，多少未来大师将从这里起步……一边说着，已打开她随身背来的卷筒，给河山看她的两幅水彩。

一看，嗓子眼里就痒痒起来，心里有点发紧，多熟悉的感觉。以前听美术赏析课也是，类似的异样总会突然降临。好的东西，像羽毛掠过皮肤，一层静电走过，喉头瞬间堵住。具体好在哪里呢？老师点她的名，张口就讲，不提什么体系或理论，也不管什么名家大师，就凭她所谓的直觉，加上信手拈来的比拟，似乎总能直击要害，听得人不由得就频频点起头来。怎么，不行吗。好东西，非得爬高楼架云梯才够得着吗，起码得把像她这样的人给打中了，那所有人都会被打中的。

看阿美的第一幅。抽象线条，笔触草莽粗大，粗大中左谦右让，有商有量，相互不做交缠。色块填充的冲撞度却显得极其骄傲，令人有低微震慑之感。画面不复杂，河山就看到这么多，但觉得够了。

阿美呢，仍在耳边喋喋不已，正离题万里地谈她的中长期艺术规划，口气之狂妄，简直有点古怪的幽默——为什么要从水彩转向丙烯而不是油画，因为丙烯不怕风吹雨打不怕地震海啸，这一点就比油画强，更能超越时空成为经典，且方便后人保存。当然了，丙烯也更容易进入实用产业，她不反对转化，也相信她会一改整个设计界的沉闷状况……

第二幅是占满整个画面的老树桩，年轮一圈一圈写实，极为细腻，有如工笔。但在树桩右下角，有一只看上去过分立体逼真，半透明半流体的绿头毛毛虫，正爬将出来。这毛毛虫，让河山汗毛立时倒竖起来。太恶心了，恶心得激动人心。

外面忽冲进来一位中年妇人，面带疲奔之态，见到阿美，她松一口气，一把把河山扯到走廊，气吁吁地躬身直打招呼。是阿美母亲，首先声明女儿不是神经病，然后咬文嚼字地道，是双相情感障碍。

她形象地打比方，显然是多次对人解释过。我家阿美，永远在玩跷跷板。这一头高起来的时候，活泼乐观，对前途雄心万丈。落下去呢，则闭门藏户，不能见人，连野猫溜过窗户看她一眼，都会让她以头抢地。哦，河山明白了，今天的阿美处于跷跷板上头。母亲又补充道，其实抑郁阶段反倒好些，尽着她瞎涂瞎画就行，家里头，她的画纸都堆到天花板了。亢奋期最难控制，整夜不睡，到处跑，线下跑，网上也跑，不停下订单买东西，报名各种活动，自荐入职，连全程马拉松她都敢去抢号，像你们这个相亲征友，也是她胡乱瞎报的。对不住，对不住。

哟——哟——河山在心底呼啸。可真逗啊，生活从来都是这样，总被各种稀里糊涂的力道所推动。正陷身在艺校的泥淖之中快要没顶呢，突然看到阿美这无知无觉但叫人激动的病相之作，简直就是老天爷送上门来的瞎搅和，是不是最好再往狠里搅一把？就像阿美妈妈所说的跷跷板，跌到头了，就会高高翘起来吧。心里突然有了一个澎湃之想。面上不动声色，只说正好顺路，跟这对母女回家，去看看阿美其余的画作。

各种作用力里，河山知道，还有一个潜在的动因，她总还是对王桑那个空间有些觊觎。固然，那里太冷清了，可她有种奇怪的自信，什么可能性都有啊，全看如何操持……一无所有的人，总归要这样混凑混搭、奇思妙想，手里哪怕只有一张两张牌，或者还不在手里，只要在附近，就要千方百计地想着，能尽可能地利用起来，让它们组合、流通，成个姐妹对子，做个三拖二，说不定能成个同花顺也难说噢。

记得那次因为脚扭伤，王桑送她回家，路上她试着开了个头，想探探他的合作性，却发现那家伙像个气球一样，软绵绵的无骨无力，简直是个零头碎牌，用不上。可最近看起来，那"没啥用"的公子哥儿像是开窍了一些，入流不入流的活动，都搞出了一点动静，尤其那四方出手爱心涌动的聋哑诗歌朗诵，叫她很有些朦朦胧胧的触动。不妨再试一下？

再说，她还记得的，丁宁在医院的人群中对她所吐出的半句：王桑对你……那口气超脱极了，好像全无所谓。可河山感到，那是隐蔽到已没了形状的痛苦。或者也是为着丁宁，河山想再戳一戳王桑，看他会瘪下去，还是炸掉。

3

河山背着两大筒的画卷，在隔壁办公室等了一会儿，直到王桑送出一个头发花白但相貌清朗的访客，那人满面怫然匆匆而去。

王桑礼让着迎她进来，脸上仍是严峻的神情，滞留在前面的想法里。比起以前那虚飘飘的样子，这就好多啦。等他回过神，河山开门见山，很赤裸地讲清要求：艺培倒了，最近转向艺术品代理。想在凹九搞一场展览，从作者到作品，绝对地前无古人、开天辟地，想请王桑务必帮忙，能否纳入什么文化扶持项目，或者抱上哪家协会或文化机构的大腿，替她解决场地租金，以及装裱运输宣传等一揽子费用。她手上没本钱，还要倒贴，风险很大。毕竟，这是一批寂寂无闻的艺术家……

王桑几次欲要张口，她急忙拦住，以免王桑轻率否定，待会儿可不好收回呢。

"哦，还没顾上跟你讲呢，穆沧现在真是接触了好些姑娘呢。"河山像弹手风琴一般，先是拉长，纵览整个征友概况，"你要是能看到他们在一起的样子就好了。"河山挤挤眼，这是夸张叙事的开始，想起谢老师的表扬，确实，她会"叙述"，起码，先得把王桑给轰一下，"穆沧学会跟人合作了。小万负责拍五十对不同人的手，穆沧则拍五十对不同人的脚。你想，光这个主题，穆沧起码得接触五十个人呢。小雕每次都给穆沧带不同的梨树木，穆沧都能闻出是新木还是老木呢……你看多好啊，穆沧有朋友了！"王桑谨慎点头，不太明白河山为何要聊起家常。

河山这才缩小话题，慢慢收拢到阿美身上，她一定要让王桑明白——今天所要洽谈的事务，是从穆沧身上起的，"她绝对是个天才。不光是她，在她周围，我还发现了一批特殊的，怎么讲呢，我还没想好怎么定义，可以说是不自知的、无意识的艺术家吧。从运作和代理角度来说，下手越早，主动性越大。喏，我先带来了一些作品。展的名字都想好了，叫'本来面目'，这将是你们凹九从未有过的创举。"

她把画卷抽出来铺开，一边交代阿美的躁郁症背景，讲到这其实是一个绘画疗法，开设在青山堂脑科医院，"我带来的只是冰山一角，或者说，富矿一角。不废话，你自己看。"殷勤地，她帮王桑一张张地排。王桑看了几幅，"啧"一声刚要评说，河山"嘘"地拦住，再把另一摞画卷抽出。桌子、沙发、窗台上已是满了，便往地上排，排得两人都快放不下脚了。得让他多看哪，他越是推迟发表意见，她的设想就越是可能达成。

王桑看来感到她的急迫了，开口带着婉转，"我其实是外行，最多能看一点传统国画、书法什么的。现代绘画这块我完全不行。"他不看河山，"我马上打电话请人来看，我们外头有专家顾问组，他们懂行。至于项目优惠……"

"懂行？屁咧，他们就只认老掉牙的名家，认美协副主席，认什么名师高徒，什么宗法流派。你这是要找挡箭牌。"只觉心口里一阵焦躁，恨不得揪起王桑的领口对他耳朵吼上几嗓门，这可是她的救命生意啊。想想不能急，忙让自己笑了几下，笑得不太成功，"请问尊敬的王站长，你自己，就没个判断吗，你看到的难道是一张白纸？我就恨你们这样筑墙打坝的，什么都要来个门槛。展览又不是只对专家开放，普通人的眼睛就不是眼睛了？现在你给我讲，就从一个不瞎不盲的正常人角度，讲这一幅。王站长真要一点感觉都没有，那是算我走错了，马上抬腿走人。"河山把手边一张画推到王桑跟前，一边又自悔语气过激，怎么这样沉不住气，不是顶擅长给人灌迷魂汤的吗。

所谓关心则乱吧，不仅关乎自己那小破公司的转向自救，还有些更复杂的感怀。

初见阿美的那两幅画，汗毛竖起，嗓子发紧，只算是微醺中的小冲动。旋即到阿美家那一趟，见其画作又多又好，且其母只悬念于精神疾患，对作品售卖毫无寄托，心里便迅速加上一层投机心态，觉得这里是片荒芜、肥沃、大有可为的地带。试试呗，反正已是光脚板了，难道还能把脚都给亏没了吗。她是有这种赌一下的成分。

直到去了青山堂，她的心态才真正认真起来的，像是有种遥远但清晰的唤起。

较之别的医院，青山堂显得稀疏少人，格外寂静，两排廊柱在绿荫中一路接引，渐入病区。她跟着阿美妈妈匆匆走过，行进中看到几个庭院大小相连。胖胖的条纹服们，或对坐无语，或缓慢而行，或三五成群貌似聚会，或原地兜圈，蛇行虎跃不止。走过去老远，河山还扭头看了好几眼，看他们在视线中拉长变小，缓慢远去，给她一种隔世之感——河山嗅出一股熟悉的滋味，嗅到这隔世之下的那种畸零、边缘与自弃。她一下子想起久远的爱心驿站，五岁到十五岁，不可更替的十年，决定了她的所有，所没有，如何地活着，如何活到今天，以及将来如何去死……表面上看，爱心驿站与青山堂全然不同，可河山知道，这两个地方绝对有某种关联，并叫她感到一阵亲切的悲怆，心尖上像有一只温暖的大手在抚摩和慰问。这大概就跟别人想起小时候，想起老家，想起邻里乡亲是差不多的感受吧。

真想不到自己竟突然这样软弱起来，并被这种软弱所控制——这就是那个他妈的乡愁吧。可真是见鬼了，她第一次感觉到乡愁，并急不可待地想为它做点什么。

她被阿美母亲和汪院长给带到了绘画疗法室。汪院长年轻时曾在法国进修过两年，也是从那里借鉴到这种名为"原生绘画"

的疗法。画室宽大简洁，桌椅与画架散落分布，靠墙的大架子上随意堆放着颜料与画布画纸。有四五个病人在。一个小伙子拿帽檐完全压住脸，正在画一个巨大的地图，说他患病前是电竞高手，《DOTA 2》中国战队的后备选手。一个胖妹妹在画卡通，她抬起距离很宽的眼睛，冲河山笑了一下。还有一位老头儿，身着三件套西服，鞋子与头发都锃亮，曾是外交职员，他的画布上全是半朵半朵的艳丽大花蕊。他举起画笔，用四种语言问候河山，包括汉语：你好！女神缪斯。河山不禁点头而笑，这会儿已经不伤感了。画室里的这几位，带着艰涩与封闭，倒也算自在。

汪院长爬到梯子上，从架子最上面搬了好几摞下来，一齐拿到大窗台上。河山拂去浮灰，在斜射的阳光中一张张翻看，挑选，拍照——异样而敏捷的感应，挡不住地一波波扑来，身上像有个电极接收器，啪啪直闪火花。河山从来没觉得这样笃定过。绝对地，她发现了一个奇妙仙境，那是无人知晓、心灵尽头的宝藏世界。

激动和燥热中，她总在喝水，不得不中途跑了一趟厕所，这次是真的尿急。当然洗手时顺便也照了一下镜子，一边想着，等会儿要跟汪院长商量，看能否先借出一部分作品，还要谈授权确认，尤其是一些已出院病患的授权，等等，总之她要绝对、全部的独家代理。在与镜中自己对视的那几秒钟里，她惊讶地意识到，这虽然是个重大决定，可这一次，并没有一丝纠结与恐惧，没有跃向深渊的无助感，也没有跟镜子里的自己去讲车轱辘话，而是像张嘴吃饭、脱衣睡觉那样，挺顺溜地就做下了决定：干！一无所知、一无所有也要干。

与汪院长谈妥出来，走出医院长廊，跟阿美妈妈重新回到外面的街上，可真是快活得很，真想尖尖地吹一声口哨。除了算是替自己的"乡愁"做点事情，还有个最大的安心处——像阿美，包括画室里的那些病友，他们的监护人，十之八九，是不会要她先投钱的——多大的便宜哪，这就是她后来跟谢老师吹嘘的空手套白狼，这次终于不用再跟穆老爹打借条啦。而真要赚了，也绝不会短了他们的。他们谁呀，不等丁就是她爱心驿站里的兄弟姐妹嘛，她跟他们是一伙儿，无依无靠，残缺不全。替他们做点什么，就等于在替自己做点什么，这他妈的多好。只有一条，要把凹九也搞定，就完全不用担心本钱了。

4

"记得那天你讲我没有存在感的？什么叫存在？无非踏踏实实做点小事情，痛痛快快讲些真心话……所以我讲真话，你可别介意。这些日子，我可得罪了不少人呢。"

河山不眨眼睛，王桑这口气她不喜欢，激将法看来没使好。王桑指着眼跟前，"这幅，是篱笆还是一口井？还是被什么东西绑起来了？模棱两可，在下看不明白。这幅卡通面具，五六岁小朋友就能画，凭什么挂到凹九去？还有这幅大面积的红，就是血管破了到处淌，可能我这一阵常去医院吧，反正我看了很不舒服。我知道你是想帮他们，但不能因为他们不是常人，就得哄着、糊弄着？退一步讲，也得大概其的，瞧着顺眼、舒服不是吗。"

河山把他提到的画作往边上理理，把几张新的往前推，推了几张，突然丧气，飞快地动手开始卷收，听到自己声音都结巴了，"你是怎么混上这个破站长的。大家跑到凹九来看展，就图着顺眼、舒服？那躺倒在家打游戏不是更舒服吗。怪不得凹九这儿，小麻雀都不来一只呢，活该。就挂你那些老干部书法女职工右头画吧。"完全失去了一直企图保持的宽裕心态。她听不得这样的反对，因反对而更感一种孤勇决绝。

"别这样。你等我说完。"王桑拦住，河山使劲压下怒气，手里借势放慢动作，"我不欣赏，不代表这事情就不能做。比方那聋哑诗人朗诵会，我也并不喜欢。但任何事情，包括老人家书画、职工才艺展，都自有它的意义所在，并且这就是我们凹九的本分——请你有空了仔细想想我这话——这本分里也包括你这些病人艺术家。这是第一层意思。第二层，你所期望的项目资助，实话跟你说吧，最近我正在争取，果真能争取到一笔，肯定得给昆曲。你刚才门口碰到的，正是昆曲团的木良团长。而你这边，尤其是你，不可能的。"

"尤其不能给我？"河山抓住这一句反问，脑子里嗡嗡营营的回音，如野蜂飞舞。多么耳熟啊，若干这样类似的托辞，她经常从主事者嘴里听到，有时明明就在正常范围之内，对方还是会找出障碍，并加上一句，"尤其是你。你的忙可真不好帮哪。"好像他们还挺无辜似的。

最近的一次，是艺术学院主持艺术考级的一位副主任，暑期班之后，她这里有一批琴童去考级，需要"多多关照"，她前去拜会。还有早几年的法式面包店，因为那套烘焙设备，后来又是食材配料进口，被检疫局一位红脸膛处长给关心上了，三天两头开整改通知单，没办法，她前去沟通。总是那样的，绳子就在屋子里头，她和那个代表一点点权力的男人，各拈一头。当他们提出"尤其是你"的时候，就等于故意把话头给亮出来了。她需要掐准到最佳角度来拉扯一下，争取把主动权的中间点给移到她这一头。

"哈，我懂！我懂。这叫'瓜田不纳履，李下不整冠'，给我行方便的话，担心有碍您的清名对吗。"河山哂笑，心里涌上一股疲倦。太没劲了。

这种处于中年阴霾中的办公室男人们，真是看得多了，睡眠欠佳的大厚眼袋，被文书表格折磨得僵硬不堪的腰椎间盘，堆积于腰臀部的沉重脂肪。他们中的大多数，辛劳而谨慎，什么错儿也不敢犯，因为担心犯错成本，担心不可收拾的涟漪效应，担心被对手抓住把柄，等等。因此他们总是很不高兴河山，这么漂亮又泼辣的一个野女子，求上门来的，却摸不得碰不得，可怎么弄啊。他们像透视仪那样，不甘地上下偷眼，讲点狠话或色言色语，尽可能地给她添堵添麻烦——河山不介意他们的刁难，不介意这压缩的欲望，欲望中望梅止渴的交换意味。

"反正惠而不费，能帮我办成事就行。就算只是这样的办公场所，我也挺会做小动作的。"她端庄而坐，绘声绘色地对王桑讲述。魏妈妈教她的各种花招，这些年用之如常，已成本能。"撅起屁股、伸长腰肢、大打开窗户，露出腰节间的空白处。抱怨嫌热，文文雅雅地解开外套扣子，露出低胸内衬。或者嫌冷，我呵手指，咬手指，吮手指，他们端起茶杯盯着我，都忘了喝水。有时我用完全拟真的口气，畅想一次私密约会，说得轻松而自如，去除掉任何的罪过感，简直光明磊落、如沐春风。他们当然都没有贼胆去赴约。可就是要这样说一说，挤挤眼睛，你来我往地打几回合的嘴仗，才过瘾，才赚到——男人嘛，哈哈，意淫也算是淫了。"

王桑眼里有些叫河山吃惊的东西，似乎是沉痛，也有愤怒。他竖起手，让河山停下她的嬉笑。"你知道自己是怎么回事吗。"王桑语气沉闷，迟疑地往下说，"谢老师跟我讲过你在师范学院的事，还有你刚才讲的这些鬼把戏，包括你跟我谈业务，我也算见识到两次……你，只会这样跟男人打交道吗。"

哈。河山无谓地笑了，"怎么啦，这又怎么啦。那我在爱心驿站，故事可更多呢。请问你是幼儿园小朋友？"

"你晓得有反作用力这个东西吧。每知道你多一点，就多一份排斥，累加累加，最后像个越来越长的咒语，把我给缠得根本没法翻身，恨不得离你越远越好。"王桑苦笑了一下，"我想大部分人都这样想的，不愿沾碰你。而但凡要帮你点什么，必然就要沾上手，否则会觉得太冤……这是一个恶循环。你明白吗。"

河山没吭声，是真的感到困惑，反作用力是个什么屁，莫非还绑架了他吗。丁宁搞反了，王桑从未有意于她，而是极其地厌恶她？认为她是下三滥？也对，她就是。

河山开始一张张收拾地上、窗台上的画作。一腔关于"本来面目"的热血想法，都还没来得及展开，就这么彻底地铩羽而归了。骂得对，干吗扯那些有的没的，不搞暧昧不做媚狐子她就不会说话不会做事了吗。可怜可哀的青山堂画室，她刀尖上的疼痛，既子虚乌有也结结实实的乡愁呀。

失败感前所未有地刚猛，兜头浇灌而来。赶紧地，离开这里。她只想去穆沧小窝那边，就坐着，听他的沙漏去数时间。

两筒画卷子很重，王桑帮着提到楼下，替她叫车，"要不，把青山堂画室的照片都发我吧。如果这次昆曲能做好的话，也许……"王桑望着街上，直到车子快到跟前，才掐着时间，一边把画卷子递她，抓紧地说，"我知道你事情经得多，许多东西都不在乎了。不过，别再那样了。你是个宝贵的人，明白吗。"

街景忽然变白了一层，公交车停在马路当中，路边一辆黄色单车在风中倒地，驶近的出租车无声无息。

河山心里一空，画卷子都没接住，"咚"地倒地，慢吞吞往两个方向滚去。可从来没人跟她讲过这话。真想马上随便找面破镜子，要赶紧转告镜子里头的那个破烂人儿：嗳，说你呢，说你，也算是个宝贵的人。

这可太逗了。她听见自己冲王桑爆发出嘶哑的欢笑。

七、灰尘

1

下班前，想想还是不放心，王桑又去看了下舞台。昆曲在凹九的头一次演出，就在明天。

舞台就放在木良早就看中的主展区位，台口是现搭的，雾灰色大幕净落到底，台上只一桌二椅。

一桌二椅是传统戏台标配，大座、小座、跨椅、站椅、三堂桌、八字桌等，配以桌围椅披、帅帐、床帐、楼帐、高台帐等，实指虚指，幻化万千，不论江山更代或儿女闺怨，皆是倚着台上这一桌二椅延宕展开的。

王桑打开几组灯，在台下几个不同的位置，坐近又坐远地看，总觉哪里不对——小舞台是拼装复合地板，太过簇新，又给擦得纤尘不染，都有了反光。其实这戏台，得旧，地板漆磨得掉色，最好能有一层薄灰，等到顶灯一打，演员在其上或跃或舞或跌，行动中能带出那一点子灰，顺着灯光静静地冉升，悬浮，最是有种幽通古往之感。王桑站到凳子上，把通到一半地面的那排高窗户全部打开，正好还有一天一夜，他得替这台口"邀"一点尘灰来加入，就算是审美迷信吧。毕竟，能走到今天这步，实可谓是繁复曲折——

终于，是从里下河那边争取到一笔款子，随之的流程反倒冗余起来，相关的文书，从木良到王桑，王桑到双下巴，双下巴又报到里下河，简直像多角情书彼此勾连。往返过程中，不断得到新的指示，全是来回话：要有创意，要有亮点，要做好新媒体，上上下下的，都对新媒体有着无限真诚的崇拜。

这些都还好说。具体演出上，王桑与木良多次谈崩。分歧在哪里？王桑的意思，是必须搞花样——要是就跟他们平常排练、送戏下乡一样，普普通通的折子戏专场，那等于小石子投深潭，不会有动静，无动静便等于是白做。因此竭力主张掺和异质元素，加上现代色彩，总之弄个"昆曲+"，形成"媒体点"，先骗得大家来看了，再慢慢引回到正宗昆曲身上，也算曲线救国。

木良却咬牙蹭脚不同意。昆曲之典雅纯正，定要原汁原味方可得其精髓，一搞起创意来，动的是皮毛，伤的却是骨肉，老戏迷气个倒仰不说，对初见昆曲的人来说，也是个误导与伤害啊。我师傅要晓得我胡闹，准要从地下爬起来再抽我一顿。跟你讲过我挨鞭子的事吧，鞭鞭见血痕，打完了，师傅又给我炖小公鸡，补。他对我就一个要求，不许走样，老祖宗传他什么样，他就传我什么，我也得一招一式依样地演、依样地传。这一个"守"字，就是老昆曲的魂。

还有一条，木良是替他的演员考虑。团里的戏校生，是黄鼠狼拖鸡，一年少似一年，有去影视行当做替身的，有开保镖公司的，有靠脸蛋和嘴皮子在抖音上带货的。真是跑的捉不住，捉得住的吃不了苦，吃得了苦头的，又不见得有那分灵气。你说，这里好不容易搭个场子出来，让他们有机会上台，还弄些夹三夹四的东西，那还不如不要搞了。你既然是为着昆曲好，也得有个起码的尊重呢。那次木良就是讲到这些个，带着情绪拂袖而去，走道里碰到迎面而来、背着两个大画卷筒子的河山。

到再次见面，王桑就拿河山做话头，讲了她那个青山堂画作的"本来面目"，也讲了穆家与河山的特殊关系，而他置这一切不顾，只管一心一意地替昆曲争取。他图什么，当然是图昆曲的好啊。其实哪有绝对的原汁原味，传送到每一代人手上，不都是其所在的当下此刻嘛。继而又讲起金农。凹九只要一搞书法展，就看到多少人使着排笔，黑漆漆地，都在蹭金农的水，写得四不像，越是这样，金农倒越是在那里。类似的例子太多了，白石老人，米芾，苏黄。真正的好东西，自然经得住加汤掺水、插科打诨。你对昆曲，这点信心没有吗？他止住木良满脸的申辩——这样行不行，前一半我来搞点小热闹，给媒体送料，后一半，你来两场正宗折子戏压台，负责让他们好好打瞌睡。

木良抗议地笑了。这话有出处，是木良的名言。他常说，观众啊，哪怕就是看戏看睡着了，那也是在昆曲里睡着了，是睡在六百年里，打的是世上最古老的瞌睡。

再说，咱得热闹了才对得住上面的款子，好歹的，这回也替演员体体面面地挣下点演出费——此前他一直没有讲到这个，主要是没把握，同时也有点耻于把素衣如古的昆，跟钱给搅在一起。

老木良马上瞪大眼睛瞧他。戏曲演员的眼睛，真像有个四面弹簧，上下左右都能撑出一大轮。真能有演出费啊，他意外极了，吊梢如立，脸色微红，早说啊你，孩子们多不容易啊，哪怕只跑个圆场、念两句对白就下，那也同样要勒头绑腿，大费一番周章的。木良转动腰肢、屈下半腿，反串着给王桑道了一个闺门旦的万福。

木良这样一种单纯的、对金钱的反射式让步，让王桑高兴地哀伤了。艺术的骄傲和藐视万物真是很缥缈的，一落到地上就需要花钱，为着讨好并讨得经济，便往往要乔装、变装与异装。但愿他跟木良此番所联手的这些变通，不要太丑陋，底子得以保全，便是最好。

他们最终商定，演出叫作"一桌二椅·碰撞"，前半段的创意，王桑请艺术学院毛光头院长帮着策划，后面的折子戏，木良选了最容易看的《牡丹亭·闹学》《长生殿·闻铃》两折熟戏。

2

还是闷了，准确地说是砸了，恶评如潮。王桑等了两天，等各种坏消息，跟内毒一样，等它发透。凹九这些年所有展览的宣传，都抵不上这两天的曝光量。晚上，他在办公室里加了个班，像个低功能机器人一样，把目力所及的各种批评链接，不停地选中、复制、粘贴，都收拢在一个大文档里，打出厚厚两摞，他发现自己还没乱了阵脚，依然没忘记把字体缩小，并用旧文稿的背面打印，以免浪费。然后让人给双下巴送去，其中一摞是备份，万一他要呈送给里下河呢。

演出台子还没撤，夜深人静，王桑又到台下坐了一会儿，台上现在真有一层浮灰了，他真想问问：尘啊埃啊，你们也觉着那么糟糕吗？

遭非议最多的，是前半段的创新，毛光头的主要思路是让昆曲与别的门类对对碰，想法偏实验，算是勇蛮之力。

一段是让昆曲小生去除一应繁复的舞台装扮，只着灰色长衫净头素面上场，与一位话剧演员合作，以"回忆"为题进行交叉表演，凭借生角的气质与直觉，即兴念唱，错位对话。有什么实质性内容和情节吗？恐怕就是毛光头本人也说不出个所以然。但王桑认为这最见昆曲对人的塑造。

昆曲演员，皆是十二三岁便进艺校拜师入行的，此后的晨昏四季，三伏三九，即是严苛的程式化训练，毯子功、把子功、形体功、水袖功、扇子功、指法功……一日日雕塑，已化入肌理血肉，使得他们身上总有种"不一样"。就比方说坐姿，总归讲究一个"浅"，"浅坐似山，满坐似坍"。比方说举步走路，明明身心向前，足下却有顿挫，徘徊取之。木良身上就挺明显的，别看老了，依然端正，自足，还有种决绝感。尤其这样一个非程式化的、半即兴的演出，演员不上戏服扮相，也无戏码、曲牌与唱词，这种"不一样"就完全出来了。台上那白面巾生，虽不在"演"昆曲，但全身上下的毛孔和骨头，仍"是"昆曲那个老底子——他与一身洋装的话剧女演员，台上身形交错，四目相望之间，真有数百年的宽阔汪洋。

再一段，是让白鼻子昆丑与西洋杂技的红鼻子小丑互动。西洋小丑常需各样道具辅助，台上空空，对他是个为难，索性便取道无聊、无赖，把自己一顶五彩帽子给玩个不亦乐乎，跟台下卖俏卖乖。昆丑一般都有功夫在身，当天那位，便是擅长矮子功，上桌如灯，坐椅似猫，落地成球，在一桌二椅之中，高超地跳上蹿下。总之这一节，赢得台下不少哄笑，不耐烦的孩子们也都活转过来。王桑倒觉得有些对不住，昆曲古有"丑以人传"之说，丑角常是剧中的尴尬人物，其夹缝之难的机智与失败，往往以滑稽动作来自相掩埋，细品之中，大有生之况味。今天这样简单地让东西两丑来逗趣，是丢了内在货色。

下半场的老戏中规中矩，几位演员年华正好，也珍惜这历练机会，都是十二分的投入。木良看得甚是满意，旧习复萌，又歪着头小声跟王桑传教。这一出《闹学》啊，要害全在念白。昆白其实最难，有话叫"千斤白、四两唱"，全靠演员自身把握。有的要热接，话赶话，有的要冷接，打哈哈，有的要抢白压住，有的是声息挑逗。你注意听，丽娘、春香这主婢二人，跟这乡试十五次皆不中的迂阔老先生陈最良，搞出个"三拌""六岔""五逗"……

王桑听着，心下忽感不安，扭头一看，观众已走掉三分之二了，怪不得木良那样瞎起劲，他是在跟王桑也跟自己打马虎眼呢。

余下的这三分之一，也不是真的在看戏，却是些妆容整饬、争奇斗艳的自媒体人物。各带武器，长甘蔗般的手机架，巴掌大的摄像机，占据有利地形，对着镜头，拿着小耳麦，挤眉弄眼地在做直播。这里台上才刚结束，网络上的短视频与快照就出来一大波，如回声般形成团团旋涡，一时倒带得"一桌二椅·碰撞"流量颇丰。

想想现场的虎头蛇尾与曲未终人已散，王桑当时就感到一种不祥的对照。随即收到一串语音留言，是谢老师奉命转告穆某的预警，老乌鸦似的，唱了几声衰。敢情，老家伙正巴不得的，等着瞧他的好看呢。

果然，第二天一早，一轮公号热评出来了，不仅昆界，其他戏曲，其他传统文化，其他艺术门类，都跳将起来，对此一场热络发表宏论。没到中午，则又出来一波比较深度的反馈，戏曲界声音、专家评说、名家大师意见——二八开，只有二分是认为创新勇气可嘉，八分皆是恶评，觉得这勇气实在是无知与不敬的坏勇气，是对老家底儿的切割贩卖。想想看，唱念做打四功，手眼身法步五法，可是昆的精华与魂魄啊。

连服装也被骂得个鼻青脸肿。你把咱行头衣箱搁哪儿去了，箭衣马褂、大靠打衣大铠、扣带鸾带、蟒袍官衣、褶子坎肩云肩呢，那绸缎锦绣上的龙凤鸟兽、鱼花云水呢，怎么能让演员光秃秃个素脸、套个灰长袍就上去了呢，瞎胡闹。哪怕带个色也好哇，昆的戏服有一半的讲究在颜色上，绿色，分松花绿、水绿、艾绿、黛绿。黄色呢，又分秋色黄、沉香黄、库金黄……那段愤怒的采访听着像说相声贯口，听听也是美的，被点赞无数，连王桑也听得入了迷，像上了一层麻药，有那么几分钟，都忘掉了心里的痛苦。

也有专骂那"两丑"戏的。真是小子无知啊，当初可正是靠一出《十五贯》的大丑戏救活一个老昆剧，怎么而今就只把它来翻跟头呢。尤其一些老学者，借此发出憋屈已久的厉声责问，这样不伦不类非驴非马的创新，实属自轻自残之举……而跟帖的票友戏迷，又如风暴席卷，带动更多也许并不知何为昆曲的网友，作痛心疾首之叹，祖宗好不容易留下点东西，哪一样不被你们糟蹋的！

这都是木良原先所担心的局面，果然一一验证。王桑给木良留言：是我的点子歪了，你不用接应此事。全算我的。

是杀是剐随便，就是引咎辞职、即刻回家也可以。记得刚到大楼上班的时候，有一位已做到副处的龚某，毫无预兆地，有天突然把辞职书往主任桌上一拍，啥也不要，特别洒脱地办了离职手续，且去处与下落无人得知，腾云仙游去了一般。这在大楼里，可谓是人生大暴动了，被私下谈论了很久，常有人在气闷不顺之时，发狠道上一句：大不了我也"学龚某"好了。

王桑倒不是发狠，他是真的，真的可以"学龚某"，撂了这小吏的挑子。有一个托底的消息：丁宁有了。穆家的所谓财产，算是保住了。理论上说，他确实也可以回家躺倒，啥也不干，真正地去做纨绔子弟。他也算是试过了，结果再次证明：他就是不行，他做不成事情。

3

来自子宫深处的好消息是昨天传出来的，来路漫漫，是三个月以前，他们第一次做冷冻胚胎的后备选手。试管婴儿起码两三次，多的六七次，像是一个跨栏选手，丁宁总是参照最高难度系数。因此他们都没惦记，更未敢指望。尤其是丁宁，对这次真的"有了"，像听到命运突然敲门，都不敢去开，万一是个恶作剧，门外空无一人，或者是个大魔鬼呢。她表现出整个求孕期都从未有过的焦躁与质疑，好像宁可继续去走那看不到头的崎岖长路。

王桑实也无心去劝解丁宁这奇怪的反应。他正陷身恶时辰，手机里不断有人把各种批评链接转过来，间或也有安慰的留言。可王桑晓得，这样的安慰里，也有他们所不自知的安全感与欣快感。人都是这样的。

谢老师又来电话了，救穷救急、略带揶揄的口气，"网络也是由人在管理的，新媒体也是媒体，都是可以搞定的，就像他当初搞定我小谢。可以请有总亲自打几个电话，咱们手上关系毕竟……"从没这么使劲地，王桑摁了电话。一听就能猜到，这是穆某的指使，那种老财主的思路，有钱就能操纵一切。听听！他好像一直要操心自己到断气。

丁宁的手机也在嘀嘀乱响，她把"两道杠"发到她的"儿女成群"里，可能还有试管群、中药群什么的。王桑从她脸上可以看出，群里那些姐妹，都在排着长队，给予最猛烈的祝贺，以及同样猛烈的妒忌。这让她获得了真实感，情绪好一些了，在手机上继续扒拉，突然，又扭头冲向王桑，声音变得十分恐慌，"等一下，你告诉谁了吗？"

真是没来得及，并且也还没想到，要跟谁说呢。除了莫大的解脱感，算是终于完成繁殖义务，保住穆家财产，他确实没有任何分享的意愿。这正常吗？

丁宁并不介意，只盯着他，"那太好了，绝、对，不要跟任何人说！"审慎而严肃的，"她们都告诫说，起码得三个足月，才能对外讲。这并不是简单的迷信。你想想，那些画家、作家、导演在做大作品时，不也都是神秘兮兮地不肯对外张扬吗，这是人类在孕育新事物时的普遍规律。"丁宁刻意强调这个规律，由此，她额外争取到两个多月的缓冲期，并可继续保持某种"在路上"的苦修感。她看上去一下子好多了，很有智谋似的提醒王桑，"老人家那边，你上次啥时去的？这两天去一下吧，替我去放烟幕弹，说反话，这样据说更保险。"

王桑于是跑了一趟筑枫雅居。不为放烟幕弹，只是尽一下为子的探看义务吧。一桌二椅虽是大败大落，也不好就此遁身的，尤其在穆某这里，绝不能塌下去。

人在卫生间呢。肖姨大为欢喜，冲他招呼，说有总现在不用开塞露就完全没法出恭了。他不肯人帮忙，也不愿用床上便器，宁可关在卫生间里面，独自战斗。

好久没来，到阳台转看了一番。去年也是此时，那株突然发芽的老盆景，找不见了，连粗陶盆都没了，料想是死透透了，否则肖姨不会连盆扔的。看来，那是它最后一次参与人间的春天。王桑心里略有点古怪之感，不只为老盆景，还因为后备厢的帆布大包——

十来天前，谢老师微信里发来一长溜照片，是穆某各种证书奖状，最早的还有老机械厂的技术能手称号证书、献血光荣证书。王桑来回推拉放大，看得嗓眼里直泛上好几口酸水。他说不清心里所翻滚的是什么，只觉得剌目，快速拉了一遍，不愿再看，也没回复。可随后谢老师本人就骑个摩托车匆匆赶到，劈面就丢下一大布袋的东西，说是有总嘱咐，要即刻转交。搞什么名堂啊，又是什么圈套吗，人都躺在那里了，还不消停，还在绵绵不断地四处发功。那大布袋一直扔在后备厢没碰，洗车时也有意忽略，偏不打开。就在刚才，上楼之前，担心被问到，匆匆看了一下。

最上面是一摞衣服，叠得齐齐整整，装在旧塑料袋里，翻了翻。是校服！他的小学、初中、高中，夏装、春秋装和棉外套，齐的。想那些年，是天天穿，穿得要吐，一到毕业就巴不得地换下，不知甩哪个角落去了。真没想到会再次看到。他扶着张大嘴巴的车后盖，两腿差点打弯。心里本来就是负累沉沉，为一桌二椅的折戟之境，为丁宁子宫里的尘埃落定，悲欣相杂，突地又与这旧时校服重逢，简直有种性命交关的伤心。

穆某什么时候替他收着这些的，是惦记着从前那个又乖又聪明的小儿子吗。其实王桑也总是想起那个时候的自己，只不大愿意承认，包括那个时候的穆某。那是他们作为父子的最好时间段。这个世界上，还有谁知道，他曾经是个纯真、好强、充满热血想法的孩子。没别人，只有穆某，他是唯一的见证人，并收藏了这些确凿的物证……等等，王桑吁一口气，让自己打住。先别抒怀，把这些统统拿来送还他，什么意思呢？

往下翻，衣服堆儿下面是一只信封，抽出来一看，两张结婚证，加过塑了。没有贴照片，一张穆有衡名字在前，一张王云清在前。薄薄一片，像小奖状的内芯，四周一圈牡丹花，颜色已经掉落成淡粉色——终于意识到，穆某这是要转交他来保管了，毕竟，两个儿子中，他更适合干这事。

王桑感到手心一下子出汗了，手中两张薄纸片，轻飘飘的好像要飞掉，或者突然会碎掉。他小心地重新塞回信封，一下想到他和丁宁的结婚证，刚拿到时，丁宁说怕丢，两人分别保管。有过那么几回，他拿出来看了看，努力掐下离婚的念头。有回吵架，丁宁也大哭着把她那一份翻出来扔到桌上，动作激烈。现在，丁宁有了秘密的"两道杠"，他或是她，应当不会再有那样的想法了，他们的结婚证也将一直安妥，直到某天，也像这样，交给丁宁肚子里的那个孩子——这突然而至的想法如此保守，叫王桑一时无措。唉，穆某此举，真像是塞给他一根并不想要的接力棒，并莫名其妙地，让他有了继续往下传送的潜在意识。

再往下翻时，手里就有点谨慎的怵意，下头是一个小纸盒，硬纸板已经压扁，边缘翘起。王桑一眼认出这个洒金印花的"豪华"包装盒了。

有点久了，那是穆沧职高出来后不久，谢老师不是替他找了一个替人画土建图的活儿吗，他画得太慢，而一张图才几百块，但毕竟算是打一份工的意思了。到第一个月正经拿工资，记得是谢老师出的主意，说应当给长辈买礼物。长辈还能有谁？显然是为着让穆某高兴。那时还没网购，沧又不肯去商场，最后只有王桑替他办了。想起自己头三个月的工资，全都攒下来整牙了，急着要跟他脱掉干系呢，更何谈买礼物。算了，借穆沧这回，跑腿吧。

王桑在城南一带转悠了好久，最终给他挑下一只玳瑁烟斗。那几年各地都出政策吸引台商，三下两下的，穆某也搞起一个合资项目，常带各路朋友去对岸考察，回来后总会显摆好几句客家话闽南语。王桑看不上他这样的轻狂。但既是送礼，得配着他，烟斗正可以玩个派头。烟斗原包装很土，洒金印花纸盒是王桑另配的，一并迁就了穆有衡的浮华。

庆祝穆沧拿到工资的家宴上，当穆沧把这个洒金盒子垂着眼皮递到对面的时候，王桑忽然感到极其别扭，无论如何也不想看到穆某的表情，遂起身去给自己添饭，直躲到厨房去了。他在那里磨蹭了好一会儿，听到客厅里在拍手，含糊的话语，对烟斗的赞美，谢老师在替他们合影。等他重新出来，洒金盒子已重新包好，安安静静搁到茶几上。但穆某的脸上，一望而知，怎么也掩饰不掉，刚刚抹过眼泪水。

王桑把校服什么的都放到另一边，重新打开这只变了形的洒金盒子。那只玳瑁烟斗看来从没用过，幽光如新，猫眼一样，静照出王桑的小半只脑袋。为什么烟斗不是还给穆沧？穆某当然知道，是他出去代买的。这么多年来，就只送过这一样东西，以穆沧的名义。

把烟斗重新装入盒子，心里不知其味。穆某把这一大袋东西，急吼吼地特意打发谢老师送他，潜台词到底是什么，借古讽今，父子往昔时光的挽歌，不由分说的血缘接力棒，还是嘲弄和提醒他的不孝？

王桑望望卫生间那边，里头偶尔哼哼唧唧地，在做苦功。肖姨手上全是面粉，在卫生间门口打转，一边预告今天的小食，是葱油千层饼。

"（冲卫生间）最后一支了吧？尽量往里面塞啊。（小声地）他现在一次得用三瓶了。（冲卫生间）有总，现在要收紧屁股啊，不能提前用劲。（朝向王桑）我是不用酵母的，直接生面发。关键在出层次。涂上葱油后，得像百褶裙似的，给密密地打上褶子……（扭头）要觉得有那意思了，慢吸气，别太猛推。（小声地）得养个二十分钟，再重新给压成牛舌样子。（大声地）怎么样，你用右手抓住扶杆，这可以帮你使劲嘛。"一直哼哼唧唧、衣衫摸索的声音突然停滞，随即软绵绵一声闷响。

王桑连忙站起来冲进去，并马上替他合上门。里头开着刺眼的四眼浴霸顶灯，温度太高，厚厚一层雾汗气，乍一进去反而什么也看不清。再一看，马桶脚下的那一团衣服与肉，可不就是他。王桑蹲下来一把抱起，上半身抱到的，只一堆干瘪衣服，下半身则是半裸，骨架支棱着无处下手，王桑惊慌又骇然，闭上眼一把举抱起来，扶坐到马桶上。他比想象中矮多了轻多了，皮肤的触感干巴巴的。穆某一直如泥塑石雕般毫无反应，到屁股一落定，两肋被王桑圈牢，固定住了，似才反应过来，横眉瞪眼地大声抗议起来。他这一声吼叫，下头倒一下通了，听到大便落池的扑扑声，一股干燥强烈的臭气立时弥漫开来。耳尖的肖姨在外头直拍巴掌，"好了，王桑你可帮大忙了，这下有总能吃两口了，我去烙面饼子去了。"

……王桑清洗自己的时候稍微想了一下。方才的出手应当只是个条件反射，而非来自血缘亲情的冲动。哪怕对路人，他也一向热心的，常会替求助的老者念说明书，手机上操作App，替他们填个表什么的。所以就相当于老人之老，及老吾之老吧。这不代表他对穆某的情感，会有什么质的变化。同时他也一直在提醒自己，那大帆布包里的校服、结婚证和烟斗，也别以为穆某是怎么着了，那其实就相当于老公鸡偶尔啄几口小鸡崽儿，只是纾解一份来自父系的寄托与认领罢了，同样不说明什么。

终于收拾好出来后，穆某显得疲惫又愠怒，一直闭眼假寐，对肖姨也是爱搭不理。王桑倒是觉着饿了，配着现热的豆浆，连吃两块葱油饼子。肖姨没吹牛，她的"百褶裙"技术太好了，撕开横切面看，有五六层皮子，嚼下去，是新鲜生面特有的那种干巴劲儿，好像直接咬着麦出似的。直到他咂咂有声地吃光喝光，穆某才睁开眼，瞪来一眼："也真是不嫌弃啊。"

给他一讲，王桑倒有点膈应。刚才确实味道很大，由于收手不及，胳膊袖口上还带了一点，换掉衣裳也就完事儿了。可他这么一说出来，嘴里的葱花香就满不是那么回事儿了。

"是不是这阵子，都没好好地吃喝啊。瞧瞧，白白贴补银子费了功夫不算，还众口难调，闹出这么大乱子来。他妈的艺术啊，就是太难伺候。你还偏要去招惹。"他有点愤愤地，像王桑在外头跟人打了架，被揍得不轻，"所以你看，我是从来都不碰的。"咂咂嘴，"其实小沧我倒是放心的，他怎么样都是好的。就是你，这酸不拉叽的脾性，还死活不听人劝……"他抿住嘴，显出克制的样子，撑着眼皮的手指一滑，沉重的大眼皮布帘子一样，塌下来。听谢老师说过，这是他最近新添的毛病，"当然了，这回不能怪你。都怪那破昆曲，它太老了，老不中用，谁要听它磨磨蹭蹭咿咿呀呀的，神仙下凡也扶不起来。这不怪你。"

这明显拉偏架的口气，叫王桑有点惊讶。想起以前高中时，晚上很迟了，他脑满肠肥地回来，先就冲到王桑房间，才问两句功课，怕自己忘了似的，忙不迭地要举手击掌，演练他刚学会的外国手势，"Give me five！真棒，儿子，你是最棒的。"就算王桑明明报告了一个不怎么样的消息，他也会打一个酒嗝，想都不想的，仍旧用力一竖两个大拇指，"二子，你在我心目中，永远是最棒的。"那时候，穆某喜欢模仿所谓激励式的家教，蹦两句英文单词什么的，实在很可笑。回想起来，心里很是苦涩——尤其是今天，尤其是此刻。他真是想认真做点事情的，为了他最倚重的心头之物。

王桑掏出手机，找出一段昆笛《游园·皂罗袍》。他知道这对穆某而言毫无意义，可能还是噪音。可是对不住了，他这会儿就迫切地想听上一听。

昆曲的各种好里，他最迷醉的是昆笛。别的戏种，一到情绪上的铺垫或渲染，都是出来胡琴，只有昆曲，独取竹笛。沉金流沙的寂静之中，那种清幽而遗世的竹音，朴素惊心，听闻之下，内心总是倍添痛苦，如丧如别，同时也别有甘美，如家如归。他一般很克俭，不愿肆意地听，只在最难以挨度的时候，才会听上几曲昆笛清吹。〔醉扶归〕〔山坡羊〕〔金络索〕，有的离散，有的聚拢，各有各好。

肖姨撤走了吃食，客厅里很静，只有笛音在空气里震颤，在他的心上轻轻拍打，抚慰和修复他的败裂处。五分四十九秒。一曲奏毕，笛音收消。

王桑睁开眼睛，收起手机，突然发现穆某在淌眼泪水。想他那眼泪，跟淌口水一样，不算什么。等泪水过去，干瘪的嘴里发出咕哝，"笛子么，以前在连队也有人吹，是个常熟人，他总在星期六晚上，熄了灯吹……不难听，我喜欢。"

"当然不难听，这可是吹了几千年的笛子，黄帝的时候就有了，如果要算上骨笛，那更是七八千年之久，新石器时代……"

王桑打住，穆某的眼泪似乎又要出来了，"不管怎么说，我就是认这些个没用的东西，就跟你认你那些金银财宝是一样的。我也同样，认到死，死也不会变，你能明白吗？所以别管我这里是好是孬，拜托你就别再操心了。"王桑憋着一股气，他自认为是骄傲，可听上去大概又像是委屈，讲完就为这语气懊恼，不该在穆某面前泄露软弱。

穆某推开右眼皮，费劲地昂起头看着他，双颊涨红，显然想控制住眼括约肌，徒劳，"也是我活该。这辈子最操心的就是你，最不甘心、最不放心的，也只有你。哼，敢情好哇。既然你这么的……"他停住，眼泪水静静淌了一会儿，神色反倒明朗了一些，有种确认之后的超脱与狡黠之色，"也好，很好。反正都是老不死的东西，你就认昆曲做老子好了，那讲定了，从此我可都不再管了。再说你们两个也都生不出。哈哈，可不正正好。"

为什么要扯到生育，暗示他那个遗嘱吗。王桑忽然心虚了，想起丁宁叮嘱的烟幕弹，一下站起来，"没什么事我就走了，有事再打电话。"

王桑出来发动汽车的时候，感觉到后备厢那只小小的玳瑁烟斗，在陈年洒金礼盒里骨碌碌地晃动，像在拼命提示它的存在。行吧，等丁宁足三个月了再来告诉他。

八、全家福

1

穆沧桌子在监控画面偏左一点，肥厚的肩膀耸起，埋头趴在桌上。右边，各色铅笔尺子，左边，沙漏大小不一，排列如阵仗。偶尔，他伸手把当中一个沙漏，飞快颠倒一下。今天信号不好，画面有点轻微频闪。

"我这老儿子啊，真是看不够。"有总用手指撑着眼皮，示意再等一下，"等他画完这张。我就喜欢看他高高兴兴两手一碰、对握——感觉全天下，就数他活得最满意。不需要，他什么都不需要哇。我早就说过的，他是真正脱离了低级趣味的人。要学习，我要向老儿子学习。"嘟嘟囔囔着，脸上简直有点激动，那口气似乎大有启迪。其实穆沧哪天不是这样子哪。

谢老师急着带着他出去，趁着上午风不太大，外头阳气也足，肖姨都已备好了，候着。

这是有总前几天，当个事儿，却又故作随意提出来的。小谢，你就路上随便开开，带我瞧瞧街上光景。谢老师一听就明白了，东西扔差不多了，他这是想要出去扔"南北"了。照他目前的身体状况，问题不大。也是好久没动车子了，正好跑一跑。

谢老师与肖姨两人合力一抬，倒是不费劲，把他安置在副驾位置上，轮椅搁后备厢。谢老师早就规划好了路线，既是为着有总，同时照顾到红皮本子。他在找一个"叙述之道"，想学着河山那样。

河山讲起某人某事，为何听来总是活灵活现，还蛊惑人心？谢老师琢磨过多次。河山的诀窍就在于，她总是给叙述对象带上她设定的扮相，给事物运行套上她的一套逻辑。前几天，她上来就把那位征友女博士指认为"同居论者"，听着听着，连谢老师也觉得就是那么回事。再比如，她一直理直气壮地认定，是穆老爹更"需要"对她的这种供养，所以每次她管他借启动资金，简直都还等于赏脸了呢。最早的时候，她还在背地里评点过王桑，把各种平庸无能者的可笑特点，不讲道理地全部加到他身上，三成儿的像七成儿的胡扯，可就是特别地生动、过瘾。

周末在家乱翻书，就顺着这个道儿，使劲儿瞎想。得给他们每个人弄出个特定的扮相来？那么他也就能获得某种神气活现的调子了。

比方说有总，一辈子奔着钱，可奔来奔去，钱都纠缠成了罪呀罚呀，恩呀义呀这些藤藤蔓蔓，成了他淘洗与清洁的手段，可把他这一块定位为"刑部"。河山别看女流，很是"兵部"，瞧她多有战斗力，打小就是刀马齐备，男人间穿行自如、收割如倒，绝对是一部野蛮邪典。丁宁正好归作"户部"，她这一场生殖之事，可不就事关穆家的家财存亡与户籍香火。王桑那家伙，勉强算是"吏部"吧，算不上什么芝麻官儿，软软乎乎的没个抓手，不过最近似乎有点棱角，老面团里终于发出筋道来了，再观察吧。这数了几个？对，还有咱穆沧，果真拿六部说事，那他只能分到"礼"部了，可沧哪有外交或礼仪之能呢，除非强词而说，说他回归到自守无为、鸡犬不相闻的老庄古风？这有点讲笑话了。还缺一个"工部"，可实在没法把肖姨排上，还是说死去的吉祥？都不对路子。谁能算个小工兵呢，时刻准备着，挖渠引道的？谢老师想到自己，哈哈，等一段时间再跟伟正聊聊，看能不能往六部这个脉络上走走。他煞有其事地写到红皮本上：吏。户。礼。兵。刑。工。看上去有点儿意思。

出门不远就是芦席营，这一带原来都是厂区，带编号的兵工厂，老牌汽车厂，国营仪表厂什么的凑一堆。旧房旧迹早已云散，换作别一种新崭崭的繁华。谢老师绕着万达广场大商业体开开停停，以让有总"自将磨洗认前朝"。

他缩在毛毯里，比以前缩小了许多，自嘲地，"跟第一次坐飞机似的，呀，也靠着窗户。"身子有点昂起来，嘴里喃喃指点。这是职工小卖部。这是二子念过书的附中校区。一到下班放学，满眼蹬自行车的，车后座压着单位发的两圈挂历，压着几颗大白菜，或者带小孩，大人前面慢慢骑起来，后面小孩发力紧跑几步，拽着大人衣角一跳……哦，这里是老澡堂子。以前这路上总有煤渣，走起来沙沙响，鼻子满是湿衣服和肥皂味。那时人走路比现在慢，衣服肥肥的，女人总有点含胸。记得在澡堂子里，赤条条挤来挤去，总看到老头们下面那瘪气球似的玩意儿。好了，我也成瘪气球了。

他让谢老师摇下一点窗户，把右手伸到窗外，瘦筋筋的手掌摊开来，"这风，吹得皮疼，舒服。人呢，有时就得要个'疼'。

我洗过一次最疼的澡。〇一还是〇二年的，去上海那家外国人很多的酒店，那时都流行洗浴嘛，什么芬兰浴俄罗斯浴的，热汤热气，等毛孔全部泡开，会有服务生拿来树枝浑身上下抽打，说这就是贵族！一般选橡树叶，叶子厚实，吸水好，打在身上像肉巴掌，挺舒服。女贵族们则被推荐桦树，富含维生素，美容益肤，就瞎扯吧。桉树枝适合老头儿老太，说是包治老关节炎。那次我请的是开发区头头，挑树枝时，他特意选了个没试过的。等我们泡得肉细细的，好家伙，一米八的红鼻头小伙子提着个树帚子就上来了，直抽我小腿，那个疼！这里越嚎，他点点头越是抽得来劲，一路从小腿开始往大腿，往腰腹上抽，能眼睁睁地看到，抽到哪儿，哪儿就慢慢地起了红点点子。好不容易消受完，出来后一问，妈的，那树帚子，是西伯利亚荨麻做的。"谢老师按按车喇叭，行吧，聊胜于无。**西伯利亚荨麻（素材164）。**

肖姨在后排突然叫起来，"呀，今早忙着出门，忘记擦身子了。昨天蹲大便，洗过一次澡的对吧。"停住没再往下说，其实谢老师早就闻出来了。肖姨爱干净，每天要替有总冲洗两把。可他身上，还是有股子老人味儿，像生锈的铁家伙，烂腐木窗户。大家挨坐在车子里，比较明显。

绕过万达广场大转盘，就到了老机械厂最拐角边的小东门，小东门对过，原先有家驼子裁缝店。前不久处理衣服，山羊绒长外套，意大利丝毛西装，骑马套装，手工礼服，但凡高级货，有的还新着呢，一样没留。倒是这个驼子替他做的婚礼服，虫眼都有了，还留着说最后穿。

小东门封上了，裁缝店现在是垃圾中转站。"驼子心好，晓得帮人省钱。他最擅长拼布料，一个瘦新郎与另一个瘦新郎套做，两人都可以省下三分之一的料钱，拿到同样格格正正的双排扣枪驳领西装。别看个儿小，替客人量肩膀和脖子时，他搬一张小板凳站上爬下，灵活得很。他还给我家云清送了许多零头布条儿，说是扎拖把用。云清走了好几年，有天我从厂子下班回家，一进门，吓着了。家里摊了满满一地布条！小沧那时四岁了，不知从哪里翻出来的，把所有布条都按照颜色、大小、长短，理得平平整整，从卧室一直摊到过道，没处下脚。"

停下车，有总咕噜噜喝药，是欧阳夫妇给介绍来的野方子，喝药时间得卡着四个时辰，包括夜里头。有总常笑话这药，哪里是治尿频，妈的，就为它，夜里还得多起来撒泡尿。他远远看了好一会儿垃圾中转站，"我想去模范马路。"

就猜到他要去，他以前经常在那路上跑步。越是痛风发作，连手指头都动不了的时候，有总就越爱吹嘘他的**晨跑（素材51）**。那时刚从部队上下来，大冬天的早晨，总有浓雾，他跟战友两个，分头从家里跑出来，往约好的模范马路上跑。他喜欢抄小巷子，一路上总会碰到开门倒马桶的皱巴核桃老太，稀朗朗的白头发在晨风中飘。

你说，人怎么能老成这个样子，老成这个样子还出来倒马桶。有总不喜欢这样的偶遇，所以他总是半仰着头跑，看屋顶，看巷子尽头的高树。树叶子已全部落得光秃秃，现出 大一小两只鸟窝。他就朝着那两只鸟窝跑去，脚下噔噔噔踩得整条巷子响。每次跟战友会合，战友都会逗他，今天碰到几个倒马桶的老太太啊？没有老太，只有鸟窝！他们狂笑，清冷的空气里喷出一团团水汽。他们觉着，自己一直都会是这样浑身是劲儿的壮小伙子。老？死？那是什么玩意儿。有总从不说出跑步战友的名字。多可笑，他这是瞒自个儿呢。

顺着往下开，就是金陵饭店和晶丽酒店，有总常来请客的地方。九十年代末，台商们最是迷信**金陵饭店（素材38）**，那边的招牌菜像嫩笋鲥鱼、霸王别姬、盐水鸭什么的颇有名声，谢老师也跟着吃了不少。有总挺滑稽，一顿饭下来，他常常忘了吃了什么，他的注意力全在捕捉对方不经意中流露出的渠道、成本、原料，以及生活习惯、性格特点，等等。将来谈判时讲到价格扒到成本时，那可全是些可以一击致命的信息。反而是现在，牙疼、胃疼、肺气肿、便秘轮番进攻，茶饭无力之下，他才回味起各种好吃的来。

晶丽酒店里，他最喜欢的大鹅翅。我才不喜欢戴手套，就得用手抓。两尺多长的大翅子，可真是筋道，全是拍水扇风的肌肉哪，直吃到两腮帮子上都一层油，再滋两口白酒，绝味。对了，在那边还见过这辈子最难忘的一个服务员。她穿的，是所有服务员都穿的工作服，从头裹到脚，系个小围裙，别个小胸牌。可她不知怎么回事，也像一只刚刚卤足味出锅的大鹅掌，直让人想去啃想去撕。知道最要命的是哪儿吗？是她的嘴唇，鼓鼓的，鲜嘟嘟的，蒙着层粉油，讲话的时候，只稍稍张开那么一点儿。请问先生来点什么酒水——我一听，下面就唰地起立了，我想我左右两位老板也起立了，如果没有，那他这辈子永远都不能起立了。他对着老松果感叹，录音笔里一阵长久的停顿，伤感地。

现在，就是那个服务员这会儿蹲在我跟前，张开她粉嘟嘟的嘴唇冲我吹气……老松果啊，你也一样，这会儿就算牵一条最骚的小草狗来，你连嗅嗅她屁股的劲儿也没了吧。

说到吃的，上个周末，他还玩了一出小闹热。瞒着肖姨，他让谢老师替他叫外卖，酱肘子，水煮鱼，烤羊排，麻辣面拖蟹，铁板牛仔骨，全是顶人的硬菜，粗粗大大一口气叫了十来样，摊出一桌子。他一口也吃不了，可他早有主意：想看人吃。谢老师搞不懂，只能听他的。遂又叫了一箱啤酒，把有总从前司机的女婿叫来，又让他唤来两个哥儿们，他们吆五喝六地搂着碰杯，完了还云里雾里地抢了半天，说要去买单。有总很满意，他就一直斜卧在边上，晃晃几个药瓶子，他数出红的白的蓝的各一堆，不急不忙往嘴里扔，嘴里报菜名，吃两片酱肘子。三粒羊排。一把醉蟹。六颗铁板牛仔骨。

网上有吃播啊，吃得比这还闹腾，我可以给您看直播。谢老师跟他提议。

那完全不是一个意思，我想请客，就想闻这一股子爆油味儿，想看他们好胃口好牙口地大口吞吃，举起瓶子来吹，喝得满脸红酡酡的，吹牛逼讲大话。当年我跟欧阳、严家兄弟、老雷，还有那谁，搞小三被老婆削掉半边脑袋的，就是这样海吃胡喝的……

快到晶丽酒店了，谢老师脚下带着刹打算靠边，想着要不要去叫两份鹅翅，回头让肖姨撕下来给他吃两块也是好的。有总摇头，抬直下巴往前直指，"往南，中山南路。"

晓得了，是要去那家清真的面点店，他家**寿桃（素材39）**最有名，谢老师可跑过不少趟。有总以前每年会订购几百只，送给生意伙伴的老爹老妈，并没几个钱，可寿桃那个感觉，多好哇，老人家们总会高兴坏了，四处地宣扬。有总自己也喜欢，爱咬最上面那个粉红的桃尖儿，美不滋滋的，福分，可全在这桃尖里啊。

为这家寿桃店，可是绕了些路。还是老门头，特意做旧的黄褐色老牌匾，门口招徕来客的门童也是长袍马褂打扮。谢老师下去要买，有总远远看了一眼橱窗：不对，那寿桃太白了。要稍微带点碱黄色才香呢。他撑起眼皮子，看了好一会儿店门口的门童，直拍车窗，"哟，还是他呀。这多少年了，还杵在门口呢，小毛头成壮汉啦。得，再见喽。最后一次见。我对你来说，是死了。你对我来说，也等于是死了。"肖姨在后面擤起鼻子。谢老师咳嗽了两声，要这样算，低头抬头的全是泛泛之缘，只要彼此不见，都等于是死掉了吗。有总这是有点做作了。

草炉烧饼＆锅贴（素材17）。这两家在巷口另一头，正好回程路上。有总讲过多次，俩儿子还小的时候，烧饼是有总的主打。甜口咸口都是两毛一个。最好刚出炉就吃，烫手，脆咬一口，蹦出来的芝麻得拿手接着。烧饼炉子对过，还开着家锅贴店，牛肉馅的，那小老板总喜欢敲三下铁炉子，然后才揭开锅盖撒葱花，油滋滋的香飘半条街。有总讲到这里，必要停住，咂咂嘴，像在回味。实际上，他从来不买锅贴，他说自己"天生"不吃那玩意儿……

好不容易穿过窄巷子，烧饼店和锅贴店像两张老门神，还贴在巷子拐角口，仍是脏脏旧旧，铁皮罩子漆麻麻一团油黑。谢老师四处扭头转方向盘，想找个临时停车处，"烧饼太干了。咱们吃锅贴吧，肖姨你难得吃个现成儿的，起码来个二两！""不停不停。"有总拼命拍窗户，脸上皱成一团，像是生理上极不可忍受。

哪里调得了头，只好往前开，开出老远，都快到古林公园了，有总脸色才缓和一些——说起他与云清，总共只看过两次花，玄武湖看过一次菊花，古林公园看过一次牡丹。他在古林公园门口歇了两分钟，仍带着脱离险境般的神情，"我太恨锅贴了，月牙小褶子金黄金黄，一面脆，一面软，满肚子油水里裹着个鲜肉疙瘩。可它太不划算了，吃一回，抵七个烧饼，我不敢开这个头，怕从此烧饼就不好吃了。我们爷仨可得一直吃烧饼的呀……"他那苦情戏的样子，叫谢老师简直笑不出来。

他们最终两手空空，啥也没吃，啥也没买，掉头往回开。快到筑枫雅居，有总突然往左边指指，"去我的理发店。"谢老师一拍头，这个还真是没想到，也就离这八九百米。

快到中午了，光线刺眼，有总以手遮额，另一只手撑眼皮，嘴巴吃力地翻翘，像只老猩猩，"老家伙，还给刷色儿了。"谢老师顺他眼光看去，两层发廊都刷成了粉红色。有总几乎有点雀跃地拍着车门要下去，"您想理发？"后座的肖姨直摆手。是啊，上个月才叫的私人护理馆，特级总监，尊享大师，一整套家伙物什包括三面镜都在家里布置起来，毛巾一打开来，香水味熏得松果直打喷嚏。

从后备厢取出轮椅，跟肖姨两个，手脚并用一通，折腾好，把有总推到粉红发廊门口。见这架势够大，里头出来一位粉红小妹。有总眼睛往里面找，"不理发，叫你们老板。"

好一阵子，出来个精瘦小杆子，一身睡袍，满面夜容。他看看有总，有总也看看他，两人均十分惊讶。"您找我？""我找老板。""我是啊。""老板不是那个谁吗？""谁呀。""后头扎个细白辫子，鼠尾巴似的。嗯，得有二三十年了，一直都是他给我剪头、敲背、掏耳朵。"有总用老交情的口气，却报不出名字。

"我这是刚盘下来的门面。我接手的前老板，是个娘儿们。"睡袍索然地打个哈欠，回转身去。"我也就来，跟他打个招呼。"有总像要揪着那人睡袍带子似的，用力摇着轮椅又跟了几圈。

"我替你打听下，现在网上找人很方便。"谢老师忙揪带着他的轮椅，免得滑坡。

有总仰面抬头看了一会儿天，太阳太正了，可他睁着眼，"不用，不需要知道了。"他让谢老师松手，后撤、打弯、掉头，兀自摇走了，一直把自己给摇到粉红发廊对面，独个儿待在一块户外广告牌边上，"京东超级品牌日""会员惊喜充值满500送100""你的云厨房全新升级"几块屏轮流翻动。他侧着脸，望着打横头的大马路，望那边的楼房、车子、行人、栏杆、行道树，看了能有两三根烟的工夫。如果理发店那白辫子小老板还在的话，老哥儿两个，差不多也就这么地望着马路，聊会儿天吧。唉，回头可以加一小条。**理发店（素材165）**。

谢老师坐在驾驶座上等。广告牌的影子压得有总的上半身都是黑的，看不清他的脸，看不清他眼皮是撑的还是塌的，完全是个不起眼的糟老头儿哪。谢老师伸出两手做个取景框，拉远一点看，光影的明暗对照正好，还有景深，这么个构图，都可以直接做成海报或书封了。

肖姨那边不答应了，"风可不小，肺气肿可别又发作起来。"

她从车里抱出小毯子，催促着谢老师往巷子对面走。近了才发现，有总睡着了，还挺香，他们碰碰他，轻声喊他，有总下巴一抖，嘴里含着的口水斜挂而下，光泽清亮，"呀，做了个大梦。"他惊讶地推开眼皮，费力地冲马路两边逡巡。

2

直喘气儿，终于追上前面那辆公交车了。多少年不坐了，还是挤得很，什么季节啊，他们有的穿得多，有的穿得少。咦，全是熟人啊，不对呀，他们不都死了吗。我吃惊不小，随即很高兴。他们掉头看着我，收紧腿脚，好给我腾出点地方来。

乡下表妹在前面帮我挤着，衣服紧紧箍在腰上。她打小就长得好看，老缠着我带她玩。后来是为着彩礼的事，喝敌敌畏死的。听说她最后满地爬，抱着饭桌腿，扒着喉咙管干呕。她后悔了，想把肚子里的药水都抠出来。

这精神小伙儿是小常吧，老远就亲热地喊我老板，身上披挂着前后两片西装，对，我的大货司机，跑江西送货给泥石流砸的。我头一次经手这样的事，整个车队都在闹。没人肯碰，殡仪馆说太远，管不了。没办法，叫人买了好多布，剪成宽布条，我自己动手，把他的腿和身子给缠成一块儿，头和脸慢慢抠洗干净。最大号西装也穿不上。就想个主意，把衣服割成前后两片，下半片垫着，上半片给"盖"到他身上。这就好多了，能让他妈妈来看上最后一眼了。

跳楼的我也处置过，还大肚子。就是跟台商老邱合搞的电子厂，那时真是满地劳动力，四野八方的打工妹打工仔，一呼啦就都来了。那打工妹怀孕了，男孩吓得跑了。这妹子苦挨六个月，藏掩不住，跳了。说起来这跟厂里真是没啥关系，我还是全包了。人家是奔着电子厂来的，我这里钱都挣到嗓子眼了，她倒送掉一条半的命。那打工妹在车上吗，我一直记得，她腰上紧紧缠着条紫红围巾，毛絮拉拉的。

哟，这位兄台，还是灰衬衣灰马夹灰围巾，一身儒气，举起帽子来跟我点头。其实我跟丁教授只在商会里有过两面之交。他是正经大学者，研究生院做院长的，下海后一上手就是进出口，很厉害，九七年危机，对他影响不算大。越到后头，业务半径越大，都能绕地球拉半个弧线了，所以到〇八年那一波，就正面撞上了，上游、下游全踩空，两头断。他要强得很，所有家财抵押出去，还背一身的贷，绝不肯倒下去，"搞经济嘛，难免刀山火海。"就这么个猛将，有天好好在家喝汤，东北老人参配东北老母鸡，连喝两碗去午觉，就再没醒。时间到了，就到了。

哟，天啦，看到我老班长了，也死了？嘿呀，有天早上我值餐，一桶粥给弄泼了，班长就罚我搬了三天的砖，从A点搬到B点，又从B点搬到A点。我的小老弟也在呢！常拉着我到渔岛吃海鲜，把我活活地吃出痛风来，这家伙就是下面的老二不消停，外房啊，三儿四儿的，终于把大老婆给惹翻了，夜里头，举刀砍掉他半片头。可惜呀，他是多好的脑瓜子，最擅长快手生意。我吹牛说，钱好赚的，整天听到它在拍我的门，嘣嘣嘣。他说，切，那算什么，钱可是整天在冲我拉警报呢，呜哇呜哇的大警灯直闪。想昨天那刀还在剁排骨拍蒜瓣呢，今天就剁他脑勺上了。

还看到于老头儿，老邻居。我跟云清结婚时，他都八十了，耳朵太好，但凡晚上我们有点动静，就拿拐棍儿敲墙。我很烦他。可这会儿碰到，我挺高兴，也挺委屈，一把扯住他。你老人家走得早，还不晓得云清出事了吧，我们统共只做了五年夫妻，可被你敲墙，敲了就有三年。于老头儿边上坐着个病歪歪的女人，认出来了，二子的语文老师，是个肺痨鬼子，手边上总拿个小杯子吐痰。她常把自己的书送王桑，我怕传染，喝令二子把那些书全扔了。听到她死了，我还松了口气。我丢下于老头儿，想去跟她吹吹王桑。可吹王桑什么呢，还是算了吧，除非编瞎话。

田老大是活活儿赌死的，泡在澳门死不动窝，最后心脏病发作，手里还死抓着两个筹码抠也抠不开。一身登山行头的"城北王石"是做化工的，利润虽是高，就是老要被赶，三年五年就迁厂子。他是一心要追随王石，前后准备了三年，也去征服珠峰，装备都是最顶尖，向导据说也是王石用过的。就是高原反应没能扛过去。

瞧瞧咱这些老哥儿们，甭管是为财，为情，为着自己太笨，还是太聪明，都是死得其所，该着的。他们走时，我从来都是半滴泪也无。我这心里头，可是死过何吉祥的。他们跟何吉祥比一比，都赚大了，而最最赚的，数我，简直就是寿终正寝、儿女满堂了。

突然想起小谢跟我讲的那些话。那家伙，喜欢跟我讲经掉文，晃荡他的半瓶墨水，搬出古书老书来讲。其实我哪里听得来。尤其左冲右杀之际，他偏偏跟我讲老庄之道，什么"吾所以有大患者，为吾有身；及吾无身，吾有何患"之类，这都什么呀，我这一身上下里外，可都是本领都是生意都是大势大利，患啥患。可也怪，现在倒想起这一句，咂摸咂摸，似懂非懂……可能，我这百十斤的老骨头真要到快没了，才能懂老祖宗的意思吧——行呀，两个一起，身也好，患也好，一起交割了，然后赤条条干干净净见吉祥去。

不对呀，怎么就没看到吉祥，莫非他没死吗。我挤来挤去地找，越找不到越是着急，也越是高兴，随之又担心起来，他要是没死，那我死了可怎么办哪，没法说上话呀。不行，我得找到他……有人在边上拽我胳膊，是吉祥吗？一抬头，小谢和肖姨两张脸贴近了，俯着看我。风挺大，吹得他们两张脸也有点鬼里鬼气的。

3

谢老师一早接到肖姨电话，抱怨有总的抽风。要了她家的全家福照片不说，又管她要女儿家的。这还没完，又顺藤摸瓜的，要亲家公那头的全家福，亲家公哥哥的全家福。你说这叫我怎么开口？肖姨实在着恼。

谢老师笑了，一样，他也替有总找了不少全家福，亲戚、邻居、同学、老乡什么的。光找来还不够，有总还拉着谢老师问长问短，他们各是干什么的呀，怎么认识成家的呀，经过什么事啊之类。除了谢、肖这边，还有从他以前的手下，以及通过手下们辗转讨要来的，全都高清彩打加塑——起码能有半副扑克牌的。

有总这一出，具体是啥动机，谢老师还没弄明白。也好，起码他还有劲头作怪。正好手上也没事，去看看吧，顺便倒腾一下最近的新录音。

有总正摊开他的成果玩呢，像还不太上手的魔术师，粗略打乱顺序，又拉散开来，一小堆一小堆地细分，嘴里咕哝着，"三口之家，搁这边。四世同堂，放这。这是带小毛娃的。这是父母双全的。哟，这家，儿子死了，只有孙女，搁哪儿呢。"他颠来倒去反复斟酌，好像每张照片都是了不起的杰作。

肖姨正跑里跑外忙着，她今天做了青团。青团是江南时令小食，需得就着清明前后的泥胡菜或艾蒿，焯水、打汁什么的忙一大套。这会儿刚好端出来，颤颤的莹绿色，半透明。居然有不同的馅，谢老师吃到了花生、芝麻、赤豆沙，还有咸口的香菇肉丝，各有其美。有总却是看也不看，听凭青团变凉，只一个劲儿地催他，"抽牌，抽牌呀"。见他兴致那样高，只得抽出一张照片，正面朝下，推到有总跟前。

有总神秘地翻出，朝向他自己，露出仿佛是第一次见到的神情，"多好啊，这一大家子。"然后才把牌（照片）调转过来，向他们二人展示这张全家福的正面。

三口之家，小公园合影。男女都发胖了，眉眼模样都有点儿粗。儿子一身李宁运动套装，摆着V字手。着实无奇。有总却满含爱意地抚摸两下，指着照片上的男人。

老李，邯郸人，家里搞果园子，最早出大鸭梨，现在呢，升级了，出丰水梨、黄冠梨。猜，怎么认识他老婆，边上这花裙子的？不是有那种上门收水果的水果经纪嘛，会找附近的女人们帮着做"人工筛选"，太小了有虫眼了破皮了死肉疙瘩的，都要被挑出来退回，所以果农们就得专门讨好着这些老姊子小媳妇大姑娘。当时还是小李的老李发现一个酒窝姑娘太顶真，总把他家的梨子扔出来一小半。那还成吗，酒窝好看也不成啊。他就重点地，每时每刻地盯着她那对酒窝。这么的，两人好上了。瞧，梨子做媒，还是坏梨子做媒。

看到旁边站的这独养儿子吗，一米八三的好个子。谢老师，可别看小户人家，没念大学没出过国的。小伙子就是靠苦力，每天一早替面包店送货，晚上到超市兼职干理货员，月底了还到仓库打零工做盘点，每个月也能挣到大几千，然后自己买个小破车，拉活赚外快。这小子好玩呢，不急着找女朋友，那个问题怎么弄呢，他买了不同的女明星娃娃，跟皇帝佬儿似的，每夜轮换着用。

就这些芝麻琐碎，有总全都归拢起来，不急不忙地道来，倒像是幅风俗世相图似的。"我喜欢这儿子，我喜欢老李他们一家子。"有总津津有味地说完，加上这么一句，强调他那种由衷的喜悦。随便哪一张全家福讲完，他差不多都会这样收尾。

谢老师暗中听着，哑摸。他喜欢这一家子、那一家子的，莫非倒是宁愿像他们那样过一辈子，磕磕绊绊的小家小户，一辈子嗷嗷待哺？是这个意思吗，闹不清。有总远远还没到朱元璋那份儿呢，倒也馋起这民间的珍珠翡翠白玉汤了。

又抽，有总拉着老松果的爪子抽，恰好抽到肖姨的。肖姨打岔，劝他尝一只她刚做的青团子。这个只在清明前后才有，再要吃的话，得明年这个时候了。话一出口，忽然一怔，闭嘴了。有总充耳不闻，他把肖姨家的全家福，给端端正正倚在茶壶边上，先来了个三句半。"这个女人不寻常，下得岗来上得岗，新岗就在俺厨房。饭、菜、香！"谢老师仔细端详照片，肖姨全家人都挤在沙发上，衣服穿得鼓鼓。还有半角电视屏幕，里头是赵忠祥和倪萍。肖姨戴着护袖，头发盘在头顶，年夜饭主妇的模样，眉宇里喜气洋洋。

肖姨脸色却有点沉，下巴颏一收。"下岗光荣吗？我最恨人讲下岗。当时我是厂里最年轻的女车间主任，采访还上过《中国妇女报》呢，谁不把我当个前途无量的女干部？好了，哗啦啦的，整车间、整车间的一锅端，全都下岗，不管你好孬老少，都当垃圾似的，铲到簸箕里就给倒了。你们说，谁不想轰轰烈烈、风风光光活一辈子的。要搁好时候，像我这样的，最后当个副厂长或者工会主席，也说不定。我是至今想不通下岗这事儿，等于我拼命跑步冲在最前面的，突然红线一拉，说不要你跑了，大家伙儿全作废。我在家整整歇了三年，整天恍恍惚惚，淘米都能把米给一起倒了……"

有总显然爱听这些，他冲谢老师使眼色。以前也这样，但凡谈到国企关停并转、工人安置什么的，他都会掩不住得意之色。这确实是他的一笔漂亮生意。谢老师过来采访童工致残事件，他只轻描淡写地解释，说全是半大小子，聚拢起来干活儿多好，省得他们上房揭瓦地无处泄力。接着他便话题径直一转，充满激情地讲他那些年照顾了多少下岗工人，从九三年到九七年，一口排出五年的漂亮数据。总之一句话，别说承认错误，倒恨不得要谢老师给他写篇头版头条的赞美诗才是。多狡诈的剥削者啊，把还年轻的谢老师给气得。

直到后来入事有总帐下，才解出其中多层意味，确实是可以话分两头。说解决社会矛盾，也可以说违规雇佣。说帮国家分担就业压力，也可以说资本家的劳动压榨——你想，下岗工人的工资会要得高吗，落了水又被救上岸的人，最肯卖力气，最懂感恩哪。就直到现在，逢上大节小年的，还总有几个老皱皱的工友，带些小鼻子小眼的家常礼物，过来看望有总。印象最深的是一对姓全的夫妇，夫妇俩前后脚下岗，有总后来都给安排在衡祥水泥，家里这才有余力，供着儿子念书，据说那小孩后来考上医学院，有总还单独甩出一笔奖学金。这两口子，每到冬季，必要腌制咸鸭咸鹅咸鱼，等风干得差不多，就给有总背过来，连配菜也带来了，是女人亲手做的宽片儿干粉条，那个配咸货，最是化味。有总会特别欢喜地收下，并跟谢老师二一添作五，分而享之。你看，我既赚了钱，又做了好事，完了还有咸鸭鹅与宽粉条。好哇。

这会儿，有总把手指挪向照片上的男人，那是肖姨老公。没开讲，先笑了一阵。"真没想到，我能给你老公算计了。我跟他是澡堂子的交情，他是高低脚，人很热情，整天跟我吹牛，说家里女人怎地会过日子，家里一溜花盆，摁的全是小葱大蒜，又怎地会做饭，从红烧菜讲到清蒸，讲到烩炖，还有面食呢，老面发酵，北方部队风格……我实在听得是馋，开口试探，他马上拿乔了，说自家老婆，绝对不可能替别的男人做饭。我立即加了各种条件，好不容易地才求下来。我后来才知道，原来你这高低脚老公，早打听得我前后都赶走四个烧菜阿姨了，工资给吊得越来越高……谢谢他哦，要不然哪里能吃到这青团。哪天喊你家高低脚过来泡泡药浴间？替我用一用也好。"

为着叫肖姨高兴，有总拿起一个团子，急急地深咬一大口。荠菜馅的？我最喜欢了！绿团子里掉出不少的花生碎，哪是什么荠菜，他连味儿都吃不出来了。他只管抖动手上的照片，"小谢你不知道，她这女儿女婿，可是一对勤劳的小蜜蜂。两人开了三家淘宝店，卖绿植和肥料，卖生发剂脱毛膏，还有一家卖什么的？"肖姨在边上补充，那是加盟代理，卖酸奶机。"三家淘宝店，人在家中坐，钱从天上来，坐以待'币'啊。我要不是中风，真也能搞一家玩玩的。哦，看你这小外孙子，小家伙在吃手呐。"有总垂涎地，好像要跟照片里的小毛娃去争抢他们的小手小脚。

"二胎是个小丫头子，给外国奶粉吃的，跟你一样，总便秘。对了有总，今晚要去我女儿家。"肖姨放低声音。她女儿生个小孩，简直跟玩儿似的。

"知道知道，喝满月酒。"有总叹息地，"你真圆满啊。下次，把小胖丫头也拍进全家福，重新带我一张。"

他意犹未尽地在那些全家福里挑挑拣拣，反复倒腾，抽一张出来，看好久，插回去，再换一张，嘴里念念有词，"儿女成行啊，有娶有嫁呢，有老有小的。可别以为容易，他们个个都了不起着呢，可比我们强多了。看看，咱哥儿俩都光秃秃的……我看这人长得，挺像你的。就当是你吧，成个老老头儿了，抱个胖孙子……其实全家福差不多，都是一回事儿，所有人的好命歹命都混在一起。他们的孙子就是我们的，我们的票子也是他们的。全在大街上，像河一样，到处流……"

谢老师听得糊涂，这是在说什么，说何吉祥？有总顿住，把手伸到腮帮子外推推，"就这么一只团子，我忙到现在，假牙都快掉出来了。"他勉力吞咽，"太黏了，它们太黏人了。我消化不了。"有总说。

4

没有人会想到，这是他当天的最后一句话，也是他再次中风前的最后一句话，或者也可能，是他这辈子的最后一句话。实际上，他本该说些别的，更具建设性与实质性的内容：关于河山。

当天玩完"全家福"照片之后，谢老师跟他有过一个很短暂的对话。也不能说对话，他始终没吭声。

河山母女，是两笔账。沈红莲的账——由于穆有衡的有意错失，被抛入无人问津的生之孤岛，最终沦为，或者说，升华为在她那个领域内的苦度菩萨，这姑且搁下，算对沈红莲本人意愿的一个尊重。可河山的账——才刚刚开始。他们才刚确认了她是何吉祥的女儿，这距离何吉祥的托付，已迟到了三十年。有那样一笔"巨大数目的私房钱"，她本当是含着金钥匙的，实际上，她这三十年，含着的是什么？看看河山是怎么过来的，她的里里外外，都给伤得就没一块好皮好肉了。哦，结对子资助，别逗了，那最多相当于一个创可贴，可以替她裹个小手指头，可那些直冒血咕噜的大洞口可怎么弄？

谢老师可真是没客气，檄文式的社论，一个反问接着一个反问。他内心是期望着，能借此替河山争取到点什么。假如有几条承诺在手，再去跟河山谈沈红莲的蓝房子，他会好开口一点儿。

有总挂着眼皮听，好像还在艰难地消化那块青团，而不是在消化谢老师的话。消化了好一阵，他一个字也没回应，只摆手让谢老师走，又指一下书房，谢老师拍拍裤口袋里的优盘，表示他早就拷贝好了。

当天晚上，跟加拿大那边的老婆儿子通完视频之后，快十一点了，夜深人静，谢老师开始听——

老松果啊，看看你这烂疮，德国配方的药浴也没效果。还有你这老嘴，整个牙龈牙床都烂糟了。我也一样的，浑身都是小炸弹，关节、皮、肉、骨头、脏器，不是花插着闹事，而是一起造反，连耳鸣都来凑趣，整天叮咛哐啷个没完。肖姨还总端着什么十全补汤来劝我，喝一勺？半勺也行。哪里喝得动，每天四五把药都吃饱了，我现在连她炸锅的葱油香都闻不出，但，能闻出你身上的味儿来。咱们这——都是要死的味儿了。

克隆公司也闻出你啦老伙计，记得去年在你耳朵后面取的那一小薄片皮肉吧，他们最近打算启动了，要从那里面搞出你的细胞核，再找一只发情期母狗，取出它的卵子，合在一起搞成个胚胎，然后放到代孕狗肚子里。跟二子他们折腾的试管婴儿有点像吧。

其实婴儿不婴儿的，只是其次，我就是想激他们一下，看还能不能热起心肠来，把个小日子给过过好。我那遗嘱，就是个醉翁之意，不在孙子不在金银，在什么呢？走着走着就知道啦——反正我等不了那么久，我只等你这头，代孕狗两个月就能生，再搁他们那儿观察一阵儿，小松果就可以抱回家了。

你也能等到吧。据说老狗会提前跟主人道个别什么的，你有啥感觉吗松果？可一定得跟我打个招呼。你想，就算一圈人同桌吃饭，先吃完要走的，还要抬起筷子说一句"诸位慢用"呢，何况是到这世上一遭……鲍家炒货的老哑巴，我只要一冒头，就晓得我要南瓜子，不加奶油不加椒盐，原味。熟食店那老女人常年替我留着松子鸭屁股，鸭屁股得怎么吃？先把边上两个小疙瘩球剪干净，再把屁股四周挖掉一小圈。这就行了，扔口里满嘴一嚼，有汁带香，绝对比鸭脯鸭胗好吃几百倍……我挺想去看看这些老店铺的，远远看一眼就行。再见啦，再见。对了，以前还有那家卖土酒的，能有五十度，碰到小节气和放假，也会卖猪头肉和脆脆香，筹办水泥厂那大半年，我跟吉祥吃得最多。

我不明白，为什么那公交车上独独没有他，连我的梦都不来吗？其实我可一天都没忘过他，尤其到他忌日，我都替他守斋。二十八年了，一回没忘，哪怕那天在谈最狠的项目、要请最大的客，也一口腥荤不碰——不只为他，我觉得那也是我的忌日，我在那天跟他一起死掉了。或者反过来说，从那一天起，我把他那一份全加在我身上，我身上有双倍的贪婪，双倍的战斗力，也是双倍的心狠手辣……

好吧，还是说说他怎么死的。

大概其的，算是车祸。所有人都认为吉祥死于车祸，甚至包括我。

以前不晓得，有大恩如大仇这个说法，可他被抢救的那几分钟——前面说过的，他刚被送到医院时还好的，还跟我讲了追尾货车猪嗷嗷叫的事，后来内脏大出血——可太折磨人了。老松果你想，他是带着我开水泥厂，替我谈头一笔业务，替我跑那趟差，这等于是替我出了这车祸。这多大的情分，他就算救回来，万一残了瘫了，你想他这后半辈子，我这后半辈子，可怎么过？我真是十分地气恨他，随便哪一步，少帮我一个动作也好，怎么能完全把心掏出来给我呢。我厂子倒了，人受点穷，小孩吃点苦，他瞎操什么心呢，为什么要充我大哥，从部队上一直充到现在。我那时就在想，索性抢救不过来，我直接欠他一命拉倒。我闭上眼祷祝，没有人知道我祷祝的方向与内容。

当然这都是很短时间的想法，十来分钟，何吉祥从鬼门关绕了一圈又转回来了。医生护士们一齐欢呼，我也跟着跳起来，心里真是悲欣莫知。我突然很明确地知道，我绝不能算是何吉祥的好兄弟——这算是自知之明，很重要。只要认下自己是贼，是坏家伙，事情就清楚了。

到当天晚上，等能说话了，他一把抓住我，交代那许多事情……我越听，脸上越是变了色，他还以为我担心他死，反过来劝我，说他等着抱儿子呢，要是个女儿，咱俩就结个儿女亲家。他不知道，我所害怕的，并不是他的死，而是他的钱。他那笔私房钱，实在是个太巨大的数字。吉祥叮嘱过我，不要跟任何人讲。确实，我至今也没跟任何人讲过……

为什么说自知之明很重要？松果啊，因为这决定了我接下来的动作，和我后来若干年的动作，并一直决定到这会儿，决定了我只能对着你老松果，才能开口讲吉祥之死。

把各样事情都交代落定了，何吉祥也便放松睡将过去。他真不该睡得那样地香甜，脸色晕红，面皮透光，显得多么幸福啊，只留我一个人昏头涨脑地待着。

夜深无人，灯光惨白。我感到脑子里一下子冒出九十九个其他的我。这九十九个其他的我，都对床前呆坐的我又推又搡、大声嚷嚷，我哈着腰半抱着头，毫无还嘴之力。

那九十九个我，有的嚷嚷说，何吉祥反正愈后不良，真不如一了百了。有的指责我欠下他的大恩大德，这辈子都报不了，连兄弟都做不成。有的嘲笑沈红莲的婊子身份，他老婆迟早会剁了吉祥和她。有的叫我看，看那笔钱在拼命招手、拉我抱我。有的说到命，嘲有衡你儿子生病，老婆跳楼，厂子倒闭，倒透霉了，而今也该着时来运转了，不过要小小地"努力"一下。有的跟我讲桑，他多么聪明哪，得给他最好的教育条件，难不成，还去成全那小婊子和她的小杂种吗，说不定，小杂种连胚胎都还没成形呢……

　　总之九十九条嗓门一个比一个高，啥也听不清。独这条讲到我家二子的，我听得真切。它太体恤了，讲到全天下都有道理。愣是谁，只要是娘亲父母，谁不为着小孩呢——它汇合着所有的声音，得出声浪滔滔的结论：何吉祥还不如死了的好，百利无一害。

　　我坐在那里，身子动弹不得。合唱的大嗓门活像巨浪，打得我皮开肉绽，打得我脑子像陀螺那样死命地转。我瞟瞟何吉祥身上那一大嘟噜的玩意儿，输血的，输液的，给氧的，监测心电图的，也许扯下哪一个，就不行了？我在脑子里想象了一下，随即直犯恶心，别说伸手去扯了，我连手都抬不起来，脚底板都巴不到地了。可真他妈是个软蛋。这黑乎乎的金光大道就在我脚底下，愣是没有力气踏上去。

　　吉祥上方一小袋血浆，下得挺快，还有那个大袋子营养液，也不多了。得去找护士，她们在早上四五点左右，是最瞌睡的。我慢吞吞地扶墙而走，脚下发虚，有如游魂倒尸，极度地紧张和痛苦，弄得肚子都疼起来，想起自己已连着两天两夜都没睡过整觉，这不是要虚脱了吧。我在心里可怜自己，改道去往厕所，感到非得要拉场肚子不可。我蹲下来，放屁，放了一通。我没的拉，但坚持蹲着，两腿麻得有如针刺……

　　我也不知道这样拖时间有什么意思，就算，吉祥的水挂完了，血输完了，护士没找到，倒灌了，他也并不会就此死去。那些器械家伙，我不在的时候，也并不会就此断电、卡住，出什么大岔子。可我还能怎么样呢？我的胆量就只能这样了，我积极又消极地拖延着，一边进行新一轮的祷祝，跟昨天他抢救时的内容一样，但更加迫切，更加虔诚，更加坚定：何吉祥真还不如死了的好。

求求你老天爷，大恩如仇我报不了，私房钱巨大我吃不消，交付给婊子太胡闹。求求你老天爷，何吉祥真还不如死了的好。

——我相信，吉祥就是被我给咒死的。那会儿我已变成魔鬼了，我没有"能"找到护士，筋疲力尽空手空脚地，我往病房走，绝望而哀怨地想着，我争取过了，也祷祝过了，他再不死的话，活该我永远翻不了身了，不仅一辈子要做他的小弟，还要一辈子做牛做马报这一份大恩。

病房大开，护士原来在那里呢，还有一个没穿白大褂的男人，头发乱蓬蓬的，可能是从睡梦里被叫来的医生。他正把何吉祥翻身到床沿，急促拍打他的背部，嘴里叫着拿呼吸机来……我慢慢靠近，看到心电监测仪正连绵排出一条越来越细微的波浪线。护士满脸通红地朝向我，我到现在都还能记得她恐慌的哭诉，"我知道你吃早饭去了，我惦记着要过来换水的，我发誓我一点没有打盹……实在不知道他什么时候呕吐了……"我也同样地满脸通红，脑子嗡嗡的，真想搂住这个可怜的护士，跟她一起嚎啕大哭。

哭不出来，我拼命张大嘴巴，寻找空气，却仍旧呼吸困难，好像何吉祥的呕吐物也让我同样窒息了。刚刚套上白大褂的男医生正在整理头发，一边严厉责备小护士，"现在的护理专业学的啥，除了打针，啥都不行。"然后他更严厉地冲向我，口气坚决地否定了护士的说法，显然是想阻止我对院方可能发出的任何质疑，把死亡原因统统推到死者本人身上，"窒息不是死因，三号床这是死于滞后性的脑部大出血，这种喷射性呕吐是无意识的。其实早就脑部不应了，不管身边有人没人，结果一样，明白吗？"

我木讷点头，仿佛是震慑于医生的绝对权威。一边麻木地，把左手伸进口袋，摸摸吉祥给我的那一大串钥匙。

痴愣和一种莫名的麻木中，谢老师在红皮本子上划拉：**何吉祥之死（素材167）**。这能算个大的核心吗，如果用伟正的思路来分析呢，他准会不屑地大摇其头，嫌弃这不够黑暗、不够毒辣的，还不如有总在生意场上的常见行径呢，熟练地做个深坑，让对家跌落。何吉祥这个死，不清不爽的，最多只是阴差阳错，虽然他当时确实故意离场。怎么说呢这事，有总确实算不得是个好人好兄弟，可也谈不上该死的罪过，就是个小老板，他的一应谋略和行动，也都是小老板式的……

不过听录音里有总的口气，他对此事是太看重了，简直一辈子都驮着何吉祥，颠来倒去地念叨。倒是今天——谢老师联想他白天玩"全家福"照片时，他那轻浮兴致，吃青团时跟肖姨顽皮地开玩笑，难得的，像是笃定和超脱了。看来他有别的考虑？谢老师又想起他某些语焉不详的自语，心里略感不安。有总脑袋里的小船，总是带着它自己的方向，不知漂荡在何处。

而事后推演，也许就是在谢老师听他录音的那个时分，凌晨左右，有总再次脑中风发作。肖姨自去年入冬以来，已在筑枫雅居这边守夜，以防意外。独那天晚上，她去吃小外孙女的满月酒，女儿留她住了一宿。

早晨七点不到，肖姨带着一大把新鲜的紫红根嫩荠菜和黑猪精肉馅赶回筑枫。推开卧室门，发现有总人不在床上。

"就跟一床夏薄被似的，堆在地上。跑上去一摸，还是软的，但是凉了。"肖姨懊恼哭泣，对所有人重复，"我要不是去菜场，也许还能早点发现。他不是馋荠菜馅的团子嘛，我得给他做一回，正在当季……"

第四部分

一物静　万物奔

一、屏风

1

抢救过来了。但一个星期过去了，仝总还是全身插满管子和线，病床周围一堆红灯绿灯的仪器，无知无觉。谢老师莫名联想到何吉祥，随即让自己压下念头。去找仝主任。

仝主任其实也谈不上多大名气，但仝总习惯找他，包括第一次中风，也是这位仝主任从头管到尾。还是肖姨提醒，谢老师回过神，哦，那对送咸鸭鹅与宽粉条的夫妇，也是姓仝嘛，原来是他家儿子，协和学的医，某种程度上，他这本事也等于是仝总供出来的。但仝主任十分之冷静冷淡，完全没有熟人味，面对谢老师的反复请求，想得到一个相对"明确"的说法，他仍用那种置身事外的淡然调子：动脉瘤破裂，大出血，多器官的自主功能丧失严重，情况随时会恶化。虽则错过最佳抢救时间，也没到脑死亡的地步，脑干结构及小部分机能目前还有保留，能这样昏迷着，算是最好的情况了。然后便忙他的去了。

ICU转出来后，谢老师要了医院最大的特护套房，有电视有沙发有陪床，他留下过夜也好睡的。仝主任不大赞成的样子，说医院会保证仝总的循环代谢和支撑体系，有专业护工，且每天上下午都要清场两次做观察治疗等。病人其实无须这些陪护和探视。

陪护不陪护的，倒在其次，谢老师是想尽量地，给有总模拟出筑枫那边的场景。他把监控数据投到病房小客厅的电视上，有总躺在里间，也一样可以听到老儿子沧的动静。有当无吧，一种持续的外界刺激。肖姨呢，也有名有姓地举例子，说原先车间里哪个哪个，都植物人了都脑死亡了，家里人不放弃啊，《新闻联播》一天没落过。后来真就醒了呀。因此他们两人，算是想法一致的，肖姨管吃喝不误，谢老师这里管聊天不停。

王桑带丁宁来过几趟，也找全主任谈了下，看来一无所获。两口子皆是面色沉闷，都不大往病人那边靠。谢老师只好自说自话地让他们放心，他会在这里盯着，王桑遂顺台阶下，说他会照应穆沧那边。确实，穆沧他是没有精力再去管了。来看望有总的人太多了，都认为他快要走了。这个年纪上的第二次中风，差不多等于是第二只靴子飞到半空。而这将死未死，且死期可待，是最激发辞别与送行欲的。

大部分都是有总故交，像老雷、欧阳夫妇、严家兄弟几个，也有因时势之故而分分合合的老对家。他们大部分都退出了生意圈，尚是能走能动。四月份不冷不热，三两个相约着一起过来，似乎把这当作一次小聚。

他们站在有总床前，像站在一条匆匆奔归大海的河流边，东一勺西一勺地，舀起各种事情，颠三倒四地讲。通过各种例证，得出主要的结论，倾向于把这死亡之境归咎于穆有衡壮年时期熬夜宴乐的酒肉生涯，包括贪多求胜死不认输的要强性格，他们以一种活该的同时也为之骄傲的口气相互点头。这病是咱们的标配啊。老于头不是吗。谭总不是吗。都是中风，都是脑梗。

随即大肆嘲笑起现在的海归小老板，素食喽，跑步喽，撸铁了，体脂率喽，喝红酒不喝白酒了，有劲吗！个个儿的都是怕死鬼。有人借此吐露家族生意的烦恼，二代三代的完全不行，怕吃苦，急性子，赶潮流，动不动就风口，就算法，就快钱。最好今天注册，明天上市路演，后天进入富豪榜……谢老师在边上听着，有点想笑，到底是一代人哪，真是跟有总一个脾气，对无形生产力就是抱有敌意，一万个的不满意。总之到后面，他们越谈越离题万里，跟床上的有总毫无关系，全然是自己当年的荣耀与风光。

有些来客谢老师并不大熟，可能只是在有总扔掉的那批照片里露过绿豆大的小脸，或者跟有总有过同样的会议胸牌大师证书。他们与其说是看望，不如说是验证。哦，真的，真的。他们不敢相信似的，站在床边喃喃自语，想不到有总也这样了哇。多厉害的一个人，什么都抓在手上一厘不肯放的。看看，人哪，有什么意思。

也有半公务性质的探望。什么同乡会、商会、行业顾问之类，有总毕竟还挂着好几个虚名。虚名也是名，老家伙不去，新血液如何来呢。工作人员会掏出一个薄薄的印有红色落款的信封来，沉痛地慰问，言语中有着"名头就此中止"的暗示，当然，谢老师会抢在他们前面，代表有总，主动提出来……

有一对已在本地落户成家的小夫妇，说是曾经得到有总的帮助。还有位文质彬彬的少白头，谢老师一见就认识了，小夏嘛，曾经的手下，因为受不了有总的怪脾气，出去单干，而今也成了个新晋的夏总，带了几个部下，说是给有总看看。

还有几个半大的小孩，是被父母从学校揪来的，让他们来看看"穆爷爷"。谢老师知道，小孩上学的事，事关前程，有总最是热心。可能当初为着跑王桑的重点学校，吃过那既没钱也没关系的苦头，但凡有人找到他，是一准地帮，垫上几十块砖头，再架上一层高梯子，也要办成。王桑却为此事跟他闹过一次，像是憋了多少年的气——公平不公平的大道理，我们不说。就讲那些个被"帮助"的小孩，其实在学校里，一直是被瞧不起的，根本没朋友。这是做好事？其实打小就给他们背后贴上走后门的白条儿，不自信、不开心、不正直……你，啊呸！有总气得血气上头，大吵一场把王桑赶出门。你看看我这好儿子。他抖着手吞下谢老师给他的药，无处可告的悲愤。

昨天到下午，人全散了，还蹭进来一位眉目姣好的胖女士，丢下好大一篮外国水果，小心地跟谢老师解释，说她十一年前写过有总的举报信，一共写过三十二封，往所有能抓人的地方都寄了，有人打好草稿、提供名址，塞了五千块叫她这么干。

而别的女士，真正跟有总发生过风流债务的，起码他在录音笔里提过的，谢老师可一直睁大眼等着呢，愣是没有一个出现。有总真择得这么干净？有点想不通。后来有次跟河山说起这个困惑，她哈哈大笑：你真是不懂女人。你想，她们当中，就算年轻些的，也在六十左右了，都成什么样儿了。女人是不愿意承认年华老去、姿容衰败的，与旧人相见，等于捅破一切幻觉……何况他对那些女人，可也谈不上有情有义。

好吧，再说谢老师真也忙不过来呢。不论探视者与有总的关系，曾经是远是近，如何地薄凉冷暖，此番过来一趟，最终都是要在谢老师这里留话捎话。固然有总手脚俱全、栩栩如生地躺在那里，中间只隔一道蓝色薄屏风——来客太多，全主任后来给加上的——他们最多就是悄悄把屏风拨开一道缝，敬畏地看上两眼，然后就退后几步，掉转头来，开始对着谢老师讲。讲他们跟有总之间，值得圈点或感恩之事，需要解释、需要辩证看待之事，等等。谢老师当然得仔细听着，诺诺点头，表示他会替有总领受下这份心意，那口气，就好像他有一个什么秘密通道，可以如数"转告"似的。来者随之会相当欣慰地，完成任务地打算离开。离开之前，他们一般会跑去有总那边再次感念祷祝，对着屏风，肃穆地连弯几次腰，十足像是葬礼上的鞠躬预演。瞧得谢老师心里有点不自在，就是个好好的人，也要给他们这样给拜死了。

等到夜深了，人皆散却，只谢老师一个守着有总，他突然又乐观起来，这些人纷纷地跑过来看他，也算辅助疗法。假如有总能听到，搞不好还挺得意的呢。他倒下来前几天，不还要求开着车到处转悠的吗，可连个剃头老伙计都没能见上。山不来就我，我便去就山。有总这样倒也好，反过来，他索性做了山，直接躺倒，老朋友老敌人们，全都现身来朝了。等他们都"来朝"完了，正好差不多醒了，咱就回家呗。

2

起初住院那段时间，谢老师在疲惫中还保持着恍惚的期待，他有种权宜的心态，等个两三周，最多个把月，一切就将回归旧态。直到穆沧那边突然起了反应，这懵然无知的老儿子，像断粮的灯塔人，以他独有的方式拍打信号灯，这才使谢老师悚然一惊，终于确认到，有总这一艘航船，已在遮天蔽日的浓雾里驶出老远，不大可能回转了。

来不及检视心情，得先解决穆沧。确实是疏忽了。云清跳楼时，他还太小，这次得算他头一回接触到，不能说是死亡，起码说是一种消失吧。谢老师算了一下，穆沧的睡前故事，从童话换成有总的录音口述，有四个多月了。有总录的比他听的多，所以穆沧这里有个滞后，到有总昏迷第四周，才出现状况。

当时谢老师正陪有总"看"电视。白天各种打岔太多，总要到晚上，才有机会把屏风拉开，像以前在筑枫雅居一样，有一搭没一搭陪他"聊"几句。所以这天穆沧的发作，谢老师毫无准备，忙把屏风拉上、音量降下，严密关切着监控里的穆沧。

情形跟CD坏掉的那次不太一样。穆沧本是规规矩矩，安详地待在条筒状的被窝了，只见他突然掀翻被子，坐起，脸上完全变了样子，那一贯笑嘻嘻的嘴角，惊骇地僵硬着，恐慌地盯着CD机方向。谢老师把耳机塞上，能够听出来，现在放的是有总第一天的录音，已经放了几分钟。

……松果啊，我总是有个假设，要是她没死，恐怕我不会辞职的，就两个人守着，跟老全他们一样，就是另一对穷夫妻。昨天肖姨在阳台晒东西，只能看个身影子，我犯起糊涂了，咦，怎么云清也发胖起来……

穆沧睡衣耷拉着，矮着身子，慢慢挪近CD机，怕它要爆炸似的，伸长手飞快地去关掉，又从书架上搬来一叠书，一本本地码上去，把CD机给压在最下头。书堆上面，又把能够拿到的盒子罐子、木雕板什么的统统覆盖上去，尽管CD机已关掉了，又如此被层层压住，他仍然焦躁难安，远远打着躲闪的圈子，好像那CD机里有什么东西令他难以忍受。

他这什么意思？此前听云清妈妈的童话，二十多年了，不都是听完了一遍，再从头循环嘛。现在也一样啊，有总这才重复第一天，怎的就不能忍受了？

医院这里离老机械厂宿舍区太远，只有联系王桑。"你，怎么能看到穆沧的？"王桑震惊地责问。

真没留神，给带出监控摄像头了。谢老师有点尴尬，抓紧时间解释，主要替有总，小半替自己。如何如何，这般这般。王桑也顾不上计较了，"其实我在楼下，抬头就能看到他窗口。你先看着屏幕，要没大动作，我就不上去了。"

谢老师着急，"你要不去给他说说道理？得让他明白是咋回事吧。"

"说过了。上个周五，跟穆沧下完棋，我跟他聊了好久的松果，告诉他，松果不行了，要死了。然后讲了妈妈。然后就是百度、维基、知乎、名人名言那一堆。你知道沧很爱学习的。我把所有跟死有关的，灵魂、身体、天堂、鬼、来生，能想到的，都讲了一遍。"王桑边走边说，夜色静谧，能听到他的步子和一点点风吹树叶声。"然后到这个周五，也就是昨天，我跟他讲到。"王桑停了一下，"讲到爸的情况。"语调略有生硬，哟，王桑把有总唤作了爸爸？从结婚后改口唤作穆某，谢老师第一次听他这样叫，"跟老松果一样，爸不行了，不会有新的录音了。我就是跟他这么明着说的，告诉他要开始循环了，就像以前听妈妈的故事一样。所以今天我特地没有上楼，看他能不能自己扛。你看他还好吧现在？"

电视屏幕里，穆沧依然像被什么东西追赶着的小野兔似的，在屋子里四处躲跑，脚边带翻各种小东西，CD那个方位，像有无形的射线，控制和拽动着他。明明人高马大的，瞧着却真是太笨太可怜了。

看来王桑跟他讲的那许多知识点，他根本没明白，直到有总的声音进入循环。循环意味着什么，意味着爸爸会跟妈妈一样，只有声音，人，是再也见不到了。他关掉CD，是想阻止和拒绝循环模式吧——谢老师分析给王桑听，对穆沧那傻小子涌上了一股疼痛，也觉着太对不起屏风后的有总了，这才几天啊，他没有守护好穆沧。

他们都沉默了一会儿。王桑重又开口，"最近几个星期，我到沧这里多些，索性，也把……录音全部听了一遍。我，没想到。"听到王桑轻咳了一声，声音里有某种晃动及掩饰。谢老师迅速回想搜索。那些录音里，有总是怎么提到王桑的，印象中成年后几乎没有涉及，津津有味所讲的，全是"二子"小时候，多聪明，拿过什么荣誉之类。而他决心出来跟何古祥合伙办厂，主要就是为着给王桑开辟未来之路，包括那场车祸，不就因为王桑的突发高烧吗，还有他所涌起的各种背信弃义之想……看，怪不得改口叫上"爸"了。谢老师扭头瞧瞧有总。

"认个什么干女儿，远远不够。其实我们家所有这些，都该着是河山的。"王桑咳完之后，这样说道。

听了一大圈录音，王桑的重点竟是在这里，可真是个大白眼儿狼。谢老师又回头看一眼屏风，还是听不见算了。当然，王桑跟他的想法是接近的，并且叫谢老师又想起他的一大块心疙瘩：究竟是什么，导致了有总当夜的发病？

肖姨总觉得是那只大青团子，给堵心口上了。又想着，是不是太早替他换下了冬衣，而玩全家福时，又忘了替他盖上毯子，所以血管受凉变脆了？谢老师听凭她胡乱自责，没太吭声。实际上，他认为问题在他这边。是他长篇大论地提起了河山之事，代表人间正义似的，吐出一连串诘问，要有总拿出个"交代"，那个时候，有总刚玩过全家福游戏，正嘟囔着替死去的何吉祥想象一张普普通通的全家福，他和沈红莲并肩而坐，发胖了老了，怀里也像肖姨那般，抱着个外孙之类……也许有总想酝酿什么自圆其说的升华吧，可被他打断了，一棍子打回现实，回到河山身上。

瞧他干了什么，老想着干预或推动，看来这一次真的干预到了。谢老师没敢问全主任，但在网上查看过。像有总这种情况，肖姨所说的生理因素只是一个方面，精神刺激才是最经不得的。大脑皮质、肾上腺素、血管活性物质，只要分泌物快速增多，不定哪里，就会"啪"一下，血管收缩、破裂、脑出血。

事行至此，谢老师愿意归因也归咎到他和他的红皮本子上。只是没想到——这么些年过去了，晚景长夜，如水漫流，反复的淘洗之中，有总怎么就还是没有过得了这自我审判的关口？血管迸裂之前，最后一刻的翻身挣扎，子午时分的幽光投射，他所想到的，是什么？

视线里一直盯着的穆沧，渐渐被他自己不停歇的绕圈给拖垮了，他脚步开始拖沓，打着晃，终于抱着两只凳子腿在角落里蜷缩而卧，除了偶尔发出呜声，像是快要睡将过去了。电话那边王桑一听，略感欣然："先把这一晚熬过去吧，后面再观察着。河山的事我们下次再聊。"他挂电话上楼，去给沧收拾归置下。

可河山！王桑再次提到河山，谢老师猛然气得一跳。对！那铁血无情的死丫头，从开始到现在，快一个月过去了，所有八竿子打不着、十万八千里的人都来过了，就独独缺她。

当时谢老师是在匆匆之中，给各方面简短报信，轮到她时，她却拽着不放，连着追究起细节。发病前一天，穆老爹有什么异常言辞。怎么偏偏那一晚身边没人？也太巧了吧。医生怎么解释现在的昏迷。全天二十四小时有人值守吗。等等。谢老师心里骇笑，这里头难道还有什么机关？谢老师给她气的，索性找张凳子坐下，往干涩的嗓子里灌了两口水，问她什么意思。

河山叫了一声，比他更惊讶地反问，你们大家都忘了遗嘱这回事吗？穆老爹这样，算死还是算活？只要他没死，哪怕就是两只脚、大半个身子都踏到阴界了，你们也得把他给拉回来。得保证他一直这么昏迷着，直到丁宁肚子里好歹滚出个肉团子来，这事才算完。

这就是你要说的？谢老师气得又从凳子上站起，她那么能演会扮，哪怕就是假假地哀叹两声也好，固然有总算是欠她，那也是有着各样的前因后果。这个丫头，怎么像完全没有心肝一样。

难道要我哭丧吗，他又没死。说不定过几天就活蹦乱跳了。我尤其不能去医院，他不是总不肯见我吗，别我一露面，真把他一下子气得过去了，那我不罪过大了。河山倒越说越硬气了。

看看吧，河山也好，王桑也好，都让他替有总感到一种巨大的虚无。看来看去，有总啊，也就老儿子没白疼，只有他，算是实心实意地为你难受着呢，还盼着你能再给他录音呢。谢老师又把屏风推开，让已经入睡的穆沧，在屏幕里陪着有总。

电视上看到王桑已把穆沧安置好，被掩埋掉的CD机也重新挖掘出来。王桑站在床前看了一会儿穆沧，然后抱着那CD机，还有谢老师转刻成的一包CD，一起都带到客厅去了。

镜头下的客厅全成了灰白色。王桑没有开灯，只借着楼外的小区路灯，找出一副耳机戴上，他好像挺熟悉那些CD的，顺着日期小标签扒拉着，很快挑出一张，放进CD舱，闭着眼睛听。

王桑在听哪段呢？有总去南方找沈红莲，下雨天的窝窝头和烤蚂蚱，还是有总最引以为豪的日历，还是女人们留给他的礼物。谢老师可真是感慨，想有总最初决定录音时，还骂骂咧咧地说，只给老松果听呢，他能料到有这一天吗？

3

谢老师也倒到陪护床上，该睡了。钱是好啊，这陪护床比他家里睡了十几年的席梦思都舒服。太舒服了也不行，心里更有种虚掷感，无为感。他得想想自己的"事业"。

问题摆在面前了。讲个难听话，要是索性的，有总彻底过去了，故事也就收口、拉倒了。可有总模样完好，仍然有呼有吸、有进有出，随时可能醒，也可能永远不。这害得他那红皮本子，像一张大包子皮似的，摊着，馅料塞得半半拉拉的，就这样戛然而止了，还吏户礼兵刑工呢，哪个部都没成形儿的，可怎么收口呢。

有总这情况，不论算是昏马、死马，他可都得当匹活马往下骑啊，缰行至此，他需要好好理一个方向线。

或者，反过来想，这不是困境，而是新的引擎？正如河山嚷嚷的那样，这等于是把遗产问题给推到最前面了，丁宁总是不孕而有总一直不醒，事情会变得棘手而庸俗，还有随之而来的更多庸俗，比如不拘一格寻求代孕之类，那会扯出更野里野气的故事来吧……

谢老师厌恶地翻了个身，把脸贴到床单上，床单上带着特有的医药味。他不喜欢这样，去把他们当个"东西"似的搬弄。尤其有总昏迷后，他好像自动就接手了穆家似的，莫名地有种家长心态，他得关切他们每一个人，虽然他纯粹是个外人。刚才只是看着穆沧在监控下乱窜，可他两条小腿也跟着酸痛起来……谢老师感到自己囫囵着睡过去了。朦胧中听到有人讲话，睁眼看一眼灰白监控画面，穆沧好好的，没事。他继续睡。

……口口声声、抬头具名的，全是老松果，可真有你的，只把它一个当儿子了。所以也别怪我没跟你讲……谢老师仍然迷糊，听出来这是王桑的声音。在哪儿呢，这是跟谁说呢？这事说来也逗。到上周，丁宁肚子满三个月了，看来是稳住了，不用再保密了。所以现在跟你讲吧。

谢老师这下彻底醒了。摸索着找到遥控器，把声音调大一些，慌张的手指好一阵对不准按钮。丁宁有了！这事，成啦。天哪，有总你最好能听到，最好能醒过来，你说不定会破例喝两口的，哪怕就是黄酒、梅子酒也行……这两口子，多硬的心肠，尤其工柔，早透点口风不行嘛，三个月前的事，那时有总都还好好的哪。

　　……以我三十多年来做你儿子的经验来看，任何事情，尤其本来是好事情，只要被你一经手，逼着做，绑着做，真的就一点意思没有，倒胃口得很。所以我对这个胎儿没什么感觉，反而觉得挺滑稽的，挺搞笑的，最后你居然不知道呢——当然，这毕竟帮大家保住了穆家财产，这绝对的，居功至伟，我把这词送给丁宁。我以前写公文时，随便哪儿用这个词都觉得夸张，可放在她这里，恰当。这哪里讲得不对吗，她跟被刺了一刀似的，五官一扭，尖叫着让我别把财产扯到胎儿身上！这脾气发得，真是不可理喻。虽然有了孩子，我们的婚姻还是不对头。我现在才咂摸出来，你并不是真的想要个孙子，而是为了把你所强扭的这个飘摇结合体，再给锚上一个大钉子。可惜啊……

　　终于明白你为什么听任"小新妈"的流言了，原来你是想把水给搅浑，宁可像个老色鬼，也不愿担背信弃义之名。这能掩埋掉你跟何吉祥的那些事吗，关键是害了我呀，把我搞蒙了，认定河山是被你长期算计和觊觎的受害者，正是为着对抗你这老怪物，脑子里整天想着她……

听听，谢老师得意起来，他昂起上身扭头冲向寂静的病床。我早就跟你说过，王桑对河山，动过心思。昏暗的屏幕中，王桑灰白的身影已躺倒在沙发上，声音越发含糊。这个倔强的二子啊，可算是开口跟有总聊天了，却是讲给一双听不见的耳朵了。早干吗了，他早干吗了呢。

……最烦的就是你讲那些慈父细节，怎么怎么地为我花心思，怎么怎么地寄予厚望。唉，你怎的就还不死心，怎么还在打我脸呢。到临了，还瞧着我在"一桌二椅"上摔着个满嘴泥，这下全应着你的话了。反正现在丁宁也是有了，你要能撑到她生下来，那往后我只管做个败家子儿就行。

能听出来，与旧时在大楼里的落魄不同，王桑这一次确实是伤着了，低伏多年，无为多年，本以为能在自己一意孤行的昆曲上，打个翻身仗给他老子看看的。其实为着他的网络沦陷，有总那一阵子可也真是急火攻心，催着谢老师查他们的关系网，看还在位上的"朋友"里，有哪些个还可以发力帮忙的。搞不好，有总的血管壅塞，有一部分起因就是为着王桑。唉，这一对父子啊。

可一时半会儿，我还滚不了蛋，我也不甘心滚。有两个情况，一是对不住朋友，就是你瞧不上的，我那昆曲团的朋友。两人同行，我肯定不能让劲，不能先撤。二呢，还有个情况，事关301。你们不是向来都是民间组织部部长嘛，一帮老家伙坐下来，酒还没喝一口，菜没动一筷，先从最上层开始，然后到各军区各省各大国企，再到本市高层与下设厅局，什么最新任命，什么内幕什么背景，详详细细捋上一大遍，这也算是你们民企家的秘笈所在吧。所以你肯定也能明白，301那样的人物，对我这样一个区区展馆的站长，意味着什么。可是不巧，我大大地得罪过他和他的孝子之心。这事说来话长，不提。

我不晓得这位301，是要玩什么怀柔之策，还是当真站在我们这边。总之，一片嗡嗡营营的打杀声中，他倒出来替我们说话了。一个范围相当大的文化专题会上，反而表扬起凹九，说多少人还不知道昆曲呢。通过这次演出，大家都晓得了唱念做打、昆丑为大、六百年传承什么的，这不是好事情嘛。大家要看到创新之难，包容创新之失，只有通过创新摸索，才能发掘和弘扬传统之美，云云。其实还是那些翻来覆去的官话。可你不晓得，这种官话的力道之大，真是一念之间，就给我们那"一桌二椅·碰撞"正名了。

想想这事也搞笑。记得从前在大楼里，我是整天夹着尾巴，左兼右顾，哪个都不敢得罪，最终却成个落水狗被赶将出来。现在呐，我泼泼洒洒地认赌服输，恨不得卷铺盖回家，反倒碰到这一等一的"荣幸之事"……消息传出来，人人握手称贺，个个笑脸相迎，好像我中了举似的。那一刻，我真是想冲到筑枫雅居，头一个就告诉你，看看你会是什么表情，眼皮抬起来呢还是耷下去，你会找个什么角度来奚落我，可真是想听一听……

王桑声音小下去，这回他是真睡过去了。谢老师看一看静静的屏风，仔细谛听有总那轻不可闻的呼吸，更感一种长夜的深沉与宁静。

二、套娃

1

河山也是刚得到消息，即便三个月的保胎期已过，她所看到的，也不是一个安详满足、大愿得偿的孕妇。全然不是。似乎另有一种离心力，把丁宁给抛掷到更加疲惫、蛮荒的地带去了。

五月份已经有点燠热，空气干燥，激素水平的变化给丁宁带来了孕期瘙痒症，她不太雅观地在后背和腰部抓挠，带着压抑的怒气，自嘲她的"新身份"。

不论主编同事熟人，都暗中松一口气般的，高高兴兴把她给送到一个特殊地带。玻璃温室，战场，还是隔离区？所有的聊天，都只有一个话题，产检哪营养哪休息哪，贝类是否更有利胎儿脑部发育……怎么，她不再是一个"人"了，成了专司繁殖的母体吗？包括她编辑部那份本来就少得可怜的活儿，也找来研究生兼职，好像她的智力已降到水准之下不足敷用。开编前会时，她不论发言长短，以及讲了什么，同事们都给予极大的惊奇和赞赏，作为一个高龄孕妇，她居然还能指出参考书目的错误，对稿件排序提出主张，实在太了不起了。

最可气的是王桑，知道他的注意力在哪儿吗？一场对位赛

446

跑——高龄孕妇的崎岖产道，通向死亡的昏迷之路，要两头兼顾，确保她的安全生养与父亲的持续"活着"。这样，关于遗产的共同利益才算踏实落地。正是这么个叫人不舒服的大前提，丁宁感到，王桑对她的所谓关切，带着绝对的工具化和实用主义，而非出于他本人的情感：他根本都意识不到，他要成为爸爸了。

"这个宝宝就我跟试管生的，跟技术生的，跟八楼的生殖中心生的，跟林专家和他的助手们生的。说到底，我单性生殖。"丁宁气呼呼的。她脸色发黄浮肿，肚子那里倒啥也看不出。

穆沧像被不小心按了个键，突然加入了，"单性生殖，又称单亲生殖。理论上，可以分为，孤雄生殖，和孤雌生、殖。但在自然、界，一般指，孤雌生殖。除低等原、生动物，草履虫、变形虫外，多细、胞雌雄同、体动物，有蜗牛、蚯蚓、水母、血吸虫、乌贼……"

河山哈欠连天，这次的产检要求空腹，她们全都算起了个大早。丁宁这里现在全由河山代劳了，王桑也陪过，两人讲不到几句就要不愉快，只好拉倒。自然还带着穆沧，穆沧又带着他的女朋友之一。今天是小万。

测罢胎心率、宫底高度和腹围，现在要去做唐氏筛查了。生殖中心这一半边的孕产区，他们以前来得少。各个诊室和检查点前，都是肚子大小不同的孕妇。外套松垮，圆滚滚的身体，肥胖的腿脚，懒怠的面目，像是拆散了的套娃，在不断分叉的巨大流水线上，女人们走走停停、分分合合。

不知是不是空腹之故，河山发现丁宁突然焦躁起来，她一声不吭地突然掉头离开采血室。其实这时采血处人已不多了。

内急吗，可丁宁走过厕所不顾，一直往前进入电梯，熟练地按到第三层，出来走过一个廊桥，一直把河山带到住院楼最顶层的空中小花园。河山紧紧跟着，丁宁那急步而趋的样子容不得阻拦，"累了？"

"不想看到那么多大肚子。肚子，肚了，全是肚了，看得我恶心死了。"空中花园其实没花，倒是绿植丰饶，一大面玻璃墙绿荫荫，五月的晴空在枝条间透射出光影，颇能抚慰人心。

她俩于是好一阵儿地看那面绿植大墙。"以前随便看到个婴儿车，看到外头晒的宝宝连衫裤，看到学走路的小娃娃，总是很眼热。怎的，我这就恶心了呢。"丁宁沉闷地，边想边说，"起初答应老人家了，所以一条道走到黑。没有爱，也没有做爱，就算为自己生吧，算是想顺溜了。"看来这个顺溜想法，现在由软毛变成了硬刀，刀尖还朝着她，"实际上呢，我一怀上，就再没人看到'我'了。我没了。这整个八楼都一样，没人，全是肚子，她们都不存在，瞧着真是糟心。我一点都不是想打什么女权，可真的，看到她们，就跟看到自己一样，浑身上下的不舒服。还说什么替自己生？难道不生，我就不是丁宁了？难道说得靠这大肚子，我才算回事儿——尤其你们，这么照顾我干吗，才不是因为我是我，甚至也不是为着我的大肚子，只为着穆家的家产。你说说，我这肚子算什么？舍不得孩子套不着狼，是用来套大灰狼的？"

"大灰狼？"河山自认为能接话的，猛地给丁宁这一呛，倒愣住了，"我们还是回那边八楼吧。穆沧小万要找我们了。"这丁宁啊，也怪不得王桑没法陪她。

448

丁宁坠身不动，沉痛得如丧考妣，"你想这肚子里的宝宝，我把他都给变成什么了呀。我真不配做妈妈的。还记得穆沧那天背的关于妈妈的名人名言吗。我总也忘不了那一串串儿的词儿，越想越不对劲，彻头彻尾的不对劲。连沧都知道，妈妈和宝宝，那应当是一对天使啊。"河山伸手拉她，她僵硬站起，走到大玻璃墙边，"我有个想法。"河山吓得一把捏紧她，"我不会瞎冲动的。先去抽血吧。"像重新加了油的机器人，咔嚓咔嚓，关节又活动起来，她转身往出口去了。

2

小万带着穆沧，在医院各楼层取景拍照。中药房柜子，抽血针头，缠着厚厚绷带的没脸人，烂兮兮夹着各种化验单的病历——我看国家应当发个文件，要求所有的人，都定期来参观医院！小万对河山大发感慨，这可以教育所有人好好珍惜生活。看起来，她的摄影计划里，又要为医院增加一个谱系了。河山不大放心地盯着小万的背影，不是对小万不放心，任何人带着穆沧她都不大放心。

上个月，高个儿带穆沧报名了一个现代舞体验课，河山忙也掏钱跟着，报了同一个课，最后的结果是，穆沧大概五分钟后，就缩到更衣室不再出来，老师则看中了河山，愿意免费收她做学生，并允诺将来她可以做领舞。高个儿很沮丧，拉着河山和穆沧，三人全都退课。她抗议道，河山只要不撒手，穆沧就永远不可能融入外部，成为社会人——

这话听来，有点耳熟。河山想起来，她最早也曾对王桑这样吼过。怎么回事啊，她怎么也不知不觉陷入了这一种思维上的惰性，似乎不愿意，或者说，并不急于让穆沧去融入那个劳什子社会了？她现在才有点明白王桑包括穆老爹了，他们大概也一样是不放心，不放心把穆沧父与什何人……由此说来，穆老爹最初所提议的，撮合她与穆沧，简直就是个了不起的信赖。

河山不大开心地想着这些，继而，更不开心地想到谢老师布置给她的作业。

她发现谢老师绝对有种愚忠心理，穆老爹提过的任何事情，都恨不得能在他昏迷期间统统搞定，好等他醒过来给他个惊喜。谢老师人虽在医院，也还惦记着穆沧，电话里是急于求成的语气——沧的女朋友，要定下一个了。穆家的财产差不多已是稳了，咱们的主动权很大。这可是有总最大的心事，得给他办好。穆沧反正没有分别心，人人都是好朋友，人人也都是平常人。河山你是最有发言权的，毕竟从头到尾陪着。这事，你拿主意好了。有总病房这边，我可一步也走不开。

河山都能想象得出，谢老师讲到此处，眼镜片子一晃，定是露出他常有的那种狡猾表情。他是有意把这事摁到河山身上的。有发言权吗，确实有，河山不想谦虚。她也明白谢老师的心思，是想着，再给河山一个嫁入穆家的机会呗。这位谢老师，从南方回来之后，对她实在是好过了头。这可真不是个好兆头。当然，河山会设法替穆沧做选择的，她乐意操心这位大天使。

只有个事，她到现在还有点挂碍在怀。上次跟丁宁敞亮开来谈论"性"时，丁宁特别强调了"爱"，好像那是多了不得的事情。河山当时听着，就觉得挺膈应的。在她本人而言，才无所谓，这么多年不是一样过来了嘛。可这是穆沧的终身大事，不一样，尤其他在那事儿上，估计都没谱，这个所谓的"爱"，就更得顶真了。

也许得让丁宁给点具体的参数或经验，她也借机拓展一下吧，假如以后跟男人们打交道时，正好需要表演"爱"呢。尽管大部分时候，她认为，男人们跟她是一个思路，根本不需要爱不爱的，不嫌麻烦吗。

"爱，你问我爱？"丁宁匪夷所思地反问，把自己从孕妇的孤岛困境里拽离出来，随即意识到河山这是在当真请教。她把衣服往下扯扯，把那还没有鼓起来的子宫暂且抛到一边，有了一点兴致，"这个，你还真是问着人了。曾经的，我最笃信这个，千人万人皆不是，看到王桑才是。"丁宁开始回忆她当年大学的风气，她跟整个宿舍楼的"解放"风气对抗，就是不肯随便找个男友搭伴玩玩，她坚信"唯一"性，她要找到绝对正确的那个人。语气自嘲，带点信徒式的骄傲。

河山打断，"你得讲具体一点。怎么判断'爱'来了？你看，想拉屎，要咳嗽，发高烧，那都是一来就明白，一有就知道的。总有症状吧。"

"你真的，从来不知道，爱？"丁宁一下捂住嘴，随即又飞快把手放下，语气通融地，"也不是太要紧。好多人结婚，就是找个人一起睡觉一起吃饭。爱不爱的，就好比是檐下一阵风，能吹吹挺美，没呢，也不太影响屋里过日子。"

"我主要是想替穆沧把好关。这几个女孩，还是得定下一个。"

丁宁这一听，放松些了，"明白了，那我讲几个要素或特征给你听听——讲的是我以前，可别笑话。比方说，好好走在路上，随便看个店招，里头有一个字，'桑'，只眼睛一闪，立刻就注意到了，开心得很，都走过去了，还要回头再看几眼。不愿吃剩饭，连亲妈都嫌弃，可他吃剩的汤水面条冰淇淋，他的牙刷，喝水杯子，哪怕全是茶垢，也一点不介意。再比方说，随便多么无聊枯燥的事，跟别人不耐烦，跟他在一起，都可以，光待着就行。有时一个人出去，看到野玉米地，看到月光下的水面，看到陌生的坟墓，冬天的鸟窝，心里会突然感动，想第一时间告诉他，最好能手拉手一起看。对，还有吃到好吃的，凉皮、炸果子、鱼汤面，想着，得记好这铺子，下次一起来吃……要从来没这些，那肯定就不是。"

河山眼珠暗中转了半圈，感到丁宁说的，不大在点子上。要这么说，她还最愿意跟穆沧一起玩无聊的沙漏呢。她觉得好吃的地方，都带着穆沧去过。她吃过穆沧剩下的，穆沧也吃过她的。这他妈的不是很自然的事情嘛，算啥狗屁标准。

"还有个方法，更简单，我们可以把它叫作心情检测机。"丁宁用进一步推进的口气，"老远的，他只看你一眼，或者你看他一眼，就能知道对方今天过得怎么样，碰上好事还是孬事，因为彼此都太关切了。反过来，如果你装成高兴或装成不高兴，对方都相信，那完了，说明他心思不在你身上。有那么几年，我永远知道王桑心情怎么样，可他，只看到我装出来的样子。现在好了，我也很少仔细看他脸色了。"丁宁胜利地笑了，稍带点惨然。河山忙点头，心里仍是大不以为然。察言观色算个什么，见什么人讲什么话，吹什么风，下什么雨。看需要而已，像她，就随时可以对一个陌生人启动，哈哈。

"对，还有。"丁宁突然竖起食指，"我问你，你的心，疼过吗。"河山想了想，撕莲花那号码条的时候，很短地刺疼过。她没应声，这大概不是一回事。"遇到王桑以前，我可从来不知道心脏这个器官，不就是管输血、管跳动的吗，哪晓得它还会痛。可真的，只要你有了喜欢的人，两人之间碰到这事那事的，你猜会怎么样，这个器官，就真的会疼，像牙疼胃疼一样的，疼得我要弯下腰，好一阵儿才能过去。包括有时睡不着，夜里头琢磨，这疼还会复发，像心尖上短了一小块肉。尤其刚结婚那几年，我这个心……"

丁宁猛然停住，河山以为她要哭。没有，丁宁正十二分惊奇地捂在她胸口那个地方，"咦，我找不着位置了。"她移动手关节，敲敲打打的，"虽然我俩早就不死不活的，可以前提到他，这个地方还是会刺一下子。可是怪唉，现在怎么无感了，胸口一点不疼。"丁宁神色犹疑，随即大笑着给自己鼓起掌来，还示意河山互动，好像要庆祝她缠绵多年的老病根子就此拔除，康复痊愈了。"这什么时候的事啊，莫非从怀上孩子开始的吗。这下可太好了，我超越掉狗屁爱情了。"她呵呵直乐，两只手直舞。可别说她自己了，连河山也骗不过去。这欢乐里，有多少难以言传的沉痛。曾经，她的心是会疼的。

河山假装不在意，心里排数穆沧的几位"女朋友"，尽可能地检索扫描，心疼心痛什么的，可瞧不出来。有什么外在的细节表现，可以抓取到吗？

小雕天性不争，除了那株还没有开始寻找的北方棠梨树，她跟穆沧，确实有点志同道合的意思。可穆老爹昏迷之后，小雕父亲对河山几次发急，他家真要全捐了，我图啥？供着一个小雕嫌不过瘾，还要再饶一个。光凭这一句，河山立刻就能把小雕给删掉。且慢——想起一桩小事。

　　有一阵子，小雕教过穆沧刻经，对沧而言，从玉石换成梨木，好下手，故也学得有些模样。谢老师有天热心提议，沧可以刻一枚小雕的名章回赠。穆沧用手拍拍后脑勺，没应声，难得的，没有顺从。谢老师一想也明白了，怨我，糊涂了。沧从来都只是摹古、不原创的。沧你那本子呢，拿出来给小雕瞧瞧。

　　穆沧有一个熟宣本簿，每临刻一枚，就端端正正盖到里面。谢老师一张张翻给小雕看，喏，皇室御制，书斋印款，古画闲章。河山在边上有点不自在。穆沧倒是给她刻过一枚章，就印在这本子里呢。

　　那时还没开始搞这一套社交征友，河山不是常过来呆坐嘛，也没精神头讲话，而傻瓜主人呢，自顾进行他的程式，看老动画片，刻章，拼图，搭乐高城堡之类。某天河山正蒙眬着眼打盹，似乎看到穆沧在她不远不近处，逡巡了好几圈，在她跷着脚的茶几上，搁下个什么。她太累了，继续眯过去。直到临了要走，才看到拎包边上有块小石头，睡眼惺忪中，"给我的？刻啥了？"穆沧动作灵敏地，一下子就拿出他的宣本簿，准确地翻到某一页，掉转方向给河山看。哦。是两个字。"河""山"。

　　敢情好哇，河山跟穆沧要了一盘印泥带回家。洗了一把澡，倒是困意全消，就把能找到的书都翻出来，把它们的扉页全都给盖上了这平生头一个名章。她着意欣赏了下，"河"字柔软，荡漾如波，"山"字呢，全是皱褶，有力气。好看。

谢老师还在一张张地向小雕展示那纸簿上的杰作。没事，河山释然地想，就算他们两个看到，也没什么。她这两个字，就是大好河山，各朝各代的皇帝佬儿文人墨客，刻了不知多少款呢，穆沧也是碰巧临了这么一枚古章而已……

这算小雕与穆沧的故事吗。先搁着吧。

高个儿怎么样？她对穆沧是最负责的，教他做操，跳舞，减肥，要从过生活的角度来看，比小雕强……有次他们三个，点了个十二寸的原味芝士大披萨，一切为六，每人两块。河山则吃了一块半，另外半块，穆沧三两口替她吃光。对高个儿没动的那一整块，穆沧没碰。河山知道穆沧的胃口，一口气四块不成问题。这些当然并不重要。

河山对高个儿有点介意的其实是她对未来生活的那套方案。先到纽约，观摩某某现代舞团，然后慕尼黑，报名某某流派的身体工坊。还得去一下巴黎，某某团会定期举办大师班……那穆沧咋弄。再说，在河山看来，随便巴黎纽约，归根结底也还是个艺培啊。艺培，噗。

唉，真是愁闷，哪一个才合适呢。早上跟小万一起去接穆沧时，小万一直举着小DV摆布穆沧，穆沧呢，瞅个空，反倒冲河山这边扭过头，冲着地面，"你身上像、烧煳的、锅底。不好闻。""啥锅底？怎么可能。我今天挺开心的。"河山不服气地反驳。他被小万引导着，在路牙子边上走，嘴里不急不忙，"人们应当、如何缓、解焦虑。每天十五、分钟冥想。每周三次、慢跑……"

想到这里，河山忍不住发笑，要说什么心情检测机，穆沧的鼻子可真能算一个呢，还总打个乱七八糟的比方，别看他木呆呆的，也是呆得有趣。

　　"你笑什么？想到哪个女孩跟穆沧之间的互动吗。其实，"丁宁俨然一脸专家模样，她审视河山，若有所思，"其实你刚才那笑，有点痴相，也能算一个。我跟王桑刚好那阵子，一想到他，就会悄眯眯发笑。我宿舍长那时很不赞同我的恋爱观，没事就盯牢我，一看到我失心疯一样的痴笑，就会翻开《第二性》，随便找出一处画杠的地方，'女人的不幸在于总被不可抗拒的诱惑包围。每一种事物都在诱使她走容易走的道路。她听说只要滑下去，就可以达到极乐天堂。当她发觉自己被海市蜃楼愚弄时，已为时太晚，她的力量在失败中已被耗尽'。"丁宁居然还能一字不落地背出，河山佩服地竖竖大拇指，她对波伏娃没什么兴趣，只为掩饰惊讶，刚才，自己脸上果真是丁宁所说的那种痴笑吗。

三、十八式

1

王桑被约到特护套房，谢老师煞有其事地，"是这样，我征得了全主任的同意，家人要多跟他说说话，刺激大脑反应。你跟丁宁，也得来尽尽人事。"

王桑拉开屏风，负责擦洗按摩的护工刚走，是清洁的气味。薄被子一直拉到脖子，脑袋上压着一顶小软帽，帽檐搭下遮住眼睛，鼻口处搭着半湿的白纱布。基本上看不到面目。王桑尽可以无忌俯看这一具无知无觉之躯。

有过类似的俯看，十一二年前吧。王桑刚工作，暂时还在家里住着，反正穆某一般都是下半夜才回。当时他们那种肆意驰骋的派头，像是个通用的运行模式，就是请客吃饭且必然大醉。大醉归来的酒肉囊袋，打着呼噜横在沙发的上面或下面，周边一片狼藉，接近酒精中毒的地步，散发出浓烈的污浊气，肚子高耸，脸部肿胀，使他躺倒的整个空间都显得拥挤起来，有种肮脏的生命力。王桑常在上班之前的晨光中，喷出刚刚刷过牙的薄荷口气，低头审视地板上那具庞大的烂泥堆，带着社会新人的嫌恶与道义批判，从他身边跨步而去。

王桑轻轻合上屏风，有点不习惯这样一个变轻变薄、气味变清洁了的肉体。他不相信父亲还会醒来，更不相信谢老师这一套"刺激"疗法，却是想到汤显祖笔下的浮生大梦，《邯郸记》《南柯记》里都有，戏中角色，落枕小寐，须臾片刻，却有万年之长。别开洞天中，好一场百花富贵名利双收，好一番妻妾成行儿孙满堂。及至觉来张目，一锅黄粱未熟，一杯清茶犹温……面前这一具似在非在、游荡于中阴界的昏迷之躯，似乎也有点繁华勾销、就此归去的意思了。

"看到消息，说你们新一轮的'一桌二椅'预订票，不到十分钟就抢光啦。"谢老师高声问，好像有谁耳背似的，"有两位昆曲演员，都成小网红了。新媒体用得不错啊。我以前就跟有总讲过多少次，最厉害的就是这个无状无形的大网。你前面的败，在它，现在的成，也是它。"谢老师又是那种啥都能说上一嘴的样子，"301最近怎么样？听说，他最推崇王阳明？你以前不是也爱看的吗，这太巧了，你们比旁人有更多共同语言！"谢老师挤挤眼，低声补充，"怎么样，哪怕两周抽空来一趟，讲讲这些好消息。有总听着一欢喜，就醒转过来啦！"

王桑有点不自在，他那天守在穆沧那儿，无聊中重听了几段录音，也是如鲠在喉吧，才自说自话了几句。知道有监控头，他没把谢老师当外人。

但这会儿叫他对着屏风，来一本正经地讲什么大好前程之类的吉祥话，真是做不到的。再说，情况已有新变，他又陷入另一番骑虎之势了——以前人们说到世事，爱讲苍狗白云，那起码也得等那个幻化过程呀。现在倒好，一眨眼，苍狗都跑儿个来回了。

他与301后来有过一次非正式接触。常规来说，以他这小小馆长，与301是绝不可能有交集的。一个系统之中，若有越级报告、越界做事、越权而治之举，可算是最低级的错误。比如出去拜会谈事，主事何人、同行几位、何种级别，事先皆需接洽得清清楚楚，以便对方排出"相当的"阵容，包括接洽之后的彼此照会、对口答问等，皆是对仗工整，绝不出韵外之声。若干年观察下来，王桑倒也觉得，这种缜密呆板的规则，自有其精密之效，有如四方连续纹样，推动整个体系稳定向前，以丝丝入扣的双向互锁，排除掉任何的失当或冒进之举。

"非正式"接触发生在大剧院卫生间。

那一周是春季戏曲汇演，龙江剧秦腔莆仙戏都有，昆曲参演剧目中有一出《虎囊弹·山门》₁，花脸戏，木良一直说好，王桑遂跟了同去。大剧院过分豪奢，叫人自觉渺小，座位太多，更衬得台下稀朗。这一折是讲鲁智深下山，道中遇酒，强买强饮，醉后浪形，遂一一戏仿寺中"罗汉十八式"，或胖或瘦，或威或怒，折子前半截已是文唱武打了好大一阵，到了这十八式的桥段，演员还要每半分钟一个身形变幻，手脚劲道利落，扮相庄严戏谑，确实只有原汁原汤化原魂的老戏码才有这等的自足圆满。王桑想到他不三不四的创意昆曲，确实也有些惭愧，随之又自我辩护，正因为它好哇，得替它找一种引导性的软着陆才是……

1　[清]邱园《虎囊弹》，取材《水浒传》鲁智深救金翠莲等故事。本折亦作《醉打山门》《山亭》。

待到散场，他跟木良一起到后台，罗汉刚刚卸妆，露出眉精眼灵的面目。王桑听木良讲过这位罗汉的故事，他比木良晚一代，也是团里四梁八柱了。四年前，突地天降喜事，他被大导演相中，哪位导演呢，绝对国中顶级。木良小心、尊敬地讲出那导演的名号，怕把王桑给吓着，随即一声复杂的长叹。

这样的情况挺多，常有影视剧组会串到戏曲、评弹、相声、杂技这些行当里来找人，大户人家挑拣小玩意儿的口气，这些孩子哪，好，脸上干净，身上有戏。或者，脸上有戏，身上干净。他们摇头晃脑地感叹，到底是老师傅把出来的苗子，从小就拘起来练功吃苦不问世事，甘辛养人哪。假鼻子假眼假下巴会几句韩语的训练营明星，哪能比呢。

木良一听这样的赏识，心里就慌起来。团里曾有个极出色的刺旦，狼腰猿臂，能打善舞，刚柔并举，只是武戏毕竟少些，冷板凳坐得吃不消。于是动了心思，把长假年假病假什么的攒一块儿，悄悄出去演了一部文艺片，女三号。片子不火，人也没红，又悄没声气回来坐冷板凳了。可木良再重新瞧她扮的费贞娥[1]，亮相，跪步，翻身，刺剑，总好像哪儿有道儿缝，走气了，没了她本初的飒爽豪迈。

要是这好不容易养成的花脸也被大导演拉走，那可就回不来了，回来了也不是一道缝，是马里亚纳海沟。于是乎，昆曲和电影便两边拉扯起这位小花脸来。木良讲到这里对王桑苦笑，后来

---

1 ［明］无名氏《铁冠图·刺虎》，明室宫女费贞娥冒充公主嫁与李自成之侄李过，新婚之夜，为家国之仇，伺机刺死李过。

团里想想，昆曲这边厢毕竟光景凄凉，不忍心误了花脸的繁华，便像《灰阑记》[1]里的亲娘一样，含悲忍泪，主动放手。倒恰恰是这一放手，好了，让花脸罗汉晓得了亲娘跟后娘的区分，打消外心，还是留在团里。

小花脸招呼他们两句，便举起小机器来四处串走。他在拍DV玩儿，后台确实是有趣。郭橐驼正稀里哗啦吃泡面，武大郎替唐明皇举镜理髯口，素白造型的魂旦跟思凡的小尼正小心翼翼地噘着嘴巴分食一筒冰淇淋——谢老师所说的昆曲小网红，就是王桑后来找UP主推到网站上的，大部分素材，就取自花脸罗汉的后台小视频。这是后话，最早就是这天埋下的线头。

还有第二个线头，就是在卫生间。

大剧院曲终人散，卫生间也空荡了。王桑从从容容在便池立着，撒尿到一半，旁边来一人，也开始撒。他感到来人老侧头在看自己，忙结束了去水台净手。没料到那人也跟过来，水台有镜，一下认出来。这不301嘛，主席台上的面孔，虽然今天没穿白衬衫黑夹克，那是他们的标配服。301像是认得王桑的样子，微微点头。王桑遂也点头，继续冲手。脑子里先想到自己一口回绝"刺猬王"个展，还大段儿地嘲讽，又想到301对自己声援于狂澜。先提哪个呢，没想好，索性抿紧嘴巴。

301先笑起来，"什么都不用说，我都明白。"他往厕所门

---

1 ［元］李潜夫《灰阑记》。因家产之争，妻妾二人争子，包拯以石灰画出阑圈，宣称拽子出圈者为赢。妻大力拉出，妾不忍撕扯，包公判决后者为生母。

口走了两步，"家父在车上等着，我打电话跟他说一声。"王桑回想了一下，前两排的赠票座位中，绝对没看到他，看来是私下里来陪老父看戏的。两句电话打完，301进入谈话状态。王桑也懂的，既是遇上了，不妨就地布一下闲棋，这是个用功的官员。

301有分寸地表扬了今晚的演出，婉转指出观众构成的老年化，上座率不够理想，传统戏曲的封闭性循环堪忧等，所以，像凹九那样的探索性表演，值得鼓励。讲话至此，稍作盘桓，是转弯之前的减速，随即声量稍高，语气恳切地提到了传承与开放，古典文化如何打破地域与时代壁垒，包括东方审美东方哲思在世界文化格局中应有的席位等。

旧有的训练还是有作用的，王桑很容易就抓到301要传达的信息了。那一堆柔和的铺垫之上，他对昆曲推广，提出了国际化的高级方向。他讲得那样的自然、殷切，大有拜托和勉励之意……有保洁到厕所劳作，在他们身后散发出一股浓浓的氯气味儿，使得这个场景显得有点错愕，也让王桑有种古怪的感动，他下意识地频频点头，跃然欲动。怎么回事呢，不是刚摔个满嘴泥的，怎么给301这么一拎，就又来劲了。这根子啊——还是在穆有衡，打小在他身上灌输的上进、聆训、有为的那一套，春风吹又生，终究还是在起作用。他反不了自己的水。

但这次王桑没有太拧巴，听了父亲那些口述录音，莫名地，给了他一种回忆录的心态——把眼光拉远，从必将到来的死亡之点，往回看，看此刻的惶惑与各种抉择，看待这必将消散的一切，感觉就完全不同了。反正都会过去，都将成为回忆。一切的烦恼过程或糟污之事，也许都蕴藏着某种朴素又了不起的规律吧。

他想起刚刚看过的《山门》，那罗汉小花脸在台上，忽而拉长身形呈"瘦子罗汉"，忽而鼓起肚子做"大肚罗汉"，或以拳托头扮"思考罗汉"，或单腿支撑下蹲，另一腿悬空而屈，成一个"打坐罗汉"，更有睡罗汉、捧狮罗汉、长手罗汉、挖耳罗汉、长眉罗汉、擎天罗汉……人家罗汉堂还有十八招式变化呢，就再打几招罢。

2

给谢老师聒噪得无法，王桑只得大概讲了几句厕所相遇。谢老师才听个一句半句，马上大声叫好，脸朝着屏风，"看看，301多倚重你，这是很高的期待。要抓住机会。"随即又换成内幕口气，放低声音，报出一个名字，那比301更高一级，仰视也不得见了，"他呢，搞外事出身，重视国际棋盘，入主之后，所有厅局一把手，恨不得睡觉都抱着地球仪呢，要找涉外项目来做。你想，301也一样，得找'走出去'的突破口。"

是啊，王桑早就感受到这股国际风云在诸领域的激荡了。博物馆要举办东亚博物馆联合论坛，图书馆要建小语种电子图书库，某区要求各中学搞模拟联合国辩论大赛。而双下巴也从里下河那里拿到相应考题，并如此这般地交代到王桑这里。自"一桌二椅·碰撞"风波之后，他们都觉得昆曲是有九命的，经得起加减乘除开平方，国际化的主意，还是得打在它的身上——所谓开票十分钟即抢光的第二场"一桌二椅"演出，就是他这一阵子所忙出来的成果。

"讲讲呐，你讲讲。"谢老师打着响指催促，做出与他年纪不相称的活泼。

其实也没啥，就像双下巴强调的，两分做，八分宣，这个宣，尤其包括预热。也是听花脸和尚他们年轻人的主意，在青春广场通往凹九空间的甬道，设立了一个昆曲cosplay专区，提供诸如武松、唐明皇、崔莺莺、白娘子、钟馗、苏武、李闯王的服装头面，以招徕路人自拍自录。而在展演预告的投放上，也重点瞄到高校外籍师生、公务涉外人士、国际旅行团之类，效果不错，凹九空间果然就有了白皮黑皮棕皮的进进出出。

光把外国友人拉来也不行，还是看不懂啊。也巧，木良的老戏迷里有位文学院教授，带着两个学汉语的英联邦留学生，颇有些未来汉学家的志气与大无畏。两下一谈，成了，她们很乐意把演出唱词给译成英文，当然，先要有人给她们古译今，倒换成现代简明汉语……双下巴没有同意这一笔翻译费的预算，这样一来起码可以免责。他十分担心，这边厢呀呀咿咿，那边厢ABCD，会不会又被认为是瞎胡闹呢，就算译成英文，也得是莎翁的古英语哪。再说，那曲牌唱词多涩嘴啊，中国孩子都看不懂，两个英国女学生，不出岔子才怪，给捅弄到网上去，又要给骂成筛子了。

随他去，王桑就自己扛，又不是没扛过。经一事，厚一层，他都有点喜欢起这样的欢乐折腾了。其实大人物们在上头轮流坐庄也挺好，可以形成不同力道的挤压，从而把事情的多面向给激发出来，不排除这当中会有些损耗，也终究会产生些蛮勇而上的拓展吧。反正在演出预告中，他已经打出"首次英文翻译"等夺人耳目的字样。同时还推出了多语种有奖翻译，他让木良挑出几段经典唱词，放到网上让大家翻译比赛。

王桑讲到这个，着实是有点得意，打开凹九官网，截出几段唱词发给谢老师，"看看，这要译成韩语、西班牙语、意大利语什么的，也够为难的。"

〔懒画眉〕月明云淡露华浓，欹枕愁听四壁蛩，伤秋宋玉赋西风。落叶惊残梦，闲步芳尘数落红。

〔前腔〕粉墙花影自重重，帘卷残荷水殿风，抱琴弹向月明中。香袅金猊动，人在蓬莱第几宫。[1]

"反正全世界的小家伙们都在到处留学，五大洲四大洋的互相窜，让他们试试身手也好！等会儿我转给我儿子去。"谢老师这回是真的欢呼了。

还没说完呢，真正有点新意的，其实是这个——他跟木良合计着，加了一个"导赏环节"。这也是将心比心，想当初，他怎么能从无动于衷而至一往情深，主要就是因为木良整天在他耳边切切嘈嘈杂杂。同理推之，对青春广场上木良所惦记的那"满坑满谷"的路人，也得给他们修谷架道，化险为夷地指点出一条小径，带他们晓得些讲究处。

1　均出自〔明〕高濂《玉簪记·琴挑》。

怎么看《孽海记·下山》[1]？看点主要在小和尚的那一串佛珠。甩成圆，顶成方，抛耍不休，一会儿落脖子，一会儿套脚上，各个欢喜动作里，都有他奔往人间的俗心大动，"一年二年，养起头发，三年四年，做起人家，五年六年，讨一个浑家，七年八年，养一个娃娃，九年十年，只落得叫我一声和尚我的爹爹、和尚爹爹！"这是丑角的开蒙戏，最见丑行之大俗大美，不细讲的话，看看也就过去了。再比如史可法的投江动作[2]，短短两三秒钟，也就瞧见演员硬碰硬地，用身骨板砸地上罢了，其实那便是木良那武生行当的绝活，为显史可法之悲壮雄阔，演员的身子是要翻弹起来，五百四十度的转体"摔僵尸"，里头积了多少年晨昏的血泪功夫——要用技巧使自身重量匀分至各个部位，借取摩擦与滑动之力，似硬更软。

总之随便戏文故事、经典桥段或道服响器，都做一个提前"导赏"，不必劳动老先生，就由团里那几位年纪正好的生旦武丑担纲好了。上次素服素面的昆曲试验虽然引来叫骂一片，可王桑坚持认为，昆曲演员身上，自有种"渐近自然，满身风月"的古旧余韵，使得他们的眉眼根底，气象殊异，他相信，别人也会像他一样，感受到那种不可言传的微妙。

果然，导赏小视频放出去不久，再配上帷幕后台的视频，花脸罗汉、当家闺门旦、小红娘等几位演员，很快就有了各自的拥趸，并成为抢票的主打力量。搞得木良是满腹狐疑：这只是个

1　《孽海记》剧本产生于明末，作者佚名，讲述小尼姑色空、小和尚本无私自逃离佛门的故事。昆曲吸收其中《思凡》《下山》两出，成为著名折子戏。
2　见［清］孔尚任《桃花扇·沉江》。

皮相哪，一场演出都还没看呢，完了他们再捧杀可怎么办？王桑倒是粗枝大叶地挺高兴，都说"持志如心痛"，但不代表持志就必须心痛，必须苦唧唧，也可以热热闹闹地持着嘛。

"可不，那敢情好，我瞧也是！"谢老师亢奋地听着，满口附和，尽心尽力地对着屏风捧哏、烘托。他这么个聪明人，可真比任何时候都显得笨。

搞得王桑心里有点软乎乎的。看谢老师这反应，好像自己真挺像回事儿了，都够得上301那样的人物，算是最接近父亲期望的一次吧……心里一时又酸又涩，刹住了。既然都是要逗嘴儿，还不如给父亲"听"这个呢。

"你知道后来，我怎么解决穆沧睡前故事的？"王桑也竭力弄出说书人的口气，欲扬先抑，"也算是病急乱投医，给想到个法子。猜猜呢。"

"这，这哪儿能猜得出啊。你倒是说哇。"谢老师立刻懂了，脸上放光，配合王桑拉扯到这个话题。其实是上一周的事了。

王桑确实是胡乱琢磨的——穆沧入睡伴眠，所需要的，得是一个贴己的声音，为什么网上那许多催眠音乐对他都不管用，而妈妈读的童话或父亲乱七八糟的口述就是有效？可能就因为这声音来自血缘与亲人，是流动的、活着的声音。那就顺着这一路径再往前想呢，一直往前，一直到古时候，于是就动念到老昆曲身上，这不得算所有人的老祖宗吗，照父亲的说法，是"原浆"。当然，这是开玩笑，但昆曲的催眠作用，是真的，王桑见识过太多了。

为了对得住老木良，也有点发展下线的意思，但凡碰到好的全本戏或折子戏专场，王桑拉过不少熟人来看昆。迥乎不同的各色劳心劳力者，文科理科工科，得意人，落伍者，傲慢的，新潮的，享乐主义者，像有意无意的一个双盲试验——两个时辰的目迷耳浸，被关机被卸载，被蒙上眼倒走跌退，往前朝历代，往瓦肆勾栏，被半懂不懂的唱词与曲牌纠缠，听凭那温寒凉热的古道衷肠，包裹起整个的肉身俗骨，他们不自觉地，就沉沉睡去，做起十万八千里的大梦……

等幕落散场，重新被大灯顶照，一张张现代面孔从昏睡中醒来。男女拥挤，电梯，自拍，亲吻道别，车门关得砰砰响，社交软件嘀嘀提示通知。诸种色声轰隆隆喧嚣复来，热闹的仍归他们，沉寂的仍归昆曲，各自尘，各自土。他们有时事后会跟王桑打个招呼，有点抱愧，可王桑倒欣欣然地，对自己说，也对他们这样说，可以了，已被昆曲兜头兜脸地浸泡过，借用木良的话，这是六百年的一场好觉啊。

正是基于这样一个广谱性的经验，既然那么多人都在昆曲里瞌睡过去，那不妨就给穆沧也试一试，有当无的。

"成了？果真灵？"谢老师一张老脸红晕起来，像代理父亲一样激动，演技不错，"这下我可不用再担心了。本来还想着，要不你，或是我，接着给沧读点什么的。可我们也都是会死的嘛。昆曲好哇，这可是正宗老不死，足够把穆沧给听到死的。哈哈，这下大家都可以放心了！"他声音高上一个八度，头往屏风那边扭。

王桑确实也很骄傲这个点子。不过当时他并没底，只装着平淡地换上一张CD，这是前一天才找木良要的一场演出录音。有不少背景音，衣衫摩挲，检台人的脚步，乐谱翻动，调弦声，台下咳嗽。他听过一遍，觉得有些杂音，更真切。

弦丝哀苍，昆笛扬起，一腔水磨调顿挫搓揉，逶迤而出。他感到穆沧惊颤一下，双肩停住——此前尝试过别的音源时，穆沧第一个反应也是惊颤，然后用力一抬肩，像推开不透气的密封罩，翻身打起，不肯接纳——穆沧这次抬肩的幅度，很小，随后便是良久的承接与消受，鼓敲梆打，直到第一段徐缓悠远的唱词游丝而止，余音散却，他才整体地松动下来，小腿蜷起侧躺，两手舒服地对握，置于腮下。这就是他一贯的睡姿，他将开始一个普通的周末之夜……

直到讲第二遍还是第三遍，王桑才意识到自己的啰唆，他在反复描述穆沧由入神至安眠的模样。谢老师一脸慈祥之色，满意极了，只用经过风浪的口气提醒，"现在昆曲老戏还有多少，他们院里头，都还在演吗，都做录制了？你可得把备份给做足喽。想想也得亏河山那丫头捣鬼，得亏我备份失手，这才弯弯绕绕地，让咱沧听上昆曲了，可高级着呢。"听听这谢老师，怎么着也要自圆其说。

肖姨已过来一阵儿了，打碎主食和主菜，和上汤汁，接鼻饲，再打蔬菜汁果汁，尽心尽责地好一通忙弄。然后才转过来给他们俩端上。王桑心里一阵感念，肖姨身上那种家常的忙碌，简直有种光辉，罩得人安详。这么多年，父亲也一直受用着这种日常的笼罩吧。

虽是分格菜盒，可一点不影响肖姨的才艺。麻辣小螺蛳，草头河蚌，香椿炒蛋，都是节下时蔬，外加一大钵浓鸡汤，漂着三四种菌菇。电视那头，可以看到，穆沧在家，吃的也是这几样——虽然一个在监控器里，一个在昏迷中，可王桑恍惚觉得，真像是回到少年时，他们父子三个，团团坐在一起在吃饭，那时父亲还没有成为有总，他还是个让父亲骄傲的好学生，穆沧呢，哈，只有穆沧，那时就是穆沧。

四、芝麻

1

　　谢老师最近在柴门有两次不太愉快的会面。半个月前，是河山，她明确要听沈红莲的事。

　　河山那天严整大妆，穿一条收腰带蓬的纯白西洋长裙，胸口低开，两行蕾丝掩映。深褐头发高高盘到头顶，卡一顶粉金公主冠，同色系耳环与颈链，浑身熠熠，香气细细，显得柴门真像个破柴门了。几位男客，包括端茶送水的侍者都有点"整其冠，著帩头"的意思。她挤挤眼，得意地，"颈链头冠这一套，相信吗，总共一百五，在我身上，像一万五吧。"

　　这干吗呢，谢老师也不想问，开口只做寒暄，"看来最近顺了，那批'前无古人'的代理画作，找到路数了？"

　　河山眯眼一笑，耳环和颈链碎光滚动，"屁，想跟凹九合作，优惠个租金啥的。瞧我这脸皮厚的，不是求老子就是求儿子。但儿子可比老子差多了，把我给羹出来了。也好在艺培那边彻底关张了，不要开员工工资了。"谢老师心中惭愧，也着恼，怎地提了她最不开的这一壶。河山不以为意，突然一笑，"昨天，王桑那家伙，恐怕想想是不过意，发给我几段穆老爹的录音。嗬，真劲爆，我终于找着亲爸了。索性跟你也见下，把我亲妈的下落也弄弄清楚。还有什么，一起来吧。"

谢老师心里一个惊颤，最近是搁下河山之事了，觉得有总这一昏迷，就算以身赎罪，就此了结了。那天看王桑在穆沧客厅里翻拣录音CD，他含糊地想到过什么，终究还是忽略了。王桑也是欠考虑，怎么能直接给她听那些个录音。没有铺垫，没有包裹，就是那些赤身露体的往事……

谢老师给河山递烟。她喜欢蹭烟，说偶尔来根糙的，有劲。河山矜持地摇头，朝自己垂挂在椅子两侧的大蓬裙摆努努嘴儿，"像不像个公主？怎么能抽烟呢。这可是为了听沈红莲的信儿。本来想搞那种女高管派头的，一想算了。她也许更喜欢这一款，娇生惯养，从没吃过苦头，一百层床单下有颗豌豆都会嫌硌得慌。上次我听录音时——无论如何没想到哇。王桑跟舌头被咬掉似的，什么都不肯说，只发来几个音频文件，叮嘱我一个人的时候听。我他妈的还以为他要跟我表白呢。那天我出去见了一圈的有钱人，妈的一个比一个冷血，统统不顺，回家连外套也没脱，四仰八叉就瘫在我那一米二宽的小破床上。我想，行吧，听听王桑表白吧，乐呵一下得了。真是没料到，一下子听到穆老爹跟何吉祥。原来我亲爹叫何吉祥啊。我赶紧地翻身起来，理理头发理理衣服，万一冥冥之中，他正在看着我呢，我可是他从没见过的女儿呀……"河山掏出面小镜子，顺顺胸口的蕾丝，正一正脖子里的假颈链，"得吸取教训，好好捯饬一下，也算对得起沈红莲了。你说，像个小公主吗，我？"

谢老师轻轻点头。河山真是狠，对外人、对自己，一样狠。

有总就是没有二次中风，看到她扮成娇生惯养的"小公主"，来跟他讨要她父母的信儿，恐怕也同样要昏死过去。谢老师实在都不敢相问，听了何吉祥与有总的前前后后，包括对沈红莲的诋毁与掠夺，她现在，是怎么看待这位穆老爹的。

稍好一点的是，有何吉祥之死垫着，谢老师反倒不那么惧于开口了，南方的情况，不过是在已中了十八枪的伤口上，再加一颗子弹而已。

谢老师冲着茶座边上的透明玻璃墙吐了几口烟，直接讲起入夜时分满大街的小废柴，臭水沟边的蓝房子，复述沈红莲在电话里的决绝交代，"她不想见任何人。她认为，也没有任何人想见她。"把这个封闭结局先给她亮出来，然后才跟拉老式胶片似的，从窄小曲折的时间暗盒里，一点点往外拖，拖沈红莲的旧事。

当年刚跑新闻时，用的都是胶片，在厂房或工地偷拍，管事人来了，第一件事就是叫几个人上来抢他的相机，抢到手就掀开后盖，"刺啦"扯出来，胶卷统统曝光。要是腿脚利落，能跑回报社暗房，就劫后余生地自己冲洗——也算是个手艺，显影时间长短，定影前坚膜还是定影后坚膜，怎么去水渍等都有些小讲究。谢老师那时最喜欢的动作，就是从胶卷壳拉出胶片，这并无技术含量，他却有意放慢，去感受心头那种淡淡的疼痛感。那些过去了的片段，已被凝固在这透明的、极其娇嫩的底片上，在拉出米之前，它们是封闭和自足的，无人知晓。一旦从黑暗中被扯拉出，就相当于一种诞生。它们将在化学液体中慢慢显影，被琥珀色橙色红色，或其他什么光波的色灯，模糊地照射、定影、呈现。

现在就是这样的，从暗盒里拉出沈红莲，撕开和剥落往事。谢老师机械地倒叙，把他此次南下所打听到的，目睹的，推断的，有总录音里所阙如的，统统拉扯到河山面前。他不打算考虑河山的感受了，考虑不过来。他也相信，河山可不是别人，苦水浸泡了近三十年，早就是不坏不腐之身了。此刻他们所在谈的，不过是一个小小的追溯，她这苦水从何而来，正如何流淌，以及将要怎样地继续流淌。早都是命定的不是吗。

　　河山果然挺好，一直眯眼笑着呢，像在被拍照、录视频还是怎么的，坐姿、手势、应答，没一丝不合适。

　　拉到沈红莲四十岁时大病一场、孤身零落的那段，河山打断，跟他碰了下时间，前后算算，正是那年春节前，河山在爱心驿站里收到"莲花"的寻亲呼唤，"哦。这样。"河山咧咧嘴，"她那时正贫病交加呀。这谁能知道，还愤怒地撕纸条呢。"

　　谢老师继续，拉到沈红莲成为出名的金丝雀，被小老板们接力包养，再往前，她把河山送回天水姨婆家，再往前，因带着私生婴儿，她在性交易市场上处于劣势，"前面就是沈红莲在租屋生下我嘛。往前，是何吉祥去世。再往前，他们遇上了，好上了。再往前，两个人分别从老家去南方，一个在饭店做啤酒小姐，一个从电子厂副段长出来混成小老板。"河山挺顺溜地接话，看来王桑给了她不少录音，"好，齐活。这可比穆沧的手工拼图简单多啦。"

　　谢老师觉得耳朵有些不对，"你，为什么不叫他们，爸，妈？这好不容易才确认……"

　　河山难得有点扭捏，又似是忍俊不禁，"嗨，别提了。我在家试过，就出门前还对着镜子练习的。就是不行，愣是不行。别说他们一个是死了，一个是见不上了，就是真的手拉手，两人都活生生站在跟前，我都喊不出。没别的原因，主要从前在爱心驿站那边，叫爸爸，叫妈妈什么的，实在叫得太勤快了，管谁都能叫，就是牵一头母牛过来，只要有口奶，我也会喊妈妈的。所以轮到他们两个，这真人真货的，反倒叫不出来。我这小油嘴子，没法搞正经的。就还是，叫沈红莲、何吉祥吧。"她弯起眼睛笑了，也觉得怪不好意思的。

谢老师被河山这若无其事的样子给弄得浑身毛躁，近乎刺疼。就他这样一个糙男人，整个事情也可以说是事不关己，可细讲起沈红莲的大半生来，心里都还像被磨刀石给拉过几道，河山怎么能做到这样的？她干吗还要演，还要硬撑，就不能像个女儿吗，像个女子吗，像个常人吗？

真是比在蓝房子外头，听到沈红莲那沙嗓子的拒绝还要悲哀，不是替她们，是替自己，悲哀自己怎么也理解不了这一对母女的倔强与冷酷，宁可作乱，宁可孑然。理解不了，简直地气恨，他不愿这样地去写她们。

2

另一场柴门之约是丁宁。老远看去，虽是五个月左右，她作为孕妇的样子还是不自然，一会儿掩住肚子，一会儿又叉手挺起腰身。河山挽着她的胳膊，算是护送。听王桑说过，丁宁近来脾气越发古怪，只有河山能陪得了。亲眼看到全然不同的她们走在一起，还是觉得挺不习惯的。

挑了朝向内庭的无烟区。丁宁的脸圆胖了些，坐下就侧着脸往外张望，"以前我从不留意这种寻常景色……要多看看。还是老人家教我的。"丁宁冷不丁的，突然提到有总。谢老师惊讶地，也往外张了几眼。庭中小池里闲养着几片荷，夏初的细长荷苞已高挑出来了，三角的绿叶紧紧包裹着乳头般的淡粉苞心。小池子周围一圈弯曲小径，缀着些矮伏的格桑花，都是这季节最常见的。

想了想，还是问候丁宁身体比较妥当，"现在食欲应当很不错吧。一个人吃，两个人长呢。"

"哈哈哈。"丁宁立即捅一捅河山，像是听到什么预料之中的滑稽话。怎么了，说错啥了，谢老师一时尴尬。

好在丁宁已收住笑，寒暄了几句孕妇话题，她的表情往回收拢，"是这样的。"露出学报编辑，职业女性的样子，这是要谈"女性问题"？谢老师能辨认出——有两年他跑过法律，经常会采访女"事主"或他们的家人代理人，发现有个共性，在分析那些糟糕境遇时，包括她们自己，都会强调"女人"这个元素，并给放大到遮天蔽地的地步，一切的问题，都是因为人们在女性问题上出了问题。谢老师对此缺乏研究，有点抓挠不着，但稿子倒是好写的，这永远是个省力的角度，可以解释一切。丁宁现在，就有点儿那个状态，当然这想法大概有点儿失敬。

"是这样的。我感觉特别差。如果说不孕的痛苦指数是5，求孕的指数是10，那现在的痛苦指数，得是20。具体不展开，谢老师您也不会懂。包括你，也只是觉得我'作'吧。"后一句是对河山讲的，河山迟疑着，没表态。对这样一个孕妇，谁都得小心点儿。

"放心，我会好好看风景好好吃喝，遵照一切医嘱，好好生下来。这是答应过老人家的事，他以前帮过我。"谢老师忙点头表示他记得。"但生宝宝这件事，不能成为任何别的事情的附庸。"丁宁神色严峻，好像此乃雷霆万钧、大是大非之事。她环视二人，"我想独立地，生小孩，明白吗？"

两人沉默。谢老师确实没太明白，她所谓独立生小孩，什么意思。

"我不要把这事，和那个遗嘱给捆绑在一起。"丁宁不紧不慢地解释，从包里掏出一瓶牛奶，叫来服务员替她加热，"别把老人家的昏迷，跟我这十月怀胎来干耗。我不要这宝宝一落地，就成了个开门咒，阿里巴巴和四十大盗，全都扑到洞里去瓜分金银财宝。"丁宁没一丝笑地打着比方，"我现在一摸肚子，就好像能听到吆喝，芝麻芝麻，快开门吧。"热牛奶来了，上面一层奶皮皱起，她噘着嘴吹气，"绝不能这样。我要说的，就是这个。"

谢老师每个字都能听懂，可大脑一片茫然。他想他对女性是没有偏见的，可这真的是一个极其"女人"的宣言，来自内部的一个主观空想。她只要生出来了，独立或不独立都一样，遗嘱即自动成立，不以任何人意志为转移的呀。丁宁这脑子，是怎么转动的呢，孕妇的结构差异有这么大吗？

河山倒像听懂了什么。谢老师看到她拍拍丁宁，亲昵地靠过去一点，赞同、欣赏，还有点尊敬似的。注意到谢老师一脸的"愿闻其解"，她瞪起一双妙目，"意思很简单，他们穆家财产的最终决定权，得另外找个什么按钮……其实起初我也是一心撺掇丁宁生小孩的，可确实的，咱们这想法都是奔着钱去的，这样小宝宝太可怜了，长大之后，是要跟大家算账的。还是一码归一码的好。"她突然笑起来，"或者就干脆捐掉得了。也别怕，像我们这样没遗产的人多了，难道就不过日子了。再说沧，有钱没钱对他是一样的，正好看看那几个女朋友，嘀嗒嘀嗒，看数到几秒她们会跑光光，正烦着不知选谁呢。就冲这，也值。"

谢老师真是气得乐起来。河山这帮腔也是咄咄怪事，她什么人哪，假使她和钱一块儿掉到河里，她冲着岸上直喊救命，那也是替钱喊的，得先救钱。再说，她替穆沧操的这算什么心，简直没安好心。

"跟王桑聊过？"这得听听利益相关人的意见。丁宁这算太自私，还是太无私了？

"问得好。"丁宁高高兴兴地笑了，"当然聊过了！否则我还下不了决心。我跟他说得很详细，说这五个月来，怎么就一步步有了这想法，讲了得有二十分钟吧。你们猜怎么着？"丁宁向左看看河山，又向前瞅瞅谢老师，简直乐滋滋的，"他走神了，跟以前一样，模样悲哀地，似听非听，不知走神到哪个十万八千里了。他哪怕激动一下、争取一下呢。就是这样的，这就是我们的交谈和生活。估计，就是讲我要跳楼我要离婚我要去死，他也一样要走神的。"谢老师心里一阵长叹，他估计王桑跟他一样，是根本不明白丁宁的意思，或者说，就算弄明白也感到十分的疲倦吧。

"你想过离婚？"河山突然打断，也像是个提醒。某些时候，性别真的就像是个战斗堡垒，她们好像更亲近了。其实就算离婚，胎儿已有王桑的血缘，还是不足以构成遗嘱条件的缺损。谢老师不敢吭声。

"就是举个例，目前还没这个计划。得看情况。"丁宁想了一下，严谨地推敲着，"毕竟，眼下宝宝还不是芝麻开门。最后，王桑慢吞吞地，说他尊重我的想法。尊重、我的、想法。这就是王桑式的通用回答，像个客服人员。挺好，我一点顾忌也没了，反正从头到尾都是我一个人的事。老人家要是能醒来，我就自己跟他说。但现在，执行人不是你吗。我已认真考虑过了，什么都不启动，我也什么都不要。实在不行，我到时就带着宝宝和出生证一起离开。穆家的豆腐账，你们自己玩儿吧。"

"这个，我还真说不好，得问问公证人。出生证明，其实是一个辅助证明，而只要有总没有身故……"谢老师脑子里想的其实不是公证人，是全主任。

拖拖拉拉在医院两个月下来，跟全主任接触已经很多，感到他在刻意跟自己保持距离。这让谢老师有个猜想。

这次昏迷之前，或者说，早在第一次中风之后，起码在订立遗嘱的那个前后，有总本人跟全主任之间，应当有过一次或多次交流，对他可能出现的身体意外以及如何处置与控制，都有深入论及。谢老师并不介意被蒙在鼓里，只是感觉不大踏实，有总到底赋予了全主任多大的弹性和权力，像指挥棒那样，可以灵活多变地随时开启序幕，亦随时画上尾声？如此一想，后者那种刻意疏远，叫人心里有些凉飕飕的，就像某种制衡式的分权而治。这就是有总的风格，对手下、对合伙人都是如此：每个人都只知道局部，没有人能把握全貌。

丁宁发布完毕，啜饮起牛奶。桌上一片沉默，越发衬出窗外庭院的静谧，池塘水面偶尔有极小的涟漪，有肉眼所不可见的水虫或鱼苗，在下面吐了一串泡泡。这小小的生机，却让谢老师感到惊心，想到薄被子下无声无息的有总，心里涌过一阵又一阵的惶惑。他挥手冲侍者要账单。

河山在劝慰丁宁，假使因她的不合作，最后使家产走向捐赠，也不必负疚，"你想想，就我，还有我们驿站里那许多兄弟姐妹，一应的吃喝拉撒不就一直靠捐赠嘛，饭里每次吃到肉，都觉得特别香呢。我那时做发言代表，读过好多感谢信，有时还念哭。你信吗，别的事需要演，这个不用。没他们哪有我们。"谢老师睃她一眼，脸上并无异样，倒真是大大方方的，"这世界上好多事情，就是这样，得靠有钱的好心人。像青山堂那批画，不就指望着有钱人的善念嘛。"见谢老师瞅着她，颇有意味地一笑，补充道，"对对，我没忘，穆老爹就是个大善人，我的今天主要就仰仗他老人家。没准他的本意，就是要捐掉全部家产！嘿，丁宁，你这可算是帮着他了。"

丁宁直摆手，面色平静，"别非得替我找台阶，我心里可没任何不自在。想沧，老人家不是一直说他脱离低级趣味嘛，怎么可能让他靠'富二代'来娶妻生子。王桑也是，我可是听得最多的，整天唧唧歪歪地声讨万恶的资本，真要把钱砸他头上，恐怕天天要跟自己左右互搏，打出内伤了。"

"也是也是，塞翁失马，焉知祸福嘛。"谢老师半心半意地附和，屁股下有钉子似的怎么也坐不住，得找仝主任去。不管是否失礼，他提前离开了两位女士。

3

走到柴门外，找到自己的老摩托，拍掉坐垫上的浮灰，倚着，先过一下烟瘾。

才吸了两口，脑子里舒服地一麻，似乎懂了。丁宁的想法不是死心眼的轴，也不是女人或孕妇的想法，就是"人"的想法。是她把自己作为人、把宝宝作为人的一个自理，以及未来更长久的某种自洽。信然，这是好的，对她本人而言。

但从红皮本子的角度来看，丁宁的这一扭转是骇人的，起码从构思和逻辑的处理上看，太棘手了。

想起有总昏迷之初，伟正曾来电话跟谢老师快速讨论过一次。认为这是个收束点，尘埃已落到离地面不到半寸，可以抄底了。哪知这最后半寸，是个长期卡顿的慢动作，有总并无衰变，亦无起色。前不久他们又通了一次电话，谢老师心里太烦恼了，有个人说说总是好的。

自然，不必再谈黑暗原罪史或了不起的时代之子之类，这不是要换成穆有衡和他的儿女们嘛，他听到自己竭力振奋的声音，阐释他的人物定位。吏、户、礼、兵、刑、工，怎么样？这点子绝吧？所有一百八十五个素材、三十多个场景，一个不浪费，而金钱、原罪、救赎、女性、权力、生殖等关键词一样可以贯穿进去……

伟正可能正忙，哼哼哈哈，偶尔发出罐头人的笑声，最终咳了一声打断，是忍不住了，"这都过去三四个月了，还以为老师您要交稿呢。这第一主人公，早都盖棺论定了，时不我待啊谢老师。我讲句大实话导师别介意。像穆有衡这种老把式、土出身的老企业家，早就过气了，没有阅读点了，你想，不要说比尔·盖茨，连乔布斯都翻篇儿了，现在是冲向太空的马斯克啊……"还没讲完，他开会时间到了。

谢老师咔然挂了，听出伟正不满于他的行动力，确实，他自己也不满意。过气不过气的，他保留意见。主要这"六部"的定位，也存在生硬与偏差，挺难落笔的。他们几个，乍一看像是顽固的河马，可事到临头，又"变幻不居"了，成了滑溜溜抓不住的泥鳅，自我覆盖的变色龙，不好弄。

哪怕就眼前这位丁宁。其实谢老师本来对她是最不在意的，丁宁身上有种根本性的乏味，刻薄一点说，像凉白开，没味儿，端起来不烫手，泼出去也不心疼。当然，她总在努力地，想替自己增加点什么。谢老师跟她聊过几次，感觉她很留意外部信息。黄金当天基础价能一口报出，老美红脖子的政见也能讽刺两句，最富争议的司法事件也能谈出个一二三。可她讲到这些话题的方式，客观、理性、世界主义，一分为二，完全听不出她本人的主张。她天生就没个性？

直到有总遗嘱的滑轮拉动之下，求孕、人授、试管、保胎，倒使得她像个找到自己节奏的小人儿，开始在她那个艰难但充实的轨道上哐哐向前了。她这个怀孕，对谢老师的书写框架而言，就是一个传导杆，在金钱滑轮和生殖杠杆当中，推动着那两个密切关联的场域。这并不增加她本人的意义，她还是凉白开，无色无味的那个角色，只管顺拐着往前走就好了。

可刚才这么轻轻的一下子，等于把精密组装的链接给打断了，弄得满地零碎四处乱滚，都不好收拾了——非虚构就这个最麻烦，没法把握人物的变动，他们像骰子一样没个准，一会儿大点，一会儿小点。

接下来，大家将要面对什么呢。终点未知的昏迷，令人不知如何祝福的新生婴儿，软绵绵踩不到底的慈善，空荡荡一无所存的家，家里一个孤独终老的沧。

不能，不能够这样。恐怕得对不住丁宁了。他谢老师不是有总的遗嘱执行人吗，不是穆家利益的维护者吗。他得有作为，首先一条，他必须与仝主任达成最严密的同盟：让有总的性命青山流水万年长。从昏迷到脑死亡到医学死亡，这中间隔着巨大的地带，抻到银河那么宽都可以，起码得抻到丁宁安全生下孩子，抵达彼岸。另一方面，他会去与公证人探讨，如何正当和恰当地理解丁宁这种宣言……这样的话，红皮笔记本里的各个人物，也可以照原来的思路继续推进了。

谢老师又点上一支烟，歪斜着身子，吞吐烟圈，从没这样反感过自己，也从没这样强烈地希望有总能醒来，拍着沙发扶手，苒着眼皮，狡黠而轻巧地，说出他的真实想法与应对之计。

五、沙滩

1

河山用花洒画着大"8"字，替他和自己交叉冲洗，樱花浴液的肥白泡沫滑腻腻地顺着皮肤流淌。他有点胆怯，像看仙女似的，抿着嘴竭力控制，直到河山拉着他的手，一把扯开自己的发髻，他才发出嘶哑的欢叫，水汽中含糊的脸一下扑近过来。

做什么行当呢/供应链/挺好/知道是干吗的吗/不知道/那我给你讲讲/见面讲吧，现在过来

这是河山两周前在社交软件上右划结识的一个年轻人。有一搭没一搭地聊几句，像在路上街角，跟人借火一样——真跟互相借火抽烟差不多。她的需求很简单，男，单身，同城，可以立即过来。

好久没这样了。这大半年，已习惯在穆沧那儿傻乎乎地待着了。这回不行，实在顶不住。艺培全部解散。王桑拒绝搭手相帮。青山堂的画展策划，未遂。一周前，耳机里响起穆老爹，他讲了何吉祥。昨天下午，是谢老师带来的蓝房子。

供应链湿漉漉的双手松开河山的头发，松垮下来的身体挪

开，显出一点惭愧。不，不太想看供应链的脸，河山把他埋在怀里，梳理他浓密的发根——多少岁出来的呀。家里有姐姐还是弟弟。咋高中就不念了呢。过春节能带多少钱回家。县城买房了没。你们那儿彩礼要多少呀。那女生现在生娃了吗。多奇怪，明明是听到自己在问，可声音多老啊，沙哑，抚慰，慈爱。像她一样。

河山略略开眼觑看，窗帘缝里阳光灿烂。正午的照射下，无数的好人们正在勤奋劳作、成家立业、相亲相爱，过他们笃笃定定的正确生活。一阵更澎湃的焦渴涌来，像摸索半瓶残酒，她向供应链伸出手去。再来一场，必须。不要命地来吧。她需要淹没一切的咸腥海水，需要满耳朵嗡嗡嗡，满眼里金星冒，所有骨头滋滋叫，油煎火烤，坠入地狱，堕入她所向往的黑洞，那就是她的家园。她是黑洞的女儿，宇宙的孤儿。

……供应链感动而留恋地叹息着，时间不够了，得回去打卡。就在他一骨碌翻身打算浪漫吻别的时候，河山让他打钱。

可真把供应链吓了一跳，短裤才套了一半，脸色变得那样难看和痛楚。他感到莫大的伤害。

别怕，就四十块。

对，人民币四十。这是再三盘问之下，谢老师最终勉强吐露出来的。沈红莲在蓝房子，就这个价，相当于一斤半五花肉或一张优惠电影票。就这，还挂账，还月结，还被人跑单。

临时起的意，没过脑子，就是想要这四十块。仅此一回，像是对南方的某种呼喊或回声。供应链才刚出门，马上就下单了一大杯抹茶拿铁，加上送单费，正好四十。

2

敬你！干杯！你冲镜子举一举杯子。哼，是挺好看的，看这腮色，透亮了，小嘴巴有点肿，更招人了，无邪如无耻啊。挺好，把这杯加量拿铁喝完，这整件事情，就闭环了——至此，你有爹有妈，他们有名有姓。生的知道方位，死的晓得原委，前因后果全落到地上了。

也可惜了的，不好再做大头梦了。曾有过多少悬想哪，把随便听来的家常故事都套到自己身上。只有妈妈才知道的胎记。爸爸给你做他的拿手菜。打雷闪电天接到他们的电话。挣到一笔意外之钱，去给他们买两样贵的东西。啰里啰唆要你早点睡觉，并在早上六点半就发来天气预报。怕你嫁不掉，同时又觉得没有任何人可以配得上。好了，省事，从此不要再想这些碎头巴脑的了。

给镜面上泼点水吧，这样好歹像是泪流满面？搞点缅怀的气氛。最好该号啕一场才对，你在脑子里使劲酝酿愤然与怨恨。奶奶的，就是唤不出眼泪。

后悔吗，要是那时没听魏妈妈的话，打了那个电话呢？她病了，是最需要你的时候。说实话。

不，后，悔。

对着镜子，你总是说实话的。你还是愿意跟着魏妈妈，起码她看得见摸得着。谁能知道，十三四岁的你到南方会做什么。就像谁又会知道，不久魏妈妈也就出事了呢。既然都是不知道的事，有什么好后悔的呢。

486

所以别折腾镜子啦，擦擦干净，把头发梳梳顺，衣服穿穿好，像个干净的、努力的好女孩那样。你不是任何人的女儿，也不是任何人的干女儿。

现在，请你回答最后一个问题。

恨穆老爹吗，要是他当初把何吉祥的钱原原本本捎给了沈红莲——这真是一个叫人便秘的假设。请问，是谁发明了"如果""假设""要是"这些无聊的词。发生就是发生了，绝不允许假设，那太流氓了，也太懦弱了。难道可以假设一个人没有生下，没有来到这个世界吗？

禁止假设。

镜子，还是往镜子深处看吧。你看到长长的没有尽头的路上，一个精干的小个子男人，一个瘦长的西北妹，两个人挨近了走。他消失了。她接着往前走。她身边多出一个小不点。把小不点给丢下来，她继续往前走。人总得往前走，她也一样……看看，那个被丢下的小不点，在路上走走停停，可她并不能算是一个人，总有人在拉扯，四个干爸爸，魏妈妈，别的妈妈，还有谢老师，这个那个的，不时就伸手拖拽几步，搞得小不点走得怪怪的，一会儿天真蹒跚，一会儿风摆杨柳，一会儿僵硬如铁。还有，还有个看不清的大影子，始终在后头跟着小不点。他不太热心，时远时近。他好像很胖，也可能是个瘦子，他也高，也矮，他就是个看不清的影子——

明白了，你为什么如此麻木，即便得知一切谜底，对穆老爹也没有任何的评判。一个人永远没办法，去具体地感恩或仇恨一个不曾见过的人。穆老爹坚持得对，你们不该见面。

3

被手机闹铃吵醒时，发现已是下午四点。昏睡了多久啊，还是没睡够，只觉浑身酸疼、筋断骨散，脑子一片茫然，像刚从一个旧世界里醒来。看着床边乱七八糟的衣衫和空饮料杯，发愣了好一会儿。干什么呢，去穆沧那里吧。星期几？估计在"上班"，画他的图。没事，去坐一会儿好了。河山又呆呆划拉了一会儿手机，忽然进来一串留言，哟，惊跳而起，套上件裙子就直奔简餐店。

三条留言都是高个儿发来的。本来是从上周日临时改成这个下午跟穆沧一起见面的。留言大意是，很抱歉决定退出，跟身体交流的试验失败无关，主要是感到，有一个更适合穆沧的人。高个儿隐晦地点到为止，语气里夹着调侃。她指小雕还是小万？还是别的意思？

想起有次高个儿带着穆沧看舞蹈视频，河山也远远瞟着。舞台上一会儿满地红泥巴，一会儿又是水从天降，水花四溅，一大群衣不蔽体的男女失魂落魄，如醉如痴。领头的是一个精瘦的白种女人，松松垮垮地穿着吊带裙，萎瘪的乳房因舞动而半露半掩。河山嗓子发紧，一下子喜欢上那瘦女人。这哪里是跳舞，这是全然地在交付她的身体啊，不管不顾地搬动、折叠和摔打，看得河山浑身疼，疼得畅快，也疼得苦恼，疼得时间翻转，想起各样身体上的往事来。有那么一段儿——台上一堆乱糟糟的桌椅板凳，瘦女人闭拢双目，只管瞎子一样在台上跌跌撞撞乱走。一个男人，倒退着，紧张捕捉女人的一举一动，奋不顾身地对那些桌椅扑跳挪移，只为给她挡住或推开所有的障碍——就这段儿，叫河山分外刺痛。姑奶奶的，世上，有人这样待过她吗，这样全心全意地抵挡开一切。没有，从来没有。她从来都是自己跌倒自己爬。不，她也不需要谁替她抵挡的，只是，多少期望着，能有人陪伴……

这是什么？她低声问高个儿，声音没控制好，有点发抖。发现高个儿已盯着她看了好一会儿，小声作答：咖啡馆，皮娜某某[1]，我最喜欢的舞者。人名儿河山没听清，无所谓，知道有这么个女人存在，就行了。

这会儿突然记起的，是当时高个儿瞧自己的眼神，她很惊讶于河山的沉浸，像突然注意到河山这个人，更似乎是懂了她什么。河山心里一阵晃悠，来不及想了，加紧跑。

老远就看到穆沧腰杆直直地，踞坐在他的老位置上，显然等了好一阵，他已叫好他们的套餐，餐具、餐巾纸、调味盘等也都摆在固定位置。一等河山坐下拿起筷子，他便像得到启动指令，在脖子里塞好餐布，大嘴一张一合专心吃将起来，不理会河山对他的抱歉。

河山也饿坏了，猛吃过半之后，才跟穆沧讲了高个儿不能来

---

1 皮娜·鲍什（1940—2009），德国现代舞编导家，"舞蹈剧场"确立者。《穆勒咖啡馆》为其代表作。

了。这不新鲜。小万，小雕，前面也都同样爽约了。这是第三次，最后又成了河山跟穆沧两人一起吃饭。

是在丁宁那一通"独立宣言"之后，河山如实地，偏向悲观地跟她们几个透露了一个大概率的走向，穆家财产，兄弟俩怕是落不下了。小雕父亲说女儿开始矫正牙齿，起码一年半载的不太想见外人。小万说她跟穆沧的下一步，取决于她正在申请的一个青年艺术家项目，关于特殊人群的小众纪录片……

河山举起面碗喝汤，直喝得碗底朝天，心里矛盾地想着，穆沧对她们几个的不再出现，怎么没啥反应呢，这挺糟的。穆沧真的对他人全无亲疏得失之感，只能守在他那空无一人的沙滩，永远背朝鱼跃虾涌的广阔大海吗。

"你说说呢，她们三个？"

"去北方找、棠梨树。开一座私、人博物馆。去外国大、师班学跳、舞。"穆沧不紧不慢地，用小勺子挖食他最喜欢的黑森林蛋糕。这老傻子，所记得的，居然是她们的梦想。可她们呢，已经像小鸟一样，无所谓地各自飞走啦。

不管穆沧到底是小孩子、大天使还是老傻子，这会儿，河山得把他结结实实当成几分钟的男人——河山把三个"女朋友"的情况，结合她这半年以来的观察，也参考丁宁所讲"爱"的标志，铺展开来分析，尽量地不偏不倚。只要穆沧流露出对其中哪一个的偏好，她一定会替他去争取的。事情还有翻转的可能，穆老爹不是还热乎乎地躺在那儿吗。

"你还想再、约谁一起、吃饭？"最后，她问穆沧，诚心诚意。

"你来了，我吃饱了。"穆沧答非所问，珍惜地舔净盘子上的几块巧克力渣，"我有了、四个女朋、友。"

"四个？还有谁？"瞧，都把我给算进去了呢，河山心里真是太高兴了。没准穆沧挺懂的呢！

"她开3、路公交。"

"那我呢？"不禁脱口而出，左胸口某处一颤。妈的，丁宁讲得对，当真，这个器官会疼。

"你是我的、好朋友。四个女朋、友。一个好朋、友。"照旧嬉笑着，两只手对握，对这巨大的社交成果十分之满足了。河山想起来了，这个"好朋友"之说，还是相亲那天，她自己跟穆沧讲定的呢。穆沧可一点没搞混。

3路公交，听王桑说过的，那位女司机头发很好闻。如此看来，对正在离去的这三位女朋友，穆沧也像处置3路女司机一样，给收藏起来了。

本来还有点担心，该如何向穆沧解释，她们最初的友善趋近，带他拍照，教他刻梨木，一起做徒手操，是有缘故的，正如她们后来的离开一样，都是一种权衡取舍。她们有自己的轨道，不管与他交叉、并行或远离，都跟穆沧本人并无太大关系……好吧，穆沧这样也好，不区分、不留恋、不占有，只继续保持他的自给自足。她和谢老师所忙活的这一大通，等于是通过多余的添加去确认了他的无须添加。他就是一粒独个儿的小沙子，不需要与别的沙子或贝壳或珍珠掺和在一起。

出了简餐店，他们一前一后走，河山送沧回老机械厂宿舍。

夏初的风迎面吹过，河山的布裙子鼓起来，风贴着脖子、胳膊肘和小腿肚子打滑，这是所有季节中，皮肤与风相处最舒服的时候，能看到所有人脸上都挂着宜人的表情。

河山想她脸上大致也是这样。不仅因为风，因为"女朋友"们的离开，还因为沧这样的淡然无情，让她悬挂已久的心思一下子放松了。喧嚣远去，还是让沧回归他的孤独沙滩吧。她这边，可还得继续扑腾呢，打生下来就没歇过，将来也一样，永远都会不甘地扑向大海，在冰凉咸涩的海水里呛咳，被浪花高高推举，又沉重抛下，跟鲨鱼共舞，被海藻缠绕，被重新推回到白花花的沙滩上，千疮百孔，身无所有。不过没事，有个傻大个儿永远会在这里，人家可哪儿也不去，只管玩他的沙子呢。挺好，这样的沙滩感觉就好得多了，相当于总有一个人在那儿，有意无意、不远不近地搭个伴。她会更加用力、更为奋勇地扑向大海的。

河山打开胳膊迎接风。"好闻。"河山回头，穆沧在一米之后。他就有这本事，河山走快，他也快，河山慢，他也慢，总之维持一臂略长的距离。风从河山身上刮过，再从他的脸上刮过。"好闻。就像……"他困惑地寻找比喻，显得词穷，"你今天，不一样。"

看，他也闻出了她某种不同。可他不会懂的，在刚刚的中午，她干了什么，为什么那样干，又为何获得了一种类似终结感的清洁。

河山没有吭声，继续张开双臂，在前面带着他走。一边在心里对穆沧敞开着，对着他坦然陈述。她想告诉他，她"有"过多少男人。出于怜悯、交换、安慰、发狠、自我惩罚、用泥污清洗泥污。可她实际上又从来"没有"过任何一个男人。她不知道爱是什么，依偎是什么，心疼是什么，亲吻是什么。她跟穆沧同样地一无所知，也跟穆沧一样，是从未开放过的百合。这听起来像瞎话吗：她是童贞的。

4

一开门发现王桑已经在屋里等着了。哦，今晚他们下棋。看见她，王桑脸上不自然起来，自他转来穆老爹那些录音后，他们还没见过。

穆沧看看大座钟，开始烧水，洗茶具，拿出两只沙漏计时，再有条不紊铺开棋盘。河山忍不住盯着瞧。重新回到这小小居室，拖着他心爱的卡通拖鞋，做着日常一贯之事，他显得多么安详哪。

"我也是，最喜欢看我家沧做事情的样子。简直感觉他这里就是一个完整的天地世界。"王桑咳了一声，跟她搭腔，小心地，"那些录音，你只听了一点点，穆沧听得最全了。可他，就是把声音只听成声音，叫人羡慕吧。"

河山没说话，回忆录音里的细节，突然意识到，此刻所在的这间机械厂老宿舍，何吉祥以前是经常来的，河山用目光在客厅慢慢检视，视网膜蒙上一层做旧的褐色。

多亏穆沧这么多年的顽固不移，这里仍保持旧物原貌，她几乎可以看到那清晰的旧日画面：何吉祥从电影院下班过来，相帮忙乱的穆老爹，看护四处滚爬的穆沧和王桑，给他们把屎把尿，高高举起，逗得兄弟俩哈哈直乐……心里一阵新鲜的妒忌，同时又想着，也好，幸好有穆沧王桑在呢。就在这个地方，何吉祥感受过小儿女，体验过做父亲。真是奇特啊，就凭借转手过来的那几段碎嘴子录音，她最终能够在这间小屋子里，捞取出一点触手可及的依附！老式原木茶几。黑乎乎已看不出颜色的牙签盒子。拐角的木头衣帽架。电视柜与不再使用的晶体管电视。博古架上的花瓶和旧茶叶盒子。三十年的一前一后，何吉祥与她，各自踏入这个空间，频频推门而入，如归如家。

"我想替他道个……"

"别。"河山截住。

王桑脸上显出羞愧样，"对，这太卖乖了，我没资格……"

"不是那个意思。"河山轻声地，她不愿打扰穆沧。他正一板一眼地醒茶、洗茶再冲泡。"我应当谢你，帮我找着了何吉祥。那年爱心驿站关掉，妈妈们都辞退了，我们被打包转移。你知道我们一帮小孩有多难受，等于一夜之间，又再做了一次孤儿。那时我已知道，'莲花'是没啥可投奔的，只能指望另外一头了。当时发过一个愿，只要有人能替我找到爸爸，给我一个家，叫我干什么都可以。互相帮助嘛对不对，这是魏妈妈的教导——你不晓得她？不晓得也罢——总之，那时我找男朋友，就是想让他们帮我。交朋友嘛，可不就是交换。"

"别再这样说了。"王桑拈起一只小茶盅，又立即搁下，吃不消那分量似的。

"上师范学院的时候，一想到要毕业进社会，心里就着慌，找亲爹的急迫达到顶点。可你想啊，学校那些小男生，最多能写写论文。只得在外面交男朋友，有个朋友替我推理，说肯定是大老板啊，要不然怎么会在南方找女人。他每次来找我，都会带来零碎消息，后来线索断了。又介绍另一个朋友来，说是便衣警

494

察，于是就跟这个也处了一阵。其实我也不是真的相信他们。但万一，是真的呢。这事永远都是个大饵，只要在眼前一晃，我准咬钩。驿站的小孩都这样。我那边有个弟弟，个子不高，但力气特别大，十六岁就去替搬家公司干活，二百二十升的冰箱背上六楼不带歇的。他整整白干了四年，有时还倒贴钱请酒请菜，直到老板转行，就因为那老板是县城同乡并拍着胸脯子保证，一定能替他找到亲生父母。所以你想想，我这轻轻巧巧的，点一下音频播放键，就找到亲爹了——真是怎么谢你都不为过。"

王桑勉强抬眼，"别客气，就算我不给你，谢老师迟早也会告诉你的。"穆沧掐着沙漏看茶色，时间到了，给王桑和河山各分一小盅。茶味清醇，汤汁匀停，两人都忍不住发出赞叹。"哪里哪里，过奖过奖。哪里哪里，过奖过奖。"穆沧举起他自己的黄色口杯喝白水。好好的客气话，被他弄得像搞幽默。

蓝黄两色棋子分别站定，静候骰子，等待它们的纸上飞行。王桑以眼神征得河山的同意，提醒穆沧，"作为主人，你应当……"穆沧看看河山的膝盖头，把红色小飞机也摆到出发基地。"可真是前所未有。"河山看到王桑抬头向冰箱那里看了一眼，"我跟沧两个，下了有三十年，棋盘纸都烂掉七八套。这是头一次玩三人局。"

"其实我对你，有过非分之想。"王桑划拳胜出，连扔三把，都没出得了基地。

"谁不知道啊，除了沧，你可是浑身的假道学。"河山运气不错，小红棋一下就飞了出去。

"可我那种非分之想，不是真的。或者说。"王桑停下等穆沧。

沧把握着骰子的拳头贴紧脑袋轻摇，听骰子在手心里转动，然后吹一口气，赌着身家性命般的，轻轻、轻轻地让它滚落出来。

"跟……父亲有关，我总感到你身上有那一股子气。"王桑扔骰子，四个点，"那是什么？像是根本无所谓，其实是一种千方百计想要掩饰的攫取感、攀附性。那是孤儿所共有的，还是你身上特有的？我不知道。我没法不想到穆某，他是根源，这么多年，他一直用他的方式'照料'你。我恶心干女儿这个词，恶心你们这种干父女关系，而你呢，对此并不在意，甚至还自得其乐。你是坏分子手里的坏分子。这特别地，叫我愤怒。愤怒得想铁肩担道义，要出手拯救，要报应，跟他抢夺……这当然是无稽之想，我根本啥也做不了。但就是由于这个想法，别别扭扭的，我进行了一个最不费力气的反抗：我让自己喜欢上了你。"

河山瞅瞅穆沧。他照应着他们的茶盅，给他们适时续茶，也给自己的塑料杯续水。王桑讲得可真酸哪，这么抒情，还这么多心理活动。穆沧那双大耳朵可太耐受了，前后听了多少糟心话啊，包括穆老爹的一辈子，包括丁宁的车轱辘话，全都吐到他这里了，包括刚才在路上，她也特别想跟他倒苦水不是吗。他真的只是把声音听成声音？指不定比谁都听得明白呢。

手下随意扔着骰子，她的小红飞机把王桑甩得老远，"放心吧，假意可真不了，真情也假不了。你可是穆沧的好弟弟，是丁宁的心头爱，我只要本色出演就可以掐灭你的任何想法。十恶女魔头，这绝对不是你的路数，哈哈。"

见他们二人领先，穆沧急得脸色微红，掷骰子的仪式感更为繁复，肉拳头摇得有如风车，叫人眼花。

王桑摇头，大大摇头，"不对不对，你越是魔鬼，我心里反而越是绷着，没法放下。再说我跟丁宁本来就……"穆沧终于有一架蓝飞机到终点了！他伸出手来，跟王桑击掌相贺。河山也高兴地张开巴掌迎上去，穆沧视若无物，压根不接她的手。河山真但愿自己没有脸红，这傻大个儿呀。

"直到听完那些录音，太怪了，像走远路背东西，早习惯了肩膀上重重的，突然这一失重，手脚飘飘，都不晓得怎么走路。当然我对父亲，"王桑斟酌字眼，"还不能达到完全的理解，有些怨恨仍在。可关于你和他的关系，这最紧的一个大弹簧突然松下来，不再拽得浑身筋骨疼了。而这一松，我发现——对你的那种，愤怒的迷恋，欲望中的拯救感，也不知跑哪儿去。我不再有任何非分之想了，明白吗？"

王桑的小黄飞机，恰有一个直连，提前抵达了。他伸出两只手，跟穆沧和河山同时击掌，以此教导穆沧，"三个人下棋，就得一起击掌。这样才讲礼貌，明白吗。"

"讲礼貌。"穆沧复述。

"真没想到是个幻象啊。惊春谁似我，为客恨情多。[1]我一时还挺消沉的，不习惯放下你。上周五，我还跟穆沧一块儿找名言和谚语，看'爱'到底是怎么回事呢。你有空可以听他背背，一长溜儿，总统、农夫、经济学家、兽医、演员、小孩子，个个都说得很好。"

哈。这个倒霉的"爱"，可真是难为人，她不是也请教过丁宁

---

1 ［明］汤显祖《牡丹亭·游园》。

吗，更别提穆沧了，他就是背下所有今古长卷也是离题万里呀。

"还是说文解字讲得好。你猜'爱'在古时候，是怎么个写法儿？"王桑被河山的迭棋拦死，垫底了。沧连扔两把，他最后一架蓝飞机领先胜出。

穆沧把两只手笔直抬起，像要推开一扇对窗似的，分别向王桑和河山伸出手来。他们三个，两两相拍——一股亲昵的温热，从那兄弟二人的手上，结结实实地，通过掌心和十个指头的尖尖，轻快地向她流淌而来，到她的胸口，又到她的脸上，眼里，完全没有意识到的，化成差点要满溢而出的泪水。黑色闪电照耀，爱心驿站里模糊的嚎哭的脸蛋，陌生街道上远远而行的小不点，不断被丢下又不断被拉扯的小不点。

王桑给她时间调整，故意催着穆沧去找，"爱呢，就你上次刻的那个古体字。"穆沧不为所动，按部就班地，先收好心爱的三色棋子，叠好心爱的棋盘纸，把更加心爱的骰子稳当地安置于正当中，如大师给画作完成最后一笔，再定睛端视，方才不紧不慢、严丝密缝地合上盖子。

王桑急得自去翻找，找出穆沧的那个熟宣本子，翻到最新一页，递给河山。河山早已把泪水顶回去啦，觉得自己太可笑了。接过来，只见一个字形陌生的红彤彤印章。

"古时候就这样写'爱'的。这个'㤅'字，读音跟现在一样，但结构上，从'心'，从'旡'。后来通为'夊'，表示行走之貌，继而，又在'夊'的基础上，演变成繁体的'愛'。我写在这纸上，你看。㤅、夊、愛、爱，这四种写法，你最喜欢哪个？"王桑找来空白纸，一笔一画排出四个大字。

498

河山向来厌烦掉书袋，王桑这迂阔之态，却有点叫她悲伤。他这样钻牛角，显然不是对她，也不是对穆沧，是在跟他自个儿解释和梳理。"行啦你，这跟孔乙己那四样写法的'茴'字差不多吧。"

　　"你细看嘛，起码现在这个'爱'不太好，上头这'爫'，是伸手索要嘛。还是'悉'好，'无心'，我们老祖宗的意思，就是没心没意、无心之属吧。多高级，这才是爱哪。现在哪还有这样的，我们的心，都太重了。"

　　墙角大座钟"当"一声敲个半点，穆沧循声而起，踢踢踏踏拖起步子，在厨房、卫生间与卧室往返走动起来。

　　这半年，穆沧在睡前加了个养生小项目：泡脚。这是肖姨的推荐，他每日遵照执行。肖姨不信任电加热的足浴盆，给穆沧买的是老式柏木盆，死沉。穆沧需得把一大壶开水烧好，拎过来，跟冷水调好，然后才端正坐下，做功课似的，把两只脚并排放入。他没关卫生间门，河山这里可以无阻碍地看到他泡脚，跟下棋或画图一样，专心、平淡。

　　"正好再坐会儿吧。前几次我们过来，都是有事，闹腾得很。"消解完那所谓的"非分想法"之后，王桑看来还憋着别的话。他握着嘴咳嗽两声，"你……对我父亲，到底怎么想的？"不等河山作答，他压压手，"我先说我。听完录音，脑子里一下子冒出来，就是《白罗衫》[1]。那是部残木戏，后来木良他们拾

---

[1]　[明] 无名氏《白罗衫》，原本残缺，今有张弘改编的《井遇》《庵会》《看状》《诘父》四折全本见演舞台。

掇出来，也算修旧如旧，重新活转。我最喜欢的，是它末一折的《诘父》。台上父对子跪，子亦对父跪。因面前这垂垂老矣的江洋大盗，既是十八年恩亲养父，也是投其亲父入水、绑架孕母、强占家财的血亲仇人。这一场戏的泣追、诘问，真是步步肠断。尤其那一句'风里雨里一盏灯，怜他已是暮年人'，你看这唱词，多简朴，却把一个恩仇相杂、情理相悖的绝境，唱得古今相通……"

"哟哟哟。"河山假作不耐，连着大笑几声，"你这莫名其妙的，讲什么梨园春秋。"看看这王桑，也来了，跟谢老师简直一个样，小心沉重地寸着劲儿，没完没了地铺垫和诱启，等待她的一个大发作，跟穆家算总账，讨回她们母女的公道。

真烦他们这样，这样的想当然。非要逼她演个大仇大恨吗，这简直尴尬，反显得自己多么粗枝大叶、没有血性。她扭开头旁顾——这间老古董屋子里，有几样眼熟的东西。穆沧书桌上的葫芦娃文具盒，她有一模一样的。穆沧有一身旧条纹运动衣，她有同色的女款，估计王桑也有。看来谢老师没有瞎吹，这真是有总吩咐过的，要给三个孩子买一样的。她以前一想到这些个，总感到焦躁，现在心里就好多了。除了这些小小的"同等待遇"，后来还有比较大的"额外待遇"，统统都讲得通了，再也不用担心后头会有什么大坑，要去如何地努力报恩了。对，要说她有什么感觉，就这么简单——她踏实了。别的，没有。他们到底期望她怎么样爆发？

"那不说，我不说了。"王桑察其颜色，忙不迭收声，河山注意到他又看了一眼冰箱，好像那大家伙是这屋子里的第四个人，

"想想最开始在这里，还是给你俩做媒呢。"笨拙地开起玩笑，"知道这是谁的主意吧，这也是气恨他的事情之一。可现在看看我们仨！真挺乐融融的。"

"知道我刚才为什么……我们一起击掌的时候？"本来不想说的。可这王桑实在比穆沧差太多了，鼻子不灵光就罢了，眼睛也瞎的吗，这一整个晚上，他都在对着冰箱瞎扯，一点都看不出来她的真正想法。

河山压压心口，看一眼专心泡脚的穆沧，学习穆沧那样的平静，"我觉得，好像，"这话真不好出口，停了一下，使劲稳住嗓子，"好像我现在也有家了，有家里人了。你们两个就是……我很不习惯这感觉。你别，别再讲什么。"就此算说完了。抓起手边穆沧那个印章簿，打岔，"要说老祖宗的写法，这个'无心'的'悉'，咱沧，可不就是！"朝沧那边努努嘴儿，"你看看他，有点心肝没，有点主意没。随便哪个，说什么他就是什么。那个谁，小高，叫他做操，多别扭的，他也做。叫他拍照，就吭哧地跟着小万瞎跑。叫他泡脚，真就烧一壶热水坐半小时。今天我们正好陪着。可平常你想，他天天晚上的，都是一个人傻乎乎这样泡着。这肖姨也是，推荐他这个干吗……"河山讲着讲着，好像就是被肖姨给气着了，愤愤然滚下终于没能控制住的眼泪水。

六、猫

1

听听，这一阵阵的炸雷，震得窗格子都抖起来，多漂亮的雷暴雨哪。是老天爷在考验人，捶打人呢。马路上的小杆子们，都被浇了个透吧。谁没有被浇过呢，必需的。没事，等到老了就好，就可以像我这样，躺着再也不动了。

老松果啊，你小时候一听打雷就要抖，直钻桌肚的，现在你是抖不动也钻不动了。你也记得我以前的样子吗，起码头发还黑的，身板壮壮的，能喝，两斤不倒。那可真是我们俩最好的时候啊。带你兜风，叫司机往江边上开，那里开阔，风吹得你长毛飘飘的，你一直在笑咧。

最后……肖姨会料理你的，我不送你，也不要你送我。咱各走各，谁都是孤零零落地，孤零零上道。想想人不就两桩事吗，一桩是活，一桩是死。

小谢给我讲过一些小公案。他前脚讲，我转脸儿忘。只记得一个简单的。讲有个老婆婆，一辈子念六字大明咒，因其心诚，念得异光显现。有两位修行者循光而来，发觉老婆婆错念其中一字，遂好心纠正。老婆婆从此再念，因无法专心，光明不再。当时小谢给我讲了一大通，什么正定与邪定，业力轻重，信满与否等。其实我心里在发笑，恐怕我就是那老婆婆吧，从入这生门，一辈子念的都是歪嘴经，有啥报应吗？没，照样好得很，赚大钱，过好日子，也没横死，外头再怎么雷打闪劈、窗户门咔咔直响，我连头发丝也不掉一根。

所以我总觉得老天爷的这个因果报应系统，不太灵，我简直急了。老天爷忙不过来，那我得自己琢磨琢磨死了。猫有九条命，松果你们做狗的没有，做人也没有，都只能死一次的。我可不愿老老实实的，老天爷叫我咽气就咽气，那太没劲了。应当搞点花头筋。

我这个死啊，最好——能有点附加的价值。我这辈子，被人骂得最多的，就是一头钻在钱眼里头，浑身铜臭气。我倒不觉得这是在骂我。钻钱眼挺好哇，钱就是老大，生二生三，生万物。既然搞了大半辈子的生意，临了，在这"死"上头，也得继续，搞点出其不意的思路，那才有意思。对，盘算盘算，最后一笔单子，不跟上家下家做，不跟儿女子孙做，而是跟自个儿做，直接跟钱老大做，搞得好了，说不定就是源源不断的江河湖海呢。

雨好像小了些，能看到天色蒙蒙亮。躺不住了，不如起来走走。各房间随便坐坐，抽屉柜子门拉出来看看，挺好，零碎玩意儿都处理空了。除了两个保险柜，除了楼上还塞着些死沉的铜器摆件、原木茶海。清爽得很，随时都可以拍拍屁股走了。楼上楼下转了一圈，妈的，突然想起来，我不还有个地下室嘛，说地窖也行，那里放啥破烂儿了？这一想，急了，急醒了——废手废脚地摊在床上，哪里动得了窝。

怎么搞的，完全忘了地下室那些酒了。尊尼获加，久保田清酒，马爹利，原浆老白，歪脖子教皇新堡，猛犸象伏特加，啥啥庄园特供，真的假的好孬不论，东西都在呢。那时只要出门办事，先把后备厢塞满再说。我送别人，别人也送我。回家来又是满满一后备厢。有几年，不知哪来的妖风，大概都觉着身子掏空了，兴着喝各种泡酒。啥都泡，各种海里山里大家伙的鞭，东北的老参，蛇蝎毒虫，海马，肉苁蓉……应当还有不少青梅酒，不能再碰烈酒后，就靠青梅酒骗骗舌头。云清外婆最擅长做这个，我当兵要走了，她出来送我，偷偷从家里灌了满满一咳嗽糖浆瓶子出来，我俩躲在小林子里，她一小口我一大口地喝，连亲嘴儿都甜津津的。我们说好了，等我从部队一回来，就结婚。

我闭着眼回想地下室那一排排的架子，估计酒盒子上的灰都落得像盖帘子了。酒肯定跑掉不少。茅台好些，经得住。五粮液差点，有回带了四瓶老货去见人，一开，都只剩半瓶了。记得当年能打能喝之时，我们几个老家伙还一起放言，人死之前，钱带不走，可酒得喝光。喝得光吗，飞天53怎样，1573定制怎样，天宝洞限量怎样，拉不拉斐的又怎样，临了，我就想两口没出息的青梅酒。

看来要便宜小谢那家伙了。他其实也不行，喝到现在量还是上不来，还口口声声说在掩护我——他主要是靠吹，一套一套说辞的先垫着，给对方下去七八成儿了，我这里才慢慢起兴。最后呢，往往都是我强撑到最后，还得把他这小跟班给扶下桌拖到车后座。其实我们最舒服的量，就是两个人，烫一瓶老花雕，恰恰好。

小谢，怕等会儿见你会忘记，就这里直接跟你喊一嗓子吧。地下室里的那些个黄汤，你若不嫌弃，自去处置好了，最好能替我喝光。酒席上常有句话，叫"都在酒中了"。我也是这一句，小谢啊，我们这许多年，都在酒中了。

2

七月了，室外射来刺目的光线，空气干燥，蝇虫们肥大起来，嗡嗡嗡在窗外扑飞。谢老师用溜溜球逗弄小松果在病房里跑跳，让它发出脆生生的小奶狗叫声。有总头上仍是网眼薄布帽和半湿白纱布覆盖，只露出一角松塌皮肤，老年斑星星点点。

今天出门之前，谢老师又听了一遍有总的这段录音。第五遍听了，每次都有不同的感受。他多了一大地窖的美酒佳酿，这让他晕乎，晕乎中夹杂强烈的不安，总觉得，有总对他的死亡太操心了，操心过了头，像跟死神谈妥什么约定似的，可他知道吗，眼下情形不对呀，他的一世家产可正悬系一线呢。"如露之临，如露之逝。吾身往事，梦中之梦。"这是哪个古人的辞世和歌，丰臣秀吉？有总肯定不知道此人，可谢老师听着他的声音，又眼看他那睡着一般的躺着，可不就是吾身往事、梦中之梦。

谢老师从地下室拎出两瓶十年老茅台，并承诺小松果已打过四联针六联针狂犬疫苗等，才从仝主任处给小松果换来今天的准入，也许狗叫比人声的刺激要灵光得多呢。

跟仝主任打交道总是很困难。他生疏又傲慢，尤其关于病人的苏醒概率、昏迷期脑部反射、技术维持手段等，总带着专家特有的那种"这太专业了，讲不清楚，反正这里是我来负责"的表情，不愿展开详谈。

你怎么这样起劲。仝主任清高地扫半眼茅台。

多年部下，老跟班了。想了想，谢老师又加一句。二十年了，也算是老哥儿们。

仝主任倒把冷面一松，"嗨"地笑起来，有总的老哥儿们老交情，可多呢，不稀奇。算了你带它来吧。有总决定做这个克隆时，还问过我意见。

其实这两瓶茅台可不只是为小松果，更是希望仝医生能"赤裸裸"地谈一谈，关于生死之事，有总是不是对他有过什么特别交代与约定。露个口风就好，就是把整个地下室的酒都送给他也行啊……满肚子的话才张个口，仝主任就可怕地放下脸，"哐"地把门打开请他走人，好像这种话只要吐出半个字，都是对他医德和人格的根本性污辱。

可仝主任那突然一笑实在叫他思量。是啊，人家可也算有总的老交情、老哥儿们哪。谢老师反复琢磨，又想想有总后期的几段录音，心里愈加有种踏空感。

小松果玩腻了溜溜球，又跑来要他抱了。小东西越来越黏人了。它刚一出生，谢老师就去生物公司看过，它绵软地挤在代孕狗妈妈腿下。那时有总刚昏迷半个月，谢老师实在心绪不宁，也看不出来有多像老松果，连毛色都浅好多。又过两个多月，出了安全监护期，才把它给抱回筑枫。这回瞧上去强多了，不认生，玩性也大，看到什么都要扑上去亲热一番，包括老松果那只旧得看不出颜色的飞盘，也玩得不亦乐乎。肖姨满嘴肉肉宝贝地，喜欢得没处下手，"托有总的福，我这还能倒回去，看到松果小时候的样子。瞧这后脊背上，跟老松果同一个位置，有个小毛旋儿！"反应最平淡的是老松果，对这个小"我"的到来，只很小幅度地动了动尾巴，这是它现在对外界的最大反应了。

……脚边的拖鞋一前一后都被小松果拖走了，谢老师光着脚，又把那天三个孩子下飞行棋的画面调出来回看。王桑有点不自然，时不时看下镜头。谢老师确实拜托过他，看有没有可能，让河山聊聊穆老爹。河山还是啥也没说，但谢老师有别的收获——

其实也早就疑心了。穆沧的相亲，河山出力甚多，一个不落地陪着穆沧去与女孩子们"初次见面、请多指教"，可她出的什么力呢！挑剔、否定、戏谑、劝退，还趁着他南下，自作主张地叫停约会，并散布"穆父财产恐怕要全额捐赠"的悲观推测，使得穆沧的整个征友以"空网"告终。这不能不叫他推导出一个结论：她对穆沧别有念想。而这，不就是有总最初提出来的建议吗。对这一建议，谢老师固然不似王桑那般气愤到恶心的地步，但当时也认为，绝无可能。可现在瞧瞧！

尤其河山为穆沧骤然迸泪的那一刻，搞得谢老师真想把有总一把拉起啊，恭维他乱点鸳鸯谱的卓著远见。往更早一点说，这甚至也是何吉祥的心意，他在车祸后也提过亲家一说——且不论河山她心里到底是怎么想着穆沧的，兄妹？男女？母鸡护小鸡？其具体的形成和发生机制不详，但此情不可轻觑，如同把水跟沙子搅作一处的衡祥水泥一般，结结实实的。

而说到远见卓著，谢老师心里一拎，看一下薄被子下的有总。想想他一贯的老于谋算，会不会，他这个昏死，也是一个小把戏？就像他在录音里宣称的，要自己做主，要搞点"花头筋"。

是他选择了这个时刻——河山的母亲有了下落，纵是相当不堪，他的诸事，尤其与何吉祥的，已交代清楚，不论赎罪或偿还，就手撒开。往前，忙了几个月，把各种心爱之物，都做了割舍。再往前，则是那古怪的遗嘱。整个的串起来看，不是挺像一个弯弯绕的计划吗？而那位全主任，作为双双下岗的工友之子，全靠有总撑起父母生计及八年学医，凭这样的恩情，替他玩个什么花招，暗中维持体力——这甚至很好处理，谢老师和肖姨虽则来来往往，但白天有两个时间段，都是交给全主任和专业护理的。

这也挺符合有总那恶作剧的趣味：一个漫长的离场过程，不再对世界出声，没有任何参与与干扰，可他仍在隐身旁观着进行的一切，包括人们在屏风前对他的哀别。

拖鞋已经满足不了，小松果又来咬着裤脚求宠。谢老师头脑里轰隆隆滚动，呆呆地看着它，好一阵才想起带来的磨牙棒，找出来丢给它，好不受打扰地继续苦想。

真担心自己是疯魔了……有总这明明是中风突发、回春无望啊，哪有人这样搞自己的。是他太渴望有总能知道这一切，渴望有总还能醒过来，才会这样地七想八想。可反过来说，假如这个推想是真的，他谢老师又算什么呢，可真是被瞒得死死的，竟然还比不过全主任，实在是很不舒服……算了算了，扪心自问，他晚上回家，不也总是打开那本该死的红皮本子涂涂抹抹的吗。

谢老师把小松果抱到膝盖上，轻抚那初生的皮毛，体味手指间的毛绒感，干燥中带有暖意，伴随着热乎乎的兽类心跳，心里颇是伤感，"你这小命儿啊。记得有总当时下巴一抬，轻飘飘一掏就是三十八万。"他仍低头，冲着小松果，但声音提高，"如果，你还把我当个小兄弟，当你的好伙计，好歹给我个什么信号呢。我绝不会生气，乐还来不及的，给你打配合还来不及呢。可你得告诉我，你到底想怎么安排？现在情况有点复杂，他们想法太多啦……"

说到这里，手里突然一抖，把快睡着的小松果都给惊着了。有件事，他还一直拖着，不愿告诉有总，关于那个独立宣言，关于腹中胎儿与"芝麻开门"的按钮。这确实是个问题，问过公证人了，她冷冰冰的，说只负责公证内容的真实自愿有效，并提醒到，即便不考虑到"孕妇"这边的变量因素，还有别的情况，也都有可能激活捐赠条款。谢老师您要有思想准备，捐赠是好事嘛——对，得马上告诉有总，这正可以作为一个测试，假如有总可以控制，他就应当立即苏醒过来，采取行动，保住他的一切。

轻轻地，带着不相宜的柔情，谢老师把小松果给安置到沙发一角，让它好好睡去。他呢，则给自己和有总都泡了一杯清雅的明前白茶，是同样病重的昆山雷总托人捎来的。他坐近有总的床头，用纱布蘸了茶水给他润润嘴皮，一边讲起丁宁那值得一百二十个尊敬的生育宣言来……

肖姨送来的晚饭比较清淡，二米粥、杨花萝卜、焖嫩蚕豆，还有巷子口现切的盐水鸭。肖姨在家里已经把蚕豆去了皮，鸭子去了骨，到这里只要打碎即可流食入管了。等她那边忙完，谢老师跟她两人一起吃。

初夏风徐徐，两人各倒了半杯青梅酒。谢老师从地窖里带了几瓶放在这里，有时中午困热，就喝几口解乏。其实不太喜欢这女里女气的口感。

肖姨今天给有总带了新的全家福，里头添上了女儿的二宝。她用个小镜框装了，撑在窗台上，正对有总床头。出于对康复环境的迷信和虔诚，肖姨陆续带来了有总的荞麦枕、老花镜、假牙、握力球、录音笔，总之只要想到个什么，甚至轮椅也搬来了。醒了不就肯定要到处转悠转悠吗，多闷啊他一直躺着。

"你放的那些东西，第二天、第三天，曾发现有过什么变化吗？"谢老师脆生生地嚼着小萝卜，十分随意地问。

"天天都被动过啊。"见谢老师差点滑下凳子，肖姨瞪眼，"不是有特护吗，早上有消毒做清洁的，上下午还有仝主任查房。瞎想什么呢？"

谢老师不语。有总若立意要瞒下他，就永远不会露出破绽。有总若真的昏死过去，本也无从与他沟通——怎么着都是不可打破的，两隔。想起一句话，"如果死亡在，你就不在；如果你在，死亡就不在。因此你无法证明死亡。"好像是伊壁鸠鲁说的，这话真无赖，说的可不就是有总。

3

"这不有点像薛定谔的猫嘛，醒着还是昏着，将要活转还是将要死亡。可别说，你这老头儿怪有意思的。"伟正哈哈大笑地评点，随即神采奕奕地通报他又打开了"一扇新窗户"，窗外是更加新潮的风景：网剧、网络大电影。

"这回筹备期长了点，再迟一步就占不到坑了。从此啊，再不要跟地面院线或卫星电视台打交道了，网络就OK，周期短回报快，搞个平台一上，会员那是呼呼的，广告那是呼呼的……"谢老师听着，预感不大好。上次谈过之后，被伟正催不过，已写了详细的人物定位过去，不会又有什么新想法了吧。

伟正这回倒是认真，把他的人物定位框架打印出来了，上面画的一道道红杠，"穆有衡和他的儿女们，'吏户礼兵刑工'，听起来是好玩儿。可我仔细看了，你的人物本身，有问题啊。你看哈，我随便说几个。"伟正极富效率地分析起来。

"王桑这人吧，酸酸腐腐的，这算一种'loser'的类型。可最近怎么老墙砖翻了身呢，你真要励志，让他干些栋梁经纬之事也行，却又是边边角角小打小闹的提不上筷子。你定位上说他是反父权，这哪儿反了？骨子里不还是想得到老爹肯定嘛。还有穆沧，你也浪费了。前面还行，网络征友走向社会什么的挺热闹，可完了怎么又回去了，他还是一个人坐在老机械厂宿舍里玩他的沙漏？你折腾这一大圈算什么呢。"

谢老师等着，他了解伟正的演讲风格，这几段之后，后面准会有他"一点不成熟的建议"。

"还有河山。她不是野蛮路数的嘛，穆有衡强占这第一桶金，完全毁了她们母女两个，为什么不大战一场，反倒像个保育员似的照料起穆沧来？这不对！她得是个女魔头，要兴风作浪的呀。怎么现在倒是丁宁成个幺蛾子了？包括沈红莲，明明是个被污辱被损坏的苦命女，可你写得，好像还挺骄傲？魏妈妈也是，怎能让河山那样地留恋她？"伟正直摇头，简直都痛心了，"也别太急，总归会有办法，我来替你想。"伟正晃荡着啤酒杯，倚马可待的样子。

可怜的红皮笔记本，在踩油门与踩刹车之间被反复碾轧，永远都成不了文。谢老师喝了两口，心里反而镇定下来。全盘否定了也好，伟正提的这些，是不可能解决的。世事流动，每个人都是一条浑浊深潜的河流，有着无法预测的小小航道，没法讲道理走逻辑的啊。这就是生活的奇妙与庄严，不容置喙，不容篡改。

还有一点，他不太好意思，也不想跟伟正说出来。对这几个人，他可能已失去了一个书写者所必需的距离与冷静了。这些年，由远，而近，而琐屑日常，喜哀冷暖进退，俨然是连为一体。他喜欢他们，包括他们的拧巴、玩花招、走回头路，变得厌，变得狠，他都愿意去理解和支持他们——而不是轻佻地去"写"他们，他实在已经没法写了！伟正听了肯定会笑死的，不是"北胡南谢中有张"的嘛，瞧您这杆枪，软塌了，温情主义了，老年人了吧。

谢老师怀疑有总早料到会这样。所以最终把所有秘密统统都交出来，因为他有这个自信，越拽越长、越有筋道的时间，最终会站到他那一边：谢老师肯定下不了笔。是的，就算隔着屏风，依然能感到有总的自负、算计与自我辩护，那嘲讽一切的生命力，依旧强劲。

难不成，真要放弃他那些红皮笔记本吗，二十年的时间，一百八十五个素材，三十多个场景，六条人物脉络，几组时代关键词……一阵椎心之痛，他也是一条独自奔腾的河流啊，要怎么样交代自己这大半生的航道？

伟正盯着谢老师，似乎对他的想法早已了然，佯咳了两声，才一扬下巴，"其实，我今天一坐下来，就替你想到一个绝妙的主意，特简单，等于只调一个小小螺丝，整部机子照样轰隆隆运转——你不要搞非虚构了，去掉'非'，你直接虚构，直接编故事得了！"

见谢老师脸色卡住，伟正滔滔阐释。虚构嘛，就是个技术化处理，也是个标签，正好给你排除心理障碍，尤其要排除掉这种日久生情、生畏的"家人式"顾忌。

喜欢这个主意吗？不知道，谢老师脑中空空，"就算，我真能弄出来这么一本来，你出版时怎么定位，小说？我可从来没写过小说呀。"

"我的导师啊，开什么玩笑，当然直接搞剧本！刚才不是跟您讲了半天，我现在做网剧啊。回头我发几个比较成功的戏剧结构模板给你，都有大数据的，精确到播放流量的峰值峰谷，像导师您这水平，一瞅就明白了。你所有原始材料都不浪费，但要根据模板去重组，咱们都做记者的出身，还不知道嘛——世界上所有的事情，没有人能知道真正发生了什么，人们也不在乎到底发生了什么，人们只想看到他们需要的什么。然后，他们就娱乐了，就得到启迪了，就淌下热泪了，就美好生活了。相信我，就是这样的。"

伟正又像以前那样，讲到得意处，就有点迷狂的渲染色彩，仿佛是在球场上，对气喘吁吁、体力不支的伙伴大声叫喊。快，截住那只球。掉头跑，长传给我。进了！成了！

"你是说你会买？"

"当然，会是一笔大价钱。我们就一直想找这样的IP，岁月跌宕流走，世道人心起伏，凡人善恶有报，灰烬重燃薪火。"伟正口才确实不错，还奉上闪闪发亮的笑容，"导师你写的，可不就是这些嘛！财富、死亡、兄弟、背叛、遗嘱、傻子、孕妇、孤儿、失败者。瞧，齐活儿啊，最牛IP啊。"

谢老师看着伟正点头，脑子在疲劳中一亮，有总怎么说的，像个生意人那样死去，把死当成他最后一笔生意……伟正所提议的这个搞法，好像就有点这个意思。把有总编排成一个IP，把他那货真价实的一生，幻化成无影无形的生产力，沉重往事化作春风扑面而来，原罪与救赎并作花朵枝头乱摇。

只不知道，不知道他这支老秃笔，还能搞得出来吗？但伟正这回的指点，还真叫他有点动心。**虚构的非虚构（思路四），**似乎可以处理成一种无羁而万能的非虚构……

514

七、物质

1

八月暑气发动，热浪如滚。前往医院的途中，王桑特意绕道紫金山。轰隆隆的"一桌二椅·对话"，前后历经两个月的忙乱，实在是想避一下，想这种天气，山上应当寂寞如空吧。没料到犯了一个常识之错，树影厚重中，蝉声响亮放肆，从空气一直振动到耳膜，脑壳反给它们叫得更加疼了。

唧——唧——唧唧。车子停在山下，埋头一个人往上爬。唧——唧——唧唧。

小时候有个皮猴同学，送给他一只完整的空蝉壳，皱巴巴的泛一层油光，眼廓突出，挺恶心，看两眼赶紧扔了。肖姨替父亲拾掇过一个偏方，把蝉壳跟荆芥、苦参之类的搁一起入药，也不知治什么。唧——唧——在博物馆看到过不少玉蝉，那是古墓中的亡者口含之物，以祈羽化重生。玉蝉的雕工都很敷衍，寓指大音希声吗，两片翻动了一辈了的双唇，终丁跟鸣蝉一样，永久收声了。唧——唧——唧唧。医院病房外面，有一排茂盛树木，当也是蝉唱不止吧。父亲会听到吗，会想到蝉蜕重生、玉含而死之类吗。唧唧——唧——

好一阵没去医院。谢老师昨天又来电话催促，"听说，因为干得漂亮，要有喜事儿了？"能想象他那种挤眉弄眼的欢喜，看来升迁的传言也到他那儿了。王桑哂笑，未做分辩。谢老师还不知道，其实他最终仍是跌扑的。

考虑到301的期望，王桑起初是想做个大一点的"国际性"，也通过毛光头那边找几位专家和教授聊了几次。正好昆曲被列为非物质文化遗产，也快二十年了，想着搞一个非遗艺术节，让昆曲与其他舞台类遗产同台共演，譬如马来西亚的玛蓉剧、意大利的西西里木偶剧、朝鲜族的板索里史诗说唱、阿尔巴尼亚低声部复调音乐等，这漫天遍野的思路可能太过猛进，开了五六场协调会，每协调一次，跌落一层，从一千米高空层层衰减，也别非遗了，最终还是回到"昆曲＋"的最初框架：昆曲这边厢洒扫门庭，定场定音，加上日本能剧和印尼巴厘舞，算是远方来客，载歌载舞。预算方面，上头给了支持，纳入暑期惠民演出季菜单。

做事情的过程，永远都算是一种祈祷与应许吧——此前一应的会务繁琐，请示报告的疲劳往返，预算与支出的惊人差距，计划的严密与现场调度的诸种意外，艺术家们的怪脾气，气候或交通的小捣乱，等等，这一切，并未影响到结果。最终的表演，其本身所固有的光辉，甚至显得更为动人心魄，更加地超越和覆盖世俗——凝噎之能调，痴缠之水磨腔，嘶哑之喉音。断续续尺八，清冷冷木鱼，热辣辣手鼓。吊眼眉梢喜出望外，黑白能面沉默不语。白袜木屐回响，金莲碎步逶迤，丹蔻赤足大跳。时空交错的肢体、肤色、须发、呼叫、舞动，浑不相干又声气相通，暌隔中辨识彼此，相逢于奔涌的人类之河。

媒体这次起调很高，什么文明融合了，打破语言疆界了，异域同宗了，各个角度地去解读，有的角度太深刻了，王桑和木良都没想到。包括下半场的传统折子戏，由于双语字幕的噱头，引来不少外籍观众，加上此前有视频预热导赏，观众对昆曲的"说道"与"讲究"多少有些体悟，基本没有提前退场与打瞌睡的了。整个暑期惠民演出季中，两场"一桌二椅·对话"的满座率、流量数据、好评度什么的都排在前面。

据闻，301在某场内部会议上提到了大领导的圈阅"批语"，批语肯定了惠民演出季的开放性眼光，并提出"不仅要引进来，更要探索走出去"。双下巴认为，这完全就是在表扬和提携凹九，并神秘地向王桑捎话，"你呀，得趁热打铁。跟昆曲团合计着，搞一个'走出去'，到时邀请301亲自带队去文化输出嘛。这活儿多漂亮！然后你就等着官升三级吧。"

乍听之下，王桑有些心惊，随即定定神，确实啊，可以借势再做些文章。怎么讲呢，此次"一桌二椅·对话"，外头瞧着，固然是一片热闹大好，等尘埃落定关起门来一盘，他跟木良却都有相当的失落。他们所费劲构筑的各种外围、各样噱头，还是像花花绿绿的浮桥，纵然热闹一阵，却少有人真的踏过这座桥，去往对面的昆曲。簇聚而来的视线轻飘飘掠过，又随便便散去，滑入健忘与惰性的无边潮水。这可能也是一种常态？他们显然需要打持久战。

还有个小情况，也算是我们民族所固有的好客传统吧，但凡"大老远""外头来的"东西，怎么着的，都特别当回事儿，觉着高级，十分地佩服，开口就是"人家那，可不一样……"。这次的媒体传播，层级和体量上，都比上次强得多，但是皆用功在巴厘舞与能剧上，倒没昆曲啥事了。反正昆曲是家门口的土地佬儿，跺一跺脚它就会冒出来，才无所谓。王桑有点伤心地想着，昆曲确实是在家门口，跑不掉，可像所有好东西一样，它不坚牢的，皆在彩云易散琉璃碎的消逝中啊。

所以王桑当即是脑里一个热冲，像差学生受到激励决定跳级，或者也是有点赌气的成分。既然你们这样地不知疼惜，那我们就到世界上去，到人类大河里去，等外头五体投地、嗷嗷叫好了，你们才会回过神，又刮目相看起来……好多的走红都是这样来的，搞电影的，搞美术的，做设计的。王桑其实很反感这种"出口转内销"的思路，但怎么办呢，有时它就是管用。最主要的，他也是坚信，昆曲经得起走的，走到世上任何一个地方，去面对任何一个人，并在那个人的空间与时间里，给他以古老的抚慰和呼应。

于是他跟木良两个，便疯魔似的搞起方案，因要趁着上面的"批语"茶温犹存、烬热有火嘛。连续半个月的晚上，除了陪穆沧下棋，都跑到剧团院子里去碰头，雄心勃勃地商议。外人看他这样用功，都以为是图着传闻中的进阶，连老木良也打趣，昆曲厉害吧，你本是落魄人来投奔它，现在反倒因着它咸鱼翻身了。

是啊，昆曲度我。王桑也这么点头。其实所谓进阶之事，其唯一、唯一的意义，恐怕就是可以给躺着的父亲，提供一点可供说道的良性刺激吧。

他们共想了三套方案，一是经典剧目，木良最爱讲的原汤原汁化原魂。全本《牡丹亭》整台搬演，其纯正其高级，实乃昆曲至境。但演职人员倾巢而出的成本会较为庞大。二是做一个"汤莎会"。这是两位做戏曲研究的教授贡献出的点子，汤显祖之于昆曲相当于莎士比亚之于英剧，这两位都擅长以梦境写爱欲情仇，笔下人鬼神灵出没，并且是同一年去世，这不是天赐之缘吗。他们可以到莎翁老家斯特拉特福小镇去演出，把汤、莎作品来一个互文嵌入，比如《牡丹亭》与《罗密欧与朱丽叶》，《邯郸梦》与《仲夏夜之梦》等。这听起来有一点狂想吧，但昆曲与英剧，确有古典气韵上的相通，大可一试。还有第三套方案，算是"试验昆曲"，这是毛光头院长力主的——他听王桑讲过木良那一段"忽而林冲，忽而木良，忽而古，忽而今"，一直念之不忘，觉得现代性很强，自荐着要来加工改编。奔，夜奔，演员与角色的疏离，妥协与出奔的踌躇，自我与本我的争夺，人与时代的顺流逆流，这不是当下所有地球人的困境吗，哪国的观众都可以看懂，没准可以拿个戏剧节大奖呢。

为什么要一口气搞出三套来，去给上面的头头们拿主意呢，这也是他们给第一次的众怒骂得有些怕了——昆曲的救助复兴之路，实在分野众多，尤其自入选非遗₁之后，用木良的话来说，是"四面八方，一拥而上，都要来吃昆曲几口"。有严格的原教旨保守派（不修不改，唯旧唯故，封存式供养），温和的半开放的古典主义（古法酿造，谨慎纳新，修新如旧），有破有立的创新派（勇于新编，主张介入当下，依托各种项目，以求活路），海纳百川的现代探索派（给昆曲搭上爵士、摇滚、说唱、歌剧

---

1 2001 年，昆曲被联合国教科文组织列入"人类口头和非物质遗产代表作"。

等实验手段，常有惊悚效果），还有颇为复古的园林实景演出派（形式上有点奢侈，也消解掉舞台表演本身的虚拟特质）。大家听起来各争其理，其实是同样的惶惑，都在深一脚浅一脚地摸索呢，到底该怎么伺候这六百年的老祖宗。这老祖宗，是枯脆得如同风化之物，不可触碰，一碰就碎的吗。还是说，这老里头，本就有着坚韧的一道棉捻子，可以细细地抽出来，一直通到无限未来的灯火。

报告递上去，这回简直能算光速，才第三天，301秘书的电话就来了，秘书用较为特别的口气提醒，这是跳过程序直接答复他们的，正巧王桑和木良在一块儿，开了免提，两人一起听。传来301明显疲惫的声音。

你们用心了。三个方案都很有特色，我个人很欣赏。王桑你也知道的，家父特别喜欢昆曲。非遗推广，不容易，要拓展思路，也要顺势而为。随即他一下扯远，谈起中国乡土疆界之大，风俗水土草木之异，比方说吧，隔一座山就两样天气、两种方言、两种山歌调。从这个角度来说，昆曲能把国内的大小旮旯做起来就很了不起了，不见得非要千山万水地往外面跑，真正的知音，其实还在家门口。王桑和木良瞪眼对看，一时茫然。

301挂断之后，秘书补充了一个信息，民乐团比他们更富行动力，早拿出一揽子"走出去"计划，并已得大领导首肯，而走出去，总归要一步步来，等等。他们听出来了，财务吃紧恐怕才是命门所在，兹事体大。想起从前流行过一种说法，叫作"文化搭台，经济唱戏"。现在呢，文化想唱戏，也得要经济来搭台。没有什么是非物质的，归齐到最后，都是不灭不幻结结实实的物质。咳，倒是想起穆有衡老早说过的一句话——

王桑那时刚到凹九空间，他拿"貔貅"来调笑。你可真是挑得好哇，外头那许多的行当，不论哪一个，都是有投有产，小投入大产出，甚或不投而产。独独儿的，艺术这行当，是龙王爷的第九个儿子，从来只进不出，只耗不生……王桑当时十分愤然，后来才慢慢明白，这个比方确实挺准。在凹九这么些年，所闻所睹，所行所为，其实都是在与"预算"厮缠，愣是怎么样的艺术大师都摆脱不了"钱"的干系，想想真也是一种诡异的共生关系。艺术，这个被资本所供养的败家子，其最大的特点、最主要的诉求，就是骄傲地凌驾于一应的经济与商业之上，而资本呢，一面微笑地听凭来自忤逆之子变着花样的批判与消耗，一面还在变本加厉地勤奋滚动，以创造出更肥沃的金色根基。

……暮色加重，王桑爬得浑身大汗，脑子里全是金币在叮当直响。清脆，嬉闹，欢腾。大概就像穆有衡讲的，钱生钱，钱逗钱，钱玩钱，完全压过了聒噪的蝉声。看看时候不早，掉头下山，湿汗开始收拢，树梢间偶有凉风拂面，目极处忽然弹起一群小鸟，像一把逗号撒向夜色。

想起自己多少年来的轻商不言利，一根筋地蔑视穆有衡和他身后所堆砌的真金白银，对那过程中的冷酷、污秽与杀戮，有着精神高地式的不肯原宥。"人非经事不得熟"，时至今日，反复刷洗中，他才慢慢想明白一点他早该知道的道理。应当公正地看待金钱，像看待阳光和水。应当爱慕商业，崇拜经济规律，像爱慕春种秋收，崇拜季节流转。

他觉得这是一种觉悟。他从没像现在这样，理解和敬重父亲。父亲，还有他那些酒囊饭袋的老板朋友，在饭桌上胡乱传授成功之道的欧阳叔叔，叱咤当年而今重病加身的昆山老雷伯伯，还有他总瞧不上的在东南亚求仙拜佛的严家兄弟，他们都是前赴后继创造财富的人啊，是了不起的。

是的，这还算头一回，他自觉自愿地，甚至有点急迫地，想去医院那边，去陪屏风后面的父亲坐一会儿。他并不怕谢老师失望，他的升迁之说，像刚传闻时一样的突然，已戛然而止，没有可能了。哈。

2

车子驶离山道时，王桑发现自己还是想到了丁宁。他一直尽可能地把她跟自己的事往角落里放一放。但毕竟这里是紫金山，一个地标性的唤起，他们的第一次。

"你反正从一开始就不懂，不懂什么是爱情。"大概前几天，丁宁随口这样说过一句。口气里完全不带指责，亦不求任何改进。随着肚皮的膨胀，有大乃容，王桑感到丁宁进入了一个更加遥不可知的地带，得算整个婚姻生活中最自在自我，也是对王桑最冷淡的阶段。这样的状态，应当跟她单方面所宣称的"独立生养"有关，这是她替自己所争取到的一个自由，虽然近乎"虚拟"，却使她变得更超然。她遥远得如在对岸，中间是共同度过的八年时间，好像正是这段哗哗流淌的同一条河，把他们远远地冲开了。

关于爱情的这话，是她看电影时随口说的，那天王桑在木良处搞"走出去"计划，回来很迟，在她边上坐了一会儿。屏幕上正闪过男女追逐、回眸一笑的画面，王桑嘀咕着搭讪了一句，"可真俗套。"丁宁笑了，"爱情就挺俗套的，看这种青春片啊，好像我也能跟着他们跑起来，跑着跑着，一直跑到以前的教室里去了，隔着窗户玻璃看你。当然啦，跑回去也没用，你反正从一开始就不懂，不懂什么是爱情。"她吱吱喝起果汁，屏幕荧光像壁炉之火，照得她脸上变红，变蓝，变黄。王桑突然感到极其的悲伤，他真是这样的吗？

又想起被强行从生活里删除掉的圆圆脸，那种此生不再的惆怅……谁能够帮他厘清此与彼？他的初坠爱河，变动与分手，再一次情迷，新的分手与旧的复合。每每想起这些，王桑总是委屈又怀疑。他的放弃圆圆脸、选择丁宁，仅仅是为了跟穆有衡逆反，还是潜藏着的爱之本能？他所错失掉的，到底是谁，是以前的圆圆脸，还是眼前的丁宁。

车子又沉入隧道了，钻进地表深处的城市子宫，隧道远处的交叉出口，像一只华丽悬浮着的巨大蛋糕，无限接近，不可触及。蛋糕，他想起那只可怕的八周年蛋糕，脚下忍不住再踩一脚油门。父亲要是真的能聊聊就好了，圆圆脸和丁宁，父亲都见过，也见过他跟她们分别的相处……所有录音里，王桑只为一小段儿掉过眼泪。不是雨天窝窝头，不是眼睁睁看着云清跳楼。是父亲讲起他那些柔情野史，为何总在最后半步猝然放弃，因为他无法接受任何一个女人取代云清，成为松果的女主人，成为沧、桑的妈妈。就是听到这里，王桑有泪奔出。父亲是懂得爱情的人。

——假如父亲真能醒来，他只想在这个事情上，能得到一顿耳提面命的教导，最刻薄的教训或嘲讽，怎样都行。

3

从医院出来，已经比较迟了，发现河山发来三条微信，每一次都在改地点，最后说她在穆沧宿舍楼巷口等他。

夏日夜长，巷口的麻辣烫档口加出几排小方桌马扎凳，一派宵夜之繁。河山看来已是又吃又喝地消遣了一番，冲他举杯："好消息，坏消息。想听哪部分？"

王桑低头又查看了下手机，对他迟归的招呼，丁宁只回了一个"OK"。王桑要了两小支凉啤，"好或不好，是相对的。就随意讲吧。"

河山嘴角边一抹辣油红渍，"终于给找着一个金主了，叫他老金好了，很会开公司，开一家赚一家，说是最听不得小孩子家的有病有难，一口应下赞助青山堂，整个'本来面目'的装裱、宣传、场租什么的全包。所以我急赶着找你，得在凹九预定下时间，放心，费用上不要你任何照顾。总算能挺直腰板跟你谈个事。"河山举瓶子过来跟他碰，耳坠子乱晃。

这确实是好消息。他对河山也没什么心魔了，正可以坦荡合作一下。他后来也把青山堂画作请外头专家看了，良莠各半，但有殊异之处，觉得可以做，那种病相的本能涂抹，对当下的人类疑难，也可算是一种象征。

"说来有你的功劳，你介绍来木良那老戏迷的儿子，不是做酒店软装采购的嘛，本来指望他买一些的。"河山又跟他碰杯，"他说这种'有病的'作品没法挂到酒店，买不了。可他有一个做信托的朋友，做信托的嘛，电脑里一张大网，可全是有钱人，老金就是当中之一……你真不知道，我这些天跑了多少路，见了多少人。在那山的那边海的那边有一群蓝精灵/他们活泼又聪明/他们调皮又灵敏"，她忘乎所以地哼唱起来，"其实我小时候没看过动画片，驿站的几台电视，都被妈妈们把着呢。倒是最近跟穆沧，哈，每个星期二，补足了动画片。片头一响，老穆沧也会跟着哼哼呢。"王桑知道的，穆沧翻来覆去就看那些老动画片，"他们自由自在生活在那绿色的大森林/他们善良勇敢相互都关心。"河山手舞足蹈的，鼻头、眼窝、耳郭都开始红了。无害的微醉之态。世界啊，可真是主观的、唯心的，现在的河山，不再让他有恐慌的异样之情了。

"再讲第二个好消息。可别以为我搞个展览就完事，开幕时乌泱泱，半小时鸟兽散，完了啥也落不下。那没劲的。我打算搞慈善拍卖！要玩，就玩个大的。"河山手指全是油，亮汪汪地挥舞，"我邀请了一批商界嘉宾来参拍，无底价，自由拍，没什么压力。不过老金会帮我领头叫价的，他在那帮子老板里，能算个领头羊吧。他一出手，别的老板肯定也会跟上的。你说这个玩法是不是很牛？简直像拍世界名画吧，何况这里还有爱心成分，价码更是无上限喽……"河山捂着额头，酒精也在参与着她的欢乐，"怎么早没想到的，原来我适合干这个呀，手对手倒腾。"她神气活现地伸长胳膊，脚底下踢倒几只啤酒瓶，"这只手，跟有钱人打交道。这只手，跟苦命人打交道，这绝对是我的两大天赋。知道吗，我对有钱人的'好心'特别敏感，脑子里像有感应器，碰到合适的人了，这里面就会'滴滴滴'。"她拍拍头，那无比自信的口气跟父亲简直一个样，他说钱总在外头"嘭嘭嘭"敲他的门。

"有钱人需要行善，我估计，跟发烧消炎，放血排毒，出身臭汗差不多。只有做了，才能保持平衡、循环和健康。我打的比方可能不对，但绝无恶意，我可爱死他们的这种需要了。"河山停了一下，若有所思，"你想我在爱心驿站，也算半个接待人员，每年见到多少这样的人呀。大老远的翻山越岭，都还没进旅馆没放东西，直接就来了。看上去很疲劳，像被什么东西给架得很高，绑住了，憋住了。他们急迫地四处望闻问切，参观我们的小厨房，看菜里有没有肉片，看我们睡觉的被褥是不是很薄。他们想起山窝里的老家，想起自己小时候。他们搬出带来的东西，冲动地填写捐赠数目，可能比他们计划中的要翻了一倍。然后，很明显的，他们离开时，步子会有力多了，脸上有了健康的气色。你瞧，我们是世界上最好的清洁剂、安慰片或类似的吧。"河山敲敲桌子，敦促王桑干杯，"就小半瓶，还不干了！"她这喝酒的劲儿，王桑真没见过。挺高兴，河山在他面前也毫无戒备了。

"穆老爹也有这种心理，你知道的。"河山看了一眼王桑，"爱心呢，确实是个好东西，但只有'给'的人舒服。像我这样，'收'了几十年的，真是吃不消，每一次都像在心里拉一下。你不晓得，每次公司快要完蛋，为了跟谢老师开口，我都得钻卫生间好长时间。我照镜子，从来不是为了好看，是因为各种各样的麻烦。咦——"她突然惊讶地停住，"好久没照了我。上次是啥时？是听沈红莲的消息吗？真想不起来了，都没注意到。这也太怪了。"

王桑心里叹息，这会儿要是在穆沧房间就好了，医院那边就可以听到他们说啥了——怎么回事，他也跟谢老师一样傻了，觉得屏风后面躺着的人，真能接收到这一切似的。

"扯哪儿了。对，讲到做信托的。他们那行当厉害呢，自有秘密途径，跟宽齿梳子似的，专门梳有钱人。小虾米不管，只有资产到一定数目，肥了，个头大了，他们那宽齿梳子就卡住这些大家伙，给篦出来。去给这些VVVVVIP提供资产搭配之类的管家服务。他们那摊子我不懂，我只跟在后面，正式场合结识一下，聊上那么几句。只要一见面，我脑子里的感应器就会自动运作起来，我能认出他们——越是杀伐果断、暴风骤雨的大老板，就越是需要个心软的小地方。我背着青山堂病友们的画作，有时都不需要打开，有时都不见得提起老金，我就简单说几句，也不太过渲染，他们就像瞌睡被递上个枕头似的，'当然，十分乐意。我早就想做点什么了。'像这样的大好人，我已积累了一小批。但结构还不是太好，从慈善拍卖角度看，得有些文化界的场面人。这个，是你的势力范围吧，怎么样，这个你来？"

听她这样说说，确实挺来劲。王桑马上就在脑子里排数起来，有哪些"场面人"合适出场。相比上次的聋哑诗人朗诵会，青山堂病友慈善拍卖听上去更高级，他们一定会乐意去举举牌了的，这事儿大可以做——怪不得以前谢老师说过的，河山很会"叙述"，很适合做风投，讲起新项目来，简直死人都要从棺材里爬出来共襄盛举。

"我现在就是发愁，善款到手后，下一步可怎么处置……"河山煞有其事地托腮而思，好像真的已经从一只回形针开始，以小博大，给博到了别墅，别墅房间太多了，哪儿能请到那些多人住进去呢。

看来真是喝得可以了。王桑把剩下的半瓶酒拉过来，"花钱的事情好办啊，我和木良可以帮忙，这个我们最擅长了，计划都是现成儿的呢。"王桑一下想到被301所否定掉的三套"走出去"方案，虽说木良那天已说服王桑全面放弃了，可这会儿，一阵酒气上头，尤其河山那拖着一车皮钱不知怎么花的气概，也让他勇莽起来，昆曲的事，怎么能说拉倒就拉倒呢。瞧瞧河山，她多拼啊。他大可以也拼上一拼的。

夜色深浓，周遭食客稀疏，摊主夫妇问他们还要加什么吗。河山冲王桑努努嘴儿，示意结账，却又摇着食指，"再来一瓶，坏消息更要酒来下的。"

王桑吓一跳，都忘记还有坏消息了。

"从信托那边的大数据看，穆老爹，他其实——不在最有钱的那第一方阵里头，他们的宽齿梳子，根本就没卡住他。"河山的表情是劝他节哀顺变，"听明白了吗，你家呀，除了几套房子，并不像外头想的那样，有多少惊人的资产。也不知穆老爹以前那些公司，脱手时的情况怎么样？是卖的还是怎么着？资金重新做了风投？还是说咱穆老爹，全给换成金子和古董了？外头都说他前几年有些装痴卖呆，各种上当受骗。"

王桑反倒一松气，以为多吓人的事情呢，"金子我不清楚，古董啥的，有点儿，全在郊外那房子堆着呢，听谢老师口气，九成都是假货。所以资产情况，恐怕得问谢老师。"一边在心里掂量这"坏消息"的虚实，假如真没啥钱，其实他最高兴，丁宁不是总在闹独立生养吗，而且昏迷本身就很难说……但父亲一辈子商海恶战下来，最终就只是个小虾米吗。父亲向来疑心重重，且对数据、网络、现代科技什么的，极为排斥，谢老师也是老江湖，喜欢搅拌和编排各种自相矛盾的信息。没准这是他们有意做小做空的烟幕弹呢。他宁愿相信父亲留下了金山银山，这不是出于对钱财的渴望，而是对父亲作为老狐狸的一个最基本判断。

"问谢老师？可别朦他了，以为他真知道呀。他也就是忙些边边角角，家长里短，离真正的核心还差十万八千里呢。"河山把刚要的那瓶啤酒"嘣"一声给打开了，"真要佩服什么人的话，就是穆老爹。他是真会玩，太会玩。我啊，特想捎这句话给他。"

河山鬼里鬼气地挤挤眼，叫王桑心里一虚，有一种加倍的期待，父亲真的是在玩吧。

八、橡皮

1

晚上八点多，手机上突然显示呼叫是全主任，谢老师心里大跳，几乎不敢接了，真的醒转了？

太不巧了，老松果一周前刚走。它连着三天不吃，光喝水，喝喝又吐吐，好像把垂败的身子给彻底淘洗了一通。最过不去的是肖姨，她找出松果从小到大的照片，一张张精挑细选，请谢老师帮忙，配上音乐做成MV，上传到网上一个专门的宠物纪念区，以寄哀情。谢老师跟肖姨讲好，有总面前就不提了，知之则知之，不知便不知吧。

谢老师紧密留意着穆沧，他照肖姨的吩咐，把老松果的狗窝、项圈、毯子什么的给处理了，然后接续着照料小松果，早晚下楼两趟，喂水清洗什么的没出任何差池。看穆沧这样，谢老师一时不知是喜是悲，看起来不必多虑，有总就算有个什么情况，穆沧当也是无妨吧。这念头刚一闪过，谢老师就呸了自己两声。

电话接通，全主任只仓促地讲了一句，"心脏骤停，抢救中。都过来吧。"

外面的马路还有喧嚣市声，满目灯红酒绿，谢老师踏上摩托，踩下发动机，轮胎摩擦地面，每个动作都带着杳然空洞的回音。这不对，他应当醒来！

谢老师无数次设想过有总的苏醒。头一句他肯定会问沧！正好，就调出三个孩子下棋的那一段儿吧，其乐融融的最合适。第二句，恐怕就得问老松果了，也没事，反正小松果萌哒哒乱跳，已成了有总最重要的访客，玩累了总爱趴在屏风边，天然地站岗守护。

要是醒在丁宁造访之时也不错。她每回过来，都会捧着肚子在有总床头站一会儿。有总一定会感受到穆家孙辈的骨肉悸动吧，此时苏醒，不是最动人的吗。

前一阵子黄梅天，淫雨如晦，谢老师让肖姨做了一锅粗粮窝窝头，他想"反向刺激"一下。旧年岁的少男少女，雨天的放学路，饥馑中的告白。谢老师详细复述了一遍往事，肖姨唏嘘着，掰开半个窝窝头打碎了加在豆浆里喂给有总，一边轻声祷祝，醒转来啊，这是云清省给你吃的那只窝窝头……

所有模式都是痴心空想。一切都呈现出奔向终点的样子。他们统统被拦在外边，走廊空荡荡的，高亮的荧光顶灯发出绿光，明明是八月酷暑，却感遍体寒凉。肖姨小声抽搭，"跟老松果前后脚，他们好歹搭伴儿了。"谢老师麻木点头，"搭伴儿了。"

有总要死了。有总也是要死的。有总最终还是死了。有总真的是死了。有总再也不存在了。

谢老师在心里这样反复强调，以便彻底接纳，尤其要准备接下来的种种忙乱，得把有总的身后事，办得与他相配……与此同时，却感到大风扑面似的，耳朵里呼呼直响，眼前浮尘草叶纷飞，好像被扔进时间的风洞。从采访童工瞎眼事件始，连头带尾，二十一年了，他到底算是有总的什么？小跟班，生活秘书，私人管家，恩仇交关，半生卧底，酒友，老哥儿们。也无所谓了……时间就是所有关系的总和。

吃得可好？好着呢。七个月了？快八个月了。耳边传来肖姨跟丁宁的小声寒暄。女人真是奇怪的动物，任何情境下都会突然地谈起日常小事。胎儿都八个月了吗，如此算来，有总已昏迷五个月了。多么了不起的医学，又是多么叫人失望的记录，再拉长一个月都不行吗，宝宝就有"医学出生证明"了呀。

全主任终于出来了，向他们低下头。很遗憾，他说。我们从晚上七点四十，一直抢救到现在，算是心梗后期综合并发症，各种手段都上了，包括体外呼吸机。谢老师侦察地看他，他显出尽力的样子，极疲惫，也似有种大局已定的落幕感。

各种仪器开始往外"哐哐"地撤，王桑被叫走签一堆材料，有的他过来问问谢老师，谢老师翻了翻，摇头，觉得自己并不认识那些字。他四肢酸痛，衰弱地陷在椅子里，除了给板寸头女公证人打了电话，别的功能皆处于锁闭状态。

他觉得自己需要集中全部的体力来思考一些问题。

最早，他曾想过，有总的昏迷，会不会只是个表面的医学处置，事实上他能感知一切呢，后来他掐死了这愚蠢的期望。可这会儿，这个假想又顽强地冒出来了，并连带着牵涉到下一个问题：有总今天的不治，也会是一个"自我决定"吗。就在刚才给公证人联络的时候，余光掠过丁宁腹部，猛一个激灵，谢老师突然想到了这个可能。记得丁宁最早在柴门宣布所谓的

"独立生养"时，他那时就莫名地感到坐卧不宁，有一个无法抓住的预感。作为一个重要测试，他向有总通告了，想刺激有总醒来采取措施。莫非那倒成了一个反向作用力，有总并未醒来，而是让遗嘱提前启动，这一来就跟丁宁和胎儿一点没有关系了。

可——有总一个铜板一个铜板赚下、千不舍万不舍的家产就此玩儿完了呀。这算是有总的初衷和本意吗？他还记得有总最早宣读遗嘱时，那笃定和得意的模样。"他们会一起合作的，努力出个小孩来"，"放心吧，捐赠的事不劳您操心"。这叫谢老师无论如何想不通哇。胸口一阵阵发堵，晚饭吃的牛腩面条从喉咙深处泛涌上来，一股子油腥气。

他找个水龙头去漱口，用凉水冲洗脑袋，一边竭力在大脑深处扫描、回忆。确实，有总断续有过一些零星的表达。对曾经耿耿于怀的"筛子"后来似已浑不在意了，转而侧重在丁宁与王桑的关系能否好转。那次王桑在"一桌二椅"上大败跌跤，有总试图出手相助被拒后，记得他从喉咙里发出一声长啸，说反正二子是认昆曲做老子了。当时还以为是讽刺，现在回想那口气，恐怕是松脱的撒手之意。包括对老儿子沧，固然最是心疼，但穆沧那一无所求的乐呵呵，似也让他颇感慰藉，"嘿，瞧着吧，就给他一座金山，都还不如一枚小飞行棋呢。"还有谢老师生气的那回，因为讲完河山的惊心往事后，有总并没有负罪之意，居然打听着有没有类似的爱心驿站，那意思是，河山受的是百家恩惠，他愿意认账，要还到百家去。对，还有他似乎是有计划地扔东扔西、告南别北，谁知道他当时趴在阳台上，看着垃圾车拖走所有照片与奖章时，他在想些什么呢。当然，更重要的，还有他对吉祥之死的无法释怀，这始终是压在他胸口上的沉重大石……谢老师现在有点听明白了，最后一次玩全家福时，他含糊咕哝的那一句：什么你啊我啊，什么好命歹命，什么孙子和票子，都是像河一样，大街上到处流……其言外之意到底是什么。

从遗嘱立定而始，在死亡与孕育这场有意无意的赛跑中，有总东张西望地顺势而走，不觉中一路偏离他的跑道，直至走向背面，直至让自己停下，跑输——谢老师觉得病房都摇动起来。

不不，一切都是自然而然之事。有总就是个普通小老头儿，跟所有将死的老人一样，在昏聩中胡闹折腾，想抱个孙子，想看到后人兴旺和睦、代代有余。突至的昏迷让他动作不了啦，但被挑动的往事与时间的齿轮，已配合成新的格局，自动往前流转，流向阴差阳错与弄假成真，直至等得不耐烦的死神拍拍手推门而入，带走肉体、回忆，以及他一生的金钱。

……谢老师不会去跟全主任追根问底，也不想再掉回头去寻找什么证明或暗示。不是能力或勇气的问题，是他知道，有总并不想他知道。得顺应了有总的这一份混沌。

2

河山一直在老机械厂宿舍那边待着，说等穆沧稳妥睡着了再说，又说，万一是虚惊一场呢。谢老师又打了两通电话，她才答应说马上出发。

整个昏迷期，她都没露过面，几次陪丁宁过来，也只在楼下坐着——既然穆老爹一直都不肯见，肯定有他的考虑。昏迷也是活着，要尊重的——这话，叫谢老师都没法劝。其实，为刺激有总醒来，河山曾是他最寄予期望的一个设想。河山只要小小地配合一下，拿出她打小就擅长，而今也仍在施展的表演功夫，代表何吉祥，代表沈红莲，对有总表示原谅、感谢、呼唤，三个层次到位，就能一举解除掉有总所有心病，他说不定就高高兴兴苏醒过来了……

到十点半，河山才到。她一进来，谢老师就觉得整个气氛随之一变。这是河山第一次见有总，也是第一次与大家同时在场，其中肖姨算是初见，可平日里零零碎碎从谢老师和有总那儿听过太多这名字，她从哀伤中一下愣住，抽着鼻子瞪看了河山好几秒钟，不自觉挪了好几步，直往屏风那边靠，好像要推醒有总快起来看似的。

肖姨走在头里，谢老师指引河山向前，王桑一侧作陪，丁宁亦步亦趋。大家都陪她来看有总。

一直盖在有总头上的遮光软帽和护口纱布都已被移开，身上各种进出管子、外接仪器等自然也一并撤走。他毫无挂碍清清爽爽地平躺着，眉目宁静，唇口微张，要不是四壁挂白一片肃然，几乎让人有种回到日常歇息的错觉。在筑枫雅居那边，谢老师推门进去，他经常就是这样躺着的。

河山双瞳黑沉，脸上一片空旷。辨认、激愤、怨恨、哀伤，统统都没有。这是她从五岁就认下的穆老爹。她出生之前的运命，这些年来的运命，可能还有将来的运命，都与他密切相关。众人的注视下，透白得有些瘆人的双管长日光灯之下，河山五官一平如水，动作标准地弯腰鞠了三躬。

谢老师感到心里皱巴巴的。河山的见面，应当在有总生前达成的，他真是个太差劲的狗头军师，不是还宣称过，要尽量"推动和引导"这几位的行动吗，哪怕就为红皮本子。还记得河山第一次出现在摄像头里，有总当时所掩饰的紧张，紧张中的畏惧，还有某种拐弯的柔情——谢老师是注意到的，可当时还不知何吉祥之事，以为那最多只是一个垂老男性对河山容颜的生理性暧昧。他实在太钝了。有总当然想见到她！其强烈程度，应当等同于他的不肯相见。

大家重新坐下来，挪动凳子或倒水都十分小心，尽可能小的声音，好像屏风后的亡者比任何时候都不能够被打扰。现在，除了穆沧，人都全了。

谢老师看看黑乎乎的电视屏，今天早上还陪有总看穆沧的呢。沧每天洗漱完毕，必要照他的老习惯，半背半看，温习一通"历史上的今天"——"1768年，法国作家，夏多布里、昂出生。1941年，纳粹包围、列宁格勒。1945年，国共两党，举行重庆、谈判。1958年，中国宣布、领海权。1995年，日本抗议、美军强奸、冲绳女童。2010年，中国企业、500强名单公布。"多么平常的"今天"啊，不过才过去十四小时，这世上再没有人一睁眼就想看到穆沧了。明年的今天、后年的今天，若干年过去，穆沧早晨起来时，是否会想到，历史上的这一天，失去了父亲，那个坚持认为他是天才儿童、是脱离了低级趣味的老父亲……就这两天吧，谢老师想，得去拆掉那些摄像头。

别的还有什么事？这回估计不会有太多人上门了。想想他刚昏迷时，所有的老朋友老对手，人来人往的探视，持续个把月，多完美的一次盛大预演啊——又来了，谢老师摇摇头，就此打住，不要再从这个角度去妄作猜想了，尤其要注意，不要把这种妄想传递给任何人。

肖姨长叹一声，轻抚丁宁的腰腹，"看看，哪怕有总能再撑一个月呢……"她实在忍不住了，"嗳，谢老师谢老师！到底，有多少？"肖姨问的当然是家产，这有点冒失，不过反正是要捐赠的了，跟这屋子里的人都没了关系，问问似也没什么不可。

大家都望向谢老师。是啊，谁不想知道呢？谁都以为他肯定知道吧。河山跟丁宁挨着坐在沙发上，边上是个带罩落地灯，她的脸半在黑影中，皱着眉第一次开口，却把这沉重中带点失落的气氛给一下刺破，"别，可别说出来气我。我才刚知道，居然克隆了一条小狗，三十八万，这心里还没缓过神呢。我说肖姨，咱穷人就别找不痛快了。"

谢老师心里感激河山打岔，忙表示他一定不说，并声明他也是穷人，同样地不痛快。肖姨一拍手，喜欢上"咱穷人"河山了，"你今天可要跟我们一起守灵，我管早饭，正好尝尝我腌的咸鸭蛋。"突然哽咽，"每年都给有总腌，他最喜欢筷子头一戳下去，黄油直冒……"

通宵守灵的主意，是谢老师提议的，也跟全主任疏通过，大家就在这里送他一程，也没几个小时了，等天亮了再转太平间。谁要是困了，也有沙发和陪护床。有总那一区域，置下五大筐冰块，顶灯关掉，屏风也拉上了，肖姨坚持把轮椅给留在里头，"谁能保证他到那边，腿脚就马上好使了？给他放着。"于是乎，

537

屏风那边一片蓝盈盈的黝黑，照着有总和他的轮椅，施施然吱溜溜地一路往那个世界去了。

3

"有件事，没跟你们说过，可能王桑早猜到——"长夜漫漫，聊了一阵有总之后，谢老师特别想老实交代，"我跟有总这么多年，一直琢磨着想写他。不是涂脂抹粉的那种，还是我比较拿手的特稿，用时下的说法，叫非虚构。也不可能光溜溜只写有总一个，在座的，包括不在座的穆沧，河山父母、有总从前的朋友等，都会有涉及。"停住，等大家的反应。

"有我吗？"肖姨抹一把泪水，有点惊讶，"会写到我以前是最年轻的女车间主任吗？估计你啊，只会写我下岗女工做钟点工对不对？"谢老师忙举手抱拳，其实写不到几句她。想想也有点不好意思，怎么就划分主角、次主角和配角了，谁还不是大大的一个人呢。

"那看来还有肚里的宝宝，这倒也是对老人家最大的交待。"丁宁已有点母仪之态了，语气带着鼓励。

谢老师倒有点嗫嚅，"说起来我是准备很久了，反倒写不出来了！就像有本《百喻经》₁，你们知道吗？"王桑点点头，"里头有个'渴见水喻'的故事，讲有个人渴坏了，长途跋涉到处找

---

1 《百喻经》，全称《百句譬喻经》，印度僧人伽斯那所集撰。以短小寓言手法阐述义理训诫。

538

水，好不容易找到一条大河，却又不喝了。旁人问他，那人说："若可饮尽，我当饮之。此水极多，俱不可尽，是故不饮。"什么意思呢？说的就是我现在这情况。我的红皮本子上，将近两百条素材，还有各种场景和若干设想。有总这辈子，还有你们诸位，对我来说——水太大了，我反倒没法喝了。"

"是缺点猛料吧。我有。在我不幸的人生中，有过多少互相帮助的男朋友，又有过多少可笑的创业与倒闭。你不是门儿清嘛，口味都挺重，加进去，水就好喝了！"河山发出她那一贯的，坦荡又满不在乎的嗤笑。

气氛松快一点，谢老师继续吐露他的障碍，"我的意思是，我下不了笔。河山，我不愿写你。丁宁和宝宝，我有点弄不懂。沧呢，我是舍不得写他。何吉祥、沈红莲的事，也不大愿意叫外人知道。尤其是有总，以前还好说，可他最后这几年，我反而，写不了。"谢老师从他们脸上移动，几张面孔都被他说得严肃起来。尤其肖姨，直眨巴眼。"你们看过旧房子的山墙没有？一年年的下雨下雪，雪水雨水会在墙面上形成屋漏痕，弯弯曲曲的，一会儿斜，一会儿断，一会儿又显出来。那是多少年的沧桑下来，老墙给吹松了，砖头有缝了，石灰剥落了，慢慢漏出的水印。那个水印子，看起来没啥道理，但最有味道，非人力可为，就跟我们的生活一样。你们说，我怎么能有这个本事，有这样大的特权，来写这样的屋漏痕呢。"谢老师有点惭愧地停住，环视他们。

王桑"嗨"了一声，"头一次瞧见谢老师你这样子呐。没这么严重。既然是随随便便的水印痕，你也随意写嘛。"丁宁也附和，"都搭上那么多年了，可比十月怀胎更不容易，肯定要生出来的嘛。"

谢老师摇摇手，起身给大家泡茶，茶叶搁得多多的，这晚上可要熬很长呢。这是陪伴有总的最后一夜，他不愿意大家悲悲戚戚。聊聊他这写作计划，好歹也可以帮着分散思虑。

"所以我，不打算搞非虚构了。改成编故事，也不是纯瞎编。比方说，小苗苗写成参天高树，大老虎写成小白猫，三块砖头，就给盖个高楼。总之我端出来的，还是有总的一辈子，是你们这些穆家儿女，但到底几分真、几许假，只有咱自己心里清楚。这就等于在生活外面，给裹上几道厚厚的隔离防护层。这样一来，我就能下笔了，照旧夹棒带棍，可绝不会伤到你们任何人——"他有意装出一股子豪情，似乎看到一列空无一人的火车，从天边轰隆隆开过来，正等着他上车，带着穆有衡、王桑、沧、河山、丁宁，还有肖姨、老松果、小松果、云清、吉祥、沈红莲、魏妈妈等一起，他们要回到起点，重新构建他们的旅途与故事……

"他会喜欢这样？"王桑声音放低下来，习惯性地扭向屏风，那边黑麻麻一点光都透不出来了。谢老师心里一阵疼痛，有总啊，这就叫人死如灯灭……不，他不会让有总的灯灭。

"有总最希望的，就是被记住，都恨不得把穆有衡三个字给刻在大马路上。所以我得蜜里调油、风雨交加地给他编瞎话，只要编得好，别说纸书、电子书、有声书这些了，关键是影视啊，真金白银挡不住地都要砸过来。"谢老师挪用了伟正的一些说法，包括他的夸张，"就凭这条，我敢保证有总会喜欢。他什么时候对钱说过'不'字啊，恐怕不这样干，他还不答应呢。"说着说着，谢老师自己也越发振作了。

如果今天能得到大家的赞同，接下来，他就要去研究历史和时代的高级角度，渺渺人世间的苍凉角度，感人肺腑的接地气角度，神秘的宁信其有的大数据角度，庸俗但确实总是有效的流媒体角度，以及旁门左道突然冒出来的什么角度：角度就是切割机，可以帮他把这一切给切碎，撒拌上各种粉、料、汁儿，再重新黏合塑造，三七开或四六开，达成伟正言必推崇的所谓IP，最终让穆有衡这个名字被人们记住——这是他能为有总做的最后一件事，但愿也是最漂亮的一件。

"既然这样，最好能编得接近理想一点。我听他的录音，对自己这一辈子，他好像总想拿个橡皮，这里擦擦，那里改改的。"王桑脸上闪过一种谢老师不曾见过的表情，惺惺相惜，父子相通，或类似的。

"谁不想涂涂改改呢，我还恨不得把我的命全改了呢。来，既然是守灵夜，就一起帮穆老爹擦橡皮，顺带着也帮我们自个儿擦一擦，省得犯困。"河山�吆喝着，"丁宁在这儿，我又不能抽几口。谁先来？不来我就来了。"

"你来你来。"丁宁看来还有点不明所以，"我们随着你的样儿来。"

"考虑到谢老师要卖钱，所以得要大起大落、冰里火里，同时还得遂了穆老爹的意，改改他的路数。我看前面都不要动，就从穆老爹头一次到南边找人那里改——他终于，在一条穷街陋巷里找着了沈红莲，凄惨而忠贞，于是穆老爹对她一见钟情。可兄弟妻不可欺，何况沈红莲肚子里还有个我呢，穆老爹家里还有俩小的呢，这斗争多有层次啊……等他们排除万难，组合成一个相亲相爱的大家庭，我一出生就是个公主命。一死一活我有了两个爹，还有两个哥哥，你想什么好处不尽着我，我倒不重要——"河山加重语气，"谢老师，关键你得把笔墨放在后半程的沈红莲身上，狠狠地写，写她跟着穆老爹之后，那叫一个荣华富贵，别说这辈子，最好把她下辈子的福都一起给享了。"河山嘻嘻发笑，好像这虚构的福分，说着说着，就成真了。

"还要去南方找她吗？沈红莲的后半程？"谢老师忍不住轻声问，虽然也知道，沈红莲或红姑或莲花，是绝不会再露面了。河山一怔，似乎想摇头，随即眼神荡开，显出她固有的那种孤儿式的冷静，没有作答。

丁宁在边上跟肖姨小声地，匆匆补充这假故事背后的真故事，肖姨迟疑着，随即用力点头，提高声音，"这样好，当然这样好。"果然是妇孺乐见的**大团圆（橡皮一）**。

王桑给带动起来，"河山这想法不错，但我建议，索性往前再退两步。通州二建那笔生意，就是父亲自己出马的，意外出事的也是他本人。这种情况之下，何伯伯必然顾不上南方的露水情缘，会留在这里，撑起衡祥水泥厂，并把我跟沧一手一脚拉扯大。至于他后来回头去找沈红莲而不得、河山成为孤儿什么的，可以部分照抄现在的'原文'……最终，让河山、沈红莲母女在历尽怨恨与磨难之后，与何伯伯全家团聚。总之最后，躺在这蓝色屏风里的，我们在守着夜的，是何伯伯、何吉祥、何总。"

"你这孩子，我倚老说一句。你这还是儿子吗？"肖姨几次要打断，真是气呼呼了，"让有总那么早就没了。"

"其实一样的啊，肖姨。谢老师还是会跟何总不打不相识，成了他的老伙计，你也同样会被何总请来烧饭做菜，带穆沧遛狗，最终我们也一样坐在这里。你都不会认识我父亲。"王桑温和地拍拍肖姨，"不是狠心，我是反复听了他的录音。相信我肖姨——他宁可这样，死的是他，不是何吉祥。"

肖姨半信半疑，忍住泪，"可我想何吉祥对老机械厂，不会那么有感情的，那许多下岗的老哥老嫂，可找谁投奔去。"

丁宁摇头，"本来我还想着提个试管婴儿的自述角度，这宝宝的命，可全是爷爷召唤出来的，你们这一改，那宝宝该谢谁呢，穆有衡还是何吉祥？"

是啊，**替换主人公（橡皮二）**，这橡皮擦得有点狠，谢老师也感到心理上疙里疙瘩的，可他同意，这是有总最渴望的另一种结局。

河山想起什么，一拍腿，"这样的话，我还是给扔到爱心驿站对吧，那正好把魏妈妈写进去，我要给她争取这个待遇。谢老师，我可以再多给你讲讲她的故事——我小时候，总剥不好煮鸡蛋，壳连着蛋白分不开。魏妈妈就教我，别敲空头，敲鸡蛋的腰，把胖腰给敲破了，撕开一道边，两边壳一拉，就光溜溜剥出来了。不信你们明天早上试试，试一次就记得了，并且从今往后，只要剥鸡蛋就会想到她，她也成你们的魏妈妈了。"她似笑非笑地调侃道，肖姨却哑着嘴长叹一声，"作孽呀"，搞得大家一片沉默。

"我不想编，我得说道说道有总的好。"肖姨可真有点守夜人的架势，齉起鼻子，语调含悲。她掐着指头，随着季节、节气之变，把有总特别中意的吃食，色香俱全地排数了一遍，她怎么地费尽心思，有总怎么地大加赞赏，等等，"他不是爱哭吗，有一半的哭，都是冲着我那饭菜。哪怕是一碗二米粥，一碟子雪菜毛豆炒干子，眼泪就下来了。他哪里是稀罕稀粥小菜呢，是稀罕这种小鼻子小眼睛的小日子。要我说啊，谢老师，你就给他写个最普通的活法吧，也别大富大贵，就跟我们一样地下岗回家，但穆沧头脑是好的，云清是活着的，俩儿子顺顺当当结婚生子，完了给他拍个大全家福照片收尾。"

"要这样写，倒贴钱都没人要买这书，连我这会儿听得都要打瞌睡了。"河山手里来回盘着烟，看来是有点困了。谢老师心里也是一声叹息，倒贴钱、打瞌睡倒也不怕，问题是，人世间真有这样绝对平常的幸福吗？他真要能写出这样一个**凡人全家福（橡皮三）**，并且叫人相信，那得是了不起的名著了。

"有个小问题——穆沧要是好好的，那就没资格生二胎呀。王桑没了，那我，就完全不同了！"丁宁碰一碰河山，一点不顾忌王桑在侧。

"不过穆沧，还是不要改吧。你们看他，多笃定、多自在，从来不在乎任何人。不瞒你们讲，我小时候整天被教训着，要替穆家出人头地什么的，就总是想，要能跟哥换一下多好，我来做他，他来做我。就到现在，还常这么想呢。"

王桑这话一出，河山丁宁，包括谢老师自己，全都嘈嘈切切起来，"一样啊。我也有过这念头。""你就算了吧，我才想跟穆沧换呢。"个个发自肺腑，好像在争抢什么护身符。肖姨气得发笑，"一个个的，可别讲这种牙疼卖乖的话。以为想换就能换的？谁能像沧有定力的，他这会儿要也坐在这里，绝对什么故事都不瞎编。他是什么，就一直是什么。"

"好吧，穆沧王桑都在。那实在不行，我就只做王桑的初恋，没有'下文'的那种，名字都不要有。当王桑需要痛苦的时候，初恋的背影就出来飘个两秒钟，我就做那个背影。一个人总也忘不了的，肯定是触不到的背影。"丁宁在灯光暗处，谢老师看不清她表情。还真有点欣赏起丁宁来，她身上不仅多了个胎儿，还多了别的什么，王桑真有可能会失去她。

"吃不消了，得吸两口。"河山跟谢老师要了打火机，走廊到处是禁烟标志，听到她下楼梯的声音。

谢老师想了想，也慢悠悠下楼了。今晚可真不赖，就这样陪陪有总，挺合适。据说器官的死亡是分阶段的，人们在肉身飘离之际，听觉是最后失灵的，还能听到亲人的交谈哭泣，听到窗外树枝拍打，知道有人在为他伤心、祝福与送行。谢老师信。

虽是夜深，还有点燠热气，路灯昏黄，有虫子在远处叫。河山跟老农民似的，蹲在地上抽烟，一只手挂在脚边，揪着花坛里一堆野草。"谢谢你过来。有总肯定希望热闹点儿。这个，他让我给你。"谢老师从口袋里摸出东西，有总托他转交的。前面接到全主任电话，虽是那样地麻木、虚空，还是记得给拿上了。

那所谓的断舍离期间，有总前后，只给他两样东西转交。一次是大布袋，软软乎乎鼓鼓囊囊的，交给他时言简意赅：给王桑。还有一次是他从南方回来，复盘细节时，因他为沈红莲母女流露出不平之意，被有总愤然大吼着让他"滚"。到次日，又让肖姨打电话，说有鸭杂汤要让他来一起喝。肖姨轻易不做鸭杂汤，她全是自己收拾熬炖，很费功夫。一想到鸭肝鸭血，还有鸭肠鸭胗，在齿舌间的嚼头，撒上香菜小葱，再来一小撮黑椒，那种热烫烫鲜爽爽。谢老师嘴馋腿欠，就又跑上门了。

就在喝完鸭杂汤，谢老师正享受那一层细汗之际，有总伸手从身上暗兜里，摸出只手绢包，递过来：给河山，等我死了。他用下巴示意谢老师打开，然后就垂挂下他的厚眼皮，发出饱食者的懒惰叹息。

手绢黄旧，拆开，是一只破破烂烂的牛皮纸药袋子，袋子里所装的，是串钥匙。录音里提过的，是何吉祥在车祸后交给有总的，而等有总赶到南方，所有需要钥匙的地方都被何吉祥老婆给砸开了。没用上。

河山此刻正做着同样的层层拆开动作，医院药袋子上能看到红色的扇形小字，省人民医院。河山也没有多问。她重包成原样，站起身，搁进裙兜。裙裾单薄，挂得她整个身体的线条有一侧显得特别沉重。

接过谢老师的烟，她又抽了一根，"怎么那样瘦小，全都瘪下去了。我搜过他不少照片，完全不像。"

"小时候饿狠了，他喜欢自己富态点，网上只放胖照片。"

"你给我的东西，从来都是三份都一样？"

"有总要求的。"

"小学毕业时，你带给我一只能防水还跳日历的电子表。记得？"

"粉色表带、白表盘，小女孩的颜色。他们兄弟俩可都没。"

"魏妈妈也是，她给大家都买一样的，但给我另外买。所以我心里认她。"

"理解。"

"你当时说的，这电子表是穆老爹给我专门挑的。是讲讲的，还是真的？"

是谢老师替她买的，当时最流行的港货。"当然是真的。你小学、初中、高中、大学毕业，有总都强调说，要单独给你买一样东西。叫我到时提醒他。"这话也是真的，不过提醒完了，还是谢老师执行而已。

河山看看谢老师，没有怀疑，也没有表示相信。她吹一个烟圈，"那电子表可拉风了。估计全县里就我这一个。她们最多拿圆珠笔在手腕子上画一个。"她伸手到裙兜里捏捏钥匙，像小女孩那样，满足地眯起眼，"这，也算我独一份是吧。"

他们上楼的时候，听到上面一阵小小的喧闹，丁宁的腿脚肿得厉害，肖姨正教着王桑替她按摩消肿，丁宁却极不情愿地四处躲让，脸上带着因困倦而生的某种排斥与怒意。

"刚才我还设想了个黑色科幻的，好歹孕妇也有脑子吧。"丁宁甩下王桑，掉脸对谢老师讲起来，"我跟老人家其实也聊过生老病死，他可想活着呢。所以这个科幻橡皮，克隆人是最低起跳，然后把国际上最先进的、跟死亡对着干的、哪怕耸人听闻的技术全来一遍，我可以提供链接，总之得把这个'不死'往死里面写——写到这个时刻，蓝色屏风就该自己打开了，一模一样的老人家走将出来了，至于他到底是冷冻人复活、定制机器人 AI、三维打印人偶，还是全息仿真人，这不重要，反正小松果是一下子就扑上去，亲热着呢。因为穆家的遗嘱最后揭晓出来，嘿，原来全都给了小松果呀。"

谢老师给讲得一愣，扭头看了一眼，蓝色屏风静静的。这种无厘头还真像是有总的风格，估计伟正也会喜欢，狗狗最后继承的其实是个空头账户，因为钱都被永生之术给耗光啦。**永生者＋狗儿子（橡皮四）**。

王桑倚到门口去，显然有点尴尬于丁宁刚才的避让，他振作了一下，"还是现实一点吧。父亲跟河山这笔账，到底该如何了结？我倒是想了一出。河山不是干女儿吗，加上被我们做媒，便将计就计复仇来了——这也是现成的灵感，你看肖姨，跟她是一见如故。她跟丁宁，也成了好朋友。这等于是女性主题。肖姨可是被罢黜的女车间主任啊，总为此事椎心泣血。你说，她凭什么伺候着给有总倒屎倒尿，这里兼有性别和阶层矛盾。丁宁呢，觉得她的自由独立之人格被绑架了，沦为无意志的生育机器。总之她们三个是合作上了。河山跟现在一样，从头到尾都没有见过父亲，一直是远程操纵。丁宁以求孕花招搞障眼法，肖姨则是末梢执行人，在吃食里添加什么神不知鬼不觉的东西，就像《基督山恩仇记》里的维尔福夫人一样，这碰巧也是父亲唯一读过的小说……"王桑梦呓般的声音里带着疲乏的回声。他又重新泡上一大杯浓茶。

嗯，**女性联盟复仇（橡皮五）**。谢老师摇摇头，看来王桑还是想让河山夺回家产。河山耸耸肩，给王桑捧场，"挺好莱坞啊！最后咱们三个大获全胜，肖姨抱着小松果，丁宁抱着小宝宝，我抱着全部银子，从此逍遥自在，奔走天涯。"

"嘘，小声点。睡着了。"肖姨把丁宁的腿给轻轻放平，"到最后这个月，是最累的。看外面是不是要亮了？"大家一起看窗户。天色青灰中泛红，红里有种微微的明朗之色。"我先回去，给你们熬点粥。这一夜耗下来，得一人来碗热乎的才好。"肖姨收拾收拾，拎起包，往屏风那边去，认认真真地打招呼，"从今天起，就不打流质了。我一菜一碟地好好分开，供足你七七四十九天，你呢，要照发我工资。等完事了，我就回家了。"

这话说得屋子里似乎凉下几度，重有了亡人之夜的意思，大家刚才使劲铺排出来的、拼命合作的热闹也干瘪了下去。等她走了，河山用脚头踢踢谢老师，"你自己呢，也讲几句来听听？你最晓得穆老爹想要什么了。"王桑站起来活动四肢，"谢老师肯定早有主意了，这就是给我们打岔熬夜的。"

谢老师找块薄毯子，让王桑给丁宁盖上，喝一口茶，舌头上已木得喝不出味道，"多少年没有通宵了，这会儿脑子里全是木头屑。我现在只晓得，有总真的死了。起码的，我想把他的死给写写好。他给人放过不少损招，其实反过来也一样。这前前后后的，碰到多少动作啊。新公司剪彩被人送花圈。血书写的恐吓信。快递里夹一个模拟小炸弹。好不容易拿下外地的投标，被地头蛇砍大腿……真正的大险大恶，他都不肯我跟二子讲的，那时你还没工作呢。汽车刹片上被人做手脚。拉到一个好山雅水的地方签合同，半夜里突然两个黑影窜到床头。司机被买通，连车带人被绑架。他办公室的台历，下角莫名粘在一起，得沾了口水才能捻开，幸亏他疑心重，发现颜色不对，原来是给涂上了毒药。还有一回他吃感冒药了，酒桌上被热情似火强买强卖地灌酒，险得很。可以这么说吧，有总算是死了好多回的人了。包括生意都撂手之后，还被牵连到一桩夹缠不清的公家案子，差点要被灭口。光是他的'差点儿死'就够写一阵儿的。**一百种死法（橡皮六）**。每一种，都能算他的一个命。像他现在这样，瘫了，昏了，再死掉，没劲，我还不耐烦写呢。"谢老师一挥手，心里佩服自己，他做到了，没有流露出对有总这最末一次死亡的任何情感。

很安静，加倍的安静。王桑从手机里调出一支昆笛曲，"一起听听吧，这支叫〔醉扶归〕。给他听过一次昆笛清吹，正碰上他闹便秘。那是我最后一次见他。想起来了，他那天先恼后喜，似乎已有了什么主意……"王桑欲言又止，归于默然。只听笛声清亮悠长，在两个房间层层环绕，亦远亦近，徘徊不去。

4

直到被手机吵醒，谢老师才发现自己不知啥时睡过去了，被放倒在陪护床上。揿停铃声，透过眼屎撑开滞重的眼皮，四周空荡荡，只阳台上坐着两人。八月太阳出得早，一出来就打眼，打得两个人的影子也白晃晃的，谢老师呆看了一会儿，辨出是王桑和河山。很静，他们没在聊天。再扭头往里间看，蓝色屏风不见了，病床上空无一物。心头荡然一痛，他想接着再死睡一场。

手机又响，他耳朵一紧，才明白这是电话，不是闹铃。是板寸头公证人，说已经到了楼下，这可让谢老师完全醒过来了。板寸头可真准时，其实早点迟点无所谓，都是事先张扬过的内容，也就这么几个人。鉴于穆沧的情况，他可以不在场。

公证人的头发不板寸了，软绵绵地挂在脖子里，谢老师差点没认出来。还记得一年前，她装模作样地，用尖厉的嗓子一条条重复，有总，也调动全部气息煞有其事地一一确认。

板寸：在我死之前。对吗。穆：是的。

板寸：穆沧王桑兄弟两个，不论谁，只要能生出孩子来，括号，以医学出生证明为准，他们就可以共同继承我的全部财产。对吗。穆：是的。

板寸：若两人皆无生养，那等我死亡之后，执行全额捐赠。对吗。穆：是的。

板寸：这里签字，还有手印。

河山从阳台进来，把沙发上的丁宁唤醒，两人进到卫生间去收拾。女公证人向王桑索看死亡证明等材料。每个人的脸色都有点发灰，公证助手的脸上有席子压痕，正往手上戴白手套。

大家都归拢后，助手缓慢、庄重地通读了一遍遗嘱全文。大家没表情。女公证人提出询问——兄弟两个，有人能拿得出新生儿出生证明吗——此条件不具备，执行全额捐赠。大家默然聆听。

助手戴着白手套的手，不太灵活地从大信封里取出一个小信封，从小信封里取出小优盘，又从随身包里拿出一个小播放器。女公证人用行业所特有的冷淡语调说明道，"关于捐赠，有一份追加的录音遗嘱，公证有效。"

　　没想到还真的是，要捐了。也是该的。我高兴。打从水泥厂赚下的第一拨儿钱开始，我心里就总想，这些，不该是我的……挺好，一把头，全铺大马路上去。

具体怎么搞呢小谢，听我跟你讲。既是走这一步，咱就认认真真地走，捐钱得跟赚钱一样认真，得让钱动起来，让钱做事情。下面，你听好了，啊。

　　你呢，去搞一个互助会还是什么的机构，类似的，不见得完全是那种救贫救急救穷的，你们思路打开，幽默一点潇洒一点。还记得我那时，给肖姨说的老婆婆买飞机票，老婆婆开心，我比她更开心一百倍。所以啊，我等于给你们留了个开心的事情。

　　这机构，我有两个要求，甭管是什么会什么中心，正经的大名号，都得叫吉祥。等你操办成立好了，我这捐款，就全转到这个叫吉祥的机构。第二个要求，这机构的会长或主任，得由河山担任，这也是我进行捐赠的执行前提。公证人请听清楚了，河山是我结对子的西部学生，河流的河，山水的山。这个要替我公证稳妥了。

　　其实我也没多少钱，光凭我捐的这点，折腾不了多久。所以小谢啊，拜托你用心，继续相帮好河山，得让我老战友老兄弟，何吉祥，他这个名字，能一直在。

　　一片肃默的惊怔。谢老师猜大家肯定都想到了，守灵夜所瞎扯的各个版本里，就有个复仇记，当时河山还嚷嚷着叫好呢。他实在不敢看河山，想旁人也是。

　　肖姨直到这会儿，才往里紧走两步，轻轻放下左一手右一手的两只大食盒子。她方才满头大汗的用脚推门进来，张嘴刚要咋呼，给有总的录音直堵在门口。她放下东西，去给河山倒了一杯水——谢老师这才看了一眼河山，她气息不匀，两腮透亮，连鼻头和嘴唇都被突然涌上头的血液给浸透成猩红，意外地有种令人震慑的性感。她接过水，一口气喝光，杯子盖到脸上。小播放器里，暂时停了一下的录音，又接着响起。

对了肖姨，其实我这口舌，早废了，不论大菜小菜，吃着都一样。可我乐意你过来，到处忙忙乎乎，收东收西，窗户擦得锃亮。到下雨天，你会开道缝，给我闻一闻雨水气。楼下有人推童车出来晒太阳，你就推到窗台边，给我看小毛娃。你总晓得我要什么。所以我这两年，过得还挺像个日子的。实话告诉你，我嫉妒你家瘫子。有样小东西，我不舍得扔，想直接给你，或是托小谢转，都觉得不好。矛矛盾盾地，一直想到现在，没时间再想了。请他们交给你吧，你要是不肯拿着呢……随便，反正我也不知道了。

别的没啥。

下面看你的了，小谢。你那鬼鬼祟祟的一套，太明显了，整天伸个脖子竖个耳朵的，放心，这回不拦你。尽管写，随便弄。公证人哪，替我公证。我授权小谢使用我的一应生平，各种芝麻绿豆西瓜。他最后写成的玩意儿，一横一竖一撇一捺，也不知能卖几钱一斤的，都落归小谢袋里。小兄弟啊，卖不卖的在其次，关键啊，最后还是你赢了，你写啥，我就是啥。

大家最初因熬夜而成的青白脸皮，到这会儿，反而有了点晕红，虽说不大自然。白手套助理举起手示意，又伸手到大信封里，笨拙地捏出一个小信封，与肖姨核对了姓名，双手交与肖姨。肖姨有点想不通，几乎生气地，"还说吃不出味儿，那怎么每次都还能夸在点子上，骗得我团团转。"大家的目光中，她捏了捏小信封，没有打开，尽可能随意地，放进口袋。随即揩一把脸上的细汗，好像更急于安排她拎来的那些吃食。

她半矮下身子，快手快脚地把食盒一一往桌上放。丁宁看来真是饿了，伸手就揭开一只盒子，一股子鲜香无辜地流动起来。谁的肚子咕咕叫了一下。

"请问，这什么时候的录音？"是王桑的声音。谢老师也想知道，但心里沸腾得开不了口。实在没想到，还能听到有总又活生生地来上这么一段。想不到他对声名的执念，不在他自己，倒在吉祥身上。还有，不得不说，就是捐，也还是他的老脾气——不放心把钱交给外头，还是要他们几个一手一脚地自己来。最叫人感慨的是他对河山，真是倾江倒海、穷尽最后之力的扶佑，前面是错怪他了……

助手看了一眼女公证人，后者点点头，她绵软的垂发随之温和摆动。"一月份。"助手清晰地说。谢老师回忆了下，这是他到南方查找沈红莲下落之前，那时丁宁的不孕治疗尚无突破。谢老师看到王桑露出不太信任的神情，显然，这只是"被委托宣称的时间"，一个可疑的转述。但是，不重要了，他到底啥时拿下的主意，一点不重要了——还记得有总在录音里说过的吗，他最后一笔单子，要跟他自个儿做，跟钱老大做，看来那不是谢老师自以为是的IP版权，也是，有总哪里会在乎纸上春秋？他一心所

554

系，当然还是他的财富啊。

谢老师拍拍王桑肩膀，现在绝对可以肯定了，这就是有总的一个选择与决定，这就是他的玩法。要倾倒他的金山银山，让它们像大河一样，往街道上在人群里到处流淌……热胀着疼痛了十多个小时的脑袋，终于迎来一阵深海般的平静与清澈。承蒙信任。谢老师欣然接受下这遥遥而来的最后指令。

白手套助手开始拿出第三个信封，大得多，一边开封，"现在宣读穆有衡财产清单。"这信封谢老师记得，是有总自己准备的，当时可让谢老师颇为介怀。这样挺好，他可以装着早就了然于胸。丁宁专心吃喝，一杯牛奶下肚，正悄悄夹起一只茶叶蛋。其他人都仰面等着。

"等一等。"河山这会儿看起来已平静下来了，对好运气和坏运气皆顺应其变了，腮上恢复到她平常的淡粉色，"机构还没正式成立，捐款还不能真的执行。所以穆老爹这笔财产，我建议先不宣读。"难得她这样一板一眼的措辞，谢老师倒一时给愣住，这又何苦，好不容易等到。河山看看王桑，后者立即跟上支援，"同意。到正式执行捐赠之时，会长和秘书长再决定要不要对外公布吧。我觉得，这也是对父亲的一个尊重。"

谢老师真有点糊涂了，他们两个的语气有点怪，到底是怕数目太大了还是太小了？不过从宣传技巧来说，也是个策略，"对，等到吉祥互助会或者吉祥爱心基金成立的时候，直接拿这个做新闻由头，高调宣布穆有衡捐赠名下全部财产。至于具体数目，除了对财务审计负责，对外界我们就是永远都'全部财产'四个字。有总在生意场这么多年，看各人想象力吧，能想多少就是多少。这多神秘，神秘就是吸引力。河山你这想法好。"

谢老师冲女公证人点头，白手套就又原样绕扣起文件袋，眼睛瞟向桌子那边——几乎与白手套扣上文件袋同步，肖姨已打开所有的食盒盖子。发糕、双黄咸蛋、拍黄瓜、拌茶干、橄榄菜，摆了一圈。从另一个大煲里，替每人都盛出一碗不稀不稠刚刚好的二米粥——女公证人遗憾地摇摇头，婉拒了邀请，像出现时那样，他们一下子消失了。

众人团团围坐，谢老师看到肖姨向没有了屏风的那个空地方，默默颔首合掌。"给你的，是什么？"他小声问。"一条细金链子。老式水波纹。挺秀气的。""哦，那是……""别说了，喝你的粥。"

熬守了一夜的家人们，举箸互让，碗筷叮当声中，把全部的注意力都集中在眼前的吃食上。好像刚刚过去的夜晚，是极为普通的一夜。死亡一直都是这样，与他们比肩而坐，同桌而食。

尾声

如涓如滔

1

是九月末了，金秋安详，街巷里满是老桂树浓郁沉静的香气。因河山忙乱着慈善拍卖，这次是王桑陪着丁宁，也差不多是倒数一次两次的产检了。仍照他们的习惯，先去接穆沧。穆沧下楼后发觉是他，立在原地足有两分钟不动，处理和接受这个"变化"。

王桑发现，而今身边不少事情，都被河山建立起新的体系。比如肖姨，本该回家不干了，被她三两句怂恿着，接下丁宁坐月子期间的照料，看那个趋势，大概也会继续做小孩保姆。也对，她有两个外孙辈，懂这一套，也依然可以兼着照料穆沧。

丁宁肚子成了倒梨形，胖出双下巴，头发剪得短短的，腮上两排扇形的雀斑。有时猛一瞧，几乎不敢相认，觉得她实在是难看了。但这种难看别有光泽，越是接近产期，越是有种佳期在约的笃定，不愿向外界泄露的白洽。这更令王桑有种孤岛感。他们的相处之道已越来越平静，平静地互助，也随时可以平静地中止。

但昨天，他们之间发生了一件事。这能算一件事吗，毕竟还是夫妻啊。

孕后期的丁宁极为嗜睡，有时午觉能睡整个下午。昨天王桑提前一点下班，就发现她又在北阳台躺椅上睡着呢，刘海披下来遮住半张脸，肥衬衣落下肩膀，露出半边胸部，那是已做好哺乳准备的乳房，比以前大了许多。能看到乳头，乳晕肿胀，星星点点分布着一小圈分泌点。那个晚自习室里隔着窗玻璃与他对望的女生，真的要成为小妈妈了。王桑涌上一阵对往昔的怜爱，发现自己猛然冲动了。十分惊异，太久没有这样了，并且是因为丁宁。

他轻轻抚摸她的肩膀，肿胀的胸，感人的腹部，结实放松的大腿。她可能还在沉睡，也可能醒了。往下触摸，进一步感受到她的柔软，以及某种深沉的期待。他把她在躺椅上放放正，然后蹲下，以一个从来没有的姿势，看着自己进入。为了不惊动子宫，也为了这久违的亲密，王桑进行得十分缓慢，这缓慢带来了某种回忆的对照……很多年前紫金山顶的帐篷之夜，次日早上，他在晨勃中醒来，丁宁仍然趴着，发出猫咪般的小小呼噜，松乱的长发覆在脸上。他感觉丁宁立即就知道了，还稍稍抬起了屁股，这让王桑加倍放松。他拉开帐篷侧上方的透气小三角口，看到几缕可爱的橙色光线，伴随着他的节奏，也在一上一下地弹荡着，那是刚刚升上山顶的朝阳。

此刻没有朝阳，但北阳台的西窗能看到些许余晖。云彩暗红，絮絮团团，俗丽而大方地拥着太阳往下滚落。王桑看到丁宁的短发更乱了，雀斑变得透明，眼睛仍是微闭。可王桑能感到——毕竟有着那么多年的同床共枕，尤其有着许多糟糕的经验，所以才更加知道，这一次太好了。那久违的地带，正对他馈赠以时间深处的温热，同时有一种道别之意……伤感中，眼泪和精液一起进出来，他瘫坐于地，把头轻轻倚靠在丁宁腹部，感受小小而持续的搏动。他觉得惭愧，似是头一次感受到这新鲜的跳动。想想看，这肚皮里，正藏着一个吐着羊水泡泡的小生命。他的孩子。理论上说，它的小身子应当已调转方向，胎头向下，冲着即将来到人间的产门……可真想推醒丁宁，掠开她的短发，像是刚刚知道此事，大声告诉她：他要做爸爸了。

事实上，直到现在，他们都未对昨天傍晚的那场亲热做过任何交谈。产检排队不长，丁宁却在里头耽搁了很久，出来后就给肖姨和河山分别打电话，说各方面都还行，就是胎位方向还不到位，医生指导了她一套矫正操，需要连着做一周，云云。她没有专门跟王桑讲这些。

从医院一出来，穆沧便自动走到前面带路，端正的步子带着小小的弹性。

"看他，高兴了。每次产检完，河山都带我们歇个脚。这里有家穆沧特别喜欢的蛋糕店。"丁宁想起什么，突然笑起来，"刚才闹个笑话。各个科室间来回倒腾了快两年，我都成这儿的老熟脸了，医生护士都以为穆沧是我家属。虽则你头发白点儿，沧稍胖点儿，外人乍一看还是挺像。刚才小护士先在队伍里看见穆沧，隔会儿又在长椅上看到你好好地坐着，把她给吓的，以为自己不是眼睛出问题了就是脑子出了问题。好玩吧。"

这是责怪他陪伴太少吧，这是长期以来的事实。今天能说出来，意味着什么？王桑不愿深想。

"晓得河山为什么总带着穆沧？包括到我生产那天，也打算让穆沧过来，说这样宝宝一落地他就能看到。河山的心思——是希望沧参与所有过程，让他跟宝宝互相培养感情。河山有她的道理。你想想，将来沧老了，我们几个也都老了，可不就是要靠宝宝来照料穆沧嘛。我是真的佩服河山，别看她整天没个正形，可她对我们家里的事，各方面都上心，比你爸还能管事儿。"

王桑完全同意河山的想法，但再次感到自己被排除在外，丁宁信服并听凭河山安排一切。女人们真是有个联盟吗。

穆沧的黑森林先到，他克制地盯着，等他们点的都上齐了，方发动开吃。丁宁疲劳地向后靠着，没动她的那份。三角长条的抹茶戚风，大筒奶茶，邻座一对情侣正贴着脑袋细语，做旧设计的绿车厢座，丁宁与他并排而坐。不大适宜地，王桑想起了那些旧日故事。看穆沧吃罢，嘴巴闲下来了，问他，"还记得吗，以前跟你聊过我和女朋友的事？"

穆沧是谁啊，想让他不记得才难呢。他顿了半秒，用这半秒在脑子里快速调取，然后以他固有的语调开始了，"你教她、学自行车……"

那时两人还处于暧昧期。王桑是高度紧张，而丁宁也是又笨又胆小，学了三四天，还要王桑护卫，还不停摔倒在他身上。那几天的肢体接触，于二人之间，实在前所未有。穆沧干巴巴地只讲了这前一部分，实际上，还有后续。两人在一起后，有次因小事生气，丁宁说，我讲个笑话，但你不许笑。其实，我小学三年级就开始，天天骑自行车上学。

王桑对穆沧补充了这一段，一边用余光看丁宁，看到她两只手，仍然握着牛奶杯，没动。

穆沧接着往下讲。运动场跑步，借着跑圈交叉之机，把带帽衫扣紧瓮声瓮气表白。他冬天嘴唇皮干，她踮起脚来替他涂上保湿膏。两人一起支教，都忘记带指甲刀了，她找来一只剪棉花球的大剪刀，两人互助，替对方剪指甲。穆沧的语调毫无起伏。可往事随之统统活转，历历在目。那次剪指甲，是他成年以后，第一次有人替他剪，估计丁宁也是。他原先觉得，结婚一事，像读书和工作一样，算是人生要务，应然必然之事。但在他们互相托着手，剪指甲的那个时刻，他才确认到一种发自内心的炽烈，他要跟眼前这个女孩，成为屋檐下一对朴素的爱人——他想辩解，他不能承认，他并非从一开始就不懂爱情。在彼时彼境，他是真切的。

看到丁宁把牛奶杯送到嘴边，听到她啜吸吞咽，又看到她挖起小半勺抹茶。她的手粗胖了一些，咦，王桑突然发现，婚戒不在了？对，她说过一次，太紧，取下了，他当时没太在意，此刻突然感觉很糟。穆沧仍然在机械、毫无韵致地复述，现在说到的，是两人头一次共度中秋，他们跑到行知楼顶楼看月亮，那晚天色阴昏，月亮也很暗淡。王桑发挥他的酸才子特长，偏把那一片朦胧给说成是最高级的东方之美，说是特意为他们两个所呈现的，对人生要义的某种隐喻。

王桑看他的杯底，少许残留的茶渍似又重现出那晚的天色。他把头侧过去，把视线往上挪。看到丁宁的脸了，无声但密集的泪水，暴雨般冲刷着尘灰累累的婚姻。她仍在喝牛奶，间或用小勺子往嘴里递送抹茶蛋糕，让自己胖大的身体更胖大。她始终没有接话。

他们重新走在路上，丁宁捧着大肚子慢慢走。她已平静下来，指着道边小院里两株大石榴树，"挂果了，挂这许多，大的都赛拳头了。这一路我走得最熟，小风吹着，东瞧西看。有时屋顶停两只呆鸟，窗台趴只胖猫，两个聋老人隔着窗户讲话。确实是好哇，要多看看风景……"王桑不知此语从何而来。丁宁看上去像是掌握了某种对付生活的秘密手段，泪痕已了无印记，"其实一个人是最好的。真的，我一直，都在考虑这个想法。"

某种意义上说，他也是同意的，谁不是一个人呢。相识、恋爱、分手、复合、平淡、疏离、陌生。他和她之间，已相隔太远，疤痕积重。这并不像父亲所设想的那样，可以通过孕育来一举解决。还是那句老话，他会尊重丁宁的想法。他与她的离散，也许正合了多年前那个中秋夜的幽暗吧。

虽则如此，稍许犹豫了一下，王桑还是说出憋了一上午的话，"我昨天，听到宝宝的心跳了……我终于感到，我要做爸爸了。"丁宁扭过头去，看街道对面的风景。王桑看不到她的脸，只有一个圆阔但显得坚硬的背影。

2

青山堂画作拍卖的筹备相当顺利。在河山那魔鬼般的游说下，王桑不仅放下了任何心理包袱，并且深以为然地觉得，这是独一无二且广开源路的大善举，进展顺利的话，下一步说不定真能惠及昆曲，把他和木良的各种想法给付诸实现。一役战，数功成。

文化名流这一块的牵头，果然是一呼百应、一呼千应，并且一个个儿的热烈请求举牌参拍。你不知道吗，他们给王桑补课。现在客厅里挂的，早不流行名家大师的签名赠品啦，就是要偏门冷门。什么非洲儿童涂鸦，海岛渔民画，猩猩艺术家，素人老奶奶彩笔画之类。要是从你这儿拍回去一幅青山堂，回头跟人讲讲这些精神病画家，简直跟梵高一样呐。王桑不太欣赏这样的类比，但人家要来献爱心，还能拦吗。

展出作品，除了青山堂画室所精选出的九位病友的四十幅作品，还有阿美妈妈牵头的一部分。从河山起意，她就是此事的头号鼓动者，其热情比起河山更有过之，算是把多年的痛苦转换成振作的劳作。她的朋友圈里差不多全是躁郁症患者之家，各个地方一传，青岛、上海、昆明、天津正也有类似的绘画疗治法，也想一并参与，于是增选了外地病友的三十幅作品。

王桑想了想，既然规模这样大了，噱头也可再多一些，遂在凹九空间的业余艺术家里发动了一圈，不论书法、版画、油画，还是剪纸、摄影，如果愿意，也捐出作品来配合一下。慈善藏家拍一幅青山堂，这里就惠赠一幅凹九艺术家作品。来凹九办展的，泰半是怀才不遇者或未及怀才的，行情都还没得的，大多乐于参与，很快便凑齐七十幅作品。

艺术，疾患，财富，情怀，冷热荤素向外头一举端出来，简直任督全通，尤其新媒体，来劲得不得了，都主动跑来帮着发预告，把青山堂画作做成视频，商界精英、艺术家名流还有心理学家们也纷纷出来，侃侃而谈发表高见，这里还没启动呢，先自热红了半边天。搞得王桑还真是有点感动。人如果真的做起事情来，还是众人拾柴，助添其焰的。心里也赞服河山，别看前面办公司各种的不顺溜，可这个点子，牛的。看来这就是最适合她的事情。

万没想到，恰恰是河山这里出了点问题。

离拍卖展只有一周时间了，这天王桑正在下面看现场，有个规模不大的工艺皮雕展，这时已没了观众，正好借此规划，想把拍卖区搭建成时髦一点的T字形，以展示作品，也便于在两侧安排举牌竞拍。王桑正在跟同事商量呢，发现河山不知打哪儿冒出来，神色疲沓，脚步磨蹭着，在皮雕展区瞎打转。

开口倒算镇定，拿自己开涮，"我这人身上，肯定有个特别的基因，搞砸的基因。随便什么事，搞一个砸一个，肯定的。"王桑这时还没太在意，带她往计划中的T字区那边走，有几个想法是她前几天提议的，弄一个媒体采访区什么。她充耳不闻，只继续骂自己，"还以为我翻身了呢，屁。谁正经把我当个人、当个做事情的人。你不问问我吗，哪里砸了。"王桑这才意识到，她不是空泛地发牢骚。

"你说我，真是一看就不正经，就算正经人跟我做正经事，也会给沾染上，成了不正经的人？"王桑忙摇头，表示这是完全没有的事。"屁咧。你要是没有失忆症，你自己想，我第一次跟你套近乎，说想做个艺培师生联展，你突然一个急刹车，简直要撞到路牙子。第二次我上门谈，实实在在背那么多画，你不也一口回死掉的，还说什么反作用力，其实不就这理由吗。你们他妈的一个个有私心杂念能怪我吗。"边上有同事走过，她不管。

王桑没有辩解，她说的是事实。他头一次反过来想象她的处境，多少事情是因为美貌而被接纳，又因为同样的原因而被回绝。人们一想到美人，就会想到她们必然处处都占大便宜，实际上肯定有相反的情况，也许概率还更大。利欲交换场上的取舍很微妙，尤其是那些更具野心，故而更加谨慎的权力者，他们一定会避开她的。

她又冲包括王桑在内的男人们发了一通火，最终才说出原委：是老金，他要退出了。

王桑一听，背后也立时起汗了。老金是河山手里最大一张牌，其余那些中小型恩主，都算是循着他的名头而来。为甚要退出呢，老金没有给河山解释。可谢老师替她打听到了，老金正在争取进入下一届的地方人大，这对企业家来说，不只是很高的荣誉，还是品牌背书，是舆论镀金层，还可以跟各方面重要人物走得很近。故而老金这时机，就不想冒险与河山打交道了——

那小女人可了不得。嗳，你懂的，孤儿嘛，从小出来混的。最早跟的那爱心妈妈，一查，路子可野了，多少人给栽在她手里。尤其她这个拍卖，怪怪的，要不是她嘴巴巧，一般人恐怕都要说得拧舌头：什么青山堂画室，谁不知道那是脑科医院。啥艺术疗法，不就是给他们打发时间的吗。爱心项目太多了，排着队等我挑呢。她这路子，不敢碰，别把我给黏上了。

这谢老师也真是，打听得这么详细。河山活灵活现学了一通舌，声音也哑得像个老男人。王桑这时已经把她带到楼上办公室了。她摸出烟，捏捏空盒子，作罢。接过水，猛喝几大口。有沙发，她不坐，抱膝盖蹲在地上。

"其实这种事情，碰得多了。有图我好看的，有嫌我好看的。刚毕业，做宝妈胎教，有次为争取进一个社区做宣传，你真不晓得，就那个社区安保员，浑身烟灰的半老头儿，突然就把我拉到里间，一下子长出十只手，在我全身上下到处摸弄。我想你弄就弄吧，就当可怜老人了，再说这个小区挺大，我想孕妇肯定多。可他一出来外间就翻脸了，说我手续不齐，别想着混进小区来骗业主的钱。还有一回，我兴头头去面试一个化妆品的地区代理，我想凭我这长相，凭我这看人说话看碟下菜的，做化妆品一定赚。果然，第一轮面试后，面试官就联络我了，约出来见面。那小家伙是海归哦，我们处得挺愉快。可你知道吗，就下一轮面试中，仗着他是主考，非常迅速地，用两个绝对责难的问题把我给刷了。他后来找我解释，甚至还推荐我到一个香水公司。说没别的原因，就是怕有人怀疑他，而他确实又干了。就这样的。"她嘴唇皮干了，碎皮翘起来。她粗鲁撕下，上唇立刻渗出一丝血。

王桑记得，上次也是在这同一个地方，河山还用搞笑的方式，说起她对权力男人们的公关式调情。这个河山，她心里到底有多少个风洞啊。可能因为他已放下了对河山的臆想，已不像上次那样愤怒了。但是更疼痛，更绝望。他竭力地试图理解，去消化河山对身体与性的态度。她的随意无法轻易评判。她的随意就是随意本身，是欢愉和苟安的本质，是对他人也是对自己的怜悯与抚慰……残酷的部分在于，整个外部世界，那些占有过她的男人，永远都会从"权力""交换"之类的角度去考察，伪善地，压榨地，享用地，然后拍一拍手撂开。他们始终都不曾真正留意她这个人本身。

从没这么强烈地感到他整个语言系统的简陋，该说什么，该如何去说。此刻这蹲着的、疲丧的河山，叫他敬让，叫他怜惜，却完全无处下手。她如此强硬地逐浪随波，制造并藐视自己的所有创口，听凭肉身流离，以此对人间奉上注定要被践踏的献祭。他最多是一个平庸的兄长，远没有去护佑她的能力。她应当得到一份透明无邪的爱慕，让她穿过所有恶欲与污烂，给她以宽广宁静的陪伴。

"什么都不用说，你最好能跟穆沧似的，别应声。其实这些算个屁，我不在乎。就像你们所有人都怕跟我谈沈红莲，其实她怎么了？掉大粪坑了？没啥，我觉得真没什么。

"这事我不怪老金，他撤就撤吧。我就活该的，该是个花瓶、摆设、小把件。说来也真逗，从头到尾，也就穆老爹一个看得起我，多少年的肉包子打狗，被我东一榔头西一棒地败……可真逗，太逗了。"她一迭声地"真逗"，哽咽着自嘲，眼泪水直冒，她手背往两边揩，嘴角咧得难看了。

听她提到父亲，忽一下想到谢老师，王桑心中一动，冒出个想法——

谢老师最近特别用功地扑在父亲的遗嘱上，隔一阵，就跟王桑讲他操办吉祥基金会的进展。虽不是公募性质，还是有一大套程序要走。原始基金盘，民政登记，理事会，章程什么的。他经常发很长的语音给王桑，或者忙里偷空，跨着摩托车过来聊几句，兴奋得气喘吁吁。

兴奋什么呢。他说，原来不太了解这个，此番稍做深入，才觉得有总如此处置毕生的家当心血，实在是，怎么讲呢，是特别"有总"的一个路数。绝对的，比直接分钱给他们几个，要好玩得多，也厉害得多。

本质上说，还是有总的那一套滑轮原理，通过方向与力量的若干组合递进，最终达成更高的综合功效。当然这要看他和河山的本事，还得看理事会的本事——作为发起人，谢老师是老实不客气地把自己定位为秘书长了，理事会成员可以有三分之一为捐赠者家属或亲友，不顾王桑反对，也拉了他进去。别的那些成员，王桑不太熟，据谢老师讲，他是用"有总的眼光"选的——如果他们这帮子人足够能干，不仅可以对原始基金做增值运作，使得钱再生钱，还可以自己开发公益项目，慈善再生慈善，项目再生项目。要是一帮没本事的狗熊呢，就靠利息和管理费维持基本运转，左手接善款，右手捐善款，做些能力之内的好人好事，也行。总之，弹性极大，可上青云，可伏草根。

"你看看，有总真是太厉害了，太妙了……没有人能够想到这么远。"谢老师是佩服死了的口气。王桑倒是觉得不足为奇，这些留有后手的铺陈，本就是父亲骨子里的天性，是他的本能运转和顺势而为罢了。

但目前最难确定的，是"吉祥某某基金会"中的这个"某某"，也即将来的公益方向，这是要写到章程里头的。搞什么呢。谢老师有天专门拉着王桑与河山，三人商量了好一个大晚上。王桑自然是建议做艺术基金，艺术与商业是一对终身怨偶，艺术家是最需要财神爷驾到、天降钞票的。河山则念念叨叨地，讲起她开法式面包房时，招过的那帮聋哑孩子，讲起青山堂画室的条纹服病人，讲起爱心驿站那些"兄弟姐妹"，甚至有点不好意思地，说出她打小就埋在心里的一长串"供养名单"……

谢老师按一按两只手，他现在是懂得不少了，掰着指头分析，俨然半个行家。目前，癌症、教育、妇女儿童、扶贫、灾难这些，都算是热点方向，筹款也容易。像王桑所讲的文化艺术方向，就少一些。还有更少的，比如心理健康、科研或者个人潜能、极限挑战，尤其后面两个，有点像"吃饱了撑的"，资助得就更少。谢老师实事求是地提醒，咱们这个基金会，跟外头大公司名下的一比，实在是小巫中的小小巫，大家也不要贪大求高的，最好像有总那样，做些眼见为实的好人好事。

　　谢老师那模样，一看就是心里有主意了。他用稍许神秘的口气，提到有总的追加遗嘱。记得吗，他说过他帮一个老婆婆坐飞机，为什么帮？因为那是老婆婆的梦。琢磨琢磨，这有点意思的。试问，哪个人不想飞，整个人类都想飞啊，飞到天上不说，还要飞到太空，飞到宇宙。这是什么，可不就是梦想吗。别以为有总是随口提的，这其实是他的一个信号和指令，是微言大义，他不是最喜欢叫人猜他的心思嘛。我看，不如就叫——"梦想基金"怎样，听来可能有点俗气。可咱们有总，啥时不俗气过啊。你们想想，他以前还专门玩过神仙佬儿突然降临的把戏。包括给穆沧征友时，他也交代了，要一个个地问，假如有钱了想做什么，听听，这就是有总最关切的事情……谢老师爽朗而笑，那种最有发言权的笑。这样一来，咱们基金会的涵盖面就比较灵活了，可以锦上花，可以雪中炭，通过不同的分支项目来替有总做神仙佬儿。王桑木良的昆曲，河山的"兄弟姐妹"和青山堂，包括小万想搞一个私人博物馆，高个儿要到法国去学跳舞，都能算……

啥博物馆？啥跳舞？河山突然不满地打断，别越讲越私人越小气了。叫"梦想"我赞成，但要有严谨的解释，有操作性的落地项目，可遴选可监控，一条一条地上理事会……还真有点河山会长的脾气和气势了。随后，谢老师只用两天半就走完程序，也就是说，吉祥梦想基金会实际上已正经成立，只等一个吉日对外宣布、开门纳善。

——这不正巧嘛，借着青山堂义拍一起成立，多漂亮。甚至可以说，哪怕就是为了这个基金会，特地张罗一个慈善活动也是应当的呀。

王桑把这主意跟河山摊开来细讲，"义拍现在这么火，我还不乐意把风头给老金呢，他退得好，正好吉祥梦想基金来接手。我们可以先宣布穆有衡'神秘'的全额捐赠，吉祥基金就此亮相，随后领衔慈善拍卖——我敢保证，谢老师要乐坏了。你不是怕梦想基金小里小气嘛，有这青山堂义卖作为第一宗项目，调子绝对很高了。看到没，不仅没砸，还是天大的利好。"

"……我也想过这一招。可是，你想，如果不是穆老爹正好走了，指定了这基金会，谁来替我托底？天下哪有这么好的托底？"河山非但没给劝住，反而哭得更凶，"多想把穆老爹给揪回来问问，他真觉着我能行吗，还是只因为以前那些破事情。我最讨厌当可怜虫，一步步都靠施舍，我真的是被施舍够了……"越发的绝望，"吉祥，多好的名字，正经八百的基金会，穆老爹一辈子的金银财宝。所有的好东西都给了我……可等着看吧，我又会搞砸的。"她越蹲越低，像被什么大东西给压住，压得狠了，无法动弹。

王桑想了想，顺着她的话劝，"你还不知道我父亲那人嘛。你以为他为啥选你，吉祥的女儿？不对，这绝对不是他的逻辑。生意上的事，他永远不会讲人情味。想过没，你前面办的那些公司，有一多半儿的亏损，都是因为你不计成本瞎做好事吧。我猜，他看中的，恰恰就是你这一点。我说了你别介意，可这是事实——从小到大，到现在，到将来，替他花钱这件事，谁比你更合适？受过伤的人，才懂别人哪里疼。会接受的人，才会给予。"

　　河山从抽泣中停下，听。随即又哭得更加大声。王桑不再吭声，由着她哭。这场痛哭也许早就该发作出来，医院那个清晨，父亲的追加遗嘱播放出来……从那个时候，她就被这庞大的信任和托付给压坏了。新鲜的痛苦，老的痛苦，累在一起，即便她已铁血独行这么多年，也是吃不消的。

　　王桑还记得，在那个守灵夜的终了，早晨六点还不到，通知要把逝者移至太平间。谢老师和丁宁皆在熟睡之中，肖姨还没来。他们谁也没惊扰，两个人送了父亲最后一程。

　　蓝色屏风后面的几筐大冰块已经融化殆尽，整个区域带着湿漉漉的凉意，像突然踏入初冬的野地。从头覆到脚的白色床单，起伏不大，略带阴影，眯眼看去，像被水雾气笼罩的微观平原。谁也没动手掀开床单，他们默默站了片刻。王桑身上短衣薄衫，忍不住打一个寒噤，鼻头都有些红了，流下清涕。河山从边上轻轻拍他，"这下子，我们一样，都成孤儿了。可怜的老穆沧。"王桑忽觉一暖，觉得河山这脱口而出的安慰里，也流露出她本人的惜别之意，她在父亲这里，多少也是有过被护佑之感的吧。

而她此刻的大哭里，可能也有这个意义上的追念。王桑递去纸巾。随便她是出于哪个意义上的痛哭，情感阙如的肉身麻木，自身价值的疑惑，重建中的困境，信任与压力，对穆老爹的回望，王桑都不打算说什么了。反正痛苦从来都是这样，没法靠大哭一场去彻底清算，万象更新。哭吧，然后继续承受。

等她稍许平静下来，王桑索性跟她谈起具体事务来，是不错的消息，"木良那边，也有四五位朋友要来参拍。老戏迷里头，有早年下南洋，去澳洲的，人在国外养老了，可还念着这边。他们人来不了，会委托连线举牌，这也算一个媒体点吧。还有位大领导，301，你可能听说过，我们想请他来为这次义拍站台，这是他的分管，而且他对昆曲什么的也有感情。你想，他一露面，举牌的热度和力度，更不用担心了。我甚至觉得，那老金，回头一看这阵仗，悔大了，知道对你是误解了，恐怕还要上赶着来给吉祥基金捐款呢。你也别担心善款太多，老木良那边可正搓着手，眼巴巴等着呢，我们的项目计划书，可都是现成的。"

河山听着，偶尔还在抽搭，脑子却是一步没落，"别老跟我昆曲不昆曲的，你可真是一个人都不放过，搞得沧都听起那玩意儿，算你有本事。"

"是昆曲有本事。我还打算请他到凹九看看现场呢，你正好陪陪他，没准昆曲把你也收了。"

"不行不行，那玩意儿嗯嗯啊啊的听得我浑身不耐，瞌睡虫立刻上身，每回都比他睡得还快。"

"嗳，你跟沧一起听睡前故事了？"王桑脱口而问，当然，他并没想到别的。

河山愣了一下，脸上闪过迷惑，随即抽抽鼻子，也有点发笑，"这听起来是不是挺那个的，孤男寡女深更半夜的。最近不是奔来奔去的忙嘛，有几次第二天要起大早见人，我租屋又在江北，就睡他客厅沙发了。没办法，只得也一起跟着，听你那劳什子昆曲了。不过也好，睡前可以陪他泡脚，一人一大盆热水，端端正正坐着，那样子也蛮滑稽的。"看到王桑欲言又止，补了一句，"得啦，我跟沧，是不会在一起的，或者说，是'不在一起'的'在一起'，跟他啊，不要论常理。就说那个古字吧，无心的'恧'，早都没有人用了，咱沧还在刻得不亦乐乎呢。"

讲到沧，她有点话多，最终还是又绕了回来，"小公子哥儿啊，我可跟你说清楚，我知道你一心惦记着昆曲，但一码归一码——我跟谢老师，还有阿美妈妈，前一阵儿可拜访了不少基金会，正规讲起来，门道可太多了。别以为就是你我——咱们几个随便拿拿主意。"能说什么呢，当然点头。他可太愿意看到这样认认真真的河山了。她的耳环又讲得打起飞来，"对，还有两个小事，是昨晚想到的——拍一赠一，你那边的赠送作品我们搞盲盒抽取，怎么样，好玩嘛，省得有人挑三拣四，也算个新闻点。抽出来后，再请你凹九那些，怎么说来着，哈哈，中华田园艺术家，也出来说两句，给人家亮个相。还有，不是搞了个采访区和嘉宾通道的，记住，要把吉祥梦想基金会logo水印做满整个背景，所有的镜头都躲不开，统统地替我们做广告……"

王桑在备忘簿上记下。确实，她有小聪明，小聪明加在一起，慢慢就会成大聪明的。他前面对河山所讲，也不全是劝慰之词，他相信，父亲看人不会错的，河山总有一天自己也会确认，她从来都不是可怜虫，她是壮丽河山。

3

王桑今天是被谢老师强拉到筑枫雅居的，三两句讲完义拍的事，便拉着他走动巡看。谢老师打算把筑枫雅居这边作为吉祥梦想基金的办公场所，已取得物业同意，总比到外头租那种高门大脸的写字楼强。其实王桑能感到，谢老师是往筑枫雅居走动惯了，用他自己的话说，只要一出门，两只脚就自动地一前一后，那摩托车头就自动地点火发动，过来了。

王桑心里有点避嫌，严格意义上说，这里跟他是没有关系了。肖姨大概还是常来打扫，到处干干净净，只有种旷无人烟的荒芜感。谢老师先将他带到巨大的药草疗浴室，这是王桑认为最暴发户式的一个愚蠢装置，弄好不久他就中风了。一大半还未及启封的神秘药粉成排而列，谢老师试着揿下几个开关，有点混浊的水柱，极短的卡顿之后，即从三个角度喷涌而出，罗盘似的按摩器嗡嗡嗡转动起来。"有总前后洗了，我想想，算上他邀请肖姨家的高低脚老公，前后不会超过五次。尤其这芬兰浴间，别说他了，我进去都闷得要背过气了。你要是不反对，我打算全部拆掉，换成欧式古典软包，做贵宾接待室。"

隔壁就是间阳光房，落地窗帘拉得严严实实。谢老师比画了一下，哪里摆椭圆会议桌，哪里配衣帽架和咖啡茶水机，以后就在这儿开理事会，将来有了荣誉，或者有人送锦旗，就挂四面墙上。谢老师笑起来了，"我晓得这有点土，像县城江湖游医。可有总就喜欢这一套。有年公司找广告外包，他给了两个毛头小伙儿的小公司，把我们合作多少年的老朋友都给得罪了。说是那两小伙儿让他想起了当年的自己，哪儿像啊我一点看不出。那时我还不知道，水泥厂是吉祥和他联手创办的。好了，那两小伙儿真以为是自己能耐大，牛气得很。有总于是又生气了，老在我跟前抱怨，说哪怕送个锦旗也好哇，写上，'支持大学生创业'。你去教教他们，要懂事！"

再过去是两间客房、棋牌室和储藏室，再绕回来，是他的书房。谢老师打开几个柜子抽屉，净是些雕花木盒，亚麻布袋，大红绒布什么的，原先包裹纪念品和奖牌的。谢老师伤感地抒情，"看，名与利都不在了，只遗下了它们的壳。虚无吧。我说多少次了，肖姨就是舍不得扔。她还琢磨呢，看能不能废物利用，做成百衲袋或花盆垫什么的。"

书房的桌子上，还有一个台历搁着，王桑凑近去看，上面画写着乱糟糟的字迹，随即注意到，这是一九九五年的。"哦，那个。他坚持全要扔的，我看他其实也还是舍不得。我说我来替他保存，他又翻出眼白噎我，你，就长生不老、老不死了吗。扔，全扔！我得看着它们全被垃圾车拉走才算完事。你现在看到的这本，是我在搬纸箱子下楼时，随手拿了一本揣在怀里的。"王桑翻看了几页，辨认。"赵妻手术6号下午。订红木？台湾老陶、中医（重要）。全面实行双休，休闲项目！"语焉不详，有的打了五角星，有的写了又划掉。"要吗，给你做个纪念。"王桑想了想，摇头。

"那正好，我就给河山留着，这里，给她当办公室，就当是有总的传帮带吧。最好，她也弄这么一本老式日历搁着，继续翻下去，嘿嘿，利市大发！你下次再过来，这里肯定会重新铺排得满满当当！"谢老师这会儿可一点不虚无了，复归良相重臣，一番要搞大事业的语气。

最后，他们还是回到客厅，阿难造像边上，收拾出一个红木高案，父亲的相片就放在上面。"这里，就都不动了。"谢老师小声说。王桑扫视一圈，灰皮沙发、木茶几、窗台、花架、紫水晶隔断、假墙、看不见的保险箱。

衣衫不整一身酒气，烂泥般躺倒在地。把手拢在耳边，说他能听到"嘣嘣嘣"钱在敲门。亲热地冲手机里称兄道弟，忽而嘎嘎假笑，道出一个龌龊的要挟。就某则艺术界丑闻，对王桑进行无情而精准的讽刺。拍打着沙发背，煞有介事评点政界的高层人事变动。与老松果气喘吁吁扔球取乐，腰部晃荡着衣褶似的皮肉。歪着嘴角压着笨重的相机，镜头冲着楼下的垃圾箱。半卧半坐，似醒似睡，似一片搁浅的扁舟。愤然而娴熟地摇动轮椅，推动那一堆咯咯作响的老骨骼……一边勾勒，一边散落，如灰如沙如雾，浓墨渐淡中消弭。最终清晰的，似乎只有他的死亡。这是一个漫长奔向的过程，无论是怒气冲冲地争取着名声、血脉与孙儿，或是又打雷又闪电地算计他财产的去留，或是颠来倒去地回忆他与何吉祥的恩与罪，其实他都是在盘算和考虑他的死亡，一直到昏迷，到他寂静无声地躺在薄被子之下，仍在手脚并用、一寸一缕地攀爬他的死亡之峰。

正是伴随着父亲这一路的死亡，他才真正感受到穆有衡的生之历程，而这种伴随，不觉中又在他自己身上形成投射，带来各样的体察。关于怯弱，以及怯弱中的激起，关于隔阂，以及隔阂中的爱，关于对某样事物的纵身投入，关于做事成事的起伏不测，关于物质与非物质，关于先人与后人。他意识到自己是"一个儿子"，同时，他要做"一个父亲"……回头想想，真是有点庆幸自己最初的软弱，由于软弱而认领下的繁殖使命（父亲充分利用了这一点），他在痛苦中所推挤出的精液，最终留下了这一脉的"原浆"。他希望这里头，最好有江西、湖北、安徽一路迁徙而来的祖宗上人，有他们对柿子柿饼的口味偏好，有父亲流金淌银的天赋，有妈妈的单眼皮。这最原始不过的血缘关系仿佛包含天地大义，一代又一代人生死相连，浩浩荡荡……它们将一直在这个星球上流传下去。

谢老师在边上默然站着，好大一会儿，才搓搓手，"我也是，总能看到他歪坐在这里，下巴冲茶几上一抬，不耐烦地冲我发号施令……"谢老师这样，简直叫王桑想到《闯界》[1]里那位义仆老苍头，虽不至为主人闯阴府下地狱，可这股子事死如事生的劲儿，也差不离。有时一件再简单不过的小事，谢老师也要拿父亲的眼光来比画，左右手互搏一通，怎么也定不下主意。比如基金会的牌子，有总会喜欢老式镀金铜牌，还是都会气派的白金镀铬。要知道，他最恨人家说他老土，快六十了，还订了两套那种后开衩的修身西服。比如注册日期，要不要择个黄道吉日去拜拜

1　［清］朱佐朝《九莲灯·闯界》。

香？他到底还是有点小迷信，那时家里还没设佛龛，每到下面公司开张或是新项目上马，前一天他必要悄悄跑一趟栖霞寺。欧阳夫妇的二女婿，人老实，可也比较笨，他也想加入基金会理事，要不要念这个旧？其实有总经常六亲不认的，反而对生人外人，他会网开一面……

　　每到抉择不下之时，谢老师便会给王桑发来长串留言，呱啦呱啦地讲些旧事，以寻求意见，虽是琐琐碎碎的，王桑还蛮乐意听的，脑子里那些疏空的轮廓，就此添了血肉。谢老师呢，显然也有点借题发挥，他享受这些独有的记忆，也享受由他来跟王桑讲述和传递。常常是好一阵离题万里之后，他才替自己拉回，"他这人，忽冷忽热，亦新亦旧的，替他办事，可真遭罪。放心，也就私下跟你讲讲的。等我将来写出来的有总、河山、吉祥、红莲什么的，包括你和丁宁，绝对都是另外的样子，连你们自己都认不出，哈哈。等着吧，等忙完这一票，我就要正式开工了。答应买我IP的那位朋友，三天两头地翻新，我要再不写，他恐怕都要到月亮上做项目了。"

4

　　301出场讲话之后，义拍正式开始之前，请木良的剧团来了一段折子戏。其实只是暖场的意思，可木良还是像宝钗给贾母点戏似的，一方面图着热闹喜庆，同时想到座中客，半为商贾，半为文艺名流，场面上最好能有些大的开合，又不要失了雅致清隽。更何况，那几家直播平台的流量，数字太大了，瞧着怪吓人的，比他过去十年来各处"送演上门"的总人数，还翻出百来倍的跟头，正是他最渴望的"满坑满谷"的人哪。

他思虑重重地跟王桑商量了好几回，一会儿觉得《桃花扇》有家国沉郁之念，《长生殿》乃帝皇泣血风流，《西厢记》《玉簪记》比较正典，《十五贯》是昆剧活命大戏，一会儿又想到《思凡》《夜奔》大家更为耳熟，水浒片段、红楼人物等亦是好的……像一个满汉大厨，倒被个餐前小点给难为了，最终还是王桑让他放松些，不要做一役功成之想，就来个熟脸熟戏、生旦对戏的《琴挑》[1]作罢。

王桑心里还是悬念于稍后的义拍，但事到此际，也没什么具体动作能做了。谢老师踮着脚四处走，"我再去那边看看嘉宾席卡的摆位顺序。细节决定成败啊。"重复着老掉牙的名言，"来的，可都是跟有总差不多的老板级人物，肯定也一样的爱挑眼儿。我可是指望着，他们将来也效仿有总，把家产都投到咱基金呢。哈哈。"

王桑由着谢老师去了，四处找木良，发现他正隐在台侧幕后，两道幕布间恰有道拐弯的缝儿，能看到一大半的台下观众。"看什么呢。"木良头都不愿意扭，只笼统地轻声道，"我喜欢，看台下坐得满满的。"上次的"走出去"计划被驳回之后，木良觉得，301所指的国内推广也大有道理，便带着一帮子年轻演员，往各地的人学跑，并配以导赏，先掰开了揉碎了讲戏，再捏合了端出来演戏。他回来也会跟王桑牢骚几句，哎呀，那些学

---

1 选自［明］高濂《玉簪记》。《琴挑》一折为生旦对戏的代表折子戏。

生，总勾头拨拉手机，估计在打游戏。有的从头到尾忙着拍照。有的又太热情，冲上来就拉着自拍还要微信。可到底来说，台下都坐满了呢，还都是年轻人呢。木良那口气，终究还是满足的。跟现在一样。

王桑便也陪着他站在幕畔，往台下觑看。舞台素简，离观众池很近，台上这里开幕大亮、渐暗转场，其光亮便直接投映到座中，光影闪动，节奏徐缓的古奥唱词中，人在看昆，昆也在看人。这些悬浮在舞台暗光里的面孔，稍带一点茫然与失魂之态，尤其到精微之处，他们的脸色会瞬间白上几分，拉直的视线有如箭矢，密密地向舞台中央发射而去，紧紧勾连起台上台下，浑然一体为庞然大物，在无边际的时间浪涛中，起伏飘摇，如鲲如鹏。

木良突然用手肘顶顶王桑，他那双略微吊起来的老目猛然撑得大而圆："还真个地睡着了，戏这才开始呀。"王桑顺他眼睛看下去，睡觉的人很好找，就坐在第二排最左边头一个位置。那是河山。脑袋上刘海搭散着，正倚着身边人的肩膀，嘴角微张，双目合拢，睡得熟乎乎的。台上幽光在她脸上明灭，像是祖先的炉火跳跃。也难怪她，这些天来，连日的疲劳加焦虑，此际大幕拉开，只能枯坐等待，而慢悠悠的水磨腔一起，她听不懂也耐不得，能不睡去吗。打个盹也好，她的大戏还在后面呢。可她这，倚着谁呢。

王桑当然一眼就看到了，可他有意慢慢地，把自己的眼光往边上拖，只见那人脸上笑微微的，稳坐如钟，把一只肩膀给牢牢端住，脸上朦胧着发呆，像在听他独个儿的睡前故事。他俩就那样无意识地依靠着，亦梦亦真，瞧着还挺合适。心里不觉想到谢老师快要开笔的书，嗯，等会儿跟他说说，最后要能这样结尾，也不错。

动笔于2019年11月

定稿于2022年 2月